장수설화의 구조와 의미

장수설화의 구조와 의미

강 현 모

도서출판 역락

　국어국문학과를 다니면서도 역사에 더 많은 관심을 가지고 있었던 나는 대학 3학년 때 은사님을 따라 충남 청양 지방으로 답사를 가면서 구비문학을 연구하는 길로 들어서게 되었다. 고향이 부여인 까닭에 어려서부터 백제의 역사와 문화를 들어오면서 자랐지만, 실제로 부여 지방에 남아있는 백제의 역사와 문화는 그리 많지가 않았다. 그러나 유적이 없는 지역의 역사는 구비전승을 통해 재구성할 수 있다는 은사님을 말씀을 듣고, 설화를 찾아 고향 곳곳을 돌아다니게 되었다.

　그러면서 구비전승에는 민족의 이상과 꿈이 있고, 기록문학의 원천인 동시에 진실된 역사(허구의 진실)가 숨어있다는 사실도 알게 되었다. 그리고 대학원에 진학하면서 본격적으로 구비문학의 연구와 조사에 정열을 쏟게 되어 자료집도 몇 권을 펴냈었다. 그러나 백제에 관련된 것은 조그만 자료집조차 내지 못하고 조바심만 내었다.

　더욱이 「비극적 장수설화의 연구」로 학위를 받고 어언 10년이 지났음에도 아직 장수설화에 대한 책도 내지 못하고 있었다. 그러나 더 이상 늦출 수가 없다는 생각이 들어 틈틈이 손을 보아 이제야 책으로 내놓게 되었다.

　이 책은 한국 장수설화에 관한 연구이다. 장수들은 다양하지만, 이 책에서는 그 중에서도 자신의 목표를 향하여 끊임없이 노력하다가 실패한 인물들을 중심으로 다루었다. 인간은 누구나 자신의 목표를 위하여 끊임없이 노력하는 모습을 가지고 있다고 본다. 그러한 모습들은 민중들을 지도하고 군사들을 거느리는 장수들에게 더 잘 나타나기 때문에, 설화를 통해 이런 모습들을 민중들은 어떻게 인식하고 있는지를 살펴보고자 하였다.

민중들은 장수 중에서도 목표에 끊임없이 도전하는 비극적인 장수들을 사랑한다. 이런 장수설화를 체계적으로 이해하기 위해서는 유형별로 분류할 필요가 있고, 그 유형의 대표적인 인물들의 모습을 구체적으로 살펴볼 필요가 있다. 이 책은 이런 문제점을 갖고 연구한 결과물이라고 할 수 있다.

이 책이 만들어지기까지 학부에서 구비문학의 연구의 길을 열어주고 바로 잡아주며 힘들 때 격려해 주시는 최래옥, 김균태 선생님, 대학원 과정에서 격려해 주신 김용덕 교수님, 그리고 자료와 논문을 꼼꼼하게 검토해 주신 최인학, 서대석 선생님께 머리 숙여 깊은 감사를 드린다. 그리고 만날 때마다 알게 모르게 격려하기도 꾸중하여 주시던 대학교의 많은 선생님들께 감사드리며, 또한 답사와 학문을 함께 하면서 서로의 문제를 토로하고 격려하던 선후배 동학들에게 고마움을 표하고자 한다.

내가 잘 되기를 바라시며 사시는 양가의 부모님께 감사드리고, 힘들 때 용기를 복 돋아 주는 아내와 자식들에게 고맙다는 뜻을 적어 간직하고자 한다. 아울러 책을 엮는 데 기꺼이 도와주신 역락의 이대현 사장님과 직원 여러분에게 감사의 마음을 전한다. 여기에 일일이 적지는 못하였지만, 지금까지 살아오면서 도움을 주신 모든 분들에게 감사의 뜻을 전하고 한다.

2004년 6월
강 현 모

▌차 례

제1장 머리말

1. 장수설화란?

　문학작품은 수용하는 계층의 의식세계를 반영한다. 문학은 창작자와 수용자 간의 특성에 따른 장르의 분화와 변모를 가져오게 된다[1]고 할 때 설화문학도 예외일 수 없다. 어느 시대에나 영웅 또는 장수는 출현한다. 장수와 영웅은 거의 같은 뜻으로 쓰이나 면밀히 정리하면, 장수는 지적이고 육체적인 비범성을 중시한 인물이고, 영웅은 비범한 능력을 가진 장수석 면모가 있는 데다가 어느 집단, 지역, 계층 크게는 국가에 부응하는 비범한 활동을 한 인물이다. 위의 세 인물은 두 성격을 겸하지만, 자료를 객관적으로 볼 때 장수의 성격이 강하여 이 세 인물을 장수로 칭하였다. 그들은 그 시대를 개혁하고 주도하며, 기존의 질서와 사유에 반항하고 그러다가 좌절하기도 한다. 그들의 활동을 민중이 여러 영웅설화로 전승하는 데, 이런 설화의 유형 중에서 영웅이 좌절하는 면모를 중심으로 삼은 설화를 비극적 장수설화라 할 것이다. 그 서사적 구조 고찰을 통하여 우리나라에 존재하는 비극적인 문학 양상을 규명하고, 계승 양상과 향유하는 민중의 의식세계를 파악할 수 있을 것이다.

　비극적 주인공은 자신이 추구하는 이상의 실현 때문에 세계와 갈등을 야기한다. 이런 비극적인 주인공의 특성은 자신의 한계를 인식할지라도

---

1) Alastair Fowier, "The Life and Death of Literary Forms" New Directions in Literary History, Raiph Cohen ed(London : Routiedge & Kegan Paul, 1974), pp.92-93.

현실에 만족하거나 안주하지 않고 현실의 부조리에 대항하며,[2] 자신이 설정한 정의의 잣대를 가지고 자신과 같지 않은 다른 사람에 대해 투쟁하기도 한다. 이런 투쟁은 분열을 초래하게 된다.[3] 그럴지라도 그는 자신의 존재를 확인하려고 부단한 노력을 하여 영웅적인 모습을 보여주고 있는가 하면 한계상황인 죽음을 초래하여 비극에 이르기도 한다.

자신의 능력을 제대로 발휘하지도 성취하지도 못한 인물을 설화화할 때, 민중은 그 인물의 생애 곳곳에 실패할 수밖에 없는 요소를 제시하여 비극적인 생애가 되도록 한다. 이런 과정의 서사구조가 반영된 작품이 비극적 장수설화로, 그 성격을 고찰하려는 것이 이 연구의 목적이다.

필자는 비극적 장수설화를 '설화의 주인공(무인)이 자아를 성취하고자 현실 세계와 투쟁하다 목표를 달성하지 못하고 불행하게 죽었지만, 민간에서는 초월적인 비범한 능력을 지닌 인물로 계속 숭앙되는 이야기'로 정의하여 사용하고자 한다.

비극적 장수설화의 범주로 기존의 연구에서는 <아기장수> 설화를 비롯하여 좌절한 영웅설화나 민중적 영웅설화를 포함시키고 있지만, 여기에서는 위의 개념 정의에 따라 이를 제외한다. 왜냐하면 <아기장수> 설화는 투쟁이 없거나 미약하고, 민중적 영웅설화의 주인공들은 이인적 면모를 지닌 인물까지 포괄하고 있기 때문이다. 지금까지 학계에서는 <아기장수> 설화를 좌절한 영웅이나 민중적 영웅으로 지칭하여 그 대표적 양상으로 설명하여 왔다. 그런데 아기장수는 영웅성을 드러내기만 하고 실제로 세계와의 투쟁을 시도하기도 전에 죽음을 당한다.[4] 이에 반하여 여기에서 다루고자 하는 이몽학, 김덕령, 임경업 같은 인물들은 세계와의 투쟁을 전개한다. 따라서 세계와의 투쟁을 시도하다가 실패한 인물이 영웅적 면모로 설화화되어 전승되거나 문헌에 정착된 서사구조물을 비극적

─────────

2) 이경식 역, C.I 클릭크스버그 저, 『20세기 문학에 나타난 비극적 인간상』(종로서적, 1983), pp.13-14.
3) 황문수 역, 칼 야스퍼스 저, 『비극론·인간론』(범우사, 1982), p.96.
4) 아기장수가 땅 속에 들어가 콩과 팥으로 군사를 만들어 관군과 싸우는 장면이 있어 세계와의 투쟁이라 할 수도 있다. 그 투쟁을 자아성취를 위한 것이라 하기 어렵다.

장수설화의 범주로 한정하고자 한다.

영웅소설에 대한 기존의 연구가 적지 않음에도 불구하고 비극적 장수설화에 대한 언급은 거의 찾아볼 수 없다. 이제까지 비극적 장수설화와 유사한 연구로는 <아기장수> 설화나 개별적 인물 설화를 고찰하면서 비극적인 죽음을 당한 인물을 좌절한 영웅이니 민중적 영웅으로 명명하여 연구한 것들이 있다.5) 이런 연구에서는 주인공이 비극적으로 죽었다는 사실만을 강조하였을 뿐 구체적인 특징이나 기능에 대한 고찰이 미약한 편이다.

이와 유사한 연구는 역사적으로 생존하였던 인물에 관한 전설의 연구에서도 찾아볼 수 있다. 인물전설의 연구는 전설의 내용과 현실과의 관계에 관심을 기울여 왔으며, 최근에는 전승자 내지 전승집단이라는 축과 연결시켜 다루어 왔다. 그 동안 영웅설화 내지 장수설화를 포함한 인물 설화에 대한 연구는 조동일, 신동흔, 유영대, 임철호, 윤재근 등에 의해 이루어져 왔다.

조동일은 민중적 영웅의 의미와 기능을 구체적으로 밝히려고 시도하였다. 그는 특정 지역에 전승되는 자료를 집약적인 현지 조사를 통해 수집하여 현장과 긴밀하게 관련을 맺는 방법으로 고찰하였다. 여기서는 인물의 전승 양상을 드러내고, 구전자료로부터 의미 층위를 축출하여 전승자들 간의 세계관적 논쟁을 중심으로 기술하고 있다.6) 그런데 이 연구는 전승자의 층위만을 중요시하여 설화 전편에 흐르는 인물의 형상화 방식을 등한시하였다. 이런 방법을 계승하여 확대한 것이 신동흔이다. 신동흔은 계룡산 인근에 전승되는 현지조사 자료를 가지고 역사인물담의 현실대응방식을 고찰하였다.7)

연구 관점을 달리한 유영대는 이성계에 관한 역사와 문헌자료를 대비

---

5) 한국정신문화연구원 어문연구실편, 『구비문학』 2집(1982) 뒤에 있는 자료목록 참조.
6) 조동일, 『인물전설의 의미와 기능』(영남대 민족문화연구소, 1979), 『동학성립과 이야기』(홍성사, 1981), 『한국설화 민중의식』(정음사, 1985).
7) 신동흔, 「역사인물담의 현실대응방식의 연구」(서울대 박사학위논문, 1993).

하여 그 차이를 밝히고 이야기의 구전 층위가 있음을 밝히고 있다. 그는
또한 유자광 설화의 연구에서 설화를 4단계로 나누고 사실과의 차이점을
통하여 사회 제도의 모순을 비판하는 민중의식이 있음을 증명하여 현실
인식에 대한 관심을 보이고 있다.8) 그리고 임철호는 임진왜란을 전후로
활동한 김덕령·사명당·이여송·토정·겸암 등의 인물들을 임진왜란이
라는 역사적 사실과 문헌설화·구비설화를 대비 고찰하여 역사의식을 찾
아냈는데, 문헌설화보다 구비설화가 더 비판적인 역사의식을 드러낸다고
보았다.9) 윤재근의 연구도 이몽학·김덕령에 관한 설화를 소설과 연결시
키고 있다. 곧 봉건정부로부터 반역자로 낙인 찍혀 역사에서 은폐되어 온
저항적인 민중지도자에 관한 설화를 연구한 것이다.10)

이밖의 인물전설에 관한 연구로는, 박문수 설화의 성격을 고찰한 최래
옥11)과 정현숙,12) 토정 전설을 고찰한 여운필,13) 이재란,14) 전국의 건달
형 인물을 포괄적으로 검토한 김헌선,15) 최치원의 전승을 연구한 한석
수,16) 다섯인물(김유신·최치원·강감찬·서경덕·유운룡)을 대상으로 한 전혜
경,17) 그리고 필자의 연구18)가 있다.

---

8) 유영대, 「설화와 역사인식」(고려대 석사학위논문, 1981), 「설화와 신분문제」, 『민족
   문화연구』 16호(고려대 민족문화연구소, 1982).
9) 임철호, 「임란설화고(Ⅰ)」, 『국어국문학』 89(국어국문학회, 1983), 「김덕령 설화연
   구」, 『한국언어문학』 22집(한국언어문학회, 1983), 「이여송설화연구」, 『국어국문
   학』 90(국어국문학회, 1983), 「사명당설화연구」, 『한국언어문학』 23집(한국언어문
   학회, 1984), 『임진록연구』(정음사, 1986), 「구비설화에 나타난 민족의식과 민중의
   식」, 『논문집』 16집(전주대학교, 1987)
   이런 일련의 연구는 『설화와 민중의 역사의식』(집문당, 1989)에 묶여져 있다.
10) 윤재근, 「이몽학설화고」, 『한국문화연구』 2집(경기대 한국문화연구소, 1985), 「김
    덕령전승의 연구(Ⅰ)」, 『어문논집』 26집(고려대 국문과, 1986), 「토정 이지함 전승
    연구」, 『어문논집』 27집(고려대 국문과, 1987), 「조선시대의 저항적인물의 전승연
    구」(고려대 박사학위논문, 1988).
11) 최래옥, 「박문수설화의 성격분석」, 『한국민속학』 18집(한국민속학회, 1985).
12) 정현숙, 「박문수설화 연구」(영남대 석사학위논문, 1980).
13) 여운필, 「이토정 전설 연구」, 『수련어문연구』 제13집(부산여대 국어교육과, 1986).
14) 이재란, 「이토정 설화연구」(한양대 교육대학원 석사학위논문, 1989).
15) 김헌선, 「건달형 인물이야기의 존재양상과 의미」, 『경기어문학』 제8집(경기대 국
    문과, 1990).
16) 한석수, 『최치원 전승의 연구』(계명출판사, 1989).

이런 인물전설에 대한 연구는 자료의 폭과 연구성과가 확대되었다고 하겠으나, 비극적 장수설화의 양상과, 구조와 의미를 파악하는 데는 별로 도움이 되지 못한다. 또한 전승자의 층위만을 강조하여 세밀한 자료 분류를 한 나머지 전승집단의 전체적인 인식태도를 등한시한 경우도 있고, 구연의 주체가 민중이란 점을 강조하여 민중적 영웅성만 강조한 경우도 있다.

이 글에서 다룰 세 인물에 대한 연구는 그리 많지 않은 편이다. 먼저 이몽학 설화에 관한 연구로는 이몽학에 대한 문헌 기록과 현지의 구전자료를 간략하게 제시하거나 설화를 일생에 맞추어 재구하여 분석한 윤재근과 필자의 연구가 있다.[19] 그리고 김덕령 설화에 관한 연구는 대부분 『임진록』과 역사적 사실과의 비교를 통해 변이양상을 살펴보고 있고, 김덕령 설화의 연구로는 조선조의 저항적 인물의 서사구조를 탐색하기 위한 일환으로 탄생삽화과 죽음삽화의 문제를 검토한 윤재근의 연구, 구비설화에서 탁월한 능력을 보여주는 김덕령의 활동기 삽화의 의미와 성장기에 영웅성의 형성과 한계를 검토한 필자의 연구가 있다.[20] 임경업 설화에 관한 연구도 자료를 조사하여 소개하고 간단하게 의미를 분석한 이윤식[21]과 연평도 등에서 조사자료를 중심으로 임장군 풍어전설을 고찰한

---

17) 전혜경, 「인물전설의 구조와 사상배경에 관한 소고」(이화여대 석사학위논문, 1983).

18) 강현모, 「이몽학전설연구」, 『한국학논집』13집(한양대 한국학연구소, 1988.2), 「신거무전설연구」, 『한국학논집』 16집(한양대 한국학연구소, 1989.2).

19) 윤재근, 「이몽학전설고」, 『한국문화연구』(청파서남춘교수 화갑기념논문, 창문각, 1985).
강현모, 「이몽학설화연구」, 『한국학논집』 13(한양대 한국학연구소, 1988.2. 이외도 「이몽학 오뉘 힘내기 전설고」, 『한양어문연구』 6집(한양어문연구회, 1988.12) 「부여지방의 힘내기 전설의 수용의미」, 『충청문화연구』(한남대 충청문화연구소, 1992) 등이 있다.

20) 윤재근, 「김덕령 전승연구(Ⅰ)」, 『어문논집』 26집(고려대 국어국문학 회, 1986) 「김덕령 전승연구(Ⅱ)」, 『경기어문학』 7집(경기대 국어국문학회, 1986) 「조선시대 저항적인물의 전승연구」(고려대 박사학위논문, 1988).
강현모, 「김덕령의 왜구물리치기 설화 연구」, 『한양어문교육논집』 4.5합집(한양어문교육학회, 1991). 「김덕령의 영웅성의 형성과 그 한계」, 『설태 박요순선생 정년퇴임기념논총』(동 간행위원회, 1992).

홍태한[22]의 연구를 제외하고는 소설 <임경업전>를 고찰하는 과정에서 소설의 자료로 소개하는 정도이다.

이 글에서 다룰 인물에 대한 기존 연구는 이처럼 부분적이거나 자료를 조사하여 보고하는 정도로 심층적인 분석에 미치지 못하였다. 또한 이러한 인물을 종합적으로 검토한 바도 없다. 그리고 수집된 자료를 설화나 삽화의 유형으로 분류하여 검토하였을 뿐 인물의 일생에 맞추어 재구하는 노력도 찾아볼 수 없다.

이처럼 영웅소설이나 인물전설에 대한 기존의 연구가 적지 않음에도 불구하고 비극적 장수설화에 대한 언급은 거의 찾아볼 수 없다. 그 이유는 첫째로 하나 혹은 몇 개의 단편적인 삽화들로 채록되어 있고, 둘째로 구연된 것이 전승자가 알고 있는 전부인냥 인식되어 왔으며, 셋째로 전승되는 장수설화들을 설화화된 대상 인물의 일생으로 재구하는 데에 주저하기 때문으로 여겨진다.

이 글은 3가지 유형의 대표하는 인물들에 대해 수집된 구비자료를 바탕으로 그의 일생을 재구하여 비극적 장수설화의 실상을 밝혀내고, 구조 분석과의 의미 추출을 통하여 비극적 장수설화의 문학적 의의를 밝힘과 동시에 소설적 수용 양상을 파악하고자 한다. 이로써 우리 문학의 한 특질을 이루는 비극적 서사문학의 일면을 고찰할 수 있을 것이다.

일반적으로 구비설화나 문헌설화는 한 인물을 형상화하는 데 있어서 서사적 구조를 이루지 못하는 단편적인 삽화들이 나열되고 있다. 한 인물에 대한 단편적인 삽화들이 서로 분리되어 구술되고는 있으나 전체적으로 유기체적 인과관계를 형성하고 있다. 이것은 전국 각지에서 여러 계층을 통해서 수집된 자료에도 나타난 현상이다.

따라서 이 글에서는 검토를 위하여 수집된 자료를 일대기의 형식으로 재구하고자 한다. 삽화들을 재구하는 과정에서 그 양상은 역사적 사실과의 상응관계를 중심으로 검토하고, 이를 토대로 비극적 장수설화의 구조와 의미 분석을 통하여 비극적 장수설화의 특성과 의식을 파악하고자 한

---

21) 이윤석, 「임경업 전설 연구」, 『효성논문집』 제31집(효성여대, 1985).
22) 홍태한, 「서해안 임장군 풍어전설의 의미」, 『고황논문』 7집(경희대 대학원, 1990).

다. 이를 위해서 비극적 인물을 영웅화한 모든 설화를 대상으로 파악해야 하지만, 양이 방대하고 어떤 인물은 일대기로 재구성할 수 없는 등 설화적 양상이 다양한 까닭에 이 글에서는 대표적인 인물로 한정하여 분석하고자 한다. 즉 구연된 자료 수가 많은 인물을 중심으로 다루고자 한다.

비극적 장수는 크게 3가지로 분류된다.[23]

첫째, 그 시대를 자기 나름대로 개혁하고 혁명하려고 기치를 든, 기존 질서에서 보면 민란이나 반란을 일으킨 반군의 대장이며, 이들은 지지하던 민간이나 그들 스스로 볼 때는 의적일 수도 있다. 이런 인물로는 이몽학·나숭대·정여립·이괄·홍길동·망이망소이·순석 등 반란을 일으킨 인물, 신거무(신검)·궁예·견훤 등 나라를 세운 인물, 그리고 갈봉이·강목발이·맹개목·막산이·이재수·이칠성·임꺽정 등 의적과 기타 활동을 한 인물에 이르기까지 다양하다.

둘째, 무인으로 정규적인 훈련을 받은 관군의 지도자로 장보고·최영·남이·신립·임경업·수운·단종·경순왕(김부대왕)과 같이 신이 된 인물이다.

셋째, 국가가 외침을 당했을 때 민간에서 출현한 의병의 대장으로, 김덕령·고경명·김천일·최담령·정인홍·곽재우·정문부·조헌·영규·휴정·유인석·홍사구·최익현·민종식·이인영·신돌석·전봉준 등 외적을 물리친 인물이다.

연구 대상의 범주를 확대하면 많은 인물설화가 여기에 포함될 수 있으나, 본 연구에서는 3가지 유형의 인물 중에서 구비설화의 자료가 많고 비슷한 시기에 활동한 인물로 한정하였다. 임·병 양란이란 시기를 택한 이유는 양란이 국가적인 비극과 개인적인 비극의 상황을 나타내는 이중적 비극을 이룬 시기이기 때문이다. 다시 말해 거의 동시대에 살았지만 성격을 달리한 인물들을 통해서 민간에서 제기한 비극미의 종합적인 성격을 다루고자 하기 때문이다.

비극적 장수는 민란의 장수로 이몽학(?~1596), 의병의 장수로 김덕령

---

23) 그 밖에 건국이나 創業으로서 일하다가 종내는 실패한 건국영웅이 있다. 이 유형은 건국의 실패가 너무 정치적이기 때문에 이번 논의에서 제외한다.

(1567~1596), 관군의 장수로 임경업(1594~1646)을 대상으로 한다. 이에 그 인물에 속하는 설화만도 이몽학 46화, 김덕령 110화, 임경업 126화 등 280여 삽화에 이르고 있다(자료 목록편 참조).

비극적 장수설화 분류 유형에서는 먼저 하위 유형의 분류기준을 마련하였다. 하위 유형의 분류방식은 첫째 죽음에 대항하면서 자신의 목표를 성취여부와 주인공의 행위에 대한 민중들의 인식에 대한 검토를 통하여 하위 유형을 분류하였다.

그리고 비극적 장수의 전승 양상에서는 대표적인 인물의 설화화 양상을 검토하였다. 이때 논의될 인물에 관한 설화자료를 일생에 맞게 재구하는 과정을 통해 분석하게 된다. 분석방법은 기존 영웅소설의 서사구조 분석방식을 참조하되, 인물의 일생을 탄생, 성장, 활동, 최후(후일담 포함) 등 4단계로 설정하여 검토하고, 각 단계별로 양상을 파악하고자 한다.

이어 비극적 장수설화의 구조와 의미를 고찰하고자 한다. 이는 앞 장에서 검토한 내용을 토대로 비극적 장수설화의 서사적 구조와 그 의미를 고찰하게 될 것이다. 여기에서는 배경의 특성으로 삽화의 수용 의미를, 인물의 특성으로는 인물의 유형과 기능을, 서사구조에 나타난 대립과 갈등의 양상 그리고 사건의 수용양상을 살펴보고자 한다.

마지막으로 비극적 장수설화의 구조적 특성을 살펴보면서 앞의 장들에서 검토를 통해 얻어진 결과를 정리하여 비극 극복을 위한 순환구조, 인물설정 방식과 의미, 영웅상의 구현으로 나누어 정리하고자 한다.

2. 장수설화의 유형

장수라 하면 우선 무사적 측면에서 훌륭한 업적을 남긴 사람이란 의미를 지닌다. 이런 장수들은 대부분 현실에 안주하지 않고 현실의 부조리에 저항하여 투쟁한다. 그렇기 때문에 세계(현실)와의 대결에서 승리할 수도

있고 실패하고 마는 경우도 있다. 그런 장수들의 이야기는 다양한 삶의
조건을 지닌 인간들의 삶의 방식에 따라 의미가 분화되기 때문에 하나의
유형으로 분류하기는 어려울 것이다.

그 동안 아르네와 톰슨은 민담을 중심으로 설화를 분류하였는데, 국내
에서는 한국설화 자료에 맞게 수정 보완한 최인학24)과 조희웅25)의 분류가
있다. 그리고 최인학은 한국의 전설만을 대상으로 유형과 motif의 분류를
하였고,26) 조동일은『한국구비문학대계』에 실려 있는 자료를 대상으로 관
습적인 명칭을 버리고 이분적 체계로 분류를 하였다.27) 그런데 비극적인
장수설화의 유형은 자세하게 설정되지 못한 아쉬움이 있다. 그리고 이 글
은 설화전체의 유형을 분류하고자 하는 것이 아니라, 비극적 영웅설화의
중에 무사적 측면의 영웅들인 장수들에 대한 하위 유형을 설정하고자 한
다.

장수에 관한 이야기는 '관찬사서'를 중심으로 한 문헌기록과 민간에
전승되는 구비설화가 있다. 각 인물들은 지배층의 기록에서는 나쁜 인물
로, 민간의 구비설화에서는 훌륭한 인물로 나타날 수 있다. 그래서 인물
에 대한 올바른 판단은 지배계층의 관찬사서와 민간의 구비설화를 정확
하게 이해할 때 가능할 것이다. 그런데 문학적 연구에서는 구체적인 관찬
기록보다 그에 대한 인식을 표출한 구비설화가 우선되어야 할 것이다.

장수설화의 유형은 인물의 행위와 함께 다양한 양상으로 나타나는 실
제적 삶의 측면에서 검토할 수 있다. 주인공은 영웅적 면모로 형상화되는
과정에서 불행한 죽음으로 종결되어야 한다.28) 여기서 비극적인 죽음은

---

24) 최인학, The Type Index of Korean Forktals(명지대출판부, 1979).
25) 조희웅, 「설화의 유형과 분류」,『한국구비문학선집』(한국구비문학회편, 일조각,
    1977).
26) 최인학, 「한국전설의 유형과 Motif 연구」,『한국학 연구』제1호(인하대 한국학연
    구소, 1989.3).
27) 조동일,『한국설화 유형분류집』(한국정신문화연구원, 1988).
    _____, 「영웅이야기의 유형 : 분류방법 모색을 위한 시도」,『구비문학, 5집』(한
    국정신문화연구소, 1981).
28) 자신의 의지를 행하는 장렬한 죽음은 비극적인 요소가 있으나, 그 요소가 문학적
    인 상상력으로 연결되지 못한다. 이에 해당하는 안중근, 이준, 이순신 등의 죽음

지배계층에 대항하다가 패배하는 형태로, 그들의 자아 성취보다 죽음에 비중을 두어 설화화된다. 비극적으로 죽은 인물들은 자신의 1차적 목표를 성취하거나, 성취하려는 과정에 있거나, 완전하게 실패한 경우로 나눌수 있다. 결국 이들은 자아와 세계와의 차이를 극복하지 못하고 비극적인 생애를 마치는데, 화자들의 세계관에 걸러진 인식(진실)을 통해 설화화되어 있다. 여러 자료를 분석 정리해 그 유형을 분류하면 다음과 같다.

첫째는 임경업·신립·남이·경순왕·최영·장보고·단종, 그 밖의 무속에서 나타나는 장군신 같은 인물에 속하는 그룹이다. 이 인물들은 지상 최고의 왕이 되거나 아니면 재상이나 장군이 되어 일단 입신양명을 성취하고, 그 이상을 지키기 위하여 임무를 수행하다가 상대편의 모함·공작·자신의 실수로 억울하게 죽게 된 경우이다. 이들은 당시에 반대파에 몰려 비판의 대상이 되었다가 후에 신원이나 복원이 된다. 따라서 이들에 관한 문헌기록은 비판적 기록과 긍정적인 기록이 공존하게 된다.

구비설화에서는 이 인물들이 높은 지위로 올랐기 때문에 탁월한 능력을 지닌 인물로 드러나고 있다. 또한 민중들은 이들이 생존시에 사용하지 못한 능력이 사후에 원한과 결합하여 초월적인 힘을 발휘하는 존재로 여겨 무속의 신으로 모시고 있다. 신격화된 이들은 살아있을 때 높은 직위에 오른 점에 따라 관군의 장수라고 하겠다.29)

둘째는 임진왜란시 김덕령·고경명·김천일·최담령·정인홍·곽재우·정문부, 스님으로 영규, 구한말의 유인석·허위·홍사구·최익현·민종식·이인영·신돌석 등과 같은 인물이 속하는 그룹이다. 이들은 국가적으로 위태로울 때 스스로 일어나 의병의 우두머리가 되었다. 특히 평민이나 중인 계층의 인물들이 이끄는 의병대는 관군 이상의 활약과 수적인 우세로 지배 계층의 위신을 떨어뜨리고 불신을 확대시켰다.30) 이런 인물들은 전란 초기 국가적 위기에 처하였을 때 지배 계층의 사회 구조

을 비극적이라고 말하지 않고 비극화시켜 전설화되지도 않는다.
29) 여기에서 편의상 제도권에 있던 인물이므로 경순왕이나 단종도 관군의 장수라고 칭하겠다.
30) 최영희, 『임진왜란』(세종문고).

를 지탱하여 주었기 때문에 환영을 받지만, 그 후에는 사회 구조적 질서를 초월하는 능력을 발휘하게 되어 시기와 질투의 대상이 되면서 모함을 받고 비극적인 종말을 맞는다.

이들에 대한 문헌기록을 보면 당시에는 부정적인 평가를 내리다가, 후에 신원이 되면서 긍정적인 평가를 내리게 된다. 이에 비하여 구비설화에는 이들의 비범한 능력을 제시하면서 새로운 세계 건설의 가능성을 보여주고, 지배계층의 무능과 위선을 폭로하고 있다. 이들 대부분은 의병을 일으킨 인물이어서 의병의 장수라고 하겠다.

셋째는 사회구조의 질곡에 안주하지 못하고 새로운 이상세계의 실현을 위하여 투쟁하는 형태로 나타난다. 이들은 신분상 하층과 상층 계급으로 나눌 수 있다. 상급 계급은 양반층을 말하며 양반의 서얼과 신분상 중인·평민·천민은 하층으로 보겠다. 하층신분으로는 이몽학·나숭대·망이망소이·홍경래·임거정·홍길동·순석, 상층신분의 이시애·정여립·이괄 등이 있다.[31]

이들의 행위는 자신들만을 위한 권력지향적인 형태를 띠는 경우도 있지만, 대체로 민중들의 삶의 모습을 대변하는 형태를 보여준다. 이들에 대한 문헌기록은 포악무노하고 백성을 기만한 못된 인물로 기록되고 있다. 반면에 구비설화에는 초월적인 능력을 발휘한 긍정적 인물이 되고 있다. 그리고 위정자들의 편협성과 독단성을 보여주는 면도 있다. 이들은 민란의 주동인물이 되어 참형을 당하는 경우가 보편적이기 때문에 이 유형을 민란의 장수라 칭하겠다.

이를 다시 정리하면 민란을 일으킨 인물, 그리고 의병을 일으킨 인물, 관리로 있던 인물로 나누어진다.

● 비극적 장수설화의 3가지 하위 유형
  1. 관군의 장수 : 높은 지위에 올랐다가 불행하게 죽은 유형

---

31) 국가건설을 시도한 甄萱, 弓裔, 神劍 등도 이와 유사한 측면이 있다. 특히 궁예와 견훤은 성공하여 임금이 되었다. 그런데 구비전승자들은 이들의 국가 건설 행위에 정통을 인정하지 않고 당파적 개별적 이기심의 발로로 보았다.

2. 의병의 장수 : 의병장으로 국가를 위하다가 불행하게 죽은 유형
3. 민란의 장수 : 국가의 체제를 개혁하려다 불행하게 죽은 유형

필자는 동일시대의 인물로서 자료가 많으며, 위 유형분류 조건에 합당한 관군의 장수로 임경업, 의병의 장수로 김덕령, 민란의 장수로 이몽학을 연구대상으로 삼고자 한다.[32]

설화와 관찬기록을 보면 비극적 주인공의 행위를 그가 활동한 '당시'와 죽은 이후인 '후대', 그리고 '현대'로 나누어 볼 때 각 시기마다 긍정적 또는 부정적으로 평가하고 있다.

민란의 장수에서 대표적인 인물로 이몽학을 보자. 이몽학의 생존 당시에 민중들은 외침에 의한 국가적 혼란, 몇 년간 계속된 한발로 인한 기근, 관리들의 수탈로 새로운 장수의 출현을 기대하였다. 이런 상황에서 이몽학은 민중의 뜻과 같이하고자 민란을 일으켜 막연하게 기대되던 장수에서 구체적인 인물로 되면서 부여 홍산지방 민중들에게 환영을 받는다. 이에 비하여 관리들은 지탱하여 오던 사회질서를 붕괴하려는 이 민란세력에 대하여 부정적이고 탄압적인 태도를 취한다.

이몽학에 대한 사후와 현대의 의식을 보면, 민간에서는 국가와 지배계층의 탄압에도 불구하고 여러 설화를 끌어들여 영웅적 면모를 부각시키는 노력을 보이고 있다. 민중은 이런 인물형에게 자신들이 지니고 있던 장수 출현의 기대심리를 결구시켜 계속적으로 향유하여 긍정적인 평가가 오늘날까지 이어지고 있다. 반면 민란세력에 대한 관의 인식은 계속 부정적이다.[33] 이들 민란세력은 후대이든 현대이든 기존의 사회질서를 부정하는 의식이 내재하기 때문에 지속적인 부정의식을 보여주고 있다.

의병의 장수에서 대표적인 인물로 김덕령이 있다. 김덕령이 살았던 시기에는 임진왜란이라는 국가적 위기를 극복해야 할 장수가 필요하였다. 이때 민중은 전쟁을 끝낼 인물로 초야에 묻혀 있던 김덕령을 기대하였다.

---

32) 경우에 따라서 비극적 민란의 영웅을 이몽학형, 비극적 의병의 영웅을 김덕령형, 비극적 관군의 영웅을 임경업형이라고 칭하겠다.
33) 진주민란이나 동학난 같은 일부의 민란은 시대적 여건의 변화와 관리의 인식이 전환되어 긍정적인 평가를 받고 있다.

그리고 김덕령이 기병하자 호남 일대에서 5,000여 명이 한꺼번에 모여들었다는 점에서 긍정적인 평가를 받았다고 하겠다. 이런 김덕령에 대한 관리들의 평가는 활동 초기에 그의 능력을 활용하려는 긍정적인 측면도 보이지만, 활동하는 후기에는 능력을 비하하고 모함하려는 부정적인 평가로 일관한다. 이런 평가는 그를 역적으로 몰아 죽였다가 신원시켜준 현종 때까지 계속되었다.

김덕령에 대한 사후와 현대 의식을 보면, 민중은 그의 영웅적 행위에 대한 기대를 설화적인 구성을 통해 드러내고 있다. 그리고 <임진록>의 주인공으로 등장하도록 하는 이본계열이 나타나는가 하면, 국문전기 <김덕령전>과 영웅전기를 창작하는 등 현대까지 긍정적으로 평가하고 있다. 그리고 민중의 평가는 현종 때 계속되는 가뭄이 김덕령과 같은 억울하게 죽은 인물의 원한에서 비롯된다고 하여 위정자들의 인식을 전환시키는 역할까지 한다. 그래서 관리들도 김덕령을 신원시켜 주고 추증하는 과정을 통하여 긍정적인 평가를 보여주게 된다. 현대의 관리들은 충장사의 복원 건립 등의 사업으로 민간에서보다 적극적으로 긍정적 평가를 하고 있다.

관군의 장수에서 대표적인 인물로 임경업을 살펴보자. 임경업은 생존당시에 민간에서 구체적인 장수로 긍정적인 평가를 받았는지 모른다. 그리고 그의 직위가 높았다는 측면에서 관에서도 장수로 긍정적인 평가를 받았을 것이지만, 구체적인 형태로 나타나지 않고 있다.

이런 임경업에 대한 후대와 현대의 평가를 보면, 민간에는 자신들의 삶의 필요성에 의해 그를 영웅으로 부각시키는 일을 시도한다. 임경업이 높은 직위에 오른 것은 비범한 능력을 인정받았기 때문이다. 민중은 청나라를 물리치고 국가적 자존심을 지키도록 설화화를 시도하였을 뿐만 아니라, 억울하게 죽은 임경업의 힘을 활용하여 잡귀를 쫓고 병을 낫게 하며, 수명장수와 안녕태평을 가져다 주는 무속신으로 승화시켜 오늘날까지 전승시켜 오고 있다. 관리들도 그가 초지일관하게 친명배청하였던 점을 높이 평가하여 득세한 친명파는 그의 면모를 부각시키려는 의도로 <전>을 짓고, 국가에서는 충주 충렬사, 선천 충민사, 백마산성 현충사,

겸천 충렬사 등에서 그를 제향하였다. 임경업에 대한 민간과 관리의 평가
는 오늘날에도 그의 영웅전기의 발간이나 <임경업전>의 교주나 번역,
그리고 낙안읍 문화제에서 행하는 '임경업 추모제' 등으로 볼 때, 긍정적
인 평가를 보여주고 있다.

이상에서 민란의 장수는 민간의 긍정과 관리의 부정적 평가를 계속적
으로 받고 있다. 의병의 장수는 민간에서는 계속적인 긍정을, 관리들에게
는 죽을 당시에 부정되었다가 이후에 지속적으로 긍정적인 평가를 받았
다. 그리고 관군의 장수는 주체자가 살아있는 당시는 민간에서 긍정과
부정의 대상이 아니었고, 후대 이후 민관에서 지속적으로 긍정적인 평가
를 받았다. 이를 도표화하여 비교하면 다음과 같다.

분류유형 \ 인식시기 대상	당시		후대		현대	
	민간	관리	민간	관리	민간	관리
민란의장수(이몽학형)	○	×	○	×	○	×
의병의장수(김덕령형)	○	×	○	○	○	○
관군의장수(임경업형)	?	×	○	○	○	○

(○ : 긍정적, × : 부정적, ? : 구체적으로 나타나지 않음)

위에서 살펴본 바와 같이 비극적 장수설화의 주인공은 민간이나 관리
의 평가에서 활동 당시보다 후대로 갈수록 영웅적 면모가 부각되고 있음
을 알 수 있다. 이런 평가는 그들의 비극적인 죽음을 부각시키려는 의도
보다 그런 죽음을 통하여 새로운 이상세계의 건설 가능성과 세계에 대한
새로운 시각을 제시하여 자아실현의 의지를 확산시키려는 의도로 보인다.

제 2 장 장수설화의 전승 양상

1. 민란의 장수 : 이몽학(? -1596)

　조선시대에는 지배층에 대한 민중들의 항거가 끊이지 않았다.[1] 조선중기 이후에 사색당쟁으로 지배계층의 질서가 문란해지고, 민생을 도외시한 탐관오리들의 수탈행위가 자행되었다. 그런 중에 임진왜란이 일어나 국토가 초토화되고 사회가 혼란에 빠졌다. 더욱이 임진년 이후 3-4년간은 기아와 전염병으로 민심이 극도로 피폐해지고 지배층에 대한 불만도 고조되있다.

　이몽학의 난은 임진왜란이 한창인 병신년(1596) 7월에 충청도 홍산에서 이몽학과 한현이 중심이 되어 일으킨 민란으로,[2] 삽시간에 호서 일원을 장악하고 민심을 동요시켜 한양을 위협하였던 커다란 사건이었다. 이 사건에 대해서는 난의 발생동기 및 과정을 다룬 역사학에서의 몇 편의 논문[3]과 이몽학에 대한 문헌 기록과 현지의 구전자료를 간략하게 제시하거나 설화를 재구하여 분석한 국문학의 연구[4]가 있다.

---

1) 이긍익,『.연려실기술』＜제도사적지기＞. 여기에는 조선중기에 일어난 반란에 대하여 기록해 놓고 있다.
　풀빛사,『전통시대의 민중운동』상하(풀빛 1.2, 풀빛사, 1981).
2) 宣祖實錄 卷七七, 二九年 丙申 七月 癸酉, 23권, p.30 참조.
3) 정태민,「임진난중의 농민봉기」,『신천지』 3권 10호(1948).
　이장희,「임난중민간반란고」(고려대 대학원 석사논문, 1967).
4) 윤재근,「이몽학전설고」,『한국문화연구』(청파서남춘교수 화갑기념논문, 창문각,

본 장에서는 임진왜란이라는 국가적 위기 속에서 반란을 일으킨 이몽
학이 구비설화에 어떻게 수용되는지 살펴보고자 한다. 한 사건이나 인물
에 대한 평가가 실제 역사적 사실과 역사를 수용하는 허구적 진실을 대
비고찰하여야 올바르게 이루어질 수 있다면 이몽학에 대해서도 마찬가지
일 것이다. 본 장에서는 역사적 사실과 허구적 진실의 측면은 문헌기록을
간략하게 소개하는 정도로 살펴보고, 주로 이몽학에 관한 역사를 수용한
현지에서 구비전승되는 설화를 통해 민중의식을 살펴보겠다.

전라도 사람들이 '지리산 산신제' 설화의 구술을 꺼려하듯이[5] 부여 홍
산지방 사람들은 이몽학에 대한 설화의 구술을 꺼려한다.[6] 이는 그의 반
역이 후세의 위정자들에게 항상 거부되었기 때문에, 모든 화자가 이에 저
촉될까 꺼렸던 것이라 하겠다. 이처럼 꺼려하는 상황에서 구술된 이몽학
에 관한 설화는 내용에서 힘이 센 날랜 장사이며 영웅적인 면모를 보여
준다.

이 글은 수집된 구비설화 자료를 이몽학의 일대기적 생애로 재구하여
탄생, 성장, 활동, 최후(멸망)의 단계로 나누어서 고찰하려고 한다. 자료로는
필자 조사분,[7] 한국구비문학대계,[8] 이몽학에 관한 논문이나 연구서에 실
린 구비자료[9]와 향토지와 군지나 조선조의 문헌기록에 실린 자료 등이다.

1985).

강현모, 「이몽학설화연구」, 『한국학논집』 13(한양대 한국학연구소, 1988.2. 이외도
「이몽학 오뉘 힘내기 전설고」, 『한양어문연구』 6집(한양어문연구회, 1988.12) 「부
여지방의 힘내기 전설의 수용의미」, 『충청문화연구』(한남대 충청문화연구소, 1992)
등이 있다.

5) 최래옥, 『한국구비전설의 연구』(일조각, 1982), pp.194-196.
6) 1983년 부여군 조사에 함께 참여하였던 박병동 군에 의하면, 이몽학 설화의 구술
   은 물론이고, 이몽학이란 이름조차 꺼려하였다고 한다.
   윤재근, 전게논문, p.373, 379, 380 참조.
7) (1) 1979.7.24일에 부여군 장암면 합곡 3구 노인정에서 채록한 것(자료 2편, 목록
   1-2), (2) 1983.2.1-4일까지 한남대 김균태 교수와 필자가 부여군에서 수집된 자료
   (자료 12편, 목록 3-13, 43), (3) 1987.1.1일 청양군 정산면 정산리에서 채록한 것(자
   료 4편, 목록 39-42), (4) 1993.5.10일 홍성군 결성면에서 채록한 것(자료 2편, 목록
   44-45) 이상 20편은 부록에 수록하겠다.
8) 한국구비문학대계 4-5, 부여군편(자료목록 14-18).
9) 윤재근, 전게논문, pp.373-382(자료목록 20-39).

1) 이몽학의 생애와 성격

이몽학에 관한 기록은 관찬사서나 야사, 야담류에 보인다. 문헌자료에
는 역사적 사실에 입각한 지배자의 시각을 담아, 이몽학은 부정적이고 부
당한 존재로 기록되어 있다.

관찬사서로는『선조실록』,『선조수정실록』,『선조보감』,『국조보감』등
이고,『대동야승』(『상촌잡록』,『난중잡록』3 ,『광해조일기』2,『갑신만록』,『자해필
담』등)에 실린 것과『연려실기술』,『열조통기』,『사류재집』,『서애집』,
『조야첨재』,『쇄미록』,『대동기문』,『국조인물지』등의 야담 야사류와
『임진록』10)과 최근의 자료는『홍성군지』,『홍주의 얼』등이 있다.

『상촌잡록』,『광해군일기』,『서애집』에 실린 기록은 이몽학의 난을 토
벌한 후 그 처리과정에 대한 것이다.『상촌잡록』과『광해군일기』에는 역
적 이몽학을 처벌하는 데, 거기에 연루되었던 이산해·이덕형을 선조가
처벌하지 않았다는 것과 유성룡이 반란 주동자의 친인척에 연좌법을 사
용하지 않았다고 하였다. 그리고『서애집』에서는 유성룡이 위관이 되어
억울한 사람이 없게 역적들을 처리하였음을 높이 평가하고 있다. 또『홍
성군지』나 홍성군의『전통가꾸기』같은 최근 문헌들은 옛날의 문헌들을
새로 정리한 것이다.

한편,『연려실기술』은 그 내용에 있어『난중잡록』,『자해필담』,『조야
첨재』,『갑진만록』등의 내용을 차례로 옮겨놓은 듯 하다.『연려실기술』
의 첫부분은 참고 자료의 목록이 없으나『난중잡록』의 내용 기록과 거의
같고, 문체적인 차이만을 보이고 있다.

본 절에서『난중잡록』,『갑진만록』,『자해필담』,『선조실록』,『연려실

최래옥,「한국설화의 변이양상」,『구비문학』2집(한국정신문화연구원 어문연구실,
1979)에 2편의 목록이 있고, 한상수의「충남의 전설」(어문학, 1986)에 한 편이 현
대문으로 고쳐져 자료로 사용할 수 없으므로 참고자료로 삼겠다.
10) 윤재근, 전게논문, p.370.
임진록에서 박순호본(필사본 고소설자료총서 41권, 오성사, 1986) 등 많은 이본에
는 나타나 있지 않고, 다만 장덕순 외 4인이 편집한 한국고전문학전집 2권(희망
출판사, 1965) 등 김덕령이 나오는 관련 임진록에만 나타나 있다.

기술』을 자료로 해서 이몽학이나 이몽학의 난에 대한 평가를 살펴보겠다.

첫째, 이몽학의 출신신분이나 가계가 분명하게 나타나 있지 않다.

『선조실록』에는 이몽학의 출신내력이나 가계가 자세하게 나타나 있지 않았으나 선조실록에 파가저택(破家瀦宅)을 한 장소를 보면 홍산현으로 보인다.11) 파가저택은 역적의 집을 파서 소(연못)를 만드는 큰 징벌이므로 그 장소가 정확해야 한다. 다만 야담류인『자해필담』에 다음과 같이 기록되어 있다.

> 이몽학이란 자는 서울의 천얼인데, 방자하고 건방져서 그 애비에게 쫓겨
> 나 호남호서를 왕래(방황)하다가, 한현의 선봉장이 되고 그의 군에 예속되어
> 한현과 함께 반란을 일으켰다.12)

위 기록은『연려실기술』에도 기술되어 있는데,13) 이몽학이 천얼(賤孼)이라고 한다. 이는 이몽학이 충성이라는 유교적 덕목을 쉽게 망각하고 난을 일으킨 인물이란 것을 합리적으로 설명하기 위한 것이다. 그리고 그의 가족이 이 난으로 어떤 처벌을 받았는지 기록이 없어서 불명확하지만, 위 신분과 축출기사를 보면 가족이 처벌을 벗어난 듯하다. 부모에게 쫓겨난 인물은 호적에서 제외되어 처벌에서 피할 수 있다는 말이다. 이런 문헌자료에는 이몽학이 사대부의 지배계층이 아니며, 정통적인 유교적 교육을 받지 않은 인물로 부각시키려는 의도가 보인다.

둘째, 이몽학의 성장 단계는 거의 없고, 활동 단계라고 할 수 있는 난의 진행과정이 자세히 기록되어 있다.

---

11) 宣祖實錄, 卷七七, 二九年 丙申 七月 권23, p.35, 기축, 경인의 파가저택 부분을 살펴보면, 그의 집이 홍산현이 있었던 것으로 추정된다. 逆魁等所居處 破家저宅 事, 李夢鶴所居鴻山及 韓絢所居之邑 革之之事 何以不爲察行乎. 此等事 令該 司察爲事傳敎矣, 逆魁李夢鶴所居鴻山之家舍 破家저宅 事, 則忠淸道 觀察使處 行移, 本縣革罷事 則令該曹施行矣. 韓絢則本以京中居生人 汚川地流寓, 故其 家舍 令當部聞見牒報之意 亦己棒甘結 汚川郡非其本居之地 似不可並爲革之.

12) 金時讓,『紫海筆談』(國譯大東野乘 卷71), 李夢鶴者 京口賤孼也 落拓無行 爲其 父所黜 往來兩湖 韓絢之爲先鋒將也 隷其軍與絢作亂.

13) 연려실기술 권 17, <제도토적지기>.

이몽학의 성장과정은 단편적으로 나타나는 반면에, 활동 단계인 난의 진행과정은 역사적 사건이기 때문에 자세하게 순차적으로 기록되어 있다. 결국 이는 극악무도한 역적의 말로가 비참하다는 사실을 알리고자 한 것이다. 이런 기록의 이면에는 난에 참여하였던 민중들의 의식을 엿볼 수 있다.

- 이때 백성들은 난리와 (관리들의) 온갖 수탈로 곤궁해졌다가 한번 풍문을 듣고 따르는 자가 쏠어지듯 하여 수일이 못되어 군사가 만여 명에 이르렀다.14)
- 반군이 지나는 곳에 밭매던 자는 호미를 가지고, 행상하는 자는 막대기를 들고 분주히 즐겨 따르지 않는 자가 없었다.15)
- 어리석은 백성이 다투어 붙으니 역적의 무리는 점점 많아졌다. …… 수일 동안에 무리는 수천에 이르고, 시골의 선비와 서민들은 산중에 도망하여 숨으니 왜란을 피하는 것만 같았다. 흉적의 기세는 대단히 치열하였다.16)
- 무리는 가히 3-4천이 되고, 병기를 가진 군관·무사배들 수백명 이외는 모두가 맨손의 촌 백성들이었다17)
- 인심이 무너지고 감히 대항하는 자가 없어 잇달아 6-7읍을 함락시켰다.18)

이처럼 이몽학의 난은 항거하는 민중의 지지를 바탕으로 일어났음을 알 수 있다. 이런 민중들의 태도가 이몽학의 설화를 만들어 낸 것이다.

셋째, 이몽학의 죽음 장면은 『선조실록』에 자세히 나타나 있지 않고, 다만 한양에서 그의 머리를 효수하였던 사실만 나타나 있다.19)

---

14) 趙慶男, 『亂中雜錄』 권3(國譯大東野乘 권27) 是時人民困於亂離 百途之侵 一聞 기語 從者靡然 不數日 軍至萬餘
15) 상게서, 時賊兵所過 耕田者持서 行商者携杖 莫不奔赤樂從.
16) 윤국성, <갑진만록>(국역대동야승 권 55) 愚民爭附 徒衆漸盛…… 數日之間 衆 至數千 村野士庶 逃匿山中 有如避倭時 凶焰極熾.
17) 상게서, 衆可三四千 持兵者 如軍官武士輩數百外 皆村氓赤手云.
18) 자해필담, 人心瓦解無敢拒者 連陷六七邑.
19) 宣祖實錄 卷 77, 29年 丙申 七月 丁亥, 李夢鶴頭與手足 已爲上來 依法梟首于

그러나 야담류는 다음과 같이 상세한 기록을 보여준다.

- …… 너희 적들 중에 협박으로 따르는 자가 많으리라고 생각되니, 만약
  적장의 머리를 베어와 항복하면 몰사의 화를 면할 수 있으리라. 적의 무
  리들이 들어 알고는 다투어 칼을 가지고 장막 안으로 돌입하여 누워 있
  는 몽학을 베어 죽이고 일시에 무너졌다.[20]
- (정부군)의 군사가 많이 도착하니, 적의 관하에 있던 김경창 임억명 태
  근 등 3인이 이몽학의 머리를 베어 바치므로 길 아래에 시체를 버리니
  오합의 무리들은 일시에 흩어졌다.[21]
- 그의 부하 임억명이란 자가 몽학을 베어 바쳤다.[22]

이몽학이 그의 부하에게 죽었다[23]고 기록되어, 역적의 말로가 비참하
다는 사실을 보여주고 있다. 이몽학의 난에 관련되었던 자들의 처벌과정
은 『선조실록』에 자세하게 기록되어 있다. 처벌은 대체적으로 백성들을
감화, 복종시키기 위해 연좌법을 생략하고 너그럽게 처리하였다.[24] 그렇
지만 이몽학의 홍산 가옥은 파가저택하였으며, 그의 거주지였던 홍산현
도 혁파하였다.[25]

넷째, 이몽학은 본래 성질이 흉악하고 교활하다.

부랑자적인 행실로 아버지에게 쫓겨난 인물인 이몽학을 『난중잡록』은
본래 흉하고 교활한 인물[26]임을 보여준다. 이몽학은 나쁜 성격과 행실로
인해 아버지에게 쫓겨나게 되었다. 그는 충청, 전라도를 떠돌아 다니다가
편비(장교)가 되어 종군하던 중에, 임진왜란으로 국사가 위태하고 어지럽

鐵物前路 過三日後 傳示四方.
20) 亂中雜錄 卷3, ……汝賊之中 想多脅從 若斬將來降 則可免俱焚之禍 賊徒聞知
    爭持白刀 突入幕中 斬殺夢鶴於臥席 一時潰散.
21) 甲辰漫錄, …… 兵 又多來到者 賊之管下 金慶昌林億命太斤等三人 斬取李夢鶴
    頭納之棄尸於道下 烏合之衆 一時散落.
22) 紫海筆談, 其下林億明者 斬夢鶴以獻.
23) 柳成龍, 西涯集 卷 2, 賊進圍洪州爲救使洪可臣擒獻.
24) 宣祖實錄 卷 77, 29年 丙申 七月, 八月 권23, pp.34-50 참조.
25) 앞의 파가저택 부분 참조.
26) 趙慶南, 『亂中雜錄』 卷 3(國譯大東野乘 卷 27), 夢鶴本以兇狡之徒.

다는 것을 알고 도당을 만들어 난을 일으켰다고 한다. 이처럼 문헌기록은 표면적으로 이몽학에 대해 지배자적 시각에서 부정적으로 평가한 것이다.

이상의 문헌자료들은 이몽학을 지배자적 관점에서 역적이요 부정적 인물이며 제거되어야 할 인물로 평가하였다.

2) 이몽학 설화의 양상과 의미

지금까지 채록하고 수집된 이몽학에 관한 구비설화는 총 45화이다.[27] 이들 수집된 자료는 부여지방에서 39편이, 청양군 정산면과 홍성군 결성면에서 6편이 있다.

수집된 자료의 양상을 보면, 부여지방에서는 이몽학이 주체가 되고, 정산과 홍성 지방에서는 이몽학이 부수적인 인물이 된다. 후자의 지방에서는 김경창이나 임득의[28]가 주인공이 되어 이몽학을 죽이는 설화가 나온다. 그렇다고 해도 부여군과 인접한 정산에서는 이몽학을 나쁘게 말하기보다는 이몽학을 죽인 김경창을 나쁘게 평가하고, 자기 대장을 죽인 김경창은 떳떳지 못한 인물이며, 그로 인하여 그 후손들도 떳떳하게 살지 못한다고 한다. 그리고 이몽학의 마지막 접전지인 홍성에서는 그에게 호감을 갖지 않았으며, 자료에도 이몽학은 완전히 부수적인 인물로 등장하고 있다.[29]

---

27) 부여 이외의 지방은 필자가 의도적으로 이몽학이 난을 일으켜 진격하였던 지점이란 것을 염두에 두고 채록한 것이다. 여기에서 청양군 정산면은 홍산현에 속하였던 은산면과 인접하여 같은 생활권에 속한다는 점에서 홍산지방으로 한정할지라도 무리라고 보지 않는다. 이런 점에서 현재로는 이몽학에 관한 구비설화는 부여군 일대, 더 작게 부여군 서부인 이몽학이 난을 일으켰던 홍산지방을 중심으로 한정되어 있다.

28) 선조실록에 보면(77권 29년 병신 칠월 무인조 권23, p.31) 임득의는 관군이었는데도 불구하고 구비전승에는 이몽학의 반란군에 동조한 인물로 나타난다.

29) 이몽학의 활동 중심지에서 떨어질수록, 그에 대한 호의적인 태도가 줄어든다. 자료의 조사의 빈도수에서도 문제가 있지만, 구체적인 조사자의 질문에도 부여 이외의 지방은 이몽학에 대해서 모른다며 언급하지 않았다.

(1) 탄생 삽화

문헌에는 이몽학이 서울의 천얼 출신이라 하였는데, 구비설화에는 이몽학이 천한 소생으로 나타나지 않고, 그의 탄생지를 서울이 아닌 난을 일으켰던 홍산지방의 인근으로 설정하여 설화의 통일성을 유지하고 있다. 이는 성장기의 홍수 물건너기와 말 달리며 놀던 <모종터> 삽화, 그리고 <오뉘 힘내기> 삽화, 이몽학의 집이나 조상의 묘터 등을 파혜쳤다는 <파구터> 삽화 등을 이해하는 데에 용이하게 한다. 외지에서 이곳 부여지방으로 들어온 이몽학을 이곳의 주민들이 같은 고장 사람으로 인식한다는 사실은 그의 활동을 자기들의 활동으로 대신하려는 영웅기대의 심리를 바탕으로 한다.

설화에 나타난 탄생삽화를 보면 다음과 같다.

1. 이몽핵이는 날적에 이몽핵이 아버지가 꿈에 하늘서 북을 타구서 치구 네려오냐서 낳구우, 이몽핵이 뉘 날 적이는 북을 치구 타구서 올라갔다 네려갔다 허구서 낙거든? 그런디 이몽핵이 뉘가 훠낀(훨씬) 낫어······ (중략) 그래 몽핵이 뉘 날 적이는 몽핵이 아버지가 하늘서 꿈이 북을 타구서 치구 올라갔다 네러갔다. 타구서 이러면서 낳구, 몽핵이 날 적이는 치구 네러오기 빽이 못했어, 그러기때미 크은 사람 노릇을 못했지. 역으루 몰렸지. 그래 올라갔으면사 한 번 이렇게 되는디······(자료 15)[30]
2. 그래서 이무학이는 에, 애초에 워디서 거시겠느냐 허면, 홍산(鴻山面) 비홍산(飛鴻山)이라구 있는디, 큰 산인디, 그 비홍산 정기를 타구서 난 사람인디(자료 18)
3. 이몽학 장군이라 할테지만 여기서는 이몽학이라고 하지. 이몽학이란 사람은 본래 비홍산(飛鴻山) 정기를 받고 태어난 사람이여, 비홍산은 날 비자, 기러기홍자, 기러기가 날아가는 형상을 한 산이라는 거여. 거기 정기를 받고 태어났다는 거여(자료 26).
4. 이몽학 어머니가 꿈에 학을 보아서 꿈몽(夢)자, 학(鶴)자 해서 이몽학이

---

30) <자료 15>에서 자료란 부록에 이몽학 자료편에 제시한 자료개관의 목록이며, 15란 15번째 자료를 지칭한다. 이후에 <자료>라고 문맥 속이나 인용문 뒤에 나올 때는 이 자료를 가르킨다.

라고 이름을 지었다는 것이여(자료 32).

5. 이몽학은 비룡산의 정기를 타고난거여(자료 36).

민중은 이몽학이 역적이었던 사실을 인식하면서도 홍산 출신이 아닌 그를 왜 이 고장에서 출생했다고 하였을까? 이것은 이몽학의 난에 직접, 간접으로 연루되어 피해를 받았던 이곳 주민들의 공동의식의 소산으로 생각된다.

위 1 자료를 보면, 이몽학의 탄생은 평이한(?) 태몽을 통한 탄생으로 신이한 점을 찾을 수 없다. 탄생담에서 이몽학은 누이보다 못한 존재로 나타난다. 한편 '그래 올라갔으면사 한번 이렇게 되는디……'라는 마지막 구술은 영웅 기대가 현실적으로 충족되지 못한 것에 대한 민중들의 아쉬움을 나타내는 표현으로 볼 수 있다. 그리고 자료 4에서는 꿈에 고고하고 장수하는 학을 보고 낳았다고 한다. 자료 1처럼 이몽학에게 결핍 상황을 제시하지 않음으로써, 이몽학이 커서 역적이 아닌 훌륭한 사람이 되기를 바란 것 같다.

자료 2, 3, 5에서는 비홍산의 정기를 받아서 태어난 것으로 결구시킨다. 이 비홍산은 홍산지방의 정신적 지주로 생각되는 바[31] 비홍산의 정기를 받아 태어난 이몽학은 이곳 홍산지방의 정신적 지주로 주민들에게 희망과 행복, 행운을 가져다 주는 존재로 유추할 수 있다. 더욱 비홍산이 기러기가 나는 산이란 의미가 있으니, 문자 그대로 홍은 홍곡지지, 곧 원대한 포부와 나라를 건국하는 홍업의 야망을 상징한다고 하겠다. 따라서 민중이 신세계를 원하는 의식을 드러내고 있다.

---

31) 최래옥 「산이동설화의 연구」, 『관악어문』 3집(서울대 국어국문학과, 1979. 3). 이 비홍산이 홍산지방에서 숭상하는 산인 동시에 이곳이 서울이 될 수 있는 곳이란 의식을 보여주고 있다(김균태, 「부여지방에 나타난 설화의식」, 『역사민속학회』 3집 (1993) 참조). 한편 산은 인간의 삶속에서 정신적 기둥이나 살아있는 정신의 상징으로 이해된다(민희식 역, G. Bachelard, 『불의 정신분석 초의 불꽃』 삼성출판사, 1990, pp.454-468).

(2) 성장 삽화

이몽학의 성장담에 해당하는 설화로는 <홍수 물건너기> 삽화, <모종터> 삽화, <오뉘 힘내기> 삽화[32) 등이 있다. 앞의 문헌자료에 이몽학이 본래 성질이 흉악하고 교활하다고 하였지만, 민중들은 이를 믿지 않고 성실하게 노력하는 인간으로 그의 성장기를 말하고 있다.

ㄱ) 모종터 삽화

이 삽화는 이몽학이 어릴 때 훌륭한 장수가 되려고 무예를 닦았던 장소에 관한 삽화인데, 그 내용은 다음과 같다.

> 산이 있는디, 그 산 이렇게 올라가서 이렇게 보면, 중턱이 이렇게 둥그런 질이 있잖여…… 그것이 이몽학이가 거기서 말타고 연십하느라고 그 질이, 그렇게 산 중턱이 이렇게 질이 됐다(자료 8).

이것을 보면, 그는 맹훈련을 하는 성실한 사람이라고 나타난다. 오늘날까지 이 모종터가 남아 있다고 하는 것을 보면 400년간 이몽학을 호의적으로 대하는 민중의식이 반영되어 있다고 하겠다. 당시의 위정자들이 이런 인물을 활용하지 못하고 반역의 길로 가게 하였다는 비난의 뜻도 담겨 있다.

ㄴ) 홍수 물건너기 삽화

이몽학이 어려서 공부하기 위해 하천을 건너다닐 때 홍수가 났는데도, 마땅히 멀리 돌아서 늦게 서당에 와야 할 그가 오히려 일찍 와서 열심히 공부하고 늦게 귀가하는 내용으로 구성된다. <홍수 물건너기> 방법을 살펴보면 다음과 같다.

---

32) 오뉘 힘내기 삽화는 반란을 일으키는 삽화와 결구되어 있어 활동담에서 다루기로 하겠다.

- 메물대 한 다발을 옆에 찌구서는 하나석 이렇게 놔. 놓구서는 건너가(자료 18).
- 나뭇잎을 타고 다녔다는 거여(자료 25).
- 그냥 건너 가더라는 거여(자료 27).
- 가랑잎새 하나를 띄워놓고서 요술을 부려 배를 만들어 가더라는 이거여 (자료 33).
- 나막신을 신고 다니는데 그것을 타고 물을 건너다녔다는 거여(자료 34).

위 <홍수 물건너기> 삽화들은 홍수가 난 물위를 나뭇잎이나 메물대를 타고 건너 가거나, 가랑잎새로 요술을 부려 배를 만들거나, 나막신을 신은 평상시 상태로 물33)을 건넜다는 등의 이야기로 이몽학의 신이성을 강조하여 영웅적인 면모를 보여준다.

위의 <자료 18>은 홍수가 나서 물을 건너야 집에 가는 자기를 걱정하는 선생에게, 이몽학은 자신의 능력을 말하고 시험삼아 보여준다. 이때 이몽학의 신이성을 목격한 선생의 반응이 분명히 나타나지 않는다. 그리고 <자료 34>에서는 이몽학의 재주 때문에 따르는 자가 많아졌다고 하여 민중의 지지기반을 보여준다. 이런 신이성은 나타내는 단편적인 구술은 이몽학이 득이한 재질과 도술과 용기를 가진 장수의 기질을 지녔다는 본격적인 활동기적 특질을 보여준다.

그런데 이런 <홍수 물건너기>는 신이한 능력을 보여주어 타인에게 보여서는 안되는 금기를 파기하는 의미를 가진다.

(1) 이몽학이는 어릴 때(홍산에 살았는데) 펄을 건너(남면에) 공부하러 다녔다.
(2) 홍수가 나면 펄이 바다가 되어 건너올 수 없는데, 이몽학이 가장 일찍 도착하여 이상하게 여겼다.
(3) 몽학이 집에 돌아갈 때, 선생이 몰래 따라가 보니 버들잎을 던지며 건너갔다.
(4) 이 장면을 본 선생은 이튿날 몽학에게 더 가르칠 자신이 없으니 다른

---

33) P. Wheelright, Metaphor & Reality(Indiana Univ. Press, 1968), p.125, 물은 순결과 새 생명, 생명을 지속시키는 기능이 있다.

선생을 구해서 공부하라고 해서 그 선생을 떠났다.[34]

위 삽화에서 선생이 집에 일찍 가라고 했음에도 이몽학은 서당에서 늦게까지 공부를 열심히 하다가 아이들이 다 돌아간 뒤, 컴컴할 때에 혼자 돌아가려고 나선다. 이것은 남에게 보이지 않아야 하는 금기요소를 지키려는 방편이었는지 모른다. 그러나 이런 이몽학의 행위는 선생의 호기심을 유발시켜서 금기를 파기시킨다. 선생은 그를 가르치는 것이 위험을 초래할 것으로 느껴 이몽학을 떠나가게 한다.

- 그것이 보통 사람이 아니고 헌다. 그 사람 가르친다고 잘못허면, 상대했다간 야중에 역적으로 몰리면 죽을 듯 싶거든. 숨어버렸어(자료 1).
- 아하 저놈이 제게 잘된다고 하며는 큰 인제가 될 놈이고, 만약에 저놈이 못된다고 하며는 큰 나라를 망칠 놈인데, 에 내가 저놈을 가르쳐서는 안 되겠다. 자칫 잘못하면 큰 화를 입을 것이 분명하다(자료 5).
- "아이구매야 난 저눔 가르치면 큰일 나겠다"구, 그때 가슴을 치며 아 아 차했다(자료 16).
- 너는 내가 가르칠 수가 없다(자료 37).

이몽학을 훌륭하게 지도할 수 있었던 선생은 이몽학이 지닌 신이한 행적을 본 뒤에 장차 피해받을 것을 염려하여 제자를 버린다. 이는 아기장수 삽화에 나오는 자식을 죽이는 부모와 같은 기능이다. 이것은 이몽학 편에서 보면, 학문적으로 어린애 같이 미숙한 그가 부모와 같은 스승에게 버림을 받는 기아 모티프(Motif)이다. 이것은 학문적인 중단, 곧 죽음에 해당하는 것이고, 장차 지혜와 용기를 겸전해야 할 장수로서는 불완전한 성숙의 원인이 된다.

이 <홍수 물건너기> 삽화는 금기의 파기와 함께 신화적 요소가 비극적 장수설화에 수용된 것이라 하겠다[35]. 신화적 영웅의 일생을 보면, (1)

---

34) 자료 1, 이명구 씨가 1979.7.24일 부여군 장암 합곡리 노인정에서 구술한 것임.
35) 최래옥, 「수용관점에 따른 건국신화의 해석」, 『백산학보』 27호(백산학회, 1983.5), pp.75-79.

갓난 아이가 (2) 부모에게 (3) 버림받아 (4) 죽게 될 때, (5) 구원자(원조자)를 만나 (6) 신이한 성장을 한 후에 (7) 위기(물을 건너)를 극복하여 (8) 건국영웅이 된다로 이루어져 있다.

이에 이몽학의 홍수 물건너기 사건을 대입하여 보면, (1)에서 이몽학은 신체적으로 갓난 아기는 아니었으나 학문적으로 서당에 다니는 학동이라 갓난아이에 속한다 해도 과언은 아니다. (2) 부모는 아니지만 군사부의 관념상으로 볼 때 부모격인 선생에게 (3) 버림을 받아 공부를 할 기회를 상실한다. (4) 이는 장차 장수로의 성장에 큰 결격으로 거의 죽음에 해당한다. (5) 신체적으로 성장한 이몽학은 선생에게 버림받아 학문(지혜) 대신 장수가 될 무술에 전념한다. 이를 통해서 스스로 구원자가 된 셈이다. 그러나 그는 지혜 습득의 불가능으로 완전한 영웅이 되기가 어렵다. (6) 그의 신이한 성장은 무사적 측면만 나타난다. (7) 이몽학은 난을 일으켰으나 위기를 극복하지 못했다. 곧 지혜가 있다면 획득할 하늘, 지지자나 추종자의 도움, 인내하는 수양이 결핍된 결과 오직 무술만으로 장수 행세를 한 것이다. 이는 불완전한 장수인 까닭에 (8) 건국영웅이 되지 못하였다.

여기에서 물건너기의 의미를 <고주몽 신화>[36]와 비교하면, 물건너기가 적절한 때에 이루어지지 못하고 있음을 드러낸다. 고주몽은 어릴 때 그의 신이성을 감추기 위하여 말을 키워 성장한 (7)의 시기에 물건너기를 하고 있다. 이에 반하여 이몽학은 물건너기라는 신이성을 감출 기회를 얻지 못하였기 때문에 좌절할 수밖에 없음을 보여주고 있다.[37]

버려진 아이는(이몽학) 훌륭한 장수로 성장하는 데에 있어서 한계를 지닌다. 기아의 대상이 유아일 경우는 닥친 고난을 극복하려고 꾸준히 노력했지만 죽음을 당하거나 실패하는 경우[38]와 고난을 극복하고 성공하는

---

36) 『삼국유사』 권1, 奇異 제1, <高句麗>.
37) 주몽의 경우는 위기를 벗어나는 과정에서 자연스럽게 드러난 것이므로 추종자(목격자)들에게 신이한 능력으로 인식되어진 것이고, 이몽학의 경우는 목격자들이 원하고 있는 것이 아니므로 그 신이성이 아기장수처럼 불길한 것으로 인식되어지기도 하였다.
38) 여기 속하는 영웅들은 평민들의 영웅들로 대표적인 예로 아기장사 전설과 우투리 전설이 있다.

경우39)로 나뉜다. 이몽학의 경우에 성장기의 영웅성을 선생은 제거시키지도 못하고 그렇다고 영웅성을 성장시켜 주지도 않는다. 따라서 성장기의 이몽학이 지닌 영웅성을 선생이 목격하고서 그를 버림으로써 장수로 성장되지 못하였다.

훌륭한 선생에게 버림당한다는 것은 이몽학이 지혜적 측면을 습득할 기회를 잃는 계기가 된다. 선생은 이몽학과 대립 갈등을 드러내지 않고 다만 회피(가르침 포기)함으로써 자신에게 닥칠 위기에서 벗어나려고 하였다. 만약 부모가 그의 신이한 능력을 목격하였다면, 이몽학과 대립 갈등을 드러내 보수적 경향과 새로운 가치와의 대립 양상을 보여 주었을 것이다. 곧 부모이기에 다가올 위기를 모면할 길이 없으므로 아기장수 설화처럼 능력 감추기를 위한 노력을 드러냈을 것이다.

그러나 아기장수 설화에서는 아기장수의 능력이 유아기에 발견되어 버려짐을 통해 영웅성이 제거되어 이몽학의 경우와는 좀 다르다. 아기장수의 능력은 부정적으로 인식되고 부모라는 공동운명체 속에서 영웅성을 과시조차 해보지 못한 채 좌절한다.40) 그런데 이몽학은 신이한 능력이 성장기에 목격당하기는 했으나 기아현상이 뚜렷하지 못하고, 또한 목격자의 태도로 신이한 능력이 조장되고 그것이 민란의 원동력이 되고 있다. 이것은 성장해서 난을 일으키고 실패하는 결과를 유도하기 위한 당연한 설정이다. 이런 점은 홍수 물 건너기란 신이성을 남에게 들킴으로써 금기 요소가 파기된 데 따른 것이다. 즉 <자료 1>에서 이몽학은 선생이 자신의 신이성을 보고 잠적하자, 금기가 파기되었음을 알고 거사를 조급하게 앞당기기 때문에 실패하고 만다.

선생에게 버림을 당한 이몽학은 다른 선생에게 가서 공부를 하거나(자료 5, 12, 16), 공부를 그만두거나(자료 37), 빨리 거사를 일으켰다(자료 1) 등의 행위로 나타난다. 이런 행위는 학문 수양을 통하여 정신적으로 성장하

---

39) 신화나 시조신화가 여기에 속하는데, 대개는 우월성을 과시하거나 정통성을 주장하기 위한 문헌기록에서 많이 볼 수 있다.

40) 아기장사 전설은 전부가 그런 것이 아니지만 대부분이 그렇다(천혜숙, 「전설의 신화적 성격에 관한 연구」, 계명대학교 박사학위논문, 1987.6 참조).

여야 할 이몽학이 공부를 그만두거나, 다른 선생에게 가서 공부를 하지만 지혜의 성장에 도움을 받지 못한 것을 말한다. 민중들은 그의 정신적 성장이 멈추는 것을 안타깝게 여긴 것이다. 훌륭한 선생에게 버림을 당하지 않았다면, "어린 것덜 데리구 활 쏘기나 칼 장난만"을 하지도 않았을 것이다. 선생이 홍수 물건너기의 단편적인 삽화에서 보여준 신이성과 성실성으로 수신하는 이몽학을 훌륭한 자질로 지도하였다면 훌륭한 지도자가 되었을 것이다. 그리하여 이몽학이 신이한 도술과 성실한 노력, 지혜를 겸비하여 인격을 갖춘 인물이 되었으면 민중이 겪는 곤난을 극복, 해결할 존재가 되었으라는 의식이 내재하고 있는 것이다.

(3) 활동 단계

여기에서는 이몽학이 탁월한 무사적 능력으로 활동하였던 시기에 행한 이적과 <오뉘 힘내기> 삽화를 중심으로 살펴보겠다. <힘내기>형 설화는 서사의 전개상으로 볼 때, 성장기의 마지막이지만 활동담의 시작으로 보여진다. 그런데 이몽학과 결부된 <힘내기>형 설화는 최후담에 연결된 것이 많다. 이것은 이몽학이 역적이었다는 것과 결부되어서 설화에 나타난다. 여기에서는 이몽학이 행한 이적들을 먼저 다루고, 다음으로 <오뉘 힘내기> 삽화를 비롯한 <힘내기>형 설화를 다루기로 하겠다.

ㄱ) 이몽학의 이적

이몽학이 행한 이적들은 신이한 도술이거나 요술이 아니라 대부분 용기와 지혜가 필요한 것들로, 인간의 노력에 의해서 얻어지는 것들이다. 이몽학은 성장과정에서 보았듯이 처음에는 열심히 배우려 하고 성실하게 노력하던 인물로 구술되고 있는 바, 이런 노력의 결과로 얻어진 이적들은 무사적 측면과 지혜적 측면으로 나누어 볼 수 있다.

첫째, 무사적 측면의 이적을 살펴보자.

이몽학의 무사적 기질은 성장담에서 보았던 모종터 삽화에서도 이미 볼 수 있었다. 그의 무사적 기질은 선생에게 버림을 당하고 더욱 노골화되고 있다(자료 16). 이몽학에 결부된 무사적 기질은 힘이 세고 날센 장사라는 장사적 면모를 보이는 삽화들로 결구되어 나타난다. 이는 민중의 영웅기대 심리를 해결해 줄 수 있다는 생각에서 비롯된다.

- 큰 바위를 집어서 냅다 팔매를 치며는 지명 경계(망계)라는디 가서 떨어졌어, 바위가. …… 그런디 바위가 여간 커. 우리네는 들지두 못혀(자료 11).
- 그 양반이 장사여서……, 말달리던 곳에서 바윗덩어리를 던져서 논 가운데 지금도 바위덩이가 있거든. 산에서 논까지 한 오리가 되는데 이무학씨[41]가 했다는 역사가 있어요(자료 23).

위는 이몽학의 힘이 장사였음을 말하고 있다. 민중은 힘이 장사인 이몽학을 '양반'이라 높여 부르고 있어 존경의 대상으로 삼았던 듯하다. 이처럼 존경의 대상이 된 것은 남이 들지 못하는 바위덩어리를 한 오리나 던질 수 있는 힘센 장수로 인식되었기 때문이다. 이는 민중의 의식 속에 그가 힘 센 장수라면 자신들의 소망도 관철시킬 수 있다는 데서 출발한 것 같다.

- 몽핵이 장상것이 뭐냐허면 사내키 서른 발을 꽁무니다 달구서 달음박질 허면 비암꼬리처럼 쭉 뻗쳐서 나가지…… 그래 장사 아녀?(자료 15)
- 이몽학이 상투에다 명주 1필을 매고서 달리면 땅에 닿지를 않았다는 아주 날러가는 장사였더란 애기만 들었어(자료 22).

이몽학이 날렵한 장사였음을 말하고 있다. 힘이 세고 날렵한 이몽학이 자신들을 구원할 수 있는 인물이기를 바라는 민중의식의 표출이다. 민중들은 이몽학에게 무사적 기질을 증폭시켜 자신들을 구원할 수 있는 인물로 부각시키고 있다. 심지어 <자료 15>에서는 천기나 글을 배워 난을 일으킨 이몽학에 대한 한계를 느끼며 애정을 보여주고 있다.

---

41) 이무학은 이몽학의 잘못인 듯 하다(윤재근, 전게논문, p.375, 한국구비문학대계 4-5, p.816 참조).

둘째, 지혜적 측면의 이적을 살펴보자

민중은 이몽학이 풍수에도 능통하였다고 하면서 풍수지리설과 결부된 삽화를 구술하고 있다. 이 삽화 속에 등장하는 이몽학은 무사적 측면에서 보여준 민중의 의식과는 달리 부정적 시각에서 인식되고 있다. 이를 자료를 통해 살펴보자.

❶ 욕심이 너무 많다.

이몽학은 욕심이 너무 많아서 좋은 명당이 있으면 부모나 조상들의 신체를 조금씩 떼어다가 이곳저곳에 묻기도 하고(자료 8), 아버지 시체를 사각내어 묘를 쓰기도 하였다(자료 21). 이런 행위는 자신의 영달을 위해서 무엇이든지 하는 사람이라고 비판하는 것이다.

❷ 조급히 서두르는 인간이다.

명당을 쓰고 난 후에 효력을 보기 위해서는 시간이 필요한 데도 기다리지 못한다. 몽학의 누이가 죽으면서 "아무때고 구룡산의 누런 소가 일어서면 성공하고 그 안에 나서면 실패한다"며 동생에게 부탁하였지만, 이몽학은 기다리지 못하고 반란을 일으켜 패하고 만다. 뒤에 묘자리를 파보니 검은 소가 앞발을 들고서 막 일어서려고 하였다(자료 25)는 것이다. 여기에서 민중들은 이몽학이 참고 견디었더라면 일을 그르치지 않았을 것이라는 안타까움에서 조급하게 서두른 것을 비판하고 있다.

❸ 질투심이 무척 많은 인간이다.

풍수지리에 능통한 이몽학은 자신보다 훌륭한 인물이 나오지 못하도록, 큰 인물이 낳을만한 곳의 혈을 다 자른 역적(자료 23, 18)이라 비판하고 있다. 민중들이 보았을 때 자신보다 잘난 사람을 없애는 것 또한 속박이며, 현실의 위정자들과 다를 바 없는 행위로 인식하고 있다.

이몽학이 몽둥이로 혈을 끊었다고 하여 장사적 측면에서 긍정적 인식을 보이면서도, 지혜적 측면에서는 협동심이 없고, 욕심이 많으며, 조급히 서두르고, 질투심 많은 부정적인 인물로 평하고 있다. 무학대사의 <한양터잡기>와 유사한 <조씨명당터>를 잡아준 일에서도 부정적으로 보고 있다(자료 29). 이몽학이 천하 명사라고 하나 명당터를 잡고도 확인할 수 없었는데, 어떤 노인이 검은 소를 가르키며 한 비유를 통해 알게 된다. 이것은 이몽학이 나무만 보고 숲을 보지 못하는 우둔함과 시야가 좁은 것을 비판하고 있다고 하겠다.

이처럼 지혜적 측면이 민중들에게 부정적으로 받아들여지는 것은 이몽학의 난이 실패하였다는 점 때문이다. 왜냐하면 민중들은 힘세고 날랜 장사가 지혜가 부족하거나 우직해서 거사에 실패한다고 흔히 생각하기 때문이다.

이런 지혜의 부족을 민중들은 어떻게 설정하였을까. 이는 홍수 물 건너기에서 선생에게 버림을 당한 삽화와 자연스럽게 결구된다. 이몽학에게 무사적 기질은 끊임없이 존재하고 성장하고 있지만, 지혜의 습득과정은 금기의 파기로 선생에게 버림을 받아 기회를 상실하고 말았다. 민중들은 이몽학이 최초의 선생에게 성실하게 다 배우지 못하고 버림을 당하여 지혜가 모자란 것을 위와 같은 설화적 장치를 통해 보여주고 있다. 지혜의 습득을 그치게 해서 어떤 일에서는 모자라고 뒤지는 듯 느끼게 하며, 이몽학에게 조급히 서두르게 하고, 독선적 경향의 질투심에 빠지게 하며, 욕심이 많은 인간으로 표출되게 하였다. 결국 이런 부정적 요소를 통해서 이몽학이 난을 실패할 수밖에 없는 사실을 설명하기 용이하게 설정하였다.

셋째, 무사적 기질과 지혜적 측면이 부분적으로 결합된 양상을 보여준다.

이들 삽화는 호미와 살포로 무기를 만들었다는 데 나타난다. 왜냐하면 거사를 위한 무리를 끌어들이기 위해서는 무력적인 방법만으로 불가능하기 때문에 무리들의 마음을 사로잡아야 한다.

이몽학이 무리를 모으는 방법을 보면, "이몽학이 반심을 품고 백성들을 끌어모은 뒤에 호미를 쭉쭉 뻗쳐 창을 만들고, 이로 백성을 억압하고 눌러서 난을 일으켰다"(자료 25)거나 이몽학이 여름에 수백 명이 모여서 두레질로 논을 맬 적에 일없이 호미로 창을 만들고 백성을 억압하여 반란을 일으켰다고 한다. 이 구술의 표면적 의미는 백성들의 고통을 생각하지 않고서 자신의 목적만을 달성하려고 반란을 일으킨 이몽학이 실패할 수밖에 없었음을 보여준다.

그러나 호미를 폈다고 구술한 이면의 의미는 난을 일으킨 이몽학이 민심을 얻었음을 나타내는 은유적 표현인 것 같다. 제보자 김숙제씨의 말에 의하면 '호미나 농기구를 펴다'는 의미는 이몽학이 억지로 하였다고 하기보다는 농민들이 스스로 따랐다는 의미라고 말한다. 이는 난에 참가한 농민들은 자신들이 가지고 있는 농기구를 무기화하여 따랐음을 의미한다.[42] 농민들이 생활의 주요 용품을 제공하였다는 것은, 제공함으로써 그곳에 자신의 생존을 맡긴다는 표현의 형태이다. 이로 볼 때 이몽학의 난은 당시 이곳 주민들의 상당한 협조를 받았지만, 그가 역적이었다는 역사적 사실 때문에 표층적인 표현으로는 민중들이 억압으로 따른 것으로 되어 있다.

백성들이 협조하였던 양상은 구비설화에서도 나타난다. <자료 31>을 보면, 비상한 두뇌와 특이한 재능을 가진 이몽학은 사람들이 따르지 않자 살포라는 농기구를 공중에 던져서 창처럼 땅에 꽂을 수 있는 무기로 만들었다. 그런 이적을 보이자 "잘하면 반역을 하여 성공할 수 있을지도 모른다"는 생각에 민중들이 따랐다고 한다.

민중들은 시의에 따라서 행동한다. 따라서 백성들이 자기에게 이익이 있고 배를 불려줄 수 있는 사람이면 누구를 불문하고 따르게 된다. 이몽학 삽화에서도 백성들이 이몽학의 난에 협력하였던 것은 임진왜란으로 인한 피폐와 위정자들의 악랄한 수탈에 빠져 있었기 때문이다. 이 상황에서 이몽학이 백성의 구제를 내걸고 난을 일으키니 백성들의 환영이 대단하였던 것이다.

ㄴ) 〈힘내기〉형 설화

활동기 삽화에서는 일반삽화의 내용들을 역사적이고 구체적인 이몽학에게 결구시켜 민중의 영웅기대심리와 그에 대한 기대의 한계를 보여

---

42) 이는 사모곡에서 낫을 부모로 나타내는 것과 마찬가지이다. 농기구는 농민의 像을 표현한 것이라 하겠다.

준다.

이몽학은 성장기에 선생으로부터 버림을 당하여 그의 지혜적 측면이 얕은 상태였다. 이런 이몽학에게 <치마대> 삽화에서는 수양을, <초립동이> 삽화에서는 교만을, <오뉘 힘내기> 삽화에서는 화합을 제시하여 그 극복의 기회가 제공된다. 이몽학은 이런 기회를 잃고, 그의 실수를 후회하거나 반성하는 대오각성이 없어 비극적 장수로 전락하고 만다. 이러한 <힘내기> 설화는 실패한 인물의 설화에 수용되어 각 개인별로 의미가 구체화되고, 각개의 삽화들이 한 인물에 총체적으로 집결되어, 지역적인 특색과 인물의 성격을 부여함으로써 민중들의 기대심리를 나타내고 있다.

❶ 초립동이형 전설

이것은 <힘내기> 설화 중에서 이몽학의 패배를 나타낸 삽화이다. 삽화 중에 장사라고 자부하였던 이몽학은 초립동이에게 패배당하고 만다. 여기에서 민중들은 이몽학의 지혜없음을 풍자하고 있다.[43] 다시 말해 민중들은 힘으로만 모든 것을 해결하려 하고 지혜도 혜안도 없는 이몽학이 초립동이에게 패배당하는 것을 당연시 한 것이다.

> 이몽학이 힘이 장사여서 씨름판에 나가면 항상 이겼는데 하루는 조그만 초립동이 하고 씨름을 했는데 냅다 지고 말았다. 그 초립동이가 자기 누나였다는 것이지요. 누나가 초립동이로 변신하여 힘만 믿고 까불어대는 동생을 혼내주기 위하여 일부러 한 것이지요. 이몽학이 천안까지 쳐들어 올라갔는데 청의노졸에게 걸려서 죽었다는 글을 읽은 것 같아요.[44]

이 삽화의 의미는 크게 <오뉘 힘내기> 삽화의 변이유형에 속하는데,

---

43) 강현모, 「이몽학 설화의 연구」, p.75. 이몽학이 지혜 없음은 지켜야 될 금기의 파괴에 있다고 하겠다. 즉 그는 금기의 파괴로 지혜를 얻을 기회가 상실하였다. 그리하여 무사적 힘은 왕성하게 성장하는데 비하여 지혜적인 측면은 부당시하고 무시당하여 난에서 참패하고 만다.
44) 윤재근, 「이몽학 설화고」, 『한국문학연구』(청파 서남춘교수 화갑기념논문, 창문각, 1985), p.382.

초립동이로 변장한 누나가 씨름판에 등장하여 늘 이긴다는 자부심으로
까불어대는 동생을 혼내주고 있다. 또 난을 일으켜 천안까지 쳐올라갔다
가 청의노졸(靑衣老卒)에 걸려서 죽었다고 하는 삽화도 있다. 그러므로 이
몽학을 이긴 자는 초립동이와 누나(초립동이로 변장), 청의노졸 등 세 가지
이다.

여기에서 초립동이(누나 포함)나 청의노졸의 의미속성은 무엇인가.

우선 초립동이는 완전하게 성숙되지 않은 자, 미숙한 자, 순수한 자,
가능성이 있는 자 등의 의미를 가지고 있다. 이와 같이 완전하게 성숙하
지 않은 순수하고 미숙한 초립동이를 등장시켜 욕심많고 까불어대는 이
몽학을 물리치게 한다. 또 이몽학은 자신이 장사라 믿어 가냘프고 연약하
게 보이는 초립동이를 깔보고 씨름에 임하였다가 지고 만다.

그런 후에도 정신을 못차리고 난을 일으켰다가 청의노졸에게 잡혀 죽
었으니, 잠시나마 호서 일원을 장악했던 이몽학 같은 큰 인물로는 비극적
인 일이 아닐 수 없다. 여기에서 청의노졸의 의미는 세력이 없는 자, 힘
이 없는 자, 별볼일 없는 자, 미천한 자, 끝나가는 자, 사라지는 자 등의
의미를 지니고 있다.[45] 이몽학은 대등하고 강력한 적대세력에 패배한 것
도 억울한데, 연약한 청의노졸에게 죽었다는 것은 비극적인 일이 아닐 수
없다.

민중들은 이몽학이 청의노졸에게 패배 당한 것을 지혜가 부족하고 혜
안이 없고 미련하기 때문이라 한다. 이 사건은 이몽학이 홍주성에서 패배
한 뒤에 그의 막료한테 죽은 역사적 사실을 상징할 수도 있다. 이때 보잘
것 없는 청의노졸은 그의 비장(裨將)이었던 김경창에게 죽은 것을 가르키
는 말이다. 이몽학에 비하여 비장은 별볼일 없는 존재인 동시에, 자신의

---

45) 청의노졸에서 청의란 옷의 의미는 동양에서 낮은 계층이 입었던 옷이다. 즉 고위
   층으로 갈수록 황색 계통의 옷을 입었음은 민속학과 역사학의 연구에서 살펴볼
   수 있다. 이런 측면에서 청의를 입은 노졸은 낮은 계층으로 인식된다. 한편 역사
   적인 사료로 백제시대의 복식의 색깔을 보면, 6좌평 16품으로 관제를 정비하여 6
   품 이상은 자색을 입고 은활로 관을 장식하며, 11품 이상은 비색을 입고 16품 이
   상은 청색을 입게 하였다(『삼국사기』 권24, <백제본기> 권2, 고이왕 27년). 이
   런 점에서 청의노졸이란 낮은 계층의 늙은 병사를 의미한다고 하겠다.

상관을 배반한 존재이다. 곧 지혜없음은 부하를 제대로 다루지 못함과 강압적인 통솔 방법을 사용하였음도 상징하는 것이다.

자료를 살피면서 검토하여 보자.

설화에는 이몽학이 미련한 것으로 나타난다. 한 삽화에는 "이몽학이 총각시절에 자기 앞에서는 누구든지 말에서 내려 걸어가도록 하였다"46) 고 한다. 이렇게 말하는 민중들은 이런 행위가 독선적이고 지혜가 없음을 폭로하기 위하여 초립동이를, 그것도 작은 초립동이를 등장시킨다. 이런 결구는 민중이 관리들에게서 받아온 부당한 대우를 개선하기 위하여 이몽학에 동조하였는데, 오히려 이몽학에게도 그런 부당한 대우를 받게 되니까 반발을 한 것이다. 이몽학이 '나쁜 놈'이라고 호령하자, 초립동이는 말총 하나로 이몽학을 때려서 힘을 못 쓰게 하였다. 이런 삽화의 차용은 이몽학이 장사란 것만 믿고 세상의 순리와 도리를 살펴보지 못하고 큰소리를 치다가, 오히려 초립동이의 말총 하나에 당하는 보잘 것 없는 인물임을 보여준다.

여기에서 초립동이와 이몽학의 대결은 힘의 대결이 아니고 지혜의 대결이요, 혜안의 대결이다. 삽화에서는 힘의 대결에서도 초립동이가 우위를 지키게 그를 산신이 변신한 것이라고 한다. 이런 결구는 이몽학이 행하였던 일이 민중들의 확실한 지지를 확보하지 못한 허망한 일임을 상징하려는 의도이다. 즉 이몽학이 산신인 초립동이를 제재한 것은 산신의 의미가 한 지방민의 상징적 존재47)라고 고려할 때, 지방민에 대한 횡포를 의미한다고 볼 수 있다. 그래서 산신의 협조를 얻지 못한 이몽학은 거세될 수밖에 없는 존재임을 나타낸다. 또한 산신으로 상징되는 지방민의 동

---

46) 문헌기록들은 이몽학의 성격을 남에게 손가락질 당하고, 불량배들과 어울려 행패로 일과를 삼았다고 한다(『홍주의 얼』, 홍주 교육청)

47) 최래옥, 「한국산신의 성격변화」, 『향토문화 연구』 창간호(원광대 향토문화연구소, 1978). 산신은 한 지방의 중심에 있는 산의 주인이다. 산신의 의미는 한 지방의 민중의식에 내재하는 어떤 방향성을 상징적으로 표현한 것이다. 지리산 산신은 호남지방의 민중의식을 대변한다고 설화인들이 인식하였다는 것이다. 한편 이몽학의 반란에는 부여 지방민의 호응이 대단하였던 것 같다(『선조실록』 29년 6월조). 이몽학은 난을 일으킨 초기에 부여지방민의 지지를 받았으나, 그의 외적인 힘의 상징적 허구성에 민중들이 등을 돌렸던 것 같다.

의를 얻지 못한 행위는 그릇된 것이라고 민중들이 인식하고 있는 것이다.

초립동이의 의미는 아직 성숙하지 못한 시기를 상징한다.[48] 다시 말해 초립동이와 이몽학의 만남은 "산소를 파봤더니 송아지가 앞발은 일어섰는데 뒷발은 그대로 있드랴, 그것이 일어서기를 바랬던 것이여"[49]처럼 때를 만나지 못하였음을 나타낸 것이다. 민중은 무덤 속의 송아지가 두 발을 다 딛고 일어났을 때와 같은 완전한 상태에서 이몽학과 초립동이가 만나기를 기대하였다. 이런 만남이었다면, 초립동이는 이몽학의 새로운 구원자요, 지원자로 부조리한 현실의 개조에 힘쓰는 자로 변모하였을 것이다.[50] 민중들은 이몽학이 그런 협조자를 알아보는 혜안과 지혜도 갖지 못한 점과 초립동이가 협조자로 될 때까지 기다리지 못한 것을 안타까워한 것이다. 이런 결구는 이몽학 난의 실패를 합리적으로 설명한 것이다.

초립동이로 변장한 누이가 등장하는 삽화를 보면, 시기가 되지 못한 상태에서 난을 일으키자 누이가 "때가 이르지 않았으니 참으라."고 제지를 한다. 이 삽화는 미성숙된 상황의 상태에서 난을 일으킨 이몽학에 대한 안타까움을 나타낸 것이다. 민중들은 씨름판에서 승리에 도취되어 자만심에 빠져있는 이몽학을 혁명이 성숙한 단계까지 적극적으로 말리지 못한 누이의 행동에도 아쉬움을 느끼고 있다. 누이가 적극적으로 말려 무덤에서 송아지가 완전하게 일어선 다음에 일을 시작하도록 하기를 기대하였던 것이다. 그래서 '송아지가 완전하게 일어선 다음에 일을 시작하였다면 성공하였을 텐데 송아지가 반쯤만 일어선 상태라'고 한 의미는 그렇지 못한 현실에 대한 문학적 표출방법인 것이다.

이는 이몽학의 난이 평정된 후 홍산지방민에 대한 관의 횡포[51]가 심하

---

48) 초립동이는 이몽학과 만남의 시간이 성숙되지 못하였음을 상징한다. 즉 초립동이는 씨름판에서 날뛰는 이몽학을 제재하여 그가 더욱 수련해야함을 보여준 것이다.

49) 윤재근, 앞의 논문, p.381(자료 17번).

50) 최래옥, 「아기장수 전설의 연구」, 『한국민속학』 11집(민속학회, 1979). <아기장수 설화>에서는 만남의 시간이 불일치하는데 비하여, 이몽학의 경우는 만났음에도 불구하고 이몽학이 용마를 알아보는 혜안을 가지지 못함으로 불일치하게 되어 구원자나 지원자로서 협력을 받을 수 없었다. 이런 결구는 민중들의 안타까움을 나타낸 표현이라 하겠다.

자 '이몽학이 초립동이의 힘과 지혜를 빌렸더라면, 누나의 말대로 인내를 하였더라면 이 고생은 안 당했을 것이다.'라는 민중의 심정의 표현이다. 이런 문학적 표출방법을 통해 관의 횡포에 반항하거나 고통을 감내하면서 삶에 애착을 보인 것이다.

이상에서 초립동이가 등장하는 <힘내기> 삽화에서, 민중들은 이몽학으로부터 사람을 보는 분별력을 갖고, 누구에게나 겸손하며, 성숙한 시기를 기다리며, 고통을 받는 민중의 편에 항상 서서, 지역 민심을 얻는 영웅을 기대하였음을 찾아볼 수 있다.

❷ 치마대(馳馬台) 삽화

장수 설화의 수련기에 결구되는 <치마대> 삽화는 이몽학 설화에도 결구되어 성격의 조급성을 부각시키는 기능을 담당하고 있다. 장수가 명마를 얻는 일은 중요하다. 이는 명마를 이용하여 민첩한 활동을 가능하게 하고 행동반경을 확장시키기 때문이다.

이몽학에 관련된 <치마대> 삽화의 경개를 보면 다음과 같다.

> 이몽학이 수련할 때에 명마가 있었는데 굉장이 아끼었다. 말의 능력을 시험하고자 하여 화살을 쏘고서 말을 타고 달려가 보면 꼭 맞게 왔다. 그런데 하루는 활을 쏘고서 말을 타고 달려가서 기다리는데 화살이 보이지 않았다. 말의 목을 치고 나니 그때야 화살이 도착하였다.

이 삽화는 단독으로 본다면 별다른 의미가 없다. 반면에 이몽학과 결부된 전체에 대한 부분으로 인식하고 파악할 때, 새로운 수용의미를 가진다.

민중들은 이 삽화를 구술하면서 명마를 영특한 말이라고 한다. 심지어 용마라고도 한다. 용마란 용과 마이 결합된 의미[52]라고 볼 때 아기장수 삽화에 나오는 용마와 같은 의미 속성을 가진다. <아기장수> 설화에 나

---

51) 윤재근, 앞의 논문, p.373, 379, 380의 <자료> 참조.
　　강현모, 「이몽학설화의 연구」, p.54.
52) 최래옥, 『한국구비전설의 연구』(일조각, 1981), p.164.

온 용마는 아기장수가 태어나 그 신성성이 부모에게 발각되어 죽음을 당하고, 다시 관군에게 2차 죽음을 당한 뒤에야 비로소 나타난다. 용마는 출현시기가 아기장수와의 불일치로 주인도 만나지 못하고 물에 빠져 죽고 만다. <아기장수> 설화에서 아기장수가 용마를 얻었다면 민중의 장수가 되어 자아를 성취할 수 있었을 것이다. 하지만 아기장수는 용마와의 만남 그 자체의 기회를 얻지 못하고 좌절하고 말았다.

이에 비하여 이몽학에 결부된 삽화에서는 주인공 이몽학이 용마를 만났음에도 불구하고 그 용마를 알아보지 못하고 죽였다[53]. 이는 이몽학이 난을 일으켜 실패했던 역사적 사실을 인식하고 나타낸 반응인 것이다.[54] 민중들은 난의 실패라는 역사적 사실을 생생하게 인식하여 이몽학을 영웅화하는 데에 한계를 느끼게 된다. 그러면서도 아기장수와 용마가 만나는 시간을 불일치시켜 철저한 좌절감을 느끼게 했던 아기장수 설화와는 다른 것으로 인식하였다. 즉 아기장수는 거사를 시도하지도 못하고 좌절하는 반면에, 이몽학은 시도한 뒤 실패하였다는 점을 예리하게 인식한 표현이다. 그리하여 이몽학을 용마도 알아보지 못하는 혜안을 가지지 못한 자, 조급하게 서두르는 자, 사랑하지 못하는 무자비한 자로 형상화시키고 있다.

장수는 '성취의욕(승부욕), 말, 활, 판단과 인내'의 요소를 지녀야 한다. 여기 <치마대> 삽화는 수련기의 인물에 결구되는 양상을 보인다. 여기에서 말은 장수가 될 사람의 분신적 기능을 담당한다. 이것은 김유신의 <천관녀 설화>에서도 보인다.[55] 김유신이 천관녀 집에 자신을 데리고 간 말의 목을 친 것은 그의 음심을 제거하기 위한 것인데 말로 대신하게 하였다. 이는 김유신이 수신하고 대오각성 하였다는 의미인데, 이몽학은 자신의 활동영역을 확대시켜 줄 말을 제거하였다.

---

53) 치마대 삽화에서 민중들은 주인공이 타고 다니는 말을 용마로 인식하지 않았다. 그런데 이몽학이 타고 다닌 말을 용마로 지칭하고 있다. 이몽학은 민중들이 인식하고 있는 용마를 얻었으면서도 인식하지 못하였다. 특히 이몽학은 말을 몹시 사랑하였지만 부주의와 세심하게 관찰하지 안하여 용마를 잃고 만다.

54) 조동일, 『동학성립과 이야기』(홍성사, 1981), pp.171-217.

55) 『東京雜記』.

이런 점에서 이몽학의 그릇된 승부욕, 조급함, 거만함은 그를 자만심에 빠지게 만들어 실패한 원인이 된다. 다시 말해 소년기 수련 장수가 말을 죽이는 일은 자기를 죽이는 것이요, 대오각성해야 함을 상징한다. 자기 분신과 같은 사랑하는 말을 죽이는 것은 장수의 실수이다. 이러한 충격적인 시행착오를 통해 다시는 이러지 않겠다는 다짐과 후회가 이어지면 성공한 장수가 되고, 다짐과 후회가 없으면 좌절한 장수가 된다. 잘못된 행위였어도 수양과 교육의 계기로 삼으면 전화위복이 될 수 있다. 그는 말을 죽이고 이런 후회를 하지 않았다.

자료를 중심으로 보면, 이몽학은 매우 아끼던 말임에도 불구하고 한번 늦자, "이놈의 말이 늦어서 못 쓰겠다"[56]며 죽여 버렸다고 한다. 일반적인 <치마대> 삽화에서는 명마의 주인이 화살보다 늦게 도착한 것으로 착각하여 명마를 죽이나, 이몽학의 삽화에서는 꼭 한번 늦은 일로 명마를 죽인다.[57] 이처럼 이몽학의 성격이 조급하고 포악함을 보여주고 있다.[58] 이몽학은 단 한번 화살을 쏘고서 그것을 따르지 못하는 말은 자신의 일을 수행하는데 힘을 되어줄 수 없다고 인식하여 죽였다. 민중들이 '그런 말은 늦어서 못 쓰겠다'며 제거한 이몽학에게 용마의 도움을 받을 기회를 상실케 하여 난이 실패할 수밖에 없었다고 당연시하였던 것이다.

<치마대> 삽화에서 용마의 의미 속성은 화살을 쏘고도 달려가서 받았던 말, 화살보다 빨리 달릴 수 있는 말, 날아다닐 수 있는 말 등이다. 용마를 가졌다는 이몽학에 결부된 치마대 삽화는 일반적인 해석과 마찬가지로 민중들의 영웅기대심리에서 비롯된 것이라 하겠다. 뒤에 역적 이몽학이란 소리만 해도 잡아가고 정치적 보복을 당하였던 시절에, 이몽학이 하늘을 날아다닐 수 있는 용마를 탄 장군이라는 데에는 현실적 시련을 견디어 나아가며 새 세상을 만들어 줄 영웅을 기다린다는 의도가 있다. 곧 문학적 보상이 그 의도라 하겠다. 그런데 설화 구연자는 이 사건

---

56) 윤재근, 앞의 논문, p.377, <자료 9> 참조.
57) 치마대 전설의 대부분은 늦었기 때문에 죽인다. 죽일 때 대부분은 늦은 것으로 착각하였다는데 비하여, 이 자료에는 늦게 왔다고 되어 있다.
58) 윤재근, 앞의 논문, p.382.

을 통하여 이몽학이 패배하였던 이유로 성격의 조급성을 폭로하고 있다.

민중들은 기대하였던 이몽학의 거사[59]가 실패로 끝나자, 왜 실패하였는가의 원인을 합리적·인과론적으로 말하고자 하였다. 그 원인을 이몽학이 용마를 알아보지 못하고 죽였다고 한 점에서 찾았다. 용마를 죽이는 장면의 자료를 보면,[60] "화살보다 더 빨리 날면 더 아끼고 사랑한다."고 말하였던 이몽학은 그 말이 훌륭한 용마임을 알아보지 못하였다. 그 용마는 이몽학의 사랑을 받고자 자신의 기량을 최대로 발휘하여 화살보다 먼저 도착하였다. 그런데 이몽학은 "네가 화살보다 먼저 왔을 것 같지가 않고 너는 마땅히 죽어야 한다."며 칼을 뽑았다. 이에 용마는 자신을 알아보지 못한 주인의 한계를 인식하고 "자기의 목을 치라고 하면서 꼬리로 목을 탁탁 치드래요."의 구술처럼 죽음을 택하였다. 이는 능력을 알아주지 못하는 시대적 상황을 풍자하는 동시에 이몽학의 난이 시대상황과 불일치하여 실패하였다는 인식의 표출이라 하겠다.

이 삽화에서 이몽학은 자신의 영달을 위해 어떠한 행위도 자행하는 자비심 없는 인물로 부각되어 있다. 이는 표면적 의미이고,[61] 내면적으로는 이몽학과 함께 몰락한 지방민들에 대한 관의 무자비한 억압을 제시한 것이라 하겠다. 이몽학이 난을 일으킬 때는 외침이라는 시대적 불안감과 극심한 가뭄, 위정자들의 수탈로 민중들의 생활이 극도로 피폐하였다. 이런 상황에서 민중들은 자신들과 호흡을 같이하고, 부지런하게 수련하며 하늘을 나는 용마를 가진 이몽학에게 대단한 기대를 가졌다.

민중들은 이몽학이 말을 달려 목표지점에 도착하였을 때 화살을 볼 수 없었다면, 주위에서 화살을 찾아보고 용마를 죽여도 되었으리라는 아쉬움을 남기고 있다.[62] 만약 이몽학이 그렇게 하였다면 용마를 간직하였을

---

59) <선조실록> 29년 7월 기록에 보면, 이몽학의 난에 수많은 민중들의 합세로 일시에 세력이 커져 호서 일원을 장악되었다. 이런 점에서 반란이라 하지 않고 거사라고도 할 수 있다.

60) 윤재근, 앞의 논문, pp.375-376. <자료 6> 참조.

61) 윤재근, 앞의 논문, pp.382-383. 이 유형의 설화가 官에 의하여 이루어진 이몽학을 비난하는 설화라고 하는 데, 그것이 사실이라면 '장군'이라고 하지 않았을 것이다.

것이고 반란도 성공하였을 것이요, 민중들은 보다 나은 생활을 영위할 기대도 할 수 있었을 것이다. 또 민중들은 자신들에게 가해오는 외부(官)의 압력에 좌절하지 않고 새로운 장수, 아기장수처럼 철저하게 좌절한 장수가 아니라 어떤 난관도 극복하는 장수를 기대한 것이다. 결국 용마가 비록 일찍 죽었지만 이몽학에게 나타난 사실은 당시 이몽학에게 완벽한 장수가 되라는 충고이고, 후대에 출현할 장수에 대한 기대를 보여주고 있다. 이처럼 <치마대> 삽화는 새롭게 시도하는 장수에 대한 기대를 상징적으로 나타낸 것이다.

❸ <오뉘 힘내기>형 전설

α) 유형과 단락

이몽학 <오뉘 힘내기> 삽화는 다양한 변이양상을 보인다. 전국적인 분포를 보이는 <오뉘 힘내기> 삽화가 역적이었던 이몽학에게 결합된 것은 흥미가 있는 일이다. 이것은 이 삽화가 지닌 비극성과 잔인성에 기인한다고 하겠다. 이점을 인식한 민중들은 이몽학과 결합시켜 비극적 장수의 모습을 보여주고자 하였던 것 같다.[63]

이몽학 <오뉘 힘내기> 삽화의 유형은 삽화에 역적화소나 특징삽화가 결구되어 있는지의 여부에 따라 단순결구형, 단순역적결구형, 복잡결구형, 복잡역적결구형 등 4가지 유형으로 나타난다.[64]

---

62) 윤재근, 앞의 논문, p.376, <자료 6> 참조. 구술의 마지막에 "이몽학의 말이(용말)이었지유" 라고 말하는 의미는 이몽학이 좀 사려깊게 주위를 살펴보았다면 용마를 얻었을 것이라는 아쉬운 기대심리를 보이고 있다.

63) 구체적으로 언급한 것은 필자의 "이몽학 오뉘 힘내기 전설고"가 있다.

64) 강현모, 위의 논문, pp.90-114.
일반전설이 특정전설로 전환될 때는 구체화 현상이 생긴다. 일반 <오뉘 힘내기> 전설이 이몽학 <오뉘 힘내기> 전설로 되면, 가장 먼저 지명이나 인물 화소가 부여 지방이나 이몽학으로 바뀌고, 따라서 증거물도 부여 지방의 증거물로 바뀐다. 이것이 1유형이다.
다음의 단계로 결과나 증시부에 특정인물의 활동담이 첨가되거나 전개부분과 결말부분에 특정인물의 활동담이 화소로 결구된다. 즉 결과나 증시부에 이몽학의 역적행위담이 첨가되거나 전개와 결말이 이몽학 오뉘 힘내기의 동기나 결과가 지금까지 수집된 자료를 통하여 이몽학 <오뉘 힘내기> 삽화를 재구하면 다음과 같이 6단락으로 나눌 수 있다.[65]

1. 신이하게 탄생한 이몽학은 매우 열심히 노력하였다.
2. 그는 부여 주변(홍산·은산)에서 홀어머니 밑에서 누이와 함께 성장하였다.
3. 공존할 수 없는 누이와 어느 날 내기를 하였다.
4. 어머니는 아들 이몽학이 이기게 할 욕심으로 누이를 방해하였다.
5. 이긴 이몽학은 누이가 제시한 금기를 지키지 않고 난을 일으킨다.
6. 난을 일으킨 이몽학은 참패하고 집은 파가저택을 당한다.

위 단락에서 1은 도입부에 해당한다. 1단락에서 앞서 일반적으로 이몽학 오뉘 힘내기나 지명에 관한 도입부(증거물)가 나타나야 하지만 대체로 생략되는 경우가 많다.[66] 그래서 이몽학의 신이한 탄생이나 노력담을 도입부로 설정하였다. 그런데 1단락에서 신이한 탄생담은 대체로 <오뉘 힘내기> 삽화의 앞에 나오지만, 그의 노력담은 5-6단락의 뒤에 나오는 경우도 있다. 그리고 2단락은 발단, 3단락은 전개, 4단락은 절정, 5단락은 결말, 그리고 6단락은 확대된 결말이라고 할 수 있다. 즉 6단락은 이몽학의 활동담이나 최후담에 관한 부분으로 <오뉘 힘내기> 삽화보다 양이

역적활동을 하기 위한 것이라는 특정인물의 특징을 보여주게 된다. 이것이 2유형과 3유형으로 특정인물이 결구된 삽화의 의미와 특성을 부여하게 된다.
그리고 결말부분은 변이의 확대를 통해 특정인물 활동담과 결합되어 있다. 즉 2유형과 3유형이 복합적으로 결합되어 결말부분 변이의 확대 양상을 통해 이몽학의 활동담이나 최후담이 결합되게 된다. 이것이 제 4유형이다.

65) 강현모, 상게논문, pp.82-83, <주 17-19> 참조. 오뉘 힘내기 전설은 단계를 3-6단계로 나눌 수 있다. 1.오뉘의 대립 갈등이 야기될 수 있는 상황을 나타낸 발단부분 2.힘내기란 대립이 갈등으로 전개되는 전개부분 3.힘내기의 갈등 투쟁이 어머니의 부당한 개입으로 승리가 바뀌는 절정부분 4.내기의 결과를 알리는 결말부분 5.그리고 힘내기 한 증거를 나타낸 증시부로 나누어진다. 본문에 제시한 자료는 실제로 존재하지 않은 재구된 자료이다. 다만 현존하는 자료를 총망라하여 추출할 수 있는 단락소를 제시한 것이다.
66) 강현모, 「신거무 전설의 연구」, 『한국학논집』 16집(한국학연구소, 1989), p.95. <주 13> 참조.

많을 때도 있다.

이몽학 <오뉘 힘내기> 삽화의 양상과 의미를 구체적으로 살펴보자.

b) 도입부와 발단 부분

이몽학의 <오뉘 힘내기> 삽화의 도입부는 탄생 단계에서 살펴본 태몽 삽화에 연관시켜[67] 이몽학이 누이보다 생래적으로 부족한 능력을 가지고 태어났음을 보여준다. 꿈에 천상을 왕복하고 난 누이에 비하여 이몽학은 누이의 반에 해당하는 능력의 소유자로 상징화되어 있다. 이 탄생담의 결구는 생래적으로 월등한 누이와의 대립·갈등 양상을 화해로 승화시키지 못한 이몽학이 최후에 패배할 수밖에 없음을 상징적으로 보여주고 있다.

발단부분은 불특정인의 <오뉘 힘내기> 설화에서 이몽학이란 특정인물의 <오뉘 힘내기> 설화로 바뀔 때 이몽학이란 인물화소와 그가 활동한 부여지방(은산·홍산)이란 지명화소가 등장하게 된다. 특정인물의 인물·지명화소로 결구된 <오뉘 힘내기> 삽화는 힘의 불균형을 지적하기보다 특정인물을 부각시키려는 의도를 보여주고 있다. 즉 이몽학이란 인물을 부여라는 특수성의 <오뉘 힘내기> 삽화에 수용하여 부각시키려는 의도라 볼 수 있다.

이몽학이 성장한 곳을 보면, 문헌에는 이몽학을 서울 출생의 서얼이라고 하는 반면에 이곳의 삽화에는 부여지방의 근교인 비홍산이나 은산에서 홀어머니 밑에 누이와 자란 것으로 되어 있다.[68] 이몽학에 관한 이야기조차 꺼려하였던 점을 고려하면 이곳 출신이 아니라는 문헌이 있는데도 불구하고 비홍산 주변을 성장지로 결구시킨 것은 이곳 민중들의 의식을 나타낸 것이라 하겠다. 즉 민중들은 장수로서 성공하지 못하였지만, 자신들과 유사한 삶을 살아온 이몽학을 통해 잠재되었던 의식세계를 드러내 보인 것이다.

이몽학은 부여지방에서 홀어미 밑에 누이와 함께 성장하였다. 이몽학

---

67) 『한국구비문학대계』 4-5, pp.694-697, <홍산면 설화11>.
68) 강현모, 「이몽학 설화의 연구」, p.81. <주45> 참조.

의 어머니는 오뉘 사이의 갈등을 중재하기보다 야기시키는 인물이다.[69]
그리고 내기의 끝에 어머니가 등장하지 않는 것은 어머니의 등장이 임의
적이기 때문이다. 이야기 속의 홀어미는 오뉘 사이의 갈등양상에 따라서
존재하는 것이 아니라 이몽학을 생존시키기 위하여 존재하고 있다. 그것
이 충족되도록 어떤 난관도 겪어내야 한다. 이런 결구는 주인공에 대해
드러내기 역할을 담당한 것이다[70]. 주인공을 드러내기 위해서는 주인공
의 특성에 손상이 가지 않도록 해야 한다. 그래서 홀어미 밑에 오뉘가 성
장하도록 결구시켜 놓고 어머니가 아들 편을 들게 한 것이다.

홀어미 밑에서 성장한 오뉘 장사의 갈등은 사건을 암시한다.[71] 암시된
사건이 표면적으로 드러내는 것은 내기의 과정인 3단락 전개부분이다.
전개부분은 처음에 불특정한 인물의 <오뉘 힘내기> 설화처럼 일상적이
나, 변이과정을 통해 이몽학이란 인물의 행위(행적)와 성격을 나타내면서
오뉘간의 내기 원인이 분명하고 명확하게 드러나게 된다. 다시 말하여 처
음에는 단순하게 역사적인 사실의 나열에서, 뒤에는 '난을 일으키려 해
서'란 역적행위를 자행하려는 이몽학과 적절한 시기까지 지연시키려는
의도로 누이와의 갈등이 나타난다.

c) 전개부분

전개부분은 오뉘간의 격렬한 대립이 갈등으로 발전하면서 거부와 수용
의 절박성을 내포한다.[72] 삽화의 의미가 이몽학에게 결구되면서 거부와
수용보다는 이몽학에 대해 드러내기 기능을 하고 있다. 즉 이몽학이 세상

---

69) 현길언, 「힘내기형 전설의 구조와 그 의미」, pp.656-658, 이몽학의 경우에 어머니
   는 중재를 위한 것이 아니라 이몽학이 살아남도록 하는데 있다.
70) 천혜숙, 「전설의 신화적 성격에 관한 연구」, pp.103-110.
71) 윤재근, 「이몽학설화고」, p.374. <자료 3> 참조. 홀어머니가 장수 오뉘의 갈등
   을 완전하게 이해하는 삽화도 있다. 홀어미를 천재라고 한 것은 어머니가 오뉘
   사이의 갈등을 이해하였을 뿐 아니라 이몽학을 통해 새로운 세계를 구축하려는
   의식을 보여준다. 그런데 발단부분에서 천재 어머니를 절정부분에서 평범한 어
   머니로 바꾼다. 이것은 이몽학이 실패한 사실을 용이하게 설명하고자 하는 민중
   들의 의도인 것이다.
72) 현길언, 앞의 논문, p.657.

에 이름이 날 정도로 장사이며 선생으로서[73] 능력과 훌륭한 점을 보여주고 있다. 그리고 오뉘간의 갈등은 이몽학이 누이를 이기도록 예정되어 있지만, 부정적 요소로 인하여 생래적으로 월등한 누이와 화합할 수 없도록 하는 것이다.

오뉘 갈등의 필연적 결과는 이몽학을 드러내기 위한 것이면서도 협동과 화합을 거절하고 독선적인 우위만 유지하려는 인간으로서의 한계성을 나타낸다. 즉 화합을 도모하는 누이를 죽이고 난을 일으켜 최후에 실패하도록 결구하고 있다. 이는 <오뉘 힘내기> 삽화를 차용하여 실패한 역사적 사실을 용이하게 설명하면서 주인공의 드러내기 역할을 하고 있다.

민중의식에는 이몽학과 누이와의 내기가 내기로 그칠 것이 아니라 화합의 차원으로 승화되길 바라고 있다. 그런데 이몽학은 자기보다 똑똑한 누이를 이용할 계기를 버리고 자신만이 최상의 존재이기를 바라기 때문에 어떤 타협이나 아량을 가지지 못하였다. 즉 이몽학은 왕노릇을 하기 위하여 자기보다 똑똑한 누이와 내기를 하는데 비하여, 누이는 이몽학이 왕이 되려고 하는 것을 방지하거나 늦추기 위하여 내기를 한다. 이때 동생이 잘 되기를 바라는 누이는 내기를 통해 이몽학에게 협조할 가능성을 제시하고 있다. 그래서 이몽학에게 좀 참으라고 한 것처럼 협조할 수 있는 인물이었다. 이러한 성격을 잘 나타낸 것이 절정부분이다.

d) 절정부분

절정부분은 생래적으로 월등한 누이가 부당한 어머니의 개입으로 패배하는 내용이다. 일반적인 <오뉘 힘내기> 삽화의 경우 이 부분에서 생래적으로 월등한 누이는 내기 중에도 혈육의 정으로 동생과 협력할 방법을 모색한다. 그러나 이몽학은 누이의 호의를 이해하여 받아들이지 못하고 거절하며 타협의 가능성을 배제한다. 더욱이 어머니의 부당한 개입은 협조의 기회를 상실하게 한다. 그리하여 이몽학은 일시적인 승리로 이름을 날리게 되었다. 불특정인의 경우에는 주인공의 행위가 비윤리적 사회실

---

73) 윤재근, 앞의 논문, p.374, <자료 3> 참조.

정을 드러내는데 반하여 이몽학의 경우에는 그의 행적이나 특성을 드러
내는 기능을 하고 있다. 그런데 일반적으로 여기에서 변이양상이 끝나게
되지만, 이몽학(특정인물)의 경우는 여기서 끝나지 않고 구체적으로 반란
을 일으킨 후 새로운 패배, 즉 처절한 멸망에 이르게 될 가능성을 복선화
시키고 있다.

이몽학 오뉘 힘내기 과정의 변이를 보면, 첫단계는 이몽학과 누이가
대등한 관계에서 이루어지기도 한다. 그 다음으로 어머니의 개입이 있으
나 그 개입이 임의적인 것으로 간주되고 있다. 그 다음 어머니를 천재라
고 하였다가 일상적인 어머니로 변모시키면서 힘내기에 개입시키고 있다.
이때 어머니의 개입은 임의적이다. 임의적이란 것은 어머니의 개입이 있
던 없던 간에 이몽학이 승리하도록 되어 있고, 내기과정이 끝나면서 등장
하지 않기 때문이다. 이것은 이몽학이 어머니의 개입없이 누이에게 패배
하였다면 그가 죽어버리거나 낙심천만하여 반란을 일으키지 못하였을 것
이다. 혹은 누님의 아량과 협조로 난을 일으켜 성공하였을 것이다.[74]

그러면 역사적 사실을 왜곡하여야 할 문제가 제기된다. 이것을 막기
위해 어머니가 필연적으로 등장하고, 개입의 성격은 임의적인 것이 된다.
즉 민중들의 의식에는 어머니의 개입으로 이몽학이 누이의 협조를 얻지
못하게 되어 난을 일으켰을 때 실패하도록 한 것이다. 이런 결구는 이몽
학의 능력을 흠내지 않고서도 그가 일으킨 난이 그의 성격이나 시기가
부적절하여 실패하였음을 보여줄 수 있기 때문이다.

어머니를 천재라 하였다가 일상인으로 변모시킨 것은 매우 흥미있는
일이다. 천재 어머니라면 이몽학이 난을 일으킬 것도, 난이 실패할 경우
에 집안이 삼족의 멸문과 파가저택될 것도 알았을 것이다. 천재 어머니가
난을 일으킬 이몽학의 편을 들었다는 것은 민중의식의 반영이라고 하겠
다. 당시의 민중들은 이몽학의 편을 들어서 난에 실패할지라도 피폐하고

---

74) 이몽학은 패배하였다면 내기로 죽었거나, 누이의 아량으로 살아남고, 또한 누이
   의 도움으로 난을 일으켜 성공하였을 것이다. 어머니의 개입의 설정은 이몽학이
   누이의 도움을 받지 못하도록 하는 것이다. 그리하여 역사적 사실에 입각한 서사
   전개를 이룰 수 있다.

기아선상에 허덕이던 삶을 개선하고 싶었을 것이다. 그래서 민중들은 어머니를 천재로서 개입시키지만, 그의 민란이 실패하였다는 역사적 사실을 인식하고 있기 때문에 다시 일상적인 평범한 인물로 바꾼 것이다. 이렇게 볼 때 이몽학의 어머니는 아기장수의 어머니보다 더 자아실현을 위해 협조하는 적극적인 면을 보여주고 있다.[75]

그런데 천재 어머니를 일상적인 어머니로 환치시킨 것은 이몽학의 난의 책임이 민중들에게 돌아오는 것을 방지하고, 한편으로 이몽학을 자신들의 구원자로 확신하기에는 부족한 인간이었음을 보여준 것이다. 이몽학의 어머니가 훌륭한 사람으로 세상의 모든 일을 알고 있다면, 이몽학을 잘 지도하였거나 적절한 시기를 택하도록 설득하였을 것이다. 그렇지만 민중들은 난이 실패로 끝난 상황에서 어머니의 인도와 자신들의 협조가 난의 계기가 되었다면, 책임이 자신들에게 돌아올지도 모른다고 인식하였을 것이다. 그래서 어머니의 성격을 변모시킨 것이다. 이와 같은 어머니 성격의 변모는 체제 개혁을 위한 의지 실현의 기저에 흐르는 불확신이 복선화되어 나타난 것이다.

e) 결말부분

결말부분은 불특정인의 경우에 부당한 어머니의 개입으로 누이가 패배하고 일가족이 몰락하지만, 특정인물의 경우에는 누이만 몰락한 것으로 나타난다. 이것은 특정인물이 힘내기에서 승리하여야만 활동상황을 구연할 수 있기 때문이다. 이몽학의 경우도 누이만 몰락하고 있다. 오뉘 간에 화합 결합하지 못하도록 방해하던 어머니는 서사의 끝부분에 등장하지 않는다.

이몽학 설화에서 힘내기 결말부분의 경우, 결말의 변이과정도 오뉘 대결에서 서로 지지 않으려는 처절한 싸움이 노출된다. 이 단계에서는 이몽학의 드러내기 역할에만 충실하다가 역사적 사실조차 왜곡한 것을 생각하지 못하는 경우도 있다. 그리고 훌륭한 누이이지만 열심히 노력한 이몽

75) 강현모, 「이몽학 오뉘 힘내기 전설고」, p.103.

학에게 당하지 못하였다는 것이다. 설화인들은 이런 변이로 이몽학을 나타내는 데에 적절하지 못하다는 것을 알고 누이를 아량 있는 인물로 변이시켰다. 그래서 내기의 결과를 누이의 자업자득이라고 처리하는 삽화가 나타나기도 한다.

누이는 어머니의 개입을 보고 험난한 꼴을 보고 싶지도 않다고 한다. 이것은 누이가 이몽학을 도와준다 할지라도 난에 성공할 가능성이 희박함을 나타낸 것이다. 민중들은 열심히 합심하여도 성공할 가능성이 희박한 이몽학의 난에 동조하기보다 일찍 포기하여 버렸음을 나타낸 것이다.

이몽학의 누이가 죽는 장면에는 신이성이 보인다. 그 신이성은 마치 김덕령의 죽음 장면과 유사하다. 누이를 죽일 때 사용하는 벼루·삼대·비늘은 중요한 상징적 의미를 가진다. 벼루는 문자와 결부되었으니 지혜와 관련된 것이요, 삼대는 어린이의 활쏘기 놀이에 사용되는 활이나 창의 대용이기에 무사적인 면에 관련되어 있다. 그리고 비늘은 벼루나 삼대를 이길 수 있는 보호막 구실을 하는 신성성을 가진다.[76] 이런 3가지 물건은 누이가 이몽학을 도와줄 것인데, 그만 누이가 죽어서 이몽학이 얻을 수 있는 지혜와 무사적인 힘과 신성성이 제거되었음을 의미한다.

누이는 어머니의 개입으로 동생에게 패배하지만 동생이 잘 되기를 바라는 마음에서 금기를 제시한다. 금기는 실현 가능성이 있는 것이 많다.[77] 누이가 준 금기로는 때를 기다리라는 것과 수신할 필요성이 있다는 두 가지가 있다. 그렇지만 조급하고 무자비한 이몽학은 누이의 금기를 면밀하게 검토하지도 않고 난을 일으킨다. 그러나 협조할 누이의 상실과 금기의 파기는 이몽학의 거사를 '지저분한 일'로 만들게 된다.

이몽학은 힘내기의 승리로 반란을 시도하지만 힘내기의 승리가 부당한 것이고, 금기모티프를 파기하였기 때문에 패배하게 된다. 반란을 시도하여 패배하는 것은 결말변이의 연장선상에 놓인다. 이몽학 힘내기삽화의

---

76) 강현모, 「이몽학의 오뉘 힘내기 전설고」, pp.104-105.
77) 누이가 제시한 금기 중에는 부정적인 경우도 있다. '살강 밑에 메물을 심어서 싹이 나면 거사를 시작하라'는 것이다. 그렇지만 누이가 제시한 금기에는 이런 것보다 긍정적인 것이 더 많다.

결말부분은 <힘내기>형 설화의 끝인 동시에 반란을 일으키는 원인에 해당한다. 이 결말변이는 반란의 일화를 <오뉘 힘내기> 삽화 다음에 구술하여 반란의 실패 원인을 용이하게 설명하게 한다. 결말은 역사적 사실 조차 변모시키고 있어 의미변이의 심각성을 보여주는데, 이몽학의 드러내기를 통해 민중의 기대심리를 나타낸 것이라 하겠다.

(4) 최후 삽화

이몽학의 최후담에는 난을 일으켜 진행해 가는 과정을 통한 죽음(최후의 모습)의 내용과 난이 평정된 뒤에 이몽학의 홍산 가옥을 파가저택을 한 사실을 전설화한 <파구터> 삽화가 있다. 문헌자료에는 난의 진행과정이 자세하게 기록되어 있는 반면에, 구비전설에서는 결말이 역적으로 일생을 마치게 되기 때문에 그 진행 과정이 간략하게 구술되고 있다.

ㄱ) 이몽학의 최후

구비설화에는 난의 진행과정은 문헌자료의 내용이 축약되어 있다. 이런 구술은 이몽학의 역사적 사실을 허구적으로 재구하는 데 용이하지 못하기 때문이다.[78] 민중의식은 그의 능력을 인식하였지만 그가 역적이었다는 역사적 현실을 부정할 수는 없었던 것이다. 민중들은 역사적 사실을 받아들이는 데 있어, 이몽학이 외적 세계와의 대결에서 실패한 이유를 홍수 물 건너기라는 신이성을 보이지 않아야 했던 금기 모티브의 파기와 또 다른 금기요소의 파기에서 찾았다. 이것은 자신들의 장수인 이몽학이 못나서 그렇게 된 것이 아니라 시기를 잘못 선택하여 패망한 것으로 보려고 했기 때문이다.

곧 이몽학이 난을 일으켜 홍주(홍성)까지 쳐 올라갔으나 결국은 실패하여 역적으로 끝난 것이 주어진 금기요소의 파기 때문이라고 보았다. "삼년 있다 일어나거라"(자료 3)와 "구룡산에 누렁소가 일어나거든"(자료 25)

---

78) 조동일, 전게서, pp.177-217.

그리고 부정적 금기요소인 "설강 밑에 심어 논 메밀꽃이 피거든"(자료 5) 일을 해라, 그전에는 안 된다는 직접적인 금기를 어긴 것이다. 이몽학은 홍수 물 건너기라는 신이성이 타인(선생)에게 발견되는 바람에 그냥 두면 선생의 고발로 죽게 될 지도 몰라 서둘러 난을 일으켰다(자료 1).

이몽학 설화에 나타난 금기도 일반 금기담의 예처럼 파기되고 만다. 금기요소를 철저하게 지켰다면 이몽학의 거사가 절대적인 개혁을 원하는 민중을 구원할 수 있을 것인데, 그렇게 되지 못한 현실적인 상황을 민중들은 아쉬워하고 있다(자료 36). 이런 금기 모티브를 설정한 것은 이몽학의 거사가 실패로 끝난 현실적 당위성을 수용하여 합리적으로 설명하고자 한 것 같다. 민중들은 자신들의 구원자로 여겼던 이몽학이 실패한 원인을 그가 지닌 장수로의 결함에 의한 것이라고 하기보다는 금기를 파기한 결과로 보았다.

구비설화에서도 문헌자료와 같이 임진왜란으로 초토화된 상황에서 반란을 일으켜 백성들을 더욱 도탄에 빠지게 하였다고 비판하기도 한다(자료 7). 그렇지만 대부분의 구비설화는 이몽학이 거사를 성공하지 못한 것에 대하여 아쉬움을 나타낸다.

이몽학이 죽은 장소에 대해서도 문헌사료에는 홍주성을 공격하나 실패하여 청양 근처로 퇴각하였다가 청양에서 자다가 부하에게 죽은 것으로 되어 있다. 구비설화에는 홍주성에서 죽었다고 하거나 천안에서 죽었다고 하는 등 다양하다.

죽는 방식도 구비자료에는 다양하게 나타난다. 최후에 대해 구술된 자료를 보면 다음과 같다.

- ● 죽는 경우
  1) 천안까지 쳐들어갔다가 청의노졸(靑衣老卒)에 잡혀 죽었다(자료 38).
  2) 수채 구녁으로 나오다가 잡혔다(자료 16).
  3) 채일 잔치를 하다가 심복 부하가 채일 받침대를 걷어 차버려 잡혀 죽었다(자료 28).

● 죽지 않는 경우 : 그는 살았다.
4) 이성계나 이장곤의 우물물 얻어 마시기와 이장곤의 도피삽화(결혼담)가
결합된 형태이다(자료 15).

이몽학의 최후가 이처럼 다양한 양상을 보이고 있는 것은 그에게 걸었
던 민중들의 기대를 표출한 것이다.

1)은 영웅적 면모를 지녔던 이몽학이 장렬하게 죽지 못하고 하찮게 보
이는 청의노졸에게 죽었다는 것은 민중의 기대가 무참하게 무너진 심정
의 발로인 것 같다. 이를 더욱 심하게 표현한 것이 2)이다.

2)는 이몽학이 살기 위하여 더럽고 지저분한 수채 구멍을 빠져나오게
한다. 2)는 그런 구멍을 통해서라도 살고자 하는 이몽학에 대한 민중들
의 비난인 동시에 당시 자신들의 비참한 삶의 표출일 수도 있다. 그런데
<자료 38>에는 초점이 이몽학의 스승을 처벌하는 데에 맞추어져 있다.
곧 스승의 성씨인 홍산 순씨가 멸족이 되었다는 것이고, 이몽학이 역적이
되도록 잘못 가르친 죄로 스승이 살았던 홍산 지방의 선비들이 후에 관
료로 진출하지 못하였다고 확대되어 나타난다.

3)에 나오는 차일은 태양을 막는 기구이다. 차일 아래서의 잔치는 태양
빛과 같은 존재의 신이성을 차단하는 의미를 내포하게 된다.[79] 차일에
가려진 태양은 그 아래를 따뜻하게 할 수 없다. 즉 차일 아래서의 잔치는
태양과 같이 신성한 존재로 나타나는 이몽학이 자신의 능력을 남에게 보
일 기회를 차단당할 수 있는 가능성을 말하고 있다. 여기에서 이몽학은
심복이 차일의 받침대를 차버려서 잡혀 죽게 되었다는 점에서 알 수 있
다. 이는 이몽학이 그의 신이성을 더욱 빛나게 해야 할 부하에게 죽음을
당했음을 은유적인 표현으로 나타낸 것이라 하겠다.

4)는 누이가 나서지 말라는 유언을 했음에도 불구하고 이몽학이 난을
일으켜서 후에 임금의 군사에게 쫓기게 되었다. 그가 우물곁을 지나게 되
었을 때 한 처녀에게 물을 청하자, 처녀는 물그릇에 수양버들 잎을 띄워
주는데, 처녀가 천한 백정의 딸이란 점에서 이장곤 도피담과 유사하다.[80]

---

79) 차일은 덮어씌우는 도구로서 의미를 가지기도 한다.

이 삽화에서는 이몽학이 백정의 딸과 결혼하여 그 여자의 말을 듣고 그집에서 칩거하여 그냥 함께 살다가 죽었다고 한다. 다시 말해 민중들은이몽학이 역적으로 죽은 역사적 사실조차 부정한 것이다. 이몽학의 죽음을 안타까워하는 민중들은 장수로의 죽음이 아닐지라도 그가 생존하여함께 호흡하고자 하는 희망을 보인 측면도 있다.

정산지방에는 이몽학보다 그의 목을 친 비장 김경창에 초점을 맞추어구술하고 있다(자료 39-40). 이런 구술 태도는 난의 외곽인 정산지방이 중심지인 홍산 지방보다 직접적인 피해를 덜 보려는 의도인 것 같다. 그래서 홍산 지방에서 이몽학의 신이성을 부각시키려는 의도를 담고 있는 반면에, 정산지방은 그의 죽음을 부각시켜 지배계층의 압력을 피하고자 한것이라고 본다. 그렇다 하더라도 이몽학을 죽인 김경창을 높이 평가하지않고, 오히려 이몽학의 비장이었다는 이유를 들어 배신자로 취급하기도하였다. 이처럼 반란의 중심권에서 벗어날수록 이몽학을 처벌한 인물들(홍가신, 박명현 등)에 대한 평가가 강화되고 이몽학의 평가는 약화된다.[81]

ㄴ) 〈파구터〉 전설

이 삽화는 이몽학의 홍산 가옥을 파가저택 한 것과 조상의 묘를 파헤친 사실을 전설화한 것이다. 이 삽화의 내용은 난을 평정한 뒤에 반란을일으킨 자에 대한 징계로 이루어진다.[82] 이몽학과 결합된 이 삽화는 그단독으로 존재하는 경우는 거의 없고, 영웅적 면모를 보여주고 난을 일으

---

80) 한국학연구소「한국학논집」3집(한양대 한국학연구소, 1983), pp.389-390.
    한국구비문학대계 1-9, 101. <이장곤과 백정의 딸> 2-1. 67. <이장곤 이야기>
    6-12, 36. <유기장사와 이장곤교리> 8-6, 792. <이장곤 이야기> 8-14, <연산
    군과 이장곤>「임거정」1권 <봉단편>(사계절, 1985).
81) 이에 대한 자료는 부여지방의 자료와 대등하게 채록하여야 할 것이다. 그렇지만
    자료의 채록 빈도가 낮기는 하지만 나쁜 평가의 자료가 채록된 것은 이몽학에
    대한 평가가 부정적으로 나타난다고 하겠다.
82) 흔히 우리 속담에 "소(沼)를 판다"는 것이 있는데, 역적의 집을 허물어서 연못을
    만드는 처절한 징계를 뜻한다. 홍명희가 쓴「林巨正전」6권 <의형제편>(사계
    절사, p.439)에도 이런 사실이 보인다. 그리고 이괄의 전설에도 보인다(대계 1-3,
    pp.554-555).

켜 역적으로 처벌될 때 난의 사후처리로 나타난다. 역적은 가혹한 처벌을 받아야 한다는 단순한 의미만 지니는 것도 아니다. 이것은 표면적인 주제이고, 그 이면에는 장수로 부각된 이몽학의 죽음을 안쓰러워하며 잔혹하게 처벌하는 위정자들을 간접적으로 비난하는 민중의 태도를 보여주고 있다(자료 28). 민중들은 반란을 일으킨 역적을 위정자가 처벌하는 것은 인정하지만, 죽은 조상들까지 연좌법에 의해 처벌하는 것은 과도하다고 보았다.

파구터의 장소로 묘자리가 단연코 많이 나타나는 이유는 묘자리로 인하여 이몽학과 같은 역적이 날 수 있었던 것을 원천적으로 봉쇄하려는 것이다(자료 17). 그래서 그 모든 조상의 묘자리를 불로 지지거나 화약 염초 등으로 파기하고, 다시 물로 수장하였다고 한다.[83] 그러나 아직도 하나가 남은 묘자리(자료 19, 34)에 대한 민중들의 기대는 끈질긴 저항성을 보여준다.[84]

관군이 이몽학의 아버지 묘자리를 파보니 "시체가 소가 되어 앞발을 들고서 막 일어서려 하였다"(자료 25)고 한다. 이는 이몽학이 서둘러 반란을 일으킨 결과 아버지의 명당터가 제 구실을 못한 것에 대한 민중의 아쉬움을 나타낸 것이다. 그리고 지금 당하는 고통을 참으면 남아있는 다른 묘자리에서 새로운 소가 일어선다는 희망을 나타낸다.

또 다른 삽화는 이몽학의 묘를 파보니 막 소(牛)가 되어 일어서려고 하여 이곳 주민들이 이몽학의 남매를 기념하는 남매비를 세웠다(자료 38)고 한다. 조선시대에 역적(이몽학)의 묘가 남아 있을 수도 없으며, 역적 이몽학의 남매탑을 세웠을 리도 없다. 삽화의 '남매탑'과 '남매상'은 민중들의 무의식적인 투사상이지 실제적인 사건은 아니다.

---

83) 파구터 전설에 나타난 처벌 행위의 주체인 지배계층이 앞으로 반란을 재발하지 않기를 바라는 의식에서 물과 불을 사용하였던 것은 기독교의 불로 징벌한 "소돔과 고모라", 물로 징벌한 "노아의 홍수"에서와 같은 징벌의 의미를 지닌다고 생각된다.

84) 이에 결구된 삽화들은 부정적인 것과 긍정적인 것이 함께 있다. 따라서 화중들의 역사와 현실인식의 차이에도 불구하고 민중이라는 집단으로 일반화하여 사용하였다(「이몽학의 설화 연구」, pp.60-62).

<파구터> 삽화는 우리 민족의 중요한 사상인 풍수지리사상과 결합되어 있다. 민중들은 <파구터> 삽화를 통해 현실적으로 부딪치는 압박에 대해 거부를 하고, 현실의 질곡에서 벗어나 끈질긴 삶을 유지한다.

2. 의병의 장수 : 김덕령(1567-1596)

임진난 때의 이름난 의병장으로는 김덕령·고경명·김천일·정인홍·곽재우·조헌·영규·휴정·사명당을 위시한 승병 등 다양한 계층의 사람들이 총망라되어 있다. 이런 의병장들은 뛰어난 활동에도 불구하고 전쟁을 하다가 사망을 하였거나 역적의 누명을 쓰고 형장의 이슬로 사라졌다. 역적의 누명을 쓰고 죽은 대표적인 인물이 김덕령이다. 김덕령은 어머니의 기년상을 지내고 관리들의 권유로 기병하였으나 능력도 제대로 발휘하지 못하고 이몽학의 모반죄에 연루되어 억울하게 죽었다. 김덕령이 억울하게 죽음을 당하자, 그가 지닌 민중적 성격 때문에 민중들의 상상력을 통하여 문학적으로 형상화되기에 이른다.

김덕령에 관한 평가는 이몽학의 모반죄에 연루된 반역죄인으로 체포되어 옥사하였기 때문에 두 가지의 양상으로 나타난다. 하나는 지배자의 입장에서 내린 평가이다. 김덕령이 현종 2년에 신원되기까지 지배계층에 의해 기술된 역사기록이나 문집의 문헌기록, 문헌설화에는 모반죄의 처벌을 정당화하거나 긍정하려는 기술 태도가 나타난다.[85] 다른 하나는 민중적 입장에서의 평가이다. 민중의 의식에 의해 걸러진 역사적 사실의 이면에 숨어있는 진실(허구적 진실)을 표출하려는 태도를 보인다. 이는 지배층의 그릇된 행위로 인하여 김덕령이 뛰어난 능력을 펼쳐보지 못하고 옥사한 사실을 중시한 민간의 설화나 현종 2년 이후의 문헌기록에 나타난

---

85) 문헌의 모든 기록이 그렇지는 않다. 특히 집권세력에 반대하는 정치세력은 민들과 마찬가지로 김덕령을 긍정으로 평가하였다.

다. 전자가 김덕령의 죄를 합리화시키려는 태도로 기술된 것이라면, 후자
는 김덕령의 능력과 기개를 드러내려는 태도에 의해 구연된 것이다.

　김덕령 설화는 역사적 사실과 동떨어진 허구성이 가미된 것이 있다.
이는 현종 2년 뒤의 기록에 나타나는데, 그가 신원된 뒤에 민간에 유포된
구비설화에서 탁월한 용력과 신이성을 차용 결합시킨 민담적 취향을 나
타내기 때문이다. 따라서 민중들은 독자적인 의식취향(세계관)에 따라 김
덕령을 더욱 신이화하였다. 그리고 후대의 기록은 시대적 상황의 필요에
의하여 문헌이나 구비설화를 차용하였기 때문에 문학적 허구성이 두드러
진다. 이런 관계로 김덕령에 대한 올바른 평가는 역사와 문헌자료와 구비
전설을 비교 검토하여, 문학적 장르에 따라 변모된 설화 양상과 의미를
고찰하여야 한다.

　김덕령 설화의 연구는 대부분 『임진록』의 연구에서 인간상이나 역사적
사실의 비교를 통해 변이양상을 살펴본 것이다.[86] 그리고 중국인 위욱승
은 『항왜연의(임진록)연구』에서[87] 김덕령을 의병장의 장수로 규정하고, 이
순신보다 탁월하지만 시대적 한계 때문에 중용되지 못하였다 평가한다.

　한편 조동일은 <임진록>과 <한양가> 이본의 대비를 통해 실제 인
물인 김덕령을 소설화한 양상을 비교 검토하여 장르론적 논의를 마무리
짓게 하였다.[88] 그리고 임철호는 임진록의 등장인물에 관한 일련의 개별

---

86) 김순휴, 「임진록고」, 『동악어문논집』 4집(동국대 동악어문학회, 1966).
　　임철호, 「임진록군 연구」(연세대 석사학위논문, 1977), pp.126-129, 183-192.
　　소재영, 『임병양란과 문학의식』(한국연구원,1980), pp.144-153.
　　박경자, 「임진록에 나타난 인물연구」(고려대교육대학원 석사학위논문, 1880),
　　pp.55-59.
　　임철호, 「임진록과 문헌설화의 역사의식」, 『한국고전소설연구』(이우출판사, 1983)
　　pp.351-372.
　　최삼룡, 「<임진록>의 영웅상에 대한 고찰」, 『국어국문학』 106집(국어국문학회,
　　1992.6), pp.17-23.
　　이동근, 「임난전쟁문학연구」(서울대 석사학위논문, 1983).
87) 韋旭昇, 『抗倭演義(壬辰錄)研究』(아세아문화사, 1990).
88) 조동일, 「임진록에 나타난 김덕령」, 『상산 이재수박사 환력기념논문집』(1972)
　　pp.483-502. 이 논문은 다시 「임진록」이란 제목으로 『완암김진세선생 회갑기념논
　　문집』(『한국고전작품론』, 집문당, 1990) 실려 있고, 또 『민중영웅 이야기』(문예출

적 연구를 수정보완하여 종합적으로 검토하였다. 그는 문헌기록으로 김 덕령의 생애를 재구하고 문헌설화로 지배계층의 세계인식에 대한 한계를 보여주며, 구비설화를 민중들의 독자적인 역사관(세계관)으로 파악하고 임 진록이 구비문학의 세계관과 같은 성향임을 밝혀냈다.[89]

다음으로 김덕령 설화의 연구로는 윤재근과 필자의 연구가 있다.[90] 윤 재근은 조선조 저항적 인물의 서사구조를 탐색하기 위한 연구의 일환으 로, 김덕령 설화 자료의 탄생담과 죽음의 문제를 검토하고 있다. 그리고 필자는 구비설화에서 탁월한 능력을 보여주는 김덕령의 활동담과 함께 영웅의 한계를 나타내게 되는 성장기에 대해 검토하였다.

본 절에서는 김덕령 설화를 통해 비극적 장수설화의 양상과 의미를 파 악하고자 한다. 구비설화는 그에 관해 서사구조가 완전한 형태를 나타내 지 않고 단편적인 삽화들만이 나열되어 있다. 여기서는 그에 대해 수집된 모든 삽화를 연대기적 순서로 재구하여 논의를 전개하도록 한다.

문헌자료는 『선조실록』을 비롯한 정사적인 기록물과 각종 문집에 기 록된 문헌설화들이고, 구비자료는 한국정신문화연구원에서 간행한 『한국 구비문학대계』와 필자의 현지 조사자료이며, 그 이외의 각종 연구와 현 지조사 보고서의 자료와 각종 군지나 향토지, 『한국지명총람』, 그리고 역 사적 자료인 인물 기록물도 참조하였다.

판사, 1992)에도 실려 있다.
89) 임철호, 「김덕령설화 연구」, 『한국언어문학』 22집(한국언어문학회, 1983). 『임진 록 연구』(정음사, 1986). 『설화와 민중의 역사의식』(집문당, 1989).
90) 윤재근, 「김덕령 전승연구(I)」, 『어문논집』 26집(고려대 국어국문학 회, 1986) 「김덕령 전승연구(Ⅱ)」, 『경기어문학』 7집(경기대 국어국문학회, 1986) 「조선시대 저항적인물의 전승연구」(고려대 박사학위논문, 1988).
　　강현모, 「김덕령의 왜구물리치기 설화 연구」, 『한양어문교육논집』 4.5합집(한양어 문교육학회, 1991). 「김덕령의 영웅성의 형성과 그 한계」, 『설태 박요순선생 정년 퇴임기념논총』(동 간행위원회, 1992).

1) 김덕령의 생애와 성격

김덕령은[91] 선조 원년에 전라도 광주 석저촌에서 태어났다. 태생담을
보면, 모친 심씨의 꿈에 무등산에서 범 두 마리가 내려와 방안으로 들어
오는 것을 보고 임신하였고, 해산하는 날 호랑이가 문밖에서 기다리다가
대숲으로 갔다고 한다.[92] 김덕령은 2대에 걸쳐 벼슬을 못한 한미한 가문
의 둘째 아들로 태어나 영리하고 용력이 있어 주위의 기대를 모았다.[93]
김덕령이 처음에는 신이한 용력을 드러내지 않아서 부모도 그가 능력이
있음을 모르고 있었다고 한다.[94] 그는 8세에 종조인 사촌 김윤제에게 공
부를 시작하여 17세에 향시에 합격하였고 18세에 결혼을 하였다. 20세
때 형 덕홍과 매부 김응회와 더불어 우계 성혼을 선생으로 모시고 공부
하였다.

김덕령은 일찍 아버지가 돌아가신 후에 홀어머니를 지성으로 섬기던
효자였다. 25세(선조 25년)에 임진왜란이 일어나자 의병을 일으킨 형과 함
께 전주까지 갔다. 이때 형 덕홍이 홀어머니와 동생을 돌보라고 권유하여
덕령은 귀향하였다.[95] 그후 김덕령은 형이 금산 전투에서 전사하자 세상
에 뜻을 두지 않고 고향에 묻혀 홀어머니를 지성으로 섬겼다. 김덕령은

---

91) 김덕령의 생애는『金忠壯公遺事』권 2의 연보를 보면 알 수 있다. 본 장에서는
『김충장공유사』를 중심으로『조선왕조실록』(선조, 현종, 정조)이나『해동명장전』,
『연려실기술』등의 편년체적 기록을 중심으로 살펴보겠다.
92)『金忠壯公遺事』권2, <年譜> 先是 母潘夫人夢見兩虎 自無等山來入房 因有
娠及彌朔又夢兩虎入房 將娩有虎守門外 解胎後從後園竹林而去 人皆異之.
93) 상게서, 沙村公每稱賞曰 他日大吾門者必此兒也.
94)『김충장공유사』의 연보에 보면 8세 때는 눈의 광채가 사람을 쏘는 듯하여 10리
밖의 물건도 볼 수 있었다거나, 나무가지를 꺾는데 빠르기가 새와 같았다. 그리
고 10세 때에는 누각을 넘어 당에 들어갈 정도로 공중을 날았고, 12세에는 친구
를 목발(木鉢)을 끼고 홍수물을 건너 주었다. 이런 용력을 드러내지 않아서 부모
도 알지 못하였다고 한다. 자세한 것은 윤재근,「조선시대 저항적 인물 전승연구」
(고려대 박사학위논문, 1988, pp.25-26) 참조.
95)『정조실록』卷二十 九년 乙巳 9월 己酉條, 卷 45, p.538. 金德弘當壬辰之亂 與其
弟德齡 首倡義旅 領軍之全州 謂德齡曰 老母在堂 季弟尙幼 汝則歸護老母 遂
送其弟

26세 여름에 어머니가 세상을 떴기 때문에 상중죄인이라 기병 권유를 거절하였다. 그렇지만 왜병의 침탈이 극심해지자 담양부사 이경린, 장성현감 이귀의 천거와 관찰사 이정암의 기복종군의 요구로 초장(100일장)을 마친 11월에 검은 상복을 입고 격문을 돌려 담양에서 5000여 명을 모집하여 기병하였다.96)

  김덕령은 기병한 뒤 권율에게서 초승장이란 칭호를 받았다. 그리고 분조하여 전주에 와 있던 세자 광해군은 김덕령의 재능을 시험하여 익호장군이란 칭호를 하사하였다. 또 조정에서 충용군이란 군호를 받았다.97) 이듬해 선전관에 제수되었고, 작전 계획을 세우고 영남에 격문을 띄웠다. 그리고 담양을 출발하여 순창·남원에 이르러 군사들을 훈련시켰고, 함안을 거쳐 4월에 진주에 도착하였다. 이처럼 김덕령은 의기로 호남 도내의 장사 태반을 얻어서 조정의 기대가 대단하였으나, 그의 의병 가운데는 납미 누락자가 많았고 군량과 병기는 부족하였다.98) 또 왜와 적당히 화의하려는 명장 송응창이 내린 전투중지령으로 제대로 싸울 수 없었기99) 때문에 사기가 날로 저하되었다.

---

96) 『김충장공유사』와는 달리 『선조실록』 卷四六 26년 癸巳 12월조, 卷 22, pp.185.에 전라관찰사 이정암의 계에 의하면 "府居校生金德齡 自少勇氣絶倫 一鄕莫不嘆服 拔萃爲將 無出此人 而時方持服 難於應募云 故臣巡到潭陽 招見德齡 勸使起復從軍 以循 國家之急 則今方招集義旅 遠近爭附 募得同志數百 則최鋒陷鎭 決一死戰云"라 하였다.

97) 『해동명장전』 권6, <김덕령> 世子招見 以試其勇 賜號翼虎將軍. 이는 호랑이에 날개가 달렸다는 의미인데, 뒤에 선조는 너무 과하다고 해서 초승으로 고쳤다. 德齡請其軍號於權慄 慄以超乘將稱號云 …… 備邊司啓曰 金德齡軍 賜號忠勇軍(『선조실록』 26년 12월 권 22, pp.198-199).

98) 『선조실록』 卷四七 27년 甲午 1월조, 卷22 pp.200-201. 金德齡軍 賜旗事 擧措重大 實如 聖敎 德齡爲人 雖未知何如 而道內武士之精勇者 太半歸之 聚軍頗多…… 已至千人 皆是納米漏落之輩.
  한편 『김충장공유사』 덕령이 의병을 일으킬 적에 무등산에 올라가서 장검을 만드는데, 산이 우는 소리가 내고 산계곡에 흰 기(氣)가 수일 동안 가득하여 없어지지 않았다. 또 제사를 지낼 때 검이 스스로 땅에 떨어지는 괴이한 일이 있었는데 상서롭지 못한 징조로 여겼다.

99) 『선조실록』 卷三六 26년 癸巳 3월조, 卷21, p.676. 伏見宋經略傳諭權慄牌文 極爲痛완. 한편 『김충장공유사』에는 황조에서 파견한 沈維敬에 의해서 중지한 것으로 되어 있다(p.11).

김덕령은 제대로 싸울 수도, 공도 세우지 못하였는데도 그를 시기하는 무리가 있었다. 그러던 중 27세 때 선조의 윤허를 얻어 거제도에 은거하고 있는 적을 소탕하라는 윤두수의 건의가 있었다. 김덕령을 선봉장으로[100] 권율, 이순신, 곽재우 등과 함께 거제도의 적을 소탕하라는 명령은 그의 용력을 시험하기 위한 계략이었다. 곽재우가 김덕령이 원하는 일이 아님을 알고 계획을 물리도록 권율에게 청하였으나 권율이 듣지 않았다. 김덕령은 익호기를 쌍으로 꽂고 진군하였으나 비오듯 쏟아지는 총알 때문에 퇴각하고 말았다. 이로써 김덕령은 윤두수의 미움과 뭇사람의 총망을 잃었다.[101] 김덕령은 그 후에 작전도 마음대로 수행할 수 없게 되자 의병활동에 대한 회의를 품게 되고, 충을 위한 기병으로 인해 파기된 불효의 문제로 고민하였다.[102]

그 후에 의병들도 사기가 저하되고, 군율이 해이해졌다. 그래서 김덕령은 군법을 엄하게 시행하려고 많은 사람을 죽이게 되었다. 이때 윤근수는 광양현에 살고 있던 죄인의 처자가 구원을 청하여 김덕령에게 부탁하였다. 김덕령이 윤근수의 부탁으로 놓아주었다가 그가 돌아가자 다시 잡아 죽였다. 이로 인하여 윤근수에게 미움을 사 국문을 당하게 되는 것이 28세 때의 일이다. 윤근수는 김덕령을 "신의가 없고 살인하기를 좋아하여 장수가 될 수 없는 자"라고 주장하였으나, 조정의 논란 속에서 정탁과 김응남 등의 도움으로 석방되었다. 이때 선조는 김덕령에게 말을 하사하지만, 거제도 적 소탕 작전의 실패, 기병 3년간 무공, 국문 사건으로 능력이 허명으로 드러나 그에 대한 기대와 평가가 부정적이었다.[103]

김덕령의 나이 30세에 충청도 홍산에서 이몽학이 반란을 일으켰다. 이

100) 임철호, 전게논문, p.193. 한편 『김충장공유사』에서 인용한 『망우당집』에는 거제도를 점령하려는 전투에 곽재우가 중심이 되어 있다.
101) 「선조조고사본말」 <김덕령>, 『연려실기술』 pp.734-735.
『선조실록』 卷五六 27년 甲午 10월조, 卷22, p.363, 372.
102) 『선조실록』 卷六十 28년 乙未 2월조, 卷22, pp.430-431. 臣起自憂服 旣不能自盡於親喪 事與心違 又不得效命於討賊 進退無據 忠孝俱闕 臣之罪 在法不救.
103) 『선조수정실록』 卷三十 29년 丙申 2월조, 卷25, p.657. 掌鞠義兵將金德齡 …… 上特命放罪 慰諭而遣之 又賜戰馬一疋 上謂入侍諸臣曰 當初 推奬德齡太過 謂韓信復出 以今觀之 不過合作突擊一將領 不可爲大將也.

몽학은 군사와 민심을 모으려고 김덕령, 곽재우, 홍계남 등이 가담하였고, 이덕형도 내응했다고 주장하였다.[104] 더욱이 이몽학의 모사인 한현을 잡아 신문하였을 때, 반란군 쪽에서 얻은 문서에 적힌 '김·최·홍'이 '김덕령 최담령 홍계남이고, 곽재우 고언백도 나의 부하'라고 말하였다. 김덕령은 권율의 명령으로 이몽학의 난을 평정하려 전라도 남원 운봉까지 왔다. 김덕령은 이몽학이 피살되었다는 말을 듣고, 본가로 돌아갈 것을 권율에게 청하였으나 거절당하여 진주 본진으로 돌아갔다가 옥에 갇히게 되었다.[105]

이몽학의 난에 연루되었다는 소문이 거짓으로 드러나 대부분 사람들이 혐의를 벗었다. 곽재우는 은명을 입고 진으로 돌아가지만, 김덕령만은 벗어나지 못하였다. 일반 사람들 중에는 김덕령이 잡혀와 국문을 당하는 것을 원통하게 여기는 자가 많았으나, 요직에 있는 사람들은 김덕령을 꺼려하여 구하는 자가 없었다. 심지어 충청감사 이시언과 경상감사 김응서(후에 경서로 개명) 등은, 덕령이 사람 죽이기를 삼 베듯 하며 또한 모반할 상이니 죽이지 않으면 후환이 있을 것이라는 소문을 퍼뜨렸다. 형리에게 빨리 죽이도록 부탁하였는데, 26일 동안에 6차례나 심한 국문을 하였다.[106] 김덕령은 정강이 뼈가 부러지고 목숨만 남았으나 평상시와 다름없이 부

---

104) 『선조수정실록』 卷三十 29년 丙申 7월조, 권 25, p.658. 聲言忠勇將金德齡 義兵將郭再祐洪季男等 皆連兵相助 兵曹判書李德馨 爲內應云.

105) 「선조조고사본말」, <김덕령>, 『연려실기술』이곳의 「조야첨재」에 다음과 같이 기록되어 있다. "丙申秋李夢鶴之亂 得文書有金崔洪三姓 及韓玄就縛元師問之招 曰金德齡崔聃齡洪季男也 又曰郭再祐高彦伯皆我心腹也 慄卽具啓分遣軍官逮捕 時德齡承元師討逆之命 自晉州到雲峰 聞湖右平 請往還本家慄不許 遂還鎭卽下 晉州獄"

106) 「선조조고사본말」, <김덕령>, 『연려실기술』. "遂掌致禁府推鞫 再祐等亦被掌未久蒙恩還鎭 德齡無故被掌면之者 衆當路皆忌無一救者 或有飛語德齡殺人如麻 又有叛相不誅必有後患 且속刑吏使之速殺 凡二十六日심六次"
안방준, 『隱峰傳書』 권8, <삼원기사>에 보면 충청병사 이시언, 경상우병사 김응서 등이 김덕령을 시기하고 질투하여, 그들의 심복 10여 인을 각지에 보내 김덕령이 이몽학의 역모에 가담하였다고 소문을 냈다. 또 조정대신이나 사대부에게 편지를 보내어 모함하였다고 한다.
『김충장공유사』, <연보>에도 위와 유사한 내용기록이 보인다. 한편 김덕령은 국문을 1일 2차, 8차례의 심한 국문으로 옥사 당하였다.

죄를 주장하였다. 김덕령은 국문에서 '자기에게 죄가 있다면 충도 이루지 못하면서 삼년상을 이루지 못한 불효죄'라고 주장하였다. 이에 선조는 '형장을 아무렇지도 않게 여기니 참으로 적이라'며107) 용서하지 않아 김덕령을 옥사시키고 말았다.

김덕령이 30세에 역적의 누명을 쓰고 죽자, 추천하였던 이정암이 그의 신원을 요청하였으나 받아들여지지 않았고, 현종 2년에 전국적인 한발로 인하여 미신원자를 신원해 주는 과정에서 원두표 외 여러 명의 건의로 신원되었다. 김덕령은 동왕 9년에 병조참의로 추증되고, 숙종 4년에는 벽진서원에 배향되었다. 또 동왕 7년에는 병조판서로 가증되고 벽진서원은 의열사로 사액하였다. 정조 12년에 충장이란 시호를 받고, 13년에 좌찬성으로 가증되고, 제사의 향화가 끊이지 않도록 특명이 내려졌다.108) 그리고 15년에 서용보에 의해 『충장공유사』가 간행되고 정조가 서문을 지었다.

2) 김덕령 설화의 양상과 의미

(1) 탄생 삽화

김덕령의 탄생담을 보면, 문헌에서는 <호랑이 태몽> 삽화에 결구되는 반면에 구비설화에서는 풍수지리설과 관련된 <묘자리 얻기> 삽화에 결구되어 있다. 이 삽화는 김덕령의 부친이 광주 무등산의 명당터를 얻기 위해 찾아온 중국의 지관에게서 묘자리를 빼앗는 이야기이다.

   1. 중국의 지관은 명당을 찾아 무등산까지 왔다가 김덕령의 아버지 집에 머물게 되었다.
   2. 김덕령 부친은 중국명사가 달걀을 구해줄 것을 부탁하자, 처음에 곤달

---

107) 「선조조고사본말」, <김덕령>, 『연려실기술』, p.73, 75 ……德齡不有刑杖眞是賊也.
108) 『김충장공유사』 <연보> 참조.

갈을 주고, 뒤에 성한 달걀을 주었다.
3. 중국명사는 달걀로 명당을 시험하여 처음에 실패하고, 두 번째에 김덕
   령 부친이 몰래 쫓아가서 닭 우는 소리를 듣고 돌아온다.
4. 김덕령 부친은 중국의 명사가 부친의 시신을 파오려 중국으로 돌아갔
   을 때 그곳의 석회암을 들어내고 자기 아버지의 시신을 이장하였다.
5. 조상의 뼈를 가져온 중국명사는 묘를 보고, '임자가 따로 있다'고 포기
   하면서 석회암을 들어낸 것이 실수라고 한다.
6. 처음에 딸을 낳고 다음에 김덕령을 낳았다.[109]

김덕령의 탄생담은 풍수지리설을 이용한 삽화 이외에 태몽에 관련된 것이 없다.[110] 풍수지리설 탄생담은 날개가 돋고 닭 울음소리로 상징되는 명성을 들을 지기를 받고 태어날 김덕령의 운명을 예시한다.

이 삽화는 중국의 명사(지관)가 중국에 없는 천하명당을 광주 무등산에서 얻게 되는 것으로, <단맥>설화에 나타나는 민족적 선민의식과 역사 현장에서 체험하지 못한 중국에 대한 열등의식의 극복[111]을 보여준다. 삽화의 변이양상으로 볼 때, 중국 명사나 지관의 등장은 중국에 대한 우위를 나타낼 뿐만 아니라 김덕령이 태어난 묘소가 중국명사들조차 탐내는 곳임을 강조하기 위한 설화적 장치로 보인다.

김덕령의 탄생담을 단락 중심으로 살펴보자.

---

109) 대계 5-1, pp.254-256, 여기에서 대계는 『한국구비문학대계』의 자료를 칭하며, 번호는 한국정신문화연구원에서 간행한 구비문학 자료를 분류한 번호이다. 즉 5-1은 『한국구비문학대계』 전라북도 남원군편을 칭한다. 이후 한국정신문화연구원에서 간행한 자료를 대계라고 지칭하겠다. 한편 이와 유사한 전설로는 가리산 <한천자 전설> 남원의 <명천자 전설> 등이 있다.

110) 위와 다른 <무등산 호랑이 태몽>(태양이 입속으로 들어온 태몽)설화는 1989년 6월에 한양대 김용덕 교수한테 들었다. 필자가 이몽학과 이율곡의 탄생담을 말하자, 김씨의 일족에 내려오는 비슷한 전설이 있다며 들려주었다. 김덕령의 탄생담 줄거리는, "김덕령의 부친은 호랑이가 품안에 드는 신이한 태몽을 꾸고 정부인에게 가서 동침을 요구하다가 거절당하였다. 그리하여 첩에게 가서 동침하여 김덕령을 얻게 되었다. 그리하여 김덕령은 서자로 태어나서 출세를 못하였다."는 것이다. 이 설화는 김덕령이 둘째 아들이란 점에서 서자란 중의적 의미를 차용한 설화적 결구로 보여 진다.

111) 임철호, 『설화와 민중의 역사의식─임진왜란 설화를 중심으로』(집문당, 1989), pp.134-135.

1단락에서 무등산의 명당자리는 중국에서조차 찾으려고 노력하는 장소라고 하여 이 지방민의 선민의식을 드러낸다. 무등산 명당의 중요성을 강조하는 방법으로 질적으로는 중으로 가장한 지관에서부터 황사(중국의 지관)로 변이시키거나, 양적으로는 사람의 숫자를 1명에서 3명으로 늘리는 것이다.

구비설화에서 김덕령의 부친이 묘자리를 얻을 때, 남의 집살이・여막살이・주막살이・신털미 장사를 하는 미천한 사람으로 되어 있다. 김덕령을 한미한 태생으로 결구시킨 것은 2대에 거쳐 벼슬하지 못한 상황을 나타낸 것이다. 심지어 이를 강조하여 서얼이라고도 한다.[112] 한미한 가문에서 훌륭한 명당으로부터 발복의 기원은 신분질서를 극복할 가능성을 반영한 것이다.

2와 3단락은 중국명사가 무등산에서 찾은 명당의 진실을 시험하는 단계이다. 중국명사는 명당을 시험하기 위하여 계란을 구하는데, 부탁 대상으로 김덕령의 부친・할아버지・어머니・초립동이(부친이 어릴 때) 등이지만 큰 의미변화는 없다. 또 계란의 전달 방법은 두 개를 달라고 하여 곤 달걀과 성한 달걀을 하나씩 주기, 중이 달라고 하자 고기가 먹고 싶은가 해서 여물솥에 삶어주기, 준 계란에서 닭이 우는 이적을 행하지 않기, 보통 달걀이 죽은 다음에 묻었던지 날개・발까지 생기고 말았다는 등의 삽화가 있다.

중국의 명사와 조선의 한미한 사람과의 갈등은 중국명사의 지혜와 한계를 드러낸다.[113] 중국의 지관은 김덕령 부친이 삶아준 달걀 때문에 당황하고, 두 번째로 준 계란으로 명당을 확인하지만 발각 당한다. 한미한 김덕령 부친에게 중국의 명사를 속이고 명당을 얻게 한 것은 합법적으로 훌륭한 명당을 얻기 어려울 뿐더러, 김덕령이 역사에서 비극적으로 죽은

---

112) 서얼이라 한것은 대계 6-11, p.596. 또 김용덕 교수가 구술한 설화이다. 그리고 대계 5-3, p.120.에서는 반대로 김덕령의 부친이 무등산에 도를 닦기 위하여 왔다가 묘를 얻게 된다.

113) 임철호, 「김덕령설화연구」, 『한국언어문학연구』 22집(한국언어문학연구회, 1983), p.201.

사실을 인식한 민중들의 의식을 보여준 것이다.

중국명사가 은밀하게 발견한 명당을 김덕령 부친이 얻게 하는 삽화의 구술은 장수출현의 기대심리를 보여준다. 이곳은 닭이 날개깃을 퍼덕이고 울음소리를 내는 명당이다. 여기에서 날개는 하늘로 비상할 능력을 나타내고, 울음소리는 세상에 명성이 자자하고 새로운 세계를 열 능력을 알리는 상징적 표현이다.114) 이런 명당에서 태어날 사람은 닭처럼 초월적인 능력으로 새로운 세계를 건설하고 명성을 떨치리라는 상징적 의미를 가지기 때문에 중국의 지관이 조상의 묘를 이장하려고 하였다.

4단락에서 김덕령 부친은 중국지관이 표시한 곳이 얼마나 좋은 곳인지 알지 못하고, 명당이라 생각하고 아버지의 시신을 이장한다. 이때 김덕령의 부친은 윤리적으로 부도덕한 도장으로 중국명사에게 승리하지만, 석회암을 드러내기, 선금(나침판 ; 쇠)을 잘못 놓아 좌향이 틀리기나 안대(?) 틀리기 등의 실수를 범한다.

5단락은 중국지관에 대한 김덕령 부친의 승리가 표면적이고 불완전한 것임을 보여준다. 중국지관은 이미 쓴 묘의 주인이 달걀을 구해준 사람이라고 생각한다. 명당의 내력과 복록까지 아는 중국지관은 김덕령 부친에게 명낭을 빼앗기고, 묘시는 한 번 쓰고 고치면 안 된다는 의식에서 체념하거나, 되찾기 위한 노력을 한다.115) 위에서는 쓴 묘 자리를 보고 석회암을 들어낸 것이 실수라고 말하며 체념한다. 일부 삽화에서는 그 명당의 투구가 물건너에 있기 때문에 한국사람보다 해외(중국)사람에게 적합한 곳이므로 다른 터와 바꾸자고 한다. 이것 이외에도 중국지관은 조선사람에게 해가 된다며 그만 두라거나, 중국사람이 묻으면 천자가 되고 조선사람이 묻으면 이백년 후에나 충신 밖에 안되니 다른 곳의 대대손손 만석지기의 터와 바꾸자고 한다. 김덕령 부친은 중국지관이 해를 끼칠지도 모

---

114) 최래옥, 『한국구비전설연구』(일조각, 1981), pp.152-158.
  『한국문화상징사전』(동화출판사, 1982), <날개>.
  윤정선 역, 뢱브느와 저, 『징표, 상징, 신화』(탐구당, 1984), pp.66-67.
115) 앞은 대계 6-9, p.433이고, 뒤는 대계 6-9, p.373, 448, 567, 582. 대계 5-2, p.339 등이다.

르고, 이곳의 명당이 더 좋은 곳인지 어쩐지도 몰라서 바꾸지 않는다. 심지어 중국지관이 묘지가 잘못 쓰였다며 바른 법을 가르쳐 준다고 해도 거절한다. 여기서는 김덕령이 지닌 장수로의 능력과 그 한계를 복선화시키고 있다.

6단락은 중국지관의 부탁이나 제의를 거절하고 김덕령 부친의 의도대로 묘소를 쓴 결과이다. 김덕령이 비극적 종말을 맞은 역사적 사실을 인식하고 있기 때문에 민중들은 결핍으로 작용하는 실수를 설정한다. 민중들은 이장의 실수, 묘자리를 훔쳐 쓴 도덕성 결핍, 분수를 넘는 욕심 등의 불행 요소를 내재시킨 것이다. 그래서 '묘를 이장하여 벌을 받았다', '별 볼일 없었다', '끝에 힘을 못 쓰고 말았다'는 비극적인 종말을 암시한다. 그리고 천하명당의 첫 번째로 누이를 낳게 하고, 둘째로 김덕령을 낳게 하였다.

(2) 성장 삽화

문헌설화에서 김덕령이 성장할 때 유자로서의 풍모 때문에 능력을 드러내지 않았다가 10여세 이후에 드러낸 반면에, 구비설화에서는 성장기에 능력을 드러내기 좋아하는 인물로 나타난다. 김덕령의 성장기 삽화에는 <장군수 훔쳐먹기> 삽화, <씨름> 삽화, <오뉘 힘내기> 삽화, <치마대> 삽화, 부모에게 효도하기, 담력과 빠르기 등의 삽화가 있다.

ㄱ) 장군수 훔쳐먹기

김덕령의 학습 관련 문헌설화는 젊어서 사냥을 갔다가 노인에게 속세에서 용력을 과시하지 말라는 <수레 부수기> 삽화에 보인다.[116] 그러나 구비설화에서는 김덕령이 어린 시기에 금기를 파기하고 쫓겨나 제대로 공부를 하지 못하였음을 보여준다. 삽화를 단락으로 제시하면 다음과 같다.

---

116) 학습장면이 구체적으로 나타나지 않는다. 그리고 『김충장공유사』 <연보>에 증조 사촌공이 김덕령에게 '용력을 과시하지 말라'고 훈계하는 삽화가 있다.

1. 한 도사가 김덕령을 8년간 공부시키려고 했으나 6년만에 천문지리, 육
   도삼략, 팔진법에 무불통지하여 가르칠 것이 없었다.
2. 선생은 김덕령이 잠든 사이 밤마다 밖에 나갔다 오고 하였다.
3. 하루는 김덕령이 선생의 뒤를 따라가, 큰 석문의 동굴로 들어가는 것을
   보았다.
4. 김덕령은 이튿날 선생이 잠든 사이에 그 굴에 들어가 절구공이 모양의
   기둥을 타고 내려와 방아독(절구)에 괸 장군수를 실컷 마셨다.
5. 다음날 아침, 선생은 공부시켜 8년만에 물 먹여 보내려 했는데, 이미 물
   을 훔쳐 먹었고 더 가르칠 것이 없으니 하산하라고 하였다.
6. 선생은 김덕령에게 서울 김정승네 딸의 방에 임진병란에 건너올 일본
   의 불덩이(천하장사)들이 오니 잡지 말라고 하였다.
7. 김덕령은 삼백근 짜리 철퇴로 그들을 죽이고 천하장사가 되었다.
8. 얼마 후에 임진왜란이 일어났다.[117]

위 삽화에서 김덕령은 장군수를 훔쳐먹음으로써 금기를 파기하여 쫓겨
난다. 이것은 김덕령이 선생에게 무사적 지식(知) 이외의 지혜를 배우지
못하여 정상적인 장수으로 성장하는 데에 결정적인 결핍(장애)요소로 작
용한다.

1단락에서 김덕령이 수학한 시기는 '태어났을 때'란 구술에 의하면 어
린 시기로 추정되지만, 마지막 부분을 임진왜란과 연결시킨 점에 의하면
15-16세로 추정된다.[118] 김덕령은 능력을 발휘하여 선생이 8년간 시키려
는 공부를 6년 만에 마친다. 이 공부는 대체로 무에 해당하며, 문헌설화
의 유업 중시와 큰 차이가 있다.[119]

김덕령이 훌륭한 장군감이지만 성격의 결함으로 실패하였음을 2-7단락
에서 보여준다. 도입적인 성격의 2단락에서 선생은 김덕령이 잠든 사이에
나갔다오는 신이성을 드러낸다. 선생의 신이함은 제자를 훌륭하게 키워줄
능력이 있음을 암시한다. 선생의 행동에 호기심이 일어나 김덕령은 제자
로서의 유교적 가르침을 잊고 선생을 미행하게 된다. 이때 김덕령은 선생

---

117) 대계2-5, pp.390-393.
118) 수학기의 나이는 『김충장공유사』 <연보>에 의하면 8세에 공부를 시작하였다.
119) 李肯翊, 『연려실기술』 권 17, <선조조고사본말> 김덕령조.

의 축지법을 능가하여 선생이 석문 안으로 들어가는 비밀을 알아낸다.

김덕령은 이튿날 석문 안 절구통에 괸 장군수[120]를 보고 실컷 마신다. 남성 상징인 절구대와 여성의 상징인 절구통의 결합은 남녀의 결합을 상징하며,[121] 절구통의 물은 생명력을 의미하는 장군수임을 나타낸다. 남녀의 결합은 적절한 시기에 이루어져야 생산이 가능하다. 선생이 예정한 8년을 김덕령은 기다리지 못하고 장군수를 미리 먹어 미숙아의 성격을 갖게 된다.

5단락은 장군수를 훔쳐먹고 쫓겨나는 기아 현상을 보여준다. 선생은 6년 만에 김덕령에게 가르칠 것이 없어 2년 동안 인내심을 길러주고자 한다. 김덕령을 잡아둘 유일한 수단이 장군수를 마시게 하는 일인데, 이 일을 스스로 해버림으로써 선생은 더 가르칠 게 없다고 하산시킨다. 김덕령은 자만심과 오기로 드러내지 말아야 할 능력을 선생에게 보였기 때문에 세상의 이치와 도리를 배우지 못하고 쫓겨났다.[122]

5단락은 <수레(車) 부수기>란 문헌설화의 이인과의 만남[123]을 민중적 의식으로 재구한 것이다. 문헌설화에서 이인과의 만남은 김덕령이 성장한 상태에서 사제관계가 아니기 때문에 자기의지로 행동할 수 있지만, 구비설화에서는 사제라는 필연적인 관계로 변모시켰기 때문에 자기의지로 해결할 수 없다는 것이 결핍요소가 된다.

6단락은 문헌설화와 마찬가지로 조선에서의 임진왜란이 천명이요 운명임을 보여준다. 선생은 김덕령에게 '김정승네 집에 오는 일본의 천하장사인 큰 불덩어리 셋을 죽이지 말라'는 금기를 제시하여 능력을 숨기도록 당부한다. 그러나 김덕령은 하산하여 김정승네 집에서 큰 불덩어리 셋

---

120) 이가림 역, G. Bachelaedwj,『물과 꿈』(문예출판사, 1980), p.24, '우물'은 억누룰 수 없는 탄생과 지속적인 탄생의 의미를 갖는 생명력의 상징성이다.

121) 이와 비슷한 것이 맷돌이다(최래옥, 전게서, pp.75-76). 한편 민간의 신앙에서 암석의 도출부분은 남성 성기를, 들어간 부분은 여성의 성기를 상징하는 곳이 많이 보고 되고 있다(최인학외 3인,『한국민속학』(새문사, 1988, pp.223-230).

122) 이때 쫓겨나는 현상은 비극적 영웅담의 기아모티프 현상과 동일하다(강현모, 전게논문, pp.66-70 참조).

123) <쇄어>,『한국야담자료집성』권7(계명문화사, 1987), pp.102-103.
    <계서잡록> 상게서, 권3, pp.3-6.

을 발견하고 선생이 제시한 금기를 파기한다. 선생이 제시한 금기는 임진왜란이 천명이요 운명이기 때문에 섣불리 나서면 세상에 헛된 이름만 알려지게 됨을 경계하는 것이다. 이를 이해하지 못한 김덕령은 300년간 아무도 들지 못한 철퇴를 가지고 일본 3장사와의 격투에서 일시적인 승리를 한다. 선생의 말을 듣지 않은 김덕령은 이로 인하여 헛된 이름이 알려진다.

김덕령의 학습과정에는 쫓겨남과 이를 회복할 기회 제공의 금기가 제시된다. 첫째로 쫓겨나는 것은 이몽학과 같으나, 둘째의 새로운 금기 제시는 차이가 있다. 이런 차이는 관리 계층에게 이몽학이 역적으로 신원되지 못하였던 것에 비하여, 김덕령은 후에 신원되어 그의 영웅성을 부각시키는 데에 기인하는 것으로 보인다. 그 결과로 방관적 원조자의 역할이 이몽학의 경우에는 철저한 데 비하여 김덕령의 경우에는 완화되어 나타난다.

ㄴ) 〈힘내기〉형 설화

김덕령의 〈힘내기〉형 설화에는 〈씨름〉 삽화, 〈오뉘 힘내기〉 삽화, 〈치마대〉(명마) 삽화가 있다. 김덕령 〈힘내기〉형 설화의 특색은 이몽학의 경우와 달리 〈씨름〉 삽화와 〈오뉘 힘내기〉 삽화가 결합되어 나타나고, 〈치마대〉 삽화와도 결합된 형태로 나타난다.[124] 김덕령의 〈힘내기〉형 설화는 김덕령의 탁월한 능력의 제시와 함께 최후에 패배하게 되는 원인을 제공하고 있다.

● 씨름 삽화
  1. 김덕령은 씨름판에 가서 이길 사람이 없어 자랑하고 다닌다.
  2. 김덕령은 자만하다가 남복을 갈아입은 누나에게 패한다.
  3. 김덕령이 패배하고 죽으려고 하자 누나는 자신의 정체를 밝힌다.

---

124) 김덕령의 힘내기형 전설은 주로 전라지방의 자료에 보인다. 이외의 지방의 자료에는 김덕령의 이적담과 최후담이 보인다.

● 오뉘 힘내기 삽화

　　4. 김덕령은 무등산 돌기를 연습한 뒤 누나와 죽이기 내기를 한다.

　　5. 누나는 김덕령이 자살할 것 같아 해놓은 옷고름을 떼어 버린다.

　　6. 김덕령은 돌아와서 옷고름이 덜 되었다고 누나를 죽인다.

● 치마대 삽화

　　7. 김덕령은 광주 벌판에서 번개 같은 용마를 잡는다.

　　8. 김덕령은 용마와 내기를 한다(무등산 한바퀴를 돌아와 화살받기).

　　9. 용마가 빨리 돌아왔지만 화살이 오지 않아 용마를 죽이자, 그때 화살
　　　 이 날아와서 말고리에 박힌다.

　　10. 김덕령은 용마와 누나를 잃는다.125)

　위에는 김덕령의 <힘내기>형 설화가 총괄적으로 결합되어 있다. 즉
1-3단락은 <씨름> 삽화, 4-6단락은 <오뉘 힘내기> 삽화, 그리고 7-9단
락은 <치마대> 삽화로 이루어졌다. 이처럼 김덕령의 <힘내기>형 설
화들은 독립적이기보다 서로 결합되어 연관성을 맺고 있다.

　김덕령의 탄생담은 정상적으로 얻지 않은 묘자리의 복록을 김덕령
누나가 먼저 받아 태어나고, 김덕령이 다음에 받아 태어남을 보여준다.
<씨름> 삽화는 김덕령의 부분적인 영웅성을 보여준다. 김덕령이 씨름
판에 등장한 시기는 <장군수 훔쳐먹기>와 비슷한 12-16살 정도로 보인
다. 이런 점에서 김덕령의 <힘내기>형 설화는 성장담으로 보아야 한다.

❶ 〈씨름〉 삽화

　<씨름> 삽화는 성장하는 김덕령에게 능력을 드러내지 말라는 금기를
담고 있다. 김덕령은 자신을 이길 장사를 만나지 못하자 자만심에 빠져
수련하지 않고 세상에 공명심만 날리려 하였다. 그는 전국의 장사들이 모
여드는 상씨름판에 나가서 황소를 독차지할 정도이다. 김덕령의 <힘내
기>형 설화는 드러내기 역할을 하지만,126) 김덕령의 한계와 실패의 원

---

125) 대계 6-9, pp.496-499.

126) 천혜숙, 「전설의 신화적 성격에 관한 연구」(계명대 대학원 박사학위논문, 1986),

인이 되기도 한다.

<씨름> 삽화의 2단락은 김덕령에게 금기의 기능으로 작용한다. 누나는 김덕령의 행동에 탈이 생길 것을 막고자 씨름판에 참가한다. 누나는 김덕령이 상씨름판에서 너무 날뛰고 방자하며 안하무인이어서 출세하지 못할 것을 두려워하거나, 서얼이기 때문에 맞아죽지 않게 남복을 갈아입고 씨름판에 나간다.127) 누나의 이런 행위는 김덕령에게 세상에 힘 있는 자가 있음을 알려 처신에 유념하고, 또 능력을 드러내지 말라는 금기의 기능을 한다.

누나에게 일방적으로 패배하는 김덕령은 <묘자리 얻기> 삽화에서 누나보다 뒤에 태어난, 숙명적으로 열등한 존재로 결구되어 있다. 김덕령은 예정된 결과를 알지도 이해하지 못한 채, 최고의 장사인 자기를 일방적으로 패배시킨 장사가 있다는 사실에 분통을 터트리고 상심하여 죽으려고 한다. 이는 김덕령이 자기 중심적 사고를 가진 극단적 우월주의에 입각한 소영웅임을 보여준다.

❷ <오뉘 힘내기> 삽화

김덕령과 누나와의 대립은 <씨름> 삽화에서 표출되어, 4-6단락인 오뉘 힘내기를 통해 처절한 죽음내기로 발전한다.128) 이 <오뉘 힘내기> 삽화는 김덕령의 최후가 비극이 되는 원인을 제시한다.129) 이런 <오뉘 힘내기> 삽화는 어린 시기에 결구되어 있고, 어머니가 등장하지 않고 누나만 등장하는 경우가 있으며, <힘내기>형 설화들이 결합되어 있다.

김덕령이 상심하여 죽으려고 하자, 누나는 자기가 씨름판에서 승리하였다고 고백한다. 이로써 오누이 간의 처절한 내기인 오뉘 힘내기가 전개

---

pp.103-110.

127) 전자는 대계 6-8, pp.198-199. 대계 6-9, pp.456-457. 대계 6-11, p.606 등이다. 후자는 대계 6-11, pp.596-597으로 김덕령이라 언급하지 않았다.

128) 천혜숙, 앞의 논문, p.104, 여기에서 씨름삽화가 오뉘 힘내기 삽화의 원인삽화로 결착될 가능이 있다고 하였다.

129) 강현모(2), 「이몽학 오뉘 힘내기 전설고」, 『한양어문연구』 6집(한양어문연구회, 1988), pp.102-107, 누이는 기아 현상으로 결핍된 김덕령의 능력을 보충해 줄 인물이다.

되는데, 김덕령은 누나의 능력에 대한 의심과 시기 때문에 내기를 제의한
다.[130] 이때 누나는 원조자로서 내기를 하는 반면에 김덕령은 적대자로
서 누나와 내기를 하는 비극성을 보여준다. 김덕령은 누나를 죽여 홀로
영웅이 되려고 한다.

김덕령의 <오뉘 힘내기>는 성 쌓기가 없고, 무등산 돌기와 도포 만
들기 등 속도에 관련된 내기이다. 김덕령과 누나의 내기는(대부분) 한 번
으로 끝나지만, 두 번 하는 경우도 있다. 두 번의 경우는 상대방에게 활
을 쏘아 맞혀 죽이기를 하다 결판이 나지 않자, 일반적인 오뉘 힘내기를
한다. 또 김덕령은 누나에게 처음에 패배하고, 두 번째에 누나가 져주자
인정없이 누나를 죽인다.[131] 문헌기록에 김덕령이 군법 시행으로 사람을
많이 죽였다는 점, 선조가 친국할 때 살인죄만으로도 죽일 수 있다[132]는
점에서 민중들은 대범하지 못한 인물로 김덕령을 인식한 것 같다.

김덕령과 누나간의 내기에서는 천부적으로 월등한 능력을 지닌 누나가
일방적으로 승리한다. 아량을 지닌 누나는 김덕령이 지면 자살할 것 같아
옷을 다 만들고도 일부러 속옷고름을 안달거나, 이미 달았던 옷고름을 떼
어 놓고 기다린다. <오뉘 힘내기> 삽화가 특정인물에 결구되어 그를 부
각시키기 위해 어머니의 개입이 의미가 없기 때문에[133] 김덕령의 <오뉘
힘내기> 삽화에서는 어머니가 등장하지 않는다. 따라서 김덕령의 <오
뉘 힘내기> 삽화에서 누나는 누나와 어머니의 특성(성격)을 공유한다. 누
나는 이몽학의 <오뉘 힘내기> 삽화의 경우처럼 처절한 갈등의 양상을

---

130) 대계 6-9, p.497. 오뉘 힘내기의 내기는 첫째, 누나의 능력이 월등한 것을 알고
　　　연습을 하는 경우, 둘째, 자기를 속였다는 울분에서, 셋째, 자기보다 능력이 뛰
　　　어난 자를 제거하려고 한다. 그리고 내기를 누나가 제기하는 자료로는 대계
　　　5-1, p.254와 pp.256-258 있다.
131) 앞은 대계 6-9, pp.456-457. 뒤는 대계 5-3, pp.116-117.
132) 『연려실기술』 <선조조고사본말>김덕령조나 『선조실록』 29년 8월 참조.
133) 김덕령의 오뉘 힘내기에서는 어머니가 나타나지 않는다. 어머니가 나타나지 않
　　　기 때문에 누이는 어머니의 역할까지 담당해야 한다. 김덕령의 오뉘 힘내기 전
　　　설에서는 여동생(누이)이 나타나지 않고 오직 누나만 나타낸다. 예외의 자료로
　　　는 최래옥, 『한국구비전설의 연구』 일조각, 1981. pp.314-315. 고려대 사범대학
　　　국교과, 『한국어문교육』 창간호(1986), pp.300-301. 그리고 신동흔 공주지역 조
　　　사자료에도 김덕령의 어머니가 나타난다.

보이지 않고, 일방적으로 승리를 양보한다. 이는 가부장 사회에서 남존여비란 사회적 모순의 표출인 여성의 희생을 드러내면서,[134) 김덕령의 활동이 비극적인 운명임을 암시한다.[135)

누나는 동생과의 내기에서 '김덕령이 동기간으로 설마 자기를 죽이랴[136)'고 생각하고, 김덕령의 사기를 높여 주고 삶의 태도를 가르쳐 주려고 힘내기를 시도하였다. 김덕령은 누나의 속마음을 알아차리지 못하고 그의 잔인성과 비인간성을 보여주고 있다. 김덕령은 누나와의 내기에서 처음에 이기고 다음에 져 주는 누나를 바로 죽인다. 김덕령은 자기보다 월등한 누나의 도움을 받으려 하지 않고 이기적 승부욕과 질투심으로 누나를 죽인다. 이때 누나는 죽어 독수리의 원귀가 되어 날아갔다[137)가 뒤에 김덕령의 활동반경을 넓혀줄 용마를 얻지 못하도록 결구시켰다. 이는 화살이 늦게 왔다는 것을 합리적으로 설명하기 위한 민중적 발상이다.

❸ 〈치마대〉 삽화

김덕령이 지닌 지혜의 결핍, 성격적 결함은 용마를 얻는 〈치마대〉 삽화에서도 나타난다. 김덕령이 얻은 말은 용마로, 광주벌에 잠시 나타났다 사라지는 비천하는 말이다. 김덕령은 어깨에 날개가 나 있는 데다[138) 용마까지 얻었다면 활동반경이 확대될 것이다. 이 용마는 〈아기장수〉 삽화의 용마와 다르다. 김덕령 설화의 용마는 이몽학의 경우처럼 김덕령과 만났고 신이성을 인정받았다. 또 용마는 김덕령과 호흡을 맞추고 잘 어울렸으며 원하는 것을 이루어 그의 능력을 확장시켜 줄 수 있다.

〈치마대〉 삽화도 김덕령의 빠름을 나타낸다. 김덕령의 〈치마대〉 삽화는 문헌에서 호랑이를 잡았다는 능력을 민중의식의 표현 방식으로 나타낸 것이다. 김덕령은 화살이 땅에 떨어지지 않게 받으라는 무리한 요구를 하지만, 용마는 김덕령의 요구에 따라 주었다. 김덕령은 용마와의

---

134) 임철호, 앞의 책, p.136.
135) 강현모(2), 전게논문, pp.90-109.
136) 대계 5-3, p.116. 대계 6-8, p.200. 대계 6-9, p.446 등.
137) 대계 6-9, pp.568-569.
138) 대계 6-9, p.447, 451.

내기에서 용마가 목적지에 도착하였을 때 화살이 없자, 주변을 살펴보지 않고 용마를 죽인다. 이런 김덕령의 조급성에 대한 비난의 소지를 줄인 것이 누나의 독수리 원귀가 화살을 공중에서 잡았다는 삽화이다. 이런 삽화의 결구는 김덕령이 어떠한 노력을 할지라도 원귀인 독수리의 농간 때문에 용마를 죽일 수밖에 없다고 설정하는데 있다.

김덕령의 <힘내기>형 설화에서 소영웅주의로 누나와 용마를 잃어버리고 비극적인 종말을 맺게 된다. 또 용마와 누나를 죽인 결과 탁월한 능력의 충신이면서도 행세하지 못하고 죽은 인물이라는 부정적인 평가를 받는다.[139]

3) 빠른 김덕령

김덕령이 장수로서 특징은 빠름(비상, 쾌주)이다. <오뉘 힘내기> 삽화에서도 무등산을 한 바퀴 도는 것, 그것도 모자라 3바퀴를 돈다는 것이다. 김덕령의 이러한 특질은 문헌기록에 익호장군이란 칭호를 받았고, 호랑이를 두 마리를 잡아 왜군 진영에 팔았다는 내용을[140] 민중들 나름대로 재구이다.

김덕령이 효성을 강조하면서 능력을 드러낸 삽화를 보자.[141] 김덕령은 어머니 또는 부모의 아침 반찬으로 올리기 위하여 무등산을 넘어 하루에 갔다오기도 힘든 화순이나 보성까지 낚시를 갔다온다. 새벽에 고기를 낚아 요리를 하여 부모를 봉양한다는 것이다.

김덕령은 그의 겨드랑이에 날개가 있기 때문에 말을 타고 날아가서 화살을 잡았다는 삽화도 있다. 겨드랑이에 날개가 난 인물이라면 민중들이

---

139) 대계 6-9, p.569.
140) 문헌설화에는 김덕령과 호랑이와의 관계가 많다. 즉 탄생담이 있고, 숲속의 호랑이를 잡아 죽인 일, 익호장군 제수, 호랑이 잡아 왜 진영에 팔기 등이다.
141) 대계 6-11, p.469. 대계 6-9, p.452. 이런 삽화는 『김충장공유사』 <실기>에 숙부가 동복지방으로 이사하였는데, 그 앞의 냇가에 고기가 살쪄서 김덕령이 조석으로 고기를 낚아다가 반찬을 하여 올렸다 한다.

원하는 일도 성취할 능력의 잠재성을 보여준다.[142] 김덕령의 능력은 천
부적인 면도 있지만 노력에 의한 것임을 보여준다. "매일 아침에 무등산
을 한 바퀴 돌고 올라가서 누나가 해준 밥을 먹었다"나, "김덕령이 언제
든지 새벽에 나와서 군망을, …… 무등산을 일곱 바퀴 돌았다는 전설이
있다"[143]는 것처럼 김덕령은 자신의 능력을 부각시키려고 부단히 훈련을
한다.

김덕령의 능력은 <호랑이에게 잡혀간 사람 데려오기>[144]에서 물려갈
때는 별이 하나씩 총총히 보였는데, 김덕령이 호랑이를 죽이고 뺏어올 때
는 별이 별똥(배차지)처럼 짜르르 하니 일자로 깔렸다 한다. 이와 비슷한
내용이 친구간의 의리를 보여준 삽화에 보인다. 담양에 사는 친구와 함께
장원주를 먹었으면 좋겠다는 말에 80리나 되는 길을 밤에 가서 친구를
업고 띠로 묶고 잠깐 사이에 와버렸다. 친구를 밖에 세워놓은 사이에 호
랑이가 물어갔는데, 호랑이를 쫓아가서 친구를 찾는 과정은 앞 예화와 같
다. 민중들은 김덕령이 호랑이를 잡았다는 문헌기록을 상기하고, 호랑이
보다 더 빨라야 이긴다는 민중적 사고에서 비롯된 결구이다.

김덕령의 능력은 빠름(속도)으로, 겨드랑이에 날개가 달렸다는 천부적인
성격노 있지만, 훈련과 노력에 의한 후천석인 요소노 있다. 이런 빠름의
강조는 시간의 축소를 의미하고, 그 결과 공간의 축소 현상이 일어난다.
이를 통하여 힘, 정보, 공격 능력을 보강하여 능력을 발휘할 뒷받침이 된
다.[145]

(3) 활동 삽화

김덕령은 문헌기록에 왜구와 직접 싸워 승리한 기록이 없다. 그런데도

---

142) 대계 6-9, p.42. 날개는 <묘자리 얻기> 삽화의 닭 날개와 같이 천상과 지상을
  연결시켜 주는 천상의 사자인 새를 연상하게 한다. 이때 날개의 의미는 무한한
  능력의 가능성을 보여준다.
143) 전자는 대계 6-9, p.42이고, 후자는 대계 6-8, p.883이다.
144) 대계 6-9, p.448, 445.
145) 최래옥, 전게서, pp.183-187.

구비설화에는 신이한 능력을 발휘하여 왜구를 물리쳤다고 전한다.

ㄱ) 〈 왜군 물리치기 〉 삽화

김덕령은 복상 중 신이한 능력을 발휘하여 왜군에게 실제적인 피해를
입히지 않고 스스로 물러나게 한다. 이는 김덕령이 왜군에게 무서운 인물
로 부각되었다는 문헌설화의 의미를 민중적 의식으로 재구한 것이다. 강
원도에서 조사된 한 작품을 단락으로 나누어 제시하면 다음과 같다.

 1. 김덕령이 철원에 살았는데 왜병이 몰려왔다.
 2. 왜병을 물리칠 때, 어머니는 아버지의 복상 때문에 불가하다며 못나가
    게 한다.
 3. 허락받고 구경을 가보니 조선의 장사가 없었다. 김덕령이 청정의 진에
    들어가 '내일 오시에 모든 병사가 흰띠를 둘러 매라'하고 나왔다.
 4. 김덕령은 다음날 오시에 흰띠를 걷어오면서 물러가라고 하였다.
 5. 그 다음날에 무기를 전부 빼앗아 오자 왜군이 후퇴하였다.[146]

1단락에서 민중들은 고향이 광주 무등산인 김덕령을 철원이나 경상도
고령 사람이라 한다. 이는 민중들이 사실인가를 검토하지 않고 특정인물
(김덕령)과 연관되면 결구시키기 때문이다.

김덕령이 상중일 때, 왜군들은 마을 앞까지 쳐들어 왔다. 구비설화에서
김덕령 스스로는 충·효 갈등이 별로 보이지 않는데, 문헌기록에는 심각
한 갈등양상을 보여주고 있다.[147] 김덕령은 마을 앞까지 쳐들어온 적을
보고 효만을 고집하지 않고 충을 위하여 어머니의 허락하에 출전하려 하
였다. 김덕령과 달리 효가 우선한다는 어머니의 생각은 유교적 덕목이다.
어머니는 아버지의 상중이란 이유로 출전을 허락하지 않는다. 다른 삽화
에서는 출전하려면 자신을 죽이라고 완강히 거부한다.[148]

---

146) 대계 2-7, pp.114-116.
147) 김덕령은 "삼년상도 못지내고 기복종군하여 충도 이루지 못한 것이 불효죄라며
    자기를 탓"하였다. 구비전설에서도 죽을 때 갈등을 보인다.
148) 대계 1-7, p.836.

김덕령이 전쟁터에 몰래 가거나 구경을 간다는 결구는 역사적으로 기제만 마치고 기복종군을 하여 전공을 세우지 못한 사실을 합리적으로 설명하면서, 김덕령의 능력을 손상시키지 않으려는 민중의식의 소산이다.

4단락에서는 구경꾼이나 방관자인 김덕령이 마을에서 왜군을 물리치기 위해 반복적으로 신이한 능력의 도술을 과시한다. 김덕령의 능력은 신이하며 상중이기 때문에 인명을 살상하지 않는다. 첫째번의 능력[149]은 김덕령이 왜구들의 모자에 꽃을 달기, 태극기 달기, 운무를 덮고 총구멍에서 물이 나오게 하기, 모자 벗겨 가기, 부적 왜적의 머리에 붙이기 등의 도술이다. 두 번째 행한 능력은 왜구의 무기를 전부 빼앗거나, 민담처럼 3개의 병을 이용하여 적의 생명을 위협하는 것이다.[150] 이런 김덕령의 탁월한 능력은 이상세계의 실현도 가능하다는 민중적 사고에서 나온 힘이다.

ㄴ) 〈 왜장 조섭 죽이기 〉 삽화

김덕령이 기생과 공모하여 왜장 조섭을 죽이는 삽화는 3편이 있다.[151] 이 삽화는 문헌기록과 설화에 김응서가 애인 계월향과 공모하여 왜장 조섭을 죽였다는 것이, 흥미롭게도 김덕령과 기생 황월[152]의 일화로 변이되었다. 전승자(민중)들은 한 사건에 대해 역사적인 사실여부를 판단할 능력을 갖지 못하고, 판단하려고도 않는다. 민중들은 어떤 사건이 한 인물에 적합하다고 생각되면 실제로 행하였든 아니든, 또 사실이든 거짓이든 간에 결구시켜 민중들의 의식세계를 표출한다. 김응서의 일화를 김덕령에게 결구시킨 것은 김덕령을 통해 민중들의 성취욕구를 드러낼 필요성

---

149) 자료로는 첫째 대계 1-4, p.896, 둘째 대계 1-7, pp.836-837, 셋째 대계 2-5, p.394, 넷째 대계 5-1, p.320, 대계 5-2, p.345 등이다.

150) 대계 5-1, p.320.

151) 대계 7-2, 7-4, 8-5 등이다. 그리고 조섭의 이름은 소서비, 소섭, 소서, 조서비, 조섭 등이다.

152) 임철호(2), 「임진록과 문헌설화의 역사의식」, 『고전문학연구』(이우출판사, 1983), p.364, 김덕령과 기생 관계에서 등장하는 기생은 계월향인데, 월천, 화월(兒名), 월선(本名)이라고 한다.

이 있기 때문이다. 민중들은 비극적으로 죽은 김덕령을 민족적인 장수로 부각시키려는 과정에서 <왜장 조섭 죽이기> 삽화를 차용한 것이다.

1. 이여송은 조선에 구원 나와 천기를 보니 조선의 명장이 필요함.
2. 이여송은 경상도 고령 땅에 상복을 입고 있던 김덕령을 찾아감.
3. 김덕령은 기생 황월이 왜장 소서(조섭)의 소첩이 된 것을 알고 황월의 어머니를 찾아감.
4. 김덕령은 천대하는 황월을 죽이고 싶지만 큰 일로 다음 날을 약속함.
5. 왜병들을 술취하게 한 황월은 김덕령에게 조섭의 용력과 비밀을 말하고 다음날을 기약함.
6. 황월은 진법의 방울소리가 나지않게 하고 김덕령을 조섭의 방으로 데리고 들어감.
7. 김덕령이 온몸에 비늘이 덮힌 조섭의 목을 치고, 황월이 목에 콩깍지재를 뿌림.
8. 김덕령은 황월의 목을 베어 그녀의 모친께 갖다줌.
9. 조섭이 죽자 조선왕이 되고자 이여송은 김덕령을 역적으로 몲.[153]

1단락에서 이여송은 구원 나오면서 조선에 트집을 잡아 퇴각하려고 하지만, 조선의 이인들이 준비하여 실수로 끝난다. 그래서 이여송은 조선에 나와 천기를 보니, 조선 장수의 도움없이 임진란을 막을 수가 없었다. 민중들은 천기란 단어를 사용하여 명장 이여송이 임진왜란을 종식시킬 인물로 김덕령을 뽑게 하였다. 이는 천기를 본 이여송이 고령의 김덕령을 찾아가 참전해 주기를 바란 훌륭한 인물로 부각시켜, 조선의 위정자들이 그를 역적으로 죽였던 역사적 사실을 풍자적으로 역전시키고 있다.

2단락에서 상복은 김덕령에게 활동을 제약하는 결핍요소로 작용한다.[154] 그래서 성공하고도 높이 쓰이지 못하고 이여송에게 역적으로 몰려 죽은 것 등이 상복을 입었다는 결핍요소의 결과로 여겨진다.

이여송이 찾아간 곳은 경상도 고령이다. 민중들은 김덕령을 경상도 지

---

153) 대계 7-2, pp.656-660.
154) 대계 8-5에서는 김덕령이 상복을 6년간 입었던 것으로 되어 있으나, 이여송의 천거 때 상복을 벗은 것으로 되어 있다.

방의 인물로 설정하여 임진란의 종식을 바라고 있다. 또 김덕령이 비장으로 근무한 곳은 평양이나 강원도로 되어 있다. 김덕령은 활동지역인 평양이나 강원도에서 기생 황월과 애인관계를 이루다가 부모의 상으로 중단된다. 김덕령과 황월의 관계 중단은 조섭을 죽이는 계기가 되었다.[155]

김덕령은 기생 황월이 조섭의 첩이 된 것을 알고 황월의 어머니 집에 찾아간다. 황월의 어머니는 딸을 천대한 김덕령을 조롱하거나 공대한다. 황월 어머니의 천대는 표면적인 것이고, 내면에서 김덕령이 딸인 기생 황월을 찾아왔다는 반가움을 담는다. 또한 황월 어머니는 조섭을 죽이고 다시 찾아온 김덕령에게, "딸의 목도 비어 왔습니꺼?"라는 반응에서 이미 김덕령이 찾아온 목적을 알고 있었다. 이처럼 황월의 어머니는 자기의 역할에 대한 적극성과 이인적 면모를 지니고 있었다.

김덕령과 황월의 만남은 세 차례 이루어지지만, 김덕령은 황월보다 피동적이고 세상을 보는 안목이 부족한 인물로 묘사되어 있다. 첫 번째 만남에서 김덕령은 황월의 피상적인 행동에 대한 책임을 묻는다. 반면에 황월은 김덕령이 찾아온 일까지 파악하고 어머니를 시켜 준비하는 세심한 배려와 능동적인 자세를 보여준다. 두 번째 만남에서 김덕령은 큰일을 잊고 옛정만을 그리워한다. 김덕령은 황월이 대사를 그르칠까 두려워[156] 사사로운 정을 억제시키지만 자제하지 못한다. 세 번째 만남에서 왜장 조섭을 죽이는 데에 황월의 지시에 따르고 있다.[157]

---

155) 대계 7-4에서는 김덕령이 기생 하오리를 버린 것으로 설정하였다. 이런 설정은 기생의 애국 충정을 더욱 강화시켜 주는 것으로 추측할 수 있다. 민중들이 미천한 기생의 애국심을 강화시킨 것은 민중의 처지와 같은 자임에도 불구하고 국가를 위하여 노력하는데도, 보답이 냉대와 멸시 뿐임을 나타내고자 하는 의도인 것 같다.

156) 임철호, 전게서, p.143. 한편 구비전설에서는(대계 8-5, p.235, 대계 7-4, p.659) 조섭의 영웅성을 다음과 같이 나타내고 있다. 잠을 잘때 집통같은 세놈이 되고, 주위에 방울을 매달아 진을 치고, 또 왼발로 방안을 들어서면 걸어놓은 무거운 칼이 일을 내고, 온몸에는 비늘이 덮여 칼도 들어가지 않는다. 잠은 토끼잠을 자는데, 첫날은 눈을 감고, 둘째날은 반쯤 뜨고, 셋째날은 완전히 뜨고 깊은 잠에 빠진다. 또 김덕령이 칼로 목을 쳐서 죽였는데 목이 다시 붙으려고 하여 재를 뿌렸다거나, 목없는 조섭이 칼을 휘둘러 대들보를 부수었다는 등이다.

157) 강현모(3), 전게논문 참조.

민중들은 김덕령과 황월의 만남에서 기생에게 미래사를 준비하고 처리하도록 설정하여 놓았다. 그리고 황월은 개인의 정보다 국가의 일을 앞세워 생각하였다. 여기에서 민중들은 양반적 사고의 편향성과 허구성, 조급성, 예지를 갖지 못한 근시안적 사고를 가진 김덕령을 비판하면서, 자신들보다 더 비참한 처지인 기생 황월을 통해 그들의 우월성을 드러내고 있다. 그리하여 이 삽화는 김덕령의 능력을 부각시키는 동시에 국가를 위해 빈부귀천의 구별이 없는 협동심이 필요함을 나타낸다.

기생 황월과 김덕령이 조섭을 죽이는 7단락은 <지하도적퇴치> 설화와 유사한 민담적 성격을 띤다. 민담적 세계의 결구는 민중들이 향유하던 구비문학에서 쉽게 얻을 수 있는 자료를 취사선택하기 때문이다. 그리고 5-7단락에서 조섭의 능력에 대한 강조는 그를 죽인 김덕령을 민중적 영웅으로 설정하기 위한 것이다.

기생의 우월성은 왜장 조섭을 죽이고 왜군의 진영을 탈출하는 8단락에서 극명하게 드러난다. 김덕령은 왜병이 몰려오자 함께 살 방도가 없어 자신만 살려고 하다가 기생을 죽인다. 황월은 스스로 죽음을 택하는데158) 그 가장 큰 이유로 조섭에게 몸이 더럽혀졌기 때문이며, 부수적으로 김덕령이 잘 되기를 바라거나 자기 어머니를 살려 달라는 데에 이유가 있다.159) 이리하여 황월은 김덕령과 어머니를 살리고, 효자·충신으로 칭송받을 수 있었다.160)

9단락에서 이여송은 욕심 때문에 김덕령을 역적으로 몰아 죽인다. 양반들의 잘못된 시각 때문에 죽은 김덕령을 외부의 중국세력인 이여송의

---

158) 임철호(2), 전게논문, p.364. 기생이 죽는 방법은 1.기생은 살기를 바라는데 김덕령(혹은 김응서)가 죽인다. 2.같이 성을 넘다가 왜병에게 죽는다. 3.기생이 자원하여 김응서(혹은 김덕령)가 죽인다. 4.자결한다. 여기에서 기생이 죽은 까닭과 의미는 1. '불능양전'이라고 혼자 살기 위하여 영웅을 죽인 여자이기 때문에 죽인다. 2. 여자가 칼받이 역할을 한 것이고, 3. 조선의 장사가 죽어선 되기 때문에 여자가 죽는다. 4. 3의 요구가 관철되지 않아서 자살한다.

159) 전자는 대계 7-2, p.660. 후자는 대계 8-5, pp.237-238.

160) 대계 8-5, p.238. 기생의 어머니는 기생 황월의 목을 받고 열녀 충신이라며 '네가 어머니를 위하여 죽었다'고 한다. 이 점은 기생이 이미 충신이며 열녀인 동시에 효자임을 보여주는 것이다.

농간으로 죽은 것으로 설화화한다. 이처럼 민중들은 김덕령의 죽음을 계층간의 대립으로 보지 않고, 민족적 자존심의 대결의식으로 변이시킨다.

ㄷ) 〈 왜장 퇴치하기 〉 삽화

〈왜장 퇴치하기〉 삽화는 위 2)항과 달리 김덕령 스스로 비범한 능력으로 왜장을 물리치지만, 이여송의 부분적인 도움을 받는 것으로 되어 있다.

1. 구원온 이여송이 김덕령을 천거하여 대장을 삼았다.
2. 김덕령이 구름으로 진을 치는 왜장 청정의 성질을 돋구었다.
3. 김덕령이 청정의 목을 치니 새가 되어 날아갔다.
4. 이여송이 그 새를 활로 쏴서 잡았다.[161]

〈왜장 퇴치하기〉 삽화에서 김덕령이 왜장을 물리치는 동기는 스스로의 판단이 아니라 이여송의 명령에 따른 것이다. 김덕령은 이여송의 천거로 대장이 되어 왜장 가등청정이나 평수길을 물리친다.

위 삽화의 1단락은 이여송이 임진란을 평정할 조선의 인물로 김덕령을 천거하는데 삽화에는 생략되어 있다.[162] 김덕령의 천거는 임진왜란을 중국인 아닌 조선사람에 의해 스스로 평정하고 해결해야 한다는 자주민족이며 자주국가라는 민족의식의 발로이며 표출이다.[163] 민중들은 구원나온 명의 군사들이 전쟁의 평정에 최선을 다하지 않자, 민족적 영웅의 출현을 기대하였다. 그래서 김덕령을 이여송의 상대역으로 부각시켰던 것같다.

2단락은 왜장 청정의 능력을 보여주고 있다. 역사적 사실로 왜장 청정

---

161) 대계 7-14, pp.165-166.
162) 삽화의 앞에 이여송의 천거를 받아 〈기생의 도움을 받는 조섭 죽이기〉 삽화가 연결되어 있어, 이여송이 또 다시 천거할 필요가 없었다.
163) 구원나온 명나라 군사들에 의한 피해가 왜병에 의한 피해와 비슷하였다. 또 명나라 군사는 벽골제에서 대패한 후 조선을 돕기보다 자신들의 안위를 걱정하여 최선을 다하지 않았다. 이런 점에서 민족적 자존심을 드러내고, 자주민족이오 자주국가임을 드러낸 것이다.

은 소서행장과 조선을 침입하는 데에 중요한 역할을 하였다. 구비설화에 서 청정은 구름을 모아서 진을 치고, 서울을 침입하려는 신이한 인물이 다. 청정을 물리칠 인물은 그보다 더 용감하고 신이성이 있는 김덕령이 다.

김덕령은 재치와 인내심으로 신이한 왜장 청정과 한판 승부를 벌여 목 을 쳐 일방적으로 승리하지만, 청정은 완전히 죽지 않고 새가 되어 날아 갔다. 김덕령이 날아가는 새를 잡아 죽이지 못하자, 밑에 있던 이여송이 새를 잡았다. 이때 날개를 가진 새는 천상과 지상을 연결할 수 있는 능력 을 상징한다. 김덕령은 이런 상징적인 존재의 재생이 불가능하게 만드는 데 남의 도움이 필요한 존재임을 보여주고 있다.

1. 조섭을 죽인 뒤 이여송은 평안도를 침입한 모사 평수길과 싸웠다.
2. 이여송은 평수길의 도술을 당하지 못하자 김덕령을 부른다.
3. 김덕령은 평수길의 도술을 물리친다.
4. <논개삽화 첨가>와 김덕령이 일본군을 퇴진을 시킨다.
5. 김덕령은 일본모사 평수길에 패하여 이여송에게 도술을 배운다.
6. 김덕령이 실패하자 이여송이 선봉장이 되어 김덕령과 함께 공중전에서 평수길을 죽이고 8년 풍상을 끝낸다.164)

위의 삽화는 김덕령이 모사 평수길을 물리치는 과정이다. 4단락을 중 심으로 앞부분은 김덕령의 일방적인 우세를 구술하고, 뒷부분은 김덕령 이 평수길에게 패배하여 이여송과 함께 평수길을 물리치고 있음을 구술 한다. 4단락은 김덕령과 관련된 결구인지 뚜렷하지 않지만, 논개가 왜장 을 껴안고 남강물에 빠질 때 강건너에 있던 김덕령이 왜군을 습격하였다 고 할 수 있다.165)

평수길은 전쟁에서 패하자, 나뭇잎을 군사로 만들어 조·명군과 싸웠

---

164) 대계 8-5, pp.238-241.
165) 설화에는 논개가 왜장을 끌어안고 남강물에 떨어져 죽은 것이 조선 장수와 약 속이라 한다. 위 삽화의 4단락에서 약속한 장수를 김덕령이라고 할 수 있다(대 계 8-3, p.77 참조).

다. 이여송은 평수길이 도술로 만든 무수한 일본군(나뭇잎)을 당할 수 없
자 조섭을 죽인 김덕령을 부른다. 이여송의 명령으로 평안도에 온 김덕령
은 평수길이 도술로 만든 나뭇잎 군사를 칼로 물리친다. 김덕령은 평수길
이 인간이 되어 도망가면서 부리는 도술도 막아낸다.166) 이때 김덕령은
이여송이나 평수길을 능가하는 민족적인 영웅으로 설화화되어 있다.

김덕령은 모사인 평수길과의 재대결167)에서 승리하지 못하고 평수길에
게 패배한다. 패전한 김덕령이 이여송에게 도술을 배울 때, 김덕령은 평
수길과 이여송보다 능력이 뒤떨어진다.

민중들은 임진왜란의 평정을 조선과 명이 협력한 결과로 보고, 이여송
을 우위에 두고 김덕령과 함께 왜장을 물리치도록 하였다. 6단락에서 이
여송은 김덕령에게 비법을 가르쳐 주지만 실패하자, 선봉장이 되어 평수
길과 대결한다. 김덕령도 후군이 되어 이여송과 평수길의 싸움에 끼어들
어 평수길을 죽이는 데에 협조한다. 이여송과 김덕령이 협력하여 왜의 모
사 평수길을 죽이고 8년 풍상을 종결시켰다고 한다. 김덕령과 이여송의
협력은 조선과 명나라의 협력관계를 의미한다. 조선과 명의 협력관계를
이여송과 김덕령으로 표출한 것은 임진왜란을 해결할 인물로 보았기 때
문이다.

민중들은 김덕령의 충을 높이 사서 문헌설화나 기록에서 찾아볼 수 없
는 삽화를 끌어오지만, 부모의 상이란 결핍요소 때문에 불완전한 승리로
결구시킨다. 김덕령이 왜구를 물리친 삽화는 김덕령의 능력과 민족적 자
존심을 부각시키면서 한계를 동시에 보여주고 있다.

(4) 최후 삽화

김덕령의 죽음은 왜군을 도술로 물리치는 과정에 결합되어 나타나는

---

166) 대계 8-5, p.239, 평수길은 오작교에 까치로 군졸을 세우기, 우물을 캄캄하게 하
    기, 일월성신을 대장으로 무지개를 칼로 만들기 등의 조화로 김덕령에게 대적
    하나 패배한다.
167) 위 자료는 앞의 구술을 망각하고 처음 구술하는 듯한 느낌이어서 재대결이라
    할 수 없다. 다만 채록된 자료를 중심으로 고찰할 때 재대결로 파악된다.

경우가 보편적이다.168) 김덕령의 최후는 신이한 도술로 왜적을 물리치는
탁월한 행위가 수반되었음에도 비극적인 종말로 결구된다. 김덕령 설화
에서 신이한 도술을 부린 인물이면서도 부친상으로 임진왜란이란 국가적
중대사를 해결하지 못한 김덕령의 죽음은, 원사한 역사적 사실을 인식한
민중들이 성장담의 결핍요소가 원인이 되어 활동기나 최후담에 한계를
극복하지 못하고, 최후에 어머니의 반대를 무릅쓰고 출전한 데에서 비롯
된다.169)

　　민중들은 김덕령의 죽음에 효와 충의 갈등을 도입하고 있다. 봉건적
사회윤리에서 충과 효는 우열을 가리기 힘든 가치이다. 민중들은 어머니
의 말을 거역하고 충을 위하여 전쟁에 참가한 김덕령의 행위를 불효로
여기지 않았다면, 충과 효의 갈등을 결구하지 않았을 것이다. 그런데 국
가적 변란이란 시대 상황에서도 어머니를 기만한 김덕령의 행위를 불효
로 인식하여170) 최후에 원사하게 만들었다. 민중들은 김덕령이 모친 상
을 제대로 지내지 않고 전쟁에 참가한 행위를 불효로 인식하며, 이로 인
하여 국가에 대한 충도 이루지 못하였다고 보았다.171) 집안에서 효를 하
지 못한 인물이 하는 충은 정당한 것이 되지 못한다고 여긴다. 그리하여
구비설화에서는 김덕령이 역적의 누명으로 옥사한 것을 부친의 상도 제
대로 지키지 못한 자가 전쟁에 참가한 사실에서 찾는다. 이런 의식은 김
덕령이 어머니의 명령을 어기고 전쟁에 참가하였다는 설화적 결구로 나

---

168) 김덕령의 죽음이 도술로 왜군을 물리치는 다음에 연결되지 않은 자료도 있다.
　　<오뉘 힘내기>의 다음에(대계 6-9, pp.446-447 등), 왜란이 끝난 다음에(대계
　　7-14, pp.166-167 등), 반란 다음에(대계 2-6, pp.122-123 등), 단순하게(대계 6-8,
　　pp.883-884 등) 최후담이 연결되는 경우가 있다. 이중 <오뉘 힘내기> 삽화와
　　연결된 죽음은 두 삽화 사이에 긴밀성을 가지지 못하고 있다. 즉 화중들은 오뉘
　　힘내기 삽화가 최후담에 영향을 미쳤다고 인식하지 않는 것 같다.
169) 곽재우의 경우는 왜란이 일어나기 전에 부모의 복상을 마쳤다. 그리고 기강이
　　란 곳에서 3년간 은거하고 있다가 임진왜란이 일어나자 의병을 일으켰던 점이
　　김덕령과의 차이이다(임철호, 전게논문, p.202).
170) 김덕령은 부모상중이기 때문에 떳떳하게 전쟁에 참가하지 못하고, 구경을 갔다
　　가, 혹은 어머니 몰래 참가하는 것이다.
171) 김덕령의 죽음문제는 역사적 사실을 바탕으로 전설화되었다. 그렇지만 그 전설
　　화된 양상과 의미는 많은 차이를 보이고 있다.

타낸다.

1. (도술로 왜군 물리치기 삽화)
2. 왜군을 물리쳤다는 소문 때문에 역적으로 몰려 죽게 되었다.
3. 김덕령은 온갖 수단(총·칼·활·매·능지처참)으로도 죽지 않았다.
4. 김덕령은 "만고충신 김덕령"이라 써주면 죽겠다고 하였다.
5. 조정에서 써 주자 김덕령은 다리 밑의 비늘 세 개를 떼고 겨릅(삼)대로
   3 대를 때려 죽었다.
6. 죽인 뒤 비를 없앨 수가 없어서 오늘날까지 전해오고 있다.[172]

위 삽화는 김덕령이 신이한 도술로 왜군을 물리친 것이 원인이 되어 죽는 과정이다. 김덕령의 죽음은 1단락이 전제되어야 한다.[173] 김덕령이 상을 당하여 어머니의 말을 듣고 전쟁에 참가하지 않았다면, 신이한 능력이 조정에 전달되지 않았을 것이다. 그랬다면 조정에서는 김덕령의 능력을 알지 못하여 전쟁에 참가시키지도, 또 그로 인해 누명을 쓰고 비참한 최후를 맞지도 않았을 것이다. 그렇지만 김덕령은 어머니의 명을 따르지 않고 전쟁에 참가하여 신이성을 드러내고 말았다.

선조와 조정대신들은 김덕령이 신이한 도술로 왜군을 물리쳤다는 소문을 듣고 소환하였다. 위정자들이 김덕령을 소환하는 이유는 죽이기 위한 것이거나, 정식으로 전쟁에 참가시키기 위한 것으로 나타난다. 후자의 경우, 김덕령은 아버지의 상중이라 전쟁에 참가할 수 없었지만[174] 참가하여 공을 세우고 싶은 심정이었다. 이때 김덕령은 어머니의 반대로 국가가 위임하는 공식적인 전쟁 참가를 거부한 반면에, 마을에 침략한 왜적을 물

---

172) 대계 2-7, p.116.
173) 강현모, 「김덕령 왜구퇴치설화의 의미」(『한양국어교육논집』 4·5합집, 한양대 국어교육학회. 1991.12)와 「김덕령의 영웅성과 그 성격」(『한남어문학』 17·18합집, 설태 박요순선생 정년퇴임기념논총, 한남어문학회, 1992.5)을 참조.
174) 『선조신록』 권 21. 25년 6월조에 보면, "都承旨金應灠 以聞母訃 不得奔喪 供職未安 辭職上疏 傳曰依啓"(임철호, 앞의 책, p.148에서 재인용)등과 같이 친상을 당하면 공직도 버리고 부모의 상에 임하였다. 하물며 관직이 없던 사람은 벼슬길에 나서지 않는 것이 상례이다.

리쳐 전쟁에서 이름을 날리는 이율배반적인 행위를 하게 되었다. 그 행위
는 자신의 능력을 과시하여 세력을 확대시키려는 계책으로 오인되어 반
란의 혐의를 받게 된다.[175] 이는 충효의 갈등에서 현실적인 차원인 충이
우선한다는 의식을 표출시켰다지만,[176] 효가 충보다 근본적으로 우위에
있음을 보여주고 있다.

전자의 경우, 위정자들은 김덕령이 신이한 도술 능력으로 등장하자 자
신들의 위치가 위태로워질까 두려워 김덕령을 제거하고자 한다. 이 유형
에서 위정자들은 김덕령을 부모의 상과 관계없이 의병활동 중에 모략을
세워 소환하는 데,[177] 그 대표로 선조왕과 유성룡이 등장한다. 이중에서
김덕령과 유성룡의 관계는 실제적인 것이 아니라 당대 위정자들과의 상
징적 관계이다.[178] 역사적으로 위정자들은 어려운 난관에 봉착한 김덕령
이 무죄하다는 사실을 알고도 해결하여 주지 않았다. 특히 민중들은 김덕
령의 위기를 해결해 줄 수 있는 유성룡이[179] '10년 독상을 유지하기 위
하여 김덕령을 죽인 것이라'며 지위에만 급급한 인물로 나타내고 있다.
또 위정자들은 지위를 지키기 위하여, 김덕령의 뛰어난 행적을 시기하고
능력을 발휘하지 못하도록 의병 모집도 허가하지 않고 모함을 하였다.[180]
이의 구술은 위정자들의 독선과 위선을 폭로하려는 민중의 의도이다.

---

175) 대계 5-2, p.346. 대계 5-1, pp.258-259. 국가적인 위기에 처하여 의병을 이끌고
갔는데, 국가의 허락도 없이 병력을 모았다고 역적으로 몰아세운다. 다만 삽화
에는 부모의 상과 관련되지 않았다.

176) 임철호, 앞의 책, p.144.

177) 이 유형에서는 김덕령의 의병활동의 참가가 부모의 상중인지 아닌지의 복상 문
제가 거론되지 않았다. 다만 김덕령이 부모의 상을 완전히 치르지 않은 역사적
사실을 고려한다면, 부모의 상중에 참가하였다고 보아야 할 것이다.

178) 임철호, 앞의 책, pp.141-142, 149.

179) 대계 5-1, p.320, 문헌설화에서 선조는 김덕령을 체포하여 여러 대신들에게 죄
를 물었다. 이때 정탁과 김응남이 힘써 구하였으나 영상이던 유성룡만이 아무
대답이 없어, 그 이유를 들고 김덕령을 혹독하게 고문하여 죽인 것으로 되어 있
다.

180) 첫째는 대계 5-3, p.122, 둘째는 대계 7-2, p.660, 셋째는 대계 7-14, p.166이다.
이중 둘째는 민중적 영웅을 민족적 영웅의 성격으로 결구시켜려는 민중의식의
발로로 보인다.

위정자들은 김덕령을 죽이려고 총·칼·매·활·능지처참·불 등 온 갖 수단을 동원하지만 죽일 수가 없었다. 이렇게 위정자들이 수단방법을 가리지 않고 김덕령을 죽이기 위해 혈안이 되었지만, 김덕령은 불굴의 의 지를 굽히지 않았다. 이것은 김덕령이 이몽학의 난과 관련되어 6차례의 고문에도 허위자백을 하지 않았던[181] 강직함을 드러낸 것이다. 그래서 김덕령은 어떠한 힘으로도 죽일 수 없는 신이한 존재로 결구하여 위정자 들에 대한 민중들의 응어리를 보여준다. 김덕령이 쉽게 죽지 않은 끈기는 민중적 삶의 생리와 유사한 면이 있다. 임진왜란 때에 국가를 위하여 노 력하였지만, 지배계층의 수탈이 그 대가였다. 이처럼 민중의 삶은 나약하 게 보이지만 강인한 생명력에 뿌리를 두고 있다. 수탈만 당하며 살아온 민중들의 한을 김덕령의 삶으로 환치시켜 강인한 생명력을 보여준다.

김덕령을 죽이기에 급급하였던 위정자들의 속셈을 나타낸 것이 4단락 이다. 김덕령은 자기를 죽이려는 위정자의 속셈을 알고, 소원을 들어달라 며 스스로 죽음을 택한다. 위정자들은 죽일 방법이 없던 김덕령이 죽어 주겠다고 하며, "만고충신 김덕령"이란 표말을 남대문에 써 달라[182]고 요 구를 한다. 자신의 억울함과 양반을 비난하는 천하공지의 자신감을 나타 낸데도 불구하고 위정자들이은 그를 죽이려고 그 소원을 들어준다.[183] 위정자들은 김덕령의 소원과 그의 죽음 사이의 논리적 모순을 발견하지 못하였다. 만고충신이라면 국가에서 높이 칭송하고 받들어야 할 인물로 죽이지 말아야 한다. 이를 통해 민중들은 김덕령이 원사한 역사적 사실에 서 위정자들을 파렴치한 행위도 불사하는 존재로 결구하여 그들의 위선 과 허구성을 폭로하고 있다. 즉 민중들은 김덕령을 통해 위정자들의 논리

---

181) 『연려실기술』 <선조조고사본말> 김덕령조.
182) 김덕령의 죽음을 간략하게 기술하고 소원이 없는 것(대계 7-2, p.660, 대계 2-6, pp.122-123 등)과 "만고충신효자 김덕령"이란 소원을 말한 것(대계 5-2, p.346)이 있다. 역사적 기술이나 문헌설화에서는 김덕령이 불효자이며 불충신이라 볼 수 밖에 없다고 한다. 그런데 구비설화에는 '만고충신효자'라고 한 것이 한편 밖에 없고, '만고충신 김덕령'이라고 소원하고 있다. '김덕령이 충신은 될 수 있어도 효자는 될 수 없다'고 생각한 민중의식을 알 수 있다.
183) 시신 발굴 장면은 억울함의 극치를 보여준다(자료편 참조).

적 모순과 집권욕을 표출한 것이다.

4단락에서 김덕령은 스스로 죽음을 택한다. 김덕령이 죽음을 택한 요인은 효와 충 사이의 심각한 갈등 때문이었다. 김덕령은 어머니의 뜻을 받들지 못하고 국가를 위해 침략해온 왜군을 몰래 물리친 것이 화근이 되어 죽음에 이른다. 충은 효의 도리를 다한 뒤에 행하여야 할 유교적 논리의 규범이다. 죽음을 택한 김덕령은 가정적인 효의 도리보다 대의명분을 앞세워 순차적 규범을 어기고 충을 위하여 경거망동하게 출전한 행위가 잘못인 것을 깨달았다.[184] 김덕령은 자신이 죽게 된 이유가 효의 도리가 없이 오직 충의 도리만 따른 때문인 것을 알았다. 그래서 김덕령은 "만고효자 김덕령"이라 하지않고 "만고충신 김덕령"이란 소원을 말한다. 만약 김덕령이 충의 윤리만을 강조하였다면 죽음을 택하지 않았을 것이다.

김덕령은 위정자들이 "만고충신 김덕령"이란 현판을 써 붙여주자, 약속한대로 자신을 죽이는 방법을 말해준다. 그가 말한 방법은 비늘로 덮여 있는 부분을 들추고 그곳을 매로 때린다. 이때 비늘이 덮힌 부위는 오금 · 다리짝 · 다리밑 · 겨드랑이 밑 · 장단지 · 어깨쭉지 · 볼기짝 등으로 힘을 쓸 수 있는 곳[185]이고, 비늘의 수는 하나에서부터 8개까지 구술된다. 그리고 비늘을 들추고 때리는 도구로는 뺑대쑥 줄기 · 썩은 절읍팽이 · 지릅(삼)대 · 복숭아가지 · 침 등이고, 매를 때리는 수도 한 대에서 세 대까지로 나타난다.

김덕령의 신이성을 상징하는 각 요소들의 의미를 살펴보자. 비늘은 김덕령이 악독한 형벌을 거부할 수 있는 힘을 부여하고 지켜주는 장치이다. 그것은 김덕령의 능력을 보호해 주고 죽지 않게 해주는 보호막이며, 또 고려왕조의 고귀한 상징물과 유사성이 있다. 김덕령이 비늘을 가진 것은 신이성과 고귀성을 가진 상징적 존재임을 나타낸다.[186] 김덕령이 이런

---

184) 『연려실기술』 <선조조고사본말> 김덕령조.
185) 『한국문화상징사전』.
　　　최래옥, 전게서, pp.152-158.
186) 강현모, 앞의논문, p.105.
　　　유인수, 「고려 건국신화의 연구」(한양대 교육대학원 석사학위논문, 1989)

보호막의 내력을 위정자들에게 알려준 것은 삶의 포기를 의미한다.

다리와 겨드랑이(어깨)에 보호막 구실을 하는 비늘이 있는 것은 상징적인 이유가 있다. 다리는 사람을 지탱해 주고 활동반경을 나타내는 능력의 상징이다. 그리고 어깨나 겨드랑이는 날개가 있던 자리로 유추할 수 있어 하늘을 비상할 수 있는 능력과 활동반경을 나타낸다. 이런 곳에 있는 비늘은 김덕령의 특성인 무장적 성격을 보호해 주고 죽이지 못하도록 하는 갑옷의 역할을 한다.

그를 죽이는 도구로 쓰이는 겨릅(삼)대는 창과 화살의 대용물로 무사적 측면을 나타내고,[187] 복숭아가지는 민속에서 축귀의 힘을 가진 물품으로 신이성을 나타낸다. 또 썩은 겨릅대란 버려야할 물품으로, 썩은 물건으로도 자르는데 그것도 모르는 위정자들을 상징하는 의미를 가진다. 그리고 열십자(+)를 긋는 것은 민속적으로 절개의 의미를 가지고 있어 김덕령의 신이성을 드러낸다는 의미를 나타낸다.[188]

위정자들은 김덕령을 죽인 뒤에 그에 대한 평가절하 작업을 하였는데, 이를 설화화한 것이 6단락이다. 김덕령이 죽자 백성들이 슬퍼하고, 영호남에서 의병을 일으키는 자가 없으며, 왜군들이 더욱 날뛰었다[189]는 일부 문헌기록에 반하여, 일부 위정자들은 김덕령을 무능하고 광폭하며 별 능력이 없는 인물로 인식시킬 필요가 있었다. 이런 위정자들의 김덕령에 대한 평가절하 행위는 '만고충신 김덕령'이란 현판을 깎거나, 지우기, 비각 부수기 등으로 나타나 있다.

이 과정에서 민중은 김덕령을 죽인 뒤에 약속을 위반하고 그를 평가절하 하려는 위정자들의 위선을 폭로하고, 김덕령의 죽음을 부정하기도 한다.[190] 김덕령이 살아왔다고 하거나 현판이 깎이지도, 지워지지도, 태워

187) 강현모, 앞의 논문, p.104.
188) 이두현 장주근 이광규저 『민속학개론』(학연사, 1983). 민속에는 산모가 난산하였을 때에 산모의 성기에 열십자를 긋거나, 처녀가 죽으면 십자거리에 묻는 것 등은 모두 닫힘이 열림으로 변화되기를 요구하는 행위이다.
189) 대동기문, 권 2, 65장.
190) 대계 1-4, p.897. 김덕령의 비를 땅에다 묻거나 태워도 다음날 아침에 광택이 났다며, 여기에 우물명당의 삽화를 차용하여 설명한다. 그래 우물명당을 파 없앤

지지도 않고 오히려 뚜렷하게 부각되었다는 것은 역사적으로 일어날 수 없는 초월적인 속성을 지닌다. 이는 민중의 마음 속에 김덕령이 실제로 살아온 것처럼 재생하여 오기를 기대하는 심리적 보상을 통해 능력을 부각시키려는 것이다.

<만고충신 김덕령> 현판 삽화는 김덕령의 죽음을 부활시키고 새롭게 살아오도록 한 상징적 결구를 통해 민중들이 지닌 삶의 강인성을 보여준다. 아무리 '만고충신 김덕령'이란 비를 없애려고 하였지만 인력으로 어찌할 수 없자, 현판을 제거하는 일을 그만 두고 김덕령을 만고충신이 분명하다고 인정하기에 이른다.[191] 이렇게 "만고충신 김덕령"이란 비(현판, 간판, 철판, 사대문현판)가 오늘날까지 전해온다고 하여 김덕령의 변함없는 영웅적인 생명력을 유지시키고 있다. 심지어 김덕령의 억울한 죽음을 신원하여 주었을 뿐만 아니라 자손을 불러 원수를 갚게 하고 충장공의 시호까지 내렸다고 한다.[192] 이처럼 김덕령의 설화에서 죽음은 죽기 전의 신이성과 능력을 배가시키는 재생의 의미를 보여준다.

3. 관군의 장수 : 임경업(1594-1646)

임경업은 탁월한 능력을 지녔음에도 불구하고 지배층의 반목과 질시로 억울하게 죽은 인물이다. 민중들은 임경업의 활약상을 근거로 탁월한 장

결과 비각을 없앨 수 있었다.

191) 대계 2-6, p.123, '신원되면 무엇하냐'며, 정신적인 삶을 부정하고 실제적인 삶에서 영웅성을 발휘하지 못한 것을 아쉬워 한다. 반면에 대계 5-1, p.259, 다시 부각된 김덕령의 영웅성을 인정하면서 '그런 영웅을 죽인 나라가 뭐 잘 될 것이냐'며 아쉬워 한다.

192) 이런 결구는 김덕령이 억울하게 죽은 것으로 판명되었기 때문에 죽은지 60여 년만(숙종 때)에 신원되었고, 뒤에 충장공이란 시호까지 받았다는 역사적 사실을 상기한 민중의식의 발로이다. 김덕령의 신원은 민중에게 그가 새로 살아온 것과 다름없게 여겨졌다. 한편 대계 6-2(p.103)에서 김덕령은 죽을 때 선조와 약속하고 3년 동안을 기다렸다가 선몽하였다고 한다. 이는 김덕령이 영웅성을 인정(신원됨)받는 데 죽은 후 오랜 시간이 걸렸음을 나타낸다.

수로 형상화시키면서도 비극적 죽음 때문에 한계를 보여준다. 여기서는 민중들이 임경업의 장수적인 모습으로 형상화한 내용과 그 한계에 대해 구비설화를 통해 살펴보자.

임경업이 생존하였던 시기의 국내외[193] 상황은 임진왜란으로 인해 국가의 기강이 무너지고 백성들이 피폐해져 있었다. 중국대륙에서는 명이 조선의 임진왜란에 구원군을 보내 국력의 큰 손실을 겪고 변방의 방비가 소홀해지자, 만주지방에서 누루하치가 세력을 통합하여 후금을 세우고 명나라를 위협하던 교체기에 있었다. 명청 교체기란 대륙의 정세에서 광해군은 명청의 전쟁에 휩쓸리지 않도록 하면서 후금과 화친관계를 유지하였다.

그런데 반정으로 등장한 인조와 서인의 지배계층은 대륙의 정세를 무시하고, 친명배청의 외교정책으로 일관하였다. 그 결과 조선은 정묘호란과 병자호란이란 두 차례의 전란을 겪으면서 막대한 인명과 재산 피해를 입었다. 특히 병자호란 때에는 지금까지 오랑캐로 멸시하였던 만주족이 세운 청을 군신지예로 대하는 치욕적인 수모를 당하자, 이러한 민족적 굴욕감은 적개심으로 변하였다. 특히 효종이 즉위하여 북벌론을 주장하여 만주 오랑캐인 청에 대한 굴욕을 씻고, 임진왜란 때 노움을 준 명에 대한 의리를 지키려는 숭명배청의 시대정신이 강화되었다.

민중들은 숭명배청의 상황에서 굴욕적인 패배의 치욕을 씻어줄 민족적 영웅을 갈망하고, 민중들은 호란의 패배책임을 규명하려는 자기반성을 통해 당파와 안일에 빠진 무능한 양반지배층에게 그 책임을 찾고 비판하고자 했다. 이것은 끈질기게 투쟁하다가 친청파에 죽은 임경업을 소재로 한 설화나 소설을 통해서 청에 대한 적개심을 드러내고, 그를 양반지배층에 대한 분노를 대변하는 민족적·민중적 영웅으로 형상화한 데서 찾아볼 수 있다.

임경업에 대한 문헌설화들은 시대적 조류인 층을 위한 역사적 사실성

---

193) 국사편찬위원회,『한국사』12(탐구당, 1978).
   진단학회(편),『한국사』조선후기편(을유문화사, 1965).
   이기백,『한국사신론』(일조각, 1981).

의 추구한데 비하여, 설화나 소설에서는 사실의 소재를 선택하면서도 민중의식으로 걸러진 허구적 진실성이 강조되었다. 이런 역사적 인물에 대한 이야기는 담당계층의 다양한 인식에 따라 다르게 해석되기 때문이다.

소설 <임경업전>은 많은 논자에 의해서 연구가 이루어져 있으나,[194] 임경업 설화에 관한 연구는 이윤석[195]과 홍태한[196]의 연구를 제외하고 소설 <임경업전>을 고찰하는 과정에서 자료를 소개하는 정도일 뿐이다.

본 절은 임경업의 구비설화를 중심으로 비극적 장수로서의 성격을 파악하는 데에 목적이 있다. 따라서 임경업의 생애를 실록과 같은 역사기록물과 그의 연보·실기·행장 등을 검토하고, 구비설화가 담고 있는 민족적·민중적 영웅으로 구성방식과 구조적 특성을 파악할 것이다. 이를 위한 자료로는 한국구비문학대계를 중심 자료로 하되, 연구논집 속에 소개된 자료, 본인의 현지조사 자료, 그리고 한국야담집성이나 문헌전기설화집 등도 참조하여 검토하겠다.

1) 임경업의 생애와 성격

임경업은 병자호란 기간에 위대한 장수로 지칭되면서도 공을 세우지 못하였다. 그는 임진왜란이 한창이던 선조 27(1594)년에 충주 달천에서 형조판서 공혜공 정의 7대손인 부친 황의 8형제 중 넷째 아들로 태어났다.[197] 경업은 한미한 가세로 인하여 어린 시절에 고생을 하였으나[198] 전쟁놀이에서 대장 노릇을 하면서 성장하였고, 뒤에 경업을 비롯한 5명의

194) 뒤 4장 2절의 연구사 부분 참조.
195) 이윤석, 「임경업 전설 연구」, 『효성논문집』 제31집(효성여대, 1985).
196) 홍태한, 「서해안 임장군 풍어전설의 의미」, 『고황논문』 7집(경희대 대학원, 1990).
197) 原州와 忠州 地方의 전설에는 이와 같이 되어 있으나, 李選이 편찬한 <林將軍傳>에는 평안도 价川에서 낳아 원주를 거쳐 충주 달천에 정착한 것으로 되어 있다(『임충민공실기』 p.15).
198) 李選, 전게서, p.15, "家業蕩盡流離畿邑"
    南九萬, 『林將軍傳』, p.1, "貧不能保養諸子"

형제들이 무과에 급제하였다.[199)]

경업은 무과에 급제한 후 주로 북방을 방어하는 임무를 맡았다. 이는 경업이 만주에서 발흥한 누르하치의 청과 명이 대립하는 미묘한 국제정세를 통찰할 수 있는 계기가 되었다. 인조 2(1624)년 나이 31세에는 이괄의 난에서 공을 세워 가선대부로 승급되었고, 2년 후에 낙안군수로 목민관이 되어 백성을 잘 다스렸다. 정묘호란이 일어난 1627년에 출정하였으나 이미 금과의 강화조약이 체결되었다.

그후 경업은 37세 때인 인조 8(1630)년 평양 중군이 되었다. 그 뒤 검산산성 방어사, 정주목사, 영변부사 등을 거치며 북방의 산성들을 수축하고 사졸과 노고를 나누었다.[200)] 한편으로는 김자점을 비롯한 일부 조정세력이 북방의 방어가 어렵다며 포기하자고 주장하자 이에 극력 반대하기도 하였다. 경업은 40세 때에 명나라의 반적 공유덕을 무찔러 명 천자에게 총병의 벼슬과 금화를 받아 위엄이 중원에 알려지게 되었다.

의주부윤이 된 41세에는 북방의 신흥세력인 금의 침략을 예견하였다. 그래서 조정에 북방경계를 위한 병력을 요청하였으나 거부되었고, 대신에 보조받은 은과 물자로 지역민을 위한 선정을 베풀었다. 42세 되던 해에 금은 국호를 청으로 바꾸었는데, 임경업은 가노의 명군에 협소하지 않았다는 모함으로 관직이 삭탈되었다가 선정과 유민보호에 대한 진정으로 복직되었다. 복직된 임경업은 위협을 가해오는 청에 대비하여 병력의 증강을 간청하였으나 뜻을 이루지 못하고, 백마산성을 중심으로 청의 침입에 대비하였다.

43세 되던 해 겨울(12월) 청은 10만병을 동원하여 조선 정벌에 나섰다. 임경업은 청이 침입하자 조정에 장계를 올린 후에 백마산성에서 계책으

---

199) <임충민공실기>에 보면, 6세경에 아이들과 전쟁놀이를 하였고, 9세에는 글을 배우기 시작하여 <項籍傳>에 項羽가 "글이란 성명을 적으면 족하니, 만인을 대적할 만한 법을 배우기를 원합니다."라는 대목을 여러차례 보며서 "참으로 대장부의 말이다" 하며 감탄하였다. 그리고 17세에 활쏘기와 말타기 연습을 하였는데 매우 출중하였으며, 25세 때 동생 嗣業과 함께 급제하였다.

200) 『林忠愍公實記』卷五, <年譜>(조선광문회, 1913). "除劒山山城防御使監築諸城下諭錫馬".

로 청병의 침입을 저지하는 위세를 과시하였다.[201] 일이 이에 이르자 청
태종은 몰래 백마산성을 돌아서 서울 도성을 함락하고 삼전도에서 조선
왕의 항복을 받았다. 이 사실을 뒤에 안 임경업은 5000여 병사로 적의 도
성인 심양을 공격하려 하였으나 평안감사의 허락을 받지 못하여 무산되
었다.[202] 대신 역습에 대비하여 본국으로 먼저 돌아가는 요퇴를 추격하
여, 그들을 죽이고 붙잡혀가는 양민을 구하는 전과를 올렸다. 44세 때에
는 어머니 윤씨부인이 돌아가셨으나 삼전도에서 조선왕의 치욕적인 굴복
으로 국방의 중책을 다하기 위하여 상을 치르지 못하였다. 이때 임경업은
본국으로 귀환하는 청태종과 의기로운 문답을 나누었다고 한다.

조선은 삼전도에서의 굴욕 이후, 청의 요청을 거절할 수 없었다. 45세
때 청이 명의 도독부가 있는 가도를 공격하려고 조선에 병력을 요청하자,
임경업을 수군장으로 출정시켰다. 임경업은 삼전도에서의 치욕에 대한
적개심과 명에 대한 의리 때문에 척후장 김려기를 명나라 도독 심세괴에
게 밀파하여 전멸을 면하게 하였다.[203] 또 평안병사 겸 안주목사가 된 임
경업은 47세 때에 명의 금주위를 치는 조선군의 주사장군으로 차출되었
다. 임경업은 명과의 교전을 피하기 위하여 묘향산(혹은 속리산)의 중 신헐
(일명 독보)을 명에 보내 조선의 피치못할 사정을 알리고, 은밀히 병선을
파괴하였다. 장군의 태도를 의심한 청은 임경업을 조선으로 귀환시키고
관직을 삭탈하도록 하였다.

임경업은 49세 때에 신헐파송이란 명나라와의 밀통이 선천부사의 배
신으로 발각되어 심양으로 압송당하게 되었다. 이때 삼전도의 치욕을 설
원하고 왕자들의 귀환을 이루기 위하여 명나라로 망명할 것을 결심하였
다. 그리하여 황해도 금교에서 탈출하여 양주 회암사를 거쳐, 한강에서

---

201) 『林忠愍公實記』卷五, <年譜>(조선광문회, 1913), pp.55-56. 임경업은 백마산
　　성에서 청나라 군대의 침입을 알았으나, 중과부적임을 알고는 접전하지 않고
　　허수아비를 만들고 성책을 세우며 깃발을 꽂아 적군의 공격을 지연시켰다고 되
　　어 있다.
202) 『林忠愍公實記』卷一, <與柳琳書>(조선광문회, 1913).
203) 震檀學會編, 『韓國史』 <近世後期篇>(을유문화사, 1980), p.107, 그렇지만 沈
　　世魁는 이에 굴하지 않고 만여 명의 군사와 함께 싸우다가 전사하였다고 한다.

배를 빌려 타고 등주를 향하다가 해풍현에 도착하였다. 그러나 그는 해풍현 관리들이 첩자로 오인하여 감옥에 가두었을 때, 등주 도독 황종예의 도움으로 풀려났다.

그후 임경업은 황종예를 도와 반적들을 소탕하고, 요동수복을 계획하고 실천하였다. 이 때는 명나라의 국운이 쇠퇴한 데다가 이자성의 난이 일어나 천자가 자결한 상태였다. 또 북경이 함락되자 명나라 장수들의 분열과 배반으로 임경업은 뜻을 이루지 못하고 청나라에 잡혀 북경 감옥에 갇혀 18개월간 온갖 고초를 겪으면서도 회유와 협박을 거부하였다.

임경업이 중국대륙을 통일한 청 황제의 대사면으로 풀려나게 되었을 때 조선에서 심기원의 역모사건이 일어났다. 심기원과 공모자로 몰릴 위험에 빠진 김자점은 심기원을 모질게 고문하여 임경업이 관련되었다는 허위자백을 받아냈다. 이에 조선 정부는 청에 요청하여 임경업을 송환하여 왔다. 임경업은 원통함을 호소하였으나,204) 억울하게 누명을 쓰고 친국을 당하여 53세를 일기로 운명하였다.

인조는 장군의 충절과 그를 따르는 사람들을 위하여 시신을 위로하는 유지를 내렸다. 더욱이 청에 대한 적개심으로 숭명배청과 북벌책으로 인하여 임경업의 충절이 널리 숭앙되기에 이르렀다. 그러나 숙종 23년(1697)에 사자 임중번이 원통함을 호소하여, 남구만 이외 여러 중신들의 의견으로 신원되고, 관직에 복직시켜 임경업의 원혼을 위로하여 주었다. 그리고 1706년에는 충민이란 시호를 내리고, 1726년에 사당건립을 완성하였다.

2) 임경업 설화의 양상

(1) 탄생 삽화

임경업의 탄생담은 김덕령과 마찬가지로 풍수설에 관련되어 있다.205)

---

204) 『林忠愍公實記』(조선광문회, 1913) "天下事未定 不可殺我".
205) 이런 풍수설과 관련되지 않은 태몽담이 있다. 즉 "그래 가(그 아이) 태기 있을

그리고 그의 여러 탄생담은 풍수설에 관련되어 있고 장애요소가 있다는 내용만 일치할 뿐이지, 세부적인 묘사는 상당한 차이를 보인다. 훌륭한 자손을 얻기 위해 노력하는 삽화가 있는가 하면, 아무런 노력도 없이 우연히 얻는 것, 그리고 덕을 쌓아 얻는 것 등 다양하다.

임경업의 신분은 대체로 미천하거나 중인계층으로 묘사된 삽화가 많이 나타난다. 그리고 성장기의 <재상가 무덤파내기>에 더욱 명확하게 나타난다.[206] 이것은 그가 양반 가문의 출신임에도 불구하고 역모로 연루되어 옥사하였다는 역사적 사실을 인식하고 구술하는 민중들이 그의 신분을 격하시킨 것으로 보인다. 이는 임경업 설화를 구연하는 민중들이 자신들의 감정을 그에게 이입시켜 자기의 불우한 현실적인 삶을 극복하고 심리적인 성취감을 얻기 위해 그의 신분을 변화시킨 것이다. 즉 민중들은 장수의 출세폭을 확장시키고 극적 효과의 확대를 노린 의도적 변개로 보인다.

그에 관한 대부분의 탄생담에서 부친은 훌륭한 자손을 얻기 위한 강렬한 소망을 보여주지 않는다. 임경업의 부친 3형제가 똑같이 훌륭한 자손이 나오기를 바라고 산에 들어가서 30년간 지리공부를 한 삽화[207]를 제외하고는 김덕령이나 이몽학의 경우처럼 명당에 대한 성취 갈망을 보여주지 않는다. 임경업의 부친은 조상의 죽음을 처리하는 과정에서 다른 곳을 잡아주겠다는 지관의 말에도 "내 복이 이것이기 때문에 이곳에 묻겠다"고 한다. 이는 주어진 상황에 만족하고 새로운 삶에 대한 강렬한 의지를 드러내지만 실제로는 행동하지 못하는 민중들의 모습이라 할 수 있다.[208]

떡에 선몽하기를 그 머시 내 입에 구실을 넣어 조서 그래 가이나 큰 사람이 될 줄 알았소 그래 내가 딜고 가라 안캤소?"(한국구비문학대계 7-14, pp.146-152. 임경업 이야기(1))
풍수설에 관련 탄생담의 의미는 김덕령의 탄생담 부분 참조.
206) 구비문학 대계 3-2, pp.701, 임경업의 가문은 벼슬을 못하다가 비로소 과거에 등용된 사실을 설화화 현상이다.
207) 대계 4-5, p.341.
208) 민중들은 <아기장수> 전설에서처럼 자신들의 뜻을 의지를 보이지만, 실제로 행동하는 데 주저하고 있다.

민중들은 역사적으로 확연하게 차이가 나는 임경업의 삶을 자신들의 삶과 동일시하려는 시도가 처음부터 부자연스러운 것인지 모른다. 그런데도 민중들은 자신의 의도와 체념을 임경업의 탄생 삽화에 결구하여, 임경업 부친의 말을 통해 자연스럽게 접목시키고 있다.

임경업의 부친이 명당을 얻게 되는 구체적인 동기를 보면 다양하다.

1. 옥사장이 된 임경업 부친은 사형을 당하게 될 대적패를 불쌍히 여겨 탈옥시켜 준 덕에 명당을 얻는다.
2. 외국(호족계통)의 중이 명당터를 파괴할 때, 가져온 추활 한 움큼을 몰래 빼놓았기 때문에 명당을 지켜 얻는다.
3. 임경업의 부친은 아버지가 돌아가셔서 막연히 섧게 울다가 찾아온 중이 명당을 잡아준다.
4. 막역한 친구가 된 중이 명당터를 잡아 주었다.

위 삽화들에서 임경업의 부친은 두 가지의 금기를 파기한다. 하나는 도둑 두목이 '자손 둘 자리를 잡았으니 올라가 보지 말라'와 '큰 바위를 건드리지 말라'고 한 직접적인 금기이다. 전자는 달밤이라 올라가서 파기하고 후자는 이상한 소리가 나자 바위를 흔들어서 파기한다. 다른 하나는 잠재적 금기로 호국의 중으로부터 명당터를 우연하게 보호하지만 그 바위를 뒤집어 묻어 파괴하고, 삼형제가 잡은 묘자리를 막내가 깨끗하게 정리한다며 바위를 들추어버려 금기를 파기한다.

임경업 부친이 금기를 파기하였을 때 일어난 현상은 학의 날개가 부러짐, 노루가 뛰어나감, 세 마리의 금붕어 중 두 마리가 죽고 남은 것마저 실명, 뒤집혀 있던 거북을 바로 놓고 묻음 등이다.[209]

삽화에 등장하는 금기물의 특성은 신이성을 지닌 동물들이다. 이중에 학은 장수하며 고고함을 나타내고, 사슴이나 노루는 국가의 복을 상징한다. 학의 부상과 노루의 도망은 그 묘자리의 지기로 탄생할 사람이 장수하지 못할 것임을 '종손을 얻기가 어렵다거나' '삼국명장터이나 와석종신

---

209) 앞은 대계 2-5, p.409. 둘째는 대계 7-13, p.445. 셋째는 대계 4-5, p.341. 그리고 맨 뒤에는 대계 4-2, pp.129-130 등이다.

을 못한다'라는 구술에서도 짐작할 수 있다. 반면에 금붕어와 거북이의 등장 삽화에서는 임경업이 천기를 보지 못하는 인물임을 설명하고 있다. 금붕어가 눈이 먼 것은 세상의 이치인 천기를 볼 줄 모른다는 상징이며, 뒤집혀 허우적거리는 거북이를 바로 뉘어 놓고 묻은 것도 마찬가지의 의미가 있다.210)

임경업의 탄생담은 빼어난 지기의 영향을 받아 탁월한 인물이 될 가능성과 주어진 금기의 파기로 인한 결핍요소를 동시에 지닌다. 이 탄생담의 결핍요소는 최후담에서 비극적인 운명의 주인공이 될 결정적인 역할을 하게 된다.

(2) 성장 삽화

임경업의 성장담은 그가 공부를 하였다는 문장태나 경업태에 대한 지명전설에 관련된 삽화, 공부를 안하는 경업을 선생이 부모에게 부탁하는 삽화, <씨름> 삽화의 변이적 양상을 보이는 삽화, 그리고 <이웃양반 수탈 방지> 삽화와 <재상가 무덤파내기> 삽화 등이 있다.

ㄱ) <힘내기>형 설화

민간의 장수 만들기인 <힘내기>형 설화에는 <아기장수> 삽화, <치마대> 삽화, <씨름> 삽화가 있다. 이들 <힘내기>형 설화는 임경업의 성장기 중에서 가장 이른 시기에 단편적인 삽화로 결구되어 있다.

우선 <아기장수> 설화 유형의 삽화는 임경업이 경상도 안동의 비나리 마을에서, 용마가 백룡담에서 태어났다는 지명유래담의 성격을 띤다. 이 삽화에서 임경업이 태어난 지 얼마되지 않아 큰 바위에 가서 턱걸이를 하고 오는 능력을 보이자, 누이는 역적이 될 가능성이 있다며 발뒷꿈치와 어깨를 파 죽인다.211) 용마는 임경업의 죽음 뒤에 나타나 시간상 불

---

210) 이런 상징성은 인간적 측면에서의 검토이다. 거북이의 눈은 정상일 때 오히려 하늘을 잘 볼 수 있다. 그런데도 설화에서는 사람이 누워있는 모양을 연상하여 설명하고 있다.

일치가 보인다.212) 또 나라에서도 알고 없애버렸다는 <아기장수> 삽화
에 <치마대> 삽화가 결합된 삽화도 있다.213)

임경업의 <치마대> 삽화는 특이한 양상이 있다. <치마대> 삽화는
김덕령이나 이몽학의 경우처럼 성장기의 마지막 시기에 결구되는 데 비
하여, 임경업은 더 어린 시기에 결구되어, <아기장수> 삽화에 연결되어
있다. 그런데 의주부윤을 지낸 임경업을 <아기장수> 삽화에서 어린 나
이에 죽었다고 하며 <치마대> 삽화를 구술하는 것이, 사실과의 논리적
모순을 느끼자 주인공을 임경업의 부하로 바꾸기도 한다. 이런 모순을 파
악한 또 다른 구술자는 임경업에 관해 전자와 후자의 삽화가 다 전해진
다고 한다.

<씨름> 삽화는214) 임경업이 13세가 되도록 글을 읽지 않았다고 하여
임경업의 성격을 잘 드러낸다. 이로 볼 때 민중들은 임경업을 문보다 무
에 관심을 가진 인물로 이해하고 있다.

그는 씨름대회에서 모든 장사들을 물리친 승리자가 되어 송아지를 타
게 된다. 그의 능력은 송아지를 빼앗긴 장사들이 쫓아오는 대목에서도 드
러난다. 이때 그는 송아지를 옆구리에 끼고 넓은 강을 건너뛰어 위기를
놀파하는 탁월한 능력을 보여순다. 강을 건너는 행위는 신분적 능력의 변
화를 의미하는 것215)으로 잠재되어 나타난다. 물건너기 삽화는 임경업에

---

211) 대계 7-10, p.770, 힘의 원천인 발뒤꿈치와 날개의 상징인 어깨의 의미는 김덕
령의 죽음에 관한 부분을 참조.
   한편 임경업의 전승에는 오뉘 힘내기 전설이 거의 결구되어 있지 않은 것은 최
   래옥 교수의 오뉘 힘내기 전승의 범위에서 도표에서 Ⅲ에 해당한 이유도 있을
   것이며, 또한 임경업의 영웅성을 부각시키는데 오뉘 힘내기의 삽화를 차용이
   부적절하기 때문으로 보인다.
212) 최래옥, 『한국구비전설연구』(일조각, 1982), pp.162-163.
213) 대계 7-10, p.771, 임경업의 비극성을 강조하기 위해 부연된 삽화로 보인다. 한
   편 임경업은 과부의 아들을 죽였는데, 이 아이가 아기장수 되는 것을 죽이는 삽
   화도 있다(이윤석, 앞의 논문, p.43).
214) 대계 7-9, pp.411-413.
215) 구체적인 의미 해석은 이몽학 성장기의 <홍수 물건너기> 삽화 부분을 참조하
   기 바람. 다만 이몽학과 달리 임경업의 경우는 신화적 인물로써 성공한 영웅의
   속성과 비슷하다는 점이다.

결구되어 신화적 속성의 능력을 드러내는 데에 목적이 있다.

임경업이 어머니의 말을 따르는 효행으로 행한 자비심은 자발적인 것이 아닐지라도 큰 아량을 가진 인물임을 나타낸다. 그리고 어머니가 송아지를 돌려주게 한 이유는 능력을 보이지 말라는 잠재적 금기 요소의 파기를 제어해 주는 역할을 한다. 일부 삽화에서 김자점은 임경업과 같은 마을에서 자랐는데, 임경업의 능력을 따라 잡을 수 없자 시기심이 발동하여 나중에 임경업을 죽이게 되었다[216]고 한다. 임경업은 어머니의 질책에 대해 저항하지 않고 송아지를 팔아서, 사람들을 찾아 시장을 돌아다니며 일일이 나누어 주어 적을 친구로 만들었다. 그렇기 때문에 그의 능력은 시기와 질투의 대상이 아니라 숭앙의 대상으로 변모하게 된다.

임경업의 <힘내기>형 설화는 그의 내적 능력을 보여준다. 다만 <아기장수> 삽화의 결구는 그의 능력의 한계를 암시하면서도 비극적 장수 설화에서 보이는 최후의 구체적인 암시 요소를 보여주지는 않는다.

ㄴ) 학습활동에 관한 삽화

임경업에 대한 학습활동의 삽화는 그가 공부를 하였다는 속리산 문장대나 경업대에 관련된 지명설화로 단편적인 서사구조로 이루어져 있다.[217] 구술자는 임경업과 관련된 문장대 설명에 앞서, 산에서 공부를 한 이유는 산신의 도움을 받아 큰 인물이 되기 위해서라고 한다. 임경업도 속리산의 문장대에서 공부하였는데, 이 때문에 큰 인물이 되었다고 믿고 있다.

임경업은 경업대(삼초대)에서 운여대사에게 배웠다. 하루 한나절에 속리산을 한 바퀴 돌다가 나중에는 한 식전에 한 바퀴씩 돌게 되었다. 1년을 더하면 천기를 볼 수 있는데, 집안사정으로 그만 집으로 돌아갔다.[218]

---

216) 이경선, 「임경업의 인물 유적 전설의 조사연구」, 『한국의 전기문학』(민족문화사, 1988), pp.22-23.
217) 대계 2-5, pp.409-413.
218) 이윤석, 전게논문, p.39.

위의 삽화에는 경업이 열심히 공부하였다고 되어 있지만, 제대로 하지 않았음을 나타내는 삽화도 있다. 임경업은 <씨름> 삽화와 <재상가 무덤파내기> 삽화에서 13세가 되도록 글을 읽지 못한다.[219] 그리고 임경업이 공부를 하지 않는 것은 대체로 문에 관련된다.

임경업이 열심히 공부하거나 천부적인 능력을 드러낸 것은 무업이다. 후자는 임경업이 출생 후 12세까지 누워 일어나지도 못하다가 탁월한 능력을 발휘한 삽화에서 드러나고, 전자는 임경업이 공부하러 가던 중에 산중에서 활쏘기 연습을 하였다는 삽화에서 엿볼 수 있다.[220] 특히 활쏘기는 백발백중의 뛰어난 능력을 발휘하여 병조판서가 되게 하였다.

임경업은 공부에 흥미를 갖지 못하여 수업에 자주 빠졌다. 임경업의 최후가 이몽학이나 김덕령의 경우와 같이 비극적인데도 불구하고 선생의 모습은 다르게 나타난다. 이몽학과 김덕령의 경우는 선생이 훌륭한 인물로 묘사된 반면에, 임경업의 경우 선생은 임경업의 부친에게 태만을 지적하자, 부친이 자식의 능력을 이해하고 어떠한 제재를 가하지 않는 장면에서 제자의 능력을 파악하지도 못한 무능한 인물로 나타난다.[221] 그리고 선생이 임경업의 성장기의 능력에 어떤 영향을 미쳤는지 구술되지 않아 정확하지 않지만, 뒤에 언급한 내용을 검토할 때 경업을 떠난 것 같다.

임경업의 성장기에 나타난 학습활동은 지혜적 측면보다 무업적 측면에 노력하는 양상을 보이면서 이몽학이나 김덕령과 달리 긍정적인 측면을 보여주고 있다. 그리고 특이하게도 지혜의 결핍요인으로 작용하는 금기의 제시가 구체적으로 나타나지 않는다. 다만 임경업의 금기 요소로 보이는 것은 산중에서 활쏘기를 연습하는 장면이다. 화중들은 이 금기요소가 임경업의 훌륭한 업적이나 역적의 사건에 작용되었다고 인식하지 않

---

219) 대계 7-9, p.411. 여기에서 늦게 된 아이가 생각이 깊다는 민중 의식의 투영으로 볼 수도 있다.

220) 앞은 대계 7-14, pp.146-151이고, 뒤에 것은 대계 7-13, p.453이다.

221) 대계 7-13, p.453. 선생이 무능한 인물로 묘사된 것은 표면적인 표현 의미이다. 그 표현의 내면적인 의미는 김덕령이나 이몽학의 경우와 비슷하다. 선생과 결별한 임경업이 뒤에 실패하는 점에서 이해될 수 있다. 한편 무업 공부 삽화에서도 선생과의 이별 장면을 통해 결핍요소가 제기되고 있다.

아 구체적인 언급을 피한 것 같다. 또 임경업을 가르친 선생이 임경업의
탁월한 능력을 이해하지 못하여 임경업과 이별하도록 이루어져 있다.

임경업과 선생의 결별은 지혜적 측면의 성장을 막아 최후에 비극적인
죽음을 당하게 되는 동기가 된다. 따라서 선생의 역할이 임경업의 능력을
이해하지도 못하는 무능한 인물로 묘사되어 있다고 할지라도 임경업의
탁월한 능력이 한계를 갖게 되는 계기로 작용하여 지혜적인 측면의 결핍
을 드러내게 된다.

ㄷ) 부당한 횡포에 대한 저항

부당한 횡포에 대한 저항의지를 담은 내용은 서사구조를 이루면서도
삽화로도 많이 제시된다. 이러한 삽화로는 <이웃양반 수탈 방지> 삽화
와 <재상가 무덤파내기> 삽화가 있다. 이들 유형에서는 임경업의 초월
적인 능력이 제시되고 있다.

우선 이웃 양반의 수탈에 대한 저항의지를 담은 삽화를 단락소로 나누
어 제시하면 다음과 같다.

> 1) 신분이 낮은 임장군의 부모는 장사로 많은 돈을 벌었다.
> 2) 이웃 마을의 양반이 그 돈을 빼앗아 갔다.
> 3) 어린 임경업은 고개턱에 큰 돌로 성을 쌓았다.
> 4) 얼마 지나자 이웃 양반은 다시 행패를 부리기 시작하였다.
> 5) 경업이 양반집 행랑채에 있던 큰 대추나무를 뽑아버렸다.
> 6) 양반은 행랑채가 부서진 후에 행패를 부리지 않았다.[222]

위 삽화에서 임경업은 장사꾼의 아들이라는 미천한 신분으로 등장한
다. 임경업을 미천한 신분으로 결구한 것은 민중들 속에도 뛰어난 능력의
소유자가 있음을 드러낸다.

임경업의 부친은 이웃마을 양반에게 수탈을 당한다. 민중들은 임경업
의 부친이 당하는 수탈이 항상 일어나는 일이기 때문에 이를 방지해 줄

---

222) 대계 2-8, pp.524-526.

능력자의 등장을 바란다. 민중들은 자신들의 보상욕구를 해결할 수 있는 인물로 10여세의 어린 임경업을 설정한다. 이는 어린 아이의 능력으로 막을 수 있는 양반의 수탈을 해결하지 못한 사회 조직의 모순을 풍자하려는 의도로 보인다.

양반의 수탈을 방지하기 위한 임경업의 1차적인 방법은 고개턱에 큰 바위로 성을 쌓아 통행을 막는 것이다. 이는 근본적인 치유책이 되지 못한 일시적인 방법이었다. 양반들은 3)과 같이 임경업으로 상징되는 새로운 민중의 역량을 평가한 후에 수탈을 자행하게 된다.

양반의 수탈 방지의 근본적인 방법은 지배층의 자율적인 의식 전환이나 강력한 타율에 의해서이다. 임경업은 1차적 방법인 양반지배층의 자율적인 의식 전환의 기대가 무산되자, 직접 대항하는 방법을 택한다. 그는 아름드리 대추나무를 뽑아 양반집의 행랑채를 부수는 탁월한 능력을 발휘한다. 결과로 양반은 더 이상 임경업의 집안을 수탈할 수 없게 된다.

다음은 임경업이 명당의 지기를 타고 태어난 훌륭한 인물임을 나타내는 <재상가 무덤파내기> 삽화이다.

> 1) 임경업의 가정은 어렵고 미천하였다.
> 2) 조상 무덤 위에 서울 재상가에서 무덤을 썼다.
> 3) 임경업의 부친은 그것을 슬퍼하기만 하였다.
> 4) 어린 임경업은 서울의 재상가의 집을 찾아갔다.
> 5) 경업이 정승과 담판을 하였다.
> 6) 그래서 재상은 묘지를 이장하였다.[223]

위의 삽화는 임경업의 탁월한 성장기의 능력은 당대의 집권 양반층도 대항할 수 없는 천부적인 것으로 설정되어 있다.

미천한 임경업의 신분은 <재상가 무덤파내기> 삽화에 결부된 경우, 이 삽화의 앞에 연결된 풍수지리설 탄생담에 결구된 경우와 단독삽화로 구성된 경우가 있다.[224] 심지어 임경업을 어린 시절에 말도 못하는 불구

---

[223] 이 단락은 임경업 전승에 결구되어 있는 <재상가 무덤 파내기>를 일반화하여 제시한 것이다.

적 인물로 나타내기도 한다.225) 이런 임경업의 속성은 민중 속에 숨어 있는 탁월한 능력자가 활용되지 못한 상황을 암시한다. 민중들은 임경업을 풍수지리설에 관련시켜 탁월한 능력을 드러내도록 하여 피지배층이라는 신분적 한계를 극복하면서 양반층과 대등한 위치로 상승시킨다.

임경업에게는 미천한 신분이 고난이나 불행에 속한다. 2단락은 이런 고난을 가중시킨다. 초기 갈등은 임경업 집안의 조상묘지 위에 서울 재상가에서 무덤을 만들었기 때문이다. 재상가는 명당의 기운으로 훌륭한 인물을 얻기 위해 무덤을 만들고 30리 안팎의 무덤을 모두 파버렸거나, 앞뒤로 문을 만들어 통행하지 못하게 만들었다.226) 이는 지배층이 권력을 독점하기 위해 수단과 방법을 가리지 않고 권력을 남용하고 있음을 보여준다. 이런 사회에서는 새로운 질서를 부여할 민중적 영웅의 출현을 기대하게 된다.

3단락은 자각하지 못한 민중의 삶을 나타낸다. 민중들은 자신의 삶과 희망을 빼앗겼는데도 어떤 대책을 세우지도 못하고, 또한 새로운 의식으로 문제에 접근하는 것조차 회피하고 슬퍼만 한다. 임경업의 부친은 그를 조상의 산소에 데려가지 않거나, 조상 무덤의 내력을 이야기하지 않는다.227) 민중들은 실제로 수탈과 착취를 일삼는 세계에 대항하지 못하고 현실에 안주하지만, 임경업을 등장시켜 마음의 내부에서 지배층과 동등하고 대등한 인간적 접대를 요구하는 새로운 이상세계의 모습을 드러내고 있다.

임경업이 재상가와 담판하려는 것을 임경업의 부모는 꺼려하고 주저하며 말렸다. 임경업은 부모와 달리 원인을 해결하려는 강한 의지를 보여줌으로써 성장된 민중의식을 드러낸다. 이때 임경업이 재상댁을 찾아가는 방법에는 신중하고 지혜적인 측면이 엿보이며, 무사적 측면인 굳건한 의

---

224) 첫째 대계 7-11, pp.174-177이고, 둘째 대계 7-13, pp.448-451이며, 셋째 대계 3-2, pp.701-703, 대계 3-4, pp.862-865, 대계 7-14, 146-151 등이다.
225) 대계 7-16, p.146.
226) 앞은 대계 7-11, p.174이고, 뒤는 대계 7-13, pp.448-451이다.
227) 앞에는 대계 7-13, pp.448-451, 대계 7-14, pp.146-151 등이고, 뒤에는 대계 7-11, pp.174-177이다.

지가 강조되어 있다.

5단락은 삽화의 절정부분으로 임경업의 능력을 드러내는 역할을 한다. 임경업의 뛰어난 역량은 민중의 묘지를 약탈하였던 (늙은)대감과의 담판에서 나타나는데, 이는 풍수지리설과 관련된 탄생의 결과임을 보여준다. 여기에서 임경업은 자주의식을 가진 민중의 상징으로서, 잘못된 사회질서와 타락한 지배층에 대등하게 대결한다. 더욱이 반말을 하는 어린 임경업에게 일국의 재상이 존댓말을 쓰거나228) 조상의 시신을 찾기 위하여 애걸하였다229)고 표현하고 있다.

임경업이 재상과의 담판에서 거둔 일방적인 승리는 철저한 준비와 뛰어난 능력으로 이루어진다. 임경업은 재상과의 담판을 위해 재상댁의 무덤을 파헤쳐 시신을 감추고 나타나거나, 다리에서 번개불과 같은 광채가 비치고, 초석자리 밑의 구들을 구멍내고, 눈으로 기둥을 흘키니 번개가 번쩍하는 등 신이한 능력을 발휘하였다.230)

재상은 담판하려고 찾아온 임경업의 신이한 능력을 알고 행동하였다. 그런데 다른 사람들은 임경업의 능력을 파악하지 못하고 오히려 대감의 행동을 책망한다. 이때 대감이 담판을 피한 것은 명당의 지기로 자손을 얻기 위한 것인데 이미 지기를 타고난 사람이 있어 묘시가 쓸모 없게 되었고, 쓸데없는 담판으로 원수를 만들어 가문의 화를 당하는 새로운 피해를 예감하였기 때문이다. 민중들은 대결을 회피하고 묘지를 이장하는 대감을 지인으로 만들어 임경업의 훌륭함이 명당에 의한 천부적인 것임을 알려준다.

수학기에 결구된 선생과의 결별 삽화에서 지혜적인 측면의 습득이 좌절되는 것이 성장기의 특징이다. 또 <재상댁 무덤 파내기> 삽화에서는 임경업이 풍수지리설과 관련된 탄생담의 결과로 신이한 능력과 강한 의

---

228) "정정승 있는가?" "예. 들어오시오" …<중략>… "사흘만이 안파내마 안된다." 이카거던. "아이고, 예 파내겠소."
229) 앞은 7-14, p.149이고, 뒤는 7-11, pp.176-177이다.
230) 첫째는 대계 7-11, pp.175-177이고, 둘째는 대계 3-4, p.864이며, 셋째는 대계 7-13, pp.450-451이고, 넷째는 대계 7-14, p.149이다.

지를 드러낸다. 그리고 성장기의 임경업에게는 무사적 측면이 뚜렷하게 부각되면서도, 지혜적인 측면의 부족을 뚜렷이 보여주지는 않고 있다.

(3) 활동 삽화

활동담에 나타나는 임경업은 국가적 차원을 넘어 국제적인 능력을 발휘하고 있다. 이런 활동담으로는, 중국을 건너가다가 <연평도 당신 유래> 삽화,231) <처녀창귀> 삽화, <낙안군수 명판결한 일화> 삽화, 왕자 셋을 구하고 청국공주의 청혼을 거절한 삽화, 중국과의 싸움에 관한 삽화, 그리고 박씨부인 삽화에 종속된 활동삽화232) 등이 있다. 이들 삽화는 임경업이 탁월한 능력을 지닌 민족적 영웅임을 보여준다.

ㄱ) 비극적 최후를 예견한 < 처녀창귀 > 삽화

임경업이 입신양명하기 전에 일어났던 것으로, 처녀창귀가 자기의 오래비를 호신 대상으로 선택한 <처녀창귀> 삽화를 살펴보기로 하자.233)

　1. <풍수지리 탄생삽화>임경업은 조실부모하고 장돌뱅이로 돌아다녔다.
　2. 한 동네에서 잘 때, 문으로 큰 호랑이가 들어와 쳐다보고 나갔다.
　3. 조금 후에 처녀가 어느 총각머리에 빨간 깃대를 꽂아놓고 나갔다.
　4. 임경업이 깃대를 감추자 호랑이가 들어왔다 나갔다(비명소리가 남).
　5. 다시 처녀가 들어와 총각 머리에 깃대를 꽂았다.

---

231) 대계 1-7, pp.83-186, 대계 1-7, pp.440-441, 대계 1-7, pp.873-874, 대계 1-8, pp.310-312, 대계 1-8, pp.454-460, 대계 1-8, pp.594-595 등으로 중국으로 가는 도중에 연평도에서 조기와 물을 구했다는 이야기이다. 이 삽화들은 연평도 중심으로 채록되는 활동담에 속하지만, 신이 된 유래와 내력을 다루고 있어 최후 담에서 다루기로 하겠다.
232) 첫째는 대계 4-2, pp.130-132이고, 둘째는 대계 6-4, pp.936-938이다. 그리고 셋째는 대계 1-7, pp.441-442, 대계 7-13, pp.451-452, 대계 7-14, pp.155-156 등이며, 넷째는 대계 7-14, pp.151-152, 대계 7-16, pp.418-420, 대계 7-18, pp.292-293 등이고, 다섯째는 대계 7-14, 411-415이다. 그런데 이중에 셋째에서 다섯째 유형의 삽화는 왕자를 구해오거나 옥새를 찾아오다가 김자점에게 죽는다.
233) 대계 4-2 pp.130-133.

6. 임경업은 들어온 호랑이를 잡아 메쳐서 방안의 사람들이 놀랬다.
7. 감사하다는 처녀에게 깃대를 꽂은 이유를 물었다.
8. 처녀는 호랑이의 요구로 친정오라비를 지정하였다고 하였다.
9. 임경업은 데리고 다녀달라는 처녀의 간절한 요청을 8을 이유로 호령하여 쫓아버렸다.
10. 처녀는 세번 생각할 때가 있을 것이라며 가버렸다.

이 삽화는 앞 부분에 풍수지리 탄생 삽화가 결합되어 있는데, 탄생 삽화에서 제시된 금기의 파기로 '지리는 잘 봐도 천기는 못 봐서 실패한다'는 임경업의 한계를 극복해 줄 가능성을 제시하고 있다.[234]

임경업은 탄생담에서 결핍을 지니고 태어난 데다가 조실부모는 자아실현을 스스로의 의지로 이루어야 하는 최악의 상태를 의미한다. 그는 생존을 위해 장돌뱅이가 되었다. 임경업을 장돌뱅이라는 최하층의 신분계급으로 만든 것은 이를 통하여 민중들의 자아실현 가능성을 투사하기 위한 장치로 보인다.

호랑이의 출현은 임경업의 능력이 표출되는 계기이다. 우리 삽화 속에서 호랑이는 동물의 제왕이며, 탁월하고 신이한 힘과 지혜를 지닌 존재로 등장하여 비범한 능력의 인간으로 상징화된다. 또 효자·효부의 효나 어떤 사람의 선행, 인간의 탁월한 능력 등을 밝혀주는 역할을 담당한다. 위 삽화에서도 호랑의 등장은 임경업이 호랑이를 잡을 힘과 창귀를 알아보는 능력이 있음을 보여주고 있다.[235]

임경업은 1차적으로 창귀가 지정한 표시를 치워서 호랑이가 사람을 잡아먹지 못하게 만든다. 임경업은 호랑이가 처녀창귀를 꾸짖고 협박하여

---

234) 이 삽화는 신립장군이나 남이장군 등 많은 사람들에게 결구되어 있다. 이처럼 다양한 사람에게 결구되어 있는 것은 그들이 훌륭한 인물로 포용할 수 있는 능력을 드러내기 위한 결구로 보인다.
235) 최래옥, 「한국효행설화의 성격」, 『한국민속학』 10집(한국민속학회, 1977), pp. 123-133.
성기열, 「호랑이 담배 피우는 내력」, 『한국구비전승의 노력』(일조각, 1976), pp.25-27.
_____, 「호랑이와 곶감」, 『한국설화의 연구』(인하대 출판부, 1988), pp.167-187.

다시 호랑이 먹이가 될 대상을 표시하는 것을 놔두고, 총각을 잡아먹으러 들어온 호랑이를 때려잡는다. 이때의 능력은 무사적인 것이다.

후반부는 임경업의 부족한 지혜를 보충할 기회를 상실하는 이야기이다. 처녀창귀는 임경업이 호랑이를 죽이자 고맙다고 인사를 하며, 자신을 데리고 다녀달라고 간청한다. 임경업은 호랑이 먹이의 대상으로 오래비를 지정하였다고 호령하며 창귀를 쫓아버렸다.

처녀창귀가 호랑이 먹이 대상으로 오래비를 선택함에 대한 인식의 차이를 보인다. 화중들은 처녀창귀가 희생물로 자신의 오래비를 선택하여 타인에게 해를 끼치지 않는 쪽과 오래비를 구하려고 타인을 선택해야 하는 무자비성이란 이중성을 제시하고 있다. 이 양자택일의 이중성을 제시하여 임경업의 단순한 인간성을 드러내고 있다. 화중들이 원하는 것은 민중들에 대한 보다 광범위한 사랑의 실천이다. 친족을 위해 남을 해치는 왜소하고 편협된 유자주의적 사랑을 거부한 화중들은 처녀창귀를 등장시켜 결핍되고 부족한 임경업의 지혜를 보충할 기회를 제공하였다.

임경업은 처녀창귀의 간청을 물리쳐서 그 기회를 상실하고 말았다. 처녀창귀는 자신의 간청이 받아들여지지 않자 세 가지 일로 후회할 것이라 제시하고 떠난다. 그 세 가지는 청나라의 침입을 알지 못한 일, 싸움할 때, 김자점에게 맞아죽을 일로 임경업이 비극적으로 죽게된 요인들이다. 만약 처녀창귀를 데리고 다녔다면 세 가지 문제가 일어나지 않았거나 쉽게 해결할 수 있었을 것이라는 예견이 가능하다. 처녀창귀는 임경업의 인간적 도량을 나타낸 동시에, 결핍되고 부족한 지혜(천기)를 보충해 줄 중요한 인물이다.

ㄴ) 선정 베풀기

임경업이 전라도 낙안지방의 군수로 부임한 적이 있다. 임경업은 어린 나이에 낙안군에 부임하자 그를 놀려먹으려는 고을의 육방관속들에게 '일 년 자란 수수대를 품 안에 넣으라'고 해서 제어하였다.[236] 이와 같이

---

236) 김의정, 「임장군전 연구」(단국대 석사학위논문, 1983), p.25.

임경업은 지혜로 토착세력의 횡포를 제어하고 민중들의 고통을 덜어 주었다.

> 1. 임경업은 낙안 원님이 되어 잘 다스렸다.
> 2. 낙안지방에 일흔살에 아들을 낳은 영감이 유언하고 죽었다(칠십생남비오자, 정상답취오자 정하답취오서).
> 3. 유언에 따라 사위가 재산을 차지하였다.
> 4. 성장한 아들은 유언을 가지고 원님에게 소지를 하였다.
> 5. 임경업은 식사도 전폐하고 이를 해결하기 위하여 고민하였다.
> 6. 마누라의 조언으로 이(이)자 하나를 넣어 명판결을 하였다.237)

위 삽화에서 임경업은 선천적으로 타고난 지혜부족 때문에 아내의 도움을 받아 문제를 해결하도록 결구되어 있다.

임경업이 낙안에서 선정을 베풀고 있을 때, 70세 영감의 유언에 따른 소지를 받는다. 영감의 유언은 어린 자식을 살리기 위한 방법으로 전반부와 후반부가 상충되어 있다. 전반부에 70살 먹어 난 아이가 아들이 아니라면 후반에 아들에게 토지를 줄 이유가 없으며, 아들이라면 후반의 의미를 좀 다르게 해석해야 한다.

유언의 해석 방법은 인간적 발로(본질)에서 비롯되어야 한다. 영감이 늦게 얻은 어린 아들에게 당장 재산을 물려주려다가는 자식의 목숨이 위태로워질 것이기 때문에 트릭을 사용하였다. 이 트릭은 자식과 담당 원님의 지혜에 따라 의미가 올바르게 해석될 수 있다. 이것은 뒤의 일이고, 당장은 사위가 재산을 차지하도록 표면화시키는 것이 아들의 생명을 보전하고 재산을 온전하게 물려줄 수 있는 방법이었다.

성장한 아들은 유언의 이면적 의미를 인식하고 소지를 올린다. 임경업은 소지의 이면적인 가능성을 이해하지만, 명확하게 설명할 수 없다. 그래서 임경업은 식음을 전폐하고 해결하려 고민하지만 지혜가 부족하여 시련을 당한다. 화중들은 이런 임경업의 노력과 고민이 백성들의 고통을

이윤석, 전게논문, p.50, 53.
237) 대계 6-4, pp.936-938.

이해하려는 관장으로의 올바른 마음자세임을 드러내면서, 임경업의 지혜
가 부족함을 보여준다.

다음으로 소지 사건을 해결할 수 없는 임경업의 지혜를 보충해 줄 인
물로 아내가 설정된다. 이때 아내는 이름 없는 민중의 상징이며, 처녀창
귀와 박씨부인의 중간적 성격을 띤다. 임경업에게 아내가 지혜를 보충해
주도록 결구시킨 것은 노력과 고민에 대한 보상이며, 이를 통하여 포용성
으로 한계를 극복하고 출세하였다고 설명하기 위한 장치이다. 임경업의
출세는 자신의 노력과 주변의 도움으로 이루어졌음을 나타내고 있다.

ㄷ) 민족적 영웅으로 확장

중국과의 대립 갈등을 나타내는 활동기의 삽화들은 역사적 사실을 이
용하여 임경업을 민족적 영웅으로 부각시킨 부분들이다. 이들 삽화들은
청과의 관계에서 파생한 단일 삽화와 여러 개가 서로 결합된 삽화로 분
류된다. 또 청과의 관계만을 나타낸 삽화와 명청 교체기의 국제적 관계
를 설화화한 삽화도 있다. 이때 청과는 삼전도의 치욕 때문에 적대적인
관계로 나타난다.

이런 삽화에서 임경업은 중국인을 능가하는 민족적 영웅으로 부각된
다. 특히 병자호란에서 조선은 삼전도의 수모를 당한 패전국인데도, 임경
업을 통해 승리로 장식한다. 그리고 잡혀간 왕자와 백성을 구해오는 동시
에 만주땅의 일부를 할양받는다. 이처럼 민중은 사대적 관계의 양반들과
달리 중국과 대등하거나 오히려 능가하는 능력을 소유한 인물로 형상화
하여 민족적인 자존심을 지키고 있다.

중국관계의 활동담은 임경업이 의주부윤이 된 이후가 중심이 된다. 그
런데 의주부윤이 되기 전 중국 관계의 활동을 보여주는 삽화들도 있다.
한 구비삽화에서 병정놀이의 장수노릇을 하던 임경업은 장수가 되어 중
국 사신을 따라가게 된다. 이때 임경업은 박씨부인의 추천과 이시제의 천
거로 중국에 가는데, 소설 <임경업전>에서는 자의가 아니라 시기하던
김자점이 보낸 것으로 되어 있다. 중국에 간 임경업은 호국의 요청을 받

은 명나라 황제의 명령으로 호국의 전쟁터에 나가 승리하고 이름을 삼국에 날린다.[238] 후에 호국이 강성해져 조선을 치려고 할 때, 임경업은 호국에서 사신으로 오라는 것을 거부하고 뺑소니를 쳤다고 한다.[239]

또 주인공 박씨부인이 보조인물들을 뒤에서 조정하는 삽화[240]에서 임경업은 여러 가지 한계에도 불구하고 최대의 민족적 영웅으로 부각된다. 임경업은 낙안군수 시절의 선정 베풀기에서 협조한 아내의 속성이 확대된 박씨부인에 의해 중국 관계에서 국가적 자존심을 지켜 주고, 명의 장수들이 못한 일을 해결하는 천하 최고의 인물이 된다.

삽화에 의하면 이시제가 조선장군을 보내라는 명나라의 요청으로 고민할 때, 박씨부인이 전라지방의 만호(장)로 있는 '임경업을 데려가라.'고 한다. 명 황제는 단신인 임경업을 데려왔기 때문에 이시제를 나무라지만, 임경업의 눈동자를 보고 '써 보자'고 하여 칼을 한 자루 주고 임용한다. 임경업은 이시제와 말을 바꿔 타고 전쟁터에 나가서, 군대의 질서를 회복하고 3년 동안 승리하여 이름을 천하에 날리게 된다. 그리고 박씨부인은 남편 이시제를 시켜 조선에 돌아온 임경업을 의주부윤에 임명하게 한다. 임경업은 자기의 명성과 지략을 무서워하는 청나라를 잘 막아 중국에 대한 우월성을 나타낸다. 그렇지만 임경업은 탁월한 능력으로 중국의 상수가 하지 못한 일을 성취하면서도 시대적인 상황인 청의 승세를 제지하지 못하고 만다.

임경업은 명청교체기라는 와중에 중국과 조선을 넘나들면서 능력을 발휘한다. 이는 역사적으로 삼전도의 치욕 전후의 사실을 임경업의 일화로 허구화한 것이다. 청에 대해 도전적인 민중의 욕구는 역사적 사실을

---

238) 김구, 『백범일지』(서문당, 1977), p.63. "관전에서 임경업 장군의 비각을 본 것은 기뻤다. '三國忠臣林慶業之碑'라고 비면에 새겨 있는데 이 지방 중국 사람들이 병이 나면 이 비각에 제사를 드리는 풍속이 있다고 한다."

239) 대계 7-18, pp.291-292, 이야기의 전개가 불분명하다. 조선에서 오라는 것인지, 편집자의 주처럼 호국에서 사신으로 오라는 것인지 확연하게 알 수가 없다. 다만 병자호란 이후 명과 내통한 죄로 청국으로 소환 도중에 도망하였다는 역사적 사실에 입각한 뺑소니인 것 같다.

240) 대계 7-16, pp.401-420. 이 삽화에서 박씨부인의 남편의 이름은 소설에서 '이시백'인데 비하여, 구비설화에서 '이시제'라고 되어 있다.

토대로 명을 도왔던 임경업을 통해 설화화되어 민족적 우월성을 보여주
고 있다.

    1. 임경업이 의주부윤으로 있을 때, 중국에 조공을 잘못하였다.
    2. 용골대 마골대가 몰래 쳐들어와 왕자·궁녀를 빼앗아 갔다(반복구술).
    3. 나중에 안 임경업이 중국 장수의 길목을 막고 담판을 하였다.
    4. 항서를 본 임경업은 칼을 부러뜨리고 탄식하며 3년 후를 기약하였다.
    5. 3년 후에 중국에 가서 조선 사람들을 빼앗아 왔다.
    6. 임경업은 중국의 천자가 사위를 삼으려는 것을 반대하였다.
    7. 임경업은 발바닥에 솜을 넣어 세치를 높혀신고 들어가 공주를 만났다.
    8. 공주는 임경업이 삼국의 대장이지만 성공하지 못할 것을 알았다.
    9. 임경업은 인질을 모두 데려 오고, 만주땅까지 얻어왔다.[241]

위 삽화는 임경업과 청의 관계를 보여주고 있다. 임경업이 의주부윤으
로 있던 시절에 중국에 조공을 잘못하여 청나라의 용골대와 마골대가 쳐
들어와 왕자와 궁녀를 빼앗아 갔다고 한다. 여기서 조공의 잘못이란 국제
정세를 제대로 파악하지 못하여 청나라의 침입을 자초한 위정자들에 대
한 풍자이다.

역사적으로 볼 때 임경업은 청나라의 침입을 예견하고, 북방의 경비를
강화하여 청나라가 침입할 때 임경업이 지키는 백마산성을 우회하도록
만들었다. 후에는 천하 최고의 장수인 임경업은 어렵지 않게 청나라의
퇴로를 차단하고 중국 장수와 담판하였다.

민중들은 삼전도의 치욕을 전승·구술하면서 임경업을 천리와 지리(특
히 천리)를 제대로 파악하지 못한 인물로 그린다. 심지어 겉만 알고 속을
모르는 인물로 비판을 한다.[242] 그리고 "천기는 못 봐도 이 지리를 잘 보
셨댑니다. 그 양반이 장수급인데 천문지리를 다 통해야 하는데, 그 뭔가
나실 적에 그 어떻게 해서 천기를 잘 보시지 못하는데 지리에 능하셨댑
니다."라고 하여 경업이 천기나 속을 모르게 된 이유를 탄생담이나 성장

241) 대계 7-14, pp.155-157.
242) 대계 7-16, pp.418-419.

담에 인과적으로 관련시켜 한계를 설정한다.[243]

한편 임경업은 청나라 장수와의 담판에서 조선 국왕이 항복하였기 때문에 칼을 부러뜨리고 3년 후를 기약한다. 이때 '3년 후의 기약'이란 역사적으로 임경업이 조선군과 청군이 명을 칠 때 명나라에 미리 연락해주어 화를 면하게 하였다가, 뒤에 발각되어 심양으로 압송되는 도중에 명나라로 도망한 것을 설화화한 것이다. 그리고 그는 뒤에 중국에 가서 왕자 2명과 궁녀, 조선 사람을 되찾아 왔거나 청나라에 빼앗긴 조선 임금의 옥새를 찾아온다.[244]

> 임경업은 도성이 점령당한 것을 뒤에 알고 서울로 올라오다가 중 독보의
> 꾀임에 빠져 중국으로 건너갔다. 이때 명나라 황제가 살려달라고 하여 싸우
> 다가 포로가 되었다. 호국왕이 명예와 돈으로 신하가 되라고 유혹하자 이를
> 뿌리치고 있다가, 왕자 2명을 보내면 신하가 되겠다고 하였다. 얼마 후에 명
> 나라가 망하여 조선에 돌아왔다.[245]

위 예화는 역사적 사실과 밀접한 관계를 가지고 있으면서도 허구성이 가미되어 있다. 임경업이 속리산에서 연관을 맺은 독보라는 중은 역사적으로는 장군의 명령으로 명에 가 있었다. 그런데 위 삽화에는 임경업을 독보의 꼬임에 빠져 명에 간 수동적인 인물로 전이시키고 있다. 또 그가 명에 가서 태수 정도의 인물과 교유하며 청을 치려고 하였는데, 황제가 살려달라고 하였다고 하여 민족적 영웅으로 강화시키고 있다. 그리고 임경업이 청나라의 포로가 된 점은 역사적 사실과 같으나, 호국왕이 명예와 돈으로 신하가 되라고 유혹하자, 이를 듣지 않고 조선의 왕자 2명을 보내면 신하가 되겠다고 한 것도 허구적 사실이다. 삽화에는 임경업이 청에 왕자와 궁녀, 포로를 구출하러 갔을 때, 그곳의 공주로부터 구혼을 받고 거절한다. 이때 청나라의 공주를 맞이할 수 없다는 임경업은 철저한 민족주의자로 그려지고 있다.

---

243) 대계 1-8, p.311.
244) 대계 7-14, pp.146-152.
245) 대계 7-16, pp.418-420.

임경업 설화는 역사적 사실을 토대로 하면서 많은 허구적 진실이 가미되어 설화화되어 있다. 그래서 역사적 사실처럼 보여지는 것도 사실과 많은 차이가 있다. 이는 임경업의 강직성과 충성심을 강화시키고 민족적 영웅으로 확장시킨 결과이다. 또한 이를 더욱 확대시켜 모든 인질을 데려올 뿐만 아니라 만주의 영토를 할양받아 오는 것으로 결구시킨다.

민족적 영웅으로 확대된 임경업이 공주의 청혼을 거절하려고 신을 높혀 신고 온 모습을 보고 공주는 와석종신이나 성공하지 못할 것으로 예언하고 있다. 이 예언은 임경업이 국내에 들어와 김자점 일당에게 죽었다는 점에서 적중하였다.

(4) 최후 삽화

역사적으로 임경업은 명나라와의 내통 혐의를 받고 청으로 압송 도중에 탈출하여, 명나라에 건너가 싸우다가 청나라의 포로가 되었다. 임경업은 이때 조선에서 일어난 역모사건에 연루되었다는 누명을 쓰고 청에서 압송되어 와 친국을 받다가 억울하게 옥사하였다.

구비설화에서는 임경업이 탁월한 능력을 보여 주었지만, 최후에 아무런 힘도 발휘하지 못하고 역적 김자점에게 죽는 삽화, 연평도에서 당신으로 모셔진 이유를 설명하는 삽화, 사후에 관련된 삽화, 연평도와 서해 도서에 당신으로 모셔져 주민들을 수호하는 후일 삽화 등이 보인다. 이런 임경업의 최후담이나 후일담은 영웅의 성격을 결정하는 요인으로 작용한다. 임경업은 활동담에서 민족적 영웅으로 확장된 반면에 최후담에서 민중적 영웅으로의 한계를 가진 채 비극적인 종말을 맞는다. 그러면서도 미완의 죽음으로 종말을 처리하는 이몽학이나 김덕령의 경우와 달리, 임경업은 그의 비극적인 죽음을 인정하는 연평도와 서해 도서민들에게 신격화되고 있다.

ㄱ) 임경업의 최후담

임경업의 최후담은 억울하게 역적의 누명을 쓰고 옥사한 역사적 사실

을 전달하려는 의도가 보인다. 이런 구술은 임경업이 죽었다는 사실만 전
달하려는 것이 아니라 위정자들의 무사안일과 당파성을 비판하는 동시에
그들의 파벌의식이 국가에 입힌 피해가 얼마나 심각하였는가를 설명하고
있다.

그의 최후담은 탁월한 능력으로 왕자 2명을 구출하고, 거기에 보화와
조선 포로 데려오기, 빼앗긴 옥새를 찾아오기, 청 황제의 부하가 되어 혁
혁한 공(功) 세우기[246] 등의 활동담에 연결되어 있다. 청나라 황제도 두려
워하던 민족적 영웅인 임경업이, 국내에 들어와서는 김자점에게 대항해
보지도 못하고 허무하게 죽은 비극적인 상황을 제대로 설명할 수가 없다.
이런 임경업의 최후담 삽화를 제시하면 다음과 같다.

1. 임경업은 포로로 잡혀간 세자·대군과 백성을 구해 조선에 보내고 뒤
   따라 나왔다.
2. 역적모의를 하던 김자점은 임경업 때문에 마음대로 못할 것 같자, 만주
   를 건너오는 그를 묶어가지고 왔다.
3. 호국에서는 이상하게 여겨 임경업을 내놓으라는 편지를 보냈다.
4. 김자점은 임금께 보고도 하지 않고 임경업을 옥에 가두었다(다른 사람
   은 김자점에게 꼼짝 못함).
5. 어떤 사람의 제보로 세자·대군이 임경업을 불러내어 임금 앞에서 이
   야기하다.
6. 다음 날을 약속하고 나오는 임경업을 김자점이 때려 죽이고 옥에 집어
   넣었다.
7. 사실을 듣고 임금은 임경업의 자제에게 김자점을 처치하게 하였다.
8. 김자점의 간을 꺼내 제사지내고 시체를 놓아두니, 사람들이 점점이 살
   을 떼어 뿌렸다.[247]

---

246) 첫째는 대계 7-13, p.452와 대계 7-16, p.420이고, 둘째는 대계 7-18, p.293이다.
    셋째는 대계 7-14, p.151이고, 넷째는 대계 2-8, p.525이다. 첫째의 뒤는 임경업
    이 왕자 2명을 조선에 보내고, 청황제의 부하가 되어 명나라를 부수는데 공을
    세우고 귀국하는 것도 있다.
247) 대계 7-18, pp.293-295.

임경업의 최후담은 역사적 사실을 바탕으로 허구화되어 있다. 친국을 당하고 죽은 임경업에 관한 구비설화의 최후담은 김자점에게 맞아죽었다는 사실만 일치할 뿐 그 이유가 다양하게 구술되어 있다. 대부분 청나라에 들어가 훌륭한 일을 처리하고 나오다가 김자점에게 맞아죽었다고 한다. 이외는 김자점의 개인적인 욕망 때문에 역적으로 몰려 죽었거나, 극단적으로 변화하여 임경업을 임꺽정과 동일인물로 보고 내용을 혼돈하고 있다. 임경업의 일화라고 하면서도 앞부분 임꺽정의 일화를, 중간은 김자점에게 죽은 임경업 일화를, 끝에는 옥중에 있는 아버지를 살렸다는 허구적인 사건을 결합하여 임경업의 일화인지 임꺽정의 일화인지 의문이 제기되는 삽화도 있다.248)

우선 김자점이 임경업을 죽이는 이유를 보면, 역적 모의를 한 김자점이 마음이 곧은 임경업이 들어오면 마음대로 할 수 없어 죽였다거나, 임경업이 들어오면 자신의 위치가 위협받기 때문이라거나, 또는 뚜렷한 이유를 제시하지 않고249) 죽인다. 민중들은 결국 김자점을 국가적 안위를 조금도 걱정하지 않고 자신의 영광만을 위하여 민족적 영웅을 죽이는 위정자들의 잘못된 행태로 제시하고 있는 것이다.

김자점을 대표로 하는 위정자들이 청나라에서 공을 세우고 돌아오는 임경업을 죽이는 방법도 다양하다. 김자점은 의주 땅에 들어온 임경업을 임금의 결재도 없이 어명으로 잡아 옥에 가두었다가 죽이거나, 들어오자마자 때려 죽였으며, 또 옥에 가두고 칼로 목을 쳐죽이는 것이 아니라 말려 죽이거나, 토굴을 파놓고 쇠가죽을 뒤집어씌우고 쇠도끼로 때려 죽였다250)고 한다. 임경업의 죽음은 소설의 결구방법과 같이 사실과 다르게

---

248) 대계 2-4, pp.704-705. 한편 대계 2-8, p.505에는 임경업과 임꺽정의 일화가 한 제목에 묶여 있다. 이는 조사, 편집자의 잘못일 것이지만, 다른 측면에서 '임꺽정이 백정의 아들로 태어나 현실에 쓰이지 못하자, 의적이 되어 양반가의 재산을 털어다가 가난한 사람을 구제한 훌륭한 사람'이라 하며, 임경업을 총사령관으로 임명하였다면 병자호란이 일어나지도 않았을 것인데, 김자점이 죽여 역적들이 나라를 망쳤다고 애통해 하는 점은 제보자들의 의식을 보여주려는 의도라 하겠다.

249) 첫째는 대계 7-18, pp.293-295. 대계 7-16, pp.151-152 등이고, 둘째는 대계 7-16, p.420이며, 셋째는 대계 4-2, p.132 등이다.

허구적으로 설화화되어 있다. 이처럼 임경업의 죽음을 비참하게 결구한 것은 죽음의 비극성을 강조하기 위한 수단이다.

이처럼 임경업은 활동담에서의 탁월한 능력을 발휘하고 있음에도 불구하고 최후담에서 능력을 발휘하지 못하고 비참하고 억울하게 죽는다. 그가 발휘한 능력은 단지 김자점이 쇠도끼로 때려죽일 때 힘에 의해 죽지는 않았다는 점이다. 임경업은 죽지 않으려고 저항하다가 김자점 일당이 어명이라고 하자, "어맹이라 카만 나는 죽어야 딘다."고 한 마디 말하고는 죽는다.251) 임경업이 자신의 옳고 그름을 판단하지 않고 단순히 어명이라고 죽었다는 구술은 봉건체제 안에서 생활한 민중의식의 한계를 보여준다. 반면에 임경업이 역사적으로 죽었다는 사실을 수용할 수밖에 없는 측면도 고려되어야 한다. 또 임금을 뵙고자 탈옥을 시도할 때는 성을 뛰어넘는 탁월한 능력을 보이다가도, 김자점에게 맞아죽는 장면에서는 능력을 발휘하지 못하고 만다. 뿐만 아니라 저항하는 모습이나 죽음을 간략하게 언급하여 죽음을 사실로 받아들일 수밖에 없는 화중들의 태도를 드러낸다.

또 화중들은 임경업이 죽게 된 이유를 능력의 부족이 아니라고 설명한다. 임경업이 김자점에게 토굴에서 맞아죽은 것에는 탄생할 때의 시를 살못 타고났기 때문이라는 운명론적인 의식이 깔려 있다.252) 또 임경업이 죽은 이유를 <풍수탄생> 삽화와 <처녀창귀> 삽화에 연결시켜 구체적으로 보여주고 있다. 특히 '데리고 다녀달라'는 처녀창귀의 간절한 요구를 물리친 임경업은 "장군께서 이 앞으루 소녀의 생각을 하실 때가 시번(세번) 있을 겁니다."라는 창귀의 예언처럼 세번의 위기를 맞는다. 임경

---

250) 임경업을 죽이는 방법 대부분은 첫째에 속한다. 이는 고전소설 <임장군전>의 내용과 유사한 것으로 뒤의 장에서 검토하기로 한다. 그리고 둘째는 대계 7-14, p.151로 임경업이 단신으로 중국에 가서 옥새를 되찾아 올 때, 김자점이 땅굴을 파고 각자에게 분담을 주어 죽였다고 한다. 또 셋째는 대계 2-4, pp.704-705이고, 넷째는 대계 7-13, p.452이다.

251) 대계 7-13, p.452.

252) 대계 7-14, p.152, 대계 4-2, pp.132-134 등에 구체적으로 언급하고 있다. 또 임경업의 탄생담서도 한계를 결구하여 놓았다(앞의 탄생담 부분을 참조).

업은 천기를 살필 수 있는 처녀창귀를 포용하지 못하였기 때문에 잘못될 수밖에 없었다. 화중들은 임경업이 처녀창귀를 데리고 다녔다면 병자호란 때, 싸움질 할 때, 김자점에게 맞아죽을 때에 일을 쉽게 해결하였을 것으로 보았다. 처녀창귀를 수용하지 못한 임경업은 탄생담에 나타난 천기를 볼 줄 모른다는 결핍요소를 보충하지 못하였기 때문에 죽었다. 임경업의 죽음은 민중적 사고를 벗어나지 못한 민중적 영웅의 최후라 할 수 있다.

이상 최후담에서 임경업은 청나라 왕조차 꼼짝 못할 정도로 뛰어난 활동을 하면서도, 국내에서는 자신의 몸조차 지키지 못하는 존재로 몰락하고 만다. 그래서 화중들은 임경업의 몰락을 능력의 부족 때문이 아니라, 탄생한 시각이 잘못되었기 때문이라고 말하고 있다. 이런 표현은 비극적으로 죽은 임경업의 역사적 사실을 변이시키지 못하는 민중들의 한계인 동시에 임경업의 능력을 보호하려는 의식의 발로이다.

ㄴ) 연평도 당신이 된 임경업

임경업은 죽은 지 350년 지난 현재까지도 연평도와 서해 도서에서는 어업신, 풍어신의 당신으로 모셔지고 있다.[253] 그가 신이 된 것은 "아마도 중국의 관운장이나 고려의 최영 장군이 억울하게 죽은 무인으로 무속에서 영험한 신이 된 것과 마찬가지로 그도 억울하게 죽었기 때문에" 그의 원한이 무속적 차원에서 신으로 승화된 결과이다.[254] 무속에서 신이 된 인간은 큰 일을 하다가 억울하게 죽어 무주고혼의 넋이 된 인물이다.[255]

---

253) 임경업 장군이 어업신으로 나타난 전설의 분포지역은 남해와 동해에는 발견되지 않는 서해에 한정되어 있다. 임경업의 당의 분포지역도 서해에 치중되어 있다(주강현, 「서해안대동굿지」, 『민족과 굿』 학민사, 1987, p.260 참조).
254) 이윤석, 『임경업전 연구』(정음사, 1985), p.67.
　　주강현, 「서해안 대동굿지」, 『민족과 굿』(학민사, 1987), pp.261-263.
　　홍태한, 앞의 논문, pp.57-59.
　　설성경, 「서해안 어업민속에 나타난 임장군신」, 『기전문화연구』 16(인천교육대학, 1987), pp57-83.

임경업이 신이 된 과정을 살펴보면, 조선이 삼전도에서 굴욕적인 항복을 한 사건에서부터 비롯된다. 임경업은 나라의 치욕을 씻고자 탈출하여 청의 정벌이라는 원대한 꿈을 가지고 명나라로 건너갔다. 임경업이 명나라에 가는 양상은 중 독보의 꾀임으로 중국에 건너가 비극적인 주인공이 된 삽화256)와, 가는 길목인 연평도 근해에서 탁월한 능력을 발휘하여 당에 모셔진 유래담 성격의 삽화에서 찾아볼 수 있다.257)

> 1. 북쪽 오랑캐들이 몰래 쳐들어와 대신과 왕자를 잡아갔다.
> 2. 임경업은 꾀를 써서 군사를 데리고 서해로 나갔다.
> 3. 군사들은 중국에 가는 것이 두려워 물과 반찬을 버렸다.
> 4. 임경업은 연평도 근해에서 물과 조기를 잡았다.
> 5. 지금도 임경업은 어업신으로 모셔지고 있다.258)

위 삽화는 임경업이 물과 조기를 구해 어업신으로 당에 모셔졌다는 삽화이다. 임경업이 연평도에서 신이 된 것은 국가적 사건 뿐만 아니라, 연평도 근해에서 조기를 발견하고 물을 찾아냈기 때문이다.259) 임경업이, 당신(어업신)으로 모셔진 배경을 보자.

위의 유래담 성격 삽화에서 그는 국가적인 위난을 극복하고 왕자와 대신을 구하려고 나섰는데, 따라주는 사람이 없었다. 그는 중의 복색으로 자신의 신분을 감추고 다니며 꾀를 써서 사람들을 끌어모았다. 그리고는 양식을 실러 간다며 군사를 싣고 떠나가거나, 동생들(부하의 의미가 강함)을 데리고 간다거나, 돈은 달라는대로 줄테니 먼 데 좀 실어달라고 하거나,

---

255) 김동욱외 3인, 『한국민속학』(새문사, 1988), pp.179-182.
   김태곤, 『한국무속연구』(집문당, 1981) 3장 참조.
256) 대계 7-16, pp.418-200.
257) 주로 연평도와 서해 도서에서 채록되는 것으로 그곳의 당신으로 유래하기 때문에 일어난 현상으로 보인다(홍태한, 앞의 논문, p.52).
258) 대계 1-7, pp.440-441, 이 유형에 속하는 15여편의 삽화는 조기 부식과 물을 발견하는 순서에서 차이가 보일 뿐, 내용이 대동소이 하다.
259) 김장호, 「<봉죽타령>에 대하여」, 『기전문화연구』 4(인천교육대학, 1974), pp. 147-153.

반대로 국가의 명령으로 청나라를 치기 위하여[260] 연평도를 지나다 부식인 조기와 식수를 구하게 되었다고 한다.

식수와 조기를 구하는 상황도 부하들이나 선원들이 중국에 들어가는 것을 두려워 한 것에서 일어나는 경우와 정상적인 행위를 하다가 시간이 많이 걸려 떨어진 것을 채우는 경우로 나타난다.[261] 전자는 사람들이 전쟁에 참가하러 중국으로 들어가는 것을 두려워하여 부식과 물을 버려서 일어난 일이다. 여기서는 죽음을 무릅쓰고 자청하여 중국에 가는 임경업은 중국에 대하여 자주적으로 저항하였던 인물로 그의 의기와 힘의 표출을 보여준다.

임경업에게는 포부를 이루기 위해서 떨어진 부식과 식수를 구해야 하는 시험의 기회가 부여된다. 만약 그가 부식과 식수를 구하지 못하면 되돌아 가야만 한다. 부하들과 선원들의 의도를 간파한 임경업은 연평도에서 배를 땅에 대지도 않고 부식과 식수를 구한다. 이런 임경업의 행위는 그곳 사람들에게 훌륭한 일로 여겨졌다.[262]

임경업이 조기를 잡은 방법은 가시나무로 울타리를 만들어 조기를 잡았다고 한다. 이는 '어전' 또는 '어살'이라는 조기잡이와 비슷하다. 이곳의 주민들은 그물이 발달하기 전에 나무로 울을 치고 한쪽에 문을 만들어, 그곳에 그물을 달아놓았다가 조류가 나갈 때 나무 울에 갇혀 그물에 걸리게 하여 잡는 방법을 사용하였다. 이렇게 조기잡이를 처음으로 시작한 임경업이 어로를 보호한다고 믿은 것이다. 특히 중국에 대한 자주의식을 지닌 임경업이 서해 도서지방 어민들에게 삶의 현장에서 불안을 해소시켜 풍어에 대한 확신과 희망을 준다고 믿고, 이것이 생활화되어 무가와 민요로 불려지기도 하였다.[263]

---

260) 첫째는 대계 1-7, p.440이고, 둘째는 대계 1-7, p.184이다. 셋째는 대계 1-8, p.455이고, 넷째는 대계 1-7, p.874이다.

261) 대부분 전자에 해당하고, 후자는 대계 1-7, p.874가 있다

262) 대계 1-8, p.457에는 조기 산란의 조건과 관련하여 능력을 평가하고 있다. 이밖에도 임경업은 지리에 뛰어난 능력을 지닌다고 한다.

263) 이선주, 『무속, 민요 지방무형문화재조사보고서』(인천민속보존회, 1986). 김순재, 『한국의 뱃노래』(호악사, 1982).

임경업이 구한 식수와 조기는 이곳 사람들에게 삶의 필수조건이며, 결핍되고 부족한 무명의 연평도를 물과 조기라는 자원이 풍부한 연평도로 바꾸어 연평도를 유명하게 만든 원인이었다. 임경업의 업적은 연평도와 서해도서의 도서민들에게 희망찬 새로운 삶을 누리게 하여 신격화된다.[264] 그래서 이곳의 사람들은 출어나 입항할 때 반드시 생산 현장을 지켜주고 평안과 행복을 주는 당신으로 모셔진 임경업신에게 알리고 있다.

임경업을 비롯한 신격화된 인물들의 첫 번째 특징은, 살았을 때 대체로 높은 직위에 있었다는 점이다. 오늘날 무당의 몸주로 모셔지는 인물로는 임경업, 장보고, 최영, 신립, 단종, 김부대왕, 불특정 대감신과 장군신 등이다. 이 인물들은 살아있을 때 최고의 지배층에 속했고, 탁월한 능력을 가진 인물이었다. 화중들은 이 인물들이 생전에 쓰지 못한 능력을 사후에는 충분히 발휘할 수 있을 것으로 믿었다. 뿐만 아니라 이들의 능력이 현실세계에서 제대로 발휘되었더라면 민중들이 겪고 있는 현실적인 고통이 제거되었으리라는 막연한 기대에서 출발되기도 하였다.

두 번째의 특징은 이들의 죽음이 확실하다는 점이다. 비극적으로 죽은 이몽학은 <파구터> 삽화로 김덕령은 '만고충신 김덕령'의 현판 삽화로 살아 있을 가능성을 보여주지만, 이 유형의 인물들에 관한 삽화에서는 살아 있을 가능성이 완전히 제거되어 있다.[265] 임경업의 죽음은 그가 지배층이기에 문헌 기록이 명확하기 때문에 구전되어도 변이될 가능성이 제한되어 있다. 확실하게 죽음이 판명된 인물을 현실세계에서 재생(부활)시키는 논리적 모순을 해결하고, 비극적인 위대한 인물의 혼이 세상에 살아 있는 사람들을 돌보아 줄 수 있는 방법으로 신격화시킨 것이다. 이때 신이 된 인물의 능력은 자유자재로 발휘되고, 모시는 사람들에게 직접 전달된다.

세 번째의 특징은 큰 일을 하다가 억울하게 죽어 원한이 사무쳐 있는 인물들이라는 점이다. 임경업이나 장보고, 신립 등은 외침으로 위기에 처한 국가를 구하려다가 뜻을 이루지 못하고 죽었고, 최영은 쓰러져 가는

---

264) 홍태한, 앞의 논문, pp.57-59.
265) 이들 전승은 양반계층에서 시작하여 민간으로 유포되었을 것으로 보인다.

고려의 왕권을 지탱하려고 노력하다가 이성계에게 죽었다. 그리고 단종
이나 김부대왕은 왕권을 찬탈당한 인물들이다. 사람의 혼은 원한이 사무
치면 죽어서도 저승에 돌아가지 못하고 구천을 떠돌아다니며 피해를 끼
치는 귀신이 된다. 이런 귀신은 무당의 몸주가 되어 사람들의 불안을 해
소시켜 주거나 미래에 일어날 일을 예시해 주는 신의 차원으로 이동한다.
즉 탁월한 능력을 가진 큰 인물이거나 큰일을 하다가 죽은 사람은 신이
한 통찰력을 가졌기 때문에 신적인 존재로의 이동이 용이하다. 그리하여
민중들은 이들이 무당의 몸주가 되어 다하지 못한 능력을 발휘하는 영적
인 활동을 전개한다고 믿는 것이다.266)

임경업은 연평도 이외의 지역에서도 신의 역할을 하며 민간의 고통을
해소해 주기 위하여 노력한다. 신이 된 임경업은 영웅 또는 군웅신으로서
무당의 몸주로 모셔지게 된다. 뿐만 아니라 나라에는 복과 평안을 주고,
사람들에게는 잡귀를 쫓고 병을 낫게 해주며, 수명장수와 태평을 가져다
주는 신으로 보인다. 특히 연평도와 서해 도서 주민들에게는 임경업신을
모심으로써 해상의 안전과 풍어를 약속받고 무사한 귀환을 바랄 수 있게
되었다.

ㄷ) 후일담

임경업의 최후담에서는 죽음을 간략하게 구술한 뒤에 재생하거나 신이
되어서 활동하였다고 하는 부분이 있다. 이에 속하는 삽화로는 김자점의
역적행위를 백지공책에 기술하여 죽은 직후에 임금께 알렸다는 삽화, 임
꺽정 일화를 차용 결구시켜 죽은 뒤 장끼가 되어 아버지를 살렸다는 삽
화와 연평도의 당신(어업신)이 되어 행한 이적담 등이다.267)

---

266) 홍태한, 앞의 논문, pp.60-64, 임경업이 연평도와 서해 도서민의 풍어신이 된 것
은, 첫째 중국의 압박과 피탈에서 벗어나는 심리적 욕구의 반영과 조기잡이를
통한 자신들의 삶에 대한 확신과 희망이다. 둘째, 삶의 터전인 특별한 애정의
표현이며, 셋째, 힘의 표현으로 임경업이 죽어 다 사용하지 못한 힘을 빌릴 수
있다는 믿음, 그리고 넷째, 임경업을 통하여 자신들에게 주어진 현실에 대응의
지의 표출로 보았다.

267) 첫째는 대계 대계 7-14, pp.151-152이며, 둘째는 대계 2-4, pp.705-706이며, 대계

이들 중에서 <김자점의 역적 행위 폭로> 삽화는 임경업이 죽은 뒤에 백지 공책만을 남겨놓았다는 매우 간략한 내용이다. 임금이 조사하였을 때 백지 공책만 있어, '젖을 묻혀보면 글씨가 나타난다'는 신하의 말을 듣고 이를 따르니 자점의 역적 행위가 낱낱이 기록되어 있었다. 이 삽화는 임경업이 죽기 전에 행한 것으로 후일담이라 하기 어렵지만, 죽을 것을 대비하였다는 점에서 후일담의 성격을 지닌다.

또 다른 삽화에서 죽은 임경업은 그의 아버지가 옥에 갇혔을 때 장끼로 환생하였다. 자유이며 죽음 너머의 뜻을 지닌 새(장끼)로 환생한 임경업은 아버지를 죽이려는 잔치에 나타나 아버지를 죽이면 나라가 망한다며 죽이지 못하게 하여, 아버지가 궁궐에서 호의호식하며 명대로 살다 죽게 하였다. 민중들은 이런 능력을 가진 임경업을 대인이라고 불렀다.

임경업이 연평도와 서해 도서에서 당신 또는 어업신으로 모셔졌음을 살펴보았는데, 임경업의 후일담도 신의 능력을 발휘하는 내용이다. 그렇기 때문에 도서민들은 출어를 떠나거나 입항하여서도 제일 먼저 당에 들어가 알리고 행동한다. 다른 곳에서 배고사를 지냈다고 할지라도 임경업 신이 모셔진 당을 다녀와야 고기잡이가 편안하고 고기도 많이 잡을 수 있다고 한다. 심지어 강화도에서 출어고사를 지냈다 할지라도 백설기 능제사준비를 다 해가지고 연평도의 임경업 사당을 다녀와야 안전하고, 풍어를 할 수 있다고 믿었다. 왜냐하면 임경업은 바다의 모든 것을 주관하고 있다고 믿었기 때문이다.268)

관전에서 임경업장군의 비각을 본 것은 기뻤다. '三國忠臣林慶業之碑'라고 비면에 새겨 있는데 이 지방 중국사람들이 병이 나면 이 비각에 제사를 드리는 풍속이 있다고 한다.269)

약 5,60년 전 서울 마포에 사는 김음문이란 사람의 꿈에 임장군이 나타나서 자기의 사당을 수축해 주면 너의 소원을 풀러주겠다는 것을 듣고 곧 연평

1-7, pp.185-186과 1-8, pp.458-460 그리고 연평도 당신 유래담 삽화 대부분이다.
268) 대계 1-7, p.184.
269) 김구, 『백범일지』(서문당, 1977), p.63.

도에 가서 이미 퇴락한 임장군의 사당을 깨끗이 개수하였다. 그 후 과연 김
음문은 많은 조기를 잡아 거부가 되었고, 이로부터 어부들은 이 사당에 제물
을 바치게 되었다고 한다.[270]

> 평안북도 의주에서 월남한 분으로부터 들은 얘기에 의하면, 왜정시대 그
> 곳 국민학교 교장으로 오는 일본 사람이 치질로 죽곤 했는데, 이것이 임경업
> 장군의 신이 노했기 때문이라는 얘기가 전해진다고 한다.[271]

임경업의 신적 존재를 나타낸 삽화들 중에는 민족적 자주성과 자존심
에 관련된 배일감정을 드러낸 것이 많다. 중국사람들조차 임경업 신에게
자신의 질병 완쾌를 빌었다고 한다.

한 삽화에는 일본사람이 참나무가 울창한 연평도의 임경업 사당의 주
변에서 닻으로 쓸 나무를 베려고 하였다. 일본사람은 도끼를 들고 나무를
찍으려다가 몸이 굳어 움직일 수가 없었다. 그래 당지기가 빌어 겨우 몸
만 빠져나갔다고 하면서, 임경업 사당에 모셔진 초상화에 대해 설명하기
도 한다.

위 세 번째 예화는 의주에 부임한 왜인 교장이 죽었다는 것으로 극단
적인 배일감정을 보여준다. 또 다른 삽화에서는 연평도에 모셔진 임경업
의 사당을 일본 경찰서장이 지휘하여 부수려고 하였다. 이곳 주민들의 만
류에도 말을 듣지 않고 당 앞의 산봉우리를 헐어버리기 시작하였다. 일본
경찰서장은 그날 밤 꿈에 임경업이 나타나 복구하라고 하여 땀을 흘리며
무척 혼이 났지만, 꿈이라 생각하고 다음 날에도 강행하였다. 그런데 임
경업은 일본 경찰서장에게 다음 날에도 나타나고, 셋째 날에는 "이봐! 내
일두 또 허문 아주 그래 넌 죽고 남지 못한다. 죽어버린다."며 사당 부수
기를 포기시킨다. 일본서장으로 하여금 돈을 꿰서 산봉우리를 복구시킬
뿐만 아니라, 이곳 사람들을 포식시키도록 만든다.[272] 여기에서 임경업은
연평도를 안전하게 지켜주고, 이곳 주민에게 평화롭고 풍요로운 생활을

---

270) 장덕순, 『국문학 통록』(신구문화사, 1963), p.324.
271) 이윤석, 「임경업전설의 연구」, 『효대논문집』 31집(효성여대, 1985.8), p.24.
272) 앞은 대계 1-7, pp.185-186이고, 뒤는 대계 1-8, pp.458-460이다.

보장하는 신인 것이다.

이런 임경업은 서해 바다의 고기어획을 담당하는 신이기도 하다.[273] 그래서 어민들은 당신이자 어업신으로 모시지 않을 수 없다. 어민들은 많은 어획과 바다에서의 안전, 그리고 수산자원의 풍요를 임경업이 관장한다고 믿고 있다. 이와 같은 이유로 그는 그와 관련된 설화를 향유하는 화중들의 곁에 있으면서 항상 살아 숨쉬는 존재이다. 이는 이몽학의 무덤을 전부 찾지 못한 것이나 김덕령이 만고충신 김덕령이란 현판을 달아주지 않으면 죽지 않겠다고 한 것과 같은 의미를 가진다.[274]

임경업 최후담은 역사적 기록으로 간략하게 구술되고 있을 뿐만 아니라 명확하게 죽음을 묘사하고 있다. 그러나 그는 훌륭한 일을 하다 억울하게 죽음을 당한 반면에 연평도를 존재하게 만드는 물과 조기를 발견하여서 신적인 존재가 된다. 그리하여 연평도 등 서해 도서의 어업신이며 당신으로 모셔져, 이곳 주민들에게 많은 어획과 바다에서 안전, 그리고 평화롭고 풍요로운 삶을 보장하여 주고 있다.

---

273) 부록 자료 1 참조. 이 설화는 마음이 매우 바른 조판서라는 사람이 곤경에 처하게 되었다. 이때 한 사람(신의 일종인 듯)이 나타나 조판서를 구하는데 서해의 임경업신을 만나 어부의 량에서 일부를 떼어 조판서에게 주는 것으로 되어 있다.

274) 대계 1-7, p.186. "그전에 그 장사들은 전부 죽어서두 아마 그러니깐 시방 경읽는거이, 시방 그거이 그전에 그 장사가 가지구 다니는 거예요. 그거 …… 장사가 죽었어두 아마 그 아주 죽지는 않나 보던가."

제 3 장 장수설화의 구조와 의미

　구비설화는 화자들의 기억에 의거하기 때문에 단독으로 혹은 몇 개의 삽화가 결합되어 채록된다. 이렇게 채록된 설화는 화자(전승자)가 알고 있는 전부라 인식하고 있으나, 화중은 구술하지 않은 주인공의 다른 부분에 관한 이야기도 알고 있다. 예를 들면 전승자들은 이몽학, 김덕령, 임경업이 탁월한 능력을 발휘하는 부분을 구연하면서도 최후에 비극적으로 죽은 것이 안타깝다고 말한다. 이점에서 비극적 주인공들에 대한 설화의 특성을 이해하려면 층위문제도 중요하지만, 우선 그에 관해 수집된 구비설화를 일생으로 재구하여 놓고 검토할 필요가 있다. 본 장에서 검토하려는 비극적 장수설화의 구조와 의미는 앞 장에서 검토한 개별적인 내용을 토대로 종합하는 방법을 시도하게 될 것이다.[1]

　본 장에서는 비극적 장수설화의 주인공인 이몽학, 김덕령, 임경업을 중심으로 삽화의 수용의미, 행위자의 유형과 기능, 대립·갈등 양상, 그리고 구조적 특징으로 나누어 살펴보고자 한다.

---

1) 이런 시도를 위해서 각 이야기판에 대한 정밀한 분석과 화중들의 층위문제, 개인의 취향, 그리고 그들의 성취도 등을 감안해야 할 것이다. 그리고 이러한 문제가 해결된다고 할지라도 문학적 감수성과 심리적 기제 문제에 따라 이야기의 유형이 다르게 나타날 수 있다. 이 점을 간과해서는 안 되겠지만, 대부분 이야기판의 중심이 서민들이라는 점에서 논의를 전개하겠다.

1. 삽화의 수용 의미

위에서 살펴본 지역의 전승자들은 자신들이 우상으로 여기던 인물인 이몽학, 김덕령, 임경업을 비극적 생애를 마친 장수로 결구시킨다. 이몽학 설화는 역적이었기에 그에 관한 말을 하였을 경우에 처벌을 당할 우려가 있는 데도 끊이지 않고 오늘날까지 전승되어 왔다. 그리고 민중들은 이몽학을 탁월한 능력을 지닌 인물로 영웅화시키지만, 그가 역적이었다는 역사적 사실 때문에 한계를 보이고 있다.

그리고 김덕령 설화는 임진왜란 때문에 깨어진 유학자의 모습이 약화되고, 장군 또는 무사적인 측면만이 강조된다. 김덕령은 역적의 누명을 쓰고 죽었으므로 후에 신원될 때까지 그에 대해 말하기가 조심스러웠다. 따라서 민중들은 그의 부정적인 측면만을 강조하여 표현하거나, 영웅성을 내면화시켜 지배자인 위정자들에게 드러나지 않도록 해야 하였다. 그리고 임경업은 명청 교체기에 의주부윤으로 있다가 병자호란을 당하였다. 그는 삼전도의 치욕 이후에 청의 요청으로 구원장으로 청에 갔다가 명나라 장수와 밀통하였다. 그는 뒤에 그것이 발각되어 청으로 압송되는 도중에 명나라로 탈출하였다가 다시 청의 포로가 되어 18개월 동안 있었다. 이때 국내에서 일어난 심기원의 역모사건에 연루된 혐의로 압송되어 친국을 당하다가 옥사하였다.

사회적 여건이 변화되어 임경업은 죽은 지 얼마되지 않아서 신원되었고, 김덕령은 현종 2년에 신원되었다. 이후로 그들에 대한 설화는 그들을 영웅적인 모습으로 재구하는 데 제약요소가 없어졌다. 그렇지만 민중들은 김덕령과 임경업이 비극적으로 죽었다는 역사적 사실 때문에 영웅화하는 데에 한계를 갖게 된다. 곧 민중들은 주인공의 한계를 보여주는 결핍요소를 그의 탄생이나 성장과정에 결구하여 비극적인 생애가 되도록 한다.[2] 이런 과정의 서사구조가 반영된 작품을 비극적 장수설화라 하였다.[3]

---

2) 강현모, 「이몽학 설화의 연구」,『한국학논집』 13집(한양대 한국학연구소, 1988.12).

이몽학, 김덕령, 임경업의 설화에서는 그들을 탁월하고 신이한 능력을 지닌 장수로 설화화하지만 비극적으로 죽고 만다. 이들은 영웅성이 부각되었음에도 불구하고 세계와의 투쟁에서 패배하여 종말을 맞이하는 민중적인 영웅의 모습을 보이고 있다. 이몽학, 김덕령, 임경업의 설화는 비극적 장수설화의 주인공이 될 수밖에 없는 원인과 서사과정을 보여주지만, 순환반복적인 서사구조를 통하여 전승자들에게 자아실현의 기대감을 갖게 하고 세계와의 투쟁을 포기하지 않도록 한다.

본 절에서는 영웅적인 면모를 보이면서도 비극적 종말을 맞는 이몽학, 김덕령, 임경업의 설화를 중심으로 서사구조를 형성하는 데 차용된 삽화의 수용의미를 살펴보고자 한다. 이를 위하여 주인공의 탁월한 능력을 발휘하는 것과 비극적으로 생애를 맞게되는 결핍요소의 제시 양상이 어떠한 소재를 차용하여 이루어지고 있는 지 검토할 것이다. 곧 비극적 장수설화의 탄생·성장·활동·최후의 삽화 내용을 탐색하고 그 특성을 고찰하고자 한다.

1) 탄생 : 풍수지리설 삽화

비극적 장수설화의 탄생은 일상적이고 현실적으로 가능한 많은 풍수지리설과 관련된 삽화를 소재로 끌어들여 구성하고 있다.

이몽학의 설화에는 풍수지리설과 관련된 탄생삽화가 나타나지 않는다. 이는 이몽학의 신분이 천민층이 아닌 서민계층으로 상승하였다는 점에서 비롯된다. 무인으로의 출세가 천민에게는 정상적인 방법으로 불가능 하지만, 서민층에게는 가능하기 때문이다. 풍수지리 삽화 대신 주변의 산천과 관련된 탄생담을 구성하며,4) 또 주인공을 풍수(지관)로 연관시키거나

---

3) 강현모, 앞의 논문, 이를 실패한 영웅담이라고 하였다. 실패할 수도 실패당할 수도 있기 때문에 비극적이란 서구적 용어를 차용하였다.
4) 이몽학의 탄생담은 태몽이나 주변 산천의 정기에 결구되어 평이하게 진행되지만, 주변 산천의 정기는 그 지방의 대표적인 힘의 원천이라고 보는 것은 풍수지리설

<파구터> 삽화를 통해서 연결시키고 있다.

김덕령의 구비설화 탄생은 문헌설화와 달리 풍수지리설에 관계된 <묘자리 얻기> 삽화와 결구되어 있다. 김덕령의 부친이 얻은 광주 무등산에 있는 천하 명당은 중국의 지관이 와서 발견한 자리이다. 임경업의 탄생도 태몽과 풍수설에 관련된 일상적 사건을 바탕으로 한다. 특히 풍수탄생담은 김덕령 탄생 삽화와는 달리 오늘날에도 믿고 시행되는 일상적인 범주에 속한다. 이처럼 하층민의 탄생담에 풍수설화가 수용된 것은 영웅출현에 대한 민중의 기대심리를 충족시켜 주는 소재라는 점으로 보인다.

명당을 얻는 비극적 장수설화의 주인공들은 미천한 신분으로 나타난다. 이몽학의 경우는 문헌과 달리 상승된 서민층으로 나타나지만, 김덕령의 부친은 남의 집살이·여막살이·주막살이·신털미 장사, 심지어는 서얼이라고 하는 미천한 사람으로 되어 있다. 임경업의 경우에도 부친의 신분은 미천한 장사꾼이거나 중인계층인 옥사장으로 나타나며, 성장기의 <재상가 무덤파내기> 삽화에 나타난 신분도 더욱 빈한하고 미천한 신분임을 보여준다.

훌륭한 명당의 획득은 한미한 가문에서 그 발복으로 탁월한 자손을 얻어 가문을 일으키거나 신분상승을 추구할 수 있는 방법이었다. 왜냐면 미천한 집안의 자제는 정상적인 방법으로 지배계층이 될 수가 없기 때문이다. 따라서 비극적 장수설화에서는 널리 알려진 풍수설화를 탄생 삽화에 수용하여 신분 상승의 가능성을 보여준다. 주인공의 부친들에 의한 명당의 획득은 그 명당의 발복으로 훌륭한 자손을 얻고, 그 자손이 입신양명하여 암담한 현실의 고난을 극복할 수 있는 계기요, 미래에 대한 커다란 희망의 제시이다.

풍수지리 삽화를 탄생 삽화에 수용한 것은 민중들이 자신들의 불우한 삶을 극복하고자 하는 태도가 투사된 것이다. 풍수지리 삽화의 차용은 피지배계층의 신분적 한계를 극복하고, 능력에 있어서 양반층과 대등하거나 오히려 능가하는 위치로 상승시킨다.5) 그리하여 기존의 신분적 질서

과 관련을 맺고 있다고 하겠다

5) <재상가 무덤파내기> 삽화의 대감과 명당의 지기를 받은 어린 임경업과의 판에

를 파괴하고, 능력에 의해 평가받는 세계에 대한 기대를 나타낸다고 하겠
다. 이로써 민중들은 자신들이 추구하는 이상 세계에 대한 성취욕을 극화
시킨다.

민중들은 실제적인 삶에서 수탈과 착취를 하는 세계에 대항하지 못하
고 현실에 안주하지만, 마음의 내부에서 지배층과 대등한 인간적 대접을
요구하는 이상세계의 모습을 드러낸 것이다. 민중들은 명당의 발복으로
탄생할 주인공이 자신들을 평화롭게 살도록 새로운 질서를 부여할 탁월
한 능력의 민중적 영웅이 되기를 기대한다.

주인공이 탄생한 묘자리를 얻는 방법을 보면 비정상적이거나 묘자리에
큰 소망의식을 보여주지 못하고 있다. 이몽학은 스스로의 능력으로 훌륭
한 명당을 얻어 조상의 시체를 조각내어 묻는다. 그가 명당을 얻어 처리
하는 것은 비정상적인 방법이었다. 김덕령 설화에서 김덕령의 부친은 중
국명사를 몰래 따라가 '닭이 날개깃을 퍼덕이고 울음소리를 내는' 천하명
당을 얻게 된다. 이 명당의 지기로 태어날 사람은 날아다닐 수 있는 능력
과 명성이 자자하게 소문이 날 탁월한 능력으로 새로운 세계를 건설할
자란 상징적 의미를 지닌다.6) 임경업 부친의 (1) 사형을 당하게 될 대적
패를 불쌍히 여겨 탈옥시켜 준 덕분에, (2) 부모의 상에 막연히 섧게 울다
가 찾아온 중이, (3) 막역한 친구가 된 중이 명당터를 잡아 주었다거나,
(4) 외국(호족계통)의 중이 추활을 가져와 파괴하려는 명당터를 지켜서 얻
게 된다.

미천한 신분인 주인공의 부친들이 명당을 얻었다는 구술은 영웅출현
의 기대심리를 보여준다. 이들은 경제적 신분적인 한계 때문에 정상적인
방법으로 명당을 얻을 수가 없다. 그렇기 때문에 김덕령의 부친처럼 중국
명사를 속이고 천하 명당을 얻거나, 임경업의 부친처럼 막연하게 명당을

서 잘 보여주고 있다. 일국의 재상이 시골의 임경업에게 존대를 쓰고, 임경업은
대감에게 반말을 하고 있다.
6) 최래옥, 『한국구비전설연구』(일조각, 1981), pp.152-158.
『한국문화상징사전』(동화출판사, 1982), <날개>.
윤정선 역, 뤽브느와 저, 『징표, 상징, 신화』(탐구당, 1984), pp.66-67.

얻을 수밖에 없다. 이런 결구는 미천한 가문에서 얻은 훌륭한 천하명당의 발복으로 탁월한 능력을 발휘하는 민중적 영웅의 출현을 기대하면서, 남을 속이는 비윤리적인 방법으로 명당을 얻도록 하거나 간절한 소망의식을 제거하여 도덕적 결함이나 금기의 파기를 통해 주인공의 한계를 보여주고 있다.

비극적 장수설화에 나타난 명당과 결부된 부정적인 금기요소의 제시는 주인공의 운명을 복선화시킨다.

이몽학의 설화에서는 활동담이나 최후담에 나타난 풍수관련 삽화들은 주인공의 탄생과 관련시켜볼 수 있다. 이몽학에 관련된 풍수지리설화에는 협동심이 없고, 자기를 위한 욕심이 많고, 조급히 서두르며, 질투심과 시기심이 많으며, 우둔함과 시야가 좁은 부정적인 인물로 보고 있다.[7]

김덕령의 부친은 좋은 묘자리를 얻기 위해 진력하지 않는다. 비록 묘자리에 탐욕을 느끼고 부도덕하게 가로채지만, 풍수지리에 대한 무지로 석회암을 드러내기, 선금(나침판 ; 쇠)을 잘못 놓아 좌향이 틀리거나 안대(?) 틀리기 등 무덤을 잘못 처리하거나 김덕령 부친의 고집으로 묘자리의 발복이 잘못된다. 이처럼 민중들은 이장의 실수, 묘자리를 훔쳐 쓴 도덕성 결핍, 분수를 넘는 욕심 등을 불행의 요소로 내재시켰다. 그 결과로 첫째로 누나를 낳고, 둘째로 김덕령을 낳게 된다. 명당의 첫째 발복으로서 여자의 출생은 조선 사회구조로 보면 모순이며, 김덕령의 순탄하지 못할 일생을 암시한다. 그리고 해외(중국)의 명당이란 의미도 한미한 가정에서 태어난 김덕령이 포부를 마음껏 펼칠 수 없는 조선사회의 부조리와 모순을 드러낸다. 명당이 조선인에게 맞지 않는다는 것과 김덕령이 한미한 가문에서 태어난 점은 <아기장수> 설화의 상황 불일치와 상통한다.

---

7) 욕심이 많은 것은 '부모나 조상들의 신체를 조금씩 떼어다가 이곳저곳에 묻기도 하고'(자료 8), '아버지 시체를 사각 내어 묘를 쓰기도 하였다(자료 21)' 점이고, 둘째 조급하게 서두르는 것은 "아무때고 구룡산의 누런 소가 일어서면 성공하고 그 안에 나서면 실패한다"거나 반란에 패한 후에 '묘자리를 파보니 검은 소가 앞발을 들고서 막 일어서려고 하였다(자료 25)'이다. 셋째 짐투심과 시기심이 많은 것은 '자신보다 큰 인물이 날만한 곳의 혈을 다 자른 역적(자료 23, 18)이고, 넷째 우둔하고 시야가 좁은 것은 조씨명당터 잡아주기(자료 29)이다.

임경업의 탄생담에서는 지관이 그 명당을 보존하기 위해 지켜야할 금기를 제시한다. 그렇지만 임경업의 부친은 호기심으로 금기를 파기한다. 그 결과 학의 날개가 부러짐, 노루의 도주, 세 마리의 금붕어 중 두 마리가 죽고 남은 한 마리의 실명, 뒤집힌 거북의 바로 묻음 등이 일어난다. 이때 임경업의 부친은 다른 곳을 잡아주겠다는 지관의 말에도 "내 복이 이것이기 때문에 이곳에 묻겠다"고 한다. 이는 주어진 상황에 만족하고 새로운 삶에 대한 강렬한 의지를 보여주지 못하는 민중들의 모습이라 하겠다.

비극적 장수설화에는 탄생담에서 신이성이 잠재되어 그 신이성이 성장하도록 되어 있다.[8] 유아기에 영웅성이 부모나 타인에게 발각될 경우 제거될 우려가 있기 때문이다.

<아기장수> 설화의 주인공은 태어나자마자 방안에서 날아다니는 신이성이 부모에게 발각된다. 신이성을 지닌 아기장수는 부모와의 대립 갈등에서 우위를 확보하지 못하여, 신이한 능력을 키우지 못하고 좌절하는 민중의 영웅이 된다. 이에 비하여 비극적 장수설화의 탄생담에서는 신이성이 상징적으로 나타나 무지한 부모나 타인이 그의 신이성을 알아차리지 못하고 성장하도록 하여 제거하지 못한다. 그러므로 비극적 장수들은 그의 부모와의 대립 갈등 양상이 나타나지 않는다. 따라서 잠재되어 있는 신이한 영웅성은 성장되어 뒤에 신분사회의 구조적 모순을 극복하려는 새로운 세계의 건설을 시도할 기회를 획득하게 된다.

비극적 장수설화의 탄생담은 서사구조에서 중요한 기능을 담당한다. 즉 탄생담은 이몽학과 김덕령의 성장과 최후의 모습을 예측할 수 있도록 설정되어 있다. 민중들은 김덕령이 비극적 종말을 맞은 역사적 사실을 인식하고 있기 때문에 결핍요소의 설정이 필요하였다. 그래서 '묘를 이장하여 벌을 받았다', '별볼일 없었다', '끝에 힘을 못쓰고 말았다'는 비극적인 종말을 암시한다. 이에 비하여 임경업의 탄생담은 빼어난 지기의 영향을 받아 탁월한 인물이 될 가능성과 주어진 금기의 파기로 인한 결핍

---

8) 임경업의 경우는 신이성이 드러나도 그렇게 큰 결핍요소로 보여지지 않는다. 이런 경우는 신이성의 감소화 현상으로 나타난다.

요소를 동시에 지니고 있다. 그런데 임경업 설화에서는 탄생담의 금기 파기가 성장기와 활동기에 결핍요소로 작용하지 못하지만, 최후담에서 비극적인 운명의 주인공이 될 결정적인 역할을 하게 된다. 금기를 파기하였을 때 풍수(지관)는 임경업의 부친에게 '종손을 얻기가 어렵다.'거나 '삼국명장터이나 와석종신을 못한다.'고 하거나 '천기를 못본다.'는 상징적 의미를 제시하여 그 묘자리에서 탄생할 사람의 운명을 예시하고 있다.

풍수지리 탄생담과 연결된 주인공의 역량은 탁월하게 나타난다. 임경업의 뛰어난 역량이 풍수지리설과 관련된 탄생의 결과임을 대감과의 담판에서 보여주고 있다. 임경업은 다리에서 번개불과 같은 광채가 비치고, 초석자리 밑의 구들을 구멍내고, 눈으로 기둥을 흘키니 번개가 번쩍하는 등 신이한 능력을 발휘하였다. 이를 보고 대감은 "거기 지관(지관) 말 듣구 삼국대장 난다구 해서 거기 썼더니 발써 삼국대장 그 놈이 났어. 그 놈이 났는데 괘히 남한테 저액할 까닭이 있어."[9]하며 담판을 피한다. 여기에서 서민들은 명당 지기의 발복에 의해서 탄생한 탁월한 능력의 인물은 기존의 사회적 질서를 능가하는 힘을 가졌음을 나타낸다.

이런 힘은 이몽학의 <파구터> 삽화와도 의미가 연결된다. 이몽학의 난을 평정한 뒤에 반란을 일으킨 자에 대한 징계 모습을 보여주는 <파구터> 삽화는 그 장소로 묘자리가 단연코 많다. 이는 이몽학과 같은 역적이 날 수 있는 묘자리를 원천적으로 봉쇄하려고 모든 조상의 묘자리를 불로 지지거나 화약, 염초 등으로 파괴하고, 다시 물로 수장하였다. 그런데 민중들은 그 중에 하나가 남아 있다고 하여 그 묘자리에서 새로운 영웅출현의 기대와 끈질긴 저항성을 보여준다. 지금 위정자에게 당하는 억압과 고통을 참고 있으면 남아있는 묘자리에서 새로운 소가 일어설 수 있다는 희망을 나타낸다.

이상에서 탄생 삽화에다가 풍수지리 삽화를 차용한 것은 현실적으로 불가능한 제도권의 진입이 가능하도록 설정할 수 있으며, 이를 통하여 자신들이 추구하는 이상세계에 대한 가능성을 제시하고 있다고 하겠다.

---

9) 대계 3-2, p.702.

2) 성장 삽화

(1) 학습관련삽화

성장 삽화는 주인공의 영웅적 성격을 결정한다. 성장 삽화는 이들의 신이성과 탁월한 능력을 드러내 보이지만, 이때 조급성과 자만성은 비극적 결말을 초래하는 결정적인 결핍요소로 기능(작용)하게 된다.

이몽학은 신이성을 지니고 있는 사람임에도 불구하고 성실하게 노력하고 수신하는 모습을 보여준다. 무예를 닦아 훌륭한 장수가 되기 위하여 열심히 훈련하거나, 홍수로 건너오지 못할 곳에서 공부하기 위해 제일 먼저 와 나중에 가는 점에서 찾아볼 수 있다.

김덕령의 성장 삽화에 나타난 신이성은 이몽학과 마찬가지로 천부적인 능력만이 아니고 성실한 노력과 연습에 의한 것이다. 그는 무등산을 매일 여러 바퀴 돌고 와서 아침식사를 하거나, 훌륭한 말을 얻기 위하여 노력하였다. 이럼에도 불구하고 민중들은 묘자리의 발복이 뒤진 김덕령이 누이보다 항상 열등할 수밖에 없다고 생각하여 성장 삽화를 결구시켰다. 그런 김덕령은 능력이 천부적으로 자기보다 뛰어난 누나를 이기기 위헤 피나는 노력을 하거나 비정상적인 방법을 택한다.

임경업의 성장 삽화에서도 무업에 관한 공부만은 열심히 하였던 것에 비하여, 문에 관련된 공부는 13세가 되도록 글자도 모를 정도로 열등하게 제시되고 있다. 임경업의 무업 공부는 천부적인 것과 노력에 의한 것이 있다. 전자는 출생하여 12세까지 일어나지도 못하다가 능력을 발휘하였는 점이고, 후자는 공부하러 가는 산중에서 활쏘기 연습으로 백발백중하는 능력을 발휘하였다는 점이다. 이처럼 학습에 관한 삽화에서는 그가 어려서 활동하였던 충주지방과 속리산에 관련된 지명전설에 관련되어 탁월한 능력을 보여준다.

주인공은 자신의 신이한 능력이 미숙하고 미완성된 것이기 때문에 성숙될 때까지 잠재된 금기를 지켜야만 하였다. 그런데 잠재적 금기를 파기하면서 신이성을 보여주고 기아 모티브의 현상인 버림을 당하게 된다.

이몽학은 성장기에 홍수 물건너기란 신이성을 보여준다. 이때 신이성은 후천적으로 습득된 것이 아닌 선천적인 것이기에 주목된다. 따라서 이몽학이 지닌 천부적인 신이성은 단순히 영웅성을 부각시켜 주는 것과 남에게 보이지 않아야 하는 금기요소가 내재된 것으로 나누어진다. 이몽학은 성실하게 노력하지만, 성장기에 주어진 잠재적 금기를 파기하여 선생에게 그의 신이성이 발각되고 버림을 당하며 성실하게 수련하려는 노력이 무산되고 만다. 또한 선생에게 버림을 당한 탓으로 지혜의 성장이 멈추고 무사적 측면만이 성장하게 된다.

김덕령은 <장군수 훔쳐먹기>에서 신이성을 드러내는 동시에 조급성과 자만성을 드러낸다. 김덕령은 신이하고 탁월한 능력을 유감없이 발휘하여 선생이 마시는 장군수를 몰래 훔쳐 먹는다. 그는 신이성이 선생에게 발각되어 버림을 당하며, 이는 최후에 실패하게 되는 원인이 된다. 이때 보여준 신이성은 후천적인 면도 있으나 선천적인 면이 강하며, 그의 영웅성을 부각시켜 주는 동시에 남에게 능력을 보이지 말라는 금기가 내재되어 있다. 금기의 파기로 선생에게 버림을 당하여 지혜적 측면의 성장이 멈추고, 무사적 측면만 기형적으로 성장하기 때문에 그의 영웅성이 무산되고 만다.[10]

임경업의 설화에는 선생에게 신이한 능력을 드러내어 쫓겨나는 기아현상이 뚜렷하지 못하다. 오히려 선생이 경업의 능력과 흥미를 이해하지도, 파악하지도 못하는 인물로 나타난다. 선생은 부모가 알고 있는 임경업의 재질을 모르도록 결구하여 쫓겨난 것으로 보인다.[11] 한편 운여대사를 선생으로 맞이하여 공부를 하였다는 삽화에서도 임경업은 선생에게 추방당하기보다는 스스로 떠나는 모습을 보여주고 있다. 임경업의 최후가 비극적이란 점에서 선생과의 결별은 기아모티브 현상과 동등한 의미

---

10) 한편 <씨름> 삽화의 내용도 능력을 드러내지 말라는 금기를 지닌다. 이 잠재된 금기의 파괴의 의미를 진고 있어, 뒤에 누이와 용마를 잃게 되는 직접적인 원인이 된다.

11) 선생이 쫓겨나는 듯 하지만, 선생과의 결별 후 임경업은 무사적 측면을 성취하나 지혜적 측면이 부족한 것으로 나타난다.

를 지닌다.

이들 학습관련 삽화를 살펴보면 신이성이 발각당하여 쫓겨나는 현상에서 보여주는 특징이 몇 가지 있다.

첫째, 부모가 아닌 선생(타인)에게 발각된다는 점이다. <아기장수> 설화에서 부모는 아기장수가 성장하여 영웅성을 과시하게 되면, 직접적인 피해 당사자가 되기 때문에 그의 신이성을 제거하기 위한 대립갈등을 나타낸다. 이에 반하여 이몽학과 김덕령 설화에서는 타인인 선생은 가족이 아니어서 잘못된 능력을 발휘하였을 때, 피해를 벗어나기 위해서 그 관계를 단절하고 회피한다. 회피하면 피해를 입지 않기 때문에 주인공들과의 대립갈등을 보이지 않는다. 따라서 이몽학과 김덕령의 영웅성은 제거되지 않고, 선생에 의해 습득되어지던 지혜적 측면의 성장만이 정지된다.

임경업의 기아 현상은 이몽학·김덕령의 경우와 다른 측면을 보여준다. 그가 보여준 탁월한 능력의 신이성은 제거의 대상이 아니라, 칭송되고 성장시켜야 할 요소이다. 임경업이 미천한 가문 출신으로 결구되어 있지만, 이몽학·김덕령과는 달리 높은 벼슬에 올랐다는 점에서 그의 능력을 성장시킬 수 있는 여건을 갖추고 있다. 이몽학은 역적질을 하다가 죽었고, 김덕령은 국가를 위하여 의병이 되었으나 공도 세우지 못하고 역직으로 몰려 죽었다. 이에 비하여 임경업은 의주부윤이라는 집권양반층에 포함되었기 때문이다.

둘째, 주인공의 신이성이 성장기에 발견된다는 점이다. 발견된 시기에는 주인공과 발견자 중에 누가 힘의 우위에 있는 지가 확실하지 않다. 다만 주인공의 힘은 발견자가 제거할 수 없을 만큼 성장된 모습을 보여준다. 따라서 타인인 발견자는 성장한 주인공과 대립 갈등하기보다는 회피하고 만다. 그리고 이들의 성장기에 일어나는 기아 현상은 군담소설의 양상과 유사하나, 군담소설의 주인공들이 유배지나 새로운 장소에서 조력자인 선생을 만나 배우고 도움을 받는 것과 다르다. 주인공은 성장기에 자만심과 독단성으로 잠재적인 금기를 파기하여 도움받을 기회를 상실하게 된다.

민중들은 신분계급의 견고한 사회구조의 틀에 갇혀 있으면서도 자신의 고통을 해결해 줄 새로운 영웅출현에 조급성을 보이고 있다. 민중들은 수탈과 고역을 통하여 사회구조의 모순을 극복할 수 있는 획기적인 변화를 요구하는 동시에, 이를 감내하면서 무사안일하게 현실의 삶을 추구하며 안주하려고도 한다. 대표적인 예로 민중들은 <아기장수> 전설의 구연을 통해 현실사회의 체제개혁을 이룰 아기장수라는 새로운 영웅출현의 기대를 요구하면서도, 이내 자신들에게 미칠 피해를 줄이기 위해 아기장수를 죽이는 이기적이고 즉자적인 민중의 성격을 띤다.

이상에서 살펴본 바와 같이 비극적 장수들은 성장기의 신이성을 드러내어 잠재적 금기를 파기함으로써 비극적인 종말을 맞이하게 된다. 이들의 신이성은 제거할 수 없을 만큼 성장한 시기에 발견되며, 그 발견자가 선생이라는 타인이기 때문에 대립을 회피하고 만다. 그래서 타인인 선생에게 습득되어야 할 지혜적 측면의 자질은 성장하지 못하고 무사적 측면의 자질만 성장하게 된다. 그 결과 주인공들의 신이한 영웅성은 불구적 성장을 가져오게 된다.

(2) <힘내기>형 삽화

비극적 장수설화의 성장기를 형성하기 위하여 차용되는 또 다른 삽화가 힘내기형 삽화이다. 이 <힘내기>형 삽화는 일반적인 구비삽화가 특정인물의 성장기에 차용되어 그 인물의 특징과 운명을 암시하고 있다. 이런 힘내기의 삽화가 비극적 장수설화에 어떠한 방법으로 차용되고 있으며, 그 결구시킨 의미가 무엇인지를 검토하고자 한다.

<힘내기>형 삽화가 차용된 방법에 관해서 <오뉘 힘내기> 삽화를 통해서 언급한 바가 있다.[12] 일반전설이 특정인물의 전설로 전환될 때는 구체화 현상이 생긴다. 특정인물과 관련된 인물화소나 지명화소가 바뀌고, 따라서 증거물도 바뀌는 것이 1유형이다. 다음으로 특정인물의 활동담이 결과나 증시 부분에 독립적으로 첨가되거나, 전개와 결말 부분에 내

---

12) 강현모, 「이몽학 오뉘 힘내기 전설고」, 『한양어문연구』 6집(한양어문연구회, 1988).

기의 동기와 결과를 화소로 결구하여 특정인물의 특성을 부여하게 된다. 이것이 2유형과 3유형이다. 2유형과 3유형이 복합적으로 결합되어 결말 부분의 변이 확대로 특정인물의 활동담이나 최후담이 결합되는 것이 제 4유형이다.[13]

이몽학 설화의 경우는 <힘내기>형 삽화들이 독립되어 전승되고 있는데, 김덕령 설화의 경우는 <힘내기>형 삽화들이 서로 결합하는 성향을 띠고 있다. 곧 <씨름> 삽화와 <오뉘 힘내기> 삽화가 결합되고, 심지어 <치마대> 삽화와도 결합된 형태로 나타난다. 그리고 이몽학의 <힘내기>형 설화가 활동기에 가까운 성장기에 결구되어 나타나는 반면에, 김덕령의 <힘내기>형 설화는 성장기에 결합되어 결핍된 지혜적 측면의 습득 기회로 보여진다. 그렇지만 이들 <힘내기> 삽화들은 주인공이 최후에 패배하게 되는 원인을 제공하고 있다.

<힘내기> 형 삽화의 차용 배경은 탄생 삽화에서 살펴본 바와 같이 주인공이 탁월한 능력에도 불구하고 결핍요소가 있음을 보여주고 있다.

이몽학은 탄생 삽화에서 북을 타고 하늘로 올라갔다가 내려온 누이에 비하여, 올라가기만 하여 누이보다 못한 존재로 되어 있다. 김덕령은 탄생 삽화에서 비정상적으로 얻은 묘자리의 복을 받아서, 첫째로 누나가 태어나고 둘째로 김덕령이 태어났다. 따라서 능력이 둘째에 해당하는 주인공들은 자신의 능력이 최고이기를 바라기 때문에 힘내기가 비롯된다. 그런데 임경업 설화에는 <아기장수> 삽화만 나올 뿐 <오뉘 힘내기> 삽화는 보고되지 않는다.[14]

비극적 장수설화의 성장기 삽화들은 일반설화들을 차용하여 역사적이고 구체적인 주체자에게 결구시켜 민중의 영웅기대 심리와 그 한계를 보여준다.

---

13) 이런 각 인물의 수용되는 양상을 검토하기 위해서는 한 인물에 같은 유형의 많은 삽화들이 존재하여야 한다. 이런 검토는 비극적 장수설화와 일반 설화가 특정 인물에게 결구되는 모든 양상의 검토될 때 비로소 입론될 수 있을 것이다.
14) 임경업에 결부된 <아기장수> 삽화는 임경업에 관한 것인지, 아니면 임경업의 부하에 대한 것이지 불분명하다.

주인공은 성장기의 학습관련 삽화에서 선생에게 신이성이 발견되고 버림을 당하여 그의 지혜적 성장이 정지된다. 이런 주인공들에게 <치마대> 삽화에서는 수양을, <초립동이> 삽화에서는 교만을, <오뉘 힘내기> 삽화에서는 화합을 제시하여 그 극복의 기회가 제공된다. 주체자는 이런 기회를 잃고, 그 실수를 후회하거나 반성하는 대오각성이 없어 비극적 영웅으로 전락하고 만다. 주인공들에게 용마의 죽음은 더 높게, 더 멀리, 더 넓게 신이성을 전달할 수 있는 활동반경을 확대하면서 무사적 측면을 보충할 기회의 상실을 의미한다. 그리고 초립동이로 상징되는 민중들의 도움을 상실한 것을 의미하며, 누나의 죽음은 김덕령에게 제공할 세상을 보는 안목과 침착함 등 인격적 측면과의 단절을 의미한다.

이처럼 <힘내기>형 삽화는 비극적인 장수설화에 수용되어 각 개인별로 의미가 구체화되고, 각개의 삽화들이 한 인물에 총체적으로 집결되어, 지역적인 특색과 인물의 성격을 부여하므로써 민중들의 기대심리를 나타낸다.

(3) 활동 : 각 인물의 특성삽화

비극적 장수설화의 활동기 삽화는 각 인물의 특성에 맞게 설화화되어 탁월한 능력을 보여주지만 그로 인한 한계를 드러낸다.

이몽학의 활동 삽화는 이에 속하는 이적행위나 힘내기형 전설에서 무사적 측면이 긍정적으로 인식되고 있으나, 지혜적 측면은 부정적으로 인식되고 있다. 김덕령의 활동 삽화에서도 탁월하고 신이한 능력으로 왜구나 왜장들을 물리치지만, 성장기에 나타난 조급성과 자만성 때문에 정식 출전이 아니거나 남의 도움을 받아야 하는 한계성을 드러내고 있다. 그리고 임경업의 활동 삽화는 무사적 측면에서 탁월한 능력을 보여주지만, 지혜적인 측면의 결핍이나 부족한 요소를 확연하게 드러내지는 않는다. 임경업은 그의 활동기를 대표하는 중국과의 대립 갈등의 삽화에서 탁월하고 신이한 능력을 보여주어 민족적 영웅으로 승화되면서 지혜적인 결핍 요소나 한계를 보여주지 않고 있다.[15)]

이들에 대해 구체적으로 살펴보면 다음과 같다.

이몽학의 무사적 측면은 성장기 이후에 성실하게 노력하고 단련시켜 날렵하고 힘센 장사로 인정받고 높이 평가된다. 반면 풍수지리 설화 등에 나타나는 지혜적 측면은 질투심과 욕심이 많고 조급하게 서두르는 인간으로 결구되어 있어 부정적인 평가를 보여준다. 특히 <힘내기>형 삽화는 지혜적 측면과 무사적 측면이 결합할 수 있는 기회의 획득 형태를 보여준다. 그런데 이들 삽화에서 이몽학은 힘(무사적 측면)의 우위를 점하지만, 지혜적 측면의 약화를 초래하고 만다. 곧 이곳에서 이몽학은 자신이 습득하지 못한 지혜를 갖춘 누이(누나)·용마·초립동이 등을 얻을 기회가 있었으나, 독단적인 성격적 결함의 탓으로 기회를 상실하여 패배한다.

김덕령의 경우 탁월하고 신이한 능력은 왜구들을 물리치는 활동기의 삽화에서 보여주지만, 원조자의 도움 없이 혼자의 힘으로는 완벽한 승리를 이루지 못한다. 탁월하고 신이한 능력을 지닌 왜장 조섭을 죽일 때는 미천하다고 생각되는 기생 황월에게 전적으로 의지하고, 신이한 도술 능력을 보여주는 평수길을 1차로 죽이지만 도망가는 평수길의 혼백은 이여송과 합작하여 죽인다. 활동담에서 김덕령이 갖는 한계는 성장기의 조급성과 자만성으로 잠재적 금기를 파기하여 지혜를 습득하지 못하였기 때문에 생긴 것이다.

임경업은 성장기에 부당한 지배계층의 횡포에 저항함으로써 서민적 취향을 보여주는 동시에 탁월한 능력을 부각시킨다.[16] 그리고 임경업은 <처녀창귀 축출> 삽화에서 부족한 지혜를 보충해 줄 기회를 상실하고 만다. 그는 탁월한 무사적 능력에도 불구하고 부족한 지혜를 보충해 줄 처녀창귀의 요구를 거절하고 비극적으로 죽게 된다. 반면에 낙안군수 시절의 삽화에서 사건을 스스로의 지혜로 해결하기도 하지만, 부족한 지혜

---

15) 삽화중에 임경업이 탁월한 능력에도 불구하고 선생 독보의 꾀임에 빠져 중국에 갔다고 하는 점이나, 청의 황제를 능가하면서도 완전하게 제압하지 못하는 점은 한계라 하겠다.

16) 임경업은 <이웃양반 수탈 제거하기> 삽화와 <재상가 무덤 파내기> 삽화에 나타내고 있다. 임경업의 능력은 성장기에서부터 탁월한 능력을 보여주고 있으나, 그의 한계를 설정하지 않은 것이 특징이라 하겠다.

를 아내의 도움을 받아 보충한다. 그가 아내의 도움을 받음으로써 그는
이몽학·김덕령보다 더 탁월한 능력을 보이며, 성장기나 활동기에 한계
를 뚜렷하게 보여주지 않는다.

중국과의 관계는 의주부윤이 된 이후이지만, 김자점의 시기로 중국에
사신을 따라가서 탁월한 능력을 보여주어 삼국의 영웅이 되었다. 그리고
임경업은 의주부윤으로 있을 때 쳐들어온 청에 대해 우월성을 드러냄으
로써 민족적 영웅으로 승화되어 있다. 청이 조선을 침입할 때 임경업이
지키는 백마산성을 우회하였고, 청나라 병사들의 퇴로를 차단하고 담판
하였으며, 뒤에 청나라로 들어가서 왕자들과 백성들을 데려오고, 청 황제
를 꼼짝 못하게 만들거나, 만주땅을 할양받아 오며, 옥새를 찾아오기도
하였다. 이처럼 탁월한 능력을 발휘할 때에는 한계를 드러내지 않는다.

위에서 살펴본 것처럼 비극적 장수설화의 활동기 삽화는 인물의 특성
에 따라 각기 다른 삽화를 수용하고 있다. 이들 활동기 삽화는 대체로 주
인공의 역사적 사실에 입각하여 설화화하기 때문에 공통되는 삽화가 거
의 없다. 따라서 활동기 삽화는 그들의 신이한 능력과 민중의 기대를 충
족시켜 주기 위해 수용한 것이 아닌가 생각된다.

(4) 최후 : 죽음 부정하기 삽화

비극적 장수설화는 주인공이 비극적인 생애를 마친 이유를 합리적으로
결구하면서도 이를 부정하는 삽화로 연결시키고 있다. 최후담에서는 비
극적으로 생애를 마친 이유를 성장기 이후의 측면과 새로 제시한 금기의
파기로 설명하고 있다. 그리고 주인공의 죽음을 부정하려는 의도로 <죽
음 부정하기> 삽화를 최후담에 결구시키고 있다. 이처럼 비극적 장수설
화는 죽음과 그 죽음을 부정하는 삽화로 구성되어 있는데, 이런 비극적
장수설화의 최후 삽화를 구성하는 소재의 특성을 죽음 관련 금기제시와
죽음 부정하기로 나누어 살펴보자.

비극적 장수설화에는 최후담의 시작부분에 금기가 주어진다. 이때 주
어진 금기는 부정적인 것도 있지만 오래지 않아 실현될 수 있는 것들도

있다.

이몽학 설화에서 이몽학이 난을 일으키기 직전에 '거사를 하는 데 시의가 적절하지 못하니 좀 참고 기다리라'는 금기가 주어진다.[17] 그리고 김덕령은 어머니가 부친의 상중에 전쟁에 참여하지 말라는 것도 시기가 부적절하다는 의미의 금기로 보여진다.[18] 반면에 임경업에게는 이런 금기가 주어지지 않는다. 다만 <공주 청혼 거절하기> 삽화에서 임경업이 와석종신을 하지 못할 것임을 예언하고 있다. 이때 청나라 공주의 예언은 바로 이몽학이나 김덕령에게 주어진 금기와 같은 의미가 있다고 본다.

주체자는 이것을 지키지 못하고 파기하여 비극적인 최후를 맞이하게 된다. 주체자가 금기를 파기한 것은 지혜의 결핍에서 비롯된다. 이들은 성장기에서 비범한 능력을 보여 방관적 원조자인 선생에게 버림을 당한 후 지혜의 성장이 멈추고, 성장기 후반에서 활동기의 초반에 거쳐 초립동이, 누이, 용마, 처녀창귀로 상징되는 지혜적인 자질의 습득 기회도 상실하고 말았다. 그래서 주체자는 무사적 자질만 성장하는 불균형으로 최후에 이른다.

이몽학의 경우에 탄생 삽화에는 결핍요소를 보이지 않다가, 성장 삽화에서 선생에게 쫓겨나는 기아현상으로 결핍요소를 보인다. 이때 이몽학은 지혜적 측면의 결핍요소가 생긴다. 이몽학은 이를 극복하려는 조급성으로 오히려 도움을 줄 원조자을 잃게 되어 활동 삽화에서 지혜의 결핍을 드러낸다. 김덕령은 탄생 삽화의 결핍을 극복하려고 성장기에 조급성을 나타낸다. 성장기의 조급성은 선생으로부터 쫓겨나는 동시에 선생이 제시해 준 금기도 파기하고, 또한 용마와 누이도 잃고 말았다. 활동 삽화는 성장하지 못한 지혜적 측면의 부분적인 부정으로 한계가 드러나 비극적 종말을 맞이하였다. 그리고 임경업은 비극적으로 죽은 상황을 제대로

---

17) 이몽학의 최후담에 보면, 누이가 제시한 "삼년 있다 일어나거라", "구룡산의 누렁소가 일어나거든"과 같은 금기는 오래지 않아 이루어질 것들이다.

18) 김덕령은 성장기에 선생에게 추방 당하면서 선생이 제시한 '불덩어리로 변한 왜장을 죽이지 말라'는 금기를 어기고 왜장을 죽인 후, 집에 있다가 얼마 지나지 않아 임진왜란이 일어났다는 삽화에서도 금기적 요소를 지닌다.

설명할 수 없지만, 탄생 삽화에서의 결핍요소[19]와 성장 삽화에서 선생과의 이별로 인하여 지혜의 성장이 멈추고, 활동 삽화에서의 처녀창귀의 요구의 거절로 지혜의 습득이나 보충 가능성을 상실하여 비극적 상황에 이른다.

무사적 측면만의 성장은 주인공에게 마지막 기회에 해당하는 새로 제시된 금기를 파기하게 만들어 비극적 장수로 전락하게 한다. 주인공이 금기를 위반하고 만난 대결상대는 자신의 능력에 훨씬 못미치는 열등한 존재들이다. 주인공이 최후에 열등한 존재에게 패한 것은 그들의 성장기 이후에 나타난 지혜적 측면의 한계에 비롯된다.

이몽학은 선생에게 신이성을 발각된 직후나 누이와의 힘내기에서 이기자, 이내 반란을 일으키는 조급성을 보이고 있다. 그 조급성으로 인해 시의 적절하게 대응하지 못하고 패배하게 된다. 김덕령은 어머니의 말을 듣지 않고 전쟁에 참가하여 신이한 능력이 조정에 알려졌다. 만약 어머니의 말을 들었다면 조정에서 전쟁에 참여시키지도, 또 누명을 쓰고 비참한 최후를 맞지도 않았을 것이다. 그렇지만 김덕령은 어머니의 명을 따르지 않고 전쟁에 참가하여 신이성을 드러내고 말았다. 임경업은 중국의 대군을 혼자 물리치고 청 황제조차 굴복시키는 탁월한 능력을 보여 중국에서 많은 업적을 세우고 돌아오다가 비정직하고 간악한 김자점과 그 일당에게 대응하지 못하고 죽는다.

비극적 장수설화에 나타난 주인공의 지혜적 측면의 부정의 정도를 보면, 이몽학 설화에서는 지혜적 측면의 부정이, 김덕령 설화에서는 지혜적 측면의 부분적인 부정이, 그리고 임경업 설화에서는 부분적인 긍정과 부정이 결구되어 나타난다. 또한 지혜의 부정적 요소는 최후 삽화에 결정적인 영향을 미치도록 결구하여 비극적 장수설화 주인공들의 죽음을 합리적으로 설명하고 있다.

앞에서 살펴본 것처럼 비극적 장수설화의 마지막에 제시된 금기는 파기되고 만다. 민중들은 주인공이 금기를 철저하게 지켰다면, 절대적인 개

---

19) 민중들은 임경업의 몰락이 능력이 못자라기 보다는 탄생한 시각이 잘못되었기 때문이라 말한다.

혁을 원하는 자신들을 구원할 것이라며 그렇지 못한 상황을 아쉬워하고 있다. 이처럼 최후에 금기삽화의 소재를 수용한 것은 주체자가 비극적인 죽음으로 끝난 현실을 합리적으로 설명하고자 한 것이다. 민중들은 구원 자로 여겼던 주인공이 실패한 원인을 영웅적 면모의 결함이 아닌 금기의 파기에서 원인을 찾으려 하였다.

민중들은 이들의 죽음을 그대로 받아들이지 않고, 오히려 죽음을 부정 하고 부활할 가능성을 제시하고 있다. 이몽학은 <파구터> 삽화로, 김덕 령은 <만고충신 김덕령> 현판 삽화로, 그리고 임경업은 <연평도 당신 유래> 삽화를 통해서 보여주고 있다.

이몽학 난의 사후처리인 <파구터> 전설은 그의 홍산 가옥을 파가저 택하여 반란을 일으킨 역적에 대하여 가혹하게 징계하는 모습을 보여준 다. 이를 통해 영웅으로 부각된 이몽학의 죽음을 안쓰러워하며 잔혹하게 처벌하는 위정자들을 간접적으로 비난하고 있다. 지배층은 명당의 묘자 리를 완전하게 파괴하여 반란을 다시 일으킬 수 없다고 여기지만, 민중들 은 남아있는 묘자리에서 이몽학과 같은 새로운 영웅이 탄생(재생)하여 현 실적인 억압과 질곡에서 벗어나게 해 줄 것을 기대한다.[20]

김덕령의 최후 삽화에서도 <만고충신 김덕령> 현판 삽화가 도입되어 새로운 영웅출현의 기대로 이어진다. 이때 '만고충신 김덕령'이란 현판의 의미는 민중들의 삶에서 끈질기게 요구되는 저항정신을 나타낸다.[21] 민

---

20) 파구터의 장소로 묘자리가 단연코 많이 나타난 것은 역적이 날 수 있는 원천적 으로 봉쇄하려는 것이다(자료 17). 이몽학은 조상의 묘자리를 불로 지지거나 화 약 염초 등으로 파괴하고, 다시 물로 수장하였다고 한다. 그러나 민중들은 묘자 리 하나가 남아 있다(자료 19, 34)고 하여 끈질긴 저항성을 보여준다. 억압당하는 민중들은 언젠가 남아 있는 묘자리에서 새로운 영웅이 탄생하여 미래에 영광을 가져다 줄 것으로 기대와 은근한 저항성을 뜻하고 있다.

21) 일부 위정자는 김덕령을 무능하고 광폭하며 별능력이 없는 인물로 인식시킬 필 요가 있었다. 이런 위정자는 김덕령에 대한 평가절하 하려는 행위가 '만고충신 김덕령'이란 현판을 깎거나, 지우기, 비각 부수기 등으로 상징화되어 나타나 있 다.
민중은 김덕령을 죽인 뒤 평가절하시키려는 위정자들의 위선을 폭로하는 동시에, 김덕령의 죽음을 부정하여 '김덕령이 살아왔다고 하거나, 현판이 깎이지도, 지워지 지도, 태워지지도 않고 오히려 뚜렷하게 부각되었다'고 한다.

중들은 한계성을 극복하지 못한 김덕령을 죽이고 이를 합리화하려는 위정자에게 '만고충신 김덕령'이란 현판을 요구한다. 여기에서 위정자들의 무모성과 모순성을 보여주고, 위계와 술책을 드러낸다. 그리고 민중들은 민중적 영웅 김덕령을 평가절하하는 위정자들이 현판을 없애려할 때마다 김덕령이 살아온다고 하였다.[22] 이때 김덕령의 환생에 대한 기대는 새로운 영웅출현의 기대이고, 민중들의 삶에 새로운 지표를 제공받으려는 희망의 표현이다.

임경업은 김덕령이나 이몽학처럼 다시 살아날 수 있는 강인한 생명력을 발휘하지 못한다. 그는 완전하게 죽어 다시 살아날 기회를 갖지 못한다.[23] 그래서 그는 현재의 사람들과 같이 호흡하고 살아가는 신의 존재로 탈바꿈되어 나타난다.[24] 그리하여 임경업이 중국에 가는 도중 조기와 물을 발견하였다는 연평도와 서해 도서에서 현재까지 어업신, 풍어신 등의 당신으로 모셔지고 있다.[25]

이상에서 비극적 장수설화의 최후담에 수용된 죽음 부정하기 삽화는 민중들이 주인공의 삶을 자신들의 삶과 일치시키려는 의식을 투사한 것으로 보인다. 주인공들이 보여주는 비극은 민중들이 항상 겪어오는 삶의 비극이다. 따라서 민중이 비극적 장수설화 주인공들의 죽음을 부정한 것

---

22) 대계 6-2, p.103, 1-4, p.897 참조. 김덕령 전승의 최후담에 보면 위정자들은 '만고충신 김덕령'의 현판을 지우려고 하지만 지울 수 없음을 나타낸다.

23) 임경업 최후의 죽음은 그가 고급 지배층이기에 문헌 기록이 명확하고 수량이 많기 때문에 명징성을 가진다

24) 임경업은 연평도와 서해 도서에서 이곳 사람들의 삶의 자체인 조기라는 수산자원을 관리하는 신이기 때문에 섬기지 않을 수 없다. 서해 도서민들은 그들의 삶의 현장에 희망과 풍어를 약속해 줄 임경업으로 상징되는 풍어신이 항상 곁에 있기를 희구한다. 그래서 이곳의 사람들은 출어나 입항할 때는 반드시 생산현장을 지켜주고 평안과 행복을 주는 堂神으로 모셔진 임경업신에게 알리고 있다.

25) 비극적으로 죽은 임경업 등 신이 된 인물들의 특징은 다음과 같다. 한국민속학(새문사, 1986)에 보면, 첫째, 살았을 때 대체로 높은 지위에 있었고, 둘째, 이들의 죽음이 확실하며, 셋째, 큰 일을 하다가 억울하게 죽어 원한이 사무쳐 있다. 이처럼 탁월한 능력을 가진 큰 인물이거나 큰 일을 하다가 죽은 사람은 신이한 통찰력을 가졌기 때문에 신적인 존재로의 이동이 용이하다. 그리하여 이들은 무당의 몸주가 되어 다하지 못한 능력을 발휘하여 영적인 활동을 전개하고 있다.

은 자신들의 삶을 부정하려는 자세임을 의미한다. 이런 방법은 이몽학 설화에서 풍수지리설에 입각한 <파구터> 삽화를 차용하였고, 김덕령 설화에서 정당성을 공지할 수 있는 <만고충신 김덕령> 현판 삽화로, 그리고 임경업 설화에서 서해안 도서의 당신 또는 어업신의 내력담으로 제시하되 있다. 민중들은 주인공들을 통해 자신들의 삶을 부활로 환치시키려는 저항을 보여준다고 하겠다.

2. 인물의 유형과 기능

문학은 인간과 세계에 대한 탐구로서 인물들 사이에서 벌어지는 사건을 통해 자아의 모습을 보여준다. 그렇기 때문에 서사문학 연구에서는 중요한 구조의 틀의 하나로 인물에 관한 탐색이 중심이 되기도 한다.

이런 인물의 기능을 연구한 프로프는 『민담형태론』에서 러시아의 수많은 민담을 분석한 후에 작중인물이 수행하는 행동영역을 31개로 분류하였다. 그는 이 작중인물에 대해 지위, 관심, 생활 환경에 관심을 두지 않고 이야기 속에서 수행하는 역할만을 중요하게 여겼다.[26] 여기에서 상이한 인물의 유사한 행동을 묘사할 수 있다는 결론에서 동일한 불변함수의 역할을 하는 유사한 행동들이 공유하는 화소를 '실제 등장인물의 기능'이라고 한다.[27] 이때 나타난 민담의 인물의 기능을 '악행자, 증여자, 조력자, 왕녀와 그 아버지, 파견자, 주인공, 가짜 주인공' 등 7개의 행동영역으로 구분하였다.[28] 이를 그레마스는 다시 정리하여 '주체, 객체, 송신자, 수신자, 조력자, 적대자'로 분류하고 이항대립의 상관관계에 따라 도식화하였다.[29]

---

26) 황인덕 역, 블라디미르 프롭 저, 『민담형태론』(대방출판사, 1987), pp.63-109.
27) 윤지관 역, 포케마 얼르드 쿤데입쉬 저, 『현대문학이론의 조류』(학민사, 1983), p.45.
28) 최애리 역, V,Y 프로프 저, 『민담의 역사적 기원』(문학과지성사, 1990), pp.36-59.

이런 인물의 기능은 주체가 대상을 실현하기 위한 과정에서 이들 인물에 대한 행위로 축소화시킬 수 있다. 예컨대 조력자와 송신자의 역할은 뚜렷하게 구분되지 않는 경우가 있어 이들을 합하여 원조자로 묶을 수 있다. 그리고 수신자는 주체가 대상을 실현함으로써 혜택을 받는 자를 뜻한다. 따라서 수신자는 주체가 되기도 하고, 주체 행위로 민중들이 수신자 역할을 하는 경우도 있다. 이런 점에서 본 절에서는 인물의 기능을 주체자, 적대자, 원조자로 나누어 검토하고자 한다. 이때 적대자는 주체의 능력을 과시하게 하는 패배한 적대자와 주체를 파괴하는 승리한 적대자로 나누어진다. 그리고 원조자는 주체의 결핍요소를 보충하지 못하는 실패한 원조자와 주체의 능력을 향상시킨 성공한 원조자, 그리고 주체의 성장에 방관하는 방관적 원조자로 나누어진다.

민란의 장수설화 계열 인물들을 보면, 인물간의 철저한 대립을 통한 갈등양상을 보여주지 못하고 단편적인 삽화에서 대립현상을 보여주고 있다. 이몽학의 경우에는 성장기에 대립을 하는 스승이 나타나고, 활동기에는 가정내의 대립으로 누이와 어머니, 외부적으로 초립동이, 용마 등이 등장한다. 그리고 최후담에서는 내부적으로 심복부하, 외부적으로는 청의 노졸과 홍가신, 그리고 역적 처리에 관한 정부의 후속 조치에 해당하는 불특정의 위정자들로 나타난다. 성장기나 활동기의 인물은 이몽학과 대립 갈등을 조장하기보다 돕기 위한 수단과 조치이거나 대립을 회피하기 위해 나타난다. 그리고 최후에 나타나는 인물들은 이몽학을 파국으로 몰아넣는데, 대립양상이 뚜렷하게 부각되지 못한다.

의병의 장수설화에 등장하는 인물은 이몽학의 설화보다 양적인 증가는 물론이고, 그들의 활동공간도 확대되어 나타난다. 이는 김덕령이 역적으로 몰려서 죽었다가 뒤에 신원되었기 때문에 그가 활동할 가능성이 있는 영역에서 사건들이 설화화되었던 데 원인이 있다. 즉 김덕령의 활동 영역 확대는 그에 비례하여 그에게 대립하거나 동조하는 인물들과의 교류에 관한 설화가 확대될 수 있는 가능성을 부여한다.[30] 김덕령의 설화에 등

---

29) 오원교 역, 테렌스 혹스 저, 『구조주의 기호학』(신아사, 1988), pp.126-131.
30) 김덕령 전승은 임진록으로 등장하는 인물과 공간이 확대되었다고 한다. 즉 현지

장하는 인물들로는 탄생담에 부친과 중국명사(지관)가, 성장담에는 김덕령의 도움에 협조할 수 있는 선생과 누나 등이 있다. 그리고 활동기에 등장하는 인물들은 이여송, 왜장 조섭, 평수길, 청정, 다수의 왜군들과 같은 장수들로 김덕령의 신이하고 탁월한 능력을 드러내기 위해 등장하고, 그의 한계를 보여주는 황월, 황월모 같은 인물이 나타난다. 최후담에 등장하는 인물로는 유성룡과 불특정 다수의 위정자들이 있다.

관군의 장수설화에 등장인물은 김덕령 설화보다도 더 수적으로 확대되는데, 이것은 임경업의 활동 영역이 확대되었기 때문이다. 임경업은 역적의 누명을 쓰고 죽었지만 그 기간이 짧았으며 당시에 친명파와 친청파의 대립에서 친명파의 득세로 인해 상층과 하층에서 활동 영역이 확대된 그를 영웅화하는 과정에서 등장하는 인물도 확대되는 계기를 마련한다. 임경업 설화에 등장하는 인물을 보면 다양하며 서사적 대립양상을 띠는 경우도 있다. 탄생담에는 아버지와 중, 도적, 지관 등이 등장한다. 그리고 김자점의 경우는 임경업의 탄생담에서 최후담에까지 대립적인 인물로 등장하기도 한다. 활동기에 해당하는 대표적인 인물군은 적대세력으로 가달왕, 호왕, 명황제, 중국신하 등과 청에 관련된 청황제, 마골대와 용골대, 청의 공주 등이 주류를 이룬다. 성장기에 등장하는 인물로는 선생과 무술을 가르쳐준 독보, 도움을 줄 수 있는 처녀창귀, 대립과 투쟁의 대상인 이웃양반과 서울 재상가 양반이다.

1) 주체자

주체자는 서사의 중심인물이다. 그런데 설화속의 주체자는 단편적인 삽화로 구성되어 있기 때문에 다양성을 띠게 된다. 그런데 수집된 설화의 전편에는 주체자의 일관된 특성을 보여주고 있다. 특히 비극적 장수설화에서 주체자는 탄생담과 성장기에 신이성을 지니고 있으면서 비극적 요

에서 채록되는 자료에도 임진록의 영향으로 김덕령의 고향이 경상도 고령이나 다른 지역으로 변한 것도 있다(임철호, 『임진록 연구』, 정음사, 1986).

소가 잠재되어 있는 것으로 나타난다.

이런 주체자에 대해 가문 출신 내력과 탄생 과정, 그의 능력과 노력의 과정, 방관적 원조자와 실패한 원조자와의 갈등, 활동기의 무예적 특성과 지혜적 특성, 주체자의 한계, 주체자에 대한 민중의 평가 등으로 나누어 살펴보기로 하겠다.

주체자의 출신 가문과 탄생 과정을 보면, 대체로 한미한 가문의 출신에다 잠재적인 신이한 탄생이다. 이몽학은 부여 홍산의 비홍산이나 기러기라는 상징물과 관련된 탄생담이 보이고, 김덕령이나 임경업은 명당의 풍수설과 관련된 탄생담이 보인다. 전자는 내용의 상징성으로 신이성이 잠재적이고, 후자는 빼어난 명당의 지기를 받을 가능성을 금기의 파기나 아버지의 실수로 잃어 신이성이 감소한다. 그리하여 이몽학은 그의 신이성이 탄생시기에 드러나지 않고, 김덕령과 임경업은 능력의 한계가 암시되고 있다.

주체자의 능력과 노력하는 과정을 살펴보자.

주체자의 능력은 탄생과정에서 가족내에 누이보다 생래적으로 능력이 부족한 인물로 나타난다. 이몽학은 태몽에서, 김덕령은 천하명당의 지기의 영향에서 누이보다 능력이 부족한 인물로 나타난다. 임경업은 누이가 등장하지 않고, 성장기나 활동기에 결핍 양상을 드러내지도 않고 있다.

주체적 인물들은 부족한 측면도 있지만 탁월한 능력을 천부적으로 부여받고 태어났다. 이몽학은 홍수난 물을 건너가고, 김덕령은 선생의 축지법을 능가하며, 임경업은 13세까지 일어서지도 글을 읽지도 못하였지만,[31] 강을 뛰어 건너가거나 바위를 가르는 천부적인 능력을 발휘하고 있다. 이런 주체적 인물들은 자신의 능력이 최고이기를 바랐다. 따라서 자신의 능력이 최고이기를 자처하기 위하여 자기보다 우월한 대상인물과의 대립갈등에서 우위를 점하려고 성실하게 노력하였다.

주체자가 노력하는 과정을 보면, 탁월한 장수가 되기 위하여 <홍수 물건너기>라는 신이한 능력을 지녔으면서도 선생에게 배우려고 하고,

---

31) 대계 7-9, p.411.

<모종터> 삽화에서 훈련하였던 장소가 400년이 지난 지금에도 남아 있다고 한다. 이는 흉악하고 교활하다는 문헌설화와 달리 성실하게 끊임없이 노력하는 모습이다. 그리고 김덕령은 <무등산 돌기> 삽화 등에서 선천적으로 부족한 능력을 보충하기 위하여 성실성과 근면한 노력으로 이를 극복하려 하였다. 그의 능력인 빠름(신속성)은 선천적인 능력으로 보이지만, 효성과 우정을 강조하기 위한 근거의 바탕을 이룬다. 또한 임경업도 천부적인 능력이 월등하게 많지만, 훌륭한 인물이 되기 위하여 선생을 모시고 열심히 공부를 하거나 노력하였다.

주체자가 방관적 원조자와 실패한 원조와의 관계를 형성하게 된 이유를 살펴보자.

방관적 원조자와의 관계에서 주체적 인물은 잠재적 금기를 파괴하고 자신의 능력을 드러냄으로써 도움을 받지 못하게 된다. 이몽학은 <홍수 물건너기> 삽화에서 어려운 난관에도 불구하고 배우기 위하여 성실성을 보여주지만, 타인에게 보여서는 안될 홍수물을 건너가는 신이성을 드러낸다. 김덕령도 성실하게 노력하여 선생이 생각하였던 시기를 앞당겨 탁월한 능력을 갖게 되었지만 축지법을 사용하여 선생을 미행하여 그가 마시는 장군수를 훔쳐먹는 능력을 드러내게 된다. 그런데 임경업은 탁월한 능력을 드러내지만, 이 능력의 과시로 인한 금기의 파기나 기아현상이 뚜렷하게 드러나지 않는다.

주체자들은 타인인 선생에게 신이한 능력을 보임으로써 기아현상을 당하게 된다. 주체자들은 미숙하고 미완의 존재이기 때문에 좀더 성숙될 때까지 선생에게 배워야 하지만 선생은 신이하고 비범한 주체자의 능력이 드러나자 주체자를 버리게 된다. 이몽학 설화에서는 뒤에 해가 미칠 것으로 여겨서 버리고, 김덕령 설화에서는 자신이 목표한 장군수를 마셨기 때문에 버렸으며, 임경업 설화에서는 임경업의 사정 때문에 어찌하지 못하고 떠나보낸다.

그 결과 주체자들은 훌륭한 선생의 지도를 받지 못하여 결핍요소를 지니게 된다. 특히 주체자들은 선생에게 버림을 당하고 나서는 천부적으로 타고난 무인적 능력은 더욱 노력하여 정진시키는 데에 비하여, 선생에게 배워야 할 지혜적 측면은 정지하게 된다.

다음으로 실패한 원조자와의 관계를 보면, 주체자는 자기 능력이 최고
이기를 자부하고 자기보다 우월한 존재를 인정하지 않았다. 그렇지만 이
들은 성장기에 선생에게 쫓겨나서 결핍된 지혜적 측면을 보충해 줄 원조
자들이 필요하였다. 주체자들에게 필요한 원조자로 이몽학에게는 누이ㆍ
초립동이ㆍ용마 등이고, 김덕령은 누이ㆍ용마, 임경업은 처녀창귀 등이
다. 그런데 주체자는 이들을 자신의 부족한 지혜를 보충해줄 존재로 인식
하지 못하고 이들과 갈등을 빚게 된다.

주체자는 우위를 확보하기 위하여 이들과의 갈등을 화합의 차원으로
승화시키지 못하면서 타협과 협조의 기회를 상실하게 된다. 이는 그 자신
의 지혜의 결핍에서 비롯되는데, 이들 원조자과의 갈등에서 오만함, 비굴
함, 열등감, 실수 등으로 이들을 제거하여 일시적인 우위는 확보하게 된
다. 그런데 이들과의 화합과 협조할 기회의 상실은 지혜적 측면의 부족을
보충하지 못하게 하여 탁월한 무업적 측면과 간극이 더 생기게 된다.

주체자의 활동기에 무업적 특성과 지혜적 특성을 살펴보자. 주체자들
은 지혜를 보충해줄 사람을 제거하면서 탁월한 능력을 드러내어 힘이 세
고 날렵한 장사가 된다. 그들의 무업적 활동은 이후에 더욱 비범성을 보
여주게 된다.

이몽학은 용기와 노력에 의해서 신이한 능력을 부각시킨다. 그리하여
이몽학은 보통 사람이 들 수도 없는 바위를 오리나 십리 밖으로 던지거
나, 명주 한 필이나 새끼 30발을 가지고 달리면 명주나 새끼가 땅에 닿지
않을 정도였다. 그리고 반란을 일으켜 3-4개 군현을 순식간에 점령하는
능력을 발휘한다.

김덕령은 처가를 괴롭힌 이웃사람 징치하기나 파계승 징치하기 등에서
탁월한 능력을 보여주고 있다. 뿐만 아니라 침입한 왜적을 징치하는 장면
에서는 신이한 능력을 보여주고 있다. 김덕령은 <장군수 훔쳐먹기>에서
도 선생이 제시한 금기를 파기하고 왜장 셋을 쳐죽일 정도로 능력을 보
였으며, 임진왜란 때 조선의 윤리 규범을 거역하고 왜적을 쳐부수는 모
습을 <왜군 물리치기>, <왜장 조섭(소서) 죽이기>, <왜장 퇴치하기>

에서도 보여준다.

임경업은 탁월한 능력을 성장기에서부터 나타내고 있다. 임경업은 재상댁의 무덤을 파헤쳐 시신을 감추고 나타나거나, 다리에서 번개불과 같은 광채가 비치고, 초석자리 밑의 구들을 구멍내고, 눈으로 기둥을 흘켜 번개처럼 태워버리는 등의 능력을 보여 양반세력들을 꼼짝 못하게 하였다. 이런 능력은 활동담에도 계속된다. 임경업은 중국 명나라에 갔다가 호나라를 침입한 변방의 침략세력(가달)을 무찔러 삼국대장이 되었고, 의주부윤으로 쳐들어온 청나라 대군의 퇴로를 차단하여 꼼짝 못하게 하였으며, 중국으로 건너갔다가 포로가 되어 청황제와 대립하여 우위를 지켜 세자와 대군과 백성을 구출해 오고, 중국공주의 청혼을 기지로 거절하며, 또 만주땅을 할양받아 왔다.

주체자들은 이처럼 무업적 측면에서 탁월한 능력을 지닌 반면에 지혜적 측면에서는 한계를 보여주고 있다. 이몽학은 지혜적 측면에서 원조자에 의한 협조의 기회를 상실하여 욕심이 많고, 조급하게 서두르며, 질투심이 많은 인물로 나타난다. 김덕령은 상중이라 정상적인 출전을 할 수 없고 싸울 수도 없었다. 그리고 김덕령은 왜적을 물리칠 때 기생 황월, 이여송 능의 절대석인 도움을 받는다. 그러나 임경업은 중국의 장수나 황제를 능가할 정도로 탁월한 능력을 발휘하여 그 한계가 분명하게 드러나지 않고 있다.

주체자의 최후에 보이는 한계를 살펴보자. 일반적으로 주체자는 탁월한 능력을 보여주지만, 하찮은 인물들에 의해 죽게 된다. 이몽학은 민중적 영웅으로, 김덕령과 임경업은 민족적 영웅으로 부각되어 민중의식이나 외세에 대한 민족적 자존심을 세운다. 그렇지만 주체자는 자신보다 월등하게 능력이 모자란 자들에게 죽는 한계를 가지고 있다.

이몽학은 탁월한 능력을 드러내며 홍산에서 반란을 일으켜 인근의 군현의 관군을 크게 무찌르며 홍주성까지 쳐들어가게 된다. 그런데 홍주성을 공격하기 위하여 군사를 쉬게 하였다가 관군의 행위에 겁이 난 자기의 부하나 하졸에게 잡혀죽게 된다. 김덕령은 신이한 능력으로 왜구들을 물리치자 자신들의 위치가 위태로워질까 두려워하는 유성룡을 대표로 하는 관리들에게 죽음을 당하게 된다. 이 관리들은 천하의 명장에 해당하는 왜장 조섭, 청정, 평수길을 죽인 김덕령에 비하면 능력이 하찮은 자들이다. 김덕령은 이들 위정자들에게 공을 세우지 못하게 방해를 받고, 모략으로 소환 당하여 죽게 된다. 임경업은 중국의 황제나 명장들을 상대로 하여 탁월한 능력을 보여 민족적 영웅으로 활약하다가 국내에 들어와 국난에 아무런 역할도 못한 김자점과 그 일당에게 대결도 해보지 못하고 죽는다.

주체자에 대한 민중들의 평가를 살펴보자. 민중들은 주체자의 억울한 죽음을 부정하거나 변모시켜 나타낸다. 이몽학은 부하한테 죽었는 데도 죽지 않고 도망하게 만들거나, 죽음을 인정하면서도 <파구터> 삽화를 도입하여 부활의 가능성을 보여주고 있다. 김덕령은 죽이려는 온갖 수단을 물리치고 죽지 않는 신이성을 발휘한다. 한계를 인식한 김덕령은 '만고충신 김덕령'을 요구하여 자신이 죽어야할 이유와 위정자들의 모순을 폭로하고 있다. 뿐만 아니라 이 현판은 김덕령이 아직도 죽지 않고 살아 있다는 의식을 나타내고 있다. 임경업은 개인적 욕망을 가진 김자점에게 죽었다는 명확한 기록 때문에 이몽학이나 김덕령처럼 살아나왔다고 하거나 죽지 않고 견디었다고 할 수가 없게 된다. 그래서 민중들은 임경업을 부활의 의미를 지닌 존재로 신격화하였다.[32] 임경업은 연평도와 서해 도서에서 현재도 어민들과 함께 살아 숨쉬는 어업신 또는 당신이 되어 풍요와 평안을 가져다 주고, 백성들에게 일본에 대한 적대감과 우월의식을 갖도록 만들고 있다.

2) 적대자

적대자는 주체자의 행위에 적대의식을 가지고 대립하는 존재이다. 이

---

32) 임경업의 죽음은 문헌기록에 완벽하고 확연하기 때문에 이의를 제기할 수 없다. 탁월한 능력을 지닌 그를 죽였다고 하기에는 너무도 안타깝지만, 죽은 사람을 살아있다고 거짓되게 꾸밀 수도 없다. 그래서 생각해 낸 것이 살아있는 사람과 같은 역할을 하는 신으로 만드는 것이다.

적대자는 크게 주체자의 능력을 드러내는 패배한 적대자와 주체자를 파
멸시킨 승리한 적대자로 나누어진다.

(1) 승리한 적대자 : 주인공을 좌절시킴

승리한 적대자는 서사의 막바지 부분에만 등장하는 인물이다. 이 적대
자는 주체자가 능력을 발휘하도록 도와주어야 할 위치에 있는데, 자신의
영달이나 지위 확보를 위하여 주체자를 파멸시키려고 하였다. 이런 적대
자에 대해 등장 인물의 성격, 생긴 배경, 대결 양상, 민중의 시각 등을 살
펴보고자 한다.

승리한 적대자로 등장하는 인물은 이몽학 설화에서 김경창과 임득이,
김덕령 설화에서 유성룡과 위정자들, 그리고 임경업 설화에서 김자점으
로 나타난다. 주체자를 파멸시키는 이 적대자들은 주체자가 비극적인 주
인공이 될 수밖에 없는 인물임을 드러내기 위하여 한정되어 등장한다.

승리한 적대자가 생겨난 배경을 보면, 탁월한 능력으로 등장한 주체자
가 그들의 지위나 안위를 위태롭게 만들 것으로 여겨, 이를 시기하고 질
투하는 데에서 비롯된다.

이몽학 설화에서 승리한 적대자는 이몽학의 의지에 동조하여 반란을
일으켰던 부하로, 일시적으로 패배한 적대자들에 의해 민란세력의 분열
을 책동하는 계략에 의해서 생겨난 인물이다. 이들은 같은 뜻을 가지고
반란을 일으킨 상관 이몽학을 시세가 불리해지자 배반하게 된다. 김덕령
설화에서는 임진란이라는 외세의 침략에는 어떠한 능력도 발휘하지 못하
고 속수무책이었던 위정자들이 적대자로 등장하는데, 이들은 주체자가
탁월한 능력을 지니고 중앙정계에 등장하자 이를 시기하고 질투한다. 이
들은 김덕령이 중앙정계에 등장함에 따라 자신들의 위치가 불안해지는
것을 막기 위해 국난 중임에도 제거하려고 하였다. 그리고 임경업 설화에
서 승리한 적대자 김자점은 병자호란이라는 외침에 속수무책이었으며,
세자와 왕자를 구출하는 일이나 납치해 간 백성을 구출하는 일에는 아무
런 계책도 마련하지 못한 인물이다. 오히려 자신들의 개인적 성취를 위하

여 임경업을 해외로 추방시키려고 하였다.

승리한 적대자가 주체자에게 대결하는 양상을 보면, 승리한 적대자는 주체자의 능력에 비하여 미약한 존재이다. 때문에 이들은 주체자를 제거하는 데 정당한 방법이 아닌 비열한 방법을 사용하고 있다.

이몽학 설화에서 승리한 적대자인 김경창과 임득이는 심복부하인데 인물의 구체적인 성격이 나타나지 않는다. 이는 승리한 적대자가 반란군에 가담하였던 역적이라는 점과 배반한 그들의 행동이 화중들에게 호감을 얻지 못하였기 때문이다. 그리고 김경창과 임득이도 그들의 탄생지와 가까운 정산이나 홍성지역의 자료에만 나타난다.[33]

임득이와 김경창은 이몽학과 함께 자란 인물로 반란에 동조하거나[34] 이몽학 반란의 선봉장으로서 뛰어난 장사였다. 이들은 이몽학과 함께 지배층의 억압과 수탈에 시달리는 민중들을 구원하려고 반란을 일으켰다. 그런데 정부군의 세력이 강성해지자 이몽학의 세력은 자중지란이 일어나게 된다. 이 자중지란은 <자료 1>에서 보면, 이몽학이 홍주성을 공격하지 않고 군사들을 쉬게 하였을 때, 관군은 훈련된 병사로 하여금 홍주성으로 관군이 이동해 오는 것처럼 꾸몄다. 이에 이몽학은 조금도 동요하지 않고 피곤한 군사들을 쉬게 하였는데, 그의 부하장수들은 군사들을 생각하지도 않고 자신들의 안위만을 생각하여 홍주성을 점령하고 잠자기를 청하였다. 이몽학이 이를 거절하자, 임득이와 김경창은 자신들만 살고자 하여 잠자고 있던 이몽학의 목을 베어다가 홍주 목사 홍가신에게 받치게 되었다.

김덕령 설화에서 승리한 적대자는 김덕령에게 정식으로 전쟁에 참가하라고 하는 자와 김덕령의 능력을 시기하고 질투하여 제거하려는 자로 나타난다. 전자의 경우는 상중이란 특수한 사정으로 전쟁에 비공식으로 참

---

33) 이는 부하에게 목잘려 죽은 것이 확실한데도, 이장곤 도피설화와 같이 이몽학이 도망하여 살았다는 점에서 암시받을 수 있다(뒤 자료 15).
34) 부록 자료 <이몽학편> 자료 45번 참조. 임득이에 관한 것은 홍성 지역의 말무덤 전설에 관련하여 전승된다. 이 자료는 명확하지는 않지만 관군이었던 임득이를 이몽학의 편에 직접 가담하였다가 뒤에 빠져나온 것으로 말하고 있다.

여하여 이름을 날리자, 공식적으로 참여할 수 없는 김덕령에게 참가하라
고 강요한다. 그런데 대부분 김덕령의 적대자는 후자의 경우이다. 이때
승리한 적대자는 김덕령의 상황이 어떠하던, 그의 능력을 과시할 기회를
봉쇄한다. 이들은 김덕령이 탁월한 능력을 과시하여 왜적을 물리치자, 의
병을 모집하는 데도 반대하였으며, 의병을 일으킨 사실이나 정식으로 보
고하지 않은 사실을 트집 잡고 모략하여 김덕령을 소환한다. 김덕령이 왜
군을 물리치고, 왜장 조섭·청정·평수길을 죽이는 탁월한 능력을 발휘
한 민중적 영웅이 된 반면에, 이들은 자신들의 안위만을 지탱하여온 미력
한 존재들이다. 그렇기 때문에 이들은 자신들의 지위를 유지하기 위하여
술책을 써서 제거하려고 하였다.

승리한 적대자들은 김덕령의 행위의 정당성을 따지기 전에 그를 죽이
려고 혈안이 되어 총·칼·매·활·능지처참과 화형 등 온갖 수단과 방
법을 동원하였지만, 도저히 김덕령을 죽일 수가 없었다. 이들은 김덕령을
죽일 수가 없자, 김덕령이 요구한 '만고충신 김덕령'이라는 현판을 써 줄
것을 약속한다. 만고충신이라면 조정에서 대대로 칭송해야 할 인물인데,
현판을 써주고 죽인다는 것은 이율배반적인 행위이다. 그런데도 승리한
위정자들은 자신의 목표를 완성하기 위하여 현판(비), 심지어 남대문이나
궁궐의 현판에 이를 써주는 파렴치한 행위도 행하는 인물들이다.

임경업 설화에서 승리한 적대자 김자점의 등장은 탄생담에서부터 비롯
된다. 김자점이 임경업의 어려운 일을 도와주었다는 역사적 사실과는 달
리 탄생 이전의 가문간의 대결에서부터 비롯된다. 승리한 적대자인 김자
점은 풍수 탄생삽화나 그가 탄생하게 된 배경에서 적대의식을 보여주고
있다. 이런 적대의식은 병자호란 이후에 급격하게 강화된다.

김자점이 국내에서 일당을 조직하여 집권욕을 강화시키고 있을 때, 임
경업은 청의 황제를 무력화시켜 세자와 왕자 및 백성을 구출하고, 중국공
주의 청혼을 거절하며, 만주땅을 하사받아 오고, 옥새 찾아오기 등의 공
을 세우고 돌아왔다. 김자점은 임경업의 혁혁한 공을 시기하고, 또한 자
신의 개인적 욕망을 채우기 위한 계책에 방해가 될 것을 두려워했다. 그
래서 중국의 장수나 황제를 능가하는 민족적 영웅이 된 강직한 임경업이

있으면 자신의 위치가 위협받을 것 같아서, 뚜렷한 이유도 없이 국내에 들어서자마자 역적으로 몰아 죽이려고 하였다.[35] 그런데 김자점은 임경업의 능력에 비하여 미약하기 때문에 함정을 파고 수백 명 동원하였으며, 어명을 사칭하는 비열하고 잔인한 방법을 동원한다.

승리한 적대자에 대해 민중은 매우 비판적이다. 왜냐하면 이들은 개인적인 안위와 이기심만을 목적으로 집단적인 권익을 버렸기 때문이다.

이몽학의 설화에서 승리한 적대자들은 자신들의 세력이 불리하다고 생각하고 잠든 상관의 목을 벤 비굴하고 몰염치하며 자신들의 안위만 염려하는 인물로 나타난다. 그러면서 반란이라는 특성 때문에 이들의 행위에 대한 의식은 두 가지 양상으로 나타난다. 이몽학의 난에 동조하였던 지역으로 추정되는 곳인 정산지방에서는 김경창이 이몽학을 죽인 것을 정당한 것으로 이야기하다가도 이내 부정직하고 비열한 것으로 보거나[36] 아예 처음부터 비열한 짓으로 보았다.[37] 반면에 홍성지방에서는 이몽학의 행위가 의적이 아닌 역적이기 때문에 임득이가 자기 상관의 목을 벤 것이 정당하다고 보고 있다.

김덕령의 설화에서 승리한 적대자들은 지위를 유지하기 위하여 '만고충신 김덕령'이라는 현판을 써주고 국난이 치열한 시기에 죽인다. 민중들은 이런 승리한 적대자들에 대해 김덕령의 소원과 죽이기 사이의 논리적 모순을 드러내어 비판하고 있다. 즉, 대대로 칭송해야 할 인물을 중용하지 않고 죽이는 모습으로 제시하고 있다. 유성룡을 대표로 하는 이들 승리한 적대자들의 행위를 '10년 독상을 유지하기 위하여 김덕령을 죽인 것'이라며, 그들의 지위 지키기와 집권욕에 급급함, 위선과 독선을 비판하고 있다.

임경업의 설화에서 승리한 적대자인 김자점도 자신과 그 일당의 집권욕 때문에 집단적 국가적 이익을 소홀히 하였다. 국난에 처하여 단신으로

---

35) 김자점이 임경업을 신기원의 역모사건에 연루시켜 죽였다는 기록은 李選이 <傳>을 지어 유포시킨 것으로, 역사적 사실처럼 전해지고 있다.
36) 이몽학 자료 부록편 <자료 40>.
37) 이몽학 자료 부록편 <자료 42>.

청에 들어가 탁월한 능력을 발휘한 임경업에게 포상을 하지 못할망정, 국
경을 넘자마자 거짓 왕명으로 죽이거나 옥에 가두고 있다. 이는 임경업이
세운 공에 대한 김자점의 시기와 질투를 드러내고 있다. 그러므로 김자점
은 자기의 영달을 위해서 자존심을 지킨 민족적 영웅조차 죽이는 간악하
고 불충스러운 인물로 나타난다.

(2) 패배한 적대자

패배한 적대자는 각 주체자의 성장기나 활동기에 등장하는 인물들이
다. 이들은 대결할 당시로 볼 때, 주체자보다 월등하게 유명하고 능력이
뛰어난 인물로 나타난다. 그리고 이들은 주체자와의 대립이 필연적으로
나타나는데, 주체자의 탁월한 능력을 과시할 수 있는 계기를 제공한다.
따라서 이런 패배한 적대자는 대체로 탁월한 능력을 지니고 있는데, 그
과정을 살펴보고자 한다.

패배한 적대자로 등장하는 인물을 보면, 이몽학 설화에서는 관군들과
홍가신이다. 그리고 김덕령 설화에서는 성장기의 파계승과 처가집을 괴
롭힌 힘센 사람, 활동기의 조선을 침입한 왜군과 왜장들이다. 또한 임경
업 설화에서는 성장기의 이웃양반과 서울 재상가 양반들, <처녀창귀>
삽화의 호랑이, 활동기의 중국인들이 이에 속한다.

패배한 적대세력은 주체자와의 대립에서 주체자를 능가하는 탁월한 능
력을 보여주고 있다. 특히 김덕령과 임경업 설화에서는 사회적 측면에서
벗어나 국가적인 차원으로 확대되어 나타난다. 적대자의 능력이 강화될
수록 주체자를 돋보이게 할 뿐만 아니라 죽음의 비극성을 강화시키는 기
능을 하고 있다.

민란의 장수인 이몽학 설화를 보면, 패배한 적대세력과 주체자의 직접
적인 대립양상은 나타나고 있지 않으며, 적대세력들의 구체적인 특징도
나타나지 않는다. 다만 이몽학이 반란을 일으켜 4-5개 군현을 순식간에
점령하였다고 구술하여 주체자의 능력만 드러내고 있다. 한편 홍가신도
이몽학이 홍주성을 쳐들어갈 때 성문을 굳게 닫고 구원군이 도착할 때를

기다리는 모습으로 제시된다. 이는 홍가신이 자신의 관군으로만 이몽학의 반란군에 승리할 수가 없었기 때문에 패배한 적대세력으로 존재하는 듯하다. 그리하여 홍가신은 주체자와의 직접적인 대립갈등을 늦추고 구원군이 속속 도착하는 것처럼 계책을 꾸미며, 반란세력들이 자중지란을 일으켜 상관의 목을 베어오도록 함으로써 승리한 적대자가 되게 만든다.

홍가신은 이몽학의 부하가 이몽학의 머리를 베어 왔는데, "역적의 머리를, 여니 베인 사람은 못베는 것이니께, 얘기를 못허거니께."라며 자신이 벤 것처럼 상신하는 비양심적인 인물로 나타난다. 역적질을 한 사실을 이용하여 영달을 꾀하려는 비열한 인물로 홍가신을 나타내는 것은 민중적 영웅을 처단하였다는 사실에 대한 민중들의 잠재적인 항거라 하겠다.

다음은 의병의 영웅인 김덕령 설화를 보면 패배한 적대자는 대체로 왜적으로 나타난다. 불명의 왜장, 왜구들, 왜장 조섭, 청정, 평수길 등이 이들인데, 이는 김덕령이 임진왜란에 참전하였다는 역사적 사실에 기인한다. 그리고 성장기에 보이는 패배한 적대자로 파계승이나 처가집을 괴롭힌 힘센 사람은 김덕령이 힘센 인물임을 나타내고 있다.

패배한 적대자는 탁월한 능력을 가지고 있기 때문에 김덕령은 그들과 상대도 되지 않을 인물로 여겨진다. 첫 번째 등장하는 <장군수 훔쳐먹기>에서 나오는 불덩어리로 변한 왜장 3명은 신장이 9척이 넘고, 하늘을 날아다니는 능력을 지니고 있다. 그리고 <왜군 물리치기>에서 김덕령은 왜적들에 비하여 극단적으로 수적 열세이며 아버지의 상중이라 어머니의 반대로 인해 전쟁에 참가할 수 없는 불리한 상황에 처한다. 그리고 <왜장 조섭 죽이기>에서 조섭의 능력은 특이하다. 잠을 잘 때 집통 같은 3명이 되고, 주위에 방울을 매달아 진을 치고, 또 왼발로 방안을 들어서면 걸어놓은 무거운 칼이 일을 내고, 온몸에 비늘이 덮여 칼도 들어가지 않는다. 잠을 잘 때는 토끼잠을 자는데, 첫날은 눈을 감고, 둘째날은 반쯤 뜨고, 셋째날은 완전히 뜨고 깊은 잠에 빠진다. 다음으로 <왜장 청정 죽이기>에서 왜장 청정은 구름을 모아서 진을 치고 서울을 침입하는 신이한 인물이었다. <왜장 평수길 파하기>에서 평수길은 나뭇잎으로 군사를 만들어 대적하며, 오작교에 까치로 군졸을 세운다든가, 우물을 캄

캄하게 하고 일월성신을 대장으로 무지개를 칼로 만드는 능력을 발휘하였다.

이처럼 김덕령 설화에서 패배한 적대자들은 일상인들이 생각할 수 없는 탁월한 능력을 가지고 있다. 이에 비하여 김덕령은 배우는 도중에 선생에게 쫓겨나 아직 능력을 성취하지 못한 인물이다. 그런데 패배한 적대자들은 이런 김덕령과의 대결에서 패배하게 된다.

<장군수 훔쳐먹기>에서 왜장 3명은 300년간 아무도 들지 못하는 철퇴로 얻어맞아 죽었고, <왜군 물리치기>에서 왜군들은 자기 진영을 유린당하고, 자신의 모자에 꽃을 달고, 모자에 태극기를 달거나 총구멍에서 물이 나오게 하고, 물러가게 하는 부적을 각기 달아주지만 조금도 알아차리지 못하고 비정상적으로 출전한 김덕령에게 일방적으로 패배한다. <왜장 조섭 죽이기>에서 탁월한 능력을 지닌 조섭은 기생 황월의 도움을 받은 김덕령에게 칼로 목이 잘려 죽였다. 조섭의 목이 붙으려고 하였을 때 기생이 재를 뿌렸다거나, 목 없이 칼을 휘둘러 대들보를 부수기도 한다. 그리고 왜장 청정도 침착하지 못한 성질로 인하여 패배하고, 왜장 평수길도 김덕령에게 패배를 안겨주지만 결국에는 이여송과 합세한 김덕령에 패배하고 만다.

적대자들이 탁월한 능력을 지니고 있음에도 불구하고 패배하는 것은 김덕령의 잠재적인 능력을 드러내는 데 목적이 있기 때문이다. 그래서 패배한 적대자의 능력이 탁월하고 신이할수록, 주체자의 능력이 부각되게 된다.

다음으로 임경업 설화에 나타나는 패배한 적대자를 살펴보자. 이 설화에는 패배한 적대자로 사회적 차원에서 이웃양반, 서울 재상가 등이 등장하고, 국가적 차원에서 중국의 가달왕, 마골대, 청황제, 청공주 등이 등장한다. 이들은 임경업과 대결 전까지 임경업이 상대할 수 없는 유명 인물이거나 능력이 있는 인물로 임경업의 능력을 드러내기 위하여 등장한다.

임경업 설화에서 나타난 사회적 차원의 패배한 적대자는 지배계층으로 하층의 민중들을 교화시켜야할 인물들이다. 그런데 이들은 자신들의 지위를 이용하여 사리사욕을 충족시키고 민중들을 수탈하는 인물로 나타난다.

이웃양반은 신분을 이용하여 장사꾼인 임경업 부친이 온갖 노력으로 벌은 돈을 수탈하여 가는데, 거절하면 잡아다가 행패를 부린다. 그리고 서울 재상가는 자손의 영달을 위해서 어떠한 행위도 감행하는 인물이다. 서울 재상은 훌륭한 자손을 얻기 위하여 자신의 세도만 믿고 인근 30리 안팎의 묘자리를 파헤치고 무덤 주위에 담을 쌓고 문을 만들어 통행하지 못하게 만들었다.

이런 사회적 측면의 패배한 적대자들은 강자에게 아무런 능력을 발휘하지 못하는 인물들이다. 주체자가 이웃양반의 수탈을 방지하기 위하여 큰 바위로 성을 쌓아 통로를 막자, 이웃양반은 새롭게 나타난 강력한 자의 눈치를 살피느라고 수탈을 멈추었다. 뒤에 별다른 행동이 없자 이웃양반은 수탈과 행패를 다시 부렸다. 이때 열 한두 살 먹은 임경업이 이웃양반의 행랑채 곁의 큰 대추나무를 뽑아 행랑채를 부숴버리고 쫓아오는 이웃양반의 하인들을 놀래키자, 그 이후로 더 수탈을 하지 못했다고 한다.

또 서울 재상가도 수탈과 착취에 대항하는 세력을 저울질한 뒤 강자에게는 물러서고, 약자에게는 착취를 감행한다[38]. 서울양반은 임경업이 신중한 방법과 신이한 능력을 지니고 찾아온 것을 간파하고 그의 요구를 들어준다. 서울양반은 임경업이 자기가 쓰려던 무덤의 지기를 받아 태어나 그 무덤을 독점할 이유가 없어졌기 때문에 임경업과의 대립으로 자기 가문이 화를 당하지 않기 위해서이다. 때문에 일국의 재상은 소년 임경업에게 존대하고 임경업의 하대에 순응한다. 이와 같은 서울양반의 굴복은 선견지명 때문이었다. 그래서 서울양반은 임경업이 요구한대로 무덤을 옮기고 갈등을 회피하여 버렸다.

서울 재상과 함께 있던 자제들이나 다른 양반은 임경업의 신이한 능력을 알지 못하고 재상을 탓하며, 자신들의 사회적 지위만으로 무모한 대결을 시도하려고 한다. 이들은 임경업이 행한 신이한 능력을 서울 재상이 지적하였을 때 비로소 알아보고 행동하는 인물이다.

---

38) 서울양반이 무능하고 힘이 없는 서민들을 권리와 이권을 착취하는 점은 이웃양반의 성격과 동일하다.

사회적 차원에서 패배한 적대자를 등장시킨 것은 임경업의 탁월한 능력을 드러내는 동시에 사회적 모순을 보여주는 데 있다. 그렇기 때문에 서울 재상가와의 대결에서는 서울 재상을 지인(知人)으로 만들어 임경업이 풍수지리설에 의해 태어난 훌륭한 인물임을 부각시키고 있다. 한편으로 이런 패배한 적대자들은 지배계층의 행위에서 약자에게 수탈과 행패를 부리다가, 강자가 등장하면 행동을 자제하는 이중적 성격을 보여주어 비판하고 있다. 양반의 수탈을 민중들의 강력한 힘으로도 막을 수 있음을 제시하고 있다.

임경업 설화에서 국가적 차원의 패배한 적대자들에 대해 살펴보자. 이들 적대세력 중에 호국은 임경업이 아닌 박씨부인이 주인공으로 등장하는 삽화에서 나타나는데, 고소설 <임경업전>과 유사하다.39) 그 내용은 병자호란 이전에 명이 위기에 빠진 호국(청)을 구해주기 위해 조선에 구원장을 청할 때, 박씨부인이 추천하여 이시제의 천거로 임경업이 중국에 가서 탁월한 능력을 발휘하여 삼국의 대장이 된다는 것이다. 이때 패배한 적대자로 호국의 구체적인 인물은 등장하지 않지만 삼년간이나 싸워 임경업은 이름을 날리게 되었다. 그 결과 임경업의 명성과 지략이 천하에 알려져 청나라가 조선을 함부로 침입하지 못하게 되었다.

청나라의 공주는 허구적인 청혼삽화에 등장하는 데, 임경업의 탁월한 능력과 용맹을 듣고 청혼하였다. 그는 다른 사람의 관상을 잘 보는 인물이지만, 임경업이 신발바닥에 솜을 세치나 넣어 높혀 신고 온 사실을 알지 못하였다.

청나라의 용골대와 마골대는 탁월한 장수들이다. 이들은 조선이 조공을 잘못하자 황제의 명령으로 조선에 침입하여 왕자와 궁녀를 빼앗아 갔다. 이들은 명성과 지략이 탁월한 임경업과 대결하지 않으려고 임경업이 지키는 의주를 피하여 서울을 공격한 인물이다. 그리고 퇴로에 임경업을 당할 수 없자 조선왕의 항서를 들고 담판을 시도하였다.

이런 인물을 대표하는 것이 청 황제이다. 청 황제는 임경업을 포로로

---

39) 이는 소설에서 가달왕이 호국(청)을 침략하자 명나라에게 도움을 청하는 과정과 유사하다.

잡아들였을 때 그를 시험하기 위하여 가시못을 깔아놓고 맨발로 들어오
라는 잔인성을 보이기도 하고, 임경업의 탁월한 능력을 보고 명예와 돈으
로 유혹하고 회유하기도 하였다. 그렇지만 임경업의 강직성과 탁월한 능
력에 감동한 황제는 포로로 잡혀온 세자와 대군을 돌려보낼 뿐만 아니라
조선포로를 귀환시켜 주었다. 그리고 임경업에 대한 보상으로 공주와 결
혼시키려고 하였고, 또 조선에 3-4천리 정도의 만주땅을 하사할 정도의
아량있는 인물이기도 하다.

　이상 패배한 적대자들은 주체적 인물의 능력을 드러내는 데 목적이 있
기 때문에 반드시 패배하게 되어 있다. 그렇기 때문이 이들 패배한 적대
자들은 탁월한 명성에 비하여 주체자에게 무력하게 패배한다. 그리고 이
들 패배한 적대자에 대한 평가는 비굴하고 간악하며, 약자에게 강하고 강
자에게 약한 면모를 부여주고 있다. 이들 패배한 적대자들은 주체자와의
대결에서 승패에 관계없이 그들의 능력을 어떻게 발휘하느냐에 따라 주
체자의 영웅적 특성을 밝혀주는 역할을 담당하게 된다.

3) 원조자

　원조자는 주체자에게 직·간접적으로 도움을 주는 인물을 말한다. 따
라서 주체자가 어떠한 위치나 장소에 있게 하는 파송자도 원조자의 성격
으로 보았다. 뿐만 아니라 삽화에 주체자와 대립 갈등의 요소가 보인다고
할지라도, 등장인물이 내면적인 상황에서 주체자에게 도움을 주거나 화
합하려는 성격의 인물들도 원조자로 보았다. 이런 원조자에는 원래의 도
와주는 목적을 상실한 실패한 원조자, 주체자가 탁월한 능력을 발휘하도
록 도와준 성공한 원조자, 그리고 도와주다가 어떤 계기로 주체자와의 관
계를 단절시킨 방관적 원조자로 나누어 살펴보기로 하겠다.

(1) 실패한 원조자

　실패한 원조자는 주체자의 결핍된 요소를 보충해 줄 수 있는 인물이

주체자의 독선적인 우월주의로 인하여 원래의 자기 기능을 하지 못하고 죽게되는 인물군이다. 이들 실패한 원조자가 많으면 주체자의 능력에 결핍요소가 많고 능력의 발휘도 제약되어 있는 반면에, 적으면 결핍요소의 한계 상황이 불분명하고 탁월한 능력을 발휘할 때에 아무런 제약이 없다.

실패한 원조자들은 주체자의 성장기에 주로 나타난다. 주체자가 선생에게 쫓겨나면서 지혜 습득의 기회를 상실하자, 이로 생긴 결핍요소를 보완해 주기 위해 나타난다. 이들 실패한 원조자들은 지혜가 부족한 주체자를 불완전한 모습에서 완전한 모습으로 변모시킬 수 있는 능력을 가지고 있다.

이에 속하는 인물로 이몽학 설화에서는 <오뉘 힘내기>에서 누이와 어머니, <힘내기>에서 초립동이, 그리고 <치마대> 전설에서 명마 등이 있다. 김덕령 설화에는 누나와 용마가 나타나고, 임경업 설화에서는 처녀창귀가 나타난다. 대체로 실패한 원조자들은 지위도 이름도 없는 미천한 무명의 인물로 나타난다. 따라서 주체자는 이런 인물에 대한 협조, 화합, 능력에 대해 알아보지도 않고 오직 자신의 독선만을 고집한다. 그렇기 때문에 실패한 원조자는 주체자를 깨우쳐 주기 위해 대결 의지를 보여주게 된다.

ㄱ) 초립동이

초립동이는 이몽학 설화에서 산신이나 누이가 변장한 형태이고, 김덕령 설화에서는 누나로 나타난다. 초립동이는 주체자에게 겸손함을 지니도록 하는 원조자이다. 초립동이는 완전하게 성숙되지 않은 자, 미숙한 자, 순수한 자, 가능성이 있는 자 등을 의미하며, 이와 대결하는 자도 같은 기능을 지닌 인물임을 드러낸다. 누나가 변장한 초립동이는 자부심에 사로잡힌 동생을 깨우쳐 주기 위함이고, 산신의 변형인 초립동이는 이몽학의 독선적 우월성의 무모함을 가르쳐 주기 위하여 나타난다. 대체로 이들은 세상의 일이란 힘으로만 되는 것이 아니라 지혜와 사랑으로 이루어진 것임을 가르치고 있다. 곧 장사라고 자부하던 이몽학에게 가냘프고 연

약하게 보이는 초립동이로 상징되는, 능력을 숨긴 인물이 있음을 드러내
어 세상을 보는 안목을 넓게 하기 위한 것이다.

이몽학 설화에서 초립동이가 산신의 변신이라고 할 때, 초립동이는 그
지방민을 상징한다. 이몽학이 초립동이와 대결하는 것은 그의 독단성으
로 말미암아 지방민의 협조를 받지 못하였음과, 만남의 시기가 부적절하
였음을 암시한다. 이몽학이 협조받을 필요성이 있는 성숙한 시기에 초립
동이를 만났다면, 이몽학은 부조리한 현실의 개조에 힘쓰는 자가 되어 민
중의 새로운 구원자가 되었을 것이다.

ㄴ) 용마

용마는 <치마대> 설화에 나타나는데, 이몽학 설화에서는 다른 힘내
기형과 관련이 없이 단독으로 나타나고, 김덕령 설화에서는 대부분 오뉘
힘내기 삽화 뒤에 결구되어 나타난다.[40] 이 용마는 주체자의 활동 반경
을 확장시키고 민첩하게 만들어 줄 원조자이다. 용마의 의미는 화살을 쏘
고도 달려가서 받았던 말, 화살보다 빨리 달릴 수 있는 말, 날아다닐 수
있는 말로, 주체자에 대한 민중의 영웅기대 심리에 부응시켜 주는 존재이
다. 용마는 용과 말이 결합한 것으로 <아기장수> 설화에 나오는 용마와
같은 의미 속성을 가진다. <아기장수> 설화에 나온 용마는 출현 시기의
불일치로 제 구실을 하지 못하지만, 비극적 장수설화에서는 주인을 만났
지만 자신의 능력을 제대로 알아주지 않음으로써 죽게 되었다. 이처럼 용
마는 주체자의 한계를 인식하고 죽음을 택한 것이다.

ㄷ) 누이

이몽학 설화에는 <오뉘 힘내기> 삽화에서 누이 또는 누나로, 김덕령
설화에는 <씨름> 삽화와 <오뉘 힘내기> 삽화에서 누나로 나타난다.
여기에서 김덕령의 누나는 살아있을 때 이몽학의 누이보다 더 아량이 있

---

40) 임경업의 설화에는 용마가 나타나기는 하지만, 구체적으로 임경업인지 아니면
　　임경업의 부하인지가 불명확하다.

는 인물로 나타난다. 그렇지만 죽으면서 동생을 위한 금기도 제시하지 않고, 죽은 뒤 원귀가 된 누나는 <치마대> 삽화에서 날아가는 화살을 잡아 용마를 잃게 한다.[41]

누이는 주체자보다 생래적으로 월등한 능력을 가지고 태어났다.[42] 따라서 누이는 주체자의 조급성으로 부족한 다른 사람과의 화합, 타협, 화목이란 지혜의 측면을 보충해 줄 원조자의 기능을 수행할 인물이었다. 김덕령 설화에서는 씨름판에서의 승리로 자만심에 빠진 김덕령에게 경계시키고 자숙시키기 위하여 대립하고, 이몽학 설화에서는 이몽학이 조급하게 서두르지 않도록 대립한다.

이 대립에서 누이는 갈등을 조장하여 승리에 집착하는 것이 아니라, 주체자에게 도움을 주기 위하여 내기를 하게 된다. 이런 내기의 의도를 주체자는 이해하지도, 파악하지도 못하고 오직 자신의 우월만을 위해서 누이와 대립한다. 곧 누이는 조급하고 똑똑하지 못한 주체자에게 화합과 협조의 차원으로 대립을 끌어올려 세상을 보는 안목을 키우도록 하는데, 주체자는 누이의 능력을 시기하여 죽이려고 한다. 따라서 힘내기의 대립에서 누이는 협력할 방법을 모색하고 타협의 가능성을 제시하여 심각성을 부여하시 않는 반면에, 주체자는 자기보다 능력이 뛰어난 누이를 죽이려고 심각한 의미를 부여하였다.

탄생담에서 예견되듯이 누이는 주체자와의 대립에서 일방적인 승리를 할 수 있다. 그리고 누이는 승리하여도 죽기 내기의 결과를 요구하지 않을 생각이었다. 이몽학의 설화에서는 어머니의 부당한 개입으로, 김덕령 설화에서는 김덕령이 성격상 지면 자살할 같다는 누나의 판단으로 협조의 기회를 상실한다.

김덕령 설화에서 어머니가 등장하지 않기 때문에 누나는 어머니의 성

---

41) 대계 6-9, pp.568-569.
42) 탄생담에 의하면, 이몽학은 누이의 반 정도의 실력이고, 김덕령은 천하명당의 지기를 누이보다 늦게 받고 태어났다. 한편 임경업 설화에는 어린 임경업의 탁월성을 보고 누나가 죽였다고 되어 있는데, 임경업이 장성하였다는 점에서 논리적인 모순이 있다.

격을 함께 지닌다. 특정인물에 결구된 <오뉘 힘내기> 삽화에서 어머니
가 등장하는 역할은 주체자가 살아남도록 하는 데 있다. 그래서 김덕령의
누나는 '옷을 다 만들고 일부러 속옷고름을 안 달거나, 달았던 옷고름을
떼어놓고 기다리다'가 고의로 패배하여 김덕령의 사기를 진작시켜 주려
고 한다. 누나는 도움을 주려다가 김덕령에게 죽음을 당하자, 자기의 뜻
을 알아주지 못하고 죽인 김덕령에게 원통함을 느꼈던지 독수리 원귀가
된다. 그래서 김덕령이 용마를 죽이도록 만든다. 이런 누나의 행동은 남
존여비 사회구조 속에서 나타난 사회적 모순인 여성의 좌절과 한계성을
보여주고 있다.

한편 이몽학 설화에서 누이는 이몽학에게 '왕이 되지 못한다'거나 '좀
참고 견디라'며 협조하려 하였다. 누이는 이몽학에게 협조하여 부조리한
현실을 개조하려는 의지를 보이다가 어머니의 개입을 보고, '험난한 꼴을
보고 싶지도 않다'며 현실의 한계를 인식하는 인물이다. 이처럼 누이는
이몽학이 난을 일으켜 성공할 가능성이 희박해지자 일찍 포기하는 한계
를 보여주고 있다. 그리하여 이몽학과의 적극적인 타협과 협조의 가능성
을 타진하기보다는 죽음을 택한다. 누이의 죽음에는 벼루·삼대·비늘이
등장하여 신이성을 보여준다. 이런 신이성을 지닌 누이와 화합과 타협을
하였다면, 이 신이성이 주체자에게 제공되어 지혜와 힘을 강화시켰을 것
이다.

ㄹ) 처녀창귀

처녀창귀는 임경업 설화에 나타난 실패한 원조자이다. 임경업은 잘못
된 묘자리의 탄생이나 어머니의 잘못된 보살핌으로, 학습삽화에서 선생
에게 다 배우지 못하여 천기를 보지 못하였다.

처녀창귀는 '지리는 잘봐도 천기는 못봐서 실패하는' 임경업 능력의
한계를 극복해 줄 인물이었다. 이런 처녀창귀는 신립에게 나타난 처녀귀
신과 비슷하지만 역할이 다르다. 신립 설화의 처녀귀신은 신립이 패망하
도록 하는데, 처녀창귀는 임경업을 도와주려고 나타난다.

처녀창귀가 임경업을 만난 것은 친오래비를 호랑이의 밥으로 지정하였을 때, 장똘뱅이로 다니는 임경업이 호랑이를 때려 잡았기 때문이다. 이때 처녀창귀는 임경업에게 '고맙다'고 인사를 하면서 데리고 다녀달라며 원조자의 역할을 자청한다. 그런데 임경업은 처녀창귀가 오래비를 호신의 대상으로 지정하였다고 거절한다. 여기에서 처녀창귀는 임경업에게 천기를 볼 능력을 보충해줄 뿐만 아니라, 가족을 위한 편협되고 왜소한 유자주의적 사랑보다 광범위한 타인(민중)을 사랑하는 모습을 통해 임경업의 부족한 지혜를 가르쳐 주는 역할을 하고 있다. 처녀창귀는 끝내 거절하는 임경업에게 앞으로 세 가지 일로 후회할 것이라며 떠난다. 그 세 가지[43]가 임경업이 천기를 보지 못한 한계점이었다는 점에서 처녀창귀는 원조자의 기능을 지니고 있음을 알 수 있다.

ㅁ) 어머니

어머니는 이몽학 설화의 <오뉘 힘내기> 삽화에서 홀어미로 나타난다.[44] 어머니는 오뉘 사이의 갈등을 통제하고 중재하지 못하고 갈등을 야기시킨다. 그런데 힘내기에서 이몽학을 생존시켜야 하기 때문에 어머니의 개입이 있던 없던 간에 이몽학이 승리하게 된다.

이몽학의 설화에서 어머니를 천재라고 하는데, 이 어머니는 이몽학이 난을 일으킬 것도, 난이 실패할 경우에 삼족의 멸문과 파가저택 될 것도 알았을 것이다. 그런데도 오뉘 갈등에 끼어들어 이몽학을 편들었다는 것은 이몽학을 통해 새로운 세계를 구축하려는 의식을 보여준 것이다. 이런 점은 <아기장수> 전설에 나타나는 어머니보다 현실 개조에 적극적인 면을 가지고 있음을 보여준다.

---

43) 3가지란 청나라 군사가 처들어왔을 때, 싸움을 할 때, 그리고 김자점에게 맞아 죽은 때이다.

44) 임경업 설화에서 어머니는 두 가지 측면으로 나타난다. 하나는 임경업 <씨름> 삽화에 나타나 임경업의 성장에 도움을 준 성공한 어머니이다. 다른 하나는 임경업이 자랄 때 천기를 못보게 만든 어머니이다. 후자의 어머니는 실패한 원조자로 다룰 수 있겠지만, 그의 행위는 무의지적인 것으로 나타나 있어 본 항목에 언급하지 않기로 하겠다.

그런데 어머니는 오뉘 힘내기에 개입하여 이몽학을 도와주지만, 오히려 그 도움이 해가 되게 만든다. 어머니의 개입은 누나를 죽게 만들어, 이몽학의 모자라는 지혜적 측면을 보충할 기회를 완전히 단절시켜 버린다. 그리고 이몽학을 잘 지도하여 적절한 시기와 방법을 택하도록 설득하지도 못하여 난을 일으킨 이몽학이 패배하도록 만든다. 만약 어머니가 개입하지 않았다면, 승리한 누이는 이몽학이 반란을 일으키지 못하게 하거나 난을 일으켜 성공할 수 있도록 도와주었을 것이다.

이상 실패한 원조자들은 주체자와의 대립을 통하여 협조의 가능성을 제시한다. 그리고 이런 실패한 원조자들은 주체자에 비하여 미천하고 지위도 이름도 없는 무명의 인물로 등장하지만, 주체자보다 탁월한 능력을 지니고 있다. 따라서 이들 실패한 원조자들은 주체자를 압도할 수 있지만 시대나 상황의 한계 때문에 대립에서 패배하여, 도움을 주려던 당초의 의도가 무산되고 만다. 그리고 이런 인물들의 원조를 받지 못한 주체자도 결국에는 패배하게 된다. 이런 실패한 인물을 통하여 주체자에게 거는 민중의 영웅출현 기대심리를 표출하는 동시에, 주체자들이 민중 사이에 이름없이 숨어있는 탁월한 능력의 인물의 도움을 받아야 성공할 수 있음을 보여주고 있다.

(2) 성공한 원조자

성공한 원조자는 주체자에게 부족한 측면을 보충하여 주체자가 성공하도록 도와주는 역할을 하는 인물군이다.[45] 이런 성공한 원조자는 주체자의 성장기보다는 활동기에 많이 나타난다. 주체자는 실패한 원조자를 제거하여 지혜적 측면을 보충할 기회를 상실하고, 부족한 채로 활동기를 맞이한다. 그런데 성공한 원조자는 주체자에게 부여된 상황이 주체자 단독으로 처리할 수 없기 때문에 누군가의 도움이 필요할 때 등장한다. 이때 주체자는 실패한 원조자와의 대립갈등에서 자신의 우월성만 주장하는 것

---

45) 여기에서 원조자라고 할 때, 그레마스의 파송자에 해당하는 인물 중에서 주체자가 능력을 발휘하도록 하는 인물을 포함시켰다.

과는 달리 성공한 원조자의 도움을 받아들인다. 그리하여 성공한 원조자
는 주체자에게 탁월하고 신이한 능력을 발휘하도록 한다.

이런 성공한 원조자에 속하는 인물로 이몽학 설화에서는 적당한 인물
이 없고,[46] 김덕령 설화에서는 기생 황월과 그 모친, 이여송 등이 있다.
그리고 임경업 설화에서는 어머니, 아내, 박씨부인과 이시제, 명나라 대
신과 왕 등이 있다. 위에서 성공한 원조자가 많은 주체자일수록 탁월한
능력을 많이 발휘한다.

ㄱ) 기생 황월과 그의 모친

기생 황월은 김덕령의 애인으로, 김덕령이 부모의 상을 당하여 고향으
로 내려가면서 관계가 중단되었다. 그런 사이에 왜장 조섭의 첩으로 되
었다.

조섭의 첩이 된 황월은 찾아온 김덕령에게 능동적이고 세심한 배려를
한다. 그리고 안목이 넓은 황월은 김덕령이 찾아온 이면적인 일까지 파악
하고 어머니를 통해 준비시킨다. 그리고 "근 10년간 찾아오지 않았던 김
비장이 날로 머할러 찾아오노?"하며 사사로운 정을 억제하려 노력한다.
또 황월은 옛정을 그리워하는 김덕령에게 조섭의 능력을 말하며 죽일 방
도와 날짜만을 약속하고 돌아간다.

황월이가 김덕령보다 우위임을 나타낸 것이 세 번째 만남이다. 황월은
왜장 조섭을 죽이도록 준비를 완료하고 김덕령을 진으로 끌어들인다. 김
덕령은 왜장 조섭을 죽였지만 조섭의 진에 잠입하기, 조섭의 방에 들어가
기, 죽이는 방법과 행위 등은 황월의 지시에 따른다. 황월은 왜장을 죽인
김덕령을 왜군 진영에서 탈출시키고 스스로 죽음을 택한다.[47]

---

46) 이몽학 설화에 성공한 원조자가 나타나지 않는 것은 그가 역적이었기 때문으로
보인다. 그를 도와주었다고 하는 것 자체가 역적의 행위이기 때문이다. 더욱이
역적 이몽학에 대한 이야기를 해도 잡아가기 때문에 이몽학을 도와주어 성공하
였다는 이야기를 할 수 없다.

47) 기생은 남자를 위하고, 어머니를 위하여 죽는다. 그런데 김덕령은 자신만 위하여
같이 살고자 하는 기생을 죽이는 삽화도 있다. 이런 김덕령의 행위는 배은망덕한
행위로 지배계층의 위선을 폭로하고 있다.

한편 황월의 어머니는 김덕령이 찾아온 진의를 알아차리고, 황월과 원만하게 연결시켜 준다. 그리고 딸 황월이 부탁한 일을 차질없이 수행하여, 김덕령과 밀담할 계기를 만들어 준다. 이런 황월의 어머니는 김덕령이 조섭의 목을 베어왔을 때, "딸의 목도 비어 왔습니꺼?"라는 반응에서 이인적인 면모를 보이고 있다.

이처럼 황월과 황월의 어머니를 원조자로 설정하여 김덕령을 대표로 하는 양반적 사고의 편향성과 허구성, 조급성, 예지를 갖추지 못한 근시안적 사고를 비판하면서, 자기들의 처지와 유사한 기생 황월이나 황월모의 행동을 통해 민중적 우월성을 드러내고자 한다. 그리하여 민중적 도움을 받은 김덕령은 성공할 수 있음을 보여주고 있다.

ㄴ) 이여송

이여송은 김덕령이 탁월한 능력을 발휘하도록 한 성공한 원조자이다. 이여송은 탁월한 능력을 지닌, 이름이 널리 알려진 인물이다. 이런 이여송을 김덕령의 원조자로 등장시켜서 조선 위정자들의 무사안일과 훌륭한 인물을 등용하지 않는 상황을 비판하고 있다.

이여송은 황제의 명을 받고 조선에 구원을 나오면서 트집을 잡아 퇴각하려고 하지만, 조선 이인들의 준비로 성공하지 못한다. 이여송은 조선에 나와 천기를 보고, 조선 장사의 도움없이 임진왜란을 막을 수 없음을 안다. 그래서 이여송은 천기에 나와 있는대로 임진왜란을 해결할 인물로 상복을 입어 활동에 제한을 받는 고령의 김덕령을 천거하여 탁월한 능력을 드러내도록 하는 역할을 수행한다.

이여송은 김덕령에게 왜장 조섭을 죽이게 하며, 자신이 전쟁에서 불리하거나 패하면 김덕령을 불러들여 신이한 능력을 발휘하도록 한다. 곧 이여송은 관서지방에서 청정의 도술에 패할 때도, 또 평수길의 탁월한 능력으로 패할 때도 김덕령을 불러들인다. 그리하여 김덕령으로 하여금 청정을 죽이게 하고, 평수길을 쳐서 남쪽으로 몰아내게 한다. 그리고 이여송은 김덕령이 평수길의 능력에 대항하지 못하였을 때는 싸우는 방법

을 가르쳐 주기도 하고, 직접 전쟁터에 나가 김덕령을 도와주는 원조자 역할을 한다.[48]

ㄷ) 어머니

임경업의 <씨름> 삽화에 등장하는 어머니는 이몽학의 어머니와 달리 임경업의 성장에 도움을 준다.[49] 임경업의 어머니는 임경업의 무사적 우월성과 자만심에 제재를 가하여 포용성을 드러내게 한다.

임경업은 13세까지 글공부를 하지 않았지만, 씨름판에 나가서 송아지를 탔다. 씨름에 진 장사들은 송아지를 빼앗기 위해 쫓아오자 임경업은 강을 건너는 신이성을 보인다. 어머니는 사정을 듣고 아들에게 송아지를 돌려주라고 훈계를 한다. 이런 어머니의 행위는 임경업을 큰 아량과 효행심을 가진 인물로 만들어, 잠재적 금기의 파기로부터 보호한다. 그리고 임경업을 시기하고 질투하여 적이 될 대상을 친구로 만들어 준다.

ㄹ) 아내

아내는 임경업이 낙안군수로 재직할 때, 해결이 곤란한 한 장의 소지 사건을 해결하는데 도움을 준다. 그리하여 임경업을 훌륭한 목민관으로 성장하게 하는 성공한 원조자이다.[50]

임경업이 어린 나이에 낙안군수에 부임하자마자 육방관속의 기선을 제압하고 선정을 할 때에, '七十生男非吾子, 井上沓取吾子 井下沓取吾胥'라

---

48) 일부삽화에서는 이여송을 김덕령의 성공한 원조자가 아니라, 자신의 권위를 세우고 욕심을 채우기 위하여 천하명장 조섭을 죽인 김덕령을 역적으로 몰아 죽인다. 여기에서 김덕령은 양반들의 잘못된 시각으로 죽었는데 외부세력인 이여송의 농간으로 죽었다고 하였다. 이처럼 민중들은 김덕령의 죽음에서 계층간의 대립을 민족적 자존심의 대결의식으로 변이시켜 나타내고 있다.

49) 임경업이 천기를 보지 못한 이유에 관한 삽화에서는 어머니 때문에 천기를 보지 못하였다고 한다. 그리고 임경업의 <힘내기형> 삽화가 있지만 단편적인 삽화로 어머니가 보이지 않는다.

50) 임경업의 부인은 <박씨전> 제갈량 <황부인전>에 나타난 부인이 남편을 출세시킨다는 측면에서 유사한 역할이라 하겠다.

는 소지 한 장을 받는다. 이때 아내는 임경업이 타고난 지혜의 한계 때문
에 해결할 수가 없어 고민하는 것을 보고, 소지를 해석하여 준다. 아내가
소지를 해석한 방법은 인간적인 측면에서, 곧 서민들의 고통을 이해하려
는 마음자세에서 비롯된다. 이는 목민관으로서 마음의 전환이 필요함을
암시하고 있다. 이리하여 아내는 임경업에게 사람을 사랑할 수 있는 힘을
주어, 남편을 사랑받고 출세할 수 있는 목민관으로 만든다. 한편 아내라
는 이름없는 인물의 능력을 포용함으로써 훌륭한 인물이 될 수 있음을
보여주고 있다.

ㅁ) 박씨부인, 이시제, 명나라 대신과 왕

박씨부인과 이시제는 임경업이 중국으로 건너가 능력을 발휘하도록 한
인물이고, 명나라 대신과 황제는 임경업을 삼국의 명장이 될 수 있게 한
인물들이다.

박씨부인은 도인의 딸로 세상의 이치를 알아 남편 이시제의 고민을 해
결해 주는 능력 있는 여자이다. 그리고 이시제는 처음에는 추녀인 박씨를
싫어했으나 미녀로 탈바꿈하자 그녀만을 사랑하고 그녀의 말을 듣는다.
이 두 사람은 임경업을 조선의 명장으로 또 삼국의 명장으로 만든다. 또
한 국내에 들어왔을 때는 청나라의 침입에 대비하여 임경업을 의주부윤
으로 천거하여 침입을 방비하도록 한다.

한편 명나라의 황제는 현상만을 중시하는 인물로 나타나, 임경업이 단
신이기 때문에 훌륭한 장수감이 못된다고 조선의 사신을 나무란다. 그렇
지만 당시의 상황이 너무 긴급하고 설상가상으로 중국에는 장수가 없었
기 때문에 대신들의 추천으로 황제는 임경업을 장수로 등용하고 자신의
보검까지 주어 신임하게 된다.

이상의 성공한 원조자는 주체자의 능력을 과시하도록 협조하고 있다. 이
들 성공한 원조자 중에서 주체자보다 능력이 있는 유명 인물은 주체자가
능력을 발휘할 수 있도록 기회를 제공하여 주고, 주체자보다 미천하고 이
름없는 무명 인물은 주체자를 직접 도와서 능력을 발휘하도록 하고 있다.

4) 방관하는 원조자

방관적 원조자는 주체인물이 탄생담에서 복선적으로 나타난 결핍요소를 극복할 수 있도록 도와줄 수 있는 인물이다. 비극적 장수설화에 나타나는 방관적 원조자는 선생이다. 이몽학 설화에서는 <홍수 물건너기> 삽화에 나타나는 선생이고, 김덕령 설화에서는 <장군수 훔쳐먹기> 삽화에 나타나며, 임경업 설화에서는 학습과 관련된 삽화의 운여대사나 불명의 선생이다. 이들 선생은 주체자가 잠재적 금기를 파기하여 신이한 능력을 드러냄으로써, 도와주어야 할 선생으로서의 기능을 그만두는 인물이다. 이런 방관적 원조자에 대해 주체자의 신이성을 본 반응태도, 버린 제자에 대한 태도, 그리고 방관자의 특성을 중심으로 살펴보고자 한다.

첫째 금기파기에 따른 주체자의 신이성을 본 선생의 태도를 보면, 반응에 따라 주체자의 활동 양상의 특성을 보여주고 있다. 이를 살펴보면 각기 차이를 보이고 있다.

이몽학 설화나 임경업 설화에는 선생이 두 가지 양상으로 나타난다. 하나는 주체자의 탁월한 능력을 보고도 아무런 반응이 없거나 오히려 주체자의 탁월한 능력을 도와주는 역할을 하는 인물이다.[51] 이런 선생은 방관적 원조자로 볼 수 없다.[52] 방관적 원조자로의 선생은 주체자의 신이성을 보고 주체자를 떠나거나, 버리는 인물로 한정한다.

선생은 이몽학의 신이한 행동을 본 뒤, 자신이 입을지도 모를 해를 염려하여 제자를 버리는 기아모티프 현상과 함께 나타난다. 선생의 행위는 평민영웅을 낳은 부모와 같이 미래에 대해 불안심리를 나타내고 있다.

김덕령 설화에서 선생은 김덕령을 8년 기간으로 공부시키려고 하였는데, 6년만에 배운 무(武)에 무불통지하자 더 이상 가르칠 것이 없게 된다.

---

51) 전자는 이몽학 전승에 나타나고, 후자는 임경업 전승에 나타난다. 후자에서 선생 독보나 속리산 학습 관련 설화에서 보여주고 있다.
52) 임경업 전승에서 선생인 독보대사는 임경업의 능력을 크게 성장시켜 준다. 임경업은 천부적 무사적 능력을 강화시켜준 독보대사의 가르침으로 탁월한 능력을 발휘하여 뒤에 병조판서에까지 올랐다고 한다. 이런 독보대사를 만난 것은 지혜를 성장시켜줄 선생과 이별한 후의 일로 보인다.

그래서 선생은 김덕령에게 자신이 마시는 장군수를 시간에 맞춰 마시게 하는 일만 남는다. 선생은 인내심과 수양을 길러주기 위하여 2년을 더 수련시킨 뒤 장군수를 먹이려 한다. 그런데 선생은 김덕령이 제자로서 지켜야 할 유교적 가르침을 묵살하고 자기를 몰래 미행하여 석문 안에 있는 절구통과 절구대로 이루어진 장군수를 훔쳐먹자 쫓아내버린다.

임경업 설화에서 선생은 능력이 일취월장하여 임경업이 1년을 더 공부하면 천기를 볼 능력을 가질 수 있는데도, 자신의 능력과 가정 형편상 그만둔다 하자 더 이상 가르치지 못하고 떠나 보낸다. 또 다른 삽화에서도 선생은 학업에 전념하지 않는 임경업이 지닌 무인기질을 꺾지 못하고 이별한 것으로 되어 있다. 이처럼 임경업 설화의 선생은 자신의 의지로 제자를 버린 것이 아니라, 제자의 행위를 제어하지 못하고 이별한 것으로 되어 있다.

둘째, 버린 제자에 대해서도 선생의 태도에 차이가 있다.

이몽학 설화에서는 선생이 이몽학을 버린 후에는 이몽학과의 일체의 관계를 끊고 숨어버린다. 김덕령 설화에서는 선생이 김덕령을 쫓아내지만 잘못되기를 바라지 않는다. 그래서 선생은 오만불손한 김덕령을 사랑하는 마음에서 '김정승네 집에 오는 일본의 천하장사인 큰 불덩어리 셋을 죽이지 말라'는 금기를 제시한다. 그런데 선생이 제시한 금기를 파기한 김덕령은 세상에 이름이 알려지고, 이로 인하여 불행한 종말을 맞게 된다. 임경업 설화에서 선생은 이별하고 그곳을 떠나 인연이 끊어진 것으로 보인다.

셋째, 방관자의 특성을 보면 주체자를 불균형적으로 성장하게 만든다. 선생에게 버림을 당한 주체자는 지혜적 측면의 성장이 멈추고 무예적 공부만 정진하게 된다. 주체자들이 선생과 이별할 때는 무예적 측면의 공부를 완성하고 지혜적 측면의 학업이 시작될 무렵이다. 따라서 신이한 능력을 드러내어 선생과 이별을 한 후에는 지혜적 측면을 성장시킬 수 없게 된다.

선생은 주체자의 신이한 능력을 보고 떠나감으로써, 주체자가 비범한 능력을 성장시키려 할 때 방관적인 태도를 취한다. 선생은 주체자가 능력을 발휘할 때 부모가 아니기 때문에 그를 버림으로써 능력을 제거시키지도, 그렇다고 성장시켜 주지도 않고 회피하고 만다.

이런 선생의 태도는 <아기장수> 설화에 나타나는 부모와는 차이가 있다. <아기장수> 설화에서 부모는 아기장수의 영웅성을 유아기에 발견하고 철저하게 기아 현상을 이행하여 능력을 제거한다. 비극적 장수설화의 선생은 기아 현상을 실행하지만 능력을 제거하지 않는다. 아기장수 설화에서는 능력이 철저하게 부당시 되고 과시조차 해보지 못한 채 좌절하지만, 비극적 장수설화에서는 주체자의 성장에 도움을 주어야할 선생이 철저히 방관자로 남아 있기 때문에 능력 과시를 통하여 패배하는 모습을 보여주고 있다.

정신적 수양을 통하여 지혜적인 측면이 성장하여야 할 주체자는 선생이 떠나버림으로써 지혜의 성장에 도움을 받지 못하고 만다. 선생의 방관자적 원조자로서의 역할은 주체자의 정신적 성장을 멈추게 하고, 이것으로 능력을 과시할 기회를 제공하지만 결국에는 패배하게 만든다. 그러므로 성실성과 신이성을 지닌 주체자를 훌륭한 자질의 지도자로 만들지 못하고 좌절한 비극적 장수로 전락하게 만든다.

그런데 김덕령 설화의 선생은 이몽학 설화의 선생보다 더 많은 애정을 보여주고 있다. 이것은 김덕령이 뒤에 충의 인물로 추앙된 데에 그 원인이 있는 것으로 보인다. 그리고 임경업 설화의 선생은 스스로 방관적 원조자가 되는 것이 아니라, 원조자로서의 역할을 수행하고자 하나 도움을 받을 임경업의 거절로 인하여 방관자가 된다.

3. 대립 갈등의 양상

사람은 자기 자신은 물론이고 가정과 사회 그리고 국가와 민족을 위한 대립 갈등을 느끼게 된다. 이 대립 갈등의 대상자는 자기 가족 구성원이나 사회 구성원, 그리고 계층이나 국가간에서 등장한다. 이들과의 대립 갈등에서 승리하였을 때 자아실현을 이룬다. 그러나 아주 비극적으로 패배할 때도 그에 관한 설화를 향유하는 자에 의해서 대리로 자아실현을 이루게 된다.

이런 대립양상을 살펴보면, 민란의 장수인 이몽학 설화에서는 대립현상이 많지가 않다. 이는 전승자가 관의 압력에 의해 이몽학에 대해 일언반구도 토설치 못했던 사실에서 비롯된다. 그리고 이몽학 설화는 성장기를 토대로 한 유형이 주류를 이룬다. 활동담과 최후담의 삽화는 단편적인 삽화 형식으로 전승되기 때문에 대결양상이 뚜렷하게 부각되지 못한다.

의병의 장수인 김덕령 설화에서는 대립적인 갈등이 많이 나타난다. 김덕령은 뒤에 신원이 되어 영웅화시키는 데에 어떠한 제재도 따르지 않았다. 따라서 그에 관한 설화들은 삽화적 전승에만 멈추지 않고, 통합되고 결합되어 전이나 소설의 소재가 되었다. 김덕령 설화의 주류는 성장기보다 그의 능력을 유감없이 발휘하는 활동기에 왜적과의 대외적 대립으로 나타난다. 이는 그의 비극적 종말을 더욱 안타깝게 만들며, 그를 죽게 만든 세력에 대한 비판의 근거가 된다.[53]

관군의 장수인 임경업 설화에는 김덕령 설화보다 더 많은 갈등과 대립이 나타난다. 임경업은 병자호란 때 북방을 지키는 관원으로 큰 공을 세우지 못하고, 후에 심기원의 역모에 연루되어 죽었다. 역적으로 몰려죽은 임경업은 친청파의 몰락과 복구적인 친명파의 득세로 지배계층에 의해 영웅화되기에 이른다.[54] 그리고 임경업의 죽음을 친청파의 김자점에게 뒤집어 씌우는 역할을 하였다. 민중들은 이를 의심하지 않고 받아들여, 신원된 임경업을 영웅화하는 데에 아무런 제재를 받지 않았다. 임경업 설화는 역사적 사실 때문에 활동기나 최후에 관련된 삽화들이 주를 이룬다. 특히 중국을 상대로 한 활동기에 중점을 두어 전승되는 이유는 그의 죽음을 비극적으로 보이기 위한 민간의식 때문이다.

---

53) 이강옥, 「조선조 중기일화의 형성과 변모과정 연구」(서울대 박사학위논문, 1993), pp.226-228.
54) 김의정, 「임장군전 연구」(단국대 석사학위논문, 1983), pp.31-34.

본 항에서 대립현상을 그의 연대기적 순서로 검토하지 않고 위의 인물의 유형과 기능에서 검토된 인물간의 대립갈등 양상으로 살펴보겠다. 이때 성공한 원조자는 주체자와의 갈등이 없는 까닭에 아래와 같이 네 가지의 갈등 양상을 중심으로 검토하고자 한다.

1) 방관적 원조자와의 갈등

주체자는 결핍요소를 지니고 태어난다. 그는 자신의 결핍된 능력을 향상시키고 극복하기 위한 노력과 자신의 탁월한 능력을 과시하려는 욕구 사이에서 갈등하게 된다. 이런 주체자의 내면적 대립·갈등은 그의 천부적 능력을 신장시킬 수 있는 열쇠를 쥔 선생에게 투사되어 나타난다. 주체자의 신이한 능력의 표출 욕구와 금기에 의한 자제욕구 사이의 내면적 대립·갈등 양상이 선생과의 대립·갈등의 양상으로 나타남을 의미한다. 이때 주체자는 불가피한 상황에서 선생에게 자신의 신이성을 보이게 되고, 선생은 주체자의 성장이나 능력을 발휘하는 데에 도움을 중단하고 방관자가 된다.

우선 주체자는 생래적으로 결핍된 자신의 능력을 극복하려는 욕구와 자기 열등의식의 보상심리에서 비롯한 현시욕을 위해서 열심히 노력한다. 이몽학의 경우, 부친이 태몽을 꾸었을 때 누이는 북을 치고 하늘을 올라갔다 내려오고 이몽학은 내려오기만 하였다. 그래서 이몽학은 누이보다 생래적으로 능력이 부족한 인물이므로 이를 극복하기 위한 부단한 노력을 경주한다. 그 결과 이몽학이 훈련하던 장소가 400년이 지난 지금까지 선연하게 남아 있다고 한다. 이몽학은 보통사람이 들지도 못하는 큰 바위 덩어리를 오리 정도 되는 거리에 던질 수 있고, 서른 발의 새끼나 명주한 필을 뒤에 달고 달리면 땅에 닿지 않을 정도의 능력을 지닌 장사가 된다. 이몽학은 천부적인 능력 부족을 극복하고 탁월한 장사가 되기 위해 내면에서 갈등한다.

김덕령은 탄생담에서 무등산 천하명당의 지기를 누나보다 늦게 받고 태어난다. 따라서 김덕령은 부족한 능력을 극복하기 위해 무등산에서 무업을 쌓아 탁월한 장사가 된다. 김덕령은 천부적인 능력으로 새벽에 굽나막신을 신고 화순 동복에 가서 고기를 낚아 부모의 아침 반찬을 준비해올 수 있고 날아가는 화살을 잡을 수 있는 능력을 지니게 된다. 그리고 "매일 아침에 무등산을 한 바퀴 돌고 올라가서 누나가 해준 밥을 먹었다"나 "김덕령이 언제든지 새벽에 나와서 군망을,······ 무등산을 일곱 바퀴 돌았다"와 같이 부족한 능력을 극복하려는 노력을 한다. 그 결과 김덕령은 빠름으로 부모에게 효도를 다하고 친구에게 우정을 나눌 수 있었다.

임경업은 13세까지 일어나지도 못하고 글도 못읽었다고 하여 지진아의 모습을 보여주고 있다. 그러나 그는 13세에 상씨름판에서 송아지를 타오고, 쫓아오는 장사들을 피하기 위해 송아지를 옆구리에 끼고 큰강을 건너뛰는 천부적인 신이한 능력을 지니고 있다. 임경업은 어릴 때 충주 삼초대에서 공부를 하다가 속리산에 가서 독보선생을 만나 무술에 정진한다. 그리고 공부하러 가는 도중에 활쏘기 연습을 하여 백발백중의 궁수가 된다.

주체자는 성실하게 노력하다가 타인에게 능력을 드러내지 말라는 금기를 파기하고 만다. 이처럼 성실하게 노력하는 것과 주어진 잠재적 금기 사이에서 주체자가 내면적 갈등을 일으키는데, 그 결과는 선생에게 추방당하는 현상으로 나타난다. 곧 주체자는 성실한 노력으로 얻은 표면적인 능력을 드러내려는 현시욕 때문에 내면적 갈등을 초래하게 된다.

이몽학은 무사적 측면만이 아니라 지혜적 측면에서도 성실하게 노력하지만 그에게 시련이 닥친다. <홍수 물건너기> 삽화에서 능력 발휘와 금기를 지키려는 성실한 노력이 대립한다. 이몽학은 홍수 물건너기라는 특수상황에 처하여 자신의 신이성을 선생에게 드러낸다. 그리고 김덕령은 <장군수 훔쳐먹기> 삽화에서 8년간의 학업기간을 6년에 끝마치는 능력을 보여주고 있다. 김덕령은 생래적인 결핍 능력을 극복하기 위하여 노력한 결과 탁월한 능력을 지니게 된다. 여기에서 김덕령은 한계를 초과하여 자기의 능력을 드러내고자 한다. 결국 성실한 노력은 능력을 과시하고 싶은 현시욕의 저항을 받게 된다. 김덕령은 축지법으로 선생을 몰래 따라갔다가 다음날 장군수를 훔쳐먹는 능력을 선생에게 드러낸다. 임경업도 성장기에 늦은 아이, 불구의 아이로 무술에 정진한다. 선생은 임경업의 탁월한 능력을 보나 그가 천기를 보지 못한다는 사실을 파악하고, 자신을 강한 인물로 드러내기를 좋아하는 임경업이 지혜 공부를 등한시한 이유를 들며 부모를 질책한다. 다만 임경업은 선생에게 신이한 능력을 보이지 않았기 때문에 이별해야할 뚜렷한 이유가 없다.[55]

주체자는 지혜적 측면에서 아직 미완성적이고 미숙한 상태이기 때문에 이를 극복하기 위하여 선생에게 좀더 배워야 한다. 주체자가 선생에게 계속 배우기 위해서는 자신의 신이성을 드러내지 말아야 한다.

이몽학은 홍수 물건너기라는 고난에도 자신의 성실성을 유지하려다가 선생의 호기심을 유발하게 된다. 선생은 호기심으로 이몽학의 신이한 능력을 발견하고 이몽학을 버리게 된다. 따라서 이몽학은 방관적 원조자가 된 선생의 태도로 인하여 지혜 측면이 결핍되어 불완전하게 성장한다. 그리하여 이몽학은 성숙될 때까지 기다리지 못하는 조급성을 드러내거나, 초립동이, 누이, 용으로 상징되는 부족한 지혜의 습득 기회를 상실한다. 그러므로 뒤의 대립·갈등에서 불완전하고 부당한 승리를 하거나 패배한다.

김덕령도 선생과 대결할 때에 그의 능력을 보이지 말아야 한다. 김덕령은 선생의 장군수를 훔쳐먹지 않고 인내하면, 성실성과 능력을 인정받아 완전하게 성장하였을 것이다. 그렇지만 그는 능력 현시욕 때문에 성실성과 잠재된 금기를 파기하고 일시적으로 승리하는 듯 하였지만 결과적으로는 선생에게 쫓겨나 지혜적 측면을 습득하지 못하게 된다. 그리하여 능력의 과시 때문에, 어떤 일도 기다리지 못하고 조급하게 서두르고 우쭐대는 삶을 영위한다.

---

55) 임경업 설화에서는 신이한 능력이 부모에게 알려져도 타인인 선생에게 발강당하지 않는다. 곧 학습관련 삽화에서 부친은 임경업의 흥미와 능력을 이해하고 있는 것으로 나타나 있다. 그리고 씨름삽화에서 어머니는 신분적 변화를 나타내는 물건너기의행위를 알고 송아지를 돌려주도록 하여 타인이 신이성의 발견을 무마시켜 주었다.

임경업의 학습 삽화에는 금기가 보이지 않고, 오히려 선생이 그의 흥미와 능력을 파악하지 못한 인물로 나타난다. 그렇지만 임경업은 선생과의 이별로 지혜적 측면의 결핍을 가져와 탁월한 능력에도 불구하고 한계를 드러내는 인물이 된다. 이런 한계는 방관적 원조자가 된 선생과 대립·갈등의 양상이 잠재되어 드러나지 않고 강한 인물의 과시로 나타난다.56)

이상에서 방관적 원조자와의 갈등은 주인공이 그의 초월적 능력의 표출여부와 관련되어 있으며, 선생이 그 갈등의 대상이 되고 있음을 살펴보았다. 이 갈등은 성장기 초기에 나타나는데, 주인공은 신이한 능력을 드러냄으로써 선생에게 버림을 당한다. 이로써 원조자가 되어야할 선생이 방관적인 태도를 취하게 된다. 이는 주체자의 성장기, 활동기의 지혜적 측면에 영향을 미치게 되어, 그 결과 최후에 패배하게 만든다. 위에서 살펴본 바와같이 갈등의 심각성은 이몽학이 가장 심하고, 임경업은 뚜렷하게 나타나지 않으며, 김덕령은 이 둘의 중간 형태를 취하고 있다.

2) 실패한 원조자와의 갈등

주체자는 신이한 능력이 선생에게 발각당하여 쫓겨난 이후에 자신이 세상에서 최고이기를 바란다. 곧 자기 자신이 강한 인물로 인정받기 위해서 자기를 도와줄 수 있는 인물들과 대립한다.

이러한 대립은 이몽학 설화에서는 <힘내기형>의 <초립동이> 삽화, <오뉘 힘내기> 삽화, <치마대> 삽화에 나타나고 있고, 김덕령 설화에는 힘내기형의 <씨름> 삽화, <오뉘 힘내기> 삽화, <치마대> 삽화에 나타나 있다. 그리고 임경업 설화에서는 <아기장사> 삽화, <치마대> 삽화, 그리고 <처녀창귀> 삽화에 나타난다.57)

---

56) <처녀창귀> 삽화에서 처녀창귀는 임경업의 신이한 능력의 한계를 인식하고 자신의 도움이 필요함을 역설하였다. 이몽학이 처녀창귀의 행위를 이해하지 못하고 그를 버림으로 후에 3가지의 후회할 일이 생겼다는 것이다. 그 세 가지는 임경업이 비극적으로 죽게 되는 결정적인 요인으로 작용하였다.

주체자가 강한 인물임을 드러내기 위한 행동은 다음과 같이 나타난다.

이몽학은 실패한 원조자와의 갈등에서 강한 인물로 인정받기 위하여 누나, 초립동이, 용마와 대립한다. 대립과 금기적 요소가 없이 강한 인물임을 나타낸 것은 단편적인 <홍수 물건너기> 삽화에서 물 위를 나뭇잎이나 메밀대를 타고 건너가거나, 가랑잎으로 배를 만들거나, 나막신을 신고 물을 건넜다는 것 등이다. 또 호미와 살포란 농기구를 무기로 만들어 난을 일으켰다는 데에서도 나타난다. 이는 보통 사람들이 엄두도 내지 못할 신이한 행위로, 이몽학을 강한 인물로 부각시키게 한다. 이때 이 삽화들은 뚜렷한 대립적 요소를 보여주지 않는다.

김덕령은 자만심에 빠져 수련하지 않고 상씨름판에 나가 황소를 독차지할 정도로 자신의 능력을 과시한다. 이처럼 김덕령은 자기가 강한 인물임을 인정받기 위하여 다른 인물과의 대립을 서슴치 않는다. 이러한 김덕령은 선생에게 쫓겨나 집으로 오다가 김정승네 집에 나타난 불덩어리로 변한 왜장 셋과 대립한다. 이 대립에서 김덕령은 아무도 들지 못하는 300년 전의 철퇴로 일본장사를 물리쳐 명성을 떨치게 된다.

서민적인 삶을 살아온 임경업은 관료로 진출하기 전이나 후에도 서민적인 삶을 유지하며 양반지배층의 생활 방식에 대립하여 왔다.[58] 이런 삶은 부친이 옥사장으로 있을 때 강도로 잡혀온 사람이 불쌍하여 풀어주었다는 탄생담에서 엿보이지만, 양반들의 수탈에 관한 삽화에 잘 나타나 있다.

주체자는 자신의 능력을 과시하기 위하여 도움을 줄 원조자의 기능을 담당해야 할 주변의 인물과 대립한다. 주체자의 독선적인 행위로 원조 기능을 하지 못한 실패한 원조자가 된다.

<초립동이>와 <씨름> 삽화에서 이몽학이나 김덕령은 강한 인물임

---

57) 앞의 두 삽화는 뚜렷하게 부각되어 나타나지 않는다.

58) 임경업이 관료로 진출하여 서민적 의식을 보여주고 있는 것은 낙안군수 시절, 그리고 단편적인 대민관계를 설명하는 삽화에서 보여주고 있다. 그런데 본 항목의 대립은 그가 강한 인물임을 드러내기에 중점을 둔 대립양상의 고찰임으로 이를 생략하기로 한다.

을 인정받기 위해 초립동이와 대립한다. 이 대립에서 이몽학은 누이가 변장한 초립동이나 산신의 변신인 초립동이에 의해서 패배한다. 그리고 김덕령은 씨름판의 승리에 도취된 자신에게 또 다른 강력한 적이 나타나리라는 것을 두려워 경계하기 위해 초립동이로 변복한 누나에게 패배한다. 이때 최고의 장사라고 자부하던 이몽학과 김덕령은 힘의 대결에서 초립동이에게 일방적으로 패배하는데, 이는 지혜의 부족에서 비롯된다. <초립동이> 삽화에서 이몽학은 자신이 강한 사람임을 나타내려고 하나, 오히려 독선적이고 도식적인 모습만을 보여준다. 그리고 <씨름> 삽화에서 김덕령은 자신을 강한 인물로 드러내려다 수포로 돌아가자, 자포자기 상태에 빠진다. 남복한 누나(초립동이)에게 패배한 김덕령은 이를 반성의 계기로 삼지않고 부정적인 태도를 취한다. 김덕령은 자신의 패배를 인정하지 못하고, 아울러 자기 약점을 보완하려고 하지도 않는다.[59] 이몽학이 강한 인물이 되기 위해서는 초립동이로 상징되는 연약하고 미숙한 민중들의 경계를 겸허하게 수용하여야 하는데, 그렇게 하지 않는다.

주체자 이몽학과 김덕령이 누나보다 강한 인물임을 드러내려는 삽화가 <오뉘 힘내기> 삽화이다.[60] 탄생담에서 보여주듯이 이들은 누이보다 생래적으로 능력이 부족하기 때문에 패배가 예정되어 있다. 그런데 자기보다 능력이 우위에 있는 누이를 제거하기 위하여 목숨을 건 내기를 한다. 반면에 누이는 주체자에게 화합과 협력의 자세를 익히게 하기 위해 내기를 한다. 누나는 승리를 하면 주체자를 죽이지 않고, 주체자에게 도움을 주려고 한다. 이몽학 누이는 이몽학에게 때가 되기를 기다리도록 설득하려고 하고, 김덕령의 누이는 김덕령에게 세상을 보는 안목을 길러 주

---

59) <오뉘 힘내기> 삽화에서 이몽학의 경우는 후회를 보이지 않는데 비하여 김덕령의 경우는 후회를 하고 자중하는 모습을 보였다고 한다(대계 6-8, p.200). 이 후회는 김덕령이 이몽학보다 활동기에 더 많은 능력을 발휘할 수 있는 계기로 보인다.

60) <씨름> 삽화의 대립이 <오뉘 힘내기> 삽화로 전이되어 갈등으로 발전하는 양상은 김덕령의 설화에서 보여준다. 김덕령이 패배하여 자격지심에 빠졌을 때 누나가 씨름판에 이겼다고 사실을 이야기 하자, 김덕령은 누이를 시기하고 질투하여 죽이려 하는 것이 <오뉘 힘내기> 삽화이다.

려고 한다. 그런데 주체자는 오로지 자기보다 강한 누나를 죽이려는 태도
를 지니고 있기 때문에, 어머니의 부당한 개입이나 자신의 오판으로 원조
자가 될 누이를 죽이고 만다.[61] 이 일시적인 승리는 원조자의 제거라는
실수로 말미암아 뒤에 적대자와의 대결에서 패배하게 되는 원인으로 작
용하게 된다.

<치마대> 삽화의 대립은 강한 인물이 되기 위한 명마와의 갈등을 보
여준다. 명마는 주체자가 강한 인물로 부각되도록 행동 반경을 확대시켜
줄 수 있는 협력자이다. 명마는 주체자가 요구하는 것처럼 화살보다 더
빨리 달린다. 하지만 주체자는 조급성과 부주의로 명마를 죽인다.

<처녀창귀> 삽화에서 임경업은 '지리는 잘봐도 천기는 못봐서 실패
한다'는 결핍된 요소를 보충받을 수 있는 기회가 주어진다. 처녀창귀는
임경업이 호랑이를 죽이자 자신을 '데리고 다녀달라'고 간청한다. 이때
임경업은 처녀창귀가 선택한 호식 대상을 놓고 대립한다. 화중들은 처녀
창귀가 희생물로 자신의 오래비를 선택하여 타인에게 해를 끼치지 않는
쪽과 오래비를 구하려고 타인을 선택해야 하는 이중성을 제시하고 있다.
그것은 이기적이고 즉자적인 태도를 벗어나 이타적이고 대자적인 태도를
갖게 하려는 민중의식에 의한 것으로 해석된다. 그러나 처녀창귀의 대자
적 태도를 이해하지 못한 임경업은 원조자로서의 창귀를 버리게 된다. 그
결과로 임경업은 원조자의 상실을 말미암은 패배를 겪게되는 것이다.

이상에서 주체자와 대립하는 초립동이·누이·명마·처녀창귀 등의
인물은 주체자보다 우월한 능력을 지니고 있으며, 그 능력으로 인해 원조
자의 기능을 담당할 수 있는 민중적 인물들임을 알 수 있다. 그러나 주체
자의 지혜와 성격의 결핍요소로 이들은 제거되며 주체자가 패배하는 원
인으로 작용하게 된다. 이때 초립동이는 겸허성을, 용마는 조심성과 세심
성을, 누나는 화합을, 그리고 처녀창귀는 통찰력을 상징하는 존재들로 나

---

61) 심지어 김덕령 설화에서 김덕령은 누이와 대결에서 1차 패배한다. 목숨내기를
한 김덕령은 약속을 이행하지 않고 한번 더 겨루기를 요구하였다. 누이는 화합이
대결의 목적이기 때문에 승리하였어도 목숨을 요구하지 않았다. 그런데 김덕령
은 패배하였는데도 승복하지 못하고 또 다시 내기를 요구한다.

타난다.

한편 실패한 원조자와의 갈등은 이몽학 설화에 많이 나타난 반면에 임경업 설화에는 적게 나타나고 있다. 그리고 주체자의 활동 범위가 확대될수록 실패한 원조자와 갈등하는 수는 반비례하여 적게 나타난다.

3) 패배한 적대자와의 갈등

비극적 장수설화에 나타나는 적대자들은 주체자와의 대립과정에서 패배하는 인물과 승리하는 인물로 나누어진다. 이중에 패배한 적대자들은 주체자의 능력을 부각시키는 기능을 담당하는 인물들로서 주로 초기에 등장한다.

본 항에서는 패배한 적대자들이 뚜렷이 나타나지 않는 이몽학 설화를 제외한 김덕령과 임경업의 설화를 대상으로 침략자인 일본과 중국(청)에 대한 적대의식, 중국에 대한 자존의식, 그리고 지배계층과의 투쟁을 통한 민중의식을 중심으로 갈등양상을 살피기로 한다.

(1) 침략자에 대한 적개의식

김덕령과 임경업의 설화에는 침략자에 대해 응징하는 삽화가 있다. 이 삽화들의 차용은 비극적 장수설화에서 주체자의 탁월성을 드러내면서 국가질서를 혼란시킨 외적에 대한 적개의식을 보여주고 있다.

ㄱ) 왜구에 대한 적개의식

왜장들과의 대립양상을 살펴보면, 김덕령의 상대인물들은 당대 최고의 영웅·호걸들이다.

첫 번째 대결은 선생에게 쫓겨나서 김정승 댁에 갔을 때 일어난다. 김덕령은 선생이 제시한 금기를 무시하고 불덩어리로 변한 왜장을 초인적인 힘으로 물리친다. 김덕령이 완전히 성숙하지 못하였음에도 왜구들과 대립할 때에 패배하지 않는 영웅상을 보여주는 것은 적개심 때문으로 보인다.

두 번째 대결은 부친의 상중에 어머니의 반대를 무릅쓰고 전쟁에 비공식적으로 출전하여 공을 세운 삽화에 나타난다. 김덕령은 마을 앞까지 쳐들어 온 왜적들의 행동에 민족적 울분을 느껴 단순한 구경꾼이나 방관자로 남아있지 못하고 왜구들을 몰아내기 위해 신이한 도술을 부린다.62) 김덕령은 적진의 수문장이 전혀 알아채지 못하게 청정의 진에 들어가서 총과 화살을 맞고도 조금도 상하지 않는 등의 신이한 능력을 드러내지만, 상중이기 때문에 왜구들을 살상하지는 못한다. 이 <왜군 물리치기> 삽화는 패배한 적대자인 왜군과의 대결에서 탁월한 능력을 보여주고, 이를 통해 민중들이 겪은 왜구에 대한 민족적 울분을 해소시켜 주는 역할을 하고 있다.63)

<왜장 조섭 죽이기> 삽화에서는 김덕령이 부친의 상중이란 요소에 구애받지 않고 이여송의 천거로 전쟁에 정식 출전한다. 이때 이여송은 조선인의 도움없이 전쟁에 이길 수 없음을 알고, 또 자신이 감당할 수 없는 조섭을 잡기 위하여 김덕령을 천거한다. 이 대결에서 김덕령은 자신보다 능력이 탁월한 기생 황월의 자발적인 협조를 얻어 승리한다. 김덕령은 비록 기생 황월의 절대적인 도움을 얻어 승리하지만 조섭을 죽이므로 왜장을 능가하는 인물로 승화되고 있다.64)

---

62) 김덕령은 간곳을 알 수 없게 사라지기, 정확한 약속한 시간에 나타나기, 총과 활을 쏠 때 없어졌다가 청정 앞에 나타나 자신을 소개하고 다시 나타날 것을 약속하기, 다음날 왜병들의 머리에 붙인 백지를 아무도 모르게 거두어 들이기 등이다.

63) 이것이 비극적 영웅설화에서 누리고자 했던 핵심적 내용이다. 즉 카타르시스인 것이다. 칼 Jasper는 "카타르시스는 단지 구경하는데 그치는 것이 아니라 경악의 체험으로부터 나타나는 존재에 대한 顯示이며 視界를 비좁고 맹목적인 것으로 만드는 현존재적 경험을 가로막는 것, 혼탁하게 만드는 것, 표면적인 것을 제거함으로써 참을 획득하는 것이다."(『비극론 인간론』, p.32)

64) 김덕령이 왜장 조섭을 죽이고 기생 황월과 함께 탈출하지 못하고 기생 황월을 버리고 자신만 탈출하는 것에서 그의 영웅의 한계를 드러낸다. 한편 황월의 전적인 도움은 미천한 기생조차 왜적에게 저항해야 한다는 민중적 적개의식을 드러내는 것이다.

<왜장 퇴치하기> 삽화에서 김덕령은 이여송의 천거로 대장이 되어 왜장 청정이나 평수길을 물리친다. 이여송은 왜장 청정과 대결할 능력이 모자라자, 조섭을 죽인 김덕령을 불러들여 신이한 능력을 부리는 청정과의 대결을 유도한다. 이 대결에서도 김덕령은 청정이 신이한 도술을 부리며 대결을 시도하자, 그에 맞서 신이한 도술과 함께 재치와 인내로 청정을 죽인다.[65]

그리고 평수길과의 대결에서 김덕령은 탁월한 능력을 드러내는 민족적 영웅상으로 부각된다. 김덕령은 평수길이 부리는 도술을 당하지 못하는 이여송을 도와 평수길과 대결한다. 평수길이 도망하면서 부리는 여러 가지 도술을 김덕령은 탁월한 능력으로 제압하여 물리친다.[66]

임경업의 경우 일본에 대한 적대의식은 임경업이 살아있을 때 이루어진 것이 아니라, 죽어서 연평도와 서해 도서의 당신으로 신격화된 삽화에서 드러난다. 임경업은 신이 되어 자신의 신당 근처를 무단침입한 일본 어민을 징치하고, 신당을 헐어버리려는 일본인 경찰서장을 물리친다. 이처럼 죽은 임경업을 후세의 일본인과 대립하도록 설정한 것에서 민족의 자주성과 자존심을 지키기 위한 배일 적대감정이 나타난다. 이는 임경업이 죽어서조차 신이한 능력을 발휘하는 민족적 영웅임을 드러내려는 민중의식의 발로에 의한 것이다.

ㄴ) 청에 대한 적개의식

임경업은 호국(청)에 쳐들어온 세력(가달국?)과의 대립·갈등에서 승리하여 명성을 천하에 날리게 된다. 그는 국내에 들어와 호국의 침입을 예방하기 위하여 의주부윤에 임명된다. 병자호란 전에 임경업은 그의 명성과

---

65) 김덕령은 청정과의 대결에서 그를 완전하게 죽이지 못하여, 새가 되어 날아가는 것을 이여송이 잡게되는 한계성을 드러낸다.
66) 평수길과의 대결은 두차례 진행된다. 재대결에서 김덕령은 평수길과 이여송보다 무능한 인물로 나타난다. 이때 세 사람의 우열은 평수길>이여송>김덕령의 순이다. 그러나 이여송의 도움을 받은 김덕령은 힘의 우위를 차지한다. 즉 김덕령은 평수길의 위치를 알고 구름 위에 올라가 그를 살해하여, 힘의 우열은 김덕령>이여송>평수길로 반전된다.

지략으로 그를 무서워하는 청나라의 침입을 막아낸다.

병자년에 조선이 중국에 조공을 제대로 바치지 못하여 청의 용골대와 마골대는 임경업이 수비하는 의주(백마산성)를 피하여 한양에 쳐들어와 왕자와 궁녀, 그리고 백성들을 수탈하였다. 임경업은 이 사실을 알게 되자 청나라 대군의 퇴로를 차단하고 담판을 한다. 청나라의 용골대와 마골대는 임경업의 능력을 따르지 못하자, 조선왕의 항서를 보이고 겨우 돌아간다. 여기에서 임경업의 능력은 청나라의 장수들보다 탁월함을 보여준다.

또한 임경업의 능력은 청 황제보다도 뛰어난 것으로 드러난다. 임경업이 청의 황제보다 우위를 드러낸 것은 명 황제의 요청으로 청과 싸우다 포로가 되어 청 황제와 대립하는 경우와, 옥새 찾아오기나 세자와 대군을 데려오기 등에서 단독으로 청에 들어가 황제와 담판하는 경우이다.[67]

이상에서 살펴본 침략자와의 대결에서는 그들을 응징해야 하는 주체자의 적개심과 우월의식이 나타나 있다. 김덕령 설화에 나타나는 왜구는 김덕령이 만난 실제 왜적인 동시에 민중들 속에 자리잡고 있는 왜적이다. 부친상을 당한 김덕령이 왜적을 물리치다가 역적으로 몰려 죽을지라도 왜적은 축출되어야 할 대상이다. 그리고 임경업은 중국의 한 제후국 왕을 처벌하여 민족적 영웅으로 부각되면서, 청의 명장 용골대와 마골대, 청의 황제, 청의 공주, 후세의 일본인과 대립 갈등을 한다. 임경업은 이 대립 갈등에서 일방적인 승리를 한다. 주체자가 외세와의 대립 갈등에서 승리하도록 설정한 것은 임병양란에서 당한 민족적 수치를 정신적으로 보상받고자 하는 적개의식이 밑바탕에 깔려있기 때문이다.

(2) 중국에 대한 자존의식

김덕령 설화에서 중국에 대한 자존의식은 탄생담과 <왜장 조섭 죽이

---

67) 전자는 포로가 된 임경업이 위협에도 굽히지 않고 "네 명은 七步之內에 있으니 나에게 달렸고, 내 명은 하늘에 달렸다."고 하여 청 황제의 사죄를 받은 삽화이며, 후자는 청 황제와의 담판으로 세자와 대군을 데려오는 삽화와 만주땅을 할양받아 오는 삽화, 청나라 공주의 청혼을 거절하는 삽화 등이다.

기> 삽화, <왜장 퇴치하기> 삽화 등에 나타난다. 중국에 대한 민족적 자존의식을 나타내는 설화들은 김덕령이 민족적 영웅으로서 능력을 충분히 발휘하도록 형상화하고 있다. 그리고 임경업 설화에서 중국에 대한 자존의식을 보인 것은 풍수지리 탄생담, <삼국 영웅되기> 삽화, 조선을 탈출하여 명나라로 갔을 때 중국황제가 도와달라는 삽화 등에 나타난다.

김덕령의 탄생담은 중국과의 대립양상을 나타낸 것은 아니지만, 중국에는 없는 천하명당이 조선에 있다는 것과 그 명당을 중국인이 아닌 조선인이 차지한 점에서 중국에 대한 민족적 자존심을 엿볼 수 있다. 천하최고의 명당이 무등산에 있어 중국의 지관들조차 찾아온다. 그리고 지관은 3명인데도 불구하고 조선에서 남의 집살이, 여막살이, 주막살이, 신털미 장사를 하는 미천한 김덕령의 부친이나 조부에게 패배한다. 그리고 명당을 빼앗긴 중국인이 산소를 잘못 썼다거나 다른 곳을 잡아준다고 제의할 때도, 김덕령의 부친은 불행이 닥친다고 할지라도 중국인의 말을 믿지 못한다고 하여 민족적 자존심과 선민의식을 드러내고 있다.

또 조선의 이인들은 임진왜란 때 이여송이 퇴각하기 위하여 여러 가지 트집을 잡을 것을 예견하고 사전에 철저히 준비한다. 따라서 이여송은 일방적으로 패배한다. 이로 인하여 조선민족의 우월성을 보여주고 있다. 민중들은 천기를 빌어 이여송으로 하여금 임진왜란을 종식시킬 인물로 조선의 장수 김덕령을 뽑도록 설화를 결구한다. 민중들은 트집잡기에 실패한 이여송에게 천기에 따라 조선 장수의 도움없이는 임진왜란을 평정할 수 없게 결구한다. 따라서 이여송은 자기가 천거한 김덕령보다 열등한 존재로 나타난다.

김덕령은 조섭의 목을 베어온 후에 이여송의 선봉장이 된다. 김덕령은 왜장 조섭를 능가하는 인물일 뿐만 아니라, 명장 이여송과 다른 왜장들보다 뛰어난 인물이 된다. 하지만 항상 이여송의 천거 대상이 되거나 도움을 받아 왜장들을 물리친다. 청정과의 대결에서는 죽인 청정이 새가 되어 날아가는 것을 이여송이 잡았고, 평수길과의 대결에서 이여송의 전적인 도움과 협조로 평수길을 죽인다. 이여송의 도움을 받은 김덕령은 이여송과 평수길을 능가하는 민족적 영웅으로 부각되고 김덕령과 이여송의 협력으로 임진왜란이 끝나게 된다.

이는 임진왜란의 종식이 중국의 도움만은 아닌 조선인의 자구적인 노력의 결실임을 드러내려는 것이다. 다시 말해 조선의 일은 조선인에 의해 이루어지거나 이루어질 수밖에 없다는 민족적 자존심을 나타내고 있다.

임경업 설화에서 가장 먼저 나타난 중국과의 대립 양상은 탄생삽화에 보이는 묘자리를 파괴하러 온 외국 중의 삽화이다. 이 대립에서 임경업의 부친은 외국(호족계통)의 중이 추활로 명당을 파괴할 때, 추활 한 움큼을 몰래 빼놓았기 때문에 부분적으로 명당을 지켜 승리하게 된다.

임경업이 처음 상대한 나라는 호국을 침입한 가달왕이다. 임경업은 박씨부인의 추천과 이시제의 천거로 사신 일행을 따라 중국 명나라에서 요청한 장사로 중국에 간다.[68] 중국에 들어간 임경업은 명 황제의 명을 받고 오합지졸의 중국 군대를 이끌고 호국을 쳐들어온 가달국을 물리쳐 호국을 구해주고 삼국의 영웅이 된다. 이 삽화는 임경업을 삼국의 영웅으로 만드는 역할을 수행하며 회(청)국의 신의가 없음을 보여주기 위해 허구적으로 설정된 대립양상이다. 이런 결구는 중국에 대한 민족적 자존심을 나타낸 것이라 하겠다.

명의 황제보다 우위를 차지하는 양상은 독보 선생의 꾀임에 빠져 명나라로 탈출하는 삽화에서 명 황제가 살려달라고 구술하는 장면에 나타난다. 명나라가 청나라의 핍박을 받는 위험한 상태에서 명의 황제가 임경업에게 직접 나섰다고 설정함으로써 민족적 자존의식을 보여주고 있다.

이상에서 민족적 자존의식을 나타낸 삽화들은 조선의 일은 조선사람에 의해서 해결될 수밖에 없으며, 또한 중국인을 능가하는 조선의 인재들이 많이 있음을 보여준다. 이로써 양반지배층이 지니고 있던 중국에의 의타심과 사대사상을 부정하고, 중국과 대등하거나 우위에 서려는 자존심이 부각되어 있다.

---

68) 김자점은 임경업과 사이가 좋지 못하여 임경업이 잘못되도록 중국에 보낸 것이라 한다. 이런 내용은 고소설 <임경업전>의 내용과 같다(대계 7-18, pp.291-192).

(3) 지배계층과의 투쟁을 통한 민중의식

패배한 적대자들로서 국내인물은 이몽학 설화의 무능한 관군들, 김덕령 설화의 위정자들, 그리고 임경업 설화의 양반계층이다. 부당한 횡포에 저항하는 삽화를 보면, <이웃양반 수탈 방지> 삽화에서 임경업은 신분적으로 미천한 장사꾼의 아들로 태어난다. 임경업은 부친이 노력하여 만든 부를 이웃양반에게 일방적으로 수탈당하는 것을 참을 수가 없다. 양반들의 수탈에 대한 첫 번째 대항 방법으로 고개턱에 성을 쌓아 통행을 막는 방법이다. 이는 양반에 대한 적극적인 대립 갈등이 아니라 대립을 회피하려는 수단이다.

임경업(민중)의 대립 회피는 양반지배층들이 자신들의 우위로 착각하여 수탈을 계속하게 만든다. 이로 인해 양반과의 대립 갈등은 확대되고 지속된다. 민중적 사고에서 지속된 대립갈등의 해결 방법은 보다 강력한 힘의 사용이다. 이는 임경업이 대추나무를 뽑아 양반집 사랑채를 부수어버리는 것으로 나타나는 데, 양반들이 지탱하여 왔던 신분적 지위를 능가하는 힘이다. 이런 임경업의 행위는 민중들에게 평안하고 안락하게 사는 삶의 방법을 제시하고 희망을 준다.

<재상가 무덤파내기> 삽화에도 세도를 부리는 서울의 재상가와 임경업이 명당으로 인한 대립 양상을 나타난다. 미천하고 불구인 임경업이 피지배층을 핍박하는 양반층과의 대립에서 우위를 획득하도록 하여, 민중들의 삶이 양반층의 삶과 대등하거나 우월함을 보여주고 있다.

처음에는 서울 재상가의 일방적인 우위로 끝나지만[69] 임경업의 조상 무덤은 작기 때문에 남겨져, 대립의 지속성을 유지하게 된다. 대립의 지속성은 자아실현의 의지가 없는 임경업 부친 세대에서 내면화되다가, 지배층과의 대등한 인격적 대접을 요구하는 자아실현의 의지를 가진 임경업 세대를 기다리게 된다.

임경업의 부친은 자아실현의 의지를 가진 임경업에게 대립갈등을 조

---

69) 실제로 양반이 무덤을 잡고서 30리 인근의 무덤을 파버렸다거나, 주변에 담을 쌓고 문을 만들어 통행조차 막아 버렸다.

장할 수 있는 요건조차 숨겨버린다. 부모로 표상되는 민중들의 고난과 고통을 알아차린 임경업은 그 원인을 해결하려는 강한 의지를 보인다. 그는 강한 의지가 있을 뿐만 아니라 지혜와 능력을 갖추어 대립갈등을 표면화시킨다. 임경업은 재상집에 찾아가 신이한 능력을 보이며 늙은 대감보다 더 우위를 획득한다. 지배층과의 대결에서 어린 임경업은 반말을 쓰고, 재상이 존댓말을 사용함으로써 일방적으로 승리한다. 이리하여 임경업은 부당한 양반의 수탈을 막고 자신의 삶을 되찾는다.

이상 패배한 적대자와의 갈등에서 주체자의 초월적인 능력을 김덕령과 임경업 설화를 중심으로 살펴보았다. 이들의 대립 · 갈등은 개인적 싸움이 아니라 외적을 물리치는 민족적인 갈등으로, 민중에게 큰 관심과 전폭적인 지지를 받는다. 하층민 출신인 이들은 패배한 적대자들과 대립할 때에 뛰어난 장수의 능력을 보여 일시적으로 사회적 자아실현의 가능성과 새로운 이상세계의 실현 가능성을 보여준다. 김덕령은 왜와 싸움할 때에 다른 사람의 도움을 받거나 초월적인 도술로 왜구들을 후퇴시키고, 임경업은 양반 지배계층과 청에 가서 탁월한 능력을 보여주어 승리를 한다.

4) 승리한 적대자와의 갈등

주체자는 패배한 적대자와의 갈등에서 탁월한 능력을 발휘하여 민족적 영웅으로 부각된다. 그러나 이들은 개인적 욕심만 채우려는 부하, 위정자들, 김자점과 대립 · 갈등하게 된다. 이들과의 대립 · 갈등에서 주체자는 탁월한 능력을 발휘하지 못하고 무능력하게 패배하고 만다. 이에 관련된 삽화들은 각 인물의 최후에 관련된 삽화에 나타난다.

주체자는 탁월한 능력에도 불구하고 비극적 장수으로서의 한계를 보여준다.

이몽학은 임진왜란이라는 혼란기와, 몇 년간 계속되는 흉년, 그로 인한 기근, 그리고 양반계층의 수탈에 시달린 백성들의 고통을 해결하려는 사회적 자아실현의 기치를 내세운다. 이런 이몽학의 대립 · 갈등은 문헌설화나 구비설화에서 간략하지만 선명하게 나타난다. 이몽학은 자기 부하였던 김경창·임득이 등 승리한 적대자와의 대립·갈등에서 일방적으로 패배한다. 민족적 영웅으로서 탁월하고 신이한 능력을 발휘하였던 김덕령은 통치세력과의 대립에서 그 능력을 발휘하지 못하고 패배하여 비극적인 최후를 마친다. 임경업은 중국 장수들과의 대립·갈등에서 탁월한 능력으로 승리하여 민족적 영웅으로 부각되지만, 개인적으로는 자신보다 미천하고 무능한 인물인 김자점과의 대립에서 일방적으로 패배한다.

승리한 적대자와의 갈등은 홍산에서 반란을 일으킨 이몽학의 경우 인근 백성들에게 높은 호응을 받아 홍산·임천·정산·청양 등의 고을을 삽시간에 점령하고, 이내 홍주성을 포위하기에 이른다. 이몽학과 집권세력과의 대립·갈등은 억압받은 민중들에게 사회 구조적 모순을 극복하고 인간답게 살 권리를 실현하려는 행위로 받아들여진다. 이를 위한 이몽학의 노력은 그의 부하들인 승리한 적대자에 의해 무산된다. 승리한 적대자들은 이기적 삶을 살기 위해서 같이 거사를 일으킨 동료이자 상관인 이몽학을 잠자는 사이에 죽인다.

김덕령은 어머니의 반대로 전쟁에 비공식적으로 출전하여 신이한 도술로 왜구를 물리친다. 그러나 승리한 적대자인 위정자들은 이 허점을 이용하여 자신들의 목적이 달성된 후에 김덕령을 모함하여 죽인다. 김덕령의 능력을 시기한 위정자들은 개인적 욕망성취를 위해 윤리적 선택과 사회적 선택 사이의 함정에 걸려든 그를 패배시키게 된다. 이는 김덕령의 지혜의 성장이 정지됨에서 비롯된다.

임경업은 김자점의 개인적 욕망에 의해 대립·갈등을 일으키게 된다. 김자점은 자신의 영달과 역모를 위해 정직하고 충성스러운 임경업을 제거하려 한다.

주체자와 승리한 적대자와의 갈등은 주체자의 승리-적대자의 모함-주체자의 패배의 전개양상을 보여준다. 이는 주체자보다 능력이 부족한 적대자들이 부정적 지략으로 지혜의 결핍을 지닌 주체자를 패배시키는 것으로서 주체자가 금기를 파기하고 자신의 능력을 미리 드러낸 것과 원조자와의 대립에 의한 필연적인 결과이다.

이몽학은 성장기의 독선적이고 무자비함, 포용력의 부족을 드러내어 민중들을 이해하지 못하는 새로운 세력으로 등장하였기 때문에 민중들의 도움을 상실하여 패배하게 된다. 민중을 상징하는 누이, 초립동이, 용마와의 대결에서 지혜의 결핍으로 인하여 그들과 적대관계를 초래하여 민중적 지지기반을 획득하지 못하는 것이다.[70]

김덕령은 능력을 발휘하지 못하게 하고, 죽이려고 하는 위정자의 책략에 속수무책이었다. 그가 할 수 있는 일은 총·칼·매·활·능지처참·불 등 온갖 수단을 동원하여 자기를 죽이려는 위정자에 대항하여 죽지 않는 것이다. 김덕령은 이런 위정자들을 지치게 만들어 우위를 점한다. 위정자들은 김덕령의 소원대로 '만고충신'이란 표말을 써주고 죽인다.

위정자들은 김덕령을 제거함으로 승리한 듯이 보이나, 내면적으로는 일방적인 패배를 당한다. 김덕령이 '만고충신'이라면 추앙하고 높이 모셔야 할 대상이다. 위정자들은 '만고충신 김덕령'이란 표말을 써주면서 김덕령을 죽이는 논리적 모순을 범한다. 여기에서 위정자들이 백성들에게 강요하였던 유교적 실천 덕목이 허구임과 집권을 위해서 어떠한 파렴치한 행위도 자행할 수 있는 존재임을 보여주고 있다.

임경업과의 대립에서는 처음에는 김자점이 우위를 지닌다. 김자점은 임경업을 중국에서 요청하는 구원장수로 천거해서 제거하려고 하였다. 오히려 임경업은 김자점의 뜻과는 반대로 호국에 침입한 변방세력을 물리쳐 명과 호국(청)에서 삼국영웅으로 명성을 떨치게 된다. 대립의 중간에는 임경업이 대등한 위치로 변하였다가 청나라의 침입을 통해 임경업이 우위로 역전된다. 임경업은 청나라 황제와의 담판으로 세자 대군을 데려오기, 영토를 할양 받기, 공주의 청혼 거절하기 등으로 김자점의 대결 상대가 되지 않을 정도로 탁월한 존재로 바뀐다.

---

70) 구비설화에는 집권층과의 대립양상을 간략하게 설정하였는데, 그는 최후에 패배하여 홍주성(천안)에서 죽임을 당한다. 이때 대립·갈등은 자기 부하에게 죽은 사실을 형상화하거나 관군에게 죽은 것으로 나타난다. 그런데 장렬하게 죽어야 할 이몽학이 보잘 것 없고 대결이 될 수 없는 청의노졸에게 잡혀 죽었다고 하거나, 더럽고 지저분한 수채구멍에서 나오다가 죽었다거나, 채일에 갇혀 부하에게 잡혀죽었다고 한다.

열등한 김자점은 정당한 대결이 아닌 왕명을 사칭하는 비열한 수단으로 대립을 지속시킨다. 왕명은 봉건적 사회에서 어떤 능력으로도 대결할 수 없는 절대절명의 지상 최고의 선이다. 그렇기 때문에 탁월한 능력을 지닌 임경업이라도 김자점의 거짓 왕명에는 대항할 수가 없었다. 그래서 임경업은 공을 세우고 돌아오다가 김자점이 꾸민 거짓 왕명으로 체포되어 옥에 갇혀 죽임을 당하게 된다. 그리하여 왕명을 앞세운 김자점이 절대 우위를 점한다. 임경업이 김자점과 대립할 때 죽지 않으려고 하고, 옥에서 탈출하여 임금을 알현하는 정도이다. 이와 같이 신이하고 탁월한 능력을 가진 인물이 간사하고 자신의 영리만을 추구하는 인물에게 패배하고 만다.

민중들이 이와 같은 주체자의 비극적인 패배를 통하여 드러내고자 한 것은 사회의 구조적 모순과 비극적 상황 인식이다. 이러한 주체자의 비극적인 죽음은 그 자체로서는 패배이지만 민중들의 새로운 삶에 대한 열망은 그들의 신원을 통하여 되살아난다.

이몽학 설화에서 화중들은 이몽학의 죽음을 완전한 패배로 인정하지 않고 대립에서 회피하게 만들거나 새로운 대립을 제시한다. 전자는 이몽학을 대립·갈등에서 패배하자 도망하게 하여 잠재된 세력으로 만들어 놓고, 후자는 이몽학의 죽음으로 완전한 패배를 인정하는 듯하나 그의 가옥과 묘자리에 대한 파가저택이라는 위정자들의 보복 과정을 통하여 비극성을 극복한 새로운 영웅의 출현과 기대를 암시하고 있다.

김덕령 설화에서 '만고충신 김덕령' 현판 삽화는 위정자들에 대해 민중들이 지닌 무언의 항의를 암시한다. 민중들이 국난에 처하여 국가를 위해 헌신적으로 노력한 대가는 지배계층의 수탈이다. 이렇게 살아온 민중들은 그 한을 김덕령의 삶 속에 투영시킨다. "만고충신 김덕령"이란 현판이 지워도 지워지지 않고 다시 살아난다는 설화의식은 그들이 기대하고 있는 새로운 세계를 건설할 장수의 출현을 암시하는 것이다. 외면적으로 죽은 김덕령에게 끊임없는 생명력을 부여하여 민중적 영웅으로 설정하고, 이를 통해 나약한 것 같은 민중의 삶이 무한한 생명력을 가졌음을 나타낸다. 또한 민중들 속에 묻혀 있는 능력있는 인물을 제대로 사용하지 못하고 죽이는 통치세력의 독선과 위선을 폭로하고 있다.

임경업은 살아있는 동안에 김자점의 비굴한 간계로 죽임을 당하고 패배하여 김자점이 우위를 점하는 듯하지만, 사후에 지속되는 대결에서는 김자점의 역적 행위를 폭로하여 죽도록 만들어 진정한 승리자가 된다. 결국 임경업은 관에서 장수으로 추대되고, 연평도와 서해 도서의 당신이 되어 민족적 영웅으로 주민들의 수호신이자 어업신으로 숭앙되었다. 이에 반하여 김자점은 역적으로 몰려 임경업 자손에게 보복을 당하고, 백성들에게 살이 점점이 찢기어 이름이 자점이 되었다.

이상에서 지배계층이나 이들의 하수인들인 승리한 적대자들과의 대립 갈등은 세계의 부조리와 신분질서를 해결하여 새로운 세계를 건설하려는 민중의식에서 비롯됨을 살펴보았다. 주체자는 엄청난 능력을 발휘하면서도 결정적인 순간에 금기의 파기로 인한 지혜의 결핍에서 비롯된 불완전한 능력 때문에 좌절하여 부조리하고 모순된 세계를 극복하지 못하는 모습으로 형상화된다. 그러나 민중들은 최후담이나 후일담에서 비극적인 장수들의 좌절과 패배의 원인을 고찰하면서 그렇게 되지 않을 새로운 영웅출현의 기대심리를 보여준다. 민중들은 주인공들이 당한 죽음을 파국으로 결구하지 않고, 새로운 이상세계를 건설할 수 있는 가능성을 제시하여 대립·갈등을 민중을 주체로 한 소망의 구조로 바꾸어 놓고 있는 것이다.

4. 사건의 수용 양상

영웅담의 인물들이 역사적 인물이란 점에서 역사적 사실을 근간으로 수용하고 있으면서도 허구적 내용을 수용하고 있다. 그런데 그 수용양상은 비극적 영웅담의 유형이 따라 다르게 나타나고 있다. 역사적 사건의 내용이 비교적 정확하게 기록된 관군의 장수에 관한 전승은, 역사적 사건이 근간을 이루고 있으면서도 내용에는 신이한 허구성을 많이 수용하였으나, 전승의 증거물은 거의 제시하지 않았다. 반면 반란의 장사에 관한 전승은 역사적 사건의 기록이 별로 존재하지 않아 그에 관한 전승은 허구적인 내용이 주를 이루면서도 이를 사실로 받아들이기 위하여 사건의 내용이 사실로 인식할 수 있는 내용이거나 증거물을 구체적으로 제시하고 있는 것이 특색이다.

1) 역사적 사건의 수용

어떤 인물에 관한 전승의 내용은 구성상 구체적인 역사적 사실을 중요한 요소로 수용하고 있는가 하면 역사적 사실과는 별로 관계없는 내용을 수용하는 경우가 있다. 전자는 누구나 아는 일반화된 역사적 사실을 기본 골격으로 유지하기 때문에 전승에서 사건의 내용을 뒤바꿀 수 없다. 많은 허구적 요소를 차용하여 결구한다고 하여도 역사적 사실의 기본 골격이 유지되어 거짓 진술로 받아들이지 못하게 만든다. 따라서 전승과정에서 상상력이 제한되고, 기본적인 역사적 사실의 요소가 허구의 요소를 사실로 끌어들여 전승되는 사건을 사실로 인식하게 만든다. 반면 후자는 명백하게 부각된 역사적 사실을 수용하지 않고 일반적으로 알려진 사실을 반영하여 그 전승 인물에게 새로운 특징을 부여한다. 이런 전승은 전승자들에게 구체적으로 부각된 역사적 사건이 없거나 미미하여, 특정한 역사적 사건과 관련시켜 내용을 구성할 수가 없을 때 이루어진다. 전승에 수용된 사건의 내용은 실제로 있었다고 하지만, 허구적 요소가 강화되면서 구심력을 잃고 그 전승 형태를 지탱하지 못하고 변모하게 된다. 따라서 특정한 역사적 사건과 관련이 없는 허구적인 사건을 구성 내용에 수용하여 마음껏 상상력을 발휘하게 된다.

(1) 비역사적 사건의 수용(이몽학의 전승)

이몽학은 역사적으로 서울의 천얼 출신으로, 부여 홍산지방에 모속관으로 와 있다가 한현과 함께 반란을 일으켜서 한때 그 위세를 떨쳤으나 청양 근처에서 부하에게 죽음을 당하고 만다. 이몽학의 전승은 막연한 역사적 사실을 전승에 수용하고 있기 때문에 사건들이 허구적인 원심력으로 인하여 이야기 전체의 내용이 다양한 변이를 보이게 된다.

1. 이몽학은 부여 홍산(은산) 근처 산천의 정기를 받고 태어났다.
2. 어릴 때 남면에 있는 훌륭한 선생에게 배우다가 신이성을 드러내 쫓겨 났다.
3. 무술공부와 힘내기(오뉘, 치마대)에서 승리하고, 이적을 행하여 능력있 는 인물이 되었다.
4. 백성을 위협하여 난을 일으킨 그는 삽시간에 홍산 인근의 군현을 점령 하였다.
5. 홍주성을 치려다가 밤에 부하에게 죽었다.
6. 정부군은 후에 이몽학의 묘소와 집터를 파가저택하였다.

그의 출생지를 보면, 사실이나 문헌기록은 서울로 되어 있는데 구비전승에서는 부여 홍산 출신으로 되어 있다. 그리고 전승의 내용은 이몽학이 이곳에서 반란을 일으켜 죽기 이전의 사건 이야기들이 중심을 이루고 있는데, 대부분 역사적 사건과 관련없는 허구적 사실들이다.[71) 이몽학 전승에서 비교적 역사적 사실을 다룬 반란에 관련된 삽화들을 살펴보자. 이몽학이 반란을 일으키기 위하여 백성들을 수합하는 과정을 보면 다음과 같다.

• 이몽학이 반심을 품고 백성들을 끌어모은 뒤에 호미를 쭉쭉 뻗쳐 창을 만들고, 이로 백성을 억압하고 눌러서 난을 일으켰다(자료 25).
• 이몽학이 여름에 수백명이 모여서 두레질로 논을 맬 적에 일 없이 호미 만 댕기며 쭉쭉 뻐드려서 창을 만들고 백성을 억압하여 반란을 일으켰 다(자료 16).
• 이몽학은 사람들이 따르지 않자 살포라는 농기구를 공중에 던져서 창처 럼 땅에 꽂을 수 있는 무기를 만들었다(자료 31).

71) 이는 선승자의 입장에서 다시 검토되어야 할 사항이다. 전승자들은 이몽학이 이 곳 출신이란 증거로 모종터, 파구터, 오뉘 힘내기의 성쌓기 증거물로 보았을 때 확실하게 인지하고 있다고 하겠다.

이 삽화들은 이몽학이 홍산에서 반란을 일으키자 많은 백성들이 동조하고 따랐다는 역사적 사실을 반영하고 있다. 그런데 이몽학이 강제로 반란 세력을 모은 것으로 되어 있다. 이로써 관은 이몽학의 반란이 민심과 유리된 것이라 설명하고, 민중들은 관으로부터 받을 억압을 무마하면서도 "잘하면 반역을 하여 성공할 수 있을지도 모른다"는 이면적인 의식을 내포하고 있다고 하겠다.

> 이몽학은 홍산에서 난을 일으켜 홍산현을 혁파하고, 임천, 정산, 청양, 대흥을 차례로 점령하였다. 홍주성을 점령하려다가 홍가신의 꾀에 넘어간 부하한테 죽었다.

위 삽화에서 이몽학이 홍산에서 반란을 일으켜 홍주성까지 쳐올라갔다가 홍주목사 홍가신에게 패하여 부하에게 죽었다는 것은 역사적 사실과 일치한다. 이처럼 난의 진행과정 줄거리는 역사적 사실과 일치하지만, 나머지 대부분은 허구적 요소로 이루어져 있다.

난을 일으키기 전에 누나가 제시한 금기인 "삼년 있다 일어나거라", "구룡산에 누렁소가 일어나거든", "설강 밑에 심어논 메밀 꽃이 피거든" 등은 사실이 아닌 허구이다. 그리고 이몽학이 죽게 된 사건도 홍주성을 점령하지 못하고 부하에게 죽었다는 것은 사실이지만, 그 이유가 자신의 능력 부족이 아니라 부하들에게 휴식을 주기 위해서라고 한 것은 이몽학의 영웅성을 드러내기 위한 허구이다.

이런 허구적 요소는 죽음과정에서 전승자의 의식을 드러내면서 확대되어 나타난다. 즉, 죽었다는 사실만 일치할 뿐 그에 대한 원망과 성공하지 못한 것에 대한 아쉬움을 나타내기 위하여 허구적 요소가 가미된 것이다.

(2) 역사와 비역사의 결구(김덕령의 전승)

김덕령에 대한 전승의 내용을 재구하면 다음과 같다.

> 1. 김덕령은 무등산 근처의 천하제일 명당의 지기를 받고 미천한 집안에

서 태어났다.
2. 훌륭한 선생에게 배우다가 신이성을 드러내 쫓겨나게 되었다.
3. 무술공부를 하고 힘내기(씨름, 오뉘 힘내기, 치마대)에서 승리하였다. 이
   때 치마대 전설에서의 잘못을 후회하였다.
4. 임진왜란이 일어나 탁월한 능력을(왜군물리치기, 기생과 함께 조섭 죽
   이기, 왜장퇴치하기) 보였다.
5. 위정자들이 그를 역적으로 몰아 죽이려고 하였다.
6. 김덕령은 '만고충신 김덕령'이란 현판을 요구하고 스스로 죽었다.

위에서 김덕령이 일생을 무등산에서 살았다는 것, 뚜렷한 선생이 없다
는 것, 왜군을 물리치기 위하여 기병하였다는 것, 그리고 역적으로 몰려
죽었다가 뒤에 신원되었다는 것 등은 사실이다. 이처럼 김덕령 전승의 전
체적인 내용은 역사적인 사실을 근간으로 약간 허구적으로 변용시키고
있지만, 구체적인 내용에 들어가면 역사적 사건의 실제보다는 허구적인
요소가 중심을 이루며 전개되어 있다.

김덕령의 탄생담을 보면, 김덕령의 집안이 미천하였다는 것과 광주 무
등산에서 탄생하였다는 것은 역사적 사실이다. 그러나 무등산에 중국 지
관이 찾은 명당을 훔쳐 썼다거나, 김덕령의 가문이 이야기처럼 아주 미천
한 집안이었다거나, 누이보다 늦게 나서 이 세상에서 둘째가는 능력자가
되었다는 것 등은 실제로 있을 가능성은 있지만 어느 문헌기록에도 보이
지 않는 비역사적 허구일 가능성이 높다.

김덕령의 성장기 삽화들도 역사적 사실의 차용보다 비역사적 삽화를
차용하여 구연하고 있다. 역사적 사실로는 김덕령이 증조부 사촌공과 성
혼의 제자라는 사실만 확인할 수 있다. 그리고 그의 학습에 관계된 구비
삽화인 <장군수 훔쳐먹기>처럼 동굴 안에 방아독과 절구대로 이루어진
장군수가 있다는 것과 일본 장군이 불덩어리로 변해 왔다는 것 등은 실
제로 일어날 수 없는 허구적 사실이다.

힘내기 삽화를 보면, 김덕령이 광주 무등산에 살았다는 역사적 사실을
차용하였을 뿐, 김덕령이 어릴 때 상씨름판에 나가서 우승을 하였고, 누
나가 남복을 하고 김덕령과 씨름을 하여 이겼으며, 김덕령이 뛰어난 말을

얻었다는 등72)은 실제의 역사적 사건 여부를 확인할 수가 없다. 또한 힘 내기에서 하루 안에 도포를 지었다거나 무등산을 세 바퀴 돌았다는 것 등은 비역사적 사실을 수용한 구성이다. 그러나 이들 삽화에서는 김덕령 이 무등산에 살았다는 역사적 사실로 인하여 그의 전승에서 허구적인 사 건들이 사실로 받아들이도록 제어되고 있다.

김덕령의 활동담은 허구적인 내용이 중심이 되어 그의 초월적인 비범 성을 드러낸다. 역사적으로 김덕령은 이귀와 이정암의 천거로 의병장이 되자 5000여 의병이 모여, 왜구들을 물리치기 위하여 경상도 진주에 주 둔하였다. 이때 김덕령의 명성 때문에 왜적들은 작은 진을 모아 큰 진을 만들고 대항하지 않았다는 것은 역사적 사실이다.

그런데 <왜군 물리치기>에서는 김덕령이 신이한 능력을 발휘하는 허 구적인 내용을 수용하고 있다. 뿐만 아니라 김덕령이 철원에 살았다는 것, 왜병을 물리쳤다는 것 등 대부분은 허구적 사실이 중심이 되어 구연 되고 있다.73)

또 기생과 함께한 <왜장 조섭 죽이기> 삽화는 역사서에 평양의 김응 서가 행한 일로 기록되어 있다. 그런데 이 삽화는 역사적 사실보다 허구 적 사실을 더 많이 차용하고 있다. 이여송이 김덕령을 천거한 것, 고향이 고령으로 된 것, 왜장 조섭의 몸에 비늘이 있다는 것, 칼로 목을 잘랐을 때 목이 다시 붙는다는 것, 이여송이 김덕령을 두려워하여 죽였다는 것 등은 비역사적 사실이다. <왜장 퇴치하기> 삽화에서도 역사적 사실을 찾아볼 수 없다. 다만 김덕령이 진주로 진군하였을 때 왜군들이 소진을 모아 대진을 만들었다는 기록만 있을 뿐이다. 이런 역사적 사실만을 차용 하여 실제로는 존재하지 않는 비역사적 사건이 허구적 진술로 이루어져 있다.

김덕령의 최후에 관한 삽화는 김덕령이 모친의 상을 당하고 칩거하고 있을 때, 이귀·이정암의 천거로 기복종군하였다가 위정자들에게 억울한

---

72) 문헌에 일부 사항이 기록되어 있지만, 그것조차도 역사적 사실로 받아들이기는 어려울 정도로 설화화되어 있다.

73) 이런 전승의 양상은 임진록의 영향으로 고려될 수 있다.

누명을 쓰고 비극적으로 죽었다는 역사적 사실을 담고 있다. 그 밖의 자세한 내용은 대부분 비역사적 사실을 수용하고 있다. 왜군을 물리쳤다는 소문 때문에 역적으로 몰려 죽었다는 것은 전쟁에 참가하였다는 역사적 사실을 변형한 것이며, 6차례의 혹독한 형벌을 견디었다는 것을 총·칼·활·매·능지처참·불을 사용하여도 죽지 않았다고 한 것이다. 김덕령이 죽은 뒤에 만고충신이란 현판을 파괴하지 못했다는 것도 비역사적 사실일 수밖에 없다. 여기에는 설화적 진실인 민심이 숨겨져 있다.

(3) 역사적 사실의 수용(임경업의 전승)

임경업은 병자호란을 중심으로, 친명배청의 뜻을 가지고 활동하였던 인물이다. 그는 심기원의 역모사건에 연류되어 탁월한 능력을 발휘하지 못하고 억울하게 죽었다. 이런 임경업에 관한 구비전승을 그의 일생으로 재구하여 제시하면 다음과 같다.

> 1. 임경업은 충북 충주(원주)에서 훌륭한 명당의 지기를 받았으나, 미천한 집안에서 거동도 못하는 불구의 아이로 태어났다.
> 2. 선생(훌륭한?)에게 공부를 하다가 이별하게 되었다.
> 3. 부인의 도움을 받아 선정을 하고, 처녀창귀의 도움을 거절하였다.
> 4. 중국을 상대로 탁월한 능력을 발휘하였다.
> 5. 국내에 돌아와 김자점에게 억울하게 죽었다.
> 6. 후에 서해 도서 지방의 신이 되었다.

임경업 전승을 전체적으로 보면, 충주 혹은 원주에서 태어난 것, 낙안이나 북쪽의 성쌓기에서 백성들을 아끼었다는 것, 그리고 중국과 당당하게 싸웠을 뿐만 아니라 민족적 자존심을 지켰다는 것, 그리고 국내에 돌아와 억울하게 옥사하였다는 것 등은 역사적 사실이다. 그에 관한 전승은 역사적 사실을 김덕령의 전승보다 더 많이 수용하고, 구체적 사건을 배경으로 이루어지고 있다는 점이 다르다.

임경업의 탄생담은 신분이 대체로 중인이나 미천한 출신으로 되어 있으며 풍수지리설을 차용하여 구연되고 있다. 그런데 원주 혹은 충주에서 태어났다는 역사적 사실에 바탕을 두고 있기 때문에, 비역사적 사실을 수용한 전승의 다른 부분이 의미의 허구적 지향을 제어하여 전체적인 전승 내용을 역사적 사실로 받아들이도록 하고 있다.

문헌기록에 의하면 충주를 중심으로 무업을 수련하였다는 성장담은 역사적 사실과 일치한다. 그렇지만 그 밖의 삽화들은 허구를 차용하여 구연하고 있다. 학습 관련 삽화는 독보선생과 관련된 것도 있지만 등장하는 선생들이 임경업의 능력을 파악하지 못하였고, 임경업도 그 선생을 떠남으로 지혜 결핍을 가져왔다는 것은 비역사적 사실의 수용이다. 13살까지 일어나지 못한 임경업이 갑자기 상씨름판에 나가 송아지를 탔다는 <씨름> 삽화도 탁월한 능력을 드러내기 위한 수단으로 임경업의 성장기 중에서 가장 이른 시기에 결구되어 있는 비역사적 사실이다.

그런데 성장기의 삽화들은 그의 연보에 독보[74] 선생을 만나 속리산의 문장대나 경업대에서 열심히 공부하여 장군이 되었다는 역사적 사실에 바탕을 두고 있어 학습 활동이 허구로 결합되었음에도 사실로 인식되고 있다. 설화에서는 임경업의 탁월성을 강조하기 위하여 한미한 양반층인 임경업 가문의 신분이 더욱 낮은 계층으로 허구화되어 있고, 어린 나이로 결구되어 있다.

활동기 삽화에서 병자호란 전후의 중국과의 관계 삽화는 역사적 사실에 속하고, 그 밖의 삽화들은 비역사적 사실로 구성되어 있다. 또한 역사적 사실이라도 그 표면적 사건만이 역사에 속하고, 그 이면은 임경업의 탁월한 능력을 드러내려는 민중적 의식을 함축하고 있는 허구적 결구로 이루어져 있다.

임경업이 장똘뱅이로 다니다가 처녀창귀의 인도로 방안에 들어온 호랑

---

74) 조선 인조 때의 중으로 초명은 中歡이다. 묘향산에서 불도를 닦다가 병자호란이 일어난 후 명·청을 왕래하면서 공을 세웠다. 그는 명나라에 건너가 장군 심세괴와 그를 이은 홍승주 밑에서 청나라를 정탐하였다. 뒤에 임경업 밑에서 명나라를 왕래하다가 북경에 잡혀 있었다. 뒤에 돌아왔으나 간신의 모함으로 울산에 귀양을 갔다.

이를 잡았다는 것은 민담적 성격의 허구로 보인다. 그런데 끝에 임경업이 저지른 결정적인 실수 3가지의 역사적 사실을 수용하여 허구적 지향을 제어하고 있다. 그리고 낙안군수 시절의 이야기는 그가 낙안군수를 역임하였고, 그곳에서 선정을 하였다는 사실을 수용하고 있다.[75) 그런데 마누라의 도움으로 한자 자구를 해석하여 선정하였다는 것은 비역사적 사실의 수용으로 보인다.

민족적 영웅으로 확장시켜 주는 삽화는 임경업이 명청교체기란 중국대륙의 국제적 관계와 삼전도 치욕의 역사적 사건을 해결하도록 허구적으로 구성되어 있다. 즉 임경업이 의주부윤으로 있을 때 조선이 명에 대한 사대주의 사고로 병자호란이란 청의 침입을 당한 것, 삼전도의 조약으로 왕자·궁녀들·백성들이 포로로 많이 끌려간 것, 임경업이 요추의 퇴로를 차단하였던 것, 그가 명나라에 갔다가 청나라의 포로가 되어 오랫동안 청나라에 머물렀던 것, 세자 대군이 인질에서 풀려 나왔다는 것 등은 역사적 사실이다.

그러나 임경업이 의주부윤이 된 것은 역사적 사실이지만, 박씨부인의 추천으로 병자호란 전에 중국에 가서 공을 세웠다는 것이나[76) 박씨부인에 의해 이시제의 천거로 의수부윤이 되었다는 것도 역사에 없다. 그리고 퇴각하는 중국장수와 담판하였다는 것, 직접 청나라로 들어가서 조선 사람들을 빼앗아 왔다는 것, 청나라 임금이 부마로 삼으려고 하였다는 것, 왕자와 인질을 모두 데리고 오고 만주땅을 할양을 받아가지고 왔다는 것 등도 역사와는 다른 허구의 사실이다. 이처럼 임경업의 활동담은 역사적 사실을 바탕으로 비역사적 사실을 수용함으로써 그의 탁월한 능력들이 역사적 사실로 받아들여지도록 구성되어 있다.

임경업은 청나라로 압송 도중에 탈출, 명나라에 입국해 활동하다가 포로가 되어 청에 억류되어 있었으나 조선에서 일어난 심기원의 역모 사건

---

75) 낙안의 향토문화제 행사에 그를 위한 향토굿을 행하였다는 점에서도 확인할 수 있다.
76) 이 내용은 <박씨전>의 내용이 설화된 것으로 보인다. 한편 <박씨전>은 <임경업전>의 속편이니 자매편으로 보는 견해도 있다.

에 연루되어 죽었다. 그런데 최후담에서는 임경업이 중국으로 망명하는 과정이 연평도의 당신이 된 유래 삽화, 국내에 들어오는 과정, 그리고 최후에 김자점에게 죽었다[77]는 등 허구적 사건을 수용하여 전승되고 있다.

최후에 관한 전승에서는 세자대군이 나온 뒤에 임경업이 국내로 돌아왔다는 점만 역사적 사실과 일치할 뿐이다. 즉 임경업은 조선정부의 요청으로 압송되었는데, 스스로 나오다가 압록강에서 김자점에게 압송되었다는 점, 반역의 죄로 임금이 직접 옥을 담당하였는데도 임금에게 알리지 않았다는 점, 세자대군이 임경업을 찾았고 임경업이 감옥을 뛰쳐나와 임금을 알현하였다는 점, 옥사하였는데도 김자점의 일파에게 맞아 죽었다는 점, 임경업의 자제에게 김자점을 처치하게 하여 간을 꺼내 제사하였다는 점, 사람들이 그의 살을 점점이 돌려냈다는 점 등은 모두 역사와 관계가 없는 허구이다.

임경업이 중국으로 압송 도중에 중국으로 탈출하는 과정에서 연평도를 지난 것은 사실인지 알 수 없지만, 연평도에서 물을 발견하고 조기를 잡아 부식을 얻었다는 것은 기록에 없는 비역사적 사실이다. 또한 후일담도 대체로 역사적 사실과 다른 허구적 사실이 수용된 구성이다.

2) 행위에 대한 인식 정도

여기서는 전승의 내용에서 드러난 행위가 실제로 일어날 수 있는 일인가, 아니면 실현 불가능한 것인가에 대해 검토하고자 한다. 전승되는 작품은 전승자가 자신의 일상적인 인식의 세계를 담아 사실로 받아들이기도 하고, 신이한 내용을 담아 기이함을 보여 새로운 세계로의 지향성을 보여주기도 한다. 때문에 사건 행위의 이야기를 어떻게 받아들일 수 있는가에 따라 사실과 허구의 관계를 고찰할 수 있을 것이다.

행위에 대한 인식은 신이하고 기이한 내용을 차용하여 결구할수록 현

---

77) 김자점에게 죽었다는 것은 숭명배청에 젖어있던 일파에 의해서 실제 역사적 사건으로 인식되기도 하였다.

실적인 측면이 약화되고, 일상적이고 실현 가능한 내용을 수용하여 결구할수록 현실적인 측면이 강화된다. 전승에 나타난 행위는 신이성을 드러낸 것, 신이성에 근접한 것, 신이성이 없는 것 등으로 나누어 인식할 수 있다. 먼저 전승자들은 신이한 내용의 행위가 많이 수용되면 현실적으로 존재할 수 없다고 보고, 사실로 믿지도 않는다. 따라서 전승의 내용이 신이한 사건이나 행위로 점철될 때 전승자들은 그것을 거짓말로 인식하여 흥미를 잃게 된다. 반면에 전승의 내용이 사실적이고 현실적으로 가능한 일상적 행위나 사건으로만 구성되면, 그 서사의 내용을 실제로 인식하게 되지만 역시 흥미를 잃게 될 것이다. 이런 점에서 신이한 것과 일상적인 것을 적절하게 결합하여 작품을 구성할 때에 주인공 인물의 비범함이나 내용의 신이한 행위를 사실로 받아들여, 세계에 대한 새로운 시각을 제시하게 된다.

(1) 이몽학의 전승

이몽학의 전승은 대부분 일상적인 인식이 가능한 행위들을 삽화에 수용하여 사실성을 높이면서 신이성을 보여주고 있다.

탄생담을 보면, 이몽학은 고소설이나 전설의 주인공처럼 천상의 인물이 아니다. 또한 비홍산이란 지방 산천의 기상과 결부되었거나 태몽에 결부되어 있지만, 신이한 탄생이라기보다는 누구나가 생각할 수 있는 일상적으로 가능한 사건이다.[78]

또 성장기의 삽화를 보면, 문헌에는 이몽학의 성질이 흉악하고 교활하다고 하였다. 그런데 전승자는 이것을 믿지 않고 성실한 인간임을 보여주고 있다. 화중들은 이몽학이 훌륭한 장수가 되기 위하여 열심히 노력한 결과 그 장소가 400년이 지난 지금도 선연하게 남아 있다고 한다. 이몽학이 훌륭한 인물이 되기 위해 열심히 노력하였음을 보여주고 있어, 이 또한 일상적인 인식의 범주에서 가능한 일이라고 볼 수 있다.

---

78) 일부 논자들은 탄생담 자체를 신이하다고 하는데, 과거에 태몽은 누구나가 꾸었던 내용이다. 따라서 태몽이 지닌 상징을 가지고 신이성을 검토하여야 한다.

<홍수 물건너기>에서 아침에 일찍 오고 저녁에 늦게 갔다는 이야기는 가능성이 있는 행위로 성실함을 보여주는 대목이다. 아래 삽화에서 이몽학이 남면으로 공부하러 다녔는지는 알 수 없지만, 홍산에서 남면에 가려면 펄을 건너야 하는 것과 홍수가 나면 펄이 물에 잠긴다는 것은 사실이다. 그리고 이몽학의 신이성을 발견한 선생이 떠났다는 것은 실제로 가능성이 있는 행위의 반영이라 할 수 있다.

> 이몽학은 어릴 때(홍산에 살았는데) 펄을 건너 (남면에)공부하러 다녔다. 홍수가 나면 펄이 바다가 되어 건너올 수 없는데, 가장 일찍 도착하여 이상하게 여겼다. 몽학이 집에 돌아갈 때, 선생이 몰래 따라가 보니 버들잎을 던지며 건너갔다. 이 장면을 본 선생은 이튿날 몽학에게 더 가르칠 자신이 없으니 다른 선생에게 공부하라고 해서 그 선생을 떠난다.

반면에 위 삽화에 나타난 행위는 신이성을 띠고 있다. 홍수가 난 물위를 나뭇잎이나 메물대를 타고 건너가고, 가랑잎으로 요술을 부려 배를 만들고, 나막신을 신은 평상시 상태 그대로 물을 건넌 것 등은 평범한 능력으로 엄두도 내지 못할 신이한 행위이다. 이런 행위는 실현할 가능성이 없는 요소로 보아야 할 것이다.

이몽학이 행한 이적을 보면, 인간의 용기·지혜·노력에 의해서 획득할 수 있는 것과 신이한 요소의 두 가지로 나누어진다. 이몽학이 풍수에 능통하여 조상의 신체를 조각내어 이곳저곳에 묻었다거나, 훌륭한 인물이 나오지 못하도록 혈을 잘랐다거나, 호미와 살포로 무기를 만들었다는 것 등은 좀 과장이기는 하지만 실현가능성이 있는 행위로 받아들여질 수 있다. 반면에 일반인이 들지도 못할 바위덩어리를 오리 밖으로 던졌다거나, 명주 한 필이나 새끼 서른 발을 달고 달리면 땅에 닿지 않았다는 것은 힘이 세고 날렵하다는 것을 나타내는 상징성을 띠고 있지만, 실제로는 일어나기 어려운 과장된 행위로 신이성을 보여주기 위한 것이다. 또한 묻은 무덤을 파보니 검은 소가 앞발을 들고서 일어서려고 하였다는 것도 실현 가능성이 없는 신이성을 드러내기 위한 행위로 보여진다.

그리고 힘내기형 전설의 <초립동이> 삽화에서 이몽학의 행위는 양반들이 자기보다 약한 백성들을 수탈하는 과정을 견주어 생각할 때 그 행위를 사실로 받아들일 수 있다. 그런데 장사인 이몽학이 초립동이에게 말총으로 한 대를 맞고 힘을 쓰지 못하였다는 사실은 일상적인 인식의 범위를 벗어난 행위로 인식된다.

<치마대> 삽화에서 이몽학이 얻은 말이 용마라든가, 활을 쏘고 화살을 받았다든가 하는 것은 아무리 확대 해석한다고 할지라도 실현가능성이 없는 행위로 허구적인 결구이다.

<오뉘 힘내기> 삽화도 가정사에 결정권이 없는 어머니 밑에 오누이 간의 쟁탈전이나 누이가 동생에게 아량을 베풀어 패배하는 것, 어머니의 부당한 개입 등은 충분히 일어날 가능성이 있는 행위로 일상적인 인식의 범주에 속한다. 그런데 하루나절에 성을 쌓거나 서울을 걸어 갔다왔다는 것은 실제로 실현 불가능한 행위로 여겨진다.

<파구터> 삽화에서 역적의 집이나 묘자리를 파헤치는 것은 반란을 일으킨 자에 대해 징계하기 위한 실제의 사건이다. 그리고 파구터를 다 만들려고 하였지만 오직 하나만을 파괴하지 못한 묘자리가 있다는 것도 사실로 받아들일 수 있다. 그런데 묘터를 파보니, 아버지가 소가 되어 앞발을 들고 막 일어서려 하였다거나, 세운 남매탑에 남매상이 뚜렷하게 나타났다는 행위는 실제로 일어날 수 없거나 존재할 수 없는 신이한 인식의 범주에 속하는 요소이다.

(2) 김덕령의 전승

김덕령의 구비탄생담은 문헌의 <호랑이 태몽> 삽화와 달리 <묘자리 얻기> 삽화와 결구되어 있다. 이 삽화에는 땅속에 달걀을 묻은 후에 그곳에서 닭이 홰를 치며 울었다는 사실을 제외하고 풍수지리설과 관련된 일상적인 인식의 범주에 해당하는 행위가 중심이다. 가난한 김덕령의 부친 집에 중국 명사가 온 것, 그 명사가 달걀을 달라고 했을 때 주고받는 장면, 김덕령의 부친이 명사의 뒤를 몰래 쫓아가서 명당을 빼앗은 것, 그리고 김덕령의 부친이 이장 중에 실수하였다는 것 등은 다 일상적인 인식의 범주에 속하는 행위로 볼 수 있다. 이는 김덕령이 묘자리에 의해 탄생하였다는 전승자의 의도로 보인다. 이런 결구 속에 신이성을 함축시켜 명당의 발복으로 태어날 아이의 장래를 예고하고 있다.

학습에 관한 삽화에서 좀 과장이기는 하지만 8(10)년을 공부시키려고 하였는데 6년만에 무불통지하였다는 것은 사실의 행위로 인식할 수 있다. 그리고 밤마다 선생이 나간다거나 석굴로 들어갔다든가, 삼백 근짜리 철퇴로 왜장을 죽였다는 것도 사실로 받아들일 수 있는 인식의 범주이다. 그렇지만 축지법의 사용이나 왜장이 불이 되어 건너왔다는 등의 행위는 일상적인 인식의 범주를 넘어선 신이성을 띤다.

힘내기 삽화에 나타난 행위들은 일상적인 인식의 범주에 속하는 요소가 주조를 이룬다. 어린 나이로 상씨름판에 나가 소를 타 오고, 남복한 누나가 힘자랑 하는 동생을 이겨버렸으며, 동생을 위해 달았던 옷고름을 떼어놓는 것 등은 사실로 받아들일 수 있는 행위이다. 이렇게 사실로 받아들일 수 있는 인식의 범주에 속하는 행위를 바탕으로 무등산 세 바퀴 돌기와 도포 한 벌 짓기, 날아다니는 용마로 날아가는 화살을 잡았다는 것 등 일상적인 행위로 받아들일 수 없는 신이한 일을 결구시켰다.

따라서 김덕령의 학습삽화와 힘내기 삽화는 일상적인 행위로 인식할 범주를 바탕으로 신이성을 결구하므로써 전체적인 이야기가 사실적인 행위로 인식되도록 구성하여 사실성을 강화시키고 있다.

그 밖의 성장기에 관한 김덕령의 전승은 영웅성을 부각시키는 방법으로 빠름을 강조하고 있다. 구체적으로 친구 데려오기, 호랑이에 잡혀간 사람 구해오기, 부모에게 효성스러움을 나타내는 조대 삽화 등은 일상적인 범주에서 생각할 수 없는 행위를 들어 신이성을 강조한 허구로 인식된다.

김덕령의 활동담에 관련된 전승들은 일상적 인식의 범주에서 사실로 인정할 수 있는 행위를 바탕으로 하여 신이성을 드러내는 허구적 구성을 이루고 있다.

일상적인 인식의 범주에서 사실로 받아들일 수 있는 것으로는, <왜군 물리치기> 삽화에서 김덕령이 철원에 살았다는 것은 구연자의 잘못으로 여길 수 있는 문제이고, 복상 중이어서 어머니가 전쟁에 참가하지 못하도록 한 행위가 있다. 그리고 <왜장 조섭 죽이기> 삽화에서는 좀 과장되기는 하였지만, 이여송이 조선 장수의 도움을 받기 위하여 천거하였다는 것, 호장으로 있었던 지방의 기생과 애인관계를 맺어 생긴 일화들, 기생 황월이 왜놈과 피를 섞었다며 목을 베려한 것, 탁월한 능력을 가진 인물을 시기하여 죽였다는 것 등의 행위가 이에 속할 것이다.

그런데 <왜군 물리치기> 삽화에서 김덕령이 왜구들의 머리에 둘러맨 끈이나 모자를 걷어오거나, 살상도 하지 않고 무기를 전부 빼앗아 왔다는 것, <왜장 조섭 죽이기> 삽화에서 이여송이 김덕령을 찾아갔다는 것, 조섭이 방울로 진을 설치하였다는 것, 조섭을 죽이는 장면, <왜장 퇴치하기> 삽화에서 왜장이 구름에 진을 친 것을 물리쳤다거나, 왜장 청정이 나뭇잎으로 군사를 만들었다거나, 이여송·김덕령·평수길이 전부 도술로 싸웠다고 하는 것, 청정이 죽어서 새가 되어 날아가다가 이여송의 화살에 맞아 죽었다는 것, 평수길이 도술을 부려 하늘에서 진을 쳤다는 것, 하늘로 올라가서 싸웠다는 것 등은 전부 일상적 인식의 범주로는 받아들일 수 없는 행위이다.

이처럼 활동담도 일상적인 인식의 범수에 속하는 행위를 숭심으로 구성하면서 신이성을 강조한 내용을 결구시켜 놓아 실제적인 사건을 강조하는 역할을 하고 있다.

김덕령 최후담의 내용은 국가적 위난에 처한 충과 효의 갈등을 보여주고 있다. 국가를 위한 충과 개인적 가정적 윤리를 다하기 위한 효와의 갈등은 일상적 인식의 범주에서 실제로 가능한 행위이다. 그런데 김덕령이 죽게 되었을 때 어떠한 방법으로도 죽이지 못하였다는 것, 다리(겨드랑이) 밑의 비늘을 떼고 죽었다는 것, 비(현판)를 없애지 못하였다는 것 등은 일상적인 사실로 인식할 수 없는 신이한 내용이다.

(3) 임경업의 전승

풍수지리설을 차용한 탄생담은 일상적인 인식의 범주에 속하는 내용으로 구성되어 있다. 역사적 사실을 증명할 수 없기 때문에 일상적 인식의 범주에 속하는 내용으로 구성하여 사실로 받아들이도록 구연하고 있다. 임경업의 부친이 명당을 얻을 때, 일상적인 보은의 대가 또는 이웃과의 관계로 얻고, 보통사람들이 생각하는 정도의 명당 기대치를 보이고 있다. 그리고 잘못된 상황에서도 운명론에 입각하여 받아들이는 평범한 사고로 결구하고 있다. 그런데 명당을 지키면서 주어진 금기의 파괴로 일어난 학의 날개 부러짐, 노루가 뛰어나감, 세 마리의 금붕어 중 두 마리가 죽고 남은 것마저 실명, 뒤집어 있던 거북을 바로 놓고 묻음 등은 풍수지리와 관련하여 그 상징 의미는 신이성을 보여주고 있다.

성장기의 삽화는 일상적인 인식의 범주에 속하는 내용의 행위들이 주류를 이루면서 신이성을 삽입하는 식으로 구성되어 있다. 힘내기의 씨름 삽화를 보면, 임경업은 13살이 되도록 글을 읽지 않았다는 것, 씨름대회에서 모든 장사를 물리치고 송아지를 탔다는 것, 어린 임경업에게 패배한 사람들이 송아지를 빼앗으러 왔다는 것, 그리고 어머니가 송아지를 돌려주라고 하여 팔아서 나누어 주었다는 것 등은 다 일상적 인식의 범주에서 일어날 수 있는 행위들이다. 그런데 쫓아오는 사람을 피하여 송아지를 옆에 끼고 큰 강을 건넜다는 것은 일상인으로 할 수 없는 신이한 능력이라 하겠다.

학습활동에 관한 삽화는 임경업이 독보 선생에게 공부하였던 속리산 문장대나 경업대에 관련된 지명전설과 연결되어 있다. 이 삽화에서 무업에 관련된 것만 관심을 갖고 노력하였다는 것, 공부하러 가는 도중에 활쏘기 연습을 하여 백발백중하였다는 것 등은 일상적인 인식의 범주에 속한다. 그런데 문장대에서 공부할 때 큰바위가 두 쪽으로 갈라졌다는 것, 500여 미터를 한번에 뛰었다는 것, 산신에게 도움을 받았다는 것 등은 일상적인 인식의 영역을 넘어선 신이한 행위로 전승자들은 허구로 인식할 수 있다.

부당한 횡포에 저항하는 삽화들은 앞부분에 일상적인 인식의 범주의 행위들로 결구하고, 중간에 신이성을 삽입한 다음, 끝에 역사적인 사실을 삽입하여 전체적인 내용을 사실로 받아들이도록 되어 있다. <이웃양반

의 수탈을 제거> 삽화에서 임경업의 집안은 미천하기 때문에 장사를 하였을 것이고, 돈을 벌었을 때 양반에게 수탈을 당했을 것이다. 그래서 임경업이 큰돌로 통로를 막아 잠시 양반의 수탈을 막았다는 것도 일상적인 인식의 범주에서 가능한 행위로 받아들일 수 있다. <재상가 무덤파내기> 삽화에서는 서울의 재상가가 명당을 얻고 주변을 정리하였다는 것, 그 인근의 미천한 사람들 묘소를 파헤쳤다는 것, 피해를 당한 임경업 부친이 슬퍼만 하였다는 것, 젊은 임경업이 해결하려고 재상댁의 조상 묘지를 파헤쳐 시신을 감추고 서울 재상가를 찾아갔다는 것 등도 일상적인 사고의 범주에 속한다.

그런데 전자의 삽화에서 경업이 수탈 양반집 행랑채가 부서질 정도로 큰 대추나무를 뽑았다는 것이나 후자의 삽화에서 재상가를 찾아간 임경업의 다리에서 번개불과 같은 광채가 비치고, 초석자리 밑의 구들을 구멍내고, 눈으로 기둥을 흘키니 번개가 번쩍하여 기둥이 타버렸다는 것 등은 일상인이 할 수 없는 신이한 능력을 나타내기 위한 허구적 발상이라고 하겠다.

임경업의 활동담은 역사적 사건을 바탕에 깔고 있지만, 세밀한 부분들은 비역사적 사실에서 가져와 일상적 인식의 범주를 넘어선 신이한 행위들을 수용하고 있다.

<처녀창귀>와 <낙안군수 시절 선정 베풀기> 삽화는 민담적 사고를 끌어들이고 있으나 전혀 다른 인식의 차원에서 이루어지고 있다. 전자의 삽화에서 처녀창귀가 호랑이를 잡아먹힐 사람에게 인도하는 행위를 보았다든가, 처녀창귀와 이야기를 나누었다는 것 등은 일상적인 인식의 범주를 넘어선 행위이다. 그런데 후자의 삽화에서는 자신을 놀려먹으려는 고을 육방관속들에게 '일년 자란 수수대를 품안에 넣으라'고 한 것, 훌륭한 관원을 기다리며 자식을 죽이지 않기 위해 이면과 내면에 의미의 차이를 유언으로 써서 제시한 소지 사건, 고민할 때 마누라의 조언으로 해결하는 것 등은 일상적 인식의 범주에서 실제로 가능한 행위들이다.

임경업을 민족적 영웅으로 확장시킨 청과의 대결양상에 관한 삽화들을 보면, 퇴각하는 청의 주력부대와 담판하고, 중국장수가 제시한 조선왕의

항서를 보고 칼을 부러뜨리며 3년을 기약한 것은 의주부윤이란 직책으로 당연히 행해야 할 행위이다. 그런데 중국 명나라에서 요청한 장수감으로 지방의 만호 임경업을 규중의 박씨부인이 남편 이시제에게 천거하였다는 점, 중국의 장수감이 없어 임경업을 특용하였다는 것, 탁월한 능력을 보여 전쟁에서 명성을 날렸다는 것, 청에 단독으로 가서 조선사람을 빼앗아오고, 보화를 얻고 조선 포로까지 데려온 것, 빼앗긴 옥새를 찾아오거나 혁혁한 공을 세운 것, 중국의 천자가 사위를 삼으려고 한 것, 중국왕과 담판에서 승리하여 인질을 모두 데려오고 만주땅까지 할양 받은 것 등은 일상적 인식의 범주를 벗어난 행위들이다.

이처럼 탁월을 능력을 나타내기 위해 신이한 내용을 차용하였지만 전체적인 내용은 일상적인 인식의 범주에서 일어날 수 있는 행위로 받아들일 수 있다. 이런 현상은 역사적 사건을 바탕에 깔고 있기 때문이다. 일상적 인식의 범주를 넘어선 신이성을 삽입한다고 할지라도 역사적 사실이 그 내용의 허구적 지향을 사실로 받아들이도록 제어하고 있다.

임경업의 최후담도 역사적 사건의 허구적 수용을 바탕으로 이루어져 있다. 호국의 사신이 임경업을 전송하러 압록강까지 나왔다는 것, 김자점이 임금의 허락도 없이 어명을 사용하거나 임금을 속였다는 것, 임경업의 자제에게 김자점을 내주어 복수하도록 만들고, 평민들이 그 시신의 살을 점점이 떼어냈다는 것은 여건에 따라 불가능하거나 가능한 행위이다. 이는 신이성과 일상성이 함축된 이중적 표현을 사용하여 이야기의 사실성을 확보하여 임경업의 능력의 신이성과 죽음의 비극성을 강조하기 위한 인식의 작용이라 하겠다.

당신(연평도, 서해도서)이 된 삽화에서 임경업은 조선의 치욕을 씻고 청을 멸하고자 압송 도중 탈출, 명나라로 건너 가는 도중에 연평도 근해에서 고기와 물을 구하여 당신으로 모셔지게 되었다. 임경업이 연평도 근해에서 떨어진 부식과 식수를 해결하고 명에 들어간 사실은 일상적으로 가능한 일이다. 이런 행위는 일상적인 행위이지만 생산을 전제로 하기 때문에 신적인 기능을 가진 것으로 여겨 이곳의 어업신이나 당신이 된다.

그리고 후일담에서 김자점의 역적 행위를 젖을 묻혀 알아내게 공책에 적어 놓고, 당신으로 모셔진 임경업의 사당 주변에서 나무를 베려던 일본 뱃사공을 꼼짝 못하게 하였으며, 사당을 헐려는 일본 경찰서장이 포기하도록 만들었다. 이런 결구는 이곳의 어업신이나 당신이란 사실에서 연유된 일상적인 범주를 벗어난 허구적 사실의 수용이라고 하겠다.

3) 증거물의 제시 방식

전승자는 자신의 구연 내용에 따라 구체적인 지명·지형지물·유적·유물 등을 증거물로 제시하기도 하고, 광범위하고 포괄적인 증거물을 제시하는가 하면, 증거물을 제시하지 않고 전승을 구술하기도 한다. 이때 전승은 증거물이 있는가 없는가에 따라 내용의 사실성과 허구성을 규명하기도 한다. 때문에 전승자는 자신이 구연한 내용이 사실임을 주장하려고 증거물을 제시한다.[79] 이런 증거물은 전승 공간을 통해 내용이 사실임을 확인하고 증명하기 위한 설정인 동시에 청자나 향유자에게 사실로 받아들이도록 하여 구전을 촉진시키는 역할을 한다.

증거물의 제시는 구체적일수록 선승의 사실성이 강화되고, 포괄적인 증거물일수록 사실성이 약화된다.[80] 증거물은 허구성이 강한 내용조차도 사실로 받아들이도록 포용성을 발휘하여, 사실적 요소가 허구적 요소를 끌어들여 전승자가 의도한 의미가 쉽게 나타나도록 하는 효과를 가져온다. 따라서 전승에 나타난 허구적 요소를 제어하고 그 내용의 허구적 지향을 막는다.

이런 의미에서 증거물을 제시한 전승은 그렇지 못한 전승보다 견고한 구조를 지탱한다. 그리고 증거물은 전승의 내용에 사실의 신빙성을 높여

---

79) 대부분의 <구비문학 개설>이나 <민속학 개설>에서는 이를 언급하고 있다. 뿐만 아니라 현장 조사에서도 구연자가 사실임을 증명하는 방법으로 구체적인 증거물을 제시하는 경우가 매우 많다.

80) 포괄적인 증거물이라 할지라도 앞의 역사적 사건이나 현실적으로 가능한 개연성이 높은 행위들을 수용한 전승은 오히려 구체적인 증거물보다 광범위한 사실성을 획득하게 된다. 그리하여 광범위한 지역의 전승자들에게 사실로 인정받게 된다.

주는 역할을 한다. 즉 증거물을 제시하여 구술한 전승은 전승자들에게 사실로 받아들이게 하고, 증거물의 제시가 없이 구술한 전승은 신빙성보다는 흥미나 재미를 제공한다. 따라서 전승자들은 전승에서 구체적인 역사적 인물로 부각되지 못한 인물에 대한 허구적 지향을 막아주는 요소로 증거물을 선택한다. 그리하여 증거물은 주인공을 그 지역에서 활동한 구체적 실체로 부각시켜 활발하게 전승시키는 역할을 한다.81)

(1) 구체적인 증거물 제시(이몽학의 전승)

이몽학의 전승은 역사적 사실이 별로 없기 때문에 구연된 이야기가 사실임을 강조하기 위해 구체적인 증거물을 제시하는 경우가 많다. 이몽학 전승에서는 증거물이 없이 단순하게 구술하는 것보다 이곳의 지명이나 구체적인 증거물을 제시하여 구술하는 경우가 많다.

이몽학의 탄생담은 이몽학이 이곳 홍산 사람임을 증명하려는 듯이 이곳의 구체적인 지명과 관련되어 있다. 전승자들은 이몽학을 홍산지방의 정신적 지주인 비홍산에 의탁하거나 홍산지역의 지명과 관련된 탄생담을 구술하여 이곳 출신이 확실하다고 주장하고 있다. 반면에 증거물이 없는 태몽 탄생담은 어느 지방에서도 가능하기 때문에 허구적 요소로 작용할 수 있다.

<홍수 물건너기> 삽화에서도 단순하게 서당의 선생에게 공부하러 다녔다고 하지 않고, 구체적인 이곳의 지명을 들어서 구연하여 이야기의 구조와 내용을 견고하게 만드는 역할을 수행하고 있다. 그리고 모종터도 구체적인 증거물을 들어서 이곳에서 행하여진 사실임을 부각시키려고 하였다.

이몽학의 이적에 관한 삽화에서도 힘에 관련된 것으로 부여지방의 지명인 망계에 있는 큰바위라든가, 논 가운데 있는 바윗덩어리를 들었다고 하여 구체적인 증거물을 제시하는데, 날랜 장사라는 삽화의 내용은 구체

---

81) 이것이 전승 인물이 특정 지역을 중심으로 전승되고 있는 까닭이다. 특히 반역이나 민란의 비극적인 인물들은 더욱 지역성을 띨 수밖에 없을 것이다.

적인 증거물을 제시하지 않고 구술할 수밖에 없다. 지혜에 관계된 삽화에
도 이곳저곳에 조상의 신체를 묻었다고 할 뿐 구체적인 증거물을 제시하
지 않았다.[82] 따라서 이들 삽화는 일상적 인식의 범주에 속하는 행위이
지만, 사실로의 지향보다 허구로의 지향을 보이고 있다.

<힘내기> 삽화에서도 <초립동이와의 대결> 삽화나 <치마대> 삽
화는 구체적인 증거물이 없이 일반적으로 구술되어 있다.[83] 이들 삽화는
이야기 전개상 구체적인 증거물을 제시할 수가 없는 구조를 가지고 있다.
반면에 <힘내기> 삽화는 은산의 형제바위라는 구체적인 증거물을 가지
고 이야기가 전승되고 있다. 특히 부여지방의 <오뉘 힘내기>는 불특정
의 <오뉘 힘내기> 전승보다 이몽학에 결구된 전승물이 더 많다.[84] 이
는 증거물이 이야기를 사실성으로 이끌고 가서, 이야기 내용과 구조의 견
고화를 이루기 때문이다.

이몽학의 최후담은 역사적 사실을 중심으로 허구되어 있어 구체적인
증거물이 필요가 없으나, 그가 죽은 뒤에 그의 가옥과 묘자리를 파가저택
하였다는 <파구터> 삽화는 분명한 사실임을 증명하기 위하여 이곳의
연못을 증거물로 제시하고 있다. 그런데 파구터를 당하지 않은 묘자리나
남매탑에 대해서는 구체적인 증거물을 제시하지 않음으로써 그들이 향유
하는 의식을 드러내는데 용이하도록 허구화되어 있다.

(2) 포괄적인 증거물 제시(김덕령의 전승)

김덕령 전승의 탄생담에서는 풍수지리설과 관련되어 있으면서도 증거
물이 구체적이지 못하고 막연한 장소로 나타난다. 즉 탄생담의 증거물은

---

82) 조씨명당터와 같은 것은 구체적인 증거물이라고 하겠다. 그리고 파구터로 연못
 이 된 곳이 묘지터라고 할 수 있다. 그런데 이것은 파구터삽화의 증거물로는 구
 체적일 수 있지만, 묘자리의 이야기로는 일상적인 증거물에 불과하다.
83) 모종터는 말을 타고 훈련하였다는 점에서 치마대 삽화의 구체적인 증거물로 볼
 수 있을 것이다.
84) 부여지방에서 조사된 <오뉘 힘내기>는 이몽학에게 결구된 것이 대부분이고 불
 특정 인물의 <오뉘 힘내기>는 4-5편이 있다.

조상의 묘를 찾아본다면 구체적인 장소를 찾을 수 있으나, 전승의 특징상 구체적인 증거물이 아니라 무등산에 있는 명당이란 광범위한 증거물을 제시하고 있다. 이 삽화는 포괄적인 증거물 제시로 구연되고 있지만, 증거물 없이 단순하게 구연되는 것보다 사실적으로 받아들일 수 있는 여건을 마련하고 있다.

학습담에는 구체적인 증거물을 찾을 수 없는 단순 구술의 성격을 보여준다. 그가 배웠다는 장소나 선생 이름, 장군수가 있는 구체적인 장소, 서울의 어떤 김정승, 그리고 왜군장수와 싸웠다는 삼백 근짜리 철퇴 등은 증거물로 남아 있지 않다. 이 삽화들은 구체적인 증거물에 의해 구연되기보다는 민담적 형식에 의해 이루어진 증거물 없는 단순한 구술이라 하겠다.

김덕령의 <힘내기> 삽화에서도 구체적인 증거물이기보다는 포괄적인 증거물로 이루어져 있다. 김덕령이 씨름판에 참석한 것은 그의 성장지인 광주라는 포괄적인 증거물로 이루어져 있고, <오뉘 힘내기>에서도 무등산 돌기와 도포짓기도 무등산이 증거물에 포함될 수 있다. 그리고 <치마대> 삽화에서는 김덕령이 광주벌에서 말을 얻었고, 이곳에서 말과 시합을 한 것으로 추정될 뿐 구체적인 장소를 증거물로 제시하고 있지 않았다. 그리고 무등산 세 바퀴 돌기, 친구 데려오기, 호랑이 잡혀간 사람 구하기도 광범위한 증거물을 제시하여 구술하고 있다. 반면에 효성이 지극하였다는 삽화는 화순지방의 조대(照臺)란 구체적인 지명과 관련되어 있다.

활동담들은 증거물을 거의 찾을 수 없는 단순 구술형태를 띠고 있다. 민담과 같이 김덕령이 살고 있는 곳을 철원 또는 고령으로, 그가 싸웠던 장소는 북쪽에서 시작하여 남쪽으로 이동한 것으로 되어 있다.[85) 그런데 이는 증거물로 보기보다는 흥미를 돋구고, 김덕령의 탁월한 능력을 강조하기 위한 민담적인 장소의 제시로 증거물이 아니다.

최후담에 대한 증거물의 제시 여부를 보면, 구체적인 증거물이기보다

---

85) 철원이나 고령이 된 것은 임진록의 영향으로 보이며, 싸움터가 북쪽에서 남쪽으로 이동한 것은 임진왜란 진행 과정에 따른 민간적 사고에 기인한 것으로 보인다.

일상적이고 광범위한 증거물들을 제시하고 있다. 김덕령은 위정자들의 독선과 아집으로 6차례의 고문을 받고 죽은 뒤 200여 년 후에 신원되어 충신이 되었다는 것이 증거물이다.

(3) 증거물의 제시 없음(임경업의 전승)

풍수지리설과 관련된 임경업의 탄생담은 구체적인 장소가 아닌 미지칭의 장소를 증거물로 삼고 있다. 억지로 찾는다면 임경업 할아버지의 산소가 구체적인 증거물이 되겠지만, 이야기에는 일상적인 장소로 나타난다. 지역도 어느 지역이란 개념보다 광포전설의 성격을 지닌다. 이처럼 탄생담의 증거물이 구체적인 특정물이 아닌 광포성을 띤 것은 그에 대한 상세한 기록으로 증거물을 제시할 필요성을 느끼지 못하였기 때문이다.

성장담에는 그가 공부를 하였다는 문장대나 경업대, 그리고 삼초대 등 구체적인 증거물이 제시된다. 성장담에 나타난 특징을 보면, 증거물이 구체적인 삽화에서는 내용이 신이성을 중심으로 구연되어 있고, 증거물이 구체적이지 못한 광포성 삽화에서는 내용이 일상적 인식의 범주에 속하고 있다.

<힘내기형> 삽화 중에서 <아기장수>와 <치마대> 삽화는 그가 성장한 곳과 다른 경북지역의 자료로 구체적인 증거물을 가지고 있으나, 실제로 임경업과 관련을 맺고 있다고 할 수 없다. 그리고 <씨름> 삽화는 구체적인 증거물을 가지지 못하고 큰강을 건넜다는 일상적인 증거물로 이루어져 있다. 이 삽화가 구체적인 증거물이 아닌 일상적인 증거물을 채택한 것은 내용의 대부분이 일상적인 인식의 범주에 속하고 있어 증거의 제시가 없다 할지라도 사실로 받아들일 수 있다고 믿기 때문이다.

부당한 횡포에 대한 저항 삽화도 일상적 증거물을 가진 민담적인 내용을 임경업 전승에 차용한 것이다. 이웃양반의 수탈이라는 것도 구체적인 증거물이 없다. 임경업이 어릴 때 부친이 돈을 벌었다는 면에서 충주지역으로 설정할 수 있으나, 어떤 지역이라도 가능한 내용의 삽화이다. 또한 <재상가 무덤파내기> 삽화도 조상 무덤의 위치를 파악하면 구체적인

증거가 되겠지만, 일상적인 민담 형태로 구연되어 있다. 성장기의 삽화에 구체적인 증거물이 채택되지 않은 이유는 그의 전승을 민담화시키려는 의도라기보다 역사적 사실과 일상적인 인식의 범주를 바탕으로 하기 때문으로 볼 수 있다. 이는 구체적인 증거물이 없다 할지라도 이야기 내용의 허구적 지향을 제어하기 때문이다.

임경업의 활동담도 증거물이 없는 단순 구술이 많다. 우선 활동담 유형은 증거물을 가질 수 없는 내용으로 이루어져 있다. 장돌뱅이로 호랑이를 잡았다는 것, 낙안군수 시절 소지를 받았다는 것은 구체적인 증거물을 가질 수가 없다. 그리고 민족적 영웅으로 부각되는 중국과의 대립 갈등을 나타내는 삽화들도 역사적 사실을 바탕으로 하고 있기 때문에 구체적인 증거물이 존재하지 않는 상징적인 것이다. 이는 그의 능력이 신이함을 나타내기 위하여 증거물이 구체적이기보다 포괄적으로 나타낼 수밖에 없다. 즉 세자와 대군이 돌아왔다는 것, 세자가 벼루를 맞고 죽었다는 것, 많은 포로가 돌아왔다는 것 등은 임경업이 실제로 행한 일이 아니지만, 그의 전승에 결구되어 상징적 증거물로의 역할을 하고 있다. 여기에 증거물은 내용의 구체화로 인하여 능력의 신이화를 제어하기 때문에 생략하고 민담의 경향으로 변화된다.

임경업 최후담은 역사적 사실을 바탕으로 구체적인 증거물이 없다. 후일담은 연평도와 서해 도서의 신당에 모셔진 당신으로 구체적인 증거물을 가진다. 임경업의 죽음은 역사적 사실을 바탕으로 이루어져 증거물이 필요하지 않았다. 그리고 최후담에서는 죽음의 비극성을 강조하기 위하여 상대역을 왜소화시켜야 하며, 그런 증거물을 설정할 필요성이 없었을 것이다.

한편 후일담인 당신으로의 역할은 구체적인 증거물이 있다. 이 후일담은 죽은 임경업의 신이한 능력이 존재함을 보여주기 위해 구체적인 증거물이 필요하다. 그렇기 때문에 후일담은 연평도, 조기(어획량)와 해상 안전, 그리고 당집이라는 구체적인 증거물을 설정하여 이야기의 진실성을 획득하고 있다.

제 4 장 장수설화의 구조적 특징

1. 비극 극복을 위한 순환구조

　자신의 능력을 발휘하지도 성취하지도 못한 인물이 설화화될 때, 민중들은 생애의 곳곳에 그 인물이 좌절할 수밖에 없는 결핍요소를 제공하여 결구하게 된다.[1] 이때 주인공의 한계를 보여주는 결핍요소를 그의 탄생이나 성장과정에 결구하여 비극적인 생애가 되도록 복선화시키고 있다.

　이몽학, 김덕령, 임경업이 활동한 지역의 전승자들은 자신들이 우상시하던 그들의 생애를 비극적으로 끝미치도록 결구한다. 민중들은 역적이었던 이몽학을 탁월한 능력을 지닌 인물로 형상화하고, 김덕령과 임경업도 역적의 누명을 쓰고 죽었다가 사회적 여건의 변화로 신원되어 제약없이 탁월한 능력을 지닌 장수로 구비전설화한다. 하지만 이들의 최후는 비극적으로 죽었다는 역사적 사실 때문에 그 한계를 설정하고 있다.

　민중들은 이몽학, 김덕령, 임경업의 설화에서 그들을 탁월한 장수로 부각시켰음에도 불구하고, 세계와의 투쟁에서 패배하여 비극적 종말을 맞이하는 민중적인 영웅의 모습으로 형상화하고 있다. 이처럼 이몽학, 김덕령, 임경업의 설화에서는 주체자가 비극적 장수설화의 주인공이 되는 원인과 전개과정을 보여준다. 이런 순환반복적 서사구조는 전승자들에게 자아실현의 기대감을 갖고 패배할 수밖에 없는 세계와의 투쟁을 포기하

---

1) 강현모, 「이몽학 설화의 연구」, 『한국학논집』 13집(한양대 한국학연구소, 1988.12).

지 않게 하는 비극미를 구현한다.

본 항에서는 이처럼 영웅적인 면모를 보이면서도 비극적 종결구조를 지닌 이몽학, 김덕령, 임경업 설화를 중심으로 결핍요소의 제시 양상을 통해 비극적 장수설화의 서사구조의 특성을 고찰하여 비극미 구현양상을 살펴보겠다.

이들의 탄생담은 일상적이고 현실적으로 가능한 이야기를 끌어들여 신이성을 일상화시키거나 잠재화시키고 있다. 이몽학의 탄생담은 태몽이나 주변 산천의 정기에 결구되어 평이하게 진행되지만 신이성이 내재되어 있다. 김덕령의 탄생담에서는 중국의 지관이 잡은 닭울음 소리가 나는 무등산의 천하명당을 김덕령의 부친이 가로챈다. 그리고 임경업의 탄생담은 풍수설에 관련하여 학, 노루, 금붕어, 거북으로 상징되는 명당을 획득한다.

비극적 장수설화의 탄생담은 금기의 제시로 주인공의 운명을 복선화시킨다. 이몽학의 경우는 탄생에 특별한 금기의 제시가 없지만, 김덕령과 임경업의 경우는 부친의 실수와 금기 파기를 보여주고 있다. 김덕령의 부친은 탐욕으로 명당을 부도덕하게 가로채고, 풍수지리에 대한 무지로 무덤에 주어진 금기를 파기한다. 임경업의 부친도 지관이 제시한 금기를 호기심 때문에 파기한다. 이들의 금기 파기는 그 명당 발복의 한계를 암시하고 있어, 주인공의 신이성의 감소화로 발전한다.

비극적 장수의 탄생담에서 신이성이 잠재된 것은 주인공의 유아기에 영웅성이 부모나 타인에게 발각되지 않아 성장하도록 하는 데 비하여, 감소화 현상은 결핍요소의 제공으로 주인공이 성장하는 데 한계가 있음을 암시하고 있다.[2]

이몽학과 김덕령의 탄생담은 서사구조의 중요한 기능을 담당한다. 이몽학과 김덕령의 탄생담은 성장과 최후의 모습을 예측할 수 있도록 설정되어 있다. 이에 비하여 임경업의 탄생담은 빼어난 지기의 영향을 받아

---

2) 이런 현상은 임경업이 높은 벼슬에 올랐다는 점을 인식한 민중의식의 표출인 것 같다. 이에 비하여 김덕령이나 이몽학은 정상적인 직위를 얻지 못하고 죽었기 때문에 그들의 성장기에 신이성을 드러내서는 안 되는 금기를 설정한 것으로 보인다.

탁월한 인물이 될 가능성과 주어진 금기의 파기로 인한 결핍요소를 동시에 지니고 있다. 그런데 임경업 설화에서는 탄생담의 금기 파기가 성장기와 활동기에 결핍요소로 작용하지 못하지만, 최후담에서 비극적인 운명의 주인공이 될 결정적인 역할을 하게 된다.

이들의 성장담은 그들의 영웅적 성격을 결정한다. 성장담은 이들의 신이성과 탁월한 능력을 드러내지만, 조급성과 자만성은 비극적 결말을 초래하는 결정적인 결핍요소로 기능, 작용하게 된다.

이들은 성장기에 자신의 능력을 연마하려고 열심히 노력하는 인물들이다. 이몽학은 신이성을 지녔음에도 불구하고 훌륭한 장수가 되기 위하여 열심히 무예를 닦거나, 공부를 위해 홍수로 건너오지 못할 곳을 건너와 노력하는 모습을 보여준다. 김덕령은 무등산을 매일 여러 바퀴 돌고 와서 아침식사를 하였다거나, 훌륭한 말을 얻기 위하여 노력하였다는 설화처럼 이몽학과 마찬가지로 천부적인 능력만이 아니고 성실한 노력을 보여준다. 임경업도 충주 지방과 속리산에 관련된 지명전설에서 열심히 노력하였던 모습을 보여준다.

이들은 자신의 신이한 능력이 미숙하고 미완성된 것이기 때문에 잠재된 금기를 지켜 성숙될 때까지 기다려야 한다. 그런데 삼재석 금기를 파기하여 신이성을 보여주고 기아 현상으로 쫓겨나게 된다. 성장기에 이몽학은 홍수 물건너기라는 신이성을 보여주고, 김덕령은 장군수 훔쳐먹기라는 신이성을 보여준다. 임경업은 선생과 이별한 것이 기아모티프와 유사한 현상으로 나타나지만, 성장기의 탁월한 능력 발휘에는 한계를 드러내지 않았다. 이들 설화에 나타난 신이성이 발각당한 데에 나타난 특징은 첫째, 부모가 아닌 선생(타인)에게 발각되고, 둘째 신이성이 성장기에 발견된 점이다.

이들은 성장기에 신이성을 드러내어 잠재적 금기를 파기함으로써 비극적인 종말을 맞이하게 된다. 이들의 신이성은 제거할 수 없을 만큼 성장한 시기에 발견되며, 그 발견자가 선생이라는 타인이기 때문에 대립하지 않고 회피하고 만다. 비극적 설화들은 이때 선생을 통해 습득되어야 할 지혜적 측면의 자질을 성장시키지 못하고 만다. 그래서 이들의 신이한 능력은 성장기에 무사적 측면의 자질만 불구적으로 성장하게 된다.

비극적 설화의 활동담은 무사적 측면에서는 탁월한 능력을 보여주지만, 성장기에 선생에게 쫓겨나 지혜적 측면의 결핍으로 한계를 드러낸다.

이몽학의 활동담에 속하는 이적행위나 힘내기형 전설에서 무사적 측면은 긍정적으로 인식되지만, 지혜적 측면은 부정적으로 인식되고 있다. 김덕령의 활동담에서도 탁월하고 신이한 능력으로 왜구나 왜장들을 물리치지만, 성장기에 나타난 조급성과 자만성 때문에 정식 출전이 아니거나 남의 도움을 받는 한계성을 드러내게 된다. 그리고 임경업의 활동담은 무사적 측면에서 탁월한 능력을 보여주면서도, 지혜적인 측면의 결핍이나 부족한 요소를 확연하게 드러내지 않는다. 임경업은 활동기에 중국과의 대립 갈등의 삽화에서 탁월하고 신이한 능력을 보여주어 민족적 영웅으로 승화되면서도 지혜적인 결핍요소를 보여주지 않고 있다.

이들에게 지혜적 측면이 부정적으로 인식되는 것은 금기요소의 파기로 선생에게 버림을 당하여 지혜를 습득할 기회의 상실에서 일어난 현상이다. 이런 결구는 전승자들이 성장기에 열심히 노력하고, 또 활동기에 무사적인 탁월한 능력을 발휘하였음에도 불구하고 최후에 비극적으로 죽는 이유를 합리적으로 설명하기 위한 방법이다. 비극적 장수는 활동담에서 무사적 기질을 강력하게 성장시켜 긍정적으로 평가받고 있지만, 지혜의 측면은 습득의 기회를 상실하여 이와 관련된 행위가 부정적으로 평가받고 있다.

비극적 장수들은 활동담에서 탁월한 능력을 발휘하였음에도 불구하고 최후에는 비극적으로 죽는다. 이들은 성장담 이후에 지혜적 자질의 습득 기회를 상실한 뒤 무사적 측면의 자질만을 성장시켜 두 자질 사이의 불균형으로 최후에 패배하게 된다. 이들의 비극적인 최후는 앞의 탄생담과 성장담의 영향으로 생긴 활동담의 한계 때문이다. 이들은 탄생담의 결핍을 극복하려고 성장기에 조급성을 나타내고, 제시된 금기를 파기하여 선생으로부터 쫓겨나고, 조급성으로 인해 용마와 누이를 잃고 말았다. 이로인하여 활동담에서는 성장기의 결핍요소로 성장하지 못한 지혜적 측면이 부분적인 부정으로 한계가 드러나 비극적 종말을 맞이하였다. 지혜적 측면의 부분적인 부정은 최후담에 결정적인 영향을 미치도록 결구되어, 주인공의 죽음을 합리적으로 설명하고 있다.

민중들은 이들의 죽음을 그대로 받아들이지 않고 부활할 가능성을 제시하고 있다. 이몽학은 <파구터> 전설로, 김덕령은 <만고충신 김덕령> 현판 삽화로, 그리고 임경업은 <연평도 당신 유래> 삽화를 통해서 이를 보여주고 있다. 임경업은 죽은 사실에 대한 명확한 기록 때문에 김덕령이나 이몽학처럼 다시 살아날 수 있는 강인한 생명력을 발휘하지 못한다. 그래서 그는 현재의 살아있는 사람들과 같이 호흡할 수 있는 신의 존재로 탈바꿈되어 나타난다.

지금까지 살펴본 서사구조를 도식화하여 보면 다음과 같다.

<비극적 장수설화의 서사구조도 모형>

서사단락 장수의 속성	탄생담 (신이한 출생)	성장담 (신이성 발견)	활동담	최후담	장수의 성격
무사적 측면	일상적이고 잠재됨(신이 성의 감소화 현상)	성장	강한 긍정	부정(또 다른 금기의 파기)	비극적 장수 (지혜의 부족)
지혜직 측면		불성장(금기 요소의 파기)	부분 부정		

위는 비극적 장수설화의 서사구조도이다. 장수의 속성은 무사적 측면과 지혜적 측면으로 나눌 수 있다. 일반적으로 성공한 영웅설화이거나 좌절한 영웅설화는 두 측면을 뚜렷하게 나누어 설명하기 힘들고 통합된 형태로 기술되거나 구술된다. 비극적 장수설화는 무사적 측면과 지혜적 측면으로 분리되어 각기 성장을 달리한다. 이런 비극적 장수설화의 서사구조에 나타난 특색은 다음과 같다.

첫째, 비극적 장수설화에서 주인공의 가계는 미천한 양반출신이거나 서민, 서얼의 가계출신으로 민중적 성격을 가진다.

둘째, 탄생담에서는 신이한 탄생이 일시적이고 잠재적인 상징화로 표현된다. 이때 이몽학은 태몽이나 지방산천에 연결되어 신이성이 잠재화되어 있고, 김덕령과 임경업처럼 미천한 양반 출인인 경우는 풍수지리설을 수용하여 그 신이성이 감소화 양상으로 나타난다.

셋째, 성장담에서는 기아 현상이 나타나는데, 주인공의 신이성을 발견한 자가 선생이란 점에 문제가 있다. 성장기에 선생에게 신이성이 발견되어도 무사적 측면의 기질은 성장되어 활동담에서도 긍정적으로 작용하나, 지혜적 측면의 자질은 선생에게 버림을 당하여 성숙시키지 못하고 활동담에서 부정적이거나 한계를 가진다. 여기에서 임경업의 경우는 기아 현상이 뚜렷하게 나타나지 않고, 오히려 그의 자질을 긍정적인 측면으로 수용하려는 듯한 인상을 주고 있다.

넷째, 활동담에서도 성장이 지속된 무사적 측면에서는 뛰어난 활동성을 보여주지만, 지혜적 측면은 성장되지 못하여 목적 달성에 이르지 못하게 된다. 그리하여 강한 긍정적 평가를 받는 무사적 측면과 부분 부정적 평가를 받는 지혜적 측면의 자질 사이에 부조화를 이루고 있다.

다섯째, 최후담은 무사적 측면과 지혜적 측면의 부조화로 부정적인 결말을 맺는다. 그 결과 주인공은 억울한 죽음을 당하는 비극적 장수가 된다.

이에 반하여 성공한 영웅설화의 서사구조는 탄생담에서 신이한 탄생이 표출되어 고난에 봉착하게 되거나 잠재된다. 성장기에 이인으로 지칭되는 조력자가 나타나 도와주어 성장담에서 최후담까지 장수의 두 속성이 긍정적으로 나타난다. 좌절한 영웅설화의 서사구조는 신이한 탄생이 표출되어 성장 자체가 부정되고 성장담이나 활동담이 서사문맥에 거의 나타나지 않으며 최후담도 부정적으로 나타난다.

이상에서 비극적 장수설화는 탄생담―성장담―활동담―최후담이 서로 인과성과 논리성을 가진 순차적 진행인 동시에 최후담에서 새로운 영웅 출현의 기대와 관련되어 탄생담과 연결된 순환적 구조를 보여주고 있음을 살펴보았다.[3]

---

3) 이런 순환구조적 의미는 3장 앞 절에서 논의한 자아실현을 위한 대립갈등에서 자세히 설명하였다. 즉 성장기에는 능력의 한계를 극복하기 위한 자기 갈등을, 그리고 성장기 말이나 활동기 초는 강한 인물임을 드러내기 위한 갈등을, 그리고 활동기는 탁월한 능력으로 이몽학을 제외한 김덕령과 임경업은 민족적 영웅으로 부각

순환구조는 민중들의 삶과 일치하는 표출방식이다. 민중들은 현실적인 고통을 극복할 탁월한 능력을 지닌 영웅의 탄생을 기대한다. 그럼에도 현실의 사회구조는 이들의 희망을 키우는 데에 너무도 큰 장벽이므로 삶의 과정에 장애요소가 된다. 그렇지만 민중들은 비극적으로 죽음을 당하는 장수를 통해 완전하게 좌절하는 것이 아니다. 비극적 장수의 죽음에 대한 구연을 통해 영웅기대심리가 새로운 시작(전단계)으로 인식하는 순환적 구조를 지니고 있어, 새로운 영웅의 출현을 기대하는 의식을 드러내고 있다.

이처럼 비극적 장수설화는 민중들의 현실적인 고통을 감수할 수 있도록 순환구조를 통해 새로운 영웅출현의 기대와 희망을 제공하고 있다. 그리하여 민중들의 마음 속에는 새로운 영웅의 출현으로 부조리하며 부조화하고 불평등한 현실 사회를 개조할 것을 기대하는 것이다.

2. 인물설정 방식과 의미

비극적 장수설화에 등장인물은 많거나 적거나 그 각각의 역할과 기능을 담당한다. 그리고 설화에 나타난 작중인물의 특성을 통해 유명인물과 무명인물, 상층인물과 하층인물, 능력이 뛰어남과 일천함의 대립항을 설정하여 드러내려는 의미를 파악할 수 있다. 이때 작중인물은 민중과의 관계를 통해 진정한 의미를 지닌다. 위의 대립항을 통해서 민중들과 어떤 관계를 맺고 있는지를 검토하여 보고자 한다.

앞 장에서는 비극적 장수설화의 인물로 유명인물만이 부각되지 않고 무명인물, 미지의 인물이 등장하여 부각되며, 상층인물보다 하층인물의 역할이 강조되고 있음을 살펴보았다. 또 비극적 장수설화의 주인공은 일

된다. 그리고 마지막으로 사회적 자아실현을 위한 대립은 부조한 현실에 의해 패배하여 주인공은 죽지만, 이는 오히려 그를 향유한 전승자들에게 강렬한 삶의 의미를 부여하여 세계와의 대립갈등을 지속시켜 주는 역할을 한다.

상적인 범주를 넘어서 탁월한 능력의 신이성을 보여주고 있다. 이러한 능력은 자아실현의 가능성을 드러내는 데 있다. 이런 작중인물의 능력은 계층적으로 동질성이 있는 민중들에게 자신들이 만들어온 세계에 대한 새로운 가능성을 깨닫게 만든다. 민중들은 보잘 것 없이 초라한 자신의 모습에 좌절을 느끼면서, 비극적인 장수설화의 인물들을 통하여 일상적인 현실을 뛰어넘어 초월적인 세계로까지 움직일 수 있음을 인식하게 된다.4)

비극적 장수설화의 주인공은 이몽학, 김덕령, 임경업 등으로 유명인물이고, 적대자인 홍가신, 유성룡, 선조, 김자점, 이여송, 청청, 조섭, 평수길, 호왕, 용골대, 마골대, 노국왕 등도 모두 유명인물이다. 그런데 주인공들은 자기보다 더 유명한 인물에게는 탁월한 능력을 보이지만, 무명·미지의 인물에게는 능력의 힘을 발휘하지 못하는 경우가 많다. 민중들은 비극적 장수설화에서 주인공들만 부각하지 않고 원조자에 해당하는 무명인물이나 미지인물의 행위에 관심을 나타낸다. 이몽학에게는 누이, 초립동이, 청의노졸, 부하, 김경창, 임득이 등이고 김덕령에게는 누이, 아버지, 왜군 등이며, 임경업에게는 마누라, 처녀창귀 등이다. 여기에서 주인공은 무명인물이나 미지의 인물 중에서 자신과 동격이거나 더 뛰어난 인물과 만나게 된다. 그리고 주인공들인 이몽학이나 김덕령의 설화화 양상도 그가 유명인물이 되기 전인 성장기에 집중되고 있으며, 임경업의 경우도 그가 민족적 영웅이 되기 전의 삽화들이 많이 나타난다.

비극적 장수설화에서 유명인물과 같은 비중으로 무명인물, 미지인물이 부각되는 것은 전승자들의 인간과 세계에 대한 인식을 제시하고 있다.

첫째로는 역사의 주체가 표면적으로 유명인물에 의해서 이루어지고 있으나, 그 이면에 민중들이 주체적 역할을 강조하고 있다. 예로 이몽학과 김덕령은 누이나 초립동이, 임경업은 처녀창귀나 마누라 같은 무명인물의 도움을 전적으로 필요로 하였다.

---

4) 비극적 영웅설화의 주인공은 이를 전승시키고 있는 민중들의 대표자이다. 이런 대표자의 능력은 민중들에게 자신들의 잠재되어 있는 능력의 가능성을 환기시켜 주고 확인하여 주는 역할을 하고 있다고 하겠다.

둘째로는 주어진 현실세계를 표면적인 설화의 내용보다 그 이면적인 내용을 부각시켜서, 새로운 세계를 추구하는 지향성을 보여준다. 비극적 장수설화에서는 유명인물과 무명·미지인물과의 대립에서 대체로 무명인물과 미지의 인물이 생래적으로 월등한 능력으로 승리의 가능성을 부각시키고 있다. 이는 이를 수용하고 전승시키는 설화자들이 사회적 위치가 민중(일반 서민)층이라는 점과 관련되어 있다. 이들 인물들은 지위나 명예에 관련이 없이 무명·미지의 인물로 살아왔기 때문에 자신들의 처지와 비슷한 무명·미지의 인물들을 부각시켜 세계에 대한 새로운 인식을 제기하고 있는 것이다.

셋째로는 한 인물이 아무리 뛰어날지라도 완전한 것이 될 수 없고 항상 승리할 수 없어, 이를 극복하는 방법은 능력 있는 무명·미지의 인물들의 절대적인 도움을 필요함을 나타내고 있다. 그리하여 잠재된 자아실현의 탁월한 능력을 무명·미지의 인물로 연결하므로, 이로 표상되는 민중들에게 사회의 주체적 가능성을 열어놓는 역할을 수행하고 있다. 그리하여 무명인물이 민중 자신이나 주변인물로, 때가 되면 잠재된 능력을 발휘하여 부각될 수 있는 새로운 세계를 제시하고 있다.

위 등장인물을 신분석으로 분류하면 상층인물과 하층인물로 나눌 수 있다. 비극적 장수설화의 주인공은, 이몽학이 서얼인 문헌과 달리 서민층으로, 김덕령과 임경업은 미천한 인물로 나타나고 있어 하층인물에 해당한다. 그리고 누이나 초립동이, 처녀창귀 등과 같은 인물도 하층인물에 속한다. 상층인물로 하층민을 괴롭히려는 이웃양반이나 서울양반, 집권관료층 등은 하층민들에게 패배를 한다는 측면에서 비극적인 장수설화는 하층인물과 관련된 하층인물의 시각에서 이루어져 있다.

이런 특징도 무명·미지인물에서 살펴보았듯이 전승의 주체가 서민층이라는 데에 있다. 그들은 인간과 세계를 자신의 인식에 따라 구현하려는 의도에서 작품의 주체적 역할을 하층인물이 담당하도록 한 것 같다. 이는 서민층을 중심으로 세계에 대한 새로운 시각을 제시하고 역사적 현실에 주체적으로 관여할 수 있다는 자신감을 보여주고 있다.

능력면에서 하층인물은 상층인물보다 뛰어남을 보여주고 있다. 천한 장사꾼의 아들 임경업이 이웃양반, 서울양반의 수탈을 물리치고, 뒤에 삼국의 영웅이 되었고, 김덕령도 천한 집안의 출신인데도 불구하고 신이한 도술로 지배계층의 죽임을 거부하였다. 이처럼 하층인물이 상층인물보다 뛰어나다는 것은 신분적 사회계층에서 상층인물이 우월하다는 기존의 관념을 타파하고 있다. 따라서 사회의 신분적 계층의 모순을 인식하여 이를 극복한 역사적 주체로 적극적이고 능동적인 지향의식을 보여주는 것이라 하겠다.

3. 영웅상의 구현

비극적 장수설화에서 구현되는 영웅상은 크게 세 가지로 나타난다. 첫째는, 국가적 차원으로 일본과 중국에 대한 적개심, 우월의식, 자존심, 자주의식을 부가시키는 민족적 영웅상이다. 둘째는, 사회적 차원으로 사회구조적 모순이나 부조리에서 위정자들의 독선, 무능, 위선을 폭로하여 민중적 의식을 나타내는 민중적 영웅상이다. 셋째는, 개인적 차원으로 구현된 설화에서 발현된 영웅화 양상을 검토하여 그 한계점을 극복하는 영웅상이다.

1) 국가차원의 민족적 영웅상 구현

김덕령과 임경업 설화에서는 국가차원의 민족적 영웅상을 구현하여 민족의식이 선명하게 부각된다. 김덕령은 침략자인 왜적에 대해 적개심과 우월의식을 드러내고, 중국에 대해 민족적 자주의식과 자존심을 드러낸다. 그리고 임경업은 병자호란을 일으킨 청에 대한 적개심과 우월감을 드러내고 아울러 왜에 대한 적대감을 표출한다. 특히 왜와 청은 수없이 우리나라를 괴롭혀 왔기 때문에 이들에 대한 적개심을 강조하면서 이들 침략세력과 대립하고 투쟁하게 하여 민족적 자존심과 자주의식을 나타낸다. 그 대립과 투쟁 과정에서 주인공 김덕령과 임경업이 탁월한 능력을 드러냄으로써 외적을 능가하는 민족적 영웅상으로 구현시킨다.[5]

김덕령 설화에 나타나는 왜구는 김덕령이 상대한 적이면서 동시에 끊임없이 괴롭혀 온 민중들의 의식 속에 자리잡은 적이다. 전승자들은 이런 왜구를 축출시키고 우리나라의 평화 찾기를 기대한다. 그리고 왜구를 축출시키려면 미천한 민중들까지 뭉쳐야 하므로 이들의 힘을 결집시킬 탁월한 지도자가 필요하다. 적절한 인물로 왜적을 쳐부수기 위하여 기복종군한 인물이 김덕령이다.

김덕령이 왜군을 물리친 민족적 영웅상으로 구현된 것은 그의 죽음을 비극적으로 조명하기 위한 수단인 동시에, 침략자에 대한 적대감과 민족적 우월감을 드러내기 위해서이다. 김덕령은 선생에게 쫓겨나면서 선생이 제시한 '불덩어리로 변한 왜장을 죽이지 마라'는 금기를 파기하고, 부친상을 당하여 근신 중에 왜구들의 침입으로 전쟁에 참가한다. 전자는 선생에게 쫓겨나 근신해야 할 김덕령이 불을 왜장의 변신이라고 보았기 때문에 숙였고, 후자는 소선의 윤리도덕상 부친상을 당한 저지에서 입신양명은 생각할 수도 없고, 또 어머니의 반대로 왜적도 살상할 수가 없었다. 그런데도 구경을 갔다가 왜구들의 행위에 격분하고, 마을 앞까지 쳐들어온 침략자들을 물리치려고 어머니 몰래 나선다. 이처럼 김덕령이 금기를 어긴 것은 입신양명의 뜻보다도, 역적으로 몰릴지언정 왜구들을 물리쳐야 한다는 적대의식이 밑바탕에 깔려 있다.[6]

전승자들은 조선을 유린하는 탁월한 왜장들의 능력을 보여주면서 그들과의 투쟁에서 승리할 인물을 내세우도록 요구한다. 이런 인물로 민중들

---

5) 3장 3절의 갈등의 전개양상에서 이와 유사한 내용을 언급한 바 있다. 본 절에서는 그 구현된 양상을 중심으로 살펴보겠다.
6) 임경업의 문헌설화나 국문 전기소설에서는 충효의 갈등이 전개되지 않으며, 또 정발의 삽화를 끌어들여 충이 효보다 우위로 있음을 나타내어 왜구들을 물리쳐야 할 대상으로 여기고 있다. 그리고 충을 이룬 후에 효를 이룰 수 있다고 보았다.

의 삶과 유사한 한계를 가진 김덕령을 설정한 것이다. 김덕령은 이런 상황에도 불구하고 침략한 왜구들에게 탁월한 능력을 보여준다. 김덕령은 300년간 어느 누구도 들어본 적 없는 철퇴로 공중에 올라가 불덩어리로 변한 왜장 셋을 죽인다. 그리고 왜군 물리치기에서는 왜구들의 모자에 꽃 달기, 태극기 달기, 구름을 덮고 총구멍에 물이 나오게 하기, 모자 벗겨가기, 머리에 부적 붙이기, 무기 빼앗기, 세 개의 병으로 생명 위협하기 등 신이한 도술을 보여준다. 또 구원장 이여송도 당하지 못하는 몸에 비늘이 덮인 신이하고 탁월한 조섭을 기생 황월의 절대적 도움을 받아 보통사람이 들지 못하는 칼로 죽인다. 이밖에도 구름을 모아서 진을 치는 왜장 청정을 죽이고, 나뭇잎으로 군사 만들기, 까치로 군졸 세우기, 무지개로 칼 만들기 등 도술을 부리며 도망가는 평수길을 물리친다. 심지어 평수길을 당할 수 없자 이여송의 도움을 받아 물리치고 만다.

일본에 대한 적개심과 우월의식은 임경업 설화에도 나타난다. 임경업은 죽어서 연평도와 서해 도서의 당신이 된 이후에, 자신의 신당 근처를 무단침입한 일본 어민을 징치하고 신당을 헐어버리려는 일본인 경찰서장의 행위를 물리친다. 임경업 설화에 나타난 일본인과의 대립의식은 죽어서라도 응징해야 한다는 배일감정으로 민족의 자주성과 우월성을 지키고 있다. 또한 침략자 왜적을 분쇄하는 이유와 방법을 반복적으로 제시하여 놓고 있다. 이때 민중들은 김덕령에게 무한한 능력을 부여하여 왜구들에 대한 민족적 울분을 해소시켜 주는 민족적 영웅상으로 구현한다.

중국에 관하여는 양반 지배층의 사대주의적 발상에서 벗어나 자주적이고 민족 자주국가임을 밝히는 자존의식을 보여주면서, 침략자 중국(청)에 대해 적개심과 우월의식을 보여주고 있다. 인조는 청태종이 이끄는 침략군을 막지 못하고 삼전도에서 굴욕적 치욕을 당하였다. 이런 민족적 수모와 울분으로 쌓여진 복수심을 해결할 인물로 의주부윤으로 백마산성에서 중과부적으로 침입을 막지 못하고, 후에 비극적으로 죽은 임경업을 설정하였다. 이는 임경업의 죽음을 비극적으로 강조하기 위한 수단이지만, 다른 측면에서 청에 대한 적개심의 발로인 것이다.

임경업은 박씨부인의 추천과 이시제의 천거로 사신 일행을 따라 중국으로 갔다가, 오합지졸의 명나라 군대를 이끌고 호국을 쳐들어온 세력을 물리쳐 삼국 영웅이 되었다. 그리고 임경업은 의주부윤이 되어 삼국 영웅의 명성과 지략으로 청나라의 침입을 예방한다. 그런데 임경업은 병자년에 용골대와 마골대가 한양성을 몰래 침입하여 왕자·궁녀·백성을 붙잡아가자, 퇴로를 차단하고 담판할 때도 그들의 능력을 능가하는 인물이 된다. 임경업이 중국으로 탈출하였을 때, 멸망해가는 명 황제는 살려 달라고 하고, 청나라 황제는 회유와 유혹을 한다. 그런데도 임경업은 조선에 대한 강직한 충성심을 보여주고 있다. 또 단독으로 청 황제와 담판을 하여 옥새 찾아오기, 세자와 대군 모셔오기, 청나라 공주의 청혼 거절하기, 모든 인질 데려오기, 만주 땅 할양 받기 등 그의 탁월한 능력을 발휘한다. 이처럼 임경업은 강직한 충성심을 가진 인물로 청나라 장수나 황제보다 탁월한 능력을 지닌다. 이 때 그는 침략한 청에 승리한 민족적 영웅으로 표상화된다.

한편 중국에 대한 자존심과 자주의식을 통하여 민족적 영웅상을 보여주기도 하는데 명나라에서 탁월한 능력을 보여주는 사례와 청나라·공주의 청혼 거절하기에서 드러난다. 그리고 김덕령 설화는 자존심이나 자주의식을 표방하지는 않았지만, 김덕령의 부친이 중국의 지관이 잡은 무등산의 묘자리를 차지하고, 그의 모든 제의를 거절하는 설화인 천하 최고의 묘자리 탄생담에서 엿볼 수 있다. 즉 김덕령은 천기에 의해서 이여송에게 절대적인 도움을 주어야 한다는 것과 이여송이 당할 수 없는 왜장들을 물리치는 데서 나타난다. 이는 임진왜란 초기 명나라 구원병에 많은 기대를 걸었지만, 싸우지 않고 오히려 해를 끼치자, 조선의 전쟁은 조선인이 해결할 수밖에 없음을 나타낸 것이다.

2) 사회차원의 민중적 영웅 구현

위정자들은 국난에 훌륭하고 능력있는 인물을 등용시켜 국가를 보전해야 하지만, 국난이 끝나거나 정국이 안정되면 이들을 시기하고 질투하며 제거하기에 바쁘다. 그러나 민중들은 지배층과 달리 자아실현을 추구하다가 시기와 질투의 대상이 된 이몽학, 김덕령, 임경업 등을 민중적 영웅으로 형상화시키고 있다. 이들을 민중적 영웅으로 부각시킨다는 것은 민중들이 이들을 배척한 집권위정자의 독선과 무능, 그리고 위선을 풍자하고 있음을 말해주는 것이다.

사회적 여건으로 자아실현의 의지가 좌절된 이들은 부당한 세계의 횡포에 대해 끊임없이 투쟁하는 비극적 장수로 출현한다. 비극적인 장수의 출현 동기는 사회의 구조적 모순이나 주인공의 개인적인 성격적 결함에 기인한다. 따라서 사회의 구조적 모순과 부조리를 극복하려는 의지와 한계를 보이는 이들이 민중적 영웅상으로 구현된다.

이몽학은 임진왜란과 3-4년간 계속된 흉작과 기근, 지배층의 수탈로 시달린 백성들을 구제한다며 지배세력에 대항한다. 이몽학은 부조리한 사회구조의 개혁을 주창하여 인근 백성들에게 대단한 호응을 받아, 반란지 홍산은 물론 임천·청양 등을 삽시간에 점령하고 홍주성을 포위한다. 이때 민중들은 이몽학의 투쟁을 집권세력의 부당한 횡포를 없애고 자신들에게 인간답게 살 권리를 실현시키려는 구원행위로 믿는다. 민중들은 사회의 구조적 부조리와 모순을 개혁하고 민중들에게 자아실현이 가능한 사회를 건설할 인물로 이몽학을 민중적 영웅상으로 구현하고 있는 것이다. 그렇지만 이몽학은 투쟁에서 독선적인 성격, 무자비성, 포용성의 부족 등으로 누구나 초립동이로 상징되는 민중들을 자신의 세력으로 흡수하지 못하고 고립세력으로 전락하여 패배가 예견된다. 결국 그는 사회의 구조적 모순과 부조리를 극복하고자 하였지만, 자신이 만든 또 다른 부조리도 극복해야 할 대상이 되어 집권층에게 패배당하면서 죽게 된다.

김덕령도 능력을 수용하지 못한 사회적 여건에 기인하여 장수의 한계를 보여준다. 김덕령이 비공식적으로 출전하여 신이하고 탁월한 능력을 보여주면서 중앙정계에 등장하자, 인물을 보호하고 키워야 할 중앙의 지배계층은 이를 포용하지 못한다. 지배계층은 국가적 변란이 끝나지 않은 상황에서 자신들의 지위와 안위를 위해 김덕령의 어려운 난관을 해결해주기는커녕 오히려 제거하려고 한다. 위정자들은 자신의 지위를 지탱하기 위해 김덕령이 능력을 발휘하지 못하도록 의병을 모집하는 데도 허가하지 않고 모함을 한다. 이런 위정자에게 김덕령은 속수무책이다. 김덕령은 임진왜란이란 특수한 상황에서 자아성취를 위해 세계와 투쟁을 하지만, 탁월성과 강직성이 시기와 질투의 요소가 되어 사회적 모순을 극복하지 못하고 만다.

김덕령은 자신의 능력을 인정하지 않는 사회에 대해 투쟁 의지를 보인다. 김덕령은 위정자들이 온갖 방법으로 죽이려는 데에 대항하여 죽지 않다가, 한계를 인식하고 죽음을 택한다. 이때 민중들은 '만고충신 김덕령'이란 현판 삽화를 끌어들여 위정자들이 파렴치한 존재임을 폭로한다. 그리고 위정자들이 자신들의 잘못을 감추려고 김덕령에 대한 평가절하 운동을 전개할 때, 현판의 내용이 되살아난다고 하여 그들의 뜻대로 되지 않음을 보여준다. 민중들은 여기에서 김덕령의 정당성을 인정하면서 지배위정자들의 독선과 무능, 위선을 폭로하고, 국난 중에도 수탈하는 통치세력에 대한 분노를 나타낸다. 그리고 김덕령을 현실 사회의 모순과 부조리에 대해 끝까지 투쟁하는 민중적 영웅상으로 구현한다.

임경업도 김자점으로 대표되는 지배계층과의 투쟁에서 자아실현을 이루지 못하고 좌절한다. 임경업은 성장기에 이웃 양반이나 서울의 재상가 양반의 수탈에 도전하면서 서민적 모습을 보여주고 있고, 낙안군수 시절 삽화도 민중들과 고난을 함께할 수 있는 인물로 나타난다. 그리고 민족적 영웅으로 능력을 발휘한 임경업은 자신보다 무능한 김자점과의 대립에서 패배하여 그의 한계를 드러낸다. 김자점은 개인적 영달을 위하여 중국에서 세자와 왕자를 귀국시킨 임경업을 죽이려는 흉계를 꾸민다. 이 흉계 중에 봉건적 사회에서 왕명을 팔아먹는 김자점에게 임경업은 제대로 대항해 보지도 못하고 옥에 갇혀 죽게 된다. 이는 임경업의 비극적인 죽음을 강조하면서 사회적 모순과 부조리를 고발하려는 의도를 담고 있는 것이다.

임경업은 신이 되어 민중들의 애환과 고난을 해결하는 능력을 가진 인물이 된다. 임경업의 죽음에는 지배계층의 부당한 행위에 대항하는 모습이 보이지는 않지만, 민중은 그의 능력을 인정하여 자신의 삶에 풍요와 안전을 지켜줄 수 있다고 믿었다. 이처럼 사회 부조리와 모순에 희생당한 임경업을 통해 이를 수용하는 민중은 자신의 삶과 동일시한다는 점에서 민중적 영웅상의 구현이라고 하겠다.

3) 기대되는 영웅상 구현

비극적 장수설화의 구연 목적은 각 설화 주인공이 지닌 초월적 능력, 위정자들의 무능과 위선 그리고 현실에 대한 모순을 풍자적으로 드러내면서 중국과 일본에 대한 민족적 적개심이나 자존심과 우월의식을 보여주어 현실적으로 불행한 개인적·사회적·국가적 상황에 대한 극복의지를 나타낸다.

이때 비극적인 장수의 역할은 현실에 만족하지 않고 끊임없이 자신이나 사회나 국가의 불합리와 부조리를 개선하고, 자아실현을 추구하는 데 있다. 비극적 장수는 그 목표가 자신의 능력으로 불가능하다 인식할지라도 죽을 때까지 투쟁하며 자신에게 주어진 책무를 수행해야 한다. 이런 점에서 이몽학, 김덕령, 임경업 등에 대한 설화 구연은 단순히 즐거움을 찾기보다 국난 극복, 부조리한 사회개혁, 개인적인 좌절을 극복하려는 투쟁 의식을 고취시키게 된다. 이때 설화의 주인공이 되는 영웅들은 다음과 같은 특징을 지닌다.

첫째, 기대되는 영웅상은 능력이 일상적인 범주를 뛰어넘는 신이성을 보여주어야 한다. 위에서 살펴본 이몽학, 김덕령, 임경업 설화의 주인공들은 탄생담에서 부터 최후담에 걸쳐 상대할 인물이 없을 정도로 능력이 뛰어나다. 탄생담에서는 신이성이 잠재되어 있거나 감소화 양상을 보이며, 성장담에서 이몽학과 김덕령은 금기의 파기로 신이성이 드러나 쫓겨나지만, 탁월하고 신이한 능력을 발휘하기 시작한다. 그들의 활동기는 무사적 측면에서 초월적인 능력을 발휘하지만 지혜적 측면의 약화로 한계를 드러낸다. 임경업은 성장기에 금기의 파기현상과, 활동기에 지혜적 측면의 약화 현상이 뚜렷하지 못하다. 최후담에서 이몽학은 부하에게, 김덕령은 지배계층의 모함으로, 임경업은 김자점에 의해서 비극적으로 죽는다. 그런데 민중은 이몽학에게 파구터 전설을, 김덕령에게 <만고충신 김덕령> 현판 삽화를, 임경업에게 연평도의 당신을 통해서 살아있는 존재로 인식시키면서 죽음을 부정하고 있다. 이들은 일상인들의 생각을 초월하는 능력을 지니고 있어 위정자들 중심의 부조리한 현실에 끊임없이 대항하는 모습을 보여준다.

둘째, 기대되는 영웅상은 성실하고 정직해야 한다. 이몽학과 김덕령의 설화에서 부정직성은 배척되고, 성실성은 지속적인 성장을 가져온다. 이몽학은 <홍수 물건너기>에서 잠재적 금기를 파기하는 신이성을 드러내어 지혜적 측면이 부정직성을 띠고 부정시 되며, 성실하게 노력한 무사적 측면이 정직성을 띠어 성장하게 된다. 김덕령은 <장군수 훔쳐먹기>에서 스승을 속이고 장군수를 훔쳐먹어 지혜적 측면이 부정직성을 띠면서 부정시 되고, 무사적 측면은 긍정적으로 받아들여 성장한다. 그리고 임경업도 명확하지는 않지만, 무사적 측면은 긍정적으로, 지혜적 측면은 부정적으로 되어 있다. 이처럼 비극적 장수설화에서는 성실하고 정직하지 못하여 지혜적 측면과 무사적 측면이 서로 조화를 이루지 못하고 패배하고 만다. 이를 극복할 미래에 기대되는 영웅상은 현실에 집착하지 않고 자아실현을 노력하는 성실하고 정직한 모습이어야 한다.

셋째, 기대되는 영웅상은 포용성을 지녀야 한다. 비극적인 장수설화의 주인공은 자기가 최고이고 자기 중심의 독단에서 벗어나지 못한다. 이것이 비극적 장수의 특징이지만, 자기보다 우월하고 탁월한 능력을 지닌, 이름이 알려지지 않은 민중적 영웅들을 포용할 수 있어야 한다. 이몽학은 힘내기에서 누이나 용마, 초립동이를 포용하지 못하고, 김덕령은 힘내기 삽화에서 누나와 용마를 포용하지 못한다. 임경업은 처녀창귀의 간청을 포용하지 못하여 한계를 지닌 반면에 아내의 협조를 받아들여 선량한 정치를 한다. 민중의 상상력을 초월한 신이성을 보여주면서도 패배당하는 주인공들은 무명 혹 미지의 조력자들의 도움을 받아들일 포용성을 갖추어야 주어진 현실문제의 장벽을 극복하고, 민중에게 자아실현의 가능성을 열어줄 수 있다.

넷째, 기대되는 영웅상은 진취적 기상과 결단력이 있어야 한다. 이몽학은 홍주성을 칠 때 확고한 의지를 부하에게 심어주던가, 아니면 홍주성을 쳐들어가야만 했는데, 그렇게 하지 않음으로써 죽게 된다. 김덕령은 <왜군 물리치기>에서 효와 충의 갈등으로 애매한 태도를 취하다가 죽음에 이르게 된다. 반면 이여송의 천거를 받고 곧바로 진영에 들어가 <왜장 조섭 죽이기>, <왜군 물리치기>, <왜장 죽이기> 등 큰 업적을 남기는데, 이 때는 김덕령이 부모상 중이라는 충효의 갈등을 드러내지 않고 즉각적인 행동을 하기 때문이다. 임경업이 중국에서 한 행동도 꺼림낌이 없었다. 이처럼 일을 처리하는 데 있어서 확고한 의지를 갖고 추진해야 한다.

다섯째, 기대되는 영웅상은 민중적인 지지기반을 획득할 수 있는 민족의식을 가져야 한다. 영웅은 국가적인 위기를 극복하려고 노력해야 된다. 이몽학은 임진왜란 기간에 반란을 일으켰지만 왜구 침략과 관련된 설화는 전해지지 않는다.[7] 김덕령이 이여송의 도움을 받아 활동할 때 그의 행동은 국가적·민족적 의식을 바탕에 두고 행동하였다. 김덕령은 기생 황월이로 대표되는 민중의 지지에 기반을 두고 일을 수행할 때에 불완전한 한계를 보여주지 않고 탁월한 능력을 발휘하고 있다. 임경업의 행동도 국가와 민족을 바탕으로 행동하여 삼국의 영웅이 되고, 만주땅을 할양받아 온다. 그런데 국가적 위기를 민중적 지지기반이 아닌 외세에만 의존하면 능력의 한계를 초래하여 실패하게 되어 있다.

미래에 기대되는 비극적 영웅상은 탁월하고 신이한 능력을 지니고, 모든 일에 정직하고 성실하며, 모든 사람을 포용하면서 진취적 기상과 결단성을 지녀야 한다. 이들의 모든 행위는 민족성과 민중성을 바탕으로 이루어져야 한다.

---

7) 임진왜란 기간에 일어난 반란이기 때문에 왜구에게 도움을 주는 측면이 있었을 것이다. 그렇지만 이몽학 전승에는 반민족적인 내용을 담은 왜구와의 관계를 조금도 언급하고 있지 않다.

◆◆◆
제 5 장 맺음말

　이 연구는 민간의 영웅기대 의식이 반영된 장수설화를 종합적으로 고찰하여 전승 양상, 구조와 의미, 구조적 특성을 밝혀 장수설화의 설화 문학적 의의를 밝히는 데에 있다.

　필자는 비극적 장수설화를 "설화의 주인공(무인)이 자아를 성취하고자 현실세계와의 투쟁에서 목표를 달성하지 못하고 불행하게 죽었지만, 후대에 민간에서 초월적인 비범한 능력을 지닌 인물로 계속 숭앙되는 이야기"라고 개념 정의하여 사용하였다. 그리고 비극적 장수설화의 범주에 투쟁이 없거나 미약하고 좌절한 영웅설화나 무인적 기질이 없는 민중적 영웅설화는 제외하였다.

　다음으로 전승되는 불운한 장수들을 실패하고 불행하게 죽은 민란의 장수, 성취하려다가 불행하고 억울하게 죽은 의병의 장수, 성취하고 억울하게 죽은 관군의 장수로 나누어 살펴보았다. 장수에 대한 민간과 관리들의 인식을 '당시' '후대' '현대'로 나누어 보면, 민란의 장수는 전 시기에 걸쳐 민중에게 긍정적, 관리에게 부정적으로 인식된다. 의병의 장수는 민중에게는 전 시기에 걸쳐 지속적인 긍정을, 관리에게는 '당시'에는 부정이나, '후대' 이후에 지속적인 긍정을 받는다. 그리고 관군의 장수는 관리와 민간에서 후대 이후에 계속 긍정적으로 인식된다. 또한 비극적 장수설화의 주인공은 당시보다 후대로 갈수록 영웅적 면모가 부각되고 있음을 알 수 있다.

　이어서 이몽학, 김덕령, 임경업을 대상으로 하여 영웅화한 설화의 양상을 살펴보았다. 이때 설화는 역사적 사실을 수용한 측면과 허구적 요소가 뚜렷하게 부각된 측면으로 나누어 일생에 대비하여 검토해 보았다.

1절에서는 이몽학에 관한 설화의 영웅화 양상을 살펴보았다. 관찬기록이나 문헌기록에는 이몽학의 신분이나 가계가 분명하게 나타나 있지 않았다. 또한 성장과정이 구체적으로 나타나지 않았고, 난의 진행과정만 상세히 기술되고 있는데, 전세가 기울자 부하에게 피살된 것으로 기록되어 있다.

탄생담은 태몽이나 산천에 결구되어 있다. 그리고 이몽학의 신분도 서울의 천얼이라는 문헌기록과 달리 부여 홍산의 서민으로 나타난다. 이런 구비설화는 이몽학의 활동을 민중의 활동으로 대치하려는 영웅기대심리에서 비롯되었다고 보았다.

성장담에는 훌륭한 장사가 되기 위하여 성실하게 노력한 사람으로 나타난다. 또 신화적 요소가 수용되어 신이성을 지닌 영웅적 면모를 드러내면서 금기 파기의 성격을 지니고 있다. 여기에서 '물 건너기' 화소는 이몽학이 위기를 극복하지 못하고 비극적 장수가 되는 복선역할을 한다.

활동담에서는 이몽학이 선생에게 버림을 당하고 지혜의 성장이 멈추었기 때문에 무사적 측면만이 강조된다. 그의 활동담에는 일반삽화인 <초립동이>, <치마태>, <오뉘 힘내기> 삽화가 결합되는 양상을 보여준다. 이들 삽화에서 이몽학은 부족한 지혜적 측면을 보충받을 수 있었다.

그런데 이몽학은 민중으로 상징되는 '초립동이'를 무시하여, 그에 의하여 신이성을 상실당함과 동시에 그의 도움도 받지 못한다. 또한 <치마대> 삽화는 화살보다 빨리 달린 용마를 참수하여, 성격의 조급성이라는 지혜의 결핍을 부각시키는 기능을 담당하고 있다. 그리고 <오뉘 힘내기> 삽화에서는 화합을 통한 지혜의 성숙을 바라는 누이와의 대결에서 어머니의 부정한 개입으로 승리하여 누나를 죽이고 난을 일으키게 된다. 그 결과 <치마대> 삽화에서는 조급성을, <초립동이> 삽화에서는 교만을, <오뉘 힘내기> 삽화에서는 질투심이라는 성격의 결함을 드러내고 비극적 장수로 전락하게 된다.

최후담은 선생에 의해 버림받음과 지혜의 원조자(초립동이, 용마, 누이)를

상실하였기 때문에 세계와의 투쟁에서 패배하는 비극적인 모습을 보여준
다. 그런 중에도 <파구터> 삽화를 수용하여 이몽학의 좌절을 인정하지
않고, 남겨진 묘자리의 발복을 기원하는 민중의식을 드러내기도 한다.

2절에서는 의병의 장수 김덕령을 영웅화한 양상을 살펴보았다. 김덕령
은 선조 원년(1567) 광주 석저촌에서 한미한 집안의 둘째 아들로 출생하
였다. 25세에 형 덕홍과 의병을 일으켰고 26세에 기병권유를 상중이라
거절하다 왜군의 침입이 노골화되자, 5,000여 명의 의병을 모아 기복종군
하였다. 그는 공도 세우지 못하고 30세에 누명을 쓰고 죽었다가 후에 신
원되었다.

탄생담은 실제의 신분보다 더 미천하거나 서얼로 나타난다. 이런 미천
한 가계에서 명성과 비상의 '닭울음 소리가 나는' 무등산의 천하명당을
얻게 되지만, 부친의 실수로 불행요소가 잠재되거나 신이성이 감소한다.

성장담은 이몽학에 비하여 그 유형과 양에서 확대되어 있다. <장군수
훔쳐먹기>에서 기아 현상은 김덕령을 하산시키며 새로운 금기를 제시하
여 보호하려는 의식을 보여주고 있어 이몽학보다 심각성이 덜 심하다. 그
리고 이몽학의 활동담에 속하는 힘내기 삽화는 김덕령 설화에서 성장기
에 속하며, <씨름> <오뉘 힘내기> <치마대> 삽화가 결합되어 나타
난다. 또 <오뉘 힘내기> 삽화에서 누나는 나타나지 않는 어머니 성격을
겸하고 있다. 김덕령의 성장기에서 영웅성의 특징은 신속성으로 나타난다.

활동담은 신이하고 탁월한 능력으로 국내에 침입한 왜군이나 왜장들을
물리쳐 민족적 영웅으로 승화된다. 그런데 이 활동담에는 상중이란 상황
을 통해 충과 효의 갈등이 있게 만들거나, 일을 스스로 해결하지 못하고
원조자의 도움을 받는 모습으로 나타나 있다.

최후담에서 김덕령은 탁월한 능력을 드러내어 왜구들을 물리치자 위정
자들의 시기와 질투로 모함을 받아 옥에 갇혀 죽게 된다. 이때 김덕령은
'만고충신 김덕령(萬古忠臣 金德齡)'이란 현판 삽화를 통해서 죽음을 인정
하지 않고 새로운 부활의 가능성을 부여받고 있다.

3절은 관군의 장수 임경업에 대해서 살펴 보았다. 임경업은 선조 27년
(1594) 충주 달천촌에서 판서 정(整)의 칠대손이며, 부친 황(凰)의 넷째 아들

로 태어나 25(1618)세에 무과에 급제하여 여러 관직을 거쳐 1636년 의주
부윤이 되어 병자호란을 맞는다. 가도(假島)와 금주위(錦州衛) 공격의 구원
병으로 나가 명나라와 내통한 것이 뒤에 발각되어 청나라에 압송 도중
명나라로 탈출했다. 청과 싸우다가 포로가 되어 18개월간 북경에 갇혀
있다가, 심기원의 역모사건에 연루, 압송되어 53세에 옥사하였다. 임경업
은 후에 신원이 되었다.

탄생담은 김덕령과 마찬가지로 풍수지리와 관련된 <묘자리 잡기>가
중심이다. 미천한 신분인 임경업 부친은 명당을 얻으려는 뚜렷한 의지를
갖고 있지 못한데다, 제시된 금기까지 파괴하여 결핍요소를 지닌 명당을
얻게 된다.

성장담은 무업관련 삽화들이 많이 나타난다. 임경업의 성장기는 불구
적인 아이로 상징화되면서, 비극적 장수의 특징인 선생에게 버림당하는
기아 현상이 뚜렷하게 나타나지 않는다. 그러나 양반과 대결하는 성장기
의 삽화에서는 탁월한 능력을 발휘하고 있다.

활동담은 선정하게 된 이야기와 중국과 관련한 이야기가 주류를 이룬
다. 이때 활동담에는 지혜적 결핍양상이 뚜렷하게 나타나지 않으며, 많은
원조자들의 협조로 탁월한 무사적인 힘을 발휘한다.

최후담에는 성장담과 활동담에서 보여준 초월적인 비범한 능력에 비해
무기력함을 보여준다. 이는 <처녀창귀> 삽화에서 보여주는 것처럼 처
녀창귀의 도움을 거절하였기 때문에 맞게 되는 결말이다. 그리고 임경업
의 경우에는 명확한 기록 때문에 이몽학·김덕령처럼 부활의 모습을 보
이지는 않는다. 그 대신에 신격화되어 인간의 태평과 서해 도서의 풍어와
안전을 지켜주는 어업신 당신(漁業神 堂神)으로 역할을 하면서, 왜에 대한
적개의식을 보여주고 있다.

3장의 장수설화의 구조와 의미에서는 앞 장에서 검토한 내용을 토대로
삽화의 수용 의미, 인물의 유형과 기능, 대립 갈등의 양상, 사건의 수용양
상으로 나누어 살펴보았다.

1절에서 삽화의 수용의미에서는 탄생 ; 풍수지리삽화, 성장 ; 학습삽화
와 힘내기 삽화, 활동 ; 인물의 특성삽화, 최후 ; 죽음 부정하기 삽화로 나

누어 살펴보았다.

비극적 장수설화의 탄생 삽화에 풍수지리 설화를 수용한 것은 미천한 주인공이 피지배계층의 신분적 한계를 극복하고, 양반층과 대등하거나 능가하는 위치로 상승시킬 수 있는 민중의 영웅기대심리를 충족시켜 주는 소재라는 점 때문이다. 이를 통해 민중들은 주체자의 출세폭을 확장시키는 극적 효과를 노리면서, 새로운 능력으로 가능성이 열린 세계에 대한 기대치를 나타내고 있다. 그런데 주인공이 탄생한 묘자리는 비정상적으로 얻거나 개인적인 실수로 제시된 금기를 파기하여 주인공의 운명을 복선화시킨다.

성장기 삽화는 그들의 영웅적 성격을 결정한다. 우선 학습관련 삽화에서 주인공들은 성장기의 신이성을 드러내어 잠재적 금기를 파기함으로써 비극적인 종말을 맞이하게 된다. 이들의 신이성은 제거할 수 없을 만큼 성장한 시기에 선생에게 발견되기 때문에 대립 갈등을 회피한다. 그 결과 선생에게 습득받아야 할 지혜적 측면의 자질이 멈추고, 무사적 측면의 자질만 성장하게 되어 불구적인 성장을 하게 된다. 한편 일상적인 <힘내기형> 삽화는 선생의 버림을 당하여 지혜적 측면이 결핍되어 있는 특정인물의 성장기에 자용뇌어 그 인물의 득징과 운명을 임시하고 있다. 이런 주인공에게 <치마대> 삽화는 조급성을, <초립동이> 삽화는 교만을, <오뉘 힘내기> 삽화는 무자비성을 극복할 기회를 제공한다. 그렇지만 주인공은 그 기회를 잃고, 실수를 후회하거나 반성하는 모습을 보여주지 못한 채 비극적 영웅으로 전락하고 만다.

활동기는 인물의 특성에 따라 각기 다른 삽화를 수용하고 있다. 이는 활동기의 삽화들이 주인공의 역사적 사실에 입각하여 설화화했기 때문이라 하겠다. 다만 주인공은 탁월한 능력을 보여주어 민중적이고 민족적인 영웅이 되지만, 성장기의 지혜적 측면의 결핍으로 한계를 드러낸다.

최후에는 비극적으로 생애를 마친 이유를 성장기 이후의 측면과 새로 제시한 금기의 파괴로 설명하였다. 금기의 소재를 수용한 것은 주인공이 비극적인 죽음으로 끝난 현실적인 당위성을 합리적으로 설명하고자 한 것 같다. 그러나 민중들은 이들의 죽음을 받아들이기보다는 부정하고, 부활할 가능성을 제시하고 있다. 이몽학은 <파구터> 삽화로, 김덕령은 <만고충신 김덕령> 현판 삽화로, 그리고 임경업은 <연평도 당신의 유래> 삽화 등의 죽음 부정하기 소재를 최후담에 결구시키고 있다. 민중들은 주인공들의 부활을 통해 현재 죽음과 같은 자신들의 삶을 부활과 같은 기대로 환치시키려는 모습을 보여주고 있는 것이다.

2절 인물의 유형과 기능에서는 크게 주체자, 적대자, 원조자로 나누어 살펴보았다.

첫째, 주체자는 탁월한 능력과 한계를 갖고 있다. 주체자는 한미한 집안의 태생이며 명당의 지기로 태어난다. 이런 주체자들은 비범한 능력이 잠재되어 있다가 성장기에 타인인 선생에게 발각되면서 장수가 되는데 필요한 지혜의 성장을 완성하지 못한다. 이 지혜습득 기회의 상실로 인해 결핍된 지혜를 제공해줄 수 있는 원조자와 갈등을 초래하게 된다. 그 결과 주체자들은 탁월한 초월적인 능력의 발휘에도 불구하고, 최후에 지혜의 결핍으로 비극적 영웅상을 실현하게 된다.

둘째, 적대자는 주체자를 파멸시키려는 인물들이다. 이들을 크게 승리한 적대자와 패배한 적대자로 나누어 보았다.

패배한 적대자는 탁월하고 비범한 유명인물로 대립 갈등을 통해 주체자의 능력을 드러내주는 역할을 한다. 이몽학 설화에서는 홍가신·박명현·관군들이고, 김덕령 설화에서는 왜장 3인·왜군들·조섭·청정·평수길이며, 임경업 설화에서는 호국(가달)왕·용골대·마골대·청공주·양반(이웃, 서울)들이다. 즉 이몽학에게는 국내 위정자들이고, 김덕령은 침입한 왜구세력, 임경업의 경우 국내외의 세력자들로 나타난다.

승리한 적대자는 주체자보다 능력이 뒤떨어지는 왜소한 인물로, 대립 갈등을 통해 주체자를 좌절시키고 있다. 이에 속하는 인물은 이몽학 설화에서 부하인 김경창·임득이, 김덕령 설화에서 유성룡과 위정자들, 임경업 설화에서 김자점과 그의 일당들이다. 이때 승리한 적대자가 주체자에 비하여 왜소할수록 비극의 정도는 강화된다.

셋째, 원조자는 주체자의 능력을 향상, 발전시키고자 도움을 주는 자이다. 이들은 크게 실패한 원조자, 성공한 원조자, 방관적 원조자로 나누어진다.

실패한 원조자는 원조의 기능을 상실한 인물이다. 이들은 표면상으로 주체자와 대립 갈등을 드러내면서 그 이면에는 주체자의 결핍된 요소를 보충해 줄 수 있는 기능을 가지고 있다. 이몽학 설화의 초립동이·누이·용마·어머니, 김덕령 설화에서 누이와 용마, 임경업 설화의 처녀창귀가 이에 속한다.

성공한 원조자는 주체자가 비범한 능력을 드러내도록 결핍요소를 보충해주는 역할을 수행한 인물들이다. 이몽학 설화에는 나타나지 않고, 김덕령 설화의 이여송·기생 화월과 그의 모친, 임경업 설화에서 어머니·박씨부인과 이시제·명의 대신과 황제가 이에 속한다. 이런 성공한 원조자는 실제의 활동 범위가 확대될수록 많이 등장한다.

방관적 원조자란 주인공의 능력을 보고 결별하는 인물로, 주인공이 비극적으로 종말을 마치게 하는 요인이 된다. 방관적 원조자로는 선생이 등장하는데, 영웅성의 한 측면인 지적인 성장을 단절시켜 주인공이 최후에 비극적인 인물이 되게 하는 역할을 맡는다.

3절 대립갈등의 양상에서는 비극적 장수설화의 서사구조적 특징인 대립 갈등의 양상을 방관적 원조자와의 갈등, 실패한 원조사와의 갈등, 패배한 적대자와의 갈등, 승리한 적대자와의 갈등의 4단계로 나누어 보았다.

방관적 원조자와의 갈등에서 성실하게 노력하는 주인공이 자신의 초월적 능력의 표출여부에 대한 갈등을 느끼는 대상은 선생으로 나타난다. 이몽학은 <홍수 물건너기>에서, 김덕령은 <장군수 훔쳐먹기>에서 임경업은 학습과정에서 잠재적인 금기를 파괴하고 자신의 능력을 드러냄으로써 선생에게 버림을 당한다. 따라서 원조자가 될 선생은 방관적인 태도를 취하게 된다. 이때 갈등의 정도가 이몽학>김덕령>임경업 순으로 약화되어 나타난다.

실패한 원조자와의 갈등은 강한 인물임을 과시하기 위하여 협조가능한 인물과 대립하는 개인적인 싸움이다. 이몽학에게는 초립동이·누이·용마, 김덕령에게는 누나·용마, 임경업에게는 처녀창귀인데, 이들은 주체자의 결핍된 지혜적 요소를 보충할 수 있는 원조자들이다. 구체적으로 초립동이는 겸허를, 용마는 조심성과 대오각성을, 누이는 화합을, 처녀창귀는 통찰력을 주체자에게 줄 수 있다. 그러나 주체자는 독선적이고 비타협적인 태도와 실수, 부당한 승리를 통해 이들을 제거하면서 대립 갈등하는 양상을 보여준다. 민중은 이와 같은 개인적 욕망과 이득을 채우려는 싸움을 가장 비판적이고 부정적으로 인식하고 있다.

패배한 적대자와의 갈등은 주체자가 초월적인 능력으로 적을 물리치는 국가적 차원의 갈등을 말한다. 이몽학은 관군과의 대립에서 볼 수 있고, 김덕령과 임경업의 경우는 왜군이나 청군과의 싸움에서 볼 수 있다. 특히 김덕령과 임경업의 경우에는 민족의 자존심이 걸린 싸움이기 때문에 민중에게 큰 관심과 전폭적인 지지를 받는다. 하층민으로 뛰어난 장수가 된 이들은 패배한 적대자들과 대립·갈등함으로써 일시적으로 새로운 세계의 실현 가능성을 보여준다. 김덕령은 왜와의 싸움에서 다른 사람의 도움을 받거나 초월적인 도술로 왜구들을 후퇴시키며, 임경업은 청에 가서 탁월한 능력으로 승리를 한다.

승리한 적대자와의 갈등은 지배계층이나 이들의 하수인들과의 대립 갈등을 말한다. 주체자는 세계의 부조리를 개혁하고 새로운 세계의 가능성을 열기 위해 통치계급과 싸워야 한다. 그러나 그는 불완전하여 치열한 세계와의 싸움에서 결정적인 순간에 패배한다. 곧 주체자는 초월적 능력을 발휘하고도 결국 부조리하고 모순된 세계에 패배하여 비극적 장수로 성격지워진다.

과거의 부조리와 모순을 현재뿐만 아니라 미래에도 계속될 수 있다는 점에서 민중은 최후담이나 후일담에 주체자들의 죽음을 끝으로 보지 않고 새로운 영웅의 탄생할 가능성을 남겨 놓았다. 이는 비극적 장수들이 좌절하고 패배했지만, 희망을 잃지 않고 자아실현과 이상세계 건설을 수행할 수 있는 영웅의 출현을 또다시 기대함으로써 대립 갈등을 해소시키려는 구조를 창출하게 된 것이다.

4절에서는 사건의 수용양상을 역사적 사건의 수용, 행위에 대한 인식의 정도, 증거물의 제시 여부의 측면으로 나누어 살펴보았다.

첫째, 역사적 사건의 수용에서 이몽학 전승에서는 반란에 대한 역사적 사건을 제외하고는 대부분 비역사적 사실을 수용하고 있음을 알 수 있다. 김덕령은 그가 광주에서 태어났다는 성장기와 기복종군해서 억울하게 죽었다는 역사적 사실 위에 그의 초월적 능력을 나타내기 위하여 풍수지리 탄생담, 성장담, 활동담 등 비역사적인 사실을 재구하고 있다. 그리고 임경업 전승은 전체적인 줄거리는 역사적 사실을 바탕으로 이루어지고 있으나 부분적인 내용은 허구적 요소로 구성되어 있다. 이에 의하면 이몽학<김덕령<임경업 순으로 역사적 사실을 많이 수용하고 있음을 알 수 있다.

둘째, 행위에 대한 인식의 정도는 제시된 행위가 전승자가 인식하는 정도가 일상적인 것인지 아니면 신이한 것인지에 대한 판단에 관한 것이다.

이몽학의 전승은 비역사적 사건의 행위가 많아 신이성을 나타내기보다는 일상적 인식의 범주에 속하는 행위들로 이루어져 있다. 김덕령 전승에서는 행위가 일상적인 것과 신이한 것이 적절하게 결구되어 있는데, 성장담과 활동기 삽화들은 신이한 내용을 차용하여 그의 능력을 부각시키고 있다. 임경업 전승의 행위는 대체로 신이한 행위의 내용이 강조되어 있지만 역사적 사건을 배경으로 설정되어 있기 때문에 허구화로 인식하는 것을 제어하고 있다. 전승에 드러난 행위의 개연성에서 사실로 받아들일 수 있는 것은 이몽학>김덕령>임경업 순이다.

셋째, 증거물의 제시 여부에서는 증거물에 의해 그 전승의 내용이 사실과 허구로 인식될 수 있다.

이몽학 전승의 경우는 대체로 전승의 내용이 사실이기를 주장하고 원하기 때문에 구체적인 증거물을 제시하고 있다. 김덕령에 수용된 전승들은 역사적 사건에다 허구적 요소를 결합하고 있어, 의미의 허구화의 지향을 방지하기 위하여 구체적 증거물보다 포괄적인 증거물의 제시가 많다. 그리고 임경업의 전승에서는 비역사적 사건을 수용한 성장기 이전의 삽화에서 구체적인 증거물이 제시되고 있지만, 대부분은 그에 관한 나머지 전승에서 역사적 사건을 배경으로 허구적으로 구성되어 있으며, 광포전설이나 민담적 취향을 띠고 있어 증거물 제시의 필요성이 없다.

다음으로 4장의 구조적 특성에서는 비극 극복을 위한 순환구조, 인물
설정 방식과 의미, 영웅상의 구현으로 나누어 살펴보았다.

1절 비극 극복을 위한 순환구조에서 비극적 장수설화는 무사적 측면과
지혜적 측면으로 분리되어 각기 성장을 달리하는데 비극적 장수설화의
서사구조에 나타난 특색은 다음과 같다.

첫째, 주인공의 가계는 한미한 양반출신이거나 서민 또는 서얼의 가계
출신으로 민중적 성격을 가진다. 둘째, 탄생담에는 탄생이 일상적이고,
신이성이 잠재 상징화로 표현된다. 셋째, 성장담에는 신이성이 발견되어
기아현상이 나타나는데, 타인인 선생에게 발견되어 지혜적 측면이 성장
하지 못한다. 넷째, 활동담에는 성장이 지속된 무사적 측면이 뛰어난 활
동성을 보여주지만, 지혜적인 결핍으로 한계를 가진다. 다섯째, 최후담에
서 무사적 측면과 지혜적 측면의 부조화로 인해 비극적인 결말을 맺는다.
그 결과 주인공은 비극적인 장수가 된다. 여섯째, 민중은 그런 장수의 죽
음을 인정하지 않고, 새로운 영웅출현 기대심리를 제시한다.

이상에서 비극적인 장수설화는 탄생담—성장담—활동담—최후담이 서
로 인과성과 논리성을 가진 순차적 진행인 동시에 최후담에서 새로운 영
웅출현의 기대와 관련되면서, 탄생담과 연결되어 다시 시작하는 순환적
구조를 보여주고 있다. 순환구조는 민중의 삶과 일치하는 설화의식의 반
영이다.

민중은 그들의 성취욕구에서 사회구조가 장애요소이지만 비극적 장수
설화가 민중들이 기대하고 이루어지기를 바라는 전단계로 인식되는 순환
적 구조를 지니고 있어, 이것의 구연을 통해 영웅출현에 대한 기대의식을
드러내기 때문에 완전하게 좌절하지는 않는다. 이처럼 비극적 장수설화
는 민중들에게 현실적인 고통을 감수하면서 부조리·부조화·불평등한
현실사회를 극복하고 이상세계의 도래를 기대할 수 있도록 해준다.

2절의 인물설정 방식과 의미에서는 주인공이 일상적인 현실을 뛰어넘
는 초월적인 세계까지 움직일 수 있는 인물로 묘사되어 있고, 유명인물뿐
만 아니라 무명·미지의 인물도 부각되고 있다. 이는 유명인물이 중심이

된 역사의 이면에서 민중의 주체의식을 드러내 보여주면서 새로운 이상
세계를 추구하고 지향하는 의지를 드러낸다. 또 어떤 인물도 완전무결하
게 계속 승리하기 위해서는 미지인물과 무명인물의 도움의 필요성을 제
시하고 있다. 상층인물보다 하층인물이 부각되고 있다. 여기에서 민중은
설화의 주체자로서 세계에 대한 새로운 시각을 제시하고 있다. 하층·미
지·무명의 인물이 상층·유명인물에게 승리하도록 결구하여 우월함을
나타내도록 하여 기존의 관념을 부정하고 있다.

3절의 영웅상의 구현에서는 지배계층으로부터 소외되고 억압당하는
민중들이 개인적 욕망과 모순된 사회구조의 개혁을 위해 이몽학, 김덕령,
임경업 같은 장수가 출현하기를 바라는 모습이 나타나고 있다. 이때 이몽
학은 민중적 영웅상을 지니는데, 김덕령과 임경업은 민족적·민중적 영
웅상이 함께 보인다. 이런 점에서 국가 차원, 사회 차원, 기대되는 영웅상
으로 나누어 살펴보았다.

국가차원의 민족적 영웅상에서는 침략자인 외적에 대한 적개심과 중
국에 대한 자존심과 자주의식을 고취하고자 민족의식을 선명하게 부각시
키고 있다. 사회차원의 민중적 영웅상에서는 주인공들이 사회적 여건으
로 자아실현의 의지기 좌절되면서 부당한 세계의 횡포에 끊임없이 투쟁
하는 비극적 장수의 출현을 보여준다. 비극적 장수의 출현 동기는 사회의
구조적 모순이나 주인공 개인의 성격적 결함에 기인하며, 이를 극복하려
는 의지와 그 한계에서 민중적 영웅상이 구현된다.

기대되는 영웅상에서 비극적인 영웅이란 현실에 만족하지도 안주하지
도 않고 끊임없이 자신·사회·국가의 불합리와 부조리를 개선하며 자아
실현을 추구하는 존재이다. 비극적 영웅은 주어진 목표가 자기의 능력으
로 불가능하다고 인식할지라도 죽을 때까지 투쟁을 수행해야 한다. 이때
기대되는 영웅상은 첫째, 일상적인 범주를 뛰어넘는 신이한 능력이 있어
야 한다. 둘째, 성실하고 정직해야 한다. 셋째, 포용성을 지녀야 한다. 넷
째, 진취적 기상과 결단력이 있어야 한다. 다섯째, 민중적인 지지기반을
획득한 민족의식을 가져야 한다.

이제까지 살펴본 것처럼 본 연구는 장수설화에 대하여 새로운 각도에

서 이해의 기초를 마련하였다고 본다. 첫째, 설화에서 비극 문제를 접근하여 '비극적 장수설화'로 정의하였고, 둘째, 하위 유형과 그 유형의 대표적인 인물을 설정하였다는 점, 셋째, 사실과 구전을 실증적으로 대비고찰하여 비극적 영웅상의 공통점을 추출하였다는 점이다. 이를 통하여 비극적 장수설화의 전승 구연하는 의의를 찾아보았다는 점에서 연구목적에 어느 정도 달성하였다고 본다.

이런 연구결과와 함께 첫째, 한정된 대상 자료를 폭넓게 다른 인물에게 적용하며 다른 문학장르와의 대비, 둘째, 현지에서 제보자에 대한 구체적인 논증을 통한 적용의 시도, 셋째, 무속의 주술적 특성으로의 정착과정, 넷째, 미시적인 관점에서 비극적 장수설화의 화소나 Motif의 분석에 있어서 다른 장르와의 비교 검토, 그리고 지금까지 언급한 것에 대한 철저한 규명 등을 앞으로의 과제로 남긴다.

참 고 문 헌

1. 자 료

宣祖實錄, 甲辰漫錄, 紫海筆談, 難中雜錄, 燃藜室記述, 西涯集, 光海朝日 記, 象村雜錄, 大田日報(1984.9.20), 扶餘郡誌, 洪城郡誌, 洪州의 얼, 宣祖修正實錄, 國朝寶鑑, 宣祖寶鑑, 列朝通記, 四留齋集, 쇄尾錄, 國朝人物誌, 大東奇聞, 계서잡록, 기문총화, 대동기문, 동야휘집, 동패낙송, 쇄어, 역대유편, 재조번방지, 정조실록, 청야담수, 청야만집, 파수록, 풍암집화, 학산촌담, 해동명장전, 현종실록, 혼정편록, 『宣祖中興志』권2

각 군지와 향토지(전통가꾸기).
권영철본, <임진록>, 『고전소설선』(형설출판사, 1979).
김 구, 『백범일지』(서문당, 1977).
김균태 편, 『문집소재전자료』(계명문화사, 1986).
동국대 부설한국문화연구소, 『한국문헌설화전집』(민족문화사, 1981).
박지원, <渡江錄 關帝廟記>, 『열하일기』(영인본 연암집).
신채호, <伊太利建國三傑傳>, 『丹齋申采浩全集』(중)(형설출판사, 1979).
_____, <을지문덕>, 『신채호 전집』(형성출판사, 1977).
安邦俊, 『隱峰野史別錄』(동야문고본).
안종화, 『國朝人物考』(서울대출판부 영인, 1978).
李圭景, 『五洲衍文長箋散稿』권39, <道敎仙書道經辨證說>.
이명선, 『임진록』(국제문화관, 1948).
인천대 민족문화연구소 편, 『구활자본 고소설전집』(동서문화원, 1984).
<林巨正傳>(사계절, 1985).
<임진록>(高麗大圖書館本漢文本, 조동일, 한국정신문화연구원 84장 한글본).
<林忠愍公實記> 卷一, <與柳琳書>(조선광문회, 1913).
장도빈, <김덕령전>.

_____, <이순신장군전>, 『대한위인전』(중)(아세아문화사, 1981).

『傳統時代의 民衆運動』上·下(풀빛사,1981).

정명기 편, 『한국야담자료집성』1차분(계명문화사, 1987).

『靑鶴集』靑鶴上人(아세아문화사).

한국구비문학대계 총 82권.

『韓國學論集 3권(한양대 한국학연구소, 1983).

한상수, 『충남의 전설』(어문각, 1986).

<洪吉童傳>(정병욱본, 형설출판사, 1984), 경판본.

2. 저 서

국사편찬위원회, 『한국사』12(탐구당, 1978).

김균태, 『이옥의 문학이론과 작품세계의 연구』(창학사, 1986).

김기동, 『한국고전소설개론』(대창문화사, 1956).

김동욱, 『국문학개론』(민중서관, 1962).

_____ 외 3인, 『한국민속학』(새문사, 1988).

김명순, 『고전소설의 비극성 연구』(창학사, 1986).

김순재, 『한국의 뱃노래』(호악사, 1982).

김열규, 『한국민속과 문학연구』(일조각, 1975), pp.84-99.

김용덕, 『조선후기사상사연구』(을유문화사, 1983).

김용덕, 『한국전기문학론』(민족문화사, 1986).

김장동, 『조선조 역사소설연구』(이우출판사, 1986).

김태곤, 『한국무속연구』(집문당, 1981).

김태준, 『조선소설사』(학예사, 1939).

박성의, 『한국고대소설사』(일신사, 1958).

서대적, 『군담소설의 구조와 배경』(이대출판부, 1985).

소재영, 『임병양란과 문학의식』(한국연구원, 1980).

손낙범, 『한국고전소설론』(프린트본)(신문인쇄사), p.21.

송백헌, 『한국근대역사소설연구』(삼지원, 1985).

신기형, 『한국소설발달사』(창문사, 1960).

신동욱, 『우리 이야기 문학의 아름다움』(한국연구원, 1981).

윤병노, 『한국 현대소설의 탐구』(범우사, 1985).

이기백,『한국사신론』(일조각, 1981).

이두현・장주근・이광규,『한국민속학개설』(학연사, 1983).

이복규,『임경업전연구』(집문당, 1993).

이선주,『무속, 민요 지방무형문화재조사보고서』(인천민속보존회, 1986).

이윤석,『임경업전 연구』(정음사, 1985).

이재선,『한국 현대 소설사』(홍성사, 1982).

이형석,『壬辰戰亂史 上・中・下』(임진전란사간행위원회, 1974).

임성래,『영웅소설의 유형연구』(태학사, 1990).

임철호,『설화와 민중의 역사의식』(집문당, 1989).

_____,『임진록 연구』(정음사, 1986).

장덕순,『국문학통론』(신구문화사, 1963).

_____,『한국설화문화연구』(서울대출판부, 1970).

_____ 외 3인『구비문학개설』(일조각, 1977).

정주동,『고대소설론』(형설출판사, 1970).

조동일,『동학성립과 이야기』(홍성사, 1981).

_____,『민중영웅 이야기』(문예출판사, 1992).

_____,『인물전설의 의미와 기능』(영남대 민족문화연구소, 1979).

_____,『한국설화 민중의식』(정음사, 1985).

_____,『한국소설의 이론』(지식산업사, 1977).

주왕산,『조선고대소설사』(정음사, 1950).

진단학회편,『韓國史』, <近世後期篇>(을유문화사, 1980).

최래옥,『한국구비전설의 연구』일조각, 1981.

최래옥・윤용식,『구비문학개론』(한국방송통신대학출판부, 1990).

최영희,『壬辰倭亂中의 社會動態』(한국연구총서 28, 한국연구원, 1975).

한석수,『최치원 전승의 연구』(계명출판사, 1989).

홍성암,『한국역사소설』(민족문화사, 1989).

홍일식,『개화기의 문학사상연구』(열화당, 1982).

小田幾五郎,『象胥記聞』(1794, 일본천리대소장본).

韋旭昇,『抗倭演義(壬辰錄)硏究』(아세아문화사, 1990).

위욱승,『조선문학사』(북경대학 출판사, 1986).

崔 鉉 譯, H.마르쿠제 著,『美的 次元(外)』(범우사, 1982).

김재홍 역, Fyfe 저,『詩學評說』(평민사, 1980).

문상득 역, Clifford Leech 저, Tragedy『문학비평총서』 9(서울대출판부, 1978).

윤정선 역, 뤽브느와 저, 『징표, 상징, 신화』(탐구당, 1984).

윤지관 역, 포케마 얼르드 쿤데입쉬 저, 『현대문학이론의 조류』(학민사, 1983).

이가림 역, G. Bachelaedwj 『물과 꿈』(문예출판사, 1980).

이경식 역, C.I 클릭크스버그 저, 『20세기 문학에 나타난 비극적 인간상』(종로서적, 1983), pp.13-14.

임철규 역, N. Frye 저, 『批評의 解剖』(한길사, 1982).

장선영 역, 우나모노 저, 『생의 비극적 의미』(삼성출판사, 1978).

정과리 역, 골드만 저, 『숨은신』(인동, 1980).

정진홍 역, M. 엘리아데, 『우주와 역사』(현대사상, 1976).

최상규 역, A. Jefferaon & D.Roby 저, 『현대비평론』(형설출판사, 1985).

최애리 역, V,Y 프로프 저, 『민담의 역사적 기원』(문학과지성사, 1990).

황문수 역, 칼 야스퍼스 저, 『비극론·인간론』(범우사, 1982), p.96.

황인덕 역, 블라디미르 프롭 저, 『민담형태론』(대방출판사, 1987).

Avrom Fleishman, The English Historical Novel(John Hopkins Press, Poltimdre & London, 1971)

Hans M. Wolff, Friedeich Nietzsche, Der Weg zum Nichts, Bern, 1956

3. 논 문

가기열, 「임경업전 연구-작가의식을 중심으로」(한남대 석사학위논문, 1989).

강봉근, 「여성 영웅소설의 출현동인」, 『국어문학』 26(전북대 국어국문학회, 1986).

강창민, 「고소설에 나타난 꿈의 구조와 기능에 대한 연구」(연세대 석사학위논문, 1982.12).

강현모, 「김덕령의 영웅성의 형성과 그 한계」, 『설태 박요순선생 정년퇴임기념논총』(동 간행위원회, 1992).

_____, 「김덕령의 왜구물리치기 설화 연구」, 『한양어문교육논집』 4.5합집(한양어문교육학회, 1991).

_____, 「신거무 전설연구」, 『한국학논집』 16집(한양대 한국학연구소, 1989.2)

_____, 「이몽학 설화의 연구」, 『한국학논집』 13집(한양대 한국학연구소, 1988.12).

_____, 「전기소설 <김덕령전>의 서사구조와 의미」, 『한남어문학』 19집(한남대 국어국문학회, 1993.12).

_____, 「이몽학 오뉘 힘내기 전설고」, 『한양어문연구』 6집(한양어문연구회, 1988).

강현모, 「비극적 장수설화의 연구」(한양대 박사학위논문, 1994. 6).

고려대 사범대학 국교과, 『한국어문교육』 창간호(1986).

권영민, 「신채호의 소설개혁론과 그 한계」, 『한국 현대소설사연구』(민음사, 1984).

김관웅, 「고소설에서 보여지는 비극적요소에 대하여」, 『고소설사의 제문제』(집문당, 1993).

김광수, 「임경업전의 배경과 작가의식」(인하대 교육대학원 석사학위, 1990).

김균태, 「양반전의 주제」, 『한국문학사의 쟁점』(성산장덕순선생정연퇴임기념논총, 집문당, 1986).

_____, 「조선후기 인물전의 야담취향적 고찰」, 『한국한문학연구』 12집(한국한문학회, 1989.9).

_____, 「부여지방의 설화연구」, 『역사민속학』 3호(한국역사민속학회, 1993).

김기동, 「국문학에 나타난 대외정신」, 『국어국문학』 41(국어국문학회, 1968.9).

_____, 「국문학에 나타난 민족정신」, 『민족문화 논총』(노산 이은상박사 고희기념 논총간행회, 1973.12).

김대숙, 「박씨전 연구」, 『벽사 이우성선생 정년퇴임기념 국어국문학논총』(여강출판사, 1990).

김명순, 「한국고소설의 비극성과 결말구조」, 『논문집』 21집(인문과학)(한남대 동서문화연구소(1991).

김복희, 「고대소설의 재생모티브에 관한 연구」(이화여대 교육대학원 석사논문, 1975).

김순휘「임진록고」, 『동악어문논집』 4집(동국대 동악어문학회, 1966.7).

김열규, 「한국문학과 그 '비극적인 것'」, 『한국민속과 문학연구』(일조각, 1971).

김영수, 「신소설의 변신과 미망」, 『월간문학』 1986년 4월호.

김용덕, 「청평사 연기설화고」, 『한양어문연구』 6집(한양어문연구회, 1988).

_____, 「문헌소재 전의 일고찰」, 『한국학논집』 8집(한양대 한국학연구소, 1985).

김용범, 「영웅소설에 나타난 도교사상 연구」(한양대 박사학위논문, 1989).

김윤식, 「역사소설의 방법론적 전개」, 『현대문학』 100호(1963).

김의정, 「임장군전 연구」(단국대 석사학위논문, 1983).

김장동, 「임진록 설화고」, 『한국학논집』 4집(한양대 한국학연구소, 1983).

김장호, 「<봉죽타령>에 대하여」, 『기전문화연구』 4(인천교육대학, 1974).

김재용, 「영웅소설의 두 주류와 그 원천」, 『한국언어문학』 22집(한국언어문학회,

1983).

김치홍, 「임진록연구」, 『명지어문학』 14집(명지대 국어국문학과, 1982).

김헌선, 「건달형 인물이야기의 존재양상과 의미」, 『경기어문학』제 8집(경기대 국문과, 1990).

김희영, 「군담소설의 작가의식 연구-임진록 임경업전 박씨부인전을 중심으로」 (동아대 석사학위논문, 1981), pp.97-98.

민 찬, 「여성 영웅소설의 출현과 변모양상」(서울대 석사학위논문, 1986)

민긍기, 「군담소설 출현동인의 재반성」, 『문예사상연구』1(한국고전연구회, 1980. 12).

_____, 「군담소설의 연구」(연세대 석사학위논문, 1980).

_____, 「영웅소설의 의미체계의 연구」(연세대 박사학위논문, 1985).

박경자, 「임진록에 나타난 인물연구」(고려대교육대학원 석사학위논문, 1880).

박계홍, 「한국역사소설사」, 『어문연구』 3집(어문연구회, 1963).

박일용 「유형소설의 변이와 그 소설사적 의의」(서울대 석사학위논문, 1983).

_____, 「영웅소설의 유형변이와 그 소설사적 의의」, 『국문학연구』 62(서울대 국문학연구회, 1982.12).

백승욱, 「원귀출현소설 연구」, 한양대 석사논문, 1991.

서대석, 「고전소설의 '행복한 결말'과 한국인의 의식」, 『관악어문연구』 제3집(서울대 국문과, 1978).

_____, 「군담소설의 출현동인과 반성」, 『고전문학연구』 1집(고전문학연구회, 1971).

_____, 「병자호란과 군담소설」, 『한국고전소설연구』(이우출판사, 1982).

_____, 「설화 <종소리>의 구조와 의미」, 『한국문화』 제 8집(서울대 한국문화연구소, 1987.2).

_____, 「설화와 이조소설의 비교연구서설」, 『국어국문학』 64호(국어국문학회, 1974).

_____, 「임경업전 연구」, 『고전소설연구』(국어국문학회편, 1979).

_____, 「한국신화와 민담의 세계관 고찰」, 『국어국문학』101호(국어국문학회, 1989.5).

서종문, 「임진록과 한양오백년가의 관계와 의미」, 『한국고전소설연구』(새문사, 1983)

설성경, 「서해안 어업민속에 나타난 임장군신」, 『기전문화연구』 16(인천교육대학, 1987).

성기열, 「호랑이와 곶감」, 『한국설화의 연구』(인하대 출판부, 1988).

_____, 「호랑이 담배 피우는 내력」, 『한국구비전승의 노력』(일조각, 1976).

소재영, 「임병양난의 충격과 문학적 대응」, 『한국문학연구입문』(지식산업사, 1982).

_____, 「임진록 해제」, 『국학자료』 32(장서각, 1979).

_____, 「임진록군의 형성과 민중의식의 변모」, 『국어국문학』 61집(국어국문학회, 1979).

_____, 「임진록설화의 문학적 가치」, 『논문집(인문, 사회편)』 9(숭전대, 1979).

_____, 「임진록연구 『고전소설연구』(국어국문학 연구총서 5, 국어국문학회, 1979).

_____, 「임진록연구」, 『숭전어문학』 1(숭전대 국문과, 1972.12).

_____, 「임진록의 의식세계」, 『월암 박성의박사회갑기념논문집』(고려대 국어국문학연구회, 1977).

신동일, 「이조 전쟁소설 박씨전 연구-이본고를 중심으로-」, 『육사논문집』 6(육군사관학교, 1968).

신동흔, 「역사인물담의 현실대응방식의 연구」, (서울대 박사학위논문, 1993).

신태수 「임진록연구의 현황과 전망」, 『문학과 언어』 11집(문학과 언어연구회, 1990.5).

_____, 「인진록에 나타난 허구적 인물의 성격과 기능」, 『영남어문학』 14집(영남어문학회, 1987).

신현철, 「임경업전 연구」(충북대 교육대학원 석사학위, 1987).

양동훈, 「임경업전의 형성과정고」(청주대 석사학위논문, 1986).

여운필, 「이토정 전설 연구」, 『수련어문연구』 제13집(부산여대 국어교육과, 1986).

오인환, 「임경업전 연구」(계명대 석사학위논문, 1987).

유영대, 「설화와 신분문제」, 『민족문화연구』 16호(고려대 민족문화연구소, 1982).

_____, 「설화와 역사인식」(고려대 석사학위논문, 1981).

유인수, 「고려의 건국신화 연구」(한양대 교육대학원 석사학위논문, 1989).

윤영옥, 「임경업전 연구」, 『국어국문학연구』 15(영남대 국어국문학회, 1973).

윤재근, 「김덕령 전승연구(I)」, 『어문논집』 26집(고려대 국어국문학회, 1986).

_____, 「김덕령 전승연구(II)」, 『경기어문학』 7집(경기대 국어국문학회, 1986).

_____, 「이몽학설화고」, 『한국문화연구』 2집(경기대 한국문화연구소, 1985).

_____, 「조선시대 저항적인물의 전승연구」(고려대 박사학위논문, 1988).

_____, 「토정 이지함 전승 연구」, 『어문논집』 27집(고려대 국문과, 1987).

이강옥, 「조선조 중기일화의 형성과 변모과정 연구」(서울대 박사학위 논문, 1993).

이경선, 「임경업의 인물 유적 전설의 조사연구」, 『한국의 전기문학』(민족문화사, 1988).

이동근, 「임난전쟁문학연구」(서울대 석사학위논문, 1983).

이몽현, 「임진왜란을 배경으로 한 고소설 연구」(고려대 교육대학원 석사학위 논문, 1962.12).

이상택, 「임병양난의 척외의식」, 『한국고전과 민족사상』(신구문화사, 1974).

이윤석, 「임경업 전설의 연구」, 『효성여자 대학교 연구논문집』 31(효성여자대학교, 1985).

_____, 「임경업전 이본고」, 『효성여자대학교 논문집』 25(효성여대, 1982).

_____, 「임경업전 연구―그 형성과정과 문학사적 위치」(연세대 석사학위논문, 1978).

_____, 「임장군편고」, 『국문학연구』 6(효성여대 국어국문학과, 1982).

이재란, 「이토정 설화연구」(한양대 교육대학원 석사학위논문, 1989).

이종철, 「고소설에 나타난 재생의미 고찰」, 『청파문학』 13(숙명여대 국문과 1980.2).

이혜화, 「죽음의식으로 본 한국고전소설 연구」, 『한성어문학』 1(한성대 국문과, 1982).

임동철, 「임장군전 연구」, 『심상논총』 1(심상사, 1979).

임병희, 「여성 여웅소설의 유형과 변모양상」(고려대 석사학위논문, 1990).

임재해, 「설화의 현장론적 연구」(영남대 박사학위논문, 1986).

_____, 「존재론적 구조로본 설화갈래론」, 구비문학국제연구발표대회 요지(인하대 인문과학연구소, 1991).

임철호, 「구비설화에 나타난 민족의식과 민중의식」, 『논문집』 16집(전주대학교, 1987).

_____, 「김덕령 설화연구」, 『한국언어문학』 22집(한국언어문학회, 1983).

_____, 「사명당설화연구」, 『한국언어문학』 23집(한국언어문학회, 1984).

_____, 「이여송설화연구」, 『국어국문학』 90(국어국문학회, 1983).

_____, 「임난설화고(Ⅰ)『국어국문학』 89(국어국문학회, 1983).

_____, 「임진록과 문헌설화의 역사의식」, 『한국고전소설연구』(이우출판사, 1983).

_____, 「임진록군 연구」(연세대 석사학위논문, 1977).

_____, 「임진록에 나타난 허구성」, 『문예사상연구』 2(한국고전연구회, 1981).

임형태, 「<홍길동전>의 신고찰」, 『한국고전소설연구』(이우출판사, 1983).

장덕순, 「설화문학과 그 계승문제」, 『사상계』 43(사상계사, 1952.2).

전규태, 「설화의 소설화 과정에 대한 연구」, 『문예사상연구』 1(한국고전연구회, 1980).

전용문, 「여성 영웅소설의 계통적 연구」, 『어문연구』 17(충남대 어문연구회, 1988).

_____, 「여성계 영웅소설의 형성동인」, 『목원어문학』 4집(목원대 국어교육과, 1983).

전혜경, 「인물전설의 구조와 사상배경에 관한 소고」(이화여대 석사학위논문, 1983).

정규복, 「임경업전의 권선징악적 의미」, 『한실 이상보박사 회갑기념논총』(동간행위원회, 1987).

정명기, 「여호걸계 소설의 형성과정 연구」(연세대 석사학위논문, 1980).

정의넘, 「임장군의 문헌학적 연구」, 『어문교육논집』 3(부산대 국어교육학과, 1978).

정종화, 「한국비극문학론」, 『세계문학』 77년 봄호(민음사, 1977).

정현숙, 「박문수설화 연구」(영남대 석사학위논문, 1980).

조동일, 「영웅의 일생-그 문학사적 전개」, 『동아문화』 10집(서울대 동아문화연구소, 1971).

_____, 「임진록에 나타난 김덕령」, 『상산 이재수박사 환력기념논문집』(1972).

주강현, 「서해안 대동굿지」, 『민족과 굿』(학민사, 1987).

천혜숙, 「전설의 신화적 성격에 관한 연구」(계명대 대학원 박사학위논문, 1986).

최래옥, 「박문수설화의 성격분석」, 『한국민속학』 18집(한국민속학회, 1985).

_____, 「심청전의 총체적 분석」, 『한국학연구』 5집(한양대 한국학연구소, 1984.2).

_____, 「한국효행설화의 성격」, 『한국민속학』 10집(한국민속학회, 1977).

최삼룡, 「<壬辰錄>의 英雄像에 대한 考察」, 『국어국문학』 106집(국어국문학회, 1992.6).

_____, 「<임진록>의 영웅상에 대한 고찰」, 『국어국문학』 106집(국어국문학회, 1992.6).

최영희, 「金德齡-非命의 義兵將」, 『韓國의 人間像』 3권(신구문화사, 1965).

_____, 「壬辰義兵의 性格」, 『史學研究』 8호(한국사학회, 1960).

최용순, 「임장군전연구」(고려대 교육대학원 석사학위, 1977).

최인학, 「한국전설의 유형과 Motif연구」, 『한국학연구』 제 1호(인하대 한국학연구소, 1989.3).

최진원, 「임진록」, 『한국고전문학전집』 1권(보성문화사, 1978).

최 철, 「이조소설 주인공의 출생담고」, 『국어국문학』 39.40합병호(국어국문학회, 1968)

한영환, 「한국근대역사소설 연구」, 『어문논집』 2집(성신여사대 인문과학연구소, 1969).

홍태한, 「서해안 임장군 풍어전설의 의미」, 『고황논문』 7집(경희대 대학원, 1990).

Alastair Fowier, "The Life and Death of Literary Forms" New Directionsin Literary History, Raiph Cohen ed, London : Routiedge & Kegan Paul, 1974).

Vladimir J. Propp. "Forklore and Reality" in Theory and History of Folklore, ed., Anatoly Liberman, trans. Ariadna Y. Martin and Richard Martin and several others(Minnesota Univ, 1984).

■부록 1■ 비극적 장수설화의 자료 목록

1. 이몽학 관계 구비설화 자료 목록

[자료 1]   <이몽학의 홍수 물건너기와 최후>
[자료 2]   <이몽학의 오뉘 힘내기>
[자료 3]   <이몽학의 오뉘 힘내기>
[자료 4]   <이몽학의 오뉘 힘내기>
[자료 5]   <이몽학의 홍수 물건너기>
[자료 6]   <이몽학 오뉘 힘내기>
[자료 7]   <방죽마을의 유래>
[자료 8]   <오뉘 힘내기(이몽학)>
[자료 9]   <이몽학의 오뉘 힘내기>
[자료 10]   <이몽학의 명마>
[자료 11]   <이몽학 오뉘 힘내기>
[자료 12]   <이몽학 홍수 물건너기>
[자료 13]   <이몽학 오뉘 힘내기>
[자료 14]   한국구비문학대계 4-5 [은산면 설화 4]
[자료 15]   한국구비문학대계 4-5 [은산면 설화 11]
[자료 16]   한국구비문학대계 4-5 [홍산면 설화 9]
[자료 17]   한국구비문학대계 4-5 [홍산면 설화 19]
[자료 18]   한국구비문학대계 4-5 [충화면 설화 1]
[자료 19]   윤재근「한국문화연구」2집 1
[자료 20]   윤재근「한국문화연구」2집 2
[자료 21]   윤재근「한국문화연구」2집 3
[자료 22]   윤재근「한국문화연구」2집 4
[자료 23]   윤재근「한국문화연구」2집 5
[자료 24]   윤재근「한국문화연구」2집 6

[자료 25]　　윤재근「한국문화연구」2집 7
[자료 26]　　윤재근「한국문화연구」2집 8
[자료 27]　　윤재근「한국문화연구」2집 9
[자료 28]　　윤재근「한국문화연구」2집 10
[자료 29]　　윤재근「한국문화연구」2집 11
[자료 30]　　윤재근「한국문화연구」2집 12
[자료 31]　　윤재근「한국문화연구」2집 13
[자료 32]　　윤재근「한국문화연구」2집 14
[자료 33]　　윤재근「한국문화연구」2집 15
[자료 34]　　윤재근「한국문화연구」2집 16
[자료 35]　　윤재근「한국문화연구」2집 17
[자료 36]　　윤재근「한국문화연구」2집 18
[자료 37]　　윤재근「한국문화연구」2집 19
[자료 38]　　윤재근「한국문화연구」2집 20
[자료 39]　　<이몽학 오뉘 힘내기>
[자료 40]　　<이몽학의 최후>
[자료 41]　　<이몽학의 일화>
[자료 42]　　<이몽학의 최후>
[자료 43]　　<이몽학의 오뉘 성쌓기>
[자료 44]　　<홍성의 말무덤 전설>
[자료 45]　　<이몽학의 난과 탄생지>
[자료 46]　　한상수「충남의 전설」

2. 김덕령 관계 구비설화 자료 목록

[자료 1]　　<만고충신 김덕령 전설>
[자료 2]　　<김덕령 오누이 힘내기>
[자료 3]　　<김덕령의 효성>
[자료 4]　　<김덕령을 낳은 묘자리>
[자료 5]　　<김덕령의 최후>
[자료 6]　　<김덕령의 왜구 퇴치와 최후>
[자료 7]　　<김덕령의 최후와 시신>

[자료 8]   <김덕령의 처가집과 이웃집 머슴>
[자료 9]   대계 1-4 [진접면 설화 45]
[자료 10]   대계 1-7 [영도면 설화 64]
[자료 11]   대계 2-5 [서 면 설화 41]
[자료 12]   대계 2-5 [횡성읍 설화 18]
[자료 13]   대계 2-7 [둔내면 설화 24]
[자료 14]   대계 5-1 [송동면 설화 4]
[자료 15]   대계 5-1 [송동면 설화 38]
[자료 16]   대계 5-2 [운주면 설화 15]
[자료 17]   대계 5-2 [운주면 설화 16]
[자료 18]   대계 5-3 [부안읍 설화 35]
[자료 19]   대계 5-3 [부안읍 설화 38]
[자료 20]   대계 6-2 [엄다면 설화 11]
[자료 21]   대계 6-3 [동강면 설화 6]
[자료 22]   대계 6-8 [북하면 설화 24]
[자료 23]   대계 6-8 [황룡면 설화 9]
[자료 24]   대계 6-8 [진원면 설화 20]
[자료 25]   대계 6-9 [화순읍 설화 1]
[자료 26]   대계 6-9 [화순읍 설화 3]
[자료 27]   대계 6-9 [이서면 설화 28]
[자료 28]   대계 6-9 [이서면 설화 39]
[자료 29]   대계 6-9 [이서면 설화 40]
[자료 30]   대계 6-9 [이서면 설화 41]
[자료 31]   대계 6-9 [이서면 설화 42]
[자료 32]   대계 6-9 [이서면 설화 43]
[자료 33]   대계 6-9 [이서면 설화 44]
[자료 34]   대계 6-9 [이서면 설화 66]
[자료 35]   대계 6-9 [이서면 설화 67]
[자료 36]   대계 6-9 [이서면 설화 96]
[자료 37]   대계 6-9 [이서면 설화 100]
[자료 38]   대계 6-9 [이서면 설화 102]
[자료 39]   대계 6- 9 [북 면 설화 16]
[자료 40]   대계 6-10 [능주읍 설화 40]

3. 임경업 관계 구비설화 자료 목록

[자료 1]   고정한 조판서
[자료 2]   임경업과 김자점의 최후
[자료 3]   천기못본 임경업
[자료 4]   양반무덤 옮기게 한 임경업
[자료 5]   지리박사 임경업 장군
[자료 6]   어업신이 된 임경업 장군
[자료 7]   삼초대와 이심이 바위경업대
[자료 8]   임경업 장군 생애
[자료 9]   임경업 장군의 이적
[자료 10]   병정놀이 때 아이를 죽인 임경업
[자료 11]   임경업의 탄생담
[자료 12]   천기 못본 임경업과 투구봉 전설
[자료 13]   환두골과 산소의 특징
[자료 14]   임경업의 최후담
[자료 15]   중국을 놀랜킨 임경업 장군
[자료 16]   임경업의 생애
[자료 17]   임경업의 생애
[자료 18]   임경업이야기   대계1-7-183
[자료 19]   임경업 장군   대계1-7-440
[자료 20]   임경업장군전설   대계1-7-873
[자료 21]   임경업장군일화   대계1-8-310
[자료 22]   임경업장군일화   대계1-8-454
[자료 23]   임경업장군   대계1-8-594
[자료 24]   임경업의 혼이 아버지 구출   대계2-4-704
[자료 25]   죄수를 풀어준 임경업 아버지   대계2-5-406
[자료 26]   양반에게 본때 보인 임경업장군   대계2-8-524
[자료 27]   담이 컸던 어린 임경업   대계3-2-701
[자료 28]   담력이 센 어린 임경업   대계3-4-862
[자료 29]   천기를 못보는 임경업장군   대계4-2-128
[자료 30]   천기 못 보는 임경업   대계4-5-341
[자료 31]   임경업장군의 명판결   대계6-4-936

1. 이몽학 관계 구비설화 자료

[자료 1] <이몽학의 홍수 물건너기와 최후> ■■■

장암면 합곡 3구 노인정, 1979. 7. 24. 조명구(59, 남)
- 조사자가 합곡리 3구 노인정을 찾아갔을 때, 그곳에서 쉬고 있던 제보자에게 이야기를 청하였다. 이를 흔쾌히 받아들여 해 주던 것을 3-4명의 어른과 함께 들은 것이다.

[조사자 : 이몽학, 이몽학이 뭐요?]

그런거 전설이지

살기는 우리가 홍산서 살았다고 그러든디, 어려서 인저 이 펄을 건너서 이 남편(남면) 댕기면서 글을 읽는디, 선생이 가만이 보니까 이 펄이 비가 많이 오면 물이 침수혀. [청중 : 구룡포] 구룡포가. 회연케 침수 혀는디, 물이 침수혀 가지고 쩔렁쩔렁 헐적이는 돌아서, 이십리나 돌아서 이렇게 돌아서 가야 헐띤데, 일찍감치 가야 헐건디 저물어도 안간다 말이여. 이개. 그런디 저물게 가고가고 그려.

선생님 한번 가만히 숨어보니까, 그 몽핵이 몰래 숨어 본거여. 딱 밀집 한 주먹을 바짝 주먹이다 쥐고서 물위로 건너가. (웃음)그려서 자상히 보니까 밀대집 하나를 냅다 집어던지고 그 놈을 밟고 건너스고 건너스고 이러고서 가드라 이거여.

그래 인자 선생님이 가만이 생각해보니까, 그것이 보통 사람이 아니고, 헌디. 그 사람 가르친다고 잘못허면, 상대했다간 야중에 역적으로 몰리면 죽을 듯 싶거든. 숨어 버렸어, 선생님이. 그 이튿날 몽핵이가, 그 이튿날 책을 가지고 와. 글을 읽으러 책을 가지고 와 보니까, 선상님이 숨어버렸다 이거여.

"하하 내가 어저녁이 이 펄을, 물 건널 적이 선생님한테 발각되었구나. 그러구서 내가 빨리 거사를 해야것다."

말이여. 하고서 자기 친지들 모아 놓고 그날 당장 이 홍산, 전이는 홍산이 고을이니까, 홍산이서 부터 차츰차츰 한산으로 임천 서천 이렇게 쭉쭉해 나가자. 그럼 몇일 날인가 홍산을 습격헐 것이냐, 그런 것 인저 잘 협의 해가지고 홍산서부터 차곡차곡 점령해 나가는디, 이 몽핵이 당할 장사가 있어야지. 아주 재주가 있고, 기운으로 말허드라도 천하의 막는 방이여. 당할 자가 없으니. 자립할 때 기어들어가는디 최후에 홍성 접전에, 홍성까지 쳐들어 가드라는 거지, 이몽핵이.

그런디 경무(정부)서도 정부군이 당체 당할 도리가 없어. 당할 도리가 없는디, 홍성 현감이 가만히 보니까 이 몽핵이 당할 도리가 없는디, 인자 관 정부로 관군 증원 부대 요청을 했단 그런 말이여. 그런디 아즉 증원군은 오도 않고, 몽핵이는 턱 밑에 쳐들어 왔거든. 그러니까 이 홍성 현감이 꾀를 생각해 가지고서 좋, 좋은 아주 지금으로 말허면, 정비 정주군(정부군)이였다, 훈련장사들. 군대를 한편으로 나가고 한편으로 들어오고, 자꾸 저녁이 횃불을 가지고 헌다 이거여.

몽핵이 부하가 가만이 보니까, 밤새도록 그 신예부대가 들오는디, 말하자면 증기군(정규군). 그좋은 참 칼을 가지고서 밤새도록 들온다 이거여. 새우의 피. 그래 몽핵이 부하가 가만히 생각허니까 저렇게 정부군이 많이, 관군이 들어니 내일은 꼼짝 못허고 관군한테 몰려서 죽을 듯 싶어. 그러니 몽핵이는 잠만 자는겨. 몽핵이 보고,

"여보, 밤새도록 정부군이 저렇게 들어오니 여기 홍성 점령하고 잡시다. 점령해야지 밤새도록 저렇게 들어오면 우리가 내일 당허것느냐"고 말이려.

"완전히 점령 홍성을 점령허고서, 그리고 홍성 구든, 성곽이 성, 성이 좋으니 전부 어디 점령해 가지고서 성위에 가서, 우리가 홍성서 접전허자."고

"에이, 그럴 필요가 없다."

몽핵이는 까짓것 뭐 천하 막는 뱅이니께.

"오늘 멀리 우리가 진군 허노라고 욕봤으니, 널(낼) 걱정말고 자. 자고서 내일 까짓것 점령허는 것 문제 없다."

말이여. 부하 장수들이 가만히 생각해 보니까 못 당헐 것 같어. 그래 저녁 이 몽핵이 몽핵이를, 잠들어서 자는 놈을 죽였어. 살해 했어.

[조사자 : 그래서요.]

그래서 이몽핵이는 성공을 못허고 그냥 죽고 말었는디, 몽핵이라는 사람 이 언제가, 이 원래가 참 제왕될 재질이 없는 사람이라는 전설도 있고.

[자료 2] <이몽학의 오뉘 힘내기> ▪■ ■

최래옥 : 「한국구비전설의 연구」자료편(일조각, 1981), pp.312-313 참조.

[자료 3] <이몽학의 오뉘 힘내기> ▪■ ■

부여군 동남리 경로당, 1983. 2. 1. 김홍태(75, 남)
- 시범답사를 위하여 읍내 동남리 경노당에 들려서 채록한 것이다. 12-3명의 할아버 지들과 같이 갔던 박병동 외 7명과 함께 들은 것이다. 조사자가 '아들은 서울 가고 딸은 성 쌓는 그런 얘기가 있지요' 했을 때 해 주신 것으로 한 35살 때 부여읍 능산리에서 어른들이 보통(일반적으로)하는 얘기를 들었다고 하신다.

[조사자 : 아들은 서울 가고요. 서 딸은 성쌓는 그런 얘기요.]

그것 몽핵이 얘기. 그것 별거 아니여. 이몽핵이가 남매가 영웅여. 남매가 여웅인디 그것만 한도막만 들었어. 영웅인디 '나는 이만허면 영웅인게 이 나 라를 좀 때려 부수고서 임금 노릇 좀 해야겠어.' 그런디 그 뉘(누이)가 착혀. 그 뉘가 착헌게시리 못허게 혀, 그 뉘가. 그래서 이 죽일라고, 그 뉘를 죽일 라고 말이여 내기를 시작 했어.

[조사자 : 내기요.]

그런게 뭐 얘기 꺼리가 있지. 그런게 이몽핵이는 그 성을 쌓고 그 뉘는 쇠나무께를 신고서 식전이 서울가서 성문을 가지고 와서 이렇게 해서 서로 먼저 허는 사람이 이기기로 이렇게 짜 놨어. 그래서 에 몽핵이는 성을 쌓고, 그 뉘가 서울 가서 쇠나무께를 신고 서울 가서 치마다 가서 그 성문 쌀 독 을 끄리고 온다 말이여. 아 그리고 본게 그 어머니가 본게 아직 멀었어. 성 을 쌓라면 조끔 남았어. 아 그런디 그 뉘이가 먼저 가버리면 이기거든. 인자 아들 죽이겠어. 그래서 팥죽 장사를 혀, 즉 어머니는. 팥죽을 써서는,

"야! 니 동생은 아직 성 쌓라면 멀었어. 그런게 추운디 팥죽 한그릇 먹고

가거라. 그래도 늦지 않겠다."

벌써 죽일라는 것을 알어. 그래서 그 팥죽을 한 그릇 먹고서는 들고 올라
간게 그 독을 들고 올라가야거든. 그런게 벌써 성문 닫고 내려와. 다 쌓고
성문을 니려오면 지지(지다) 않겠어. 그래서 그 논뱀이(논바닥)다 집어 냅써
어. 그 독을. 그래서 그독 이름이 성재바위이지. 먹고개 은산 먹고개 성재바
위라고 시방 있어. 그 고개에 이몽핵이 성이고 그 바위가 성재바위다.

그래서 그 뉘를 죽이는디 죽인게, 에 그 뭐 옆편짝 다리라나 비늘이 있는
거시기 벼룩(벼루)으로 시번 친게 죽었어. 그래 죽었어.

"니가 바로 일어나지 말고 삼 년 더 있다 일어나거라."

그랬어, 나가 죽으면서도 동생을 생각했어.

아 인저 뉘 죽여놓고 난게 원장 길창 막 기고망정(기고만장) 혀. 그러닌게
그냥 구렁개 벌(펄)이다가서는 그 부자여. 그런게 구렁개 벌이다가서는 에
새끼를 허고서는 뭐라고 허는고 허니 백인을 몽창 불렀어.

"부흥회의 하신게 오라."고

그 밋(몇) 백 명 왔는게 금줄을 딱 치고서는 거기서 열나흘, 이주일이지
열나흘 훈련을 해가지고(tape 교환) 그래서 홍주 가서, 홍산 남포 치구, 홍주
가서 홍주 목사한티 잡혀서 죽었다.

[조사자 : 그런데 이야기가 대부분 이야기가 어떻게 됐냐 허면은요. 남자
는 서울가고 여자는 성 쌓는 얘기거든요.]

그건 바꿔 했지.

[자료 4] <이몽학의 오뉘 힘내기> ■ ■ ■

양화면 입포리 경로당, 1983. 2. 2. 이득문(71, 남)
─ 11 : 55분에 입포리 경로당에서 7-8명의 할아버지를 모시고 함께 갔던 박대규군과
  같이 채록한 것이다. 조사자가 힘내기 이야기를 하였을 때 해 주신 것으로 어른들
  한테 들으셨다 한다. 20살 전후에 양화면 만수리에서 동네 어른들한테 들었다고
  한다.

(채록자의 유도 과정) [청중1 : 저 성쌓러 갔잖요] 저 베를 메었지. [청중
2 : 베를 멘 것이 아니지.] [청중1 : 남매간이 그런……]

남매간이 그거 이름이 이 몽핵이지. 이 몽학이가 이랬지, 은산서. 은산서

그랬다잖아. 은산서 공주를 갔다올전, 아침을 해놓고 아침을 해(놓)…… 은(산) 공주를 갔다……,

[청중2 : 서울 이란게.] 아니여. [청중3 : 서울여.]

서울. 서울이라고 허던가. 서울은 갔다올전 아침을 혀.

[청중3 : 아침이 아니란게. 임천 뒷산 성쌓는데, 돌로 그렇게 쌓놓았잔여.]

[조사자 : 아니요. 이 이야기는 여러 가지요.]

그 아침을 해놓을 전 거기를 갔다올전, 어디 서울인가 어디로 갔다올전, 아침을 허기하고, 갔다 오기허고 내기를 했어, 남매간이. 내기를 했는데, 지어머니가 밖앗을 내다보며, 밥을 다 했는디, 밥을 다 했는데 아들이 안 들어오거든. 안들어온게스리 인자 서로 죽기로다 내기를 했어. 그런데 인자 아들이 안오게시리 인자 딸한테 아들이 죽게 생겼거든. 그런게 즉 어매가 부엌케 슬쩍 들어가서 어 접붕(젓가락) 한짝은 내려놨다는 겨. 잡 붓잡으면서(감쪽같이). 그래서 인자 얼매깐 있으게서 들어닥쳐거든. 그래게 그 여동생이 있다가서

"나는 밥 다 했는디 오빠는 인자 오느냐."

고 이러고 허거든.

"그런게 장손은, 오빠는 내손에 죽여얀게, 다음은 행복(항복)해 나오든지."

그러자 즉 어머니가 밥상을 쳐다 보더니

"너 다 해 놓았으면 왜 오빠 밥상에 어쩌 젓가락을 안 놓았느냐?"

이런 말이 있거든. 그래 젓깔 하나가 수가 빠졌어. 그래서 아들을 살리고 딸을 죽였다는거여. 그런 말을 들었지.

[자료 5] <이몽학의 홍수 물건너기> ■ ■ ■

홍산면 교원리 제보자댁, 1983. 2. 2. 이석재(66, 남)

- 면사무소에서 소개를 받고 약 2km 정도 떨어진 마을의 제보자 집을 찾아가 들은 것이다. 즉 조사자는 미리 전화를 드린 뒤에 찾아뵈고 이야기를 채록하였다. 그런데 제보자는 자꾸 문헌적이고 유식한 자료들만 얘기하려고 하여 유도하는데 애를 먹었다. 조사자가 여러 유형의 이야기들과 함께 오누이 힘내기의 줄거리를 들려주자 구술한 것이다. 이것은 어릴 적에 어머니가 은산에 사시면서 들었던 것을 들려주신 것이라 한다.

이몽학이라고 하는 사람이 홍산 사람인데, 이몽학이가 남매, 자기 누이하고 자기 하고 남매가 되는 거예요. 남매가 컸는데, 이몽학이라고 하는 사람이 지금 그 말하자면 살고 그 사람이 생장한 곳은, 지금 지역으로 말하자면 구룡면 축전리라고 하는 데가 있는 데요, 거기가 그 방주간이라 하는 데가 있어요. 거기서 인제 나아서 인제 커는데, 컸고.

이몽학이가 글을 배우러 다닌 것은 거기서 펄(갯벌을 가르키는 듯함)을 하나 건너가지고 덕림이라고 하는 데가 있는데, 글을 배우러 다녔답니다. 글을 배우러 다니는데, 이 이몽학이라는 자가 어찌나 총명한지 한자를 일러주면 열자를 알 정도로 총명을 했대요. 그때 인제 지금이야 인제, 여기다 인제, 홍산 앞으로다 들이 됐지. 그때는 이게 펄이었어요. 펄. 펄이어서 농사짓는 땅이 아니라 펄이었다 이런 얘기요.

그런디 하루는 큰 비가 많이 와서 홍수가 져 가지고 에-큰 물이 졌는데, 다른 애들은 가까이 있는 애들, 즉 펄을 건너지 않는 애들도 에-오질 안했는디, 이 펄을 건너야 오는 이몽학이가 제일 먼저 왔더라 이 얘기여. 그래 이제 선생이 하두 참 의심이 나서, 기특을 해서 공부를 하루 그날 가르치구서, 저녁 때, 또

"너 이렇게 에-참 펄이 이렇게 물이 당겨서 배로 왕래를 못하는데 어떻게 갈라고 집에를 갈라고 하느냐." 하니,

"선생님 괜찮읍니다. 능히 갈 수가 있읍니다. 또 능히 갈 수가 있기 때문에 아침 일찍이 온게 아니겠읍니까? 선생님 염려 마시오."

하고서 인제 나갔대요, 그러이 그 선생이 그렇잖아도 의심을 하는 터이기 때문에, 인제 그 이몽학이가 가는 길을 엿봐. 따라갔어. 따라간게 뒷산에를 떡 올라 가더니만, 그저 그 산에 나는 유둑이라는 풀이 있어요. 풀. 풀이 있는데, 고것이 풀로 된것이 아니라 대(줄기를 이름)가 되 있어, 대가.

그 유둑을 하나 떡 꺽더니, (웃음) 고것을 자기 다리다 대여서 한 도막을 잘르고, 또 오야발에다 대고서 또 한 도막을 잘라. 그러니 다리 길이에 맞게 두개를. 말하자면 풀잎을 자르더란 말이야. 그러니 그놈을 가지고서 내려가더랍니다. 내려가더니 그 풀잎을, 참 그 구룡계, 구룡포, 말하자면 펄에다, 말하자면 물에다 떡 띄우고서 두 발을 건너가서 올려놓고서 쭉쭉 참 살(화살)같이 건너 가더래요. 그걸 보고서 선생이

"아하, 저 놈이, 저게 잘된다고 하며는 큰 인제가 될 놈이고, 만약에 저놈이 못된다고 하며는 큰 나라를 망칠 놈인데, 에 내가 저놈을 가르쳐서는 안 되겠다. 자칫 잘못하며는 큰 화를 입을 것이 분명하다."

싶어서 그렇게 마음을 먹고서, 그 다음날 이몽학이가 또 왔더랍니다. 글 방에를 와서 그날 하루를 글을 가르치고 나서, 저녁때 애들 다 보낸 후에 이몽학이를 앉혀 놓고,

"나는 이미 너를 가르킬 만한 능력이 없다. 어-너는 참, 하도 머리가 하두 총명해서 나보다 아는게 많여. 그러니 에 내일부터는 여기 오지 말고 나보다 더 유능하고 훌륭한 선생님한테 가서 배워가지고 나라에 큰일을 해라."

마 이렇게 일렀대요. 근데 이몽학이가 어떻게 알아 들었지 간이

"그러겠읍니다."

하고 그 다음부터는 안왔다는 애기요,

그러구서 이몽학이가 다른 글방에를 가가주고, 에 이 홍산 순씨라고 있어요. 홍산 순씨네 조상되는 사람인데, 내 이름은 잊었습니다마는 그때에 그 순씨한테 가가지구서 공부를 했답니다. 에 그렇게 해서 공부를 했대요. 근제 그 공부한 애기고.

[자료 6] <이몽학 오뉘 힘내기> ■ ■ ▬ ▬ ▬▬▬▬▬▬▬▬▬▬▬▬▬▬

홍산면 교원리 제보자댁, 1983. 2. 2. 이석재(66, 남)
- 이 이야기는 옛날 어른들한테 전해 내려오던 이야기로, 제보자가 어렸을 때 어머니가 은산에 사셔 그 지역을 자주 지났는데, 그때 들려준 이야기라고 한다.

또 그 오누이끼리 인제 그 사우웠다고 하는 얘기는,

그 지금으로 그 사람이 살고 있던 방주간이라고 하는데에서 은산이라고 하는 데가 있는데. [조사자 : 방주간요?] 예. 지금 그 집이 방주간이지. 그 살았던 집이. 거기서 방주간이라고 하는 데가 지금 이수로 하며는 약 한 6Km 정도가 되지요, 6Km 정도니까 한 시오리 반이지.

그런디 이몽학이 어머니가 이몽학이를 참 키우면서 여러 가지 참 하는 행실을 보니께, 참 범상치 않은 것만은 틀림이 없지마는 아무래도 위험한 인물이야. 위험한 인물이고, 또 이몽학이 누이도 그렇게 훌륭한 인물 있었죠.

아니(부정했다가) 그렇죠? 그래 이몽학이 누이로 아주 참 에—이몽학이보다 더 머리가 좋았답니다. 세상일을 앉아서 다 알 정도로 이렇게 좋았대요.

그런디 이몽학이 뉘가 생각할저귀, 이몽학이가 아무래도 커가지고서, 그대로 둬서는 위험한 인물일거 같어. 그래서 하루는 내기를 했대요. 내기를. 에 인제 성을 쌓되, 인제 에 성을 쌓는 것은 공동으로 싼 것이 아니고 반 반썩, 인제 어느 지형을 맡어서 쌓죠? 쌓아서 인제 이짝 지형은 내가 쌓고, 이짝 지형은 말하자면 동생되는 이몽학이 보고 쌓게 되었어요. 근데 이몽학이도 힘이 있고 그렇게 지략이 있응게 어떤 방법으로 누이도 인저 성을 다 쌓서. 인제 말하자면 거의 쌓서요. 쌓었는디, 아까 얘기를 잘못했네요, 이몽학이 어머니는 순수한 어머니지. 이몽학이가 그렇케 위험한 인물이라는 걸 미처 몰랐죠. 에 에 몰랐는데, 인제 말하면 뉘가 그렇게 알았다는 얘기이여.

그런디 이몽학이 어머니가 가만히 생각을 허닝게, 그 그러구 그 인제 쌓는 걸보구서 생각을 허니께, 그 내기를 한 것이 보통내기를 헌 것이 아니라 죽구 내기를 했는디, 말하자면 죽기 내기를 했는디 에 죽기를 내기를 한건데, 그 딸이 말하면 성을 먼저 쌓게 생겼어. 에. 먼저 쌓게 생겼어. 그러구 아들은 아무래도 딸 한테 마 지게 생겼단말여. 그러닝게 그 어머니 되는 사람이 욕심이 딸은 죽을지언정 아들은 죽여서는 못쓰것단 말이여. 그러닌게 에 그 딸보고서 하는 얘기가,

"아 야이야. 너는 거진, 이미 다 쌓고, 네 동생은 쌓을려면 멀지 않했느냐? 하니 에 으 와서 아침을 먹고 쌓라."

이렇게 들고(자꾸) 권을 했어요. 권을 하니게 인제 그 딸되는, 딸이 그 자기 어머니 말을 진실로 들었던가 그렇지 않으면 자기 어머니의 뜻을 알았던가 간이인저 다 쌓고, 인저 문만 달으면 되게 돼 있는데, 있는데. 으 자기 어머니의 뜻을 거역치 않고 내려와 가지고 밥을 먹는디, 밥이 뜨거운 팥죽이었단 말여. 그래 인제 팥죽을, 인제 참 불어가며 다 먹었어요. 먹고 나닌게 임의(이미) 벌써 자기 동생은 문까지 성을 다 쌓지.

그러나 할 수 없이, 에 원래 아무리 원 오위이 간이지만, 말하면 죽기 내기를 한게이니께 소용없는 것 아니겠어요? 그래서 인제 뉘가 죽었답니다. 그래서 운산(은산)에가면 성이 지금 있어요.

[조사자 : 아 그 성이요?.]

예. 있는디, 에 그 성이 있고 그 성 밑에 가면 오누이 바위라고 해가지고, 에-으 말하자면 형제바위라 하지. 형제바위. 형제바윈데, 사실은 형제바위가 아니라 오누이 바위라 해야 옳죠. 그래 지금 바위가 둘 있읍니다. 예에-. 근데 그것이, [조사자 : 아, 그것과 관련된-..]

그렇지요. 예. 그것이 인제 이몽학이 하고 이몽학이 뉘하고, 인제 말하자면 오누이 바위요. 오 그래 지금 운산에 가면 성이, 지금 성터가 지금 완연히 있습니다.

[자료 7] <방죽마을의 유래> ■ ■ ■

홍산면 교원리에서, 1983. 2. 2. 이석재(66, 남)
- 제보자가 이몽학이 얘기 중에 하나 빠트린 것이 있다면서 이야기를 시작했다. 이 이야기는 제보자가 어렸을 때 들은 것으로 방죽마을이 교원리 뒷편에 있는 산맥 주위로 형성되어 있는데 모두 크게 세 곳이라고 한다. 그리고 지금도 방죽마을이라고 부른다고 한다.

아까 그 저 이몽학이 얘기 있죠? [조사자 : 아. 아까 말씀하신거요?] 예. 이몽학이 얘기를 했는디, 그 후에 한가지 빠트린 게 있는디, 거기다 그 이으면 되것네요.

그 인제 나중에, 인제 이몽학이가, 그때가 이제 임진왜란이 일어날 때입니다. 임진왜란 후에 인저 에 참, 아주 정부가, 아주 참, 말하자면 국토가 초토화 될 이런 때죠.

이런 땐데, 이놈이 아주 참 욕심을 품고서 에-그 부여,. 부여., 여기서 말하자면 참,에-, 그 군산을 바라보는 역척골까지 이렇게 말이여, 말하재면 무리를 지어 가지구서 부여, 증산(정산), 청양을 치고 석성까지. 이 홍천(광천의 잘못) 치고 그러구 인저 홍성 가서, 인저 홍가신 장군이, 말하자면 목사한테 잡힌 것은 역사에 다 있는기, 인제 그건 얘기할 거 없고, 그 후로 인제 이몽학이가 인제, 말하자면 정부군한테 말하자면 홍가신이한테 말이여 잡힌게 아니겠어요?

잽히여서 인제 그 역적으로 인제 그만 처단이 됐는데. 그 후에 여기서 이몽학이 살던 집이, 집을 집두 역시 말하자면 다 방죽을 파버렸어요. 예. 방죽을 파버리고 이몽학이가 하여간 연고, 이몽학이 하고 연고되는 마, 땅은

에 모이라든가. 에 그러찮으면 이몽학이 하고 연고되는디 이런 데는 전부
다 마, 참 불로 지지구, 에 말하자면 연못을 파 버렸어. 방죽을 팠어. 그래서
이 요근방에 방죽마을이라고 한 디가, 에 세간 데가 있는데, 세간 데가 다
이몽학이 하고 연관되는 방죽들이예요. 예. [조사자 : 방죽마을요?]

네. 방죽은 파버리고 이몽학이 인제 그 모이네. 모이 있던 데는 비홍산이
가 있었는데 다 맞장(전부) 파고, 불로 지져버리고, 마 그랬다는 얘기죠.

그런건 역사에 없는 얘기죠. 네.

[자료 8] <오뉘 힘내기(이몽학)> ▪ ▪ ▪ ▬

홍산면 교원리에서, 1983. 2. 2. 김창용(69, 남)
- 이 이야기는 제보자가 어렸을 때 외할머니로부터 들은 것이라 한다. 외가집은 은
  산면 강시울이라는 동네인데, 외할머니가 오셨을 때 제보자가 옛날 얘기 좀 해달
  라고 졸라서 들었던 것이라고 한다.

부여군 은산면, 에-은산면 강시울이라는 디가 있는데, 그 강시울이라는
디(곳)가 보며는 에 시방도 가보며는, 그 에 옛날의 성을 쌓아서, 성을 쌓아
서 있고, 성 쌓고 문 닫을라고 큰 독을 대문짝만시한 바위 두 쪽을 갖다가
논 디가 있는데.

그거는 그 성을 누가 쌓았느냐 하며는 이몽학이 이몽학이 뉘가 쌓았는디,
그 뉘님도 장사고 이몽학이도 장산디 이몽학이는 역적이여. 역적 행위를 했
고 그 뉘님은 에 심지가 옳고. 어 아는 것이 동삼보담 더 잘 알고 했기때미,
그 동생이 그 역적 행위를 했기때미 그렇게 하면 안된다고, 어 못허게 하닌
게 에 그 이몽학이가 그러면 자꾸 그 역적 행우를 할려고 그래서. 그러면,

"내가 여기 나 성을 쌓을테여. 성을. 내가 하루씩 성을 쌓을게고, 너는 식
전이 굽나무께 신고 말 타고서 서울을 가 댕겨 오너라. 해서 니가 서울을 댕
겨오고 나는 에 그 성을 쌓을텐데,니가 댕겨오는 동안에 내가 성을 다 못쌓
으면,에 내가 네 손에 죽고내가 성을 네가 들어오기 전에 성을, 내가 다 완
성하면 내 손에 네가 죽어야 해여."

근게 오뉘이끼리 둘이 에 장사가 둘이 있기 때문에 항상 쥐우구 틀구 그
래서 어

"우리가 에 나라에 말하자면 에이 에 국록을 먹는 이러한 우리가 장사가

못되고 또 나라에 보답하는 국민이 못된게 한사람이 죽어 없어져야 한다. 인제 그렇게 우리가 서로 내기를 허자."

그래 내기를 걸어 놓고 이몽학이는 말을 타고 서울을 갔고, 또 그 뉘님은 치마폭에다가 돌을 줏어다가 그 산 주위를 다가 성을 싸. 성을 다 이렇게 다 쌓었어. 다 쌓고, 인제 문 달을라고 대문짝만한 돌팍을 인제 이고 가는디, 두쪼각을 한꺼번에 지고 가. 그 문만 갖다 달면 인제 다 끝나는 게란 말이지.

어머니가 가만 생각허니께, '그래도 딸을 죽이고 아들을 살리는 것이 에이, 이것이 옳은 일이 아닌가.' 이렇게 생각이 들어가서, 그 딸을 인자 문을 못달게 방해를 하니라고, 인제 그 팥을, 이팥이라고 있어. 이팥, 이팥을 인제 들들 갈아가주고서 그놈을 죽을 쒔어. 죽을 쒀가지고는 그 옛날 그 놋싯기, 노싯기. 그 싯기 오목한 싯기다가 그놈을 한 싯기 퍼가주고서,

"야, 애는 올라면 멀구, 너는 이거 문만 달으면 되잖니. 그런게 시장한데 이거 잠깐 먹구 해라."

"아니 어머니. 나. 이거 달구 먹어야겠어유"

"아냐, 너 먹구해도 너 니가 이긴다. 허닌게 걱정말구 먹어라. 먹어라"

하두 그래쌌게, 그 어머니 말을 참 순종하니라고…… 그래서 그것을 자기가 알았어. 벌써. '나 이거 먹는 동안에 들어올텐데, 내가 죽는다.' 음 자기는 이렇게 생각했는디 자기는 동상이 오더래도,

"봐라. 이렇게 내가 이겼어. 허닌게 내가 너를 안죽이고, 너를 내가 안죽이고 니가 우리나라의, 니가 말하자며는 에 역적을 면하고, 나가 인저 천자가 될라면 임금이 될라면 쌀 서되, 쌀 서말을 방안에다 찧어가주고 서되 서홉이 될때 까장 니가 그 방아를 찧어야 니가 성공한다."

하는 걸로 이렇게 인자 말을 돌려서, 이렇게 그 동상을 그 역적을 면허게 할라고 그런 생각을 가주고 있었는디. 어머니는 갖다 딸을 갖다 그렇게 했단 말이지. 아 그런게 그놈을 거진 다 먹었는디, 저기서 어떤지 회파람 소리가 나게 이렇게 막 참 말을 타고 달려 들어온단 말이지. 둘와서는 아 본게시리 참 성을 다 쌓고, 문은 문 달을라고 돌팍을 이고 가다, 이렇게 놓고 앉아서 죽을 먹고 앉았단말여. 그런게,

"너는 내 칼 받아라"고

아, 그러고서는 제 누나를 막 칼 빼가주고 목을 칠라니께,

"헐 수 없다. 목 쳐라"

그런게 그 누나 목을 쳐 버렸어. 이몽학이가. 그렇게 하구서는 댕기면서 역적행우질만 하고, 그래가지구서 어 그래서 요기 요기 넘어가며는 홍양리라고 하는 데가 있어. 홍양리 가며는 시방 거가 논이 되었지만, 이몽학이 집터가 되가지구. 이몽학이 집터가 되가지구 있었는디. 그 이 집을 헐어버려가지구서 그 전이 우리도 어려서 구경했지만 연 방죽을 맨들어 놨었어. 거기다가.

[조사자 : 연 방죽요?] 연. 연 연뿌리. 연뿌리 심는 방죽을 맨들어 놔 뻐렸어. 거이 이몽학이 집터를 뜯어뻐리고 이몽학이가. [조사자 : 방죽이 뭡니까?] 예. 예 연못, 못을 못을 파가주구.

그런데 인저 그러면 이몽학이라는 사람이 에 이 지리적으로 잘 알기 때민이 지리적으로도 잘 알기 때민에, 저런데 어디 인자 말타고 돌아대니다 봐서 명당이 어디 좋은디 있으면 저희 조상을 말이여. 아 이 저 다리도 한짝 띠이다 갖다 묻구, 몸뗑이도 한짝 띠어다 갖다 묻구, 이런 짓을 하구 대녔단 말이여.

나중에 이몽학이라는 사람이 그런 짓을 하구 대니고, 또 전설로 다 내려오기는, 여기 여기 시방 저 국민핵교(홍산국민학교) 산이 있는디, 그 산 이렇게 올라가서 이렇게 보면, 중턱이 이렇게 둥그런 이렇게 질이 있잖여. 질처럼 안생겼대? 너두 가봤지만(옆에 있던 아들을 가리키며) 그것이 이몽학이가 거기서 말타고 연습하느라고 그 질이, 그렇게 산 중턱이 이렇게 질이 됐다, 이렇게 했어.

게서 말하자면 인저 에이 우리나라, 인자 아 태조를 치구서 지가 등극해서 들어앉질려구. 그러한 역적 어ー짓을 하구 대녔었거든. 그래 나중에 역적으로 몰려서 잽혀서 죽기는 죽기는 했지만.

그래서 이몽학이 모자리라고 생긴 데는 다 파서 막 불놔서, 불로다가 마구 지져도 버리고, 그 조상들 모(묘)두 다 파다 내뻐리구 그렇게 하구 했지. 그래서 이몽학이라는 사람이 에 그 그렇게 했다고, 시방도 은산면 강시울이라는디 가보면 그 성터가 산, 시방 그 현지에 그것이 남아 있어. 그러구 그 문 달을라구 한 돌팍 두개 요렇게 포개는 것이 시방도 뚜렷이 그냥 있고.

[자료 9] <이몽학의 오뉘 힘내기> ■ ■ ▬

충화면 천당리 노인회관, 1983. 2. 3. 손유신(76, 남)
- 노인회관에서 약 7분의 할아버지를 모시고 이야기를 채록했다. 어릴 때부터 이 동
  네 어른들이 해 주시던 것을 은연 중에 들어서 알게 된 것이라 한다.

비홍산이라고 있어, 비홍산이라고. 에 이몽학이라고, 이몽학. 이몽학이가
남매가 있는디. 에 그 어머니가 이몽학 남매가 얘기하기를……, 어떻게 되나
모르것다. 딸은 성을 쌓고, 이몽학이는 어딜 갔다오야 될텐디. 서울갔다 오
야 되(옆에 있던 노인이 가르쳐 줌).응, 서울갔다 오는디 만일에 성을 다쌓기
안에 자기 오빠가 다녀오면 그 뉘가 뉘를 죽이고, 서로 이런 승부를 걸을 때
에, 그런데 어머니가 가만히 보니, 이제 그 딸이 성을 쌓는데 치마를 마 돌
을 안고 뭐 이고서는, 돌을 쌓는단말야. 가만히 생각하니 아들죽게 생겼어.
그래서 지금 참 학생말 마찬가지로 음식을 주고서는,
　"이걸 먹고서, 시장하니 먹고 시작하라."고
　먹는 시간은 물론 공간이 있을거 아닌가. 생길거 아닌가볘. 그래가지고서
는 결국은 그 딸애 졌단말이야. 그래 죽었단 전설도 있고.

[자료 10] <이몽학의 명마> ■ ■ ▬

충화면 천당리 노인회관, 1983. 2. 3. 손유신(76, 남)
- 앞 이야기에 이어서 계속해 주신 것이다. 동네의 이야기로 언제 어느 때라고 이야기
  할 수 없고 동네 어른들이 해 주시던 것을 은연 중에 들어서 알게 된 것이라 한다.

또 이몽학이가 그─. 궁술같은 걸 수련할 때, 수련할 때. 밸때(배울때) 말
이여. 말을 타고서 구룡포라고 이 아래(경로당 앞을 가리키면서) 펄 냄면(남
면) 앞에 큰 펄. 구룡포다가서 활을 쏘구서 말이여. 활을 쏘구서 말보고 경
개하기를(경고하기를)
　"저 활촉이 떨어지기 안에 니가 거기가지 않으면 목을 칠테니, 이제 친
다."
　그러고서는 두식인데 꼭 맞는단 말여. 꼭꼭 맞어. 그런데 한번은 활을 쏘
구서는 떡 가니게네 말이 우뚝선단 말여. 가서 화살이 내려와야지. 그런게
　"이놈 말, 안올라가고 섰다."

고 목을 쳤단 말이지. 목을 친 뒤에 그 화살 자루이더래야. 그래 그걸, 그
런 말로 말해자면 여간 영특한 말 아닌가 뵈여.

그런 전설만 대충 얘길 들었지 뭐 알간(웃는다)

[자료 11] <이몽학 오뉘 힘내기> ■ ■ ■

내산면 저동리 미암마을, 1989. 2. 3. 김상대(71, 남)
– 제보자는 운치리 322번지에 사시는 분으로 이곳에 왔다가 해 주신 것이다. 이 이
  야기는 50년 전쯤 동네 어른들께 들었다고 한다.

문바위, 형제바위, 거기서 성을 쌓았다. 아.

아버지는 돌아가시구, 어머니가 아들허구 딸허구 낳아서 키우는디, 둘다이
장사여. 근디 한집이 장사가 둘이면은 하나가 죽어야 한댜. 한 집이 장사가
둘이면은. 그런디 둘인디, 참 서루 하나가 죽어야 허는디, 누이되는 사람은
동생을 죽이기가 싫어. 근디 동상되는 사람은 누이를 죽여야 되겠거든. 그래
서루 둘이 다투어. 겨루어. 그런디 하루는 인저 내기를 하는디,

"나는 하루 식전을 서울을 갔다 올팅게, 말을 타구 갔다 올팅게. 닐(누이)
랑은 여기다가 산이다가 독(돌)으로다가 산이다가 성을 쌓아라."

이서여. 그래서 성을 쌓는디, 즈이 어미니가 가민히 보닝게, 동상, 아들이
오기 전이 성을 다, 그 성을 먼저 쌓게 되었네. 그러면 아들이 죽게 된단 말
여. 그렇게 성 다 쌓구서 치마에다가서나 바위, 문 달을라구 바위를 끌이구
가는디, 어머니가 생각해 봉게 분명히 딸한티 아들이 져서, 아들이 죽게 생
겼네. 그렇게 팥죽을 뜨끈뜨끈허게 쑤어 놓고서.

"너는 다 했으니께, 어려운디 이 팥죽이라두 먹구 쌓으라구 말여."

그러니께 그 딸이 생각헐 적이,

"아, 아들을 살리구 나를 죽일라구 그러는구나."

이런 생각을 미리 알어. 아, 장사. 그런 사람은 영웅인게 인저 다 생각허
구 있어. 그러나 자기가 이기믄 동상을 죽이든 않을 생각인디. 그렇게 가서,
어머니 말을 어길 수 없응게 그 팥죽을 먹는겨. 뜨근뜨근 한 것을 먹다가 보
는 것인게 벌써 말타구서 서울을 댕겨서 온다 이거여. 오나가지구서 즈이
뉘를 죽일려구 허네. 그렇게,

"내가 할 수 없이 졌응게 죽기는 죽는디, 니가 장사루서 역심을 품었어. 이몽학이가. 니가 암제구 나서서 나라일을 헐라구 마음 먹을 젤랑은, 맘 먹는디, 내가 설강 밑이다가 메물을 몇개를 심어 놨어. 메물."

[조사자 : 메밀요? 모밀?] 응, 메물.

"암제구 이것이 여기서 나서 꽃이 피걸랑은 니가 일을 해라."

그러구 죽어버렸어. 그러구서 이몽학이가 허구댕긴 것은 지저분한 일을 많이 허구 댕겼지. 이몽학이가. 이몽학이가 말하자면은 장사로써 글력(힘)이 설치구 그러닝게 장사인디, 근디 그저 망문산 말렝이를 가봤구만서두, 이몽학이가 말타구 놀든 자리가 판판하게 있어. 거가. 그런디 거기서 큰 바위를 집어서 냅다 팔매를 치며, 지명 경계(망계)라는디 가서 떨어졌어, 바위가. 삐죽삐죽허게 수북허니 쌓여 있어. 그런 장난을 혔어. 팔매돌, 이몽학 팔매돌. 그런디 바위가 여간 커. 우리네는 들지두 못혀.

[자료 12] <이몽학 홍수 물건너기> ■ ■ ■

구룡면 논티리 경노당, 1983. 2. 3. 김규헌(?, 남)
- 제보자와 이런 저런 이야기를 하다가 노인들간에 이몽학이 버들잎 뿌리며 건넜다는 말이 나와 구체적으로 해달라고 해서 채록한 것이다.

[조사자 : 이몽학이 버들잎이 뿌리면서 건넜다는 얘기는 무슨 얘기예요]

몽학이의 어렸을 때 소년시절에 저기서 살면서, 스승님을 찾아다니면서 공부를 하는디, 서당이를. 그때 남면 호암이라는데 훌륭한 선생님이 계셨더랍니다.

그래서 인쟈 그 선생님한테 글을 배우러 다니는디 누구보다도 그 먼거리에서 젤 먼저 서당에를 오더라는 거여. 여기가 제방이 돼 있구해서 건너다닐 수 있구헌거지. 옛날에는 홍수가 지면 바다 되뻐린다 말여. 거기두 여전히 일찍 오도라는거여. 그 '참 이상하다 이상하다' 하구서 선생님이 한번은, 물들어 왔을 때 일찍 오니까 저녁 때두 인저

"너희들 인저 그만 집에 가거라"

하며는 후딱 갈려구 하는 것이 아니라, 젤 늦게 움츠리고 있다가 다른 애덜 다 간 뒤에 침침하면 나서서 집이를 가더라는 거여. '참 별일이다' 하구

서 선생님이 그날은 몰래 지켜봤단말여. 지켜보니까 투덜투덜 나오더니 버들잎을 주르르 한 주먹 훑드라는 거여. 하나씩 버리면 탐방탐방 물위를 건너더라는 거여. 어렸을 때부터 그렇게 생겼으니까 선생님이 그러한 재주를 보구서,

"나는 더는 가르쳐 줄 수 있는 실력자가 못되니, 다른 데에 가서 공부해 달라."

그래서 이몽학이가 다른 선생님을 구해서 공부를 해가지구. 참, 역적은 됐을망정, 그러한 어려서부터 선천적인 재주를 가자구 나왔다는거지.

[조사자 : 방죽안 전설이 있다는 거지.] 그건 이몽학이가 역적이 된 후 몽학이네 집을 파서 못을 만들었다는 거지.

[자료 13] <이몽학 오뉘 힘내기> ▪ ▪ ▪

구룡면 금사리 제보자댁, 1983. 2. 4. 전상묵(50, 남)

아버지는 없었고 어머니 밑이 있었는디. 남매 간이 딱 둘이 있었는디. 언제구 재주가 누가 좋냐면 딸이 좋았어. 어머니는 그래두 아들을 섬겨다는 애기여.

서로 남내간이 결의를 맺기를 누이인지 동생인지 내 모르고, 여자는 성을 쌓고 아들은 서울을 갔다 오기로 한거여. 성을 어쩌다 보니께 다 쌓더라는 거여. 다 쌓고 정문에 돌만 하나 언지면 되게 되겠는디, 아들이 안 도착하거든. 팥죽을 끓여 놓고,

"너 춘디 이거나 먹고 쌓아라."

그랬는디 그 먹는 사이에 아들이 들어왔다는 게지. 딸을 희생시키고 아들이 이기고.

그 몽학이, 선생이 여기에서 말하자면 역적으로 몰렸는기여. 역적으로다해서 여기 충청남도 홍성 광천까지 쳐들어 갔던기여. 쳐들어 갔다가 결국은 시방으로 말하면 원 군대지. 나라에서 내려와서 절단 난거지 전국을 먹을라다가.

[자료 14] 한국구비문학대계 4-5 [은산면 설화 4] pp.235-237 참조.

[자료 15] 한국구비문학대계 4-5 [은산면 설화 11] pp.694-697 참조.

[자료 16] 한국구비문학대계 4-5 [홍산면 설화 9] pp.689-692 참조.

[자료 17] 한국구비문학대계 4-5 [홍산면 설화 19] pp.723-726 참조.

[자료 18] 한국구비문학대계 4-5 [충화면 설화 1] pp.816-817 참조.

[자료 19-38] 윤재근 : 「이몽학설화고」, 『한국문화연구』 2집(청파서남춘교
수화갑기념논총, 1983), pp.373-382 참조.

[자료 39] <이몽학 오뉘 힘내기> ▪ ▪ ▬▬

청양군 정산면 정산리 자택에서, 1987. 1. 13. 김숙제(79, 남)
- 경로당에 갔더니 이몽학에 대하여 아는 바 없다며 제보자의 한약방을 알려주며 이
야기를 잘 하신다고 한다. 그래서 자택으로 찾아가 보니 라디오를 듣고 있다가 조
사자의 조사목적을 이해하고서 이몽학에 대해 이야기 해 주었다. 이것은 2-30대에
은산지방 사람들에게서 직접 들었다고 한다.

　그러니 역적으로 몰려서 죽었지 뭘. [조사자 : 그런데 뭐, 그 역적으로 몰
리는 사이에 어떻게 몰렸는지요. 그런거요. 뭐 일설에는 저 홍성에서 쫓겨나
가지고 여기 정산에서 죽었다는 소리가 있거든요. 부하한테.] 정산 와 죽었
다고? 거기서 죽었어. [조사자 : 거기서요?] 암 홍성서. [조사자 : 어떻게 죽
었어요] 홍성서 직접 죽었어. 저기(기침) 거 대강들 알텐데 그려. 부여 살면
몰르남. 부여 사람들.
　[조사자 2 : 그냥 뭐, 팥죽 가지고, 어마 그 성쌓기 아시지요.] 응? [조사자
2 : 성쌓기] 고기 저, 왜 저기 그 은산서 조금 나오면은, 한 뭐지, 그 강시울
이라는 디가 있지. 거기 들어간 그 봉우리가 있는디, 거기 성이 쌓여 있지.
그 성이 싸여 있는 것. (웃음) 그 말은 저 풍속의 말인디 누가 그걸 확실히
모르고.
　그런 성을 쌓을적이, 몽핵이 이 몽핵이가 장사니께, 남매가, 안이서도 그 누
이가 장사여(웃음). 그리서 그 성을 쌓는디 남매간이 약속을 했다는거지. 이
몽학이는 서울을 갔다올텐디, 그 성쌓기 전에 당일에 그 당일 갔다올텐니,
어쩐지 갔다오는 동안을, 그 성을 어느 정도로…… 그런게 뭐 성이 지질허
지, 독 이렇게 갖다 놓고 싼거시. 그래 (웃음) 아주 그렇게 어찌 약속을 했는
지. 둘이 힘이 장사라 그랬는지 모르지만,

"만일 성을 못싸면은 지가 죽고, 서울을 못오면은 니가 죽기로 햐."(웃음) 이렇게 막강한 그런 그 약속을 그렇게 했단 말이여. 흉악하게. 그랬는디 어머니가 가만이 생각허닌게, 저것들이 양자 중에 하나는 죽는 것 아니여. 똑같이 살릴 수는 없는거고. 그러니게 여자가 죽어야지 사내(여자의 잘못인 듯)가 살으면 뭘 허느냐고 그래.

점심을 먹이는 동안에 시간을 저축했어. 그래 이것저것 해 멕이고 그런게. 그런 동안에 치마에다가 막 이렇게 돌을 날라다가 성을 쌓는디. 여자가 더 장사드랴. (웃음) 여자가 딸이 장사여. 그렇게 죽기로 아주 그렇게 했는디, 몰라. (웃음) 그랬다는 은전하는 말여.

[조사자 : 그래가지고 누가 죽었어요.] 그래서 여자가 다 못쌓서 죽었다는 게지. 몽학이가 오니께. 저녁때 오니께 그 점심을 늦게 먹고 시간을 전초 했어. 그래 그 여자가 먼저 죽었다고 그러지.

[자료 40] <이몽학의 최후> ▌■ ▬ ▬▬▬▬▬▬▬▬▬▬▬▬▬▬▬▬▬

청양군 정산면 정산리 자택, 1987. 1. 13. 김숙제(79, 남)
- 앞 이야기에 이어서 계속 들려주신 것으로 2-30년 전에 정산에 사는 같은 또래의 김씨 일파에게 이곳에서 들었다고 한다.

그놈들이, 그 이몽학이는 그러니게 힘이 장사고, 그리고 그런 것보담도 그 이몽학의 바로 밑이 아장이 있어. 아장이란 아금니 아(亞)자 바로 부하 장사지. 부하 장사가 여기 정산 청남면, 저기 청람면인디, 고양이(고향이). 그도 장사여. 힘이 장사라 말이여. 내 그 이름은 모르겠어. 그도 장사여. 그런디 인자 이몽학이가 자기 밑이 아장을 삼고서……

그때 정치가 말하자면 그 사람들 생각에, 너무 있는 사람들 양반들만 쓰고, 상사람은 써주지 않고 이러니게 불공평하다 그게지. 그래서 그러니게 이걸 쳐 부수야것다고. 그래서 직접 군대를 뽑아가지. 그런게 수봉 몇백명. 거기 저 은산으로 홍, 여기 지역 끝으로다가 수십명이, 인자 말하자면 칼로 차고 창도 차고 똑 활살도 만들고, 이 나라를 처부수야겠다는 그런 생각으로 여러 가지, 그 사상은 대개 그렇게 되는 거지만 실제로 그 그랬는지 모르지만 뭐.

특별한 그 무슨 원통한 일이 있다든지, 나라에. 무슨 우리나라에는 그런 일이 많이 있어. 상사람들은 잘나도 안써주고, 과거를 보면 합격을 허면은 양중에 피봉을 떠봐서 그 상사람이면 안써준단 말이여. 아 그러니께 억울하잖아. 얼마나 억울하나 말이여. 양반들만 써주고. (웃음) 그래서 그 폐습이 그리고 남의 에-서자들, 서자라는 것이 뭐냐면, 원 부인이게 안낳고 첩 을어서 난 소생은 안쳐주고. (웃음) 벼슬을 허든라도 좋은 벼슬 주질 안해, 아주 서자들은.

(조사자가 이몽학의 도술 행적과 고향을 묻자 도술에 대해서는 들은 바 없고, 고향은 홍산이 아닌 은산이라고 하였다) 응. 은산 근처여. 이몽학의 묘가 은산서 여기 곤미 광산이라고 있지. 그 근처에 많이 있었어. 그래서 그 양중이 잽혀, 인저 죽고서 그 묘를 말짱 파버렸는디, 뭐. 그 몽 이몽학이 묘들이, 조상묘들이 잔뜩 있었어.

[조사자 : 그럼 난리를 일으켜서 어디어디를 통해서 홍성……]

그래 일으켜 가지고, 부여 우선 치서 부여 항복 받고, 항복 받은 것이 아니라 원이 도망가 버린거지. 그렇게 허고 홍산 홍산 쳐버리고, 두번 홍산 쳐버리고, 시번에 청양, 청양 치고, 또 네 번째 홍성 저기 홍 홍성 가서 홍성 치고, 홍성서 죽었어. 그런디 부여 홍산 청양 홍성 네군데. [조사자 : 이곳 정산은 안쳤어요] 응? [조사자 : 정산요. 정산은 안쳤어요] 정산은 안들어 왔어. [조사자 : 부여에서] 홍산으로 가서 [조사자 : 부여에서 홍산으로 가서] 청양으로 넘어갔어. [조사자 : 청양으로 와서 다시 홍성으로 갔다고……] 정산은 그때 친 얘기가 읍서. 그리고 ……(한현과의 관계를 물었으나 그런 사람이 있는지도 모른다고 한다)

그 선봉장이 김씨여. 김씨 김씨도 장사여. 그런게 김씨를, 자기 말하자면 부하한티 죽었어. [조사자 : 김씨들. 어떻게 죽었어요] 홍성 가서 인자 홍성을 치고서, 인저 홍성에, 그때 홍성……[조사자 : 홍가신] 홍가신이라는 이가 있었거든. 홍가산이란 이가 홍산(홍성의 잘못)을 지키든지, 인자 홍가산이 찌겨 도망갔어, 이몽학이 달려들으니까. 홍가신이도 옹주 홍주 목사지. 즉 홍주 목사라는 하는 벼슬여. 그래서 인자 홍성치고 직접 예산이나 어디로 갈라는지는 모르는디. 그러니께 군대들이 대꾸 더 증가가 되고 난리가 커지지. 사군 사람들은 전부 대꾸 모아가지고서 그 군대에 합해가지고서, 그 군대에 달려드니까 그 뭐 그 때 우리나라에 무슨 병기가 있었나. 군대도 없어, 별로 없었고. 그저 그 고을 지키는 군사 몇십명 그거 있었지. 그런게 서울까지 모두 야단 났을거 아니여. 네 고을 느다없이 쳐부수고서 달려든겨. 고리는 인자 그 그 사람이 인자 자기가 쳐부순 것을 당장이라도 자기가 사용하는 거니껀. 거기 인민의 권한이 몽핵이가 인자 허라는 대로 다 군대도 대꾸더 뽑을 테고, 경비도 많이 맨들고, 무기도 많이 맹글고, 그래서 그 홍가신이 인저 쫓겨 나가서, 인저 서울서도 군대를 보내고, 인자 이렇게 해서 서로 홍성서 전장을 헐땐디, 전장을 몇건 했는지 모르지.

그래서, 그 말허자면 그때 전세가 불리헌단 말이여, 이 저기 몽핵이가. 그래서 그 홍가신이 그때 밖에 나가서 쫓겨나가서 인자 대결을 허고 인제 있는 판인디, 그런디 그 김장군이 이름이 장군여. 그 김씨 여기 뭣이서 나은 사람여. 청남, 이 아래 청남이란 디가 있어. 정산서 여기서 한 이십리 되지. 그도 장군여. 김장사여. 가만히 생각허니께 다 죽게 생겼단 말이여. 그런 인자 자기할라 죽게 생겼던 몬양이지. '에이 그것 차라리 이몽학이를 , 자기가 머리를 베어가지고 항복을 해야겠다' 고 이런 사상을, (웃음) 나 그 이름을 모르겄어.

[조사자 : 김씨한티 죽었군요. 그러니까,]

그렇지. 김씨가 죽었어. 그러니 칼을 들고 들어가서 몽학이가, 인저 늘어가니까(기침) 머리를 빗고 있어, 이몽학이가. 그런게 왜 그 자기 주인을 그렇게 죽였나 허면은 자기 말허자면 위험 허거슨게, 얼른 단지 이몽학이 죽이면 자기는 안죽겠다는 생각이 있던게지. (웃음) 그래서 칼을 들어가지고 몽핵이를 냅다 쳤단 말이여. 그러니께 뭐 무심히 몽학이가, 인저 자기 부하가 그렇게 헐지 모른게지.

그 왜 그러냐. 나중에 인자 얘기 들으면은, 말로만 말로만 그 저기 조정에 나쁜 놈을 다 몰아낸다는 그건 의미지, 속으로 지가 여러 가지 욕심을 부려가지고 저 하나 이롭게 위해서 모두 일어나는 놈이라고 이래가지고 그랬다는 거지.

그래서 머리를 베어가지고서 홍가신한테 가서 인저 항복을 허니께, 아 홍가신은 기가 막히게 좋을 거 아니여. 그러나 그 부하에 부하 사람 그 김장군이라 사람이 국가에서 등용해야 할 판 아니여. 그런디 그 홍가신 말이,

"역적이 머리를, 여니 베인 사람은 못베는 것이니께, 얘기를 못허거니께."

자기 명의로다가, 자기가 목을 베인 것으로 이렇게 상신을 했단 말이여, 조정에. 그런게 나라는 난리는 평정된 셈이지. 그러니께, 그러니께 조정이서는 그런게 어디가 아나베. 그러니께 이몽 이몽핵이가 인저 그 홍가신한테 죽은 것으로다 알게 되지. 실제는 인저 그 김장군다가 죽인거야. 그래서 그 김씨네, 그 공을 좀 주어야 헐틴데, 어쩌거나 인저 역적을 죽였으니까. 그러나 자기는 못헐 일이지. 죽으면 같이 죽어. 만일에 그렇게 있다손, 참 그때 집해면 역적을 도운 관계로다가 삼족을 멸혀. 그때 난을 일으키면 삼족을 멸하는 거여. 삼족은 누구냐면 자기 집안, 그 굉장허지. 그리고 또 외가집, 처가집, 처가집할라 다 죽인다 말이여. (웃음) 그 얼마나 법이 무서워. 그래서 이 김씨네들 지금도 그러지.

그때 그 홍가신다 공을 자기 앞으로 해버리고선, 이 사람을 나라에서 공을 안주었다 이말이여. 그래 죽이, 참 죽지는 안했어, 그 김씨가. 김씨 김장군이. 그래서 그때의 홍가신이라는 이가 자기가 인저 역적을 잡어죽인 공으로 잘 되었지…… (웃음) 실지로 그 김장군이 죽였디야.

여기 이몽학이 어쩌든 힘이 장시니께 한번 해볼만 헤기 때문에 그런거지.

[자료 41] <이몽학의 일화> ■ ■ ▨▨▨▨▨

청양군 정산면 정산리 연세당 한약방. 1987. 1. 13. 윤홍수(55, 남)
- 조사자가 이몽학에 관한 타지방의 관심에서 청양지방을 방문 조사하였다. 제보자는 이몽학의 이야기를 듣기는 하였으나 자세하게 기억하고 있지 못하였다. 이야기의 전개는 조사자의 질문에 의하여 이루어지고 있다. 이야기는 이곳에서 들은 이야기라고 한다.

임진왜란 때 모속관이라고 모속관이라고, 저 돈 걷는 사람, 곡식 걷는 사람이거든, 이게. 군량 군량. 저 군량, 저 저납 곡식 군량같이 저 저납곡식 군량. 모속관이거든. 모속관이면 말하자면 돈이 자각 들어오니깐 결국 그 돈이 펑계해서 사각서니 나라에 지탄 받어 나왔다. 그런 정도 얘기는 있지. 자세히는 없거든.

[조사자 : 이몽학의 탄생지가 저기에요. 부여에요] 홍산. [조사자 : 홍산이에요] 홍산. 홍산이니까 여기가 아니라 지금 부여니까. 이짝 말하면 은산 내

산 은지 여기 은산면 4개 면이 홍산 땅이지. 여기서 비껴 넘어가야지. 여기서. [조사자 2 : 그러면 난을 부여에서 일으킨거예요. 어디에서 일으킨 거예요.] 홍산. [조사자 2 : 홍산서 일으켰어요.] 홍산서 있어서니 이 증산(정산)으로 해서니 청양으로 홍성으로 그렇게 갔다고 했지. [조사자 2 : 정산을 지나간 거군요.] 응 정산을 지나갔다고 그러지. [조사자 : 정산서 전투한 이야기는 없어요.] 전투 같은게 있나? 그냥 지나갔는데.

[자료 42] <이몽학의 최후> ■ ■ ■

청양군 정산면 정산리 연세당 한약방, 1987. 1. 13. 윤홍수(55, 남)
- 이몽학에 관한 여러 가지 질문을 하던 중에 채록한 이야기이다. 이 근처에서 오다 가다 들은 이야기라 한다.

여기는 김 김경창이, 경창이 경창이라고 모두 예기하는데, 경창이 말하자면 이몽학이 같이 역적질 했거든. 그랬는디 그 목가지 비었다는 말이 나오지. 그 장수가 목아지를 베 비더니, 그 홍가신이라고 그 홍주목사 갖다 갖다 주었더니, 공은 원정공신을 받았다는 이야기 나오지. 그 무이(묘)가 청남면에 있어요. 홍가 이렇게 이몽학의 목을 빈 사람은 뫼가 청남면에 있데요. 그래서 공신이 아니라 원정공신여. 그래서 원 공신이 아니라 원정공신이라고 해서니, 홍가신이 원 공신이고 그 사람이 원정공신이라고 했더니, 그 중장관 증첩을 받았다는 얘기가 있어요.

김경창이라고 그 자손들이 지금 한 300호 있지요. 그런디 그게 충이나 역이나 여게 말이 많지. 조금 사람은 자게 상사로 볼적이는 역적이 되고, 나라로 볼적이 충이 된단 말이여. 그런디 말하면 어떠게 상관을 배반할 수 있어. 쉽게 말하여 몽학이 부하, 부하 부하로써 당한단 말이여, 그래. 그런게 말하면 이게, 그런게 떳떳이, 떳떳하게 말하면

"내가 그런 후손이라."

고 …… 홍가신 말을 따르겠어. 그럴 것이 아닌가 그게. 아 몽학이 하고 난을 하냥 일으키더니, 그 목을 베어 그 공을 받았으니 그게 그게 뭐, 뭐냐 그거지.

이몽학이 여기서 떳떳이 나오지 안해. 김덕령이란 사람도 떳떳하게 나오지 않고 말이여. 그 분덜이 충이야 하는데, 열(역의 잘못인 듯)이기 때문에, 역적이기 때문에. 그래도 좀 지나간다 말이여, 이게.

[자료 43] <이몽학의 오뉘 성쌓기> ■ ■ ▬ ▬▬▬▬▬▬▬▬

구룡면 논티리 경노당, 1983. 2. 3. 김규현(?, 남)

잘 몰라.

자기 누이하구 이렇게 점요 나가지고 지 누이가 더 장사였더라는 구면. 그래가지구 자기 누이가, 누이는 성을 쌓기루 하구 그 이몽학이는 서울, 나막신 신고 서울을 갔다 오기루 했는디, [조사자 : 나막신 신구요] 나막신 신구.

몽학이는 들어오기두 전에 식전에 다 쌓는디 그 성을. 그게 식전 절움인디, 서로 한집에서 장사가 둘 낳으니까 하나를 죽일라고 한 것이지. 자기 어머니가 쳐다보니께, 몽학이는 돌아올 시간이 못됐는디 벌써 성곽문을 앞치마에다 끌이구 가더래요. 그래 딸을 불러가지구 팥죽을 뜨겁게 쑨 놈을,

"이 죽 팥죽 좀 한 그릇 먹고 하라구. 아직 올 때 멀었다."

구 혀서, 그놈 후후 불으면서 먹을적 몽학이가 나막신 신구 들이닥쳤다는 거여. 근쟈 자기 아들을 죽일 수 없구 딸을 죽이느라구 말여. 딸이 훨씬 장순디. 그래서 누이가 죽었다는거지.

[청중 : 알구 먹었다는거지.] 응. 죽었으나 알구서, 자기 어머니가 자기를 죽으라구 하는걸 알면서 먹었다는거지.

[자료 44] <홍성의 말무덤 전설> ■ ■ ▬ ▬▬▬▬▬▬▬

홍성군 홍성읍 오관리 노인정, 1993. 5. 10. 배동선(?, 남)

― 한남대 국문과에서 정기학술 구비문학조사로 충남 홍성군 조사에 나갔다가 채록한 자료이다. 홍성군 결성면 소재지 하숙집으로 찾아가서 만났다. 즉 홍성에 대해 말씀해 줄 것을 부탁하고자 찾아가서 이것저것 묻다가 얻은 자료이다. 제보자는 고향이 예산이지만 이곳에 오래 동안 공직자로 근무하면서 홍성을 새로운 고향으로 여기고, 이곳의 문화유산을 수집정리 하시는 향토사학자이다. 당시에 결성농요(뒤에 대통령상을 수상)를 정리하여 동민들과 훈련하고 있었다. 제보자의 이야기

유형은 전설이 주가 되고, 또한 증거물을 토대로 하는 단순한 이야기로 일관되었다. 이야기도 이곳의 전설을 수집정리 하다가 들은 것이라 한다.

말무덤은 세 가지가 있습니다. 홍성에 있는 말무덤이. (첫째는 최영장군과 관련된 치마대 전설의 말무덤, 둘째는 홍주성 설립에 관련하여 홍씨와 관련된 말무덤을 구술하였는데 이몽학과 관련이 없기에 생략)

그 다음 세 번째의 무덤은 여기 홍가신과 관계 난리 때. 그래서 그 당시에 그 이 홍가신이 목사였지요 그당시에 지금 임득이라고 이근방의 지속적인 그 호장이 있었는데, 그게 임장군이었습니다. 임장군이 그때에 그 저 전화 듣고서 그 마침 여기 고을에 와 있었다든가 그러니께.

이몽학이 난리가 나고 그런게, 그 당시에 즉섬에서 나서 가시고 그 이몽학의 난을 정보석씨(?) 약속했지. 그래가지고 이몽학이와는 자랐지만 결국에는 저쪽 홍산에 있는 그 저 그 납속관이 있었던 한현이 허고, 그래가지고 이몽학이 나섰는디 대흥 근방에서 많이 났지요. 그래 지배층에 눌려있다가.

인자 그래 이쪽에서 세력이 강해지니깐 이몽학이 난 근체에서 세가 불리하다 그래서 나왔을 것 아닙니까. 그래서 지령총명 하는데 인자 자격지란이 났지요. 그 난에 부대 내에서 그 반역하는, 역 그것도 부역쟁이 일종이, 의적이 아니니까. 그러나 결국은 이몽학의 목을 비어갔고 왔다는 것이지.

그러면서 실은 그때에 그 홍주성, 머리를 베어가지고 들어온것이 임득이 장군, 즉 임득이 장군 말이 오다가 거기서, 즉 빨리 뛰어오다가 거기서 다리를 다쳐가지고 부상을 해서 죽었다는 이런 얘기가 있지요. 그래서 거기 임득이 장군의 말무덤 전설이 또 있습니다.

[자료 45] <이몽학의 난과 탄생지> ■ ■ ■

홍성군 홍성읍 오관리 노인정, 1993. 5. 10. 배동선(?, 남)
― 한남대 국문과에서 정기학술 구비문학조사로 충남 홍성군 결성면 소재지 하숙집으로 찾아가서 만났다. 즉 홍성에 대해 말씀해 줄 것을 부탁하고자 찾아가서 이것저것 묻다가 얻은 자료이다. 제보자는 고향이 예산이자만 이곳에 오랫동안 공직자로 근무하면서 홍성을 새로운 고향으로 여기며 이곳의 문화유산을 수집정리 하시는 향토사학자이시다. 당시에 결성농요(뒤에 대통령상을 수상)를 정리하여 동민들과 훈련하고 있었다. 제보자의 이야기 유형은 증거물을 토대로 하는 전설이나 단순한 이야기로 일관되었다. 이야기는 홍성의 말무덤 전설를 이야기한 다음에 제보

자가 이몽학에 대해 묻자 해주신 것으로, 전설을 수집하다가 들은 것이라 한다.

[조사자 : 혹시 이몽학이란 사람은 어떤 사람이예요?] 이몽학이란 사람 잘 몰르지요, 지금. 그것 뭐냐면 그 제각서 역사를 공개 안해요. 공개를 않는데, [조사자 : 이 근방에서 떠도는 이야기로 이몽학이라는 사람은요?]

이몽학이란 사람은 그 이씨 이씨조선의 그 저기 누구 종사관이라, 우리가 아니까. 근데 인자 주장으로 돌아섰는데 그때 불평이 많았었어요. 그때에 임란이 나가지고서 그 지방에 인자 말헐 수 없는 흉년에다가 그 뭐 가지가지 병학(病탐)이 많았어요. 그저기 일이 심각하고 그러니까 그 이몽학이가 사실은,

"내가 그 국가에 위해서 일을 가지고 왔다. 허면서 지금 현재의 왜군이 여기 쳐들어올라고 그런다. 그러니께 군대고 훈련해야할 것 아니냐."

해가지고 그 훈련했지요. 그것이 원래에 이몽학이가 난 고향에서, 에 홍산이라고도 허고 이쪽 그 청양에 있는 그 이몽학이 집이 있어요, 저 옛날에 홍성군역에 이우지 있는 화성현에 있지요. 거기에 이몽학이 난 집이 있다고. 그러고 거기서 훈련했다고 그러는 일이 있어요. [조사자 : 화성에서요?] 에 화성이지요.

여기 그 교육총람에 있는 것으로는 화성으로 되어 있어요. 그 딴디에서 홍산이라고 돼 있고. 홍산에서 훈련을 했다. 그 이상에서 그 홍산이란 디가 여기 그 임란의 본장이 아니요. 그 홍주가 가장 의병이 근거지이고.

(민란에 대한 견해 부분 생략)(홍주성과) 내통을 허고 여러 가지 뭐가 미쳐 자세히 있는 것 아니니까. 그러니까 이 홍주성에서 사실 이몽학이 기다리고 있다가 왔을 때에는······

2. 김덕령 관계 구비설화 자료

[자료 1] <만고충신 김덕령 전설> ▪▪ ▪
부여군 홍산면 남촌리 경로당, 1983. 2. 2. 김재련(76, 남)

- 홍산 노인회관에서 노인 김재런씨 외 7분을 모시고 보부상에 얽힌 얘기를 듣던 중 조사자가 지역적이나 인물 전설을 요구하자 구술자의 일가라면서 김덕령에 관한 이야기를 들려 주었다. 이것은 꽤 흥미있는 인물 전설이었으나 현대 인물까지 연관시켜 너무 사실화한 것이 흠이라 본다. 제보자가 자기의 가문과 영예 등과 관련시켜 얘기를 많이 비약한 듯하다. 김재런 씨의 이야기가 대체로 그런 것들이긴 하지만 어떻든 이 이야기는 책을 통해서 알고 있던 것이라고 밝혔다. 또 젊었을 때에 듣기도 하였다고 한다.

아 김덕령이라고 있는데 그 양반이 나하고 일가간입니다. 그런데 그 양반이 에. 그렇게 인제 이몽학이 얘기가 나오는 겝니다. 에 김덕령이가 만고충신이 됐는데, 지금 와서는 광주 가 봤으면 아실게요.

근데 그 양반이 여기 이몽학이 하고 관련이 있어요. 시방 상당히. 근데 이몽학이하고 관련이 있다 해서 죽어야 쓰겠는데, 나라에서 죽일 도리가 없어. 그래선 나라의 기구로써 풀을, 말하자면 우리 홍산면 전체가 모여서 풀을 한다하면 산을 만들 수 있쟎여. 그러나 나라의 기구로 풀을 무지무지하게 쌓아다 놓고서 김덕령이를 묶어서, 꼭꼭 동여 매서 그 풀 속에다가 넣어 뒀거든, 너어두면 그 풀이 썩었으면 죽었을 것 아니여. 경우가 그런디.

무딘 여름 다 지나고 풀 다 썩어서 인자 아무도 없다시피 할 때 가본게 눈 말똥말똥한게 넣을재 그대로 있거든. 이상스럽다. 왜냐하면 이몽학하고 관련된게 죽여야 쓰것는데, 나라에서 근게 이거 안되겠다. 근게 이몽학이 보고 뭐라고 하는가하니 아니 김덕령이 보고,

"너 어떻게 되게냐?"

"만고충신 김덕령이라고 써서, 영전 써서 나를 배우에다 놓고서 하면 내가 죽을 수 있는데, 내 옆의 오른팔 밑에가 털이 세 개가 있어. 그놈을 빼갔고서 하면 내 죽는데, 늘 짜서 그 속에다 넣고 요 덮어서 그렇하면 죽는다." 하니.

"아이고 그렇구나."

할거 아니여. 안되거든. 그러니 그 다음이 어떻게 되고 하니 그렇게까진 귀찮거든. 만고충신이라고까지 쓰고 싶은 생각이 안나. 근게 어떻게든 죽여야 쓰겠다 해서 큰 궤짝 이런(손으로 크기를 그리며) 늘을 짜놓고서 그 사람을 꽁꽁 묶어서 여기다 놓고선 못을 말이야, 지금 못은 휘어지고 합니다. 그러나 옛날 못이라고 하는 것은 막 손가락 같이 솥을 꿰멘 그런거, 그러 쇠로

콱콱 뚜드려 박는데 죽일놈 까짓거 뭐 배 위에다 박으면 무슨 상관이 있어요. 죽일 놈을.

박으면 못이 꺼꾸로 기어올라. 박은 데로 기어 나오네. 그래 문을 떠들고 보니 몸에 뭐 피 한장 안나네. 어떻게 죽일 도리가 없어. 그래서 또 묻은게, "나 죽일라 여러 가지로 해 봤자 안 죽으니까, 꼭 나를 죽일라 하면 큰 궤를 짜서 나를 넣고 만고충신이라는 영전이나 하나 써서 덮어주면 내가 죽겠다. 그런 다음 관 속에서 그걸 빼면 된다."

근데 그 얘기를 광주서 알고, 우리 일가들이 알고 있는데 묘를 파 보니까 351년 전에 죽은 사람이 포동포동해. 살 모습이 하나 썩은 데도 없고 보송보송해. 그래서 만고충신이라고 써서 그걸 빼내버려야 하는데, 본게 금으로 아주 글씨가 있네. 근데 이것을 깍아야겠는데, 깎으면 이 글이 되살아 나와. 이놈의 글자가.

그래서 결국은 박정희 대통령이 8천만원 주고, 광산김가가 1억 내놓고 해서 광주 가면 무등산이라고 해서 지금도 가면 굉장한 공원입니다.

그래서 이몽학이 하고 관련있다고 그랬는데, 저 국민학교(홍산국교)뒷산에 국민학교 뒷산이 말 달리던 데여. 말 달리는데. 그런데 이몽학이가 역적이니까 홍산 사람들은 벼슬을 못했습니다.

[자료 2] <김덕령의 오누이 힘내기> ■ ■ ▬

화순군 동면 우평리 노인정, 1983. 7. 26. 이윤형(63, 남)
— 한국구비문학대계 자료를 조사하기 위하여 동면에 도착하여 조사한 것이다. 이 조사는 한양대 최래옥교수와 한남대 김균태교수와 학생 40여 명이 함께 참가하였다. 이때 최래옥교수와 일본인 2명과 함께 채록하였다. 제보자는 이 마을 노인회의 부회장으로 있는데, 조상 이야기를 하다가 조사자가 김덕령 이야기를 유도하여 구술하게 된 것이다.

[조사자 : 그럼 여기 김덕령 장군에 대한 전설은 많이 있겠지요. 무등산과 관련되어 있으니까.] 김덕령이 전설이 많이 있지요. [조사자 : 그것도 하나 해주시죠] 그래도 나도 확실히 모르는데요.

[조사자 : 확실은 관계없습니다. 김덕령 장군에 대한 책에 나온 것은 볼 수 있는데, 전설은 그렇, 전설이 중요하지요. 예를들면 제가 특히 전설은 남

매가 서로 성을 쌓았다는 얘기?] 예. 남매가 의가 좋지는 못했다. 김덕령이 아직도 그때는 미장전이니까? [조사자 : 네 ?] 미장전. [청중 : 장개를 안갔다고 말이여.]

미장전인디. 그런게 그것을 몰라요. 모르는디 서로 인자 그 장사 장난을 헐라고. 그러니까 즈그 누님인 인자 동생을 살리기 위해서, 인자 그런 뛰어난 누님이 있었던가 봅디다.

누님이 있었는디 동생을 살리기 위해서 무등산 한바퀴를 갔다가 빙 둘러서 삼을 째가지고 그 베틀 나트르기까지 방들을 해놓았다던가, 그런디 그 옷을 한번을 지어가지고,

[조사자 : 누가요?] 즈그 누님 말씀이, 김덕령 누님 말씀이. 누님 말씀이 그때는 옷을 지어놓고 지달려도 김덕령이가 안와요. 그러니께 동정을 이렇게 딱 들 달고 지달리고 있어. 인자 그렇게 지달리고 있는 차에 김덕령이가 왔어요.

인자 오니까, 인자 옷을 못차 못거시기 했다고 자가 누이를 그냥 김덕령이 거시 헌다는 말이 있어요. [조사자 : 자기 누나를 죽였다는 말입니까?] 예. [조사자 : 근디 애초에 인자 내기를 했다는 것이죠?] 내기를.

[조사자 : 어떤내기를 인자 하나 무등산을 ……] 한바퀴 획돌아오기. [조사자 : 무엇을 돌아요?] 돌아오기허고. [조사자 : 아! 무등산을 돌기.] 베를 낚기, 베를 이놈 째가지고 인자 그냥 막바로 입 옷 만들기이지. 그렇게 동생은 드러오기로 기다라고 있는 판이여. ·

[자료 3] <김덕령의 효성> ■ ■ ■■

화순군 동면 우평리 노인정, 1983. 7. 26. 박순근(69, 남)
— 한국구비문학대계 자료를 조사하기 위하여 동면에 도착하여 조사한 것이다. 이 조사는 한양대 최래옥교수와 한남대 김균태교수와 학생 40여 명이 함께 참가하였다. 이때 최래옥교수와 일본인 2명과 함께 채록하였다. 제보자는 이 마을의 노인회이 부회장으로 있는 이윤형 할아버지가 이야기를 마치고 조사자 이야기를 해달라고 하자 구술한 것이다.

[조사자 : 얘기 하나 해주세요.] 얘기는 자꾸 붙어야 되지요(조사자가 많은 질문을 했으나 생략). 다만 김덕령씨 얘기라면, 김덕령씨가 자기 어머니를

봉양하기 위해서, 효자인가 싶으시다.

굽나막신, [조사자 : 네?] 굽나막신이라고 허면 굽, 굽단 나막신을 신고 무등산에서 여기 여 저 무엇입니까? 잣골 앞에 그 거가 그전에 쏘(연못)드라만 쏘, 잣골 앞이가. 노래쟁이가 쏘입니다. (청중이 소에 대한 설명을 하나 정확하게 알아들을 수 없음)

마저 거기가 쏘여. 근디 하루 아침에 굽, 굽달린 나막신을 신고 와서, 거기서 고기를 낚아가지고 가서 즤 어머니를 봉양허고 봉양했다는 그런 소리는 혹이 있습시다.

[조사자 : 아! 그래요?] 그 실화같은 전설이. [조사자 : 쏘가 어디 있습니까?] 그러니까 동면 백령리 박동 앞에 쏘, 가(쏘의 위치에 대해서 청중들과 대화를 나누는 부분 생략)

[조사자 : 그만큼 효자였다는 것이죠?] 예. 효자이고 장사였다는 말이지. 굽, 굽나막신이라면 상당히 이렇게 높은디, 그 놈을 신고 와서 뭣이냐, 아침에 와서 잡아가지고 가서 반찬 해 드렸으니까 상당히 빠른 시간 아니겠습니까? 그러니까 효자란 말도 있지만, 다시 말해서 장사란 말이 더 참 유리한 말이지.

[자료 4] <김덕령을 낳은 묘자리> ■ ■ ▬▬▬

장성군 황룡면 금호리 노인정, 1982. 1. 14. 공길수(61, 남)
- 한국구비문학대계 장성군편 자료를 조사하기 위하여 황룡면에 찾았다. 이 조사는 한양대 최래옥교수와 한남대 김균태교수와 학생 14명이 함께 참가하였다. 이자료는 이성진과 함께 한조가 되어 조사에 참여한 것이다. 제보자는 마을의 노인정에 나왔다가 조사자들이 조사나온 목적을 말하자 이야기해 주셨다. 이야기는 조사자가 묘자리 잘써서 장군 났다는 이야기 없어요 하자 해 주신 것이다.

그래가지고 그전에 대국 예부상서 떡 나와가지고, 광주 김덕령이란 사람이 있어. [조사자 : 광주 김덕령. 아 있어요 그사람.] 김덕령씨가 이곳에 떡 와가지고서 몇날 몇일을 먹고 누웠거든. 그런게 나중에 김덕령 아버지가,

"사실은 야도 이만저만해서 뫼를 한자리를 꼭 써야 쓰것는디 그 쓸자리가 어디 있으시지요?"

"아! 있다."고 그러고,

"그러면 천하에 삼정 나올 자리가 있다. 있으니 거기를 쓸라냐?" 그런게,
"쓸란다."

고 그러거든. [조사자 : 그 대국, 대국에 온 사람요?] 응 대국의 예부상서
여. 그전이 예부상서라면 조선서는 정승이나 다름없다 그 말이여.

"그러라."고.

"그러면 달걀 하나만 돌라."

고 헌다 말이여. [조사자 : 달걀요?] 달걀. 그러면 뭐 헐라고 모른게 한개
줘 보라고. 그런게로 나중에 그놈을 가지고 떡 음 '달걀 하나 돌라'고 헌게
처음에는 곤달걀을 줬어. 준게는 무등산 중턱을 이리저리 찌웃찌웃 넘어다
보더니 땅속이 딱 묻거든 묻어놓고는 그를 귀를 기울이고 들어. 들으면서,

"아 울때가 됐을텐디, 울때가 됐을텐디."

그드르라고. [조사자 : 누가요?] 그 예부상서가 그 지리를 밝기 알으니까.
그러고는 그냥 와. 그런게 아범도 그냥 왔지. 와서 있응게 나중에 또 인자
그 이튿날 된게,

"달걀 또 한개 달라. 돌라."

고. [조사자 : 달걀을 요?] 응 그래. 또 주었어. 떡 준게 또 인자 저녁에 가
만히 살짝 갖고 나가거든. 근디 준게 그때는 생달걀을 줬어. [조사자 : 생달
걀요?] 안 곤놈을. 그런게나 어쩌거나 또 가망가망 따라가 본게, 또 그재 가
서 또 묻어.

묻고는 한참 있응게 완전히 그기서 땅속에서 날개를 탁탁탁 치고서 날아
간다 말이야. [조사자 : 날개를요?] 응 닭이. [조사자 : 닭이요?] 그려. 그려가
지고 그 땅속에서,

"꾀끼요."

우는 소리가 나. [조사자 : 땅속이서요?] 응 거기 닭알 그놈이 그제 새끼를
까가지고.

"옳다. 됐다 저 자리구나!"

속으로. 살짝 와버렸어. 그런게 대국 이부상사가 떡 와서는 그날 저녁이
떡 잠을 자고는,

"나는 간다."

고. 떠나는 거여. 떠난게 나중에 인자 김덕령 즉그 아버지는, 인자 즉그

아버지 묘소를 하관, 그날 저녁으로다서 쓰는거여. 하루를 이제 지내서. 그
런디 그 때 슥달 앞으로 예부상사 글리 또 왔어. 묘소야 뺏았겨 버렸거든.
그렇게 보니까 좌향이 틀렸거든. 그래서,

"좌향 내가 다시 놔주마."

허고는 좌를 다시 놔버렸어. 그래가지고 삼정이 못나고 김덕령이 하나뱍
이 못난거여. 그렇게 김덕령이 나기는 났어도, 말한다치면은 도막장수를 뱍
에 못본거여. 안된거여. 천기를 못보고 효맹은 그렇게 좋지만은 성공을 허지
못했어. 그것 한개 밖에 없어.

[자료 5] 김덕령 최후 ■ ■ ▬▬▬▬▬▬▬▬▬▬▬▬▬▬

담양군 대전면 대치리 노인정, 1991. 5. 23. 이존봉(75, 남)
- 한남대 국문과 구비문학 조사차 담양군 대전면 대치리으로 나갔다가, 이장님에
게 조사나온 목적을 말하고 협조를 부탁하자 노인정에 가면 전직 교장·면장 등
을 만날 수 있다고 소개하여 주었다. 노인정에는 이장이 말한대로 많은 노인들이
모여서 화투와 담소를 하고 있었다. 조사자들이 인사를 드리고 조사나온 목적을
말하자 이돈일 국민학교 교장선생님이 선뜻 응하여 주셨다. 이 이야기는 송수효
전직 면장이 <송진우선생 일화>를 마치고, 조사자가 김덕령에 대한 이야기는 없
습니까 하고 묻자 제보자가 해 주신 것이다. 제보자는 이곳에서 농사를 지으면서
살아왔으며, 이 이야기도 어려서부터 이 마을의 노인들로부터 들었다고 한다.

김덕령이 성안사람이여. 성안이 그 저 광주, 광주부거덩, 시방 광주신디.
그전 광주부여. 성안이라고 그서 났어. 태어났어.

김덕령 장군이 성안리 광림이거든. 그래 역적으로 몰려서 죽었어. 역적으
로 몰려서. 그래 김덕령 장군을 잡어서 죽이랴도 못잡어. 잡들 못히여. 죽이
질 못하고 총을 쏴도 안죽어. 그렁께로 김덕령씨가 한 말이, 나도 들은 말이
여. 나도 몰라이잉. 자기가 한 말이,

"나 절대 못죽인다. 날 죽일라믄 '만고충신 김덕령' 비를 세워라."

했어. 그 만고충신 김덕령 비를 세우믄 내가 죽는다 그랬어.

"죽는디, 내가 어떠키 죽느냐!"

하믄. 당시 암만 죽일라 해도 못죽잉께로.

"여그 저 여그 어깨 밑에 비늘 시개를 띠(떼어) 내고 삼년 묵은 절구대로
시번 때리믄 죽는다."

그랬어. 그래서 죽었어, 김덕령이가. 그래 역적으로 몰려서 죽었는디 나중에 해방이 되여가지고 그것이 복권이 되었어. 충신으로. 충신이거든. 근디 그때 역적으로 죽었어. 역적으로 응.

[자료 6] 김덕령의 왜군 퇴치와 최후 ▪ ▪ ▬

전주시 삼화동 복덕방, 1978. 6. 14. 임종태(46, 남)
- 조사자가 복덕방을 찾아가 이야기를 부탁하자 해 주신 것이다. 제보자는 복덕방 주인으로 이런저런 일 하다가 알게 되어 밤에 다시 찾아가서 이야기를 부탁하자 김덕령 전설을 구술하여 주었다. 이야기는 35-6년 전에 제보자의 고향인 고창군 성동면 지동리에서 서당 선생님이나 유식한 양반한테 들은 것 같다고 한다.

제가 김덕령 애기를 허겠습니다. 하 일본놈들이 아침에 일어나서 보니깐 양, '나를 명'자가 다 써붙여져 있으니까 다 겁이 그냥 난다 말이여. 그래서 그래서 퇴진허기 시작해, 일본놈들이.

"아! 우리가 더 이상 갔다가는 전부 몰살 죽음을 당허겠구나. 김덕령헌테."

그래 한 퇴진을 해버렸어, 일본놈들이. 그랬더니 나라에서 알고는 인자,

"아! 이것 이름도 읎고 알지도 못허던 놈이 이것 일본 대군사를 이렇게 퇴진을 시켰다."

이런 소리가 들어가면서, 옛날에 참 지금도 그런 거시기가 있지마는 습관이 있지만, 옛날에 참 우리 조선사람이라는 것은 남이 잘되는 꼴을 못본다는 것이거든. 나라에 간신들이 생각을 해본께 이 김덕령이 이렇게 큰 재주를 부리고 있고 세력이 있는디, 이것 까닥 잘못 허며는 우리 전부, 그때로 말하면 병조판서니 뭐니뭐니 이런 전부 김덕령한테 자리를 빼앗기게 생겼거든. 김덕령이가 병조판서를 허고 무엇을 허게 생겼응게, 나라에 알게되면. 그래 나라님에다 상서를 했어 상소를. 상서가 아니라 상소지. 상소를 인자 그,

"이 김덕령 놈이 나라의 승락도 읎이 가서 왜놈들을 무찔렀다."

말이여. 그 옛날에는 일단 나라의 승락이 있어야 해. 승락이 있이 출전해야지 승락없이 출전하면 안된단 말이여. 그러면 김덕령이는, 김덕령이는 사실은 나라가 원체 위태로운게 그냥 어느 절이 나라에다가 상소를 헐 사이도

읎이 가서 출전을 했어. 나라가 위태로우니까 말이여. 곧 쓰러지니까. 상항(상황)이 일본. 그 그때에 나라에 그 간신들이 김덕령을 역적으로 몰아갔고 김덕령을 죽이기로 그냥,

"역적이니까 죽여야 된다."

막 나라님기에다 상소를 허니, 나라님은 생각을 해본게, 이 김덕령 일본 놈들을 무찔렀지만 아 그 밑의 간신들이 그러니 어쩔 수 읎이 역적으로 나라님이 그리 몰았단 말이여. 그래가지고,

"김덕령이를 잡아오라."

허니, 김덕령이가 어디가 있을 것이냐 말이여. 아 어떻든 이놈이 결국은 나라에서 하는 일이라 말이여. 김덕령이 생각에는 '자기가 충신인디 어쩨 이리 복구만 헌다고 역적으로 완전히 되거든.' 이리 잽혔어. 자기 스스로 말이여. 자신의 기분으로 자수를 바라듯기 말이여.

"내가 김덕령이요."

나라에다 잽혔어.

"그러냐."

그러니 역적으로 몰렸으니 나라에서 죽일 것 사실 아니여. 하 이놈을 대체 그때 사형장에서 어떻게 죽 죽일느냐면 몰라도, 일반인들 죽이듯이 죽일래서 도저히 죽일 수가 읎어. 죽지를 안해 김덕령이. 그런게 최종에는 어떻게 허는냐면 그 장작을 갔다서니 이냥 산더미처럼 쌓아 놓았어. 꼭꼭 김덕령을 묶어서 그 위에 올려놓고서 이냥 그 밑에다 불을 확 지른게, 이냥 불꽃이 위로 솟는 것이 아니라 밑으로 땅으로 솟았어. (웃음)

[청중 : 불꽃이 밑으로 갈렸어.]

아 그런게 불이 꺼지지 안꺼져. 시지부지 해버려, 불로 태워 죽일라고 했더니. 그래서 인자(사형을) 어떻게 꾸몄느냐면 그 뒤로 삼천근 나가는 장검을 썼어, 참 큰놈을. 삼천근 나가는 장검을 구해갖고는 양쪽이다 끈을 달아서 딱 삼천근 나가는 장검을 달아놓고는, 그 밑에다 덕령을 딱 뉘어놓고는 그 끈을 톡 끊어버리면 삼천근 나가는 장검이 뭐라고 허는고 김덕령이 배아지에 탁 갈라지게 해버렸어.

그렇게 해서 죽일라고 딱 해놓고는 삼천근 나가는 장검 그 끈을 가서 탁 끊은게 장검이 내려 앉다가 가운데 똑 부러져가지고는 그냥 다곤(다른곳)에

뛰쳐나간다 말이여. 그렇게 도술이 좋아 그러니 죽일느니야 뭐 불로도 못죽이고 삼천근 나가는 장검으로도 못죽이고. 그런게 죽일느니야 죽일 수가 읎어

그런디 김덕령이 생각에 나라에서 영 역적으로 몰아서 나를 이렇게 죽일라고 허니, 나는 사실은 억울한 일이지만 죽어야겠다. 그런 결심을 허고는,

"자 나라에서 나를, 나라님이 영 나를 죽이라고 이렇게 허며는 나는 역적은 아니다, 사실은. 그러니 나는 나 나름대로 충신이다. 그러니 나를 역적으로 몰아서 죽이니, 나는 도저히 역적으로 죽지는 않겠어. 그런게 '만고충신 김덕령'이라고 하나 비석을 하나 세줘라. 그러면 내가 죽겠다."

그래 나라에서 생각하니까,

"까짓 것 그래라."

말이여 쉬운 말로. 그래 비석 하나 써 깎아가지고 어찌 했느냐면, 여기나 글로 새겨서,

"태조 만고충신 김덕령"

이라고 한 것이 아니라, 그냥 숯덩어리로,

"만고충신 김덕령"

이라고 떡, [청중 : 숯덩어리로?] 암 썼다 말이여 숯으로. [조사자 : 새기지 않고.] 암. 새긴 것이 아니고. 그렇고는 김덕령이가 보더니,

"비에다 썼느냐?" 허닌게

"썼다."

허고서 비를 갖다준게 숯덩이로 탁, 숯으로,

"만고충신 김덕령"이라고 탁 썼어.

"아 나 죽었다 말이여. 여 나 외약팔을, 외약팔 겨드랑이 밑에 가서 비늘 세개를 벗겨내고, [조사자 : 겨드랑이 밑에 비늘이 있어요?] 암. 큰 사람들은 옛날에 그랬다거든. 뭐 날개 돋쳤네 뭐니 뭐니, 이제 덕령이 어깨 밑에가서 비느을 세개를 비껴내고, 복숭아 나무로 아래 종아리를, 장단지지, 우리 전라도 말로는. 장단지를 참 7번을 때려달라."

고 했다든가. [조사자 : 복숭아 가지로?] 암 복숭아 가지로 때려달라.

"그래 합시다."

아 그랬더니 여기 어깨 밑에 보니까, 비늘이 큰 놈이 세개 붙었드래요 고

기 비늘같은 것인가 뭔가 인자 비늘이 세개를 붙은 것을 딱 떼내어 버리고, 인자 복숭아 가지고 인자 장단지를 7번을 딱 친게로 그 저 무릎이 버끔 사라지듯이 사라져. 사그라져 버렸어. 그러면 그냥 사그라지지 뭐 버끔 사그라지듯이. 그런게로 나라에서 뭐라고 허느냐면,

"이까짓게 뭔놈의 만고충신 김덕령이냐."

고. 그러고는 그냥 걸래 갔다가서는 그냥 비석이다 숯으로 글씨 쓴 놈을 싹 딱아버렸어. 싹 딱으니까 그냥 원목 패어졌어. [조사자 : 패어졌다고요?] 암 글씨가 그냥 독안으로 패여져버려. 싹 딱음과 동시에. 새겨져 버렸어, 그냥 지우라고 했더니. 그냥 그렇게 그때사 나라님이,

"아! 이 참 충신을 완전히 죽였구나."

이러고 한탄을 했어. 인자 지금 생각할 적에는 김덕령이가 그 뒤이로 살아있다고 보면, 참 그뒤로도 임진왜란이라고 허면 시번 있었다고 허던가. 그 일본놈 외적의 침입을 안받을 턴디, 이런 생각을 가지고 있어. [청중 : 우리나라 사람들 반성해야 돼.]

[자료 7] <김덕령의 최후와 시신> ■ ■ ▆▆▆▆▆▆▆▆▆▆▆

장성군 황룡면 아곡리 자택 마루, 1982. 1. 14. 김원중(83, 남)
― 한국구비문학대계 장성군편 자료를 조사하기 한양대 최래옥교수와 한남대 김균태 교수와 학생 14명이 함께 참가하였다. 이 자료는 김호선과 함께 한 조가 되어 조사에 참여한 것이다. 제보자는 마을 이장의 소개로 찾아가서 만났는데, 조사자들이 조사나온 목적을 말하자 이야기해 주셨다. 이야기는 조사자가 김덕령 장군에 대한 일화를 해 달라고 하자 해 주신 것이다. 장사지냈다는 이야기는 최근에 들었다고 하시고, 앞부분은 처가가 충정공파이기 때문에 손위 처남들한테 결혼한 23세 광주시 지산동에서 들었다고 하신다.

(전약) 선조때 그랬는디, 그러니께 선조 정승으로, 영상으로 계신 양반이 저 유서애(西涯). 저 유서애가 그, [조사자 : 유서회?] 유서애. 그 양반인디, 그 영상으로 있었어. 그런디 임란난리를 치루었던 양반들이여. 그 둘 다. 그런디 그때의 그 간신으로 몰려서 김덕령 그 양반을 잡어다가 억지로 죽일려고 했거든, 억지로. 억지로 죽일라고 허니께 안불어.

"내가 잘못헌 일이 읎는디, 어째서 나를 죽일라고 허느냐?"

[조사자 : 역적으로 몰으라고 허니까.] 응. 그런게 그쩍이, 아 염라도 읎고

칼만, 칼 활 그런 것만 갖고도 일본놈을 100키로를 몰아냈으니, 총 총쏘드라도 안받드라네. 김더령 그 양반이. 그래서 만리 칭호 그런 양반인디, 그 간신이 몰려가지고, 몰아가지고 그냥, 갖다가 그냥 죽일라고 헐 때에 딱 때려죽일라고 헌게 안죽었다는 것여. 인자 나중에 매로만 자꾸 때리고, 인자 허다허다 못헌게나,

"나를 죽일라면 나의 간판을 내걸고 죽여라. 그러기 전에는 내가 호 하나 못얻고 죽을 사람이 아니다."

그러는 거여.

"호를 무엇을 얻느냐?"

그런게 충장공 호를 했지. 그런게 충성충자 장수장 충장공. 충장공 호를 인자 말하지.

"그래라. 그래 충장공 호를 인자 줄 것인게 니가 죽어라." 그런게,

"아! 현판을 내 걸어야지."

그런게 충장공이라고 인자 현판을 딱 써서 인자 내놓은게는,

"이만하면 쓰것다고. 내가 죽을란다."

고. 아이 외약다리 복숭씨 밑에 여기 비늘이 있드라네. 그놈을 뜯으면서,

"요놈만 비어버리면 내가 죽는다. 나 때리고 뭘헐 것도 옳다."

그래 죽었다고 그러니, 역사에 그렇게 나왔네.

[조사자 : 광산김씨 광주 김 시조가, 김덕령 그 충장공⋯⋯] 광산김씨 시조가 아니지. 일테면 그 광산김씨 수가 많네. 저 거기서 충청남도 그 연산인가 그 연산김가들도 광산김씨이고, 여기 장성 황룡 사는 김씨들도 광산김씨이고. 충장공파는 다르지.

그렇게 호를 얻어가지고 충장공을 얻었는디, 죽은 박정희, 박정희 대통령께 그 충장공을 장사를 지냈네. 장사를 지냈는디, 키가 두치뱋이 넉자뱋이 안디드라네. 그렇게 잘르어, 키가. 그런게 조선 장수는 키가 작아야 된다믄서.

그런디 작아가지고 그게 가만히 있지 않어. 하나 안썩고. 삼백 년이 삼백 년이 넘은선 신체가 그대로 가만히 있어. 그래서 그 새로 장사를 지냈거든. 그 사람을 소원도 시켜주고. 그 박정희 대통령 때.

그 어째서 내가 그 거시기를 잘 아는고 허니, 내 처가가 그 손이여. 그 충

장공파 그 손이라. 그래서 내가 대강 잘 아네.

[자료 8] <김덕령의 처가집과 이웃집머슴> ■ ■ ■ ▬▬▬▬

장성군 황룡면 아곡리 자택 마루, 1982. 1. 14. 김원중(83, 남)
— 한국구비문학대계 장성군편 자료를 조사하기 위하여 황룡면에 찾았다. 이 조사는
한양대 최래옥교수와 한남대 김균태교수와 학생 14명이 함께 참가하였다. 이 자료
는 김호선과 함께 한 조가 되어 조사에 참여한 것이다. 제보자는 마을 이장의 소
개로 찾아가서 만났는데, 조사자들이 조사나온 목적을 말하자 이야기해 주셨다.
이야기는 하서선생, 인불구환 등을 이야기 한 다음에 김덕령 장군에 대한 일화를
구술하여 주었다. 처가가 충정공파이기 때문에 손위 처남들한테 결혼한 23세 광주
시 지산동에서 들었다고 하신다.

김덕령이 처가를 갔는디, [조사자 : 김덕령이 처가를 갔는디요?] 처가에
갔는디. 즈그 장모가 그런얘기를 허거든.
"내가 여자라놔서 물을 댄다치면 물을 못돼게허고 즈그 논으로만 그냥 대
가는 사람이 있다."그러니께
"그래라요. 그러면 내가 오늘은 그냥 논으로 가볼꺼라요."
그러고 내비두어버렸어. 호맹이 하나를 갖고 가더라네. 호맹이 하나를 갖
고 가서 인자 논에 물을 딱 인자 즈그 처가집 논에다 딱 해놓고 있은게, 어
떤 사람이 오더니만 물을 그냥 지가 댈 놈을 가지고 갔다고 허면서 안니꼽
게 지랄을 허거든. 그런게 찌깐한 초립동이인게 원라형(?)이 보고 원라형이
아니꼽고 지랄을 헌다말이여,
"아니 그래도 뭣이냐고. 개인적 뭔일을 해야지 그렇게 해서 쓰냐고." 그
런게
"요쫗게 쪼까는것이 무엇이라고 그러냐?"
(웃음) 쪼깐한 것이 무엇이라고 허면서 그냥 그 으른이 무엇이라고 했싸
거든. 그런게. 막 밑으로 보면서, 그전에는 두 손목을 위로 과면서 한손으로
잡고는, 이렇게 위여 잡고는 호맹이 그놈으로 갱기를 허버렸다고. 그런게 기
운이 세니까 호맹이를 꾸불여서 갔지. 그렇게 [조사자 : 손을 이렇게 감
아……] 어떻게 감아버렸어. 그런게 어쩐일가 살을 갖다가 호맹이 쇠로 감아
버렸으니 오지게 아풀것이냐고. 나중에,
"살려달라."고 하도 했싼게,

"다시는 그리말라. 인자 아무리 부인이 되는 사람이 물댄다고 그렇게 거시기를 말라."

고 나중에 끌러줬다고 그런얘기. 그것도 풍설이지. (웃음)

3. 임경업 관계 구비설화 자료

[자료 1] <고정한 조판서> ■ ■ ▉▉

부여군 은산면 은산리 경노당, 1983. 2. 2. 김준배(70, 남)
- 12 : 30분쯤 채록자들이 경노당을 찾아가서 할아버지들이 모인 자리에서 채록자들이 이야기를 좀 들려달라고 해서 채록하였다. 이 이야기는 제보자가 20세 이전에 들은 이야기라고 한다.

옛날에 광해라는 데가 있어, 강화도라구도 하구 광해라고도 하는데, 대략 강화도라고 하지유. 거기서 조판서라는 사람이 살았어. 근데 이 양반이 이실고져 아주 착혀기두 하구 이실고져. 한번 얘기하면 그대루 시행하지, 다시 한번 그짓말을 한번 하는 법이 없고, 사람이 참 깨끗했던개벼.

근데 이 양반이 참 말년이 되던가는, 그 중선이라구 배를 사람을 많이 돈 주구 사다가, 사서 푼돈을 주고 뱃사람을 데려다가는, 중선이라는 배를 10여 척을 사다가는 개기 잡이를 했단 말이유. 말하자면 돈 가지구 하는 거지유. [조사자 : 중선?] 중선. 그러니까 고기잡이 배란 말이유.

약간 소속을 두자는 중선 하나두 어렵다구 하는디 중선 10여척을, 돈이 많으니까 이렇게 했대유. 강화라는 섬이서. 그런디 한번 나갈라면 지금으로 말하자면 순천만이라는 거액을 들여야 하는디, 가는 족족 돈을 다 없애구 개기 하나 그때는 고기잽이를 많이 했디야. 고기 한마리를 못잡아. 3년 안이 망했단 말여. 삼년 만이 망했는디 자기 생각이는 내가 복이 없다. 그러니께 그저 뭐 참 토지 있었다든지 뭐 지금으로 말하면 집이 여러 채 있다든지 차곡차곡 팔어서 그냥 일년 먹으면 또-, 또 팔어서 먹으면 또 그냥 앤것 없으면 그냥 죽어버린다는 것이여.

그렇게 이실고져이여. 내것 다 떨어지면 다 죽는다는 날이여. 자신이 이 자신감을 가지구. 그러니 다 없앴다 그것이여. 없애구서 그냥 드러눕는거여. 한나절이나 드러누었어. 그러니 동네지간이 근족간이, 친구들이,

"이 사람아 그럴 수가 있나. 뭐라두 좀 해야지."

하면서 소용없어. 그냥 그 있는대루 그것을 먹구서 죽어버리지 이렇게 세여. 그러니 하루는 후리후리하게 큰사람이 와서는 조판서를 찾는단 말여. 나가보니께 한번 보지두 못한 분인디 후리후리 미남자가 하나가 와서 찾어. 그래서,

"왜 그러시냐."구 그러니께

"마니 듣는 말루 의하면, 중선 10여척을 놓구 하시구 그런다는디."

"참 안는다."구.

"그러시냐."구.

"돈이 없어 못한다."구.

"그러면 내가 돈을 대주단구."

싫디야. 그것두 싫디야. 이이구 고집이 그런이여. 그러니께 그러면 돈을 대줘두 싫다.

"그러면 증서를 좀 빌려줄 수 있느냐."구

"그건 빌려주마."구

"그러면 먼저 배타던 사람 전부 불를 수가 있읍니까?." 물어

"그 사람들이야 내가 오라면 다 옵니다."

"그러면 오늘 신양내루 배의 선장이면 선장 뱃사람이면 뱃사람, 먼저 배타던 사람 전부, 하여간 초청할 수 있느냐."구.

"다 온다."

구. 참 다왔시유. 왔는디 오늘은 여기서 선장되는 분 한분 하나 하구, 사구 하나 하구만 여기 있구, 선장 하나 하구, 사구 하나 하구 둘을 밤이 돈을 가지러 간다는 겨. 자기가 타던 배니까 올라타구서 그 분하구 셋이 가는거여. 가는디 물이 썰물이 되어가지구서무니 거기는 못가는 길이 됐더구만. 선장이 혼이 나는 거 아닌가배. 그러니까 뱃머리를 글루 대라구 그리유. 그러니께 선장이나 사구가 훤한 사람 아녀.

"시방 일루 가는 길이 아닙니다."

"그려 뱃머리를 대라."

면서. 대보라는 거여. 아, 뱃머리를 대는디 쏜쌀 내려오는 물을 척척 받
아가매 올란간단 말여. 그 배가. 그러니께 선장 노릇하면서 처음 본단 말여.
[청취불능] 척척 받아가면서 어느 한곳이 갔는디.

"배 [청불] 반시간만 있으면 말방울 소리가 날거다. 나걸랑 내가 온 줄 알
라."구.

교대루 한참 있으니까 참 말방울 소리가 나는디, 돈을 말에다 세마리 신
구 엽전 백전하는 것이 옛날 돈이거든. 선장 하구 사구 한테 이르기를 '배에
실으라'구 하더래. 신구서는

"말을 갖다두구 오야하니까, 참 지체하라."

구. 말을 갖다 두구 왔어. 갈까말까 그러루냐구 시간이 흘러가지고서무니
물이 바꾸루 물이 또 됐다구. 그러니 역시 사구와 선장이

"시방이 물은 못갑니다."

"뱃머리 대라."

구. 이상한 노릇이여. 대체가 그러니 아니나달러 물을 착각착각 받아가면
서 왔시유. 와서는 동작을 띠구 하구서는, 그 먼저 뱅이던 분들을 채곡채곡
돈을 주는디,

"당신네들 1년을 할랴면 경비가 얼마나 하냐."

구. 예를 들어 지금 말하면, 나는 식구 열 가진 사람두 있구 다섯 가진 사
람두 있구. 대중없을 거 아녀. 이렇게 식구해서(테이프가 뒤로 넘어감) 1년
먹을 것을 자기 순수다니, 그러니께 배가 가서 1년 가서 있다 오든 석달 있
다 오든 식구들이 걱정없이 먹구살만큼 전부 요구를 하는거여. [청취불능]

날마두 그 먼저 뱃사람들이 헌티 달구 그물 고치라는거여. 그물은 그물을
고치라고 한달을 고치는거여. 고치구나서는

"나물을 잔뜩 부엌에 가물을 배에다 실어서 아무날까지 다 해라."

그러니께 그 배타는 사람들 각자 선장하는 사람은 선장, 사공하는 사람은,
사공은 배를 타고 나간다말여. 나가는디 어디로 나가느냐면 배가 임경업 장
군의 사당이 있시유. 사당. 그 먼 바다가시나니. 참 가서라무니 ·

"배를, 돛을 노으라."

구. 돛을 노으니게. 그 사람들 밥이나 해먹구 그럴거 아녀. 날마두 이 양
반이 잠만자. 노상 잠만 자. 그래서 이 사람들이 생각하기를 이상하다는 겨.

하여간 어쩌든 하나 잡아볼 생각두 안구, 잡아보란 말두 한마디 안구 잠만 자.

　[조사자 : 그 사람들두 하나두 안잡고요?]

　아무두 안잡구 배이서유. 그러더만 하루는 그 배에서 심부름 하는 아이가 하나 있는디. 달이 휘엉청 밝은디. 그 아이가 참 소변이 마렵던지 참 나와보니께, 배장이 나오니께 물을 징경징경 밟구 가. 그래서 보니께 물을 징경징경 밟구 가니께 꼬마가 배장 하나만 보면 올라가면 육지라 쫓아 갈만한 경우가 있어. 쫓아갈 의견이 있었던지 참 뒤를 쫓아 갔던 모양이여. 쫓아보니께 참 임경업장군 사당으로 간단 말여. 근데 말여 될 맘 안될 맘 대가 쫓아 가서, 아 임경업 사당 있는데 가더니만

　"임장군님 임장군님."

　세번 부른단 말여. 그러니께 쌍차문인디, 서당문이 활짝 열리더니

　"아! 자네 이 밤중이 웬일인가?"

　"자네 힘 좀 빌리려고 왔어."

　"얼른 들어오세."

　그분이 같이 들어간단 말여. 배에서 심부름 하던 애는 멀찌감치 보는 겨. 아휴, 도대체 웬일여. [조사자 : 임경업 장군 돌아가셨죠?] 응 돌아가셨지.[조사자 : 근데 그 사당에서?] 사당에 와서. 근데 보니께 사람이 있어. 두 사람이 이야기를 하는 거여.

　"아! 글씨 이상 것시기 자네의 심 좀 빌리려고 왔네."

　"무슨 얘긴지 싸게 좀 해봐." 갑갑하다구 말여.

　"그런게 아니라 이 강에 조판서라는 사람이 있네."

　"그려."

　"이 사람이 중선 10여 척을 가지고, 근 10여 년을 고기잡이를 하다가 삭망해가지구 절단나가지구. 시방 배두 꿰달아 매구 그냥 있으니. 도대체 이 사람이 글씨 고기두 하나두 안잡히구 그러니, 그렇게 정직하구 참 뮈시구 그런 사람을 망하게두서야 도리가 되나?."

　그러니께, 많은 사람이 몇동이 고기가 백동이니 오십동이니 이렇게 탄 사람두 있디야. 용석이니, 그러니께 많은디서 조금씩 빼갖구 이 사람을 구해주면 돼겠디야. 밤중이 찾어가 사람들은 아니지만, 참 많은 사람이 조금씩

조금씩 전부 떼가지구 자기 평생 먹을만침은 아마 [청취불능]

"나는 갈티여. 잘 좀 해주게."

그러구 나오면서, 먼저 그 배에 가서 자 지금 자. 날마두 먹으면 자. 하루는,

"식전이 일치감치 그물을 쳐야겠으니 서두르라."

구. 아 그물을 치니께 확 물리는디, 당체 이누무 고기가 얼마나 잡혔든지, 거기서 잡아다니 팔구, 또 와서 잡구 하구서 아마 돈으로 한 배씩 되지. 부자가 됐지. 그러구 고기를 집으로 가는 날은 만석을 기를 뚜드려서 조판서를 찾아가는 거여. 아 가니께 조판서는 배 빌려 줬다 뿐이여. 이런 고정한 태도여. 가서 전부 짐을 풀고나서니,

"돈이 어마어마한 돈을 가져왔으니, 돈을 받으라."니까

"내 돈이 아닌디, 돈을 왜 받느냐."

는 거여. 그래서 인저 배사람이 권고해서,

"조판서님 재산이니께 받으시요."

이 양반이 돈이 필요없다구. 이만큼 했으니께 받으라구. 그래 참 막무가 내하니께 그때서 조판서가 돈을 받는다 말여. 그냥 돈을 받아놓고 날마두 먹구 얘기두 하구 자구 하는디, 하루는 간다는 기유. 그 사람이 간다는 기유.

"돈이나 가지구 가야 할 것 아니냐."구.

"돈은 필요치 않은 사람이유."

[조사자 : 그러니께 벌은 돈을?] 응, 그러니께 모두 조판서에게 맡긴 거여. 그러니께 하두 고정한 사람이께, 한번 살릴라구 그런 겨.

"그럼 정 가신다면 왜 가실라구 하냐."

"내가 내알 모리 가야한다. 내가 가면 서운할 터인디, 내가 가는 날 얘기하마."

구. 가는날이 되니께, 조판서가 정 서운하거든.

"바깥 마루다가 채일 치구 멍석 깔구 하얀 백구 한개를 하나를 갖다가 깨끗이 해서 칼을 찔러서무니, 멍석 가운데니 올려 놓으라"

고 그렇기 얘기해유. 그 사람이 허라는대로 고대루 했시유. 했는디 어느 시리 개도 없구 사람두 없구 하드래.

[자료 2] <임경업과 김좌점의 최후> ■ ■ ■

장성군 황룡면 금호리 노인정, 1982. 1. 14. 공길수(61, 남)
- 한국구비문학대계 장성군편 자료를 조사하기 위하여 황룡면에 찾았다. 이 조사는 한양대 최래옥교수와 한남대 김균태교수와 학생 14명이 함께 참가하였다. 이 자료는 이성진과 함께 한 조가 되어 조사에 참여한 것이다. 제보자는 마을의 노인정에 나왔다가 조사자들이 조사나온 목적을 말하자 이야기해 주신 것이다. 제보자는 많은 이야기를 알고 있는 듯 하였는데, 조사자가 어떤 이야기 없습니까 하면 해 주시었다.

경업이 그런 말을 듣고는 그냥 부여(화)가 난게, 환자(혼자) 필마 단창으로 창으로 호국을 쫓아갔어. [조사자 : 호국요?] 응. 호국은 대국 땅이거든.

대국 땅인디 명천자 천자한 곳은 명국이라 그러고. 대국 가서는 12지국이 있어. 12나라가. 거기서 연나라이며, 뭐 설총나라 온나라 그런디 나라가 있었어. 이를테면 말이지 천자의 나라는 명나라이고 그런 것이여.

떡 들어가가지고는 대번 호국을 떡 들어갔어. 들어가던 무조껀 그냥 호왕 앙금지디, 호왕 앙금지 들어가선 칼로 호왕 목아지 그냥 친다 그 그말이여. [조사자 : 호왕을요?] 응 호왕을. 잡아친게 호왕이 일어나지도 못하고 그냥 거기서 곤룡포자락 짝 찢어가지고 손으로 깨물라서 혈서로 항우를 썼어. 경우에 바짝 붙여서.

그래 임경업이 거시서 그 혈서를, 항서를 받아가지고 인자 조선으로 떡 나온다 말이여. 조선으로 나온다 치면 조선 금연(?)가야 압록강이거든. 압록강을 건너야 허거든. 그래서 압록강을 떡 배를 타고 건너와.

[조사자 : 배를 타고요?] 응. 건너오는 판이디, 그때 인자 말이여 조선서도 김좌점이란 놈이 있어. [조사자 : 예. 김좌점이 있습니다.] 그놈이 정승여. 조선을 지가 둘러 생켜먹고 싶은 생각이 있어도 경업이를 무사서 못했거든. 근디 요때를 타가지고 경업이를 잡을려고 철망을 떡 맨들어 가지고 그 압록강 가상이다 떡 있었다 그말이여.

그러니까 나중에 임경업이가 떡 나오거든. 떡 나와선 바깥에 떡 올라서니 김좌점이가 철망을 열면서,

"너는 어째서, 너 환자 자작대로 왕명읎이 니가 호국 가서 항복을 받아갖고, (잠시 녹음중단) 왕명읎이 가서 항복을 받아가지고 나오느냐? 이 철망 속으로 들어가거라."

그런게 경업이가 덜컥 들어갔단 그말이여. 그런게 철망 딱 훌쳐버리더니 압록강 물에다 그냥 팽겨 죽어버렸어. [조사자 : 임경업을요?] 임경업을 죽여 버렸어. 전부 투망 일제히 나서서 김좌점을 잡았다 말이여.

[조사자 : 김좌점을요?] 암 잡았지. 잡아가지고 산채로 그냥 시 동가리로 갈랐어. 웃동가리 하나, 다리 한 동가리, 시 동가리 딱 갈라가지고 그 자금 자금을 지게로 져다가 갔다가 인제 파, 파묻는디, 좌점씨 그 아래 가락다리 앞에, [조사자 : 가닥다리요?] 응 가닥다리 알지?

[조사자 : 모르는데요, 가닥다리가.] 저 장터에서 저리 쭉 내려가면 모재 못넘어가서 가닥다리고 있어. [조사자 : 아! 저쪽 모……] 모재라고 있어. 거기가 가닥다리라는 디가 있어.

가닥다리 앞산이다 썼거든. 그런디 그 말하자면 시 동가리를 냈은게 석짐을 지고 가는디, 다리 지고가는 놈이 지고 가다가 그전이는 쉬는 법이 읎어. 아주 그냥 짊어지면 그냥 그 목적지에 가서 딱 부려놓고 [조사자 : 빨리 그 아 돌아가?] 근디 지고가는 놈, 으찌 무겁던지,

"하따 그놈의 다리 짐으로도 무겁다."

헌게로 죽은 다리가,

"무거우면 쉬어가라."

고 했거든. 그래서 쉬는 법이 생겨났어. [조사자 : 거기서요.] 음. 그래 어 태까지 지고 갈라고 했더니 쉬고 어쩌고 헌거여.

[자료 3] <천기못본 임경업> ▮ ■ ▬ ▬▬▬▬▬▬▬

홍성군 홍성읍 오관리 노인정, 1993. 5. 11. 배치만(84, 남)
- 한남대 국문과에서 정기학술 구비문학조사로 충남 홍성군 조사에 나갔다가 채록한 자료이다. 홍성읍 오관리 노인정은 서산군에 있는 박첨지 인형극 조사를 마치고 오후 3시쯤에 읍내에 돌아서 노인정을 물어 조사한 것이다. 노인정에 들렀을 때는 2-30여분의 노인들이 나오셔서 화투치기도 하고 장기도 두며 쉬고 계셨다. 그래서 앉아 계신 제보자 일행에게 조사나온 목적을 말하고 협조를 부탁하자 제보자가 선뜻 응하여 주셨다. 그런데 제보자는 한학을 하셨는지 민담계통에 대해서 물을 때는 알고 있으면서 구술하여 주지 않았다. 제보자는 문경이 고향으로 17살에 충북 괴산에서 사시다가 15-6년 전에 이곳 홍성으로 이사와서 살고 있다고 한다. 이야기는 괴산에 사실 때 그곳의 노인들한테 들었다고 한다.

[조사자 : 괴산이면 임경업이라……] 임경업은 충주지 충주. 충주 자하동인디, 자하동. [조사자 : 그 태어났던 이야기라도?] 그걸 얘기가 많은데 그것 다 얘기를 못해. [조사자 : 아시는대로 해 주세요.]

임장군이란 분은 참 힘으로 말하며는 우리 한국 것은 우리 조선 것을, 조선이지만 시방은 한국이지. 조선에서는 임장군을 당할만한 장사이고 인재가 없어. 보통 인재가 아니요.

그런데 임장군이 처음 살 살을 때는, 저 뭐여 원주 살았대요. 원주 살 살았는데, 칼 참 장, 뭐 참 군사훈련을 하듯기 하는데, 그런데 선생이 하나 있는데, 그래 시간이 넘었다고 말이여 훈련 하다가 그 일곱살짜리를 목가지 비었드래고.

그래가지고 설라믄 임장군이 천 천문을 못본다고 혀 천문을. 선상 목을 비은게. 어떻게 비었느냐면 옛날에 그 목아지를 이 지게 있잖아. 그 새이다 놓고서 낫으로 썩 그었다는 거여. 그 선생 선생을. 군법 에긴다고. 그리 엄하게 하고.

[자료 4] <양반 무덤 옮기게 한 임경업> ▪ ■ ■ ▨▨▨▨▨▨

홍성군 홍성읍 오관리 노인정, 1993. 5. 11. 배치만(84, 남)
- 이야기는 조사자 임경업의 태어난 무덤이야기를 해달고 하자 하신 것으로 괴산에 사실 때 그곳의 노인들한테 들었다고 한다.

[조사자 : 임장군이 태어났을 때 그 묘자리를 잘못 써가지고 어떻게 됐다는 그런 얘기는?] 그런 얘기는 있지. [조사자 : 어떻게 된거요?]

임장군의 할아버지인가 그분 묘이가 있는데, 어떤 사람이 와가지고설라미 옆자리에 그 위에다가 와서 묘를 쓰니께, 가서 말여 재본다 말이여 그,

"그래 왜 재느냐?"고 허니께,

"그것 내가 판다."

고. 보니께 그 자리가, 그 위에가 한번 장사가 났단 말이여. 그래 대번 그 쓰다가서 임장군한테서 태어, 나갔다 허는게 고리. 그 때에 장진(?)도 있고, 힘도 세고 우리 조선에서는 우리 천병, 일맥 청병장으로서는 임경업이 중국까지 삼국대장이여. 가달국 허고 중국허고 우리 조선허고.

그래서 삼국 때 임장군이 삼국대장이여. 시방 달월 임장군 사당이 있어요. 지금 단월 가서 있어요.

[자료 5] <지리박사 임경업 장군> ■ ■ ■

홍성군 결성면 성호리 제보자 자택, 1993. 5. 11. 노성렬(75, 남)
- 한남대 국문과에서 행하는 구비문학조사를 나갔다가 결성면 성호리에서 채록한 자료이다. 결성면 성호리 이장님을 찾아가 조사나온 목적을 말하자, 우선 자신이 알고 있는 풍어제에 대해 이야기 해주셨다. 다른 이야기를 부탁하자 더 없다고 하며 마을에 이야기 할만한 사람이 없다고 하여, 나이 많이 자신 어른을 부탁하자 제보자 댁을 알려주어 찾아가 만날 수 있었다. 조사자들이 인사를 드리고 조사나온 목적을 말하자 제보자가 선뜻 응하여 이 이야기를 해 주셨다. 제보자는 이곳에서 농사와 어업을 하면서 살아왔으며, 이 이야기도 어려서부터 이 마을의 노인들로부터 들었다고 한다.

나 임경업 장군 얘기 잠깐 해줄까.

우리나라 임경업 장군이라고 알지. 그 양반이 고향이 어디냐면 저 위 [취청불능] 길 좀 비켜주시오. 하는데 임경업 장군이 왔었거든. 그리고 구경갔더니 노인네 하나가 와서[청취불능] 자네들, 임경업 장군이 어떠한 일을 하였는지 아나?

임경업 장군이 옛날에 문과 급제하고, 그 다음에 무과에 급제했어.

그때 장군 되기 전에 청나라가 우리나라에 쳐들어 왔어. 우리나라 쳐들어와서 우리나라의 임금의 가족을 다 데리고 갔거든. 아들 삼형제, 딸. 그러니 우리나란 작고 저나란 크고 군대가 많고. 우리나란 군대가 오천 명밖에 없었댜. 그래서 싸울레니 그게 또 돼? 군사가 모지라고.

"임금의 가족들을 저래 붙잡혀 있게 할 순 없잖냐?"

임경업 장군이 그때 참 젊었던 모양이여. 용기두 많구 무술도 좋구. 그래,

"자기가 가겠다."

고. 무슨 모습하고 갔냐면 머리를 싹싹 깎구 또 인제 중같이 하고 갔나벼. 저사람들이 아무리 봐도 이거 좀 이상하거든. 연평 오다가서 [청취불능] 돈을 많이 갖고 갔던 모양이여. 임장군이 지리박사여, 지리박사. 근데 천기를 못봤댜. 천기를 봤어야 되는디.

임경업이 자고 있는디 지지배가 나와선 매일 그냥 입맞추고 그러거든. 그

래 스승이 가만히 보니,

"저건 사람이 아니고 여수다, 여수. 저게 오면 목아지를 붙잡아라. 꽉 잡고 죽여라. 뒤로 자빠지며 죽어야지 엎어져 죽으면 지리박사밖에 안된다. 엎어져 죽으면 천우이치를 못본다."

그래 임경업이 여수를 만나서 아, 막 달래고 하니끼니 참 벌써 막으면서 그러니 여수는 사람보다 빠르잖나. 날리고 그래 엎어졌어. 임경업장군이 천기는 모르고 지리박사여. 하늘까지 다 봤어야 되는데. 세상 일을 다 알수 있잖어.

그래가지고 풍어제 때 임경업 장군을 모시는 거예요? 어디나, 뱃사람이면. 배가 들어가는 황해도 평안도 충청도 할 것 없이 어디나 임경업 장군을 제사지내.

[조사자 : 아까 들은 건데요 임경업 장군이 그렇게 고기를 많이 낚으셨대요.] 지리박사여. 그래 고기가 어디에 많이 나나 다 알구. 천리는 못 본 거지. 약초두 어디에 뭐 있나 죄다 알았어.

[자료 6] <어업신이 된 임경업 장군> ▶■ ■ ▬▬

홍성군 결성면 성호리 제보자 자택, 1993. 5. 11. 김성덕(75, 남)
– 한남대 국문과에서 행하는 구비문학조사를 나갔다가 결성면 성호리에서 채록한
자료이다. 이장에게서 소개받은 노성렬 할아버지에게 옛날 이야기를 한 편 듣고,
제보자를 소개하여 주어 조사나온 목적을 말하자 선뜻 응하여 이 이야기를 해 주
셨다. 제보자는 농사와 어업을 하면서 평생을 살아왔으며, 이 이야기도 어려서부
터 이 마을의 노인들로부터 들었다고 한다.

우리 여기 저 해변, 덕천 저 위에는 어민들이 인제 말하자면 잘 좀 봐달라고 하는거지, 정월 보름날. 일년에 한번 정월 보름날 고사를 모셔. 그래서 저 저기는 새당에 집이 있었느디 원체 오래되서 기와로다 제 엮었어. 저 위에 신당이 있었어. 그런데 지금 없어.

거기에서 어새끼라고 거기서 우리가 제사도 모시고, 여기 와서는 거기는 내외분 제사 지내고, 여기는 제사 지내는디 임장군이라고 있어. 임장군을 위하는 거지, 장군님이여. 인제 여기는 제사를 어떻게 지내냐면, 임장군 내외분 있고 또 옆으로 부하, 가운디가 임장군 내외가 앉었구 양쪽에 부하 있어.

그러니까 말하자면 여섯분 제사를 모셔.

그러구 인제 다 모시구 여기 물 들어오면 들어와서 배들 위에서, 배는 배대로 또 제사를 모셔.

[조사자 : 임장군 이야기 하셨는데요. 임장군이 구체적으로 어떤 분이세요] 임장군이, 그러니까 장수나 이런 분들이 아니고, 장수는 장순디 그런게 아냐. 여기 뿐만 아리라 나도 수년간 배를 탔는디, 연평도라고 가봤는디 거기도 당에 임장군이라고 거기 있더라고.

[조사자 : 이게 전해 내려오는 이야기예요? 그렇지 전해 내려오는, 실제 사셨던 분이예요?] 그렇지. 아는 분은 알테지만 우리같은 사람은 임장군이 그런 분이구나 하고 그냥 모시는 거지.

[조사자 : 여기 보면요 얘기가 있을 것 같아요. 바다를 지키는 신이라던가.] 바다를 지키는 신은 용왕제라고, 용왕제는 어떻게 하느냐면 배를 떠내고서 삼 일만에 집에서 용날을 찾아서 하는 거 있어.

[조사자 : 아까 임장군을 임경업 장군이라고 하셨어요?] 아 내가 어렸을 적에 임장군 얘기를 들었는데, 그 양반이 고기잡는 데 공이 컸던 모양이여. 가시나무로 꽂아가지고 고기도 잡구 뭐 그랬댜.

[조사자 : 다르게 고기잡는 이야기나 뭐 전해지는 것은 없어요? 풍어제를 할 때 악치고 아니면 깃발들고 다니고 하느 거 외에 다른 행사는 없었습니까?] 그 날은 그외에는 않고 전체 어민이 동네에 나와. 그러니까 여기 사람들이 노래하는 게 아니라 아까 얘기한 황해도 사람들이, 그 사람들이 제를 지내.

[조사자 : 그때 하던 노래 좀 해주세요?] 노래? 노래는 다 잊어버렸지 뭐. 뱃노래라든가 그 때 하던 노래가. 뱃노래는 그 사람들이 황해도 사람들이 하는 거여. [조사자 : 내용도 기억 안 나세요] 그러니까 만선하겠다는 거지. 어디 가서 얼마잡고 어디가서 얼마잡고 해달라고 하면서.

[조사자 : 제사 음식 올리잖아요. 그게 다른 제사상이랑 다른 거나 아니면 어떻게 상을 차리나 하는 것 좀 얘기해 주세요] 별로 없어. 우리 제사지내는 거 그거랑 같애. 닮은(다른)게 있다면 내가 생각하기론 그 생선을 양념을 하잖어. 거거 한 가지는 여기는 양념을 안햐. 그냥 구워서, 생으로 굽는 거지. 그거 한 가지 다르고 다른 건 다른게 하나도 없어.

[자료 7] <삼초대와 이심이 바위, 경업대> ■ ■ ▇▇▇▇▇▇

충주시 문화동 문화동노인정, 1992. 5. 15. ?(70대, 남)
– 마을의 유래를 조사하기 위하여 역전 앞의 노인정을 찾아갔다. 노인정에는 2-30분
의 노인들이 모여서 담소하고 있다가 조사자가 도착하자 놀랜 듯하였다. 조사자가
이곳을 찾은 목적을 말하자 충주시의 지명과 유래들에 대해서 이야기 하는 도중
에 임경업에 관한 이야기가 나왔다. 이야기는 옛날에 어렸을 때 동네 노인들한테
들었다고 한다.

(1) 삼초대

그래갖고 여 여 대림산에 삼초대가 있어. [조사자 : 삼초다요?] 삼초대 [조
사자 : 삼초대.] 석삼자, 왜 저기 세번씩, 그 옛날에 임장군, 임장군이 어느
때는 큰 장사이거든. 어려서 공부할 때, 거기서 세번씩 굽어보면 산 중원에
있어. 거 공부자리가, 터가.

거기서루매 식전에 세수할라면 세발자국 뛰내려와서 강 강이 와서 세수
하고 세발작욱에 올라가고, 아주 치금도 발자국 디딘디가, 아주 꽝장히. 사
람의 힘으로는 그렇게 큰 돌을 갖다가 해놓지 못하는디. 그 장사가 아니면
뭐 보통장사 가지고는 못하는데.

그때 어찌 그 양반이 거기서 공부를 하셨느냐 할것 같으면, 그 임장군 어
르신네께서 그저 보통 위인이 아니셨던 몬양이여. 그 산 이름이 대림산여.
이 기다릴 대자 수풀림자. 아 그래서,

"아마 이산이 임민, 임가를 기다리는가 보다."

한 뜻으로 해설라무니, 그 임장군 거기다가 거기서 공부를 시켰어. 아 그
대림산이. 거시서 공부, 아이벌 공부를 어지간히 해고 나서, 그 다음이 인자
보은 속리산 가설라미 야중에 공부를 다 했지, 그 독보라는 중한테 배운겨.
[청중 : 그 시방한 얘기헌 것이 이 양반 말씀한대로 그게 ……] 회소하듯 다
른 자리가 삼초대, 이름이 삼초대. 세번을 뛰었다고 해서. 그래서 그 양반이
거기서 초 처음 연고지가 거기여. 처음 전 공부하시면서 연고지가 거기인데.

(2) 이심이 바위

그 하 뭐이는 내려와서 세수를 할라고 그러니까 말이여 큰 의심이(구렁이)
가, 그래 다시 되벼서 나온다 말이여. 물에서. [조사자 : 의심이요?] 의심이.

뱀. 그런게 용이 될라다가 못된 의심이가. 그런디 이 양반이 어찌나 힘이 좋은지 그 의심이를 대갈이를 쥐구가선 에-바위 창구에다 똘래미를 쳤어. 그래 예전에 그 바위가 아주 저 큰 댕이처럼 말이여, 꾸불꾸불하게 에 이 착해졌어. 우묵 파혀져 있어. 의심 바위가 있었어. 왜 신장로 나느냐고 시방은 읊어졌고.

삼초대라는 것은 이 신장로에서 요 요만찌, 한 5메타 올라가서 이렇게, 그 양반이 쌓은 지대가 있었어, 큰 돌로. 그리고 중간에 있고, 그 위에 올라가면 절이 하나 있는데 조금만 절이 있는데, 그 절 앞에서 시방 산신당을 지내는데 그기 한 20명 앉을만큼 뚱그렇게 바위가 편편했어. 그래 시방 그 자리가, 거시서 세번을 참 뛰내리고 뛰올라갔다는 자리인데, 삼초대여 이름이.

인자 거기 평민동에 임장군 할아버지, 에 정자를 질라고 했던 것인데, 절 소유가 됐어. [조사자 : 삼초대가요?] 응. 그래가지고 승락을 안해 줘서 못하고 있는데, 지금은 겠다가, 그 삼초대 꼭대기 거기다가 삼신당을 짓었어. 그 저 절에서. 그 현재 그 견적이 있어, 남아 있어.

여기 저 의심바위는 특히 신장로 돼서 없어졌지만 묻혔고, 바위가 이렇게 구랭이처럼 이렇게 돌래미친게 것이, 그 자욱이, 친것이 들어가지고서 그렇다는 얘기가 있어. 그게 그게 전설이지. 옛날에.

(3) 경업대

그런 양반이 여기서 공부를 하시고서, 저 경업대라고 그러지 보은 속리산에 가면은. 아-그 쪼그맣게 이렇게 막을 치고 거시서 공부를 하시고.

거기 올라가면 바위 틈에서 나오는 장군수가 있고. 그 큰 절벽 위에서 물이 나와, 지금도 샘물. 그래 거기 가면, 그전에 그 경업대에 올라가면 우선 그 물먹을라고 수십명 수백명이 그 물을 먹고 그랬어 그게. [조사자 : 물이 참 깨끗한가 보지요] 응. 물이좋아. 물이 많이 나도 않고, 가무나 장마가 지나 늘 쫄쫄쫄. 나오는게 바위밑에서 나와. 그래 그 물 시방도 그게 있어. 읎는게 아니여. 그게.

그래 또 그 양반이 공부하셨던 자리는 쪼그맣게 암자를 지어가지고 지금 중이 거기서 있구. 그런 전설이 있지.

[자료 8] <임경업 장군 생애> ■ ■ ▬▬▬

충주시 문화동 노인정, 1992. 6. 2. 정정미(22, 여)
- 충주지방에 전해 내려오는 이야기를 부모나 이웃에서 들었던 것을 기억하여 구술
한 것이다. 이것은 책의 기록과 충민사 사당 입구에 간판의 내용과 비슷한데, 그대
로 채록하여 실었다. 조사자는 조사차 나왔다가 옆에 있는 노인이 구술하려는 것
을 제지하고, 먼저 자신이 아는 이야기를 구술하였다.

임경업 장군님께서는요 여기 충주 달천에서 출생하셨어요. (조사자가 제
보자에게 잠깐만 기달려 달라고 하고는 스스로 구술한다) 태어난 연도는
1594년으로 알고 있고요.

장군님께서는 또 보은 속리산 경업대라는 곳에서 7년간이나 독보님 선생
님이라는 분을 모시고 무술을 연마하셨습니다. 어 그래가시고 보은 속리산
경업대란 곳을 가면은 장군님의 이름을 따서, 가운데자 끝에자를 따서 경업
대라고 이름하였습니다.

장군님께서는 많은 공을 세우셨는데, 특히 대불전인데 1624년에 이괄의
난이 있었는데, 그때에 많은 공을 세워서가지고 지무원종1등공신으로 특훈
된 적이 있었거든요. 또 청북방어사 겸 영변부사시는 백마산성 하고 의주성
을 수축하셨습니다.

특히 우리가 기억하는 것은 1636년에는 그때 병자호란이 일어났는데, 그
때 장군님께서는 당시 의주부윤으로 계셨습니다. 그래서 백마산성을 굳게
지키시고 또 거기서 싸우시고, 그래가시고 적의 진로를 차단하는 등 굉장히
많은 공을 세우셨습니다.

그러다가 안타깝게도 1646년에 신기원의 모반사건이 있었는데, 거기에
장군님께서 연류돼가지고 53세 일기로 돌아가셨습니다. 그러니까 김좌점이
란 사람이 있었는데, 그 사람한테 모함을 당했습니다. 그래가지고 억울하게
돌아가셨습니다.

[자료 9] <임경업장군의 이적> ■ ■ ▬ ▬

충주시 문화동 문화동노인정, 1992. 6. 2. 정정미(22, 여)
- 조사자는 집에서 들었던 임경업 장군이 행한 이적에 대해서 임경업의 생애를 구술
한 다음에 녹음을 하였다. 이야기도 어려서부터 이곳 청주에서 들어왔던 것이다.

(1) 가시나무로 고기잡은 임경업

또 장군에 대한 이야기로는요. 어—장군에 많이 활약할 때에, 군사를 많이 데리고 어느 바닷가에 갔는데 식량이 다 떨어졌어요.

그래가지고 식량이 떨어졌고, 먹을 것도 읎고 그런 와중에서 장군님께서 그쪽에 보니까 가시나무 많이 있어가지고, 가시나무를 베어가지고 바다에 꽂으셨데요.

꽂아 꽂아 놓았는데, 하루 지나니까 그 가시나무가 고기가 많이 걸려가지고, 그러니까 그 군사들을 배불리 먹이셨다고 합니다. 그런것도 전해지고요.

(2) 왜놈을 퇴치한 임경업

또 한가지는 그 쪽 전라도에 가면은 충열사라고 있는데요.거기 당시 일제시대에 일본 사람들이 많이, 우리와 많이 살았던 흔적을 없애고 막 그랬는데요.

그 사람들이 그 충열사에 들오왔을 때, 모두 사람들이, 거기에 들오왔던 사람들이 피를 흘리고 그냥 다 죽었다고 하는 그러한 얘기도 전해 내려오고 있습니다.

[자료 10] <병정놀이 때 아이를 죽인 임경업> ■ ■ ■

충주시 문화동 문화동노인정, 1992. 6. 2. ?(70, 남)
- 조사자가 노인정에 들려서 임경업장군에 대하여 묻자 이야기판에 가장 먼저 끼워 들려고 하였던 분이다. 그래서 조사자가 먼저 옛날의 기억을 더듬어 먼저 구술한 다음에 제보자에게 이야기를 해달라고 하자 스스로 하여 주셨다. 제보자 강원도 원주시 임경업의 고향이었던 부른면에서 사시다가 이곳으로 이사를 오신 분이다. 그렇기 때문에 제보자가 말하는 것은 어렸을 때 부르면에서 동네 어른들한테 들었던 것과 보았던 것이라 한다.

저 강원에서 살았다는 얘기를 들었는데, 그러면 그 양반 벌써 500년이 넘었지 뭐. 응. 그리고 뭐. 그러니까 그 내용은 뭐 저 탄금대에설라 뭐 처음은 저 문경세재에서라무 진을 쳤다가 뭐 여기와설라무 진을 치고 있다가 왜적한테 당했다는 얘기 내 들었어. 다른 것은 모르겠어.

[조사자 : 역사상 내용이나 아니면 일화라든가?] 인자 츠음 탄생해가지고,

저 원(주), 강원도 부른면에 잣나무골이라고 있어. 잣나무골이라고 [조사자 : 어디에요?] 강원도 부른면이란데. [조사자 : 거기 살았다고요] 응, 즈그 할아버지 산소는 거기 있고, 그 임경업 장군 아버지 산소는 여기 있어. 그 임경업 장군 모이까지는 여기 다 있어.

헌디 그 양반이 거기서 탄생할 때에 잣나무골이라는 데가 있는데, 그 나무꾼들이 각처 인자 마실을 해서 모두 낭구를 허러 댕기거든. 인자 그럴 때에, 그 분이 나무꾼들을 말이여, 군대식으로다가 여러 가지 결정을 해가지고 아주 좌우를 했다 이말이여. 그러다가 아항 그 아주 군대식이지 뭐 말하자면. 나문꾼들을 다 인자 군대식으로 하는데.

한 사람은, 그때는 막 머리꾸랭이였었어, 얘기 들어보면. 머리 꼬고 댕길 적인데, 머리꼬랭이 그 뭐 머리를, 하나는 그만 부모가,

"머리가 허술 하니까 머리를 빗고 가거라."

허거든. 붙드니까는,

"오래는 시간을 대서 가야지, 만약 어기면 혼난다."

고 그랬거든. 그래서 억지로 그 부모가 아 붙들어 가지고선 머리를 빗겨서 인제 땋주고서 이래 간는데, 그래 그제사,

"그 사람은 곧 시간을 어겼다."

고. 말이여 죽이기로 했다는 얘기를 내 들었어.

[자료 11] <임경업의 탄생담> ■ ■ ■

충주시 문화동 문화동노인정, 1992. 6. 2. ?(70, 남)
- 조사자가 노인정에 들려서 임경업장군에 대하여 문자 이야기판에 가장 먼저 끼워 들려고 하였던 분이다. 그래서 조사자가 먼저 옛날의 기억을 더듬어 먼저 구술한 다음에 제보자에게 이야기를 해달리고 하자 스스로 하여 주셨다. 이야기는 앞의 병정놀이에서 엄격하였던 임경업의 이야기에 이어서 스스로 해 주신 것이다. 제보자는 강원도 원주시 임경업의 고향이었던 부론면에서 사시다가 이곳으로 이사를 오신 분이다. 그렇기 때문에 제보자가 말하는 것은 어렸을 때 부론면에서 동네 어른들한테 들었던 것과 보았던 것이라 한다.

그래서 인제 그 양반이 어째 거기서 탄생이 됐나 하면은, 그 할아버지 산소를 들였는데, 임경업 장군 아버지가. 그기 인자 그 모이 있는 데서 얼마 안돼. 그 사는 데가. 나는 거기 살아보았기 때문에 알아.

그래 인자 사는데, 그 양반이 산에가 아버지 산소를 가니까 시체를 자꾸 끄내뇌, 뭐가. 그래설람,

"이 아버지 시체를 끄내 놓으니까 가서 지킬 수 뱅이 읎다."고

그래 인제 마누라님은 집에 있고, 그 양반이 인제 혼자가설람, 산소 옆에 가설람 인제 숨어서 인제 지키고 있는데, 그래 아무 귀두망도 읎다가 어— 그 인자 임장군 어머니가 말이지 또 찾아 올라갔어. 으응감님이 안내려오니까. 찾아올라가설라믄 안내려오니까.

위짠 일인가 싶어서 등불 해들고서 산엘 가니까, 그 영감이 거기서 수비 허고 있다가 그 인제 두 내외분이 만나셨다 말이여. 그 만나서 결국 거기설람 동품이 돼설라무네 그 임장군을 탄생했다는 거여. 그래서 인자 그제서는 시체가 안파냈드란 얘기를 했드라는 거여. 인자 그거지 뭐.

[자료 12] <천기 못본 임경업과 투구봉 전설> ■ ■ ▬▬

충주시 문화동 문화동노인정, 1992. 6. 2. ?(70, 남)
- 조사자가 노인정에 들려서 임경업장군에 대하여 문자 이야기판에 가장 먼저 끼워 들려고 하였던 분이다. 그래서 조사자가 먼저 옛날의 기억을 더듬어 먼저 구술한 다음에 제보자에게 이야기를 해달라고 하자 스스로 하여 주셨다. 이야기는 임경업의 탄생담에 이어서 조사자가 다른 이야기를 해달라고 하자 해 주신 것이다. 제보자는 강원도 원주시 임경업의 고향이었던 부론면에서 사시다가 이곳으로 이사를 오신 분이다. 그렇기 때문에 제보자가 말하는 것은 어렸을 때 부론면에서 동네 어른들한테 들었던 것과 보았던 것이라 한다.

[조사자 : 딴 다른 얘기는요] 다른 얘기를 뭐.

그 저, 그 할아버지 산소 이 산 끝이, 밑에는 개울이 있어, 큰개울. 그게 이렇게 인자 내려가는데. 저 앞산이 가로질러 막아가지고는 그 물 나가는 것은 안보이고. 그래설람 그 앞산이 가려가지고서는 그 천기를 못봤다는 거여.

그리고 인자 그 투구바위라는, 이전이 농사짓느라고 보(堡) 막은 다음에 이 연적같은 돌이 있어. 네모 빤듯한 돌이, 물이 못단게 폭 빠져 있는데, 인제 그것 연적바위라고 허고. 그 양반 거기서 그 그 보안에 그 요 두들백이에 산에, 산에 저 투구같은 바위가 하나 있어. 그래 그 양반이 그래 거기설라무니 벗어 놓고서, 투구 벗어 놓고 세수도 허고 이랬다는 그래 전래는 내 들었어.

[자료 13] <환두골과 산소의 특징> ▮▮ ▬▬ ▬▬▬▬▬▬▬▬▬▬▬▬▬

충주시 문화동 문화동노인정, 1992. 6. 2. ?(70, 남)
— 조사자가 노인정에 들려서 임경업장군에 대하여 문자 이야기판에 가장 먼저 끼워
 들려고 하였던 분이다. 그래서 조사자가 먼저 옛날의 기억을 더듬어 먼저 구술한
 다음에 제보자에게 이야기를 해달라고 하자 스스로 하여 주셨다. 제보자 강원도
 원주시 임경업의 고향이었던 부론면에서 사시다가 이곳으로 이사를 오신 분이다.
 그렇기 때문에 제보자가 말하는 것은 어렸을 때 부론면에서 동네 어른들한테 들
 었던 것과 보았던 것이라 한다.

 [조사자 : 그리고 또.] 그러고 (웃음) 워낙 인제이니까, 그제는 인제 어떻
게 됐건지, 지금 내 그 세밀한 얘기를 다 못들었어. 나는 거기서 살았기 때
문에 묘이 얘기만 들었어.
 그래 참 그 양반이, 참 한 가지 내가 얘기 할께, 그 저 할아버지 산소 때
문에, 산이 인제 구릉이 있는데, 그 환두골이라고 했었어. 그냥 그런 양반이
그 환두(환도)를, 그 쓰던 환두를 거기서 주서왔다는 그런 얘기를 들었어. 그
것 뿐이여 그 이상은 몰라.
 산소가 위에 있고, 임장군 아버지 아니 임장군은. 아버지는 아들 밑에 있
어 그러니 말하자면 이 역장이라 그런 말이있어.

[자료 14] <양반 무덤 옮기게 한 임경업> ▮▮ ▬▬ ▬▬▬▬▬▬▬▬▬▬▬▬▬

충주시 단월동 임경업 사당앞, 1992. 6. 2. ?(70, 남)
— 조사자가 임경업 사당을 둘러보고 나오다가 앞에 계신 할아버지에게 물어서 채록
 한 것이다. 제보자는 임경업과 신립장군의 일화를 혼동하다가 다시 임경업의 일화
 를 이야기 해달라는 조사자에 많이 있지만 여기에 서서할 수 없다면 이야기 한편
 을 하시고 집으로 가셨다.

 저분이 중국 가서, 응 사신으로 갔다가 중국 대신들로, 응, 놀래게 한게
있어. 그런디 역사와 그 인제 보아가지고, 억울하게 세상에 돌아가셨다는
것, 엉 그 모함 당해서. 뭐 얘기 할라고 하면 뭐 한정이 읊지.
 [조사자 : 해 주세요. 할아버지.] 뭐 그만하지. 뭐. [조사자 : 아니예요. 그
러고요, 중국가서……] 그래 억울하게 세상 떠났다는 것 있지. 인제 중국가
서는 사신을 갔다가.
 [조사자 : 중국에는 왜 가셨어요?] 중국은 그 강건너, 저-그-임진왜란과

임진왜란 후에 그래 인자 사신으로 갔다오고. 인제 가서 인제 나라에서 사신으로 갔지. 갔는데 충신으로 에 위로하고 왔는데, 김좌점이 뭐 그런 것, [조사자 : 김좌진 장군과……] 아니 김좌진 장군이 아니고, 그 김좌진 말고 아니, 김 무엇이 그 정승이 있어.

그놈은 지금 같은면 국무총리와 같은데, 그 사람이 마 자기말 안듣는다고, 그 임장군이 오면은 자기가 좀 쯔껴날가 싶어서, 그 공을 시우고 오는 길이거든, 중국 갔다 오다가. 그래가지고 임장군이 인자 오니까, 자기가 인제 좀 티격태격 그래 걱정이 돼서, 그래 거기 됐지 뭐.

그래 모함해 가지고 뭐, 그 임금도 모르게 죽여버렸어. 그러닌까 인제 그가 고문 해가지고 뚜드려 패가지고 죽여 놓고, 그래 임금이 그 알 수가 어디 있나. 그래,

"임장군이 어디 갔나?"

그래 한번 물어보니까네.

"아, 임금님! 모역을 오래(해) 때려 죽여버렸다."

고. 그랬단 말이여. 그래가지고 인제 아직 억울한 그 명이 많해. 그래가지고 그런 후에 인제 그 인자 그 사실이 들어나 가지고.

그게 인제 그 임장군 부인이 그래 이 시신을 모시고, 그래 와가지고 여기 모셔놓은 얘기는, 내가 그 거기에 대하서만 그전에 무슨 신문인가 연설 속에서 봤는데, <피거래>라는 내용, 그 거 연설 연재소설에 써 놓은 것 내가 쭉 봤는데, 그런데 그때 고것 확실히, 아직 그때 살기는 여기서 안살았어. 그때 살기는……

[조사자 : 그 소설 얘기도 좀 해 줄 수 있어요.] 소설 얘기가 대강 줄거리가 그래. 언제쯤 억울하게 죽었다 하는거, 그랬지. 그리고 인제 중국 가서 공신을 저 저 나라에 공헌을 많이 했어. 뭐 여러 가지 그 비화가 많은데, 중국 대신과 놀라게 한 일도 있고, 그래.

[조사자 : 대신 놀라게 한일은 어떤 일인데요?] 그것 뭐 말은 그런데 그 거기서는 안나왔는데, 이것은 그 요새 소설에서는 안나왔는데, [조사자 : 할 아버지께서 알고 계신 것.] 응 중국에 지금 같으며 북경이지. 거기에 인제 그 중국 서울이 있었는데, 그래 인제 거기서 인제 임장군이 키가 즉았거든.

[조사자 : 작아요?] 키가 즉다 말이여. 그래가지고 마 관을 하두 높은게 이제 지었어, 엉 [조사자 : 아 키 커보이게요?] 엉. 그래가지고 인자 그래 관을 가지고 갈 때에, 들어갈 때에 관이 높아 놓으니 뭐 그 그거하거든. 그래거든.

"중국도 저 중국에 사람들 큰게 있다 하더니, 왜 이렇게 뭇(뭣) 사람이 들어가도 못허고 해놨냐?"

그게 호령했다는 그런 역사도 있고. 그래 그 여러 가지 기사가 많지. 그래 인자 결국에 억울하게 세상 떠난게 그게 참 안되었지. 뭐.

[조사자 : 그리고 또 다른 일화는 읎지요] 여러이 많은데, 여 서서 얘기할 수 있나. 그 밤새도록 해도 다 못해.

[자료 15] <임경업의 생애> ■ ■ ■

충주시 단월동 임경업 사당안, 1992. 6. 2. 정정미(22, 여)
- 임경업 사당 앞에 붙어있는 설명문으로 제보자가 사당에 가서 채록하여 온 것이다.

임경업 장군님께서 1594년 여기 충주 달천에서 출생하시어, 어려서부터 학문과 무예에 뛰어나 소년시절 7년간이나 보은 속리산 경업대에서 무술을 연마하여 광해군 10년인 25세 때에 무과에 급제하였습니다.

급제 후에 하신일은 전라도 낙안군수, 평안도 검산산성 방어사, 청북방어사겸 영변부사, 의부부윤, 평안도 병마수군절도사, 안주목사 등 북방을 지킴을 일직 맡으셨습니다.

장군님께서 공을 세운 것으로는 1624년 이괄의 난을 평정하시는데 많은 공을 세워 직무원종1등공신으로 특훈되었으며, 1636년 의주부윤 때 병자호란이 일어나 병마산성에서 싸워 적의 진로를 차단하는 등 많은 공을 세우셨으나, 1946년 심기원의 모반사건으로 장군님이 가담하였다고 하여 그의 반대파인 김좌점의 모함으로 53세의 일기로 돌아가셨습니다.

[자료 16] <임경업의 생애> ■ ■ ■

충주시 단월동 임경업 사당안, 1992. 6. 2. 정정미(22, 여)
- 임경업 사당 안의 비석 앞에 붙어있는 설명문으로 제보자가 사당에 가서 채록하여 온 것이다.

사당에서 내려오다 보면 중간에 비석이 보이는데, 그 비석은 '어제달천충
혈사비' 입니다. 1791년 정조 임금님께서 임경업장군님에 대한 충의와 업적
을 글로 지어서 직접 새겨서 세우도록 했는데요.

그 비석에서는 나라에 국난이 있거나 나라에 큰 일이 있을 때 그 비석이
서 땀 흘린다고 합니다.

찾 아 보 기

저자 강현모(姜賢模)

- 충남 부여 출생
- 한남대 국어국문과, 한양대 대학원(문학박사)
- 한양대, 한남대, 용인대 강사

- 논저『부여지방의 구비전설』(상・하),『용인 동부지역의 구비전승』
  (동부, 북부, 남부, 서부, 중부),『안산시의 구비전승』,『김포시의 문
  화유적과 민속』,「비극적 장수설화의 연구」(학위논문),「이몽학설화
  의 연구」외 다수

장수설화의 구조와 의미 ■ ■ ■

인 쇄 2004년 7월 1일
발 행 2004년 7월 8일
저 자 강 현 모
펴낸이 이 대 현
편 집 권 분 옥
펴낸곳 도서출판 역락
　　　　서울 성동구 성수2가 3동 301-80
　　　　(주)지시코 별관 3층
　　　　전 화 : 3409-2058, 3409-2060 FAX : 3409-2059
　　　　이메일 : youkrack@hanmail.net
　　　　등 록 1999년 4월 19일 제2-2803호

정 가 18,000원
ISBN 89-5556-332-9-93810

■ 잘못된 책은 교환해 드립니다.